O CRIME DO PADRE AMARO

O CRIME DO PADRE AMARO

EÇA DE QUEIRÓS

MARTIN CLARET

Prefácio

Quando o português Eça de Queirós quis olhar a realidade a qual o circundava com olhares mais eretos, menos floreado, cheio de suficiências científicas e documentais, suas intenções eram das melhores. Havia uma proposta de remediar os males através de uma visão que se designava mais próxima do real concreto, sendo assim, um olhar que respondesse ao espírito do seu tempo com mais fidelidade e uniformidade — a arte utópica que alimentou o imaginário de Eça de Queirós respondia aos anseios da sociedade quando abordava o mundo com incisões precisas de um analista, discutindo a consciência social a fim de diagnosticar as doenças coletivas e não mais preocupado com a arte como elemento corrente das profundezas do interior individual, mas com a arte engajada, conscientizada, a qual, talvez, era vista como mais útil às dinâmicas sociais. É com esse frescor do Realismo que Eça desenvolve sua posição no mundo através de seu discurso, esse que teve as influências diretas dos franceses Gustave Flaubert, com sua revolucionária *Madame Bovary*, e de Émile Zola, referência direta dessa escola literária e de sua progressão ao Naturalismo.

Na arte, a imagem precedeu a escrita; o homem--de-neandertal relatava seu cotidiano, seus ritos, seus anseios — em suma, o seu imaginário, através das pinturas rupestres que ainda hoje sobrevivem ao tempo. A arte produzida pela humanidade através de sua história representa, portanto, em cada momento, o seu manifesto: em determinado período, se fazia arte dessa maneira, tinha-se esta ou aquela preocupação estética, um ou outro tema preponderante. Porém, se a Pintura antecede a Literatura, o status da última como evidência histórica, como pista, como imbricação entre o mundo histórico e o mundo simbólico é incontestavelmente superior ao da primeira. A maior parte do mundo ocidental, por exemplo, tem seus preceitos morais, jurídicos, éticos, religiosos pautados por um livro: A Bíblia. Em outras regiões e em outros períodos, outros livros foram seminais e alicerçaram diversos preceitos sociais: na China, os Analectos de Confúcio; na Índia, o Bhagavad-Gita; o Corão, no mundo islâmico, ou o Pentateuco, para os judeus. Todavia, mesmo livros menos significativos — seja do ponto de vista social, histórico ou cultural — também são atravessados pelas questões de seu tempo, são reflexos de seu zeitgeist. Com o Realismo, enquanto corrente filosófica ou escola literária, observamos o tempo em questão presente em sua estética.

Os ideais da Revolução Francesa estabelecidos no começo do século XIX, em paralelo às novas formatações sociais trazidas pela Revolução Industrial, foram os fatores políticos e econômicos de maiores evidencias causais dessa movimentação estética da arte, que rumava ao pragmatismo fatídico. A Europa do século XIX estava em ebulição em todas suas vertentes de conhecimento e também em suas dinâmicas sociais de cotidiano: as estruturas familiares, o tempo fragmentado, as novas valias de pertença estabelecidas, sem contar com a seara da crise existencial provocada pelos novos rumos políticos vividos: crises trabalhistas e existências que passam a gerar misérias e inconformismos. Em países como Itália, Alemanha e França eclodiram movimentos de origens populares com ideias assentadas no ideal liberal e socialista — tendo em vista o período concomitante de difusões das premissas Marxistas que guiaram pensamentos políticos mais elaborados acerca do que se identificava como imaginário de ideias trazidas pela Revolução Francesa: questões de liberdade e igualdade.

Todo esse contexto, pode se dizer, momentâneo, ao qual se passava o grande centro mundial, influiu diversas vertentes de pensamento que estruturaram a escola literária do Realismo, que mais tarde se aprofundou em dogmas mais fechados referentes ao Naturalismo. Dentro dessas correntes de pensamento que se fomentaram ao contexto histórico estão o Positivismo, o Determinismo e o Darwinismo. No Positivismo, o conhecimento válido — aquele que realmente pode ser discutido — é o conhecimento científico, baseado na análise do mundo físico e no descarte da metafísica enquanto produção de conhecimento legítimo; no Determinismo encontra-se a ideia natural de que o homem é determinado pelo meio e por sua herança genética; e o Darwinismo traz o enfoque da teoria do Evolucionismo, de Lamarck, através da obra *Origem das Espécies* (1859), de Charles Darwin, o qual afirma que o homem é produto de uma evolução ditada pela seleção natural, segundo a qual a natureza seleciona a vida na terra — enquanto mais fortes são aptos a procriar e perpetuar a espécie, os mais frágeis são eliminados no trajeto. Esse conjunto de pensamentos que povoaram o século XIX na Europa foram decisivos na elaboração da escola literária do Realismo, afinal, ideias se fundem no tempo e no espaço — os pensamento se entrecruzam, mesmo quando não intencionalmente, estamos em diálogo constante com o universo que nos cerca — essa é a decisiva dialética vital.

O crime do Padre Amaro (1875), talvez tenha servido para Eça de Queirós como um manifesto individual de sua arte de caráter realista. Não é a toa que esta obra sacudiu os alicerces morais da sociedade, mexeu o caldeirão ideológico da Igreja Católica quando afinou o discurso de uma reforma social emergencial, dando espaço às análises sociais do meio, da hereditariedade e da educação como pilares da formação moral do sujeito. O nacionalismo, grande bandeira política sustentada pelo Romantismo, já não fazia mais efeito e esse descarte ideológico foi um dos grandes enfrentamentos de Eça de Queirós, acusado de desmoralizar a família e as diversas instituições norteadoras dos bons ventos. O escritor foi colocado como um verdadeiro desordeiro e anti-patriota. Portanto, a estética realista não estava fechada nos limites artísticos de Eça, ela o circundava, o invadia e o externava como o próprio ar — de fato era o ar de seu tempo — respirava-se positivismo científico como resposta a todos os efeitos mundanos e esse estado temporal de ideias não poderia ter deixado de influenciar as artes, haja vista a literatura da época.

O choque que esta obra causou na sociedade europeia da época tem evidências diretas, já que Eça de Queirós — em sua proposta de renovação literária quanto a temas e linguagens, na tentativa de se afastar da mentalidade romântica-cristã — trouxe a público uma história que tratava, primeiramente, de uma traição ao celibato. O enredo coloca à prova o papel da religião dentro da sociedade enquanto construtora de uma moral intocável, além de discutir a própria fé humana, posicionando-a em oposição à construção de uma fé política determinada pela igreja, a qual, no decorrer da obra, é vista como a agente que exclui as variações individuais de crença e as formas constituídas de práticas dessas crenças. Esses valores estão imbricados no cerne de amor proibido entre Amaro e a jovem Amélia que acabam vivendo o sentimento genuíno que os são destinados e colhem sofrimentos dessa escolha. A culpa é outro elemento presente na narrativa e colocada não como uma motivadora da boa conduta — como prega a Igreja — mas sim como a derrocada das relações humanas, uma vez que é pela culpa que as tragédias se sucedem e fogem de seus caminhos naturais. Amaro e Amélia cumprem o papel sentimental ao qual foram selecionados pelos caminhos nebulosos da vida e, assim, vão de encontro aos preceitos sociais e burgueses de uma sociedade europeia baseada nos dogmas critãos.

O que talvez seja mais chamativo em *O crime do Padre Amaro* é sua fidelidade à escola literária proposta por Eça de Queirós — e não se constata isso apenas pela elaboração de um texto aos contornos realistas de descrição e análise social, mas, principalmente, por sua abordagem apurativa na construção da história. Esta obra é baseada em fatos reais e nada mais realista do que esse preceito. Eça de Queirós, para escrevê-la, fez questão de conhecer a história de Amaro e Amélia de perto. Aproveitou de ser nomeado administrador do Conselho de Leiria para estar em contato direto, durante seis meses, com o local onde a história decorreu. Seu caráter de pesquisa torna a obra quase um romance de não-ficção, termo que, na época, nem havia sido cunhado, dado aos elementos reais aos quais Eça se apegou para destilar suas novas ideias que encaminhavam a uma modernidade literária na época. Estamos tratando de um marco: um marco literário, um marco historiográfico e, sobretudo, um marco emancipatório do pensamento social — *O Crime do Padre Amaro* elevou a discussão dos limites da Igreja ao contorno da construção moral do povo.

O CRIME DO PADRE AMARO

Nota da segunda edição

O crime do Padre Amaro recebeu no Brasil e em Portugal alguma atenção da crítica, quando foi publicado ulteriormente um romance intitulado — *O primo Basílio*. E no Brasil e em Portugal escreveu-se (sem todavia se aduzir nenhuma prova efetiva) que *O crime do Padre Amaro* era uma imitação do romance do Sr. É. Zola — *La faute de L'Abbé Mouret*; ou que este livro do autor do *Assomoir* e de outros magistrais estudos sociais sugerira a ideia, as personagens, a intenção do crime do padre Amaro.

Eu tenho algumas razões para crer que isto não é correto. *O crime do Padre Amaro* foi escrito em 1871, lido a alguns amigos em 1872, e publicado em 1874. O livro do Sr. Zola, *La faute de L'Abbé Mouret* (que é o quinto volume da série *Rougon Macquart*), foi escrito e publicado em 1875.

Mas (ainda que isto pareça sobrenatural) eu considero esta razão apenas como subalterna e insuficiente. Eu podia, enfim, ter penetrado no cérebro, no pensamento do Sr. Zola, e ter avistado, entre as formas ainda indecisas das suas criações futuras, a figura do Abade Mouret, — exatamente como o venerável Anquises no Vale dos Elísios podia ver, entre as sombras das raças vindouras flutuando na névoa luminosa do Letes, aquele que um dia devia ser Marcelo. Tais coisas são possíveis. Nem o homem prudente as deve considerar mais extraordinárias que o carro de fogo que arrebatou Elias aos céus — e outros prodígios provados.

O que, segundo penso, mostra melhor que a acusação carece de exatidão, é a simples comparação dos dois romances. *La Faute de L'Abbé Mouret* é, no seu episódio central, o quadro alegórico da iniciação do primeiro homem e da primeira mulher no amor. O abade Mouret (Sérgio), tendo sido atacado de uma febre cerebral, trazida principalmente pela sua exaltação mística no culto da Virgem, na solidão de um vale abrasado da Provença (primeira parte do livro), é levado para convalescer ao Paradou, antigo parque do século XVII a que o abandono refez uma virgindade selvagem, e que é a representação alegórica do Paraíso. Aí, tendo perdido na febre a consciência de si mesmo a ponto de se esquecer do seu sacerdócio e da existência da aldeia, e a consciência do universo a ponto de ter medo do sol e das árvores do Paradou como de monstros estranhos — erra, durante meses, pelas profundidades do bosque inculto, com Albina que é o gênio, a Eva desse lugar de legenda; Albina e Sérgio, seminus como no paraíso, procuram sem cessar, por um instinto que os impele, uma árvore misteriosa, da rama da qual cai a influência afrodisíaca da matéria procriadora; sob este símbolo da Árvore da Ciência se possuem, depois de dias angustiosos em que tentam descobrir, na sua inocência paradisíaca, o meio físico de realizar o amor; depois, numa mútua vergonha súbita, notando a sua nudez, cobrem-se de folhagens, e daí os expulsa, os arranca o padre Arcângias, que é a personificação teocrática do amigo Arcanjo. Na última parte do livro o Abade Mouret recupera a consciência de si mesmo, subtrai-se à influência dissolvente da adoração da Virgem, obtém por um esforço da oração e um privilégio da graça a extinção da sua virilidade, e torna-se um asceta sem nada de humano, uma sombra caída aos pés da cruz; e, é sem que lhe mude a cor do rosto que asperge e responsa o esquife de Albina, que se asfixiou no Paradou sob um montão de flores de perfumes fortes.

Os críticos inteligentes que acusaram *O crime do Padre Amaro* de ser apenas uma imitação da *Faute de L'Abbé Mouret*, não tinham infelizmente lido o romance maravilhoso do Sr. Zola, que foi talvez a origem de toda a sua glória. A semelhança casual dos dois títulos induziu-os em erro.

Com conhecimento dos dois livros, só uma obtusidade córnea ou má-fé cínica poderia assemelhar esta bela alegoria idílica, a que está misturado o patético drama de uma alma mística, a *O crime do Padre Amaro* que, como podem ver neste novo trabalho, é apenas, no fundo, uma intriga de clérigos e de beatas tramada e murmurada à sombra de uma velha Sé de província portuguesa.

Aproveito este momento para agradecer à crítica do Brasil e de Portugal a atenção que ela tem dado aos meus trabalhos.

Bristol, 1º de janeiro de 1880.
Eça de Queirós.

I

Foi no domingo de Páscoa que soube em Leiria que o pároco da Sé, José Miguéis, tinha morrido de madrugada com uma apoplexia. O pároco era um homem sanguíneo e nutrido, que passava entre o clero diocesano pelo *comilão dos comilões*. Contavam-se histórias singulares da sua voracidade. O Carlos da botica — que o detestava — costumava dizer, sempre que o via sair depois da sesta, com a face afogueada de sangue, muito enfartado:

— Lá vai a jiboia esmoer. Um dia estoura!

Com efeito estourou, depois de uma ceia de peixe — à hora em que defronte, na casa do doutor Godinho que fazia anos, se polcava com alarido. Ninguém o lamentou, e foi pouca gente ao seu enterro. Em geral não era estimado. Era um aldeão: tinha os modos e os pulsos de um cavador, a voz rouca, cabelos nos ouvidos, palavras muito rudes.

Nunca fora querido das devotas: arrotava no confessionário; e, tendo vivido sempre em freguesias da aldeia ou da serra, não compreendia certas sensibilidades requintadas da devoção: perdera por isso, logo ao princípio, quase todas as confessadas, que tinham passado para o polido padre Gusmão, tão cheio de *lábia*!

E quando as beatas, que lhe eram fiéis, lhe iam falar de escrúpulos, de visões, José Miguéis escandalizava-as, rosnando:

— Ora histórias, santinha! Peça juízo a Deus! Mais miolo na bola!

As exagerações dos jejuns sobretudo irritavam-no:

— Coma-lhe e beba-lhe, — costumava gritar — coma-lhe e beba-lhe, criatura!

Era miguelista — e os partidos liberais, as suas opiniões, os seus jornais enchiam-no de uma cólera irracionável:

— Cacete! cacete! — exclamava, meneando o seu enorme guarda-sol vermelho.

Nos últimos anos tomara hábitos sedentários, e vivia isolado — com uma criada velha e um cão, o *Joli*. O seu único amigo era o chantre Valadares, que governava então o bispado, porque o Sr. bispo D. Joaquim gemia, havia dois anos, o seu reumatismo, numa quinta do alto Minho. O pároco tinha um grande respeito pelo chantre, homem seco, de grande nariz, muito curto de vista, admirador de Ovídio — que falava fazendo sempre boquinhas e com alusões mitológicas.

O chantre estimava-o. Chamava-lhe *frei Hércules*.

— *Hércules* pela força — explicava sorrindo — *frei* pela gula.

No seu enterro ele mesmo lhe foi aspergir a cova; e, como costumava oferecer-lhe todos os dias rapé da sua caixa de ouro, disse aos outros cônegos, baixinho, ao deixar-lhe cair sobre o caixão, segundo o ritual, o primeiro torrão de terra:

— É a última pitada que lhe dou!

Todo o cabido riu muito com esta graça do senhor governador do bispado; o cônego Campos contou-a à noite ao chá em casa do deputado Novais; foi celebrada com risos deleitados; todos exaltaram as virtudes do chantre, e afirmou-se com respeito — *que sua excelência tinha muita pilhéria!*

Dias depois do enterro apareceu, errando pela Praça, o cão do pároco, o *Joli*. A criada entrara com sezões no hospital; a casa fora fechada; o cão, abandonado, gemia a sua fome pelos portais. Era um gozo pequeno, extremamente gordo, que tinha vagas semelhanças com o pároco. Com o hábito das batinas, ávido de um dono, apenas via um padre punha-se a segui-lo, ganindo baixo. Mas nenhum queria o infeliz *Joli*; enxotavam-no com as ponteiras dos guarda-sóis; o cão, repelido como um pretendente, toda a noite uivava pelas ruas. Uma manhã apareceu morto ao pé da Misericórdia; a carroça do estrume levou-o e, como ninguém tornou a ver o cão na praça, o pároco José Miguéis foi definitivamente esquecido.

Dois meses depois soube-se em Leiria que estava nomeado outro pároco. Dizia-se que era um homem muito novo, saído apenas do seminário. O seu nome era Amaro Vieira. Atribuía-se a sua escolha a influências políticas, e o jornal de Leiria, *A Voz do Distrito*, que estava na oposição, falou com amargura, citando o Gólgota, no *favoritismo da corte* e na *reação clerical*. Alguns padres tinham se escandalizado com o artigo; conversou-se sobre isso, acremente, diante do senhor chantre.

— Não, não, lá que há favor, há; e que o homem tem padrinhos, tem — disse o chantre. — A mim quem me escreveu para a confirmação foi o Brito Correia (Brito Correia era então ministro da Justiça). Até me diz na carta que o pároco é um belo rapagão. De sorte que — acrescentou sorrindo com satisfação — depois de *frei Hércules* vamos talvez ter *frei Apolo*.

Em Leiria havia só uma pessoa que conhecia o pároco novo: era o cônego Dias, que fora, nos primeiros anos do seminário, seu mestre de moral. No seu tempo, dizia o cônego, o pároco era um rapaz franzino, acanhado, cheio de espinhas carnais...

— Parece que o estou a ver com a batina muito coçada e cara de quem tem lombrigas!... De resto bom rapaz. E espertote...

O cônego Dias era muito conhecido em Leiria. Ultimamente engordara; o ventre saliente enchia-lhe a batina; e a sua cabecinha grisalha, as olheiras papudas, o beiço espesso faziam lembrar velhas anedotas de frades lascivos e glutões.

O tio Patrício, o *Antigo*, negociante da Praça, muito liberal é que, quando passava pelos padres, rosnava como um velho cão de fila, dizia às vezes ao vê-lo atravessar a Praça, pesado, ruminando a digestão, encostado ao guarda-chuva:

— Que maroto! Parece mesmo D. João VI!

O cônego vivia só com uma irmã velha, a Sra. D. Josefa Dias, e uma criada, que todos conheciam também em Leiria, sempre na rua, entrouxada num xale tingido de negro, e arrastando pesadamente as suas chinelas de ourelo. O Cônego Dias passava por ser rico: trazia ao pé de Leiria propriedades arrendadas; dava jantares com peru, e tinha reputação o seu vinho *duque* de 1815. Mas o fato saliente da sua vida — o fato comentado e murmurado — era a sua antiga amizade com a Sra. Augusta Caminha, a quem chamavam a S. Joaneira, por ser natural de S. João da Foz. A S. Joaneira morava na rua da Misericórdia, e recebia hóspedes. Tinha uma filha, a Ameliazinha, rapariga de vinte e três anos, bonita, forte, muito desejada.

O cônego Dias mostrara um grande contentamento com a nomeação de Amaro Vieira. Na botica do Carlos, na Praça, na sacristia da Sé exaltou os seus bons estudos no seminário, a sua prudência de costumes, a sua obediência; gabava-lhe mesmo a voz: "*um timbre que é um regalo!*".

— Para um bocado de sentimento nos sermões da Semana Santa está a calhar!

Predizia-lhe com ênfase um destino feliz, uma conezia decerto, talvez a glória de um bispado!

E um dia, enfim, mostrou com satisfação ao coadjutor da Sé, criatura servil e calada, uma carta que recebera de Lisboa, de Amaro Vieira.

Era uma tarde de agosto e passeavam ambos para os lados da Ponte Nova. Andava então a construir-se a estrada da Figueira: o velho passadiço de pau sobre a ribeira do Lis tinha sido destruído, já se passava sobre a Ponte Nova, muito gabada, com os seus dois largos arcos de pedra, fortes e atarracados. Para diante as obras estavam suspendidas por questões de expropriação; ainda se via o lodoso caminho da freguesia de Marrazes, que a estrada nova devia desbastar e incorporar; camadas de cascalho cobriam o chão; e os grossos cilindros de pedra, que acalcam e recamam os macadames, enterravam-se na terra negra e úmida das chuvas.

Em roda da Ponte a paisagem é larga e tranquila. Para o lado de onde o rio vem são colinas baixas, de formas arredondadas, cobertas da rama verde-negra dos pinheiros novos; embaixo, na espessura dos arvoredos, estão os casais que dão àqueles lugares melancólicos uma feição mais viva e humana — com as suas alegres paredes caiadas que luzem ao sol, com os fumos das lareiras que pela tarde se azulam nos ares sempre claros e lavados. Para o lado do mar, para onde o rio se arrasta nas terras baixas entre dois renques de salgueiros pálidos, estende-se até os primeiros arcais o campo de Leiria, largo, fecundo, com o aspecto de águas abundantes, cheio de luz. Da Ponte pouco se vê da cidade; apenas uma esquina das cantarias pesadas e jesuíticas da Sé, um canto do muro do cemitério coberto de parietárias, e pontas agudas e negras dos ciprestes; o resto está escondido pelo duro monte ouriçado de vegetações rebeldes, onde destacam as ruínas do Castelo, todas envolvidas à tarde nos largos voos circulares dos mochos, desmanteladas e com um grande ar histórico.

Ao pé da Ponte, uma rampa desce para a alameda que se estende um pouco à beira do rio. É um lugar recolhido, coberto de árvores antigas. Chamam-lhe a Alameda Velha. Ali, caminhando devagar, falando baixo, o cônego consultava o coadjutor sobre a carta de Amaro Vieira, e sobre "uma ideia que ela lhe dera, que lhe parecia de mestre! De mestre!." Amaro pedia-lhe com urgência que lhe arranjasse uma casa de aluguel barata, bem situada, e se fosse possível mobilada; falava sobretudo de quartos numa casa de hóspedes respeitável. "Bem vê o meu caro padre-mestre — dizia Amaro — que era isto o que verdadeiramente me convinha; eu não quero luxos, está claro; um quarto e uma saleta seria o bastante. O que é necessário é que a casa seja respeitável, sossegada, central: que a patroa tenha bom gênio e que não peça mundos e fundos; deixo tudo isto à sua prudência e capacidade, e creia que todos estes favores não cairão em terreno ingrato. Sobretudo que a patroa seja pessoa acomodada e de boa língua".

— Ora, a minha ideia, amigo Mendes, é esta: metê-lo em casa da S. Joaneira! — resumiu o cônego com um grande contentamento. — É rica ideia, hem!

— Soberba ideia! — disse o coadjutor com a sua voz servil.

— Ela tem o quarto debaixo, a saleta pegada e o outro quarto que pode servir de escritório. Tem boa mobília, boas roupas...

— Ricas roupas — disse o coadjutor com respeito.

O cônego continuou:

— É um belo negócio para a S. Joaneira; dando os quartos, roupas, comida, criada, pode muito bem pedir os seus seis tostões por dia. E depois sempre tem o pároco de casa.

— Por causa da Ameliazinha é que eu não sei — considerou timidamente o coadjutor. — Sim, pode ser reparado. Uma rapariga nova... Diz que o senhor pároco é ainda novo... Vossa Senhoria sabe o que são línguas do mundo.

O cônego tinha parado:

— Ora, histórias! Então o padre Joaquim não vive debaixo das mesmas telhas com a afilhada da mãe? E o cônego Pedroso não vive com a cunhada, e uma irmã da cunhada, que é uma rapariga de dezenove anos? Ora essa!

— Eu dizia... — atenuou o coadjutor. — Não, não vejo mal nenhum. A S. Joaneira aluga os seus quartos; é como se fosse uma hospedaria. Então o secretário-geral não esteve lá uns poucos de meses?

— Mas um eclesiástico... — insinuou o coadjutor.

— Mais garantias, senhor Mendes, mais garantias! — exclamou o cônego. E parando com uma atitude confidencial: — E depois a mim é que me convinha, Mendes! A mim é que me convinha, meu amigo!

Houve um pequeno silêncio. O coadjutor disse, baixando a voz:

— Sim, vossa senhoria faz muito bem à S. Joaneira...

— Faço o que posso, meu caro amigo, faço o que posso — disse o cônego. E com uma entonação terna, risonhamente paternal: — Que ela é merecedora, é merecedora. Boa até ali, meu amigo! — Parou, esgazeando os olhos: — Olhe que dia em que eu não lhe apareça pela manhã às nove em ponto, está num frenesi! "Oh criatura! Digo-lhe eu, a senhora rala-se sem razão." Mas então, é aquilo! Pois quando eu tive a cólica o ano passado! Emagreceu, Sr.Mendes! E depois não há lembrança que não tenha! Agora, pela matança do porco, o melhor do animal é para o *padre santo*, você sabe? É como ela me chama.

Falava com os olhos luzidios, uma satisfação babosa:

— Ah, Mendes! — acrescentou — é uma rica mulher!

— E bonita mulher — disse o coadjutor respeitosamente.

— Lá isso! — exclamou o cônego parando outra vez. — Lá isso! Bem conservada até ali! Pois olhe que já não é criança! Mas nem um cabelo branco, nem um, nem um só! E então que cor de pele! — E mais baixo, com um sorriso guloso: — E isto aqui, ó Mendes, e isto aqui! Indicava o lado do pescoço debaixo do queixo, passando-lhe devagar por cima a sua mão papuda: — É uma perfeição! E depois mulher de asseio, muitíssimo asseio! E que lembrançazinhas! Não há dia que me não mande o seu presente! É o covilhete de geleia, é o pratinho de arroz-doce, é a bela morcela de Arouca! Ontem me mandou ela uma torta de maçã. Ora havia de você ver aquilo! A maçã parecia um creme! Até a mana Josefa disse: "Está tão boa que parece que foi cozida em água benta!". — E pondo a mão espalmada sobre o peito: — São coisas que tocam a gente cá dentro, Mendes! Não, não é lá por dizer, mas não há outra.

O coadjutor escutava com a taciturnidade da inveja.

— Eu bem sei — disse o cônego parando de novo e tirando lentamente as palavras — eu bem sei que por aí rosnam, rosnam... Pois é uma grandíssima calúnia! O que é, é que eu tenho muito apego àquela gente. Já o tinha em tempo do marido. Você bem o sabe, Mendes.

O coadjutor teve um gesto afirmativo.

— A S. Joaneira é uma pessoa de bem! Olhe que é uma pessoa de bem, Mendes! — exclamava o cônego batendo no chão fortemente com a ponteira do guarda-sol.

— As línguas do mundo são venenosas, senhor cônego — disse o coadjutor com uma voz chorosa. E depois de um silêncio, acrescentou baixo: — Mas aquilo a Vossa Senhoria deve-lhe sair caro!

— Pois aí está, meu amigo! Imagine você que desde que o secretário-geral se foi embora, a pobre da mulher tem tido a casa vazia; eu é que tenho dado para a panela, Mendes!

— Que ela tem uma fazendita — considerou o coadjutor.

— Uma nesga de terra, meu rico senhor, uma nesga de terra! E depois as décimas, os jornais! Por isso digo eu, o pároco é uma mina. Com os seis tostões que ele der, com o que eu ajudar, com alguma coisa que ela tire da hortaliça que vende da fazenda, já se governa. E para mim é um alívio, Mendes.

— É um alívio, senhor cônego! — repetiu o coadjutor.

Ficaram calados. A tarde descaía muito límpida; o alto céu tinha uma pálida cor azul; o ar estava imóvel. Naquele tempo o rio ia muito vazio; pedaços de areia reluziam em seco; e a água baixa arrastava-se com um barulho brando, toda enrugada do roçar dos seixos.

Duas vacas, guardadas por uma rapariga, apareceram então pelo caminho lodoso que do outro lado do rio, defronte da alameda, corre junto de um silvado; entraram no rio devagar, e estendendo o pescoço pelado da canga, bebiam de leve, sem ruído; a espaços erguiam a cabeça bondosa, olhavam em redor com a passiva tranquilidade dos seres fartos — e fios de água, babados, luzidios à luz, pendiam-lhes dos cantos do focinho. Com a inclinação do sol a água perdia a sua claridade espelhada, estendiam-se as sombras dos arcos da ponte. Do lado das colinas ia subindo um crepúsculo esfumado, e as nuvens cor de sanguínea e cor de laranja que anunciam o calor faziam, sobre os lados do mar, uma decoração muito rica.

— Bonita tarde! — disse o coadjutor. O cônego bocejou, e fazendo uma cruz sobre o bocejo:

— Vamo-nos chegando às ave-marias, hem?

Quando, daí a pouco, iam subindo as escadarias da Sé, o cônego parou, e voltando-se para o coadjutor:

— Pois está decidido, amigo Mendes, ferro o Amaro na casa da S. Joaneira! É uma pechincha para todos.

— Uma grande pechincha! — disse respeitosamente o coadjutor. — Uma grande pechincha!

E entraram na igreja, persignando-se.

II

Uma semana depois soube-se que o novo pároco devia chegar pela diligência de Chão de Maçãs, que traz o correio à tarde, e desde as seis horas o Cônego Dias e o coadjutor passeavam no largo do Chafariz à espera de Amaro.

Era então nos fins de agosto. Na longa alameda macadamizada que vai junto do rio, entre os dois renques de velhos choupos, entreviam-se vestidos claros de senhoras passeando. Do lado do Arco, na correnteza de casebres pobres, velhas fiavam à porta; crianças sujas brincavam pelo chão, mostrando os seus enormes ventres nus; e galinhas em redor iam picando vorazmente as imundícies esquecidas. Em redor do chafariz cheio de ruído, onde os cântaros arrastam sobre a pedra, criadas ralham, soldados, com a sua fardeta suja, enormes botas cambadas, namoravam, meneando a chibata de junco; com o seu cântaro bojudo de barro equilibrado à cabeça sobre a rodilha, raparigas iam-se aos pares, meneando os quadris; e dois oficiais ociosos, com a farda desapertada sobre o estômago, conversavam, esperando a ver quem viria. A diligência tardava. Quando o crepúsculo desceu, uma lamparina luziu no nicho do santo, por cima do Arco; e defronte iam-se alumiando uma a uma, com uma luz soturna, as janelas do hospital.

Já tinha anoitecido quando a diligência, com as lanternas acesas. entrou na ponte ao trote esgalgado[1] dos seus magros cavalos brancos, e veio parar ao pé do

---

[1] Esgalgado: o mesmo que comprido e estreito; longo; esbelto.

chafariz, por baixo da estalagem do Cruz; o caixeiro do tio Patrício partiu logo a correr para a Praça com o maço dos *Diários Populares*; o tio Batista, o patrão, com o cachimbo negro ao canto da boca, desatrelava, praguejando tranquilamente, e um homem que vinha na almofada, ao pé do cocheiro, de chapéu alto e comprido capote eclesiástico, desceu cautelosamente, agarrando-se às guardas de ferro dos assentos, bateu com os pés no chão para os desentorpecer, e olhou em redor.

— Oh, Amaro! — gritou o cônego que se tinha aproximado — oh, ladrão!

— Oh, padre-mestre! — disse o outro com alegria. E abraçaram-se, enquanto o coadjutor, todo curvado, tinha o barrete na mão.

Daí a pouco as pessoas que estavam nas lojas viram atravessar a Praça, entre a corpulência vagarosa do Cônego Dias e a figura esguia do coadjutor, um homem um pouco curvado, com um capote de padre. Soube-se que era o pároco novo; e disse-se logo na botica que era *uma boa figura de homem*. O João Bicha levava adiante um baú e um saco de chita; e como àquela hora já estava bêbedo, ia resmungando o *Bendito*.

Eram quase nove horas; a noite cerrara. Em redor da Praça as casas estavam já adormecidas, das lojas debaixo da arcada saía a luz triste dos candeeiros de petróleo, entreviam-se dentro figuras sonolentas, caturrando em cavaqueira, ao balcão. As ruas que vinham dar à Praça, tortuosas, tenebrosas, com um lampião mortiço, pareciam desabitadas. E no silêncio o sino da Sé dava vagarosamente o toque das almas.

O Cônego Dias ia explicando pachorrentamente ao pároco "o que lhe arranjara". Não lhe tinha procurado casa: seria necessário comprar mobília, buscar criada, despesas inumeráveis! Parecera-lhe melhor tomar-lhe quartos numa casa de hóspedes respeitável, de muito conchego — e nessas condições (e ali estava o amigo coadjutor que o podia dizer), não havia como a da S. Joaneira. Era bem arejada, muito asseio, a cozinha não deitava cheiro, tinha lá estado o secretário-geral e o inspetor dos estudos; e a S. Joaneira (o Mendes amigo conhecia-a bem) era uma mulher temente a Deus, de boas contas, muito econômica e cheia de condescendências...

— Você está ali, como em sua casa! Tem o seu cozido, prato de meio, café...

— Vamos a saber, padre-mestre: preço? — disse o pároco.

— Seis tostões. Que diabo, é de graça! Tem um quarto, tem uma saleta...

— Uma rica saleta — comentou o coadjutor respeitosamente.

— E é longe da Sé? — perguntou Amaro.

— Dois passos. Pode-se ir dizer missa de chinelos. Na casa há uma rapariga — continuou com a sua voz pausada o Cônego Dias. É a filha da S. Joaneira. Rapariga de vinte e dois anos. Bonita. Sua pontinha de gênio, mas bom fundo... Aqui tem você a sua rua.

Era estreita, de casas baixas e pobres, esmagadas pelas altas paredes da velha Misericórdia, com um lampião lúgubre ao fundo.

— E aqui tem você o seu palácio! — disse o cônego, batendo na aldraba[2] de uma porta esguia.

No primeiro andar duas varandas de ferro, de aspecto antigo, faziam silêncio com os seus arbustos de alecrim,

[2] Aldraba: pequena tranca para fechar a porta; ferrolho.

que se arredondavam aos cantos em caixas de madeira; as janelas de cima, pequeninas, eram de peitoril, e a parede, pelas suas irregularidades, fazia lembrar uma lata amolgada.

A S. Joaneira esperava no alto da escada; uma criada, enfezada e sardenta, alumiava com um candeeiro de petróleo; e a figura da S. Joaneira destacava plenamente na luz sobre a parede caiada. Era gorda, alta, muito branca, de aspecto pachorrento. Os seus olhos pretos tinham já em redor a pele engelhada; os cabelos arrepiados, com um enfeite escarlate, eram já raros aos cantos da testa e no começo da risca; mas percebiam-se uns braços rechonchudos, um colo copioso e roupas asseadas.

— Aqui tem a senhora o seu hóspede — disse o cônego subindo.

— Muita honra em receber o senhor pároco! Muita honra! Há de vir muito cansado! Por força! Para aqui, tem a bondade? Cuidado com o degrauzinho.

Levou-o para uma sala pequena pintada de amarelo, com um vasto canapé de palhinha encostado à parede, e defronte, aberta, uma mesa forrada de baeta verde.

— É a sua sala, senhor pároco — disse a S. Joaneira. — Para receber, para espairecer... Aqui — acrescentou abrindo uma porta — é o seu quarto de dormir. Tem a sua cômoda, o seu guarda-roupa... — Abriu os gavetões, gabou a cama batendo a elasticidade dos colchões. — Uma campainha para chamar sempre que queira... As chavinhas da cômoda estão aqui... Se gosta de travesseirinho mais alto... Tem um cobertor só, mas querendo...

— Está bem, está tudo muito bem, minha senhora — disse o pároco com a sua voz baixa e suave.

— É pedir! O que há, da melhor vontade...

— Oh criatura de Deus! — interrompeu o cônego jovialmente — o que ele quer agora é cear!

— Também tem a ceiazinha pronta. Desde as seis que está o caldo a apurar...

E saiu, para apressar a criada, dizendo logo do fundo da escada:

— Vá, *Ruça*, mexe-te, mexe-te!...

O cônego sentou-se pesadamente no canapé, e sorvendo a sua pitada:

— É contentar, meu rico. Foi o que se pôde arranjar.

— Eu estou bem em toda a parte, padre-mestre — disse o pároco, calçando os seus chinelos de ourelo.

— Olha o seminário!... E em Feirão! Caía-me a chuva na cama.

Para o lado da Praça, então sentiu-se o toque de cornetas.

— Que é aquilo? — perguntou Amaro, indo à janela.

— As nove e meia, o toque de recolher.

Amaro abriu a vidraça. Ao fim da rua um candeeiro esmorecia. A noite estava muito negra. E havia sobre a cidade um silêncio côncavo, de abóbada.

Depois das cornetas, um rufar lento de tambores afastou-se para o lado do quartel; por baixo da janela um soldado, que se demorara nalguma viela do castelo, passou correndo; e das paredes da Misericórdia saía constantemente o agudo piar das corujas.

— É triste isto — disse Amaro.

Mas a S. Joaneira gritou de cima:

— Pode subir, senhor cônego! Está o caldo na mesa!

— Ora vá, vá, que você deve estar a cair de fome, Amaro! — disse o cônego, erguendo-se muito pesado.

E detendo um momento o pároco pela manga do casaco:

— Vai você ver o que é um caldo de galinha feito cá pela senhora! Da gente se babar!...

No meio da sala de jantar, forrada de papel escuro, a claridade da mesa alegrava, com a sua toalha muito branca, a louça, os copos reluzindo à luz forte de um candeeiro de abajur verde. Da terrina subia o vapor cheiroso do caldo, e na larga travessa a galinha gorda, afogada num arroz úmido e branco, rodeada de nacos de bom paio, tinha uma aparência suculenta de prato morgado. No armário envidraçado, um pouco na sombra, viam-se cores claras de porcelana a um canto, ao pé da janela estava o piano, coberto com uma colcha de cetim desbotado. Na cozinha frigia-se, e sentindo o cheiro fresco que vinha de um tabuleiro de roupa lavada, o pároco esfregou as mãos, regalado.

— Para aqui, senhor pároco, para aqui — disse a S. Joaneira. — Daí pode-lhe vir frio. — Foi fechar as portadas das janelas; chegou-lhe um caixão de areia para as pontas dos cigarros. — E o senhor cônego toma um copinho de geleia, sim?

— Vá lá, para fazer companhia — disse jovialmente o cônego sentando-se e desdobrando o guardanapo.

A S. Joaneira, no entanto, mexendo-se pela sala, ia admirando o pároco, que, com a cabeça sobre o prato, comia em silêncio o seu caldo, soprando a colher. Parecia benfeito; tinha um cabelo muito preto, levemente anelado. O rosto era oval, de pele trigueira e fina, os olhos negros e grandes, com pestanas compridas.

O cônego, que não o via desde o seminário, achava-o mais forte, mais viril.

— Você era enfezadito...

— Foi o ar da serra, — dizia o pároco — fez-me bem. — Contou então a sua triste existência em Feirão, na alta Beira, durante a aspereza do inverno, só com pastores. O cônego deitava-lhe o vinho de alto, fazendo-o espumar.

— Pois é beber-lhe, homem! É beber-lhe! Desta gota não pilhava você no seminário.

Falaram do seminário.

— Que será feito do Rabicho, o despenseiro? — disse o cônego.

— E do Carocho, que roubava as batatas?

Riram; e bebendo, na alegria das reminiscências, recordavam as histórias de então, o catarro do reitor, e o mestre de cantochão[3] que deixara um dia cair do bolso as poesias obscenas de Bocage.

— Como o tempo passa, como o tempo passa! — diziam.

A S. Joaneira então pôs na mesa um prato covo com maçãs assadas.

— Viva! Não, lá nisso também eu entro! — exclamou logo o cônego. — A bela maçã assada! Nunca me escapa! Grande dona de casa, meu amigo, rica dona de casa, cá a nossa S. Joaneira! Grande dona de casa!

Ela ria; viam-se os seus dois dentes de diante, grandes e chumbados. Foi buscar uma garrafa de vinho do Porto; pôs no prato do cônego, com requintes devotos, uma maçã desfeita, polvilhada de açúcar; e batendo-lhe nas costas com a mão papuda e mole:

— Isto é um santo, senhor pároco, isto é um santo! Ai, devo-lhe muitos favores!

— Deixe falar, deixe falar... — dizia o cônego. — Espalhava-se-lhe no rosto um contentamento baboso. — Boa gota! — acrescentou, saboreando o seu cálice de Porto. — Boa gota!

---

[3] Cantochão: É o canto tradicional da liturgia cristã-católica ocidental, com caráter monódico; canto gregoriano.

— Olhe que ainda é dos anos da Amélia, senhor cônego.

— E onde está ela, a pequena?

— Foi ao *Morenal* com a D. Maria. Aquilo naturalmente foram para casa dos Gansosos passar a noite.

— Cá esta senhora é proprietária — explicou o cônego, falando do *Morenal*. É um condado! — Ria com bonomia, e os seus olhos luzidios percorriam ternamente a corpulência da S. Joaneira.

— Ah, senhor pároco, deixe falar, é uma nesga de terra... disse ela.

Mas vendo a criada encostada à parede, sacudida com aflições de tosse:

— Ó mulher, vai tossir lá pra dentro! Credo!

A moça saiu, pondo o avental sobre a boca.

— Parece doente, coitada — observou o pároco.

Muito achacada,[4] muito!... A pobre de Cristo era sua afilhada, órfã, e estava quase tísica. Tinha-a tomado por piedade...

— E também porque a criada que cá tinha foi para o hospital, a desavergonhada... Meteu-se aí com um soldado!...

O padre Amaro baixou devagar os olhos — e trincando migalhas, perguntou se havia muitas doenças naquele verão.

— Colerinas, das frutas verdes — rosnou o cônego. — Metem-se pelas melancias, depois tarraçadas de água... E suas febritas...

Falaram então das sezões do campo, dos ares de Leiria.

---

[4] Achacada: o que está doentio; com doença sem gravidade.

— Que eu agora — dizia o padre Amaro — ando mais forte. Louvado seja Nosso Senhor Jesus Cristo, tenho saúde, tenho!

— Ai, Nosso Senhor lha conserve, que nem sabe o bem que é! — exclamou a S. Joaneira. Contou imediatamente a grande desgraça que tinha em casa: uma irmã meio idiota entrevada havia dez anos! Ia fazer sessenta anos... No inverno, viera-lhe um catarro, e desde então, coitadinha, definhava, definhava...

— Há bocado, ao fim da tarde, teve ela um ataque de tosse! Pensei que se ia embora. Agora descansou mais...

Continuou a falar "daquela tristeza"; depois da sua Ameliazinha, das Gansosos, do antigo chantre, da carestia de tudo — sentada, com o gato no colo, rolando com os dois dedos, monotonamente, bolinhas de pão. O cônego, pesado, cerrava as pálpebras; tudo na sala parecia ir gradualmente adormecendo; a luz do candeeiro esmorecia.

— Pois senhores — disse por fim o cônego mexendo-se — isto são horas!

O padre Amaro ergueu-se, e com os olhos baixos deu as graças.

— O senhor pároco quer lamparina? — perguntou cuidadosamente a S. Joaneira.

— Não, minha senhora. Não uso. Boas-noites.

E desceu devagar, palitando os dentes.

A S. Joaneira alumiava no patamar, com o candeeiro.

Mas nos primeiros degraus o pároco parou, e voltando-se, afetuosamente:

— É verdade, minha senhora, amanhã é sexta-feira; é jejum...

— Não, não, — acudiu o cônego que se embrulhava na capa de lustrina, bocejando — você amanhã janta comigo. Eu venho por cá, vamos ao chantre, à Sé, e por aí... E olhe que tenho lulas. É um milagre, que isto aqui nunca há peixe.

A S. Joaneira tranquilizou logo o pároco:

— Aí, é escusado lembrar os jejuns, senhor pároco. Tenho o maior escrúpulo!

— Eu dizia — explicou o pároco — porque infelizmente hoje em dia ninguém cumpre...

— Tem Vossa Senhoria muita razão — atalhou ela. — Mas eu! Credo!... A salvação da minha alma antes de tudo!

A campainha embaixo, então, retiniu fortemente.

— Há de ser a pequena — disse a S. Joaneira. — Abre, *Ruça*!

A porta bateu, sentiram-se vozes, risinhos.

— És tu, Amélia?

Uma voz disse *adeusinho! adeusinho!* E apareceu, subindo quase a correr, com os vestidos um pouco apanhados adiante, uma bela rapariga, forte, alta, bem feita, com uma manta branca pela cabeça e na mão um ramo de alecrim.

— Sobe, filha. Aqui está o senhor pároco. Chegou agora à noitinha, sobe!

Amélia tinha parado um pouco embaraçada, olhando para os degraus de cima, onde o pároco ficara, encostado ao corrimão. Respirava fortemente de ter corrido; vinha corada; os seus olhos vivos e negros luziam; e saía dela uma sensação de frescura e de prados atravessados.

O pároco desceu, cingido ao corrimão, para a deixar passar, murmurando *boas-noites*, com a cabeça baixa. O cônego, que descia atrás, pesadamente, tomou o meio da escada, diante de Amélia:

— Então isto são horas, sua brejeira?

Ela teve um risinho, encolheu-se.

— Ora vá-se encomendar a Deus, vá! — disse batendo-lhe no rosto devagarinho com a sua mão grossa e cabeluda.

Ela subiu a correr, enquanto o cônego, depois de ir buscar o guarda-sol à saleta, saía, dizendo à criada, que erguia o candeeiro sobre a escada:

— Está bem, eu vejo, não apanhas frio, rapariga. Então às oito, Amaro! Esteja a pé! Vai-te, rapariga, adeus! Reza à Senhora da Piedade que te seque essa catarreira.

O pároco fechou a porta do quarto. A roupa da cama entreaberta, alva, tinha um bom cheiro de linho lavado. Por cima da cabeceira pendia a gravura antiga de um Cristo crucificado. Amaro abriu o seu Breviário, ajoelhou aos pés da cama, persignou-se; mas estava fatigado, vinham-lhe grandes bocejos; e então por cima, sobre o teto, através das orações rituais que maquinalmente ia lendo, começou a sentir o tique-taque das botinas de Amélia e o ruído das saias engomadas que ela sacudia ao despir-se.

III

Amaro Vieira nascera em Lisboa em casa da Sra. Marquesa de Alegros. Seu pai era criado do marquês; a mãe era criada de quarto, quase uma amiga da senhora marquesa. Amaro conservava ainda um livro, o *Menino das selvas*, com bárbaras imagens coloridas, que tinha escrito na primeira página branca: *À minha muito estimada criada Joana Vieira e verdadeira amiga que sempre tem sido, — marquesa de Alegros.* Possuía também um daguerreótipo[1] de sua mãe: era uma mulher forte, de sobrancelhas cerradas, a boca larga e sensualmente fendida, e uma cor ardente. O pai de Amaro tinha morrido de apoplexia[2]: e a mãe, que fora sempre tão sã, sucumbiu, daí a um ano, a uma tísica de laringe. Amaro completara então seis anos. Tinha uma irmã mais velha que desde pequena vivia com a avó em Coimbra, e um tio, merceeiro abastado do bairro da Estrela. Mas a senhora marquesa ganhara amizade a Amaro; conservou-o em sua casa, por uma adoção tácita; e começou, com grandes escrúpulos, a vigiar a sua educação.

A Marquesa de Alegros ficara viúva aos quarenta e três anos e passava a maior parte do ano retirada na sua quinta de Carcavelos. Era uma pessoa passiva, de bondade indolente, com capela em casa, um respeito devoto pelos padres de S. Luís, sempre preocupada dos interesses da Igreja. As suas duas filhas, educadas no receio do céu e nas preocupações da moda, eram beatas

---

[1] Daguerreótipo: refere-se aos traços pessoais, no sentido metafórico; retrato feito com perfeição.

[2] Apoplexia: derramamento de sangue no interior de um órgão.

e faziam o *chic* falando com igual fervor da humildade cristã e do último figurino de Bruxelas. Um jornalista de então dissera delas: — Pensam todos os dias na *toilette* com que hão de entrar no Paraíso.

No isolamento de Carcavelos, naquela quinta de alamedas aristocráticas onde os pavões gritavam, as duas meninas enfastiavam-se. A religião, a caridade eram então preocupações avidamente aproveitadas: cosiam vestidos para os pobres da freguesia; bordavam frontais para os altares da igreja. De maio a outubro estavam inteiramente absorvidas pelo trabalho de *salvar a sua alma*; liam os livros beatos e doces; como não tinham S. Carlos, as visitas, a Aline, recebiam os padres e cochichavam sobre a virtude dos santos. Deus era o seu luxo de verão.

A senhora marquesa resolvera desde logo fazer entrar Amaro na vida eclesiástica. A sua figura amarelada e magrita pedia aquele destino recolhido: era já afeiçoado às coisas de capela, e o seu encanto era estar aninhado ao pé de mulheres, no calor das saias unidas, ouvindo falar de santas. A senhora marquesa não o quis mandar ao colégio, porque receava a impiedade dos tempos e as camaradagens imorais. O capelão da casa ensinava-lhe o latim, e a filha mais velha, a Sra. D. Luísa, que tinha um nariz de cavalete e lia Chateaubriand, dava-lhe lições de francês e de geografia.

Amaro era, como diziam os criados, *um mosquinha--morta*. Nunca brincava, nunca pulava ao sol. Se à tarde acompanhava a senhora marquesa às alamedas da quinta, quando ela descia pelo braço do padre Liset ou do respeitoso procurador Freitas, ia a seu lado, mono, muito encolhido, torcendo com as mãos úmidas o forro das algibeiras — vagamente assustado das espessuras de arvoredos e do vigor das relvas altas.

Tornou-se muito medroso. Dormia com lamparina, ao pé de uma ama velha. As criadas de resto feminizavam-no; achavam-no bonito, aninhavam-no no meio delas, beijocavam-no, faziam-lhe cócegas, e ele rolava por entre as saias, em contato com os corpos, com gritinhos de contentamento. As vezes quando a senhora marquesa saía, vestiam-no de mulher, entre grandes risadas; ele abandonava-se, meio nu, com os seus modos lânguidos, os olhos quebrados, uma roseta escarlate nas faces. As criadas, além disso, utilizavam-no nas suas intrigas umas com as outras; era Amaro o que *fazia as queixas*. Tornou-se enredador, muito mentiroso.

Aos onze anos ajudava à missa, e aos sábados limpava a capela. Era o seu melhor dia; fechava-se por dentro, colocava os santos em plena luz em cima de uma mesa, beijando-os com ternuras devotas e satisfações gulosas; e toda a manhã, muito atarefado, cantarolando o Santíssimo, ia tirando a traça dos vestidos das Virgens e limpando com gesso e crê as auréolas dos Mártires.

No entanto crescia; o seu aspecto era o mesmo, miúdo e amarelado; nunca dava uma boa risada, trazia sempre as mãos nos bolsos. Estava constantemente metido nos quartos das criadas, remexendo as gavetas; bulia nas saias sujas, cheirava os algodões postiços. Era extremamente preguiçoso, e custava de manhã arrancá-lo a uma sonolência doentia em que ficava amolecido, todo embrulhado nos cobertores e abraçado ao travesseiro. Já corcovava um pouco, e os criados chamavam-lhe o *padreca*.

Num domingo gordo, uma manhã, depois da missa, ao chegar-se ao terraço, a senhora marquesa de repente caiu morta com uma apoplexia. Deixava no seu testamento um legado para que Amaro, o filho da sua criada Joana, entrasse aos quinze anos no seminário e se ordenasse. O padre Liset ficava encarregado de realizar esta disposição piedosa. Amaro tinha então treze anos.

As filhas da senhora marquesa deixaram logo Carcavelos e foram para Lisboa, para casa da Sra. Dona Bárbara de Noronha, sua tia paterna. Amaro foi mandado para casa do tio, para a Estrela. O merceeiro era um homem obeso, casado com a filha de um pobre empregado público, que o aceitara para sair da casa do pai, onde a mesa era escassa; ela devia fazer as camas e nunca ia ao teatro. Mas odiava o marido, as suas mãos cabeludas, a loja, o bairro e o seu apelido de Sra. Gonçalves. O marido esse adorava-a como a delícia da sua vida, o seu luxo; carregava-a de joias e chamava-lhe *a sua duquesa.*

Amaro não encontrou ali o elemento feminino e carinhoso, em que estivera tepidamente envolvido em Carcavelos. A tia quase não reparava nele: passava os seus dias lendo romances, as análises dos teatros nos jornais, vestida de seda, coberta de pó de arroz, o cabelo em cachos, esperando a hora em que passar a debaixo das janelas, puxando os punhos, o Cardoso, galã da Trindade. O merceeiro apropriou-se então de Amaro como de uma utilidade imprevista: mandou-o para o balcão. Fazia-o erguer logo às cinco horas da manhã; e o rapaz tremia na sua jaqueta de pano azul, molhando à pressa o pão na chávena de café, ao canto da mesa da cozinha. De resto detestavam-no; a tia chamava-lhe o *cebola* e o tio chamava-lhe o *burro.* Pesava-lhes até o magro pedaço de vaca que ele comia ao jantar. Amaro emagrecia e todas as noites chorava.

Sabia já que aos quinze anos devia entrar no seminário. O tio todos os dias lho lembrava:

— Não penses que ficas aqui toda a vida na vadiagem, burro! Em tendo quinze anos, é para o seminário. Não tenho obrigação de carregar contigo! Besta na argola, não está nos meus princípios!

E o rapaz desejava o seminário, como um libertamento.

Nunca ninguém consultara as suas tendências ou a sua vocação. Impunham-lhe uma sobrepeliz; a sua natureza passiva, facilmente dominável, aceitava-a, como aceitaria uma farda. De resto não lhe desagradava *ser padre*. Desde que saíra das rezas perpétuas de Carcavelos, conservara o seu medo do inferno, mas perdera o fervor dos santos, lembravam-lhe porém os padres que vira em casa da senhora marquesa, pessoas brancas e bem tratadas, que comiam ao lado das fidalgas e tomavam rapé em caixas de ouro; e convinha-lhe aquela profissão em que se fala baixo com as mulheres, — vivendo entre elas, cochichando, sentindo-lhes o calor penetrante, — e se recebem presentes em bandejas de prata. Recordava o padre Liset com um anel de rubi no dedo mínimo; monsenhor Saavedra com os seus belos óculos de ouro, bebendo aos goles o seu copo de *Madeira*.

As filhas da senhora marquesa bordavam-lhes chinelas. Um dia tinha visto um bispo que fora padre na Bahia, viajara, estivera em Roma, era muito jovial; e na sala, com as suas mãos ungidas que cheiravam a água-de-colônia apoiadas ao castão de ouro da bengala, todo rodeado de senhoras em êxtase e cheias de um riso beato, cantava, para as entreter, com a sua bela voz:

Mulatinha da Bahia,
Nascida no Capujá...

Um ano antes de entrar para o seminário, o tio fê-lo ir a um mestre para se afirmar mais no latim, e dispensou-o de estar ao balcão. Pela primeira vez na sua existência, Amaro possuiu liberdade. Ia só à escola, passeava pelas ruas. Viu a cidade, o exercício de infantaria, espreitou às portas dos cafés, leu os cartazes dos teatros. Sobretudo começara a reparar muito nas mulheres — e vinham-lhe, de tudo o que via, grandes melancolias. A sua hora triste era ao anoitecer, quando voltava da escola, ou aos domingos depois de ter ido passear com o caixeiro ao jardim da Estrela. O seu quarto ficava em cima, na trepadeira, com uma janelinha num vão sobre os telhados. Encostava-se ali olhando, e via parte da cidade baixa, que a pouco e pouco se alumiava de pontos de gás: parecia-lhe perceber, vindo de lá, um rumor indefinido: era a vida que não conhecia e que julgava maravilhosa, com cafés abrasados de luz, e mulheres que arrastam ruge-ruges de sedas pelos peristilos dos teatros; perdia-se em imaginações vagas, e de repente apareciam-lhe no fundo negro da noite formas femininas por fragmentos, uma perna com botinas de duraque e a meia muito branca, ou um braço roliço arregaçado até o ombro... Mas embaixo, na cozinha, a criada começava a lavar a louça, cantando; era uma rapariga gorda, muito sardenta; e vinham-lhe então desejos de descer, ir roçar-se por ela ou estar a um canto a vê-la escaldar os pratos; lembravam-lhe outras mulheres que vira nas vielas, de saias engomadas e ruidosas, passeando em cabelo, com botinas cambadas: e, da profundidade do seu ser, subia-lhe uma preguiça, como que a vontade de abraçar alguém, de não se sentir só. Julgava-se infeliz, pensava em matar-se. Mas o tio chamava-o debaixo:

— Então tu não estudas, mariola?

E daí a pouco, sobre o *Tito Lívio*, cabeceando de sono, sentindo-se desgraçado, roçando os joelhos um contra o outro, torturava o dicionário.

Por esse tempo começava a sentir um certo afastamento pela vida de padre, *porque não poderia casar*. Já as convivências da escola tinham introduzido na sua natureza efeminada curiosidades, corrupções. Às escondidas fumava cigarros: emagrecia e andava mais amarelo.

Entrou no seminário. Nos primeiros dias os longos corredores de pedra um pouco úmidos, as lâmpadas tristes, os quartos estreitos e gradeados, as batinas negras, o silêncio regulamentado, o toque das sinetas — deram-lhe uma tristeza lúgubre, aterrada. Mas achou logo amizades; o seu rosto bonito agradou. Começaram a tratá-lo por *tu*, a admiti-lo, durante as horas de recreio ou nos passeios do domingo, às conversas em que se contavam anedotas dos mestres, se caluniava o reitor, e perpetuamente se lamentavam as melancolias da clausura: porque quase todos falavam com saudade das existências livres que tinham deixado; os da aldeia não podiam esquecer as claras eiras batidas do sol, as esfolhadas cheias de cantigas e de abraços, as filas da boiada que recolhe, enquanto um vapor se exala dos prados; os que vinham das pequenas vilas lamentavam as ruas tortuosas e tranquilas de onde se namoram as vizinhas, os alegres dias de mercado, as grandes aventuras do tempo em que se estuda latim. Não lhes bastava o pátio do recreio lajeado, com as suas árvores definhadas, os altos muros sonolentos, o monótono jogo da bola; abafavam na estreiteza dos corredores, na sala de Santo Inácio, onde se faziam as meditações da manhã e se estudavam à noite as lições; e invejavam todos os destinos livres, ainda os mais humildes — o almocreve[3] que viam passar na estrada tocando os seus machos; o carreiro que ia cantarolando ao áspero chiar das rodas, e até os mendigos errantes, apoiados ao seu cajado, com o seu alforje escuro.

Da janela de um corredor via-se uma volta de estrada; à tardinha uma diligência costumava passar, levantando a poeira, entre os estalidos do chicote, ao trote das três éguas, carregadas de bagagens; passageiros alegres, que levavam os coelhos bem embrulhados, sopravam o fumo dos charutos; quantos olhares os seguiam. Quantos desejos iam viajando com eles para as alegres vilas e para as cidades, pela frescura das madrugadas ou sob a claridade das estrelas!

E no refeitório, diante do escasso caldo de hortaliça, quando o regente de voz grossa começava a ler monotonamente as cartas de algum missionário da China ou as pastorais do senhor bispo, quantas saudades dos jantares de família! As boas postas de peixe! O tempo da matança! Os rojões quentes que chiam no prato! Os sarrabulhos cheirosos!

Amaro não deixava coisas queridas; vinha da brutalidade do tio, do rosto enfastiado da tia coberto de pó-de-arroz; mas insensivelmente pôs-se também a ter saudades dos seus passeios aos domingos, da claridade do gás e das voltas da escola com os livros numa correia, quando parava encostado à vitrina das lojas a contemplar a nudez das bonecas!

Lentamente, porém, com a sua natureza incaracterística, foi entrando como uma ovelha indolente na

[3] Almocreve: indivíduos que conduzem bestas de carga.

regra do seminário. Decorava com regularidade os seus compêndios; tinha uma exatidão prudente nos serviços eclesiásticos; e calado, encolhido, curvando-se muito baixo diante dos lentes — chegou a ter boas notas.

Nunca pudera compreender os que pareciam gozar o seminário com beatitude e maceravam os joelhos, ruminando, com a cabeça baixa, textos da *Imitação* ou de Santo Inácio; na capela, com os olhos em alvo, empalideciam de êxtase: mesmo no recreio, ou nos passeios, iam lendo algum volumezinho de *Louvores a Maria*; e cumpriam com delícia as regras mais miúdas — até subir só um degrau de cada vez, como recomenda S. Boaventura. A esses o seminário dava um antegosto do céu: a ele só lhe oferecia as humilhações de uma prisão, com os tédios de uma escola.

Não compreendia também os ambiciosos; os que queriam ser caudatários de um bispo, e nas altas salas dos paços episcopais erguer os reposteiros de velho damasco; os que desejavam viver nas cidades depois de ordenados, servir uma igreja aristocrática, e, diante das devotas ricas que se acumulam no *frou-frou* das sedas sobre o tapete do altar-mor, cantar com voz sonora. Outros sonhavam até destinos fora da Igreja: ambicionavam ser militares e arrastar nas ruas lajeadas o tintlim de um sabre; ou a farta vida da lavoura, e desde a madrugada, com um chapéu desabado e bem montados, trotar pelos caminhos, dar ordens nas largas eiras cheias de medas, apear à porta das adegas. E, a não ser alguns devotos, todos, ou aspirando ao sacerdócio ou aos destinos seculares, queriam deixar a estreiteza do seminário para comer bem, ganhar dinheiro e conhecer as mulheres.

Amaro não desejava nada:

— Eu nem sei... — dizia ele melancolicamente.

No entretanto, escutando por simpatia aqueles para quem o seminário era o "tempo das galés", saía muito perturbado daquelas conversas cheias de impaciente ambição da vida livre. Às vezes falavam de fugir. Faziam planos, calculando a altura das janelas, as peripécias da noite negra pelos negros caminhos; anteviam balcões de tabernas onde se bebe, salas de bilhar, alcovas quentes de mulheres. Amaro ficava todo nervoso; sobre o seu catre, alta noite, revolvia-se sem dormir e, no fundo das suas imaginações e dos seus sonhos, ardia, como uma brasa silenciosa, o desejo da mulher.

Na sua cela havia uma imagem da Virgem coroada de estrelas, pousada sobre a esfera, com o olhar errante pela luz imortal, calcando aos pés a serpente. Amaro voltava-se para ela como para um refúgio, rezava-lhe a salve-rainha; mas, ficando a contemplar a litografia, esquecia a santidade da Virgem, via apenas diante de si uma linda moça loura; amava-a; suspirava; despindo-se olhava-a de revés lubricamente; e mesmo a sua curiosidade ousava erguer as pregas castas da túnica azul da imagem e supor formas, redondezas, uma carne branca... Julgava então ver os olhos do Tentador luzir na escuridão do quarto; aspergia a cama de água benta; mas não se atrevia a revelar estes delírios, no confessionário, ao domingo.

Quantas vezes ouvira, nas prédicas, o mestre de Moral falar, com a sua voz roufenha, do pecado, compará-lo à serpente e, com palavras untuosas e gestos arqueados, deixando cair vagarosamente a pompa melíflua dos seus períodos, aconselhar os seminaristas a que, imitando a Virgem, calcassem aos pés a *serpente ominosa*! E depois era o mestre de teologia mística que falava, sorvendo o seu rapé, no dever de *vencer a Natureza*! E citando

S. João de Damasco e S. Crisólogo, S. Cipriano e S. Jerônimo, explicava os anátemas dos santos contra a mulher, a quem chamava, segundo as expressões da Igreja, Serpente, Dardo, Filha da mentira, Porta do inferno, Cabeça do crime, Escorpião...

— E como disse o nosso padre S. Jerônimo, — e assoava-se estrondosamente — Caminho de iniquidades, *iniquitas via*!

Até nos compêndios encontrava a preocupação da Mulher! Que ser era esse, pois, que através de toda a teologia, ora era colocada sobre o altar como a Rainha da Graça, ora amaldiçoada com apóstrofes bárbaras? Que poder era o seu, que a legião dos santos ora se arremessa ao seu encontro, numa paixão extática. Dando-lhe por aclamação o profundo reino dos céus, — ora vai fugindo diante dela como do Universal Inimigo, com os soluços de terror e gritos de ódio, e escondendo-se, para a não ver, nas tebaides e nos claustros, vai ali morrendo do mal de a ter amado? Sentia, sem as definir, estas perturbações! Elas renasciam, desmoralizavam-no perpetuamente; e já antes de fazer os seus votos desfalecia no desejo de os quebrar.

E em redor dele sentia iguais rebeliões da natureza: os estudos, os jejuns, as penitências podiam domar o corpo, dar-lhe hábitos maquinais, mas dentro os desejos moviam-se silenciosamente, como num ninho serpentes imperturbadas. Os que mais sofriam eram os sanguíneos, tão doloridamente apertados na Regra como os seus grossos pulsos plebeus nos punhos das camisas. Assim, quando estavam sós, o temperamento irrompia: lutavam, faziam forças, provocavam desordens. Nos linfáticos a natureza comprimida produzia as grandes tristezas, os silêncios moles; desforravam-se então no amor dos pequenos vícios; jogar com um velho baralho, ler um romance, obter de intrigas demoradas um maço de cigarros — quantos encantos do pecado!

Amaro por fim quase invejava os estudiosos; ao menos esses estavam contentes, estudavam perpetuamente, escrevinhavam notas no silêncio da alta livraria, eram respeitados, usavam óculos, tomavam rapé. Ele mesmo tinha às vezes ambições repentinas da ciência; mas diante dos vastos in-fólios vinha-lhe um tédio insuperável. Era no entanto devoto; rezava, tinha fé ilimitada em certos santos, um terror angustioso de Deus. Mas odiava a clausura do seminário! A capela, os chorões do pátio, as comidas monótonas do longo refeitório lajeado, os cheiros dos corredores, tudo lhe dava uma tristeza irritada; parecia-lhe que seria bom, puro, crente, se estivesse na liberdade de uma rua ou na paz de um quintal, fora daquelas negras paredes. Emagrecia, tinha suores hécticos[4]; e mesmo no último ano, depois do serviço pesado da Semana Santa, como começavam os calores, entrou na enfermaria com uma febre nervosa.

Ordenou-se enfim pelas têmperas de S. Mateus; e pouco tempo depois recebeu, ainda no seminário, esta carta do Sr. padre Liset:

> Meu querido filho e novo colega. — Agora que está ordenado, entendo em minha consciência que devo dar-lhe conta do estado dos seus negócios, pois quero cumprir até o fim o encargo com que carregou os meus ombros débeis a nossa chorada marquesa, atribuindo-me a honra de administrar o

---

[4] Héctico: o mesmo que febril; estado acompanhado de emagrecimento; tuberculose.

legado que lhe deixou. Porque, ainda que os bens mundanos pouco devam importar a uma alma votada ao sacerdócio, são sempre as boas contas que fazem os bons amigos. Saberá, pois, meu querido filho, que o legado da querida marquesa — para quem deve erguer em sua alma uma gratidão eterna — está inteiramente exausto. Aproveito esta ocasião para lhe dizer que depois da morte de seu tio, sua tia, tendo liquidado o estabelecimento, se entregou a um caminho que o respeito me impede de qualificar; caiu sob o império das paixões, e tendo-se ligado ilegitimamente, viu os seus bens perdidos juntamente com a sua pureza, e hoje estabeleceu uma casa de hóspedes na rua dos Calafates nº 53. Se toco nestas impurezas, tão impróprias de que um tenro levita como o meu querido filho, tenha delas conhecimento, é porque lhe quero dar cabal relação da sua respeitável família. Sua irmã, como decerto sabe, casou rica em Coimbra, e ainda que o casamento não é o ouro que devemos apreciar, é todavia importante, para futuras circunstâncias, que o meu querido filho esteja de posse deste fato. Do que me escreveu o nosso querido reitor a respeito de o mandarmos para a freguesia de Feirão, na Gralheira, vou falar com algumas pessoas importantes que têm a extrema bondade de atender um pobre padre que só pede a Deus misericórdia. Espero, todavia, conseguir. Persevere, meu querido filho, nos caminhos da virtude, de que sei que a sua boa alma está repleta e creia que se encontra a felicidade neste nosso santo ministério, quando sabemos compreender quantos são os bálsamos que derrama no peito e quantos os refrigérios que dá o serviço de Deus! Adeus, meu querido filho e novo colega. Creia que sempre o meu pensamento estará com o pupilo da nossa chorada marquesa, que decerto do Céu, onde a elevaram as suas virtudes, suplica à Virgem, que ela tanto serviu e amou, a felicidade do seu caro pupilo.

Liset.

P. S. — O apelido do marido de sua irmã é Trigoso.

Liset.

Dois meses depois Amaro foi nomeado pároco de Feirão, na Gralheira, serra da Beira-Alta. Esteve ali desde outubro até o fim das neves.

Feirão é uma paróquia pobre de pastores e naquela época quase desabitada. Amaro passou o tempo muito ocioso, ruminando o seu tédio à lareira, ouvindo fora o inverno bramir na serra. Pela primavera vagaram nos distritos de Santarém e de Leiria paróquias populosas, com boas côngruas. Amaro escreveu logo à irmã contando a sua pobreza em Feirão, ela mandou-lhe, com recomendações de economia, doze moedas para ir a Lisboa requerer. Amaro partiu imediatamente. Os ares lavados e vivos da serra tinham-lhe fortificado o sangue; voltava robusto, direito, simpático, com uma boa cor na pele trigueira.

Logo que chegou a Lisboa foi à rua dos Calafates nº 53, a casa da tia; achou-a velha, com laços vermelhos numa cuia enorme, toda coberta de pó de arroz. Tinha-se feito devota, e foi com uma alegria piedosa que abriu os seus magros braços a Amaro.

— Como estás bonito! Ora não há! Quem te viu! Ih, Jesus! Que mudança!

Admirava-lhe a batina, a coroa; e contando-lhe as suas desgraças, com exclamações sobre a salvação da sua alma e sobre a carestia dos gêneros, foi-o levando para o terceiro andar, a um quarto que dava para o saguão.

— Ficas aqui como um abade — disse-lhe ela. — E baratinho!... Ai! ter-te de graça queria eu, irias... Tenho sido muito infeliz, Joãozinho!... Ai, desculpa, Amaro! Estou sempre com o Joãozinho na cabeça...

Amaro procurou logo ao outro dia o padre Liset em S. Luís. Tinha ido para a França. Lembrou-se então da filha mais nova da Sra. Marquesa de Alegros, a Sra. D. Joana que estava casada com o Conde de Ribamar, conselheiro de Estado, com influência, regenerador fiel desde cinquenta e um e duas vezes ministro do reino.

E, por conselho da tia, Amaro, logo que meteu o seu requerimento, foi uma manhã à casa da Sra. Condessa de Ribamar, a Buenos Aires. À porta um *coupé* esperava.

— A Sra. Condessa vai sair — disse um criado de gravata branca e quinzena de alpaca, encostado à ombreira do pátio, de cigarro na boca.

Nesse momento, de uma porta de batentes de baeta verde, sobre um degrau de pedra, ao fundo do pátio lajeado, uma senhora saía, vestida de claro. Era alta, magra, loura, com pequeninos cabelos frisados sobre a testa, lunetas de ouro num nariz comprido e agudo, e no queixo um sinalzinho de cabelos claros.

— A Sra. Condessa já me não conhece... — disse Amaro com o chapéu na mão, adiantando-se curvado.

— Sou o Amaro.

— O Amaro!? — disse ela como estranha ao nome.

— Ah! bom Jesus, quem ele é! Ora não há! Está um homem! Quem diria!

Amaro sorria-se.

— Eu podia lá esperar! — continuou ela admirada.

— E está agora em Lisboa?

Amaro contou a sua nomeação para Feirão, a pobreza da paróquia...

— De maneira que vim requerer, senhora condessa.

Ela escutava-o com as mãos apoiadas numa alta sombrinha de seda clara, e Amaro sentia vir dela um perfume de pó de arroz e uma frescura de cambraias.

— Pois deixe estar — disse ela — fique descansado. Meu marido há de falar. Eu me encarrego disso. Olhe, venha por cá. — E com o dedo sobre o canto da boca:

— Espere, amanhã vou para Sintra. Domingo, não. O melhor é daqui a quinze dias. Daqui a quinze dias pela manhã, sou certa. — E rindo com os seus largos dentes frescos: — Parece que o estou a ver traduzir Chateaubriand com a mana Luísa! Como o tempo passa!

— Passa bem a senhora sua mana? — perguntou Amaro.

— Sim, bem. Está numa quinta em Santarém.

Deu-lhe a mão calçada de *peau de suède*, num aperto sacudido que fez tilintar os seus braceletes de ouro, e altou para o *coupé*, magra e ligeira, com um movimento que levantou brancuras de saias.

Amaro começou então a esperar. Era em julho, no pleno calor. Dizia missa pela manhã em S. Domingos, e durante o dia, de chinelos e casaco de ganga, arrastava a sua ociosidade pela casa. Às vezes ia conversar com a tia para a sala de jantar; as janelas estavam cerradas; na penumbra zumbia a monótona sussurração das moscas; a tia a um canto do velho canapé de palhinha fazia *crochet*, com a luneta encavalada na ponta do nariz; Amaro, bocejando, folheava um antigo volume do *Panorama*.

À noitinha saía, a dar duas voltas no Rossio. Abafava-se, no ar pesado e imóvel; a todos os cantos se apregoava monotonamente *água fresca*! Pelos bancos, debaixo das árvores, vadios remendados dormitavam; em redor da Praça, sem cessar, caleches de aluguel vazias rodavam vagarosamente; as claridades dos cafés reluziam; e gente encalmada, sem destino, movia, bocejando, a sua preguiça pelos passeios das ruas.

Amaro então recolhia, e no seu quarto, com a janela aberta ao calor da noite, estirado em cima da cama, em mangas de camisa, sem botas, fumava cigarros, ruminava as suas esperanças. A cada momento lhe acudiam, com rebates de alegria, as palavras da Sra. Condessa; *fique descansado, meu marido há de falar!* E via-se já pároco numa bonita vila, numa casa com quintal cheio de couves e de saladas frescas, tranquilo e importante, recebendo bandejas de doce das devotas ricas.

Vivia então num estado de espírito muito repousado. As exaltações, que no seminário lhe causavam a continência, tinham-se acalmado com as satisfações que lhe dera em Feirão uma grossa pastora, que ele gostava de ver ao domingo tocar à missa, dependurada da corda do sino, rolando nas saias de saragoça, e a face a estourar de sangue. Agora, sereno, pagava pontualmente ao céu as orações que manda o ritual, trazia a carne contente e caiada, e procurava estabelecer-se regaladamente.

No fim de quinze dias foi à casa da senhora condessa.

— Não está — disse-lhe um criado da cavalariça.

Ao outro dia voltou, já inquieto. Os batentes verdes estavam abertos: e Amaro subiu devagar, pisando, muito acanhado, o largo tapete vermelho, fixado com varões de metal. Da alta claraboia caía uma luz suave; ao cimo da escada, no patamar, sentado numa banqueta de marroquim escarlate, um criado encostado à parede branca envernizada, com a cabeça pendente e o beiço caído, dormia. Fazia um grande calor; aquele alto silêncio aristocrático aterrava Amaro; esteve um momento, com o seu guarda-sol pendente do dedo mínimo, hesitando; tossiu devagarinho, para acordar o criado que lhe parecia terrível com a sua bela suíça preta, o seu rico grilhão de ouro; e ia descer, quando ouviu por detrás de um reposteiro um riso grosso de homem. Sacudiu com o lenço o pó esbranquiçado dos sapatos, puxou os punhos, e entrou muito vermelho numa larga sala com estofos de damasco amarelo; uma grande luz entrava das varandas abertas, e viam-se arvoredos de jardim. No meio da sala três homens de pé conversavam. Amaro adiantou-se, balbuciou:

— Não sei se incomodo...

Um homem alto, de bigode grisalho e óculos de ouro, voltou-se surpreendido, com o charuto ao canto da boca e as mãos nos bolsos. Era o senhor Conde.

— Sou Amaro...

— Ah — disse o conde — o Sr. padre Amaro! Conheço muito bem! Tem a bondade... Minha mulher falou-me. Tem a bondade...

E dirigindo-se a um homem baixo e repleto, quase calvo, de calças brancas muito curtas:

— É a pessoa de quem lhe falei. — Voltou-se para Amaro: — É o senhor ministro.

Amaro curvou-se, servilmente.

— O Sr. padre Amaro — disse o conde de Ribamar — foi criado de pequeno em casa da minha sogra. Nasceu lá, creio eu...

— Saiba o senhor conde que sim — disse Amaro que se conservava afastado, com o guarda-sol na mão.

— Minha sogra, que era toda devota e uma completa senhora, — já não há disso! — fê-lo padre. Houve até um legado, creio eu... Enfim, aqui o temos pároco... Onde, Sr. padre Amaro?

— Feirão, excelentíssimo senhor.

— Feirão!?... — disse o ministro estranhando o nome.

— Na serra da Gralheira — informou logo o outro sujeito, ao lado. Era um homem magro, entalado numa sobrecasaca azul, muito branco de pele, com soberbas suíças de um negro de tinta e um admirável cabelo lustroso de pomada, apartado até ao cachaço numa risca perfeita.

— Enfim, — resumiu o conde — um horror! Na serra, uma freguesia pobre, sem distrações, com um clima horrível...

— Eu meti já requerimento, excelentíssimo senhor — arriscou Amaro timidamente.

— Bem, bem — afirmou o ministro. — Há de arranjar-se. — E mascava o seu charuto.

— É uma justiça — disse o conde. — Mais, é uma necessidade! Os homens novos e ativos devem estar nas paróquias difíceis, nas cidades... É claro! Mas não; olhe, lá ao pé da minha quinta, em Alcobaça, há um velho, um gotoso, um padre-mestre antigo, um imbecil! ... Assim perde-se a fé.

— É verdade — disse o ministro — mas essas colocações nas boas paróquias devem naturalmente ser recompensas dos bons serviços. É necessário o estímulo...

— Perfeitamente — replicou o conde; — mas serviços religiosos, profissionais, serviços à Igreja, não serviços aos governos.

O homem das soberbas suíças negras teve um gesto de objeção.

— Não acha? — perguntou-lhe o conde.

— Respeito muito a opinião de Vossa Excelência, mas se me permite... Sim, digo eu, os párocos na cidade são-nos de um grande serviço nas crises eleitorais. De um grande serviço!

— Pois sim. Mas...

— Olhe Vossa Excelência — continuou ele, sôfrego da palavra. — Olhe Vossa Excelência em Tomar. Por que perdemos? Pela atitude dos párocos. Nada mais.

O conde acudiu:

— Mas perdão, não deve ser assim; a religião, o clero não são agentes eleitorais.

— Perdão... — queria interromper o outro.

O conde suspendeu-o, com um gesto firme; e gravemente, em palavras pausadas, cheias da autoridade de um vasto entendimento:

— A religião — disse ele — pode, deve mesmo auxiliar os governos no seu estabelecimento, operando, por assim dizer, como freio...

— Isso, isso! — murmurou arrastadamente o ministro, cuspindo películas mascadas de charuto.

— Mas descer às intrigas — continuou o conde devagar — aos *imbróglios*... Perdoe-me, meu caro amigo, mas não é de um cristão.

— Pois sou-o, senhor conde! — exclamou o homem das suíças soberbas. — Sou-o a valer! Mas também sou liberal. E entendo que no governo representativo... Sim, digo eu... com as garantias mais sólidas...

— Olhe — interrompeu o conde — sabe o que isso faz? desacredita o clero e desacredita a política.

— Mas são ou não as maiorias um princípio *sagrado*? — gritava rubro o das suíças, acentuando o adjetivo.

— São um princípio *respeitável.*

— Upa! upa, excelentíssimo senhor! Upa!

O padre Amaro escutava, imóvel.

— Minha mulher há de querer vê-lo — disse-lhe então o conde. E dirigindo-se a um reposteiro que levantou:

— Entre. É o Sr. padre Amaro, Joana!

Era uma sala forrada de papel branco acetinado com móveis estofados de casimira clara. Nos vãos das janelas, entre as cortinas de pregas largas de uma fazenda adamascada cor de leite, apanhadas quase junto do chão por faixas de seda, arbustos delgados, sem flor, erguiam em vasos brancos a sua folhagem fina. Uma meia-luz fresca dava a todas aquelas alvuras um tom delicado de nuvem. Nas costas de uma cadeira uma arara empoleirada, firme num só pé negro, coçava vagarosamente, com contrações aduncas, a sua cabeça verde. Amaro, embaraçado, curvou-se logo para um canto do sofá, onde viu os cabelinhos louros e frisados da senhora condessa que lhe enchiam vaporosamente a testa, e os aros de ouro da sua luneta reluzindo. Um rapaz gordo, de face rechonchuda, sentado diante dela numa cadeira baixa, com os cotovelos sobre os joelhos abertos. Ocupava-se em balançar, como um pêndulo, um *pince-nez* de tartaruga. A condessa tinha no regaço uma cadelinha, e com a sua mão seca e fina, cheia de veias, acamava-lhe o pelo branco como algodão.

— Como está, Sr. Amaro? — A cadela rosnou. — Quieta, *Joia*... Sabe que já falei no seu negócio? Quieta, *Joia*... O ministro esta ali.

— Sim, minha senhora — disse Amaro, de pé.

— Sente-se aqui, Sr. padre Amaro.

Amaro pousou-se à beira de um *fauteuil*, com o seu guarda-sol na mão — e reparou então numa senhora alta que estava de pé, junto do piano, falando com um rapaz louro.

— Que tem feito estes dias, Sr. Amaro? — disse a condessa. — Diga-me uma coisa: sua irmã?

— Está em Coimbra, casou.

— Ah! casou! — disse a condessa, fazendo girar os seus anéis.

Houve um silêncio. Amaro, de olhos baixos, passava, com um gesto embaraçado e errante, os dedos pelos beiços.

— O Sr. padre Liset está para fora? — perguntou.

— Está em Nantes. Tinha uma irmã a morrer — disse a condessa. — Está o mesmo sempre: muito amável, muito doce. É a alma mais virtuosa!...

— Eu prefiro o padre Félix — disse o rapaz gordo, estirando as pernas.

— Não diga isso, primo! Jesus, brada aos céus! Pois então o padre Liset, tão respeitável!... E depois outras maneiras de dizer as coisas, com uma bondade. Vê-se que é um coração delicado...

— Pois sim, mas o padre Félix...

— Ai, nem diga isso! Que o padre Félix é uma pessoa de muita virtude, decerto; mas o padre Liset tem uma religião mais... — E com um gesto delicado procurava a palavra: — mais fina, mais distinta... Enfim, vive com outra gente. E sorrindo para Amaro: — Pois não acha?

Amaro não conhecia o padre Félix, não se recordava do padre Liset.

— Já é velho o Sr. padre Liset — observou ao acaso.

— Crê? — disse a condessa. — Mas muito bem conservado! E que vivacidade, que entusiasmo!... Ai, é outra coisa! — E voltando-se para a senhora que estava junto do piano: — Pois não achas, Teresa?

— Já vou — respondeu Teresa, toda absorvida.

Amaro afirmou-se então nela. Pareceu-lhe uma rainha, ou uma deusa, com a sua alta e forte estatura, uma linha de ombros e de seio magnífica; os cabelos retos um pouco ondeados destacavam sobre a palidez do rosto aquilino semelhante ao perfil dominador de Marie Antoinette; o seu vestido preto, de mangas curtas e decote quadrado, quebrava, com as pregas da cauda muito longa toda adornada de rendas negras, o tom monótono das alvuras da sala: o colo, os braços estavam cobertos por uma gaze preta, que fazia aparecer através a brancura da carne; e sentia-se nas suas formas a firmeza dos mármores antigos, com o calor de um sangue rico.

Falava baixo, sorrindo, numa língua áspera que Amaro não compreendia, cerrando e abrindo o seu leque preto — e o rapaz louro, bonito, escutava-a retorcendo a ponta de um bigode fino, com um quadrado de vidro entalado no olho.

— Havia muita devoção na sua paróquia, Sr. Amaro? — perguntava no entanto a condessa.

— Muita, muito boa gente.

— É onde ainda se encontra alguma fé, é nas aldeias — considerou ela com um tom piedoso. — Queixou-se da obrigação de viver na cidade, nos cativeiros do luxo; desejaria habitar sempre a sua quinta de Carcavelos, rezar na pequena capela antiga, conversar com as boas almas da aldeia! — e a sua voz tornara-se terna.

O rapaz rechonchudo ria-se:

— Ora, prima! — dizia; — ora, prima! — Não, ele, se o obrigassem a ouvir missa numa capelinha de aldeia, até lhe parecia que perdia a fé!... Não compreendia, por exemplo, a religião sem música... Era lá possível uma festa religiosa, sem uma boa voz de contralto!?

— Sempre é mais bonito — disse Amaro.

— Está claro que é. É outra coisa! Tem *cachet*! Ó prima, lembra-se daquele tenor... como se chamava ele? O Vidalti. Lembra-se do Vidalti, na quinta-feira de Endoenças, nos Inglesinhos? O *tantum ergo*?

— Eu preferia-o no baile de máscaras — disse a condessa.

— Olhe que não sei, prima, olhe que não sei!

No entanto o rapaz louro viera apertar a mão à senhora condessa, falando-lhe baixo, muito risonho.

Amaro admirava a nobreza da sua estatura, a doçura do seu olhar azul; reparou que lhe caíra uma luva e apanhou-lha servilmente. Quando ele saiu, Teresa, depois de se ter aproximado vagarosamente da janela e olhado para a rua — foi sentar-se numa *causeuse* com um abandono que punha em relevo a magnífica escultura do seu corpo; e voltando-se preguiçosamente para o rapaz rechonchudo:

— Vamo-nos, João?

A condessa disse-lhe então:

— Sabes que o Sr. padre Amaro foi criado comigo em Benfica?

Amaro fez-se vermelho; sentia que Teresa pousava sobre ele os seus belos olhos de um negro úmido como o cetim preto coberto de água.

— Está na província agora? — perguntou ela, bocejando um pouco.

— Sim, minha senhora, vim há dias.

— Na aldeia? — continuou ela, abrindo e cerrando vagarosamente o seu leque.

Amaro via pedras preciosas reluzirem nos seus dedos finos; disse, acariciando o cabo do guarda-sol:

— Na serra, minha senhora.

— Imagina tu — acudiu a condessa — é um horror! Há sempre neve; diz que a igreja não tem telhado, são tudo pastores. Uma desgraça! Eu pedi ao ministro a ver se o mudávamos. Pede-lhe tu também...

— O quê? — disse Teresa.

A condessa contou que Amaro requerera para uma paróquia melhor. Falou de sua mãe, da amizade que ela tinha a Amaro...

— Morria-se por ele. Era um nome que ela lhe dava... Não se lembra?

— Não sei, minha senhora.

— Frei *Maleitas*!... Tem graça! Como o Sr. Amaro era amarelito, sempre metido na capela...

Mas Teresa, dirigindo-se à condessa:

— Sabes com quem se parece este senhor?

A condessa afirmou-se, o rapaz rechonchudo fincou a luneta.

— Não se parece com aquele pianista do ano passado? — continuou Teresa. — Não me lembra agora o nome...

— Bem sei, o Jalette — disse a condessa. — Bastante. No cabelo, não.

— Está visto, o outro não tinha coroa!

Amaro fez-se escarlate. Teresa ergueu-se arrastando a sua soberba cauda; sentou-se ao piano.

— Sabe música? — perguntou, voltando-se para Amaro.

— A gente aprende no seminário, minha senhora.

Ela correu a mão, um momento, sobre o teclado de sonoridades profundas, e tocou a frase do *Rigoletto*, parecida com o *Minuete* de Mozart, que diz Francisco I, despedindo-se, no sarau do primeiro ato, da senhora de Crécy — e cujo ritmo desolado tem a abandonada tristeza de amores que findam, o de braços que se desenlaçam em despedidas supremas.

Amaro estava enlevado. Aquela sala rica com as suas alvuras de nuvem, o piano apaixonado, o colo de Teresa que ele via sob a negra transparência da gaze, as suas tranças de deusa, os tranquilos arvoredos de jardim fidalgo davam-lhe vagamente a ideia de uma existência superior, de romance, passada sobre alcatifas preciosas, em *coupés* acolchoados, com árias de óperas, melancolias de bom gosto e amores de um gozo raro. Enterrado na elasticidade da *causeuse*, sentindo a música chorar aristocraticamente, lembrava-lhe a sala de jantar da tia e o seu cheiro de refogado; e era como o mendigo que prova um creme fino, e, assustado, demora o seu prazer pensando que vai voltar à dureza das côdeas secas e à poeira dos caminhos.

No entanto Teresa, mudando bruscamente de melodia, cantou a antiga ária inglesa de Haydn, que diz tão finamente as melancolias da separação:

The village seems dead and asleep
When Lubin is away!...

— Bravo! bravo! — exclamou o ministro da Justiça aparecendo à porta, batendo docemente as palmas. — Muito bem, muito bem! Deliciosamente!

— Tenho um pedido a fazer-lhe, senhor Correia — disse Teresa erguendo-se logo.

O ministro veio, com uma pressa galante:

— Que é, minha senhora? Que é?

O conde e o sujeito de magníficas suíças tinham entrado discutindo ainda.

— A Joana e eu temos que lhe pedir — disse Teresa ao ministro.

— Eu já pedi! Já pedi mesmo duas vezes! — acudiu a condessa.

— Mas, minhas senhoras — disse o ministro sentando-se confortavelmente, com as pernas muito estiradas, a face satisfeita: — de que se trata? É uma coisa grave? Meu Deus! Prometo, prometo solenemente...

— Bem — disse Teresa batendo-lhe com o leque no braço. Então qual é a melhor paróquia vaga?

— Ah! — disse o ministro compreendendo e olhando para Amaro, que vergou os ombros, corado.

O homem das suíças, que estava de pé fazendo saltar circunspectamente os berloques, adiantou-se, cheio de informações:

— Das vagas, minha senhora, é Leiria, capital do distrito e sede do bispado.

— Leiria? — disse Teresa. — Bem sei; é onde há umas ruínas?

— Um castelo, minha senhora, edificado por D. Dinis.

— Leiria é excelente!

— Mas perdão, perdão! — disse o ministro — Leiria, sede do bispado, uma cidade... O Sr. padre Amaro é um eclesiástico novo...

— Ora, Sr. Correia! — exclamou Teresa — E o senhor não é novo?

O ministro sorriu, curvando-se.

— Dize alguma coisa, tu — disse a condessa a seu marido, que coçava ternamente a cabeça da arara.

— Parece-me inútil, o pobre Correia está vencido! A prima Teresa chamou-lhe novo.

— Mas perdão — protestou o ministro. — Não me parece que seja uma lisonja excepcional; eu não sou também tão antigo...

— Oh, desgraçado! — gritou o conde — lembra-te que já conspiravas em 1820!

— Era meu pai, caluniador, era meu pai!

Todos riram.

— Sr. Correia — disse Teresa — está entendido. O Sr. padre Amaro vai para Leiria!

— Bem, bem, sucumbo — disse o ministro com gesto resignado. — Mas é uma tirania!

— *Thank you* — fez Teresa, estendendo-lhe a mão.

— Mas, minha senhora, estou a estranhá-la — disse o ministro fixando-a.

— Estou contente hoje — disse ela. Olhou um momento para o chão, distraída, dando pequeninas pancadas no vestido de seda; levantou-se, foi sentar-se ao piano bruscamente, e recomeçou a doce ária inglesa:

The village seems dead and asleep
When Lubin is away!...

Entretanto, o conde tinha-se aproximado de Amaro, que se erguera.

— É negócio feito — disse-lhe ele. — O Correia entende-se com o bispo. Daqui a uma semana está nomeado. Pode ir descansado.

Amaro fez uma cortesia e, servil, foi dizer ao ministro que estava junto do piano:

— Senhor ministro, eu agradeço...

— À senhora Condessa, à senhora Condessa — disse o ministro sorrindo.

— Minha senhora, eu agradeço — veio ele dizer à condessa, todo curvado.

— Ai, agradeça a Teresa! Ela quer ganhar indulgências, parece.

— Minha senhora... — foi ele dizer a Teresa.

— Lembre-me nas suas orações, Sr. padre Amaro — disse ela. E continuou, com a sua voz magoada, dizendo ao piano — as tristezas da aldeia quando Lubin está ausente!

Amaro daí a uma semana soube o seu despacho. Mas não tornara a esquecer aquela manhã em casa da Sra. Condessa de Ribamar, — o ministro de calças muito curtas, enterrado na poltrona, prometendo o seu despacho; a luz clara e calma do jardim entrevisto; o rapaz alto e louro que dizia *yes*... Cantava-lhe sempre no cérebro aquela ária triste do *Rigoletto*; e perseguia-o a brancura dos braços de Teresa sob a gaze negra! Instintivamente via-os enlaçarem-se devagar, devagar, em torno do pescoço airoso do rapaz louro: — detestava-o então, e a língua bárbara que falava, e a terra herética de onde viera; e latejavam-lhe as fontes à ideia de que um dia poderia confessar aquela mulher divina, e sentir o seu vestido de seda preta roçar pela sua batina de lustrina velha, na escura intimidade do confessionário.

Um dia, ao amanhecer, depois de grandes abraços da tia, partiu para Santa Apolônia, com um galego que lhe levava o baú. A madrugada rompia. A cidade estava silenciosa, os candeeiros apagavam-se. Às vezes, uma carroça passava rolando, abalando a calçada; as ruas pareciam-lhe intermináveis; saloios começavam a chegar montados nos seus burros, com as pernas balouçadas, cobertas de altas botas enlameadas; numa ou noutra rua uma voz aguda já apregoava os jornais; e os moços dos teatros corriam com o pote da massa, pregando nas esquinas os cartazes.

Quando chegou a Santa Apolônia, a claridade do sol alaranjava o ar por detrás dos montes da Outra-Banda; o rio estendia-se, imóvel, riscado de correntes de cor de aço sem lustre; e já alguma vela de falua passava, vagarosa e branca.

IV

Ao outro dia, na cidade, falava-se da chegada do pároco novo, e todos sabiam já que tinha trazido um baú de lata; que era magro e alto, e que chamava *padre--mestre* ao cônego Dias.

As amigas da S. Joaneira, — as íntimas — a D. Maria da Assunção, as Gansosos, tinham ido logo pela manhã à casa dela *para se porem ao fato*... Eram nove horas; Amaro saíra com o cônego. A S. Joaneira, radiosa, importante, recebeu-as no alto da escada, de mangas arregaçadas, nos arranjos da manhã; e imediatamente, com animação, contou a chegada do pároco, as suas boas maneiras, o que tinha dito...

— Mas venham vocês cá abaixo, sempre quero que vejam.

Foi-lhes mostrar o quarto do padre, o baú de lata, uma prateleira que lhe arranjara para os livros.

— Está muito bem, está tudo muito bem — diziam as velhas andando pelo quarto, devagar, com respeito, como numa igreja.

— Rico capote! — observou D. Joaquina Gansoso, apalpando o pano das largas bandas que pendiam ao comprido do cabide. — É obra para um par de moedas!

— E a boa roupa branca! — disse a S. Joaneira, erguendo a tampa do baú.

O grupo das velhas curvou-se com admiração.

— A mim o que me consola é que ele seja um rapaz novo — disse D. Maria da Assunção, piedosamente.

— Também a mim — disse com autoridade a D. Joaquina Gansoso. — Estar a gente a confessar-se e a ver o pingo do rapé, como era com o Raposo, credo! Até se perde a devoção! E o bruto do José Miguéis! Não, lá isso Deus me mate com gente nova!

A S. Joaneira ia mostrando as outras maravilhas do pároco, — um crucifixo que estava ainda embrulhado num jornal velho, o álbum de retratos, onde o primeiro cartão era uma fotografia do Papa abençoando a cristandade. Todas se extasiaram.

— É o mais que se pode — diziam — é o mais que se pode!

Ao sair, beijando muito a S. Joaneira, felicitaram-na porque adquirira, hospedando o pároco, uma autoridade quase eclesiástica.

— Vocês apareçam à noite — disse ela do alto da escada.

— Pudera!... — gritou D. Maria da Assunção, já à porta da rua, traçando o seu mantelete. — Pudera!... Para o vermos à vontade!

Ao meio-dia veio o Libaninho, o beato mais ativo de Leiria; e subindo a correr os degraus, já gritava com a sua voz fina:

— Ó S. Joaneira!

— Sobe, Libaninho, sobe — disse ela, que costurava à janela.

— Então o senhor pároco veio, hem? — perguntou o Libaninho, mostrando à porta da sala de jantar o seu rosto gordinho cor de limão, a calva luzidia; e vindo para ela com o passinho miúdo, um gingar de quadris:

— Então que tal, que tal? Tem bom feitio?

A S. Joaneira recomeçou a glorificação de Amaro: a sua mocidade, o seu ar piedoso, a brancura dos seus dentes...

— Coitadinho! Coitadinho! — dizia o Libaninho, babando-se de ternura devota. — Mas não se podia demorar, ia para a repartição! — Adeus, filhinha, adeus! — E batia com a sua mão papuda no ombro da S. Joaneira. — Estás cada vez mais gordinha! Olha que rezei ontem a salve-rainha que tu me pediste, ingrata!

A criada tinha entrado.

— Adeus, *Ruça*! Estás magrinha: pega-te com a Senhora Mãe dos Homens. — E avistando Amélia pela porta do quarto entreaberta: — Ai, que estás mesmo uma flor, Melinha! Quem se salvava na tua graça bem eu sei!

E apressado, saracoteando-se, com um pigarrinho agudo, desceu a escada rapidamente, ganindo:

— Adeusinho! Adeusinho, pequenas!

— Ó Libaninho, vens à noite?

— Ai, não posso, filha, não posso! — E a sua vozinha era quase chorosa. — Olha que amanhã é Santa Bárbara: tem seis padre-nossos de direito!

Amaro fora visitar o chantre com o cônego Dias, e tinha-lhe entregado uma carta de recomendação do senhor Conde de Ribamar.

— Conheci muito o Sr. Conde de Ribamar — disse o chantre. — Em quarenta e seis, no Porto. Somos amigos velhos! Era eu cura de Santo Ildefonso; há que anos isso vai!

E, reclinando-se na velha poltrona de damasco, falou com satisfação do seu tempo; contou anedotas da Junta, apreciou os homens de então, imitou-lhes a voz (era uma especialidade de sua excelência), os tiques, as caturrices — sobretudo Manuel Passos, que ele descrevia passeando na Praça Nova, com o comprido casaco pardo e o chapéu de grandes abas, dizendo:

— *Ânimo, patriotas! O Xavier aguenta-se!*

Os senhores eclesiásticos da Câmara riram com gozo. Houve uma grande cordialidade. Amaro saiu muito lisonjeado.

Depois jantou em casa do cônego Dias, e foram passear ambos pela estrada de Marrazes. Uma luz doce e esbatida alargava-se por todo o campo; havia nos outeiros, no azul do ar um aspecto de repouso, de meiga tranquilidade; fumos esbranquiçados saíam dos casais, e sentiam-se os chocalhos melancólicos dos gados que recolhem. Amaro parou junto da ponte, e disse, olhando em redor a paisagem suave:

— Pois senhores, parece-me que me hei de dar bem aqui!

— Há de se dar regaladamente — afirmou o cônego, sorvendo o seu rapé.

Eram oito horas quando se recolheram a casa da S. Joaneira.

As velhas amigas estavam já na sala de jantar. Ao pé do candeeiro de petróleo, Amélia costurava.

A Sra. Dona Maria da Assunção vestira-se, como nos domingos, de seda preta: o seu chinó, de um louro avermelhado, estava coberto com as rendas de um *enfeite* negro; as mãos descarnadas, calçadas de mitenes, solenemente pousadas no regaço, reluziam de anéis; do broche sobre o pescoço até ao cinto, um grosso grilhão de ouro caía com passadores lavrados. Conservava-se direita e cerimoniosa, com a cabeça um pouco de lado, os óculos de ouro assentes sobre o nariz acavalado; tinha no queixo um grande sinal cabeludo; e quando se falava de devoções ou de milagres dava um jeito ao pescoço, e abria um sorriso mudo que descobria os seus enormes dentes esverdeados, cravados nas gengivas como cunhas. Era viúva e rica, e sofria de um catarro crônico.

— Aqui tem o senhor pároco novo, D. Maria — disse-lhe a S. Joaneira.

Ela ergueu-se, fez uma mesura com um movimento de quadris, comovida.

— Estas são as Senhoras Gansosos, há de ter ouvido... — disse a S. Joaneira ao pároco.

Amaro cumprimentou timidamente. Eram duas irmãs. Passavam por ter algum dinheiro, mas costumavam receber hóspedes. A mais velha, a Sra. D. Joaquina Gansoso, era uma pessoa seca, com uma testa enorme e larga, dois olhinhos vivos, o nariz arrebitado, a boca muito espremida. Embrulhada no seu xale, direita, com os braços cruzados, falava perpetuamente, numa voz dominante e aguda, cheia de opiniões. Dizia mal dos homens e dava-se toda à Igreja.

A irmã, a Sra. D. Ana, era extremamente surda. Nunca falava, e com os dedos cruzados sobre o regaço, os olhos baixos, fazia girar tranquilamente os dois polegares. Nutrida, com o seu perpétuo vestido preto de riscas amarelas, um rolo de arminho ao pescoço, dormitava toda a noite, e só acentuava a sua presença de vez em quando por suspiros agudos; dizia-se que tinha uma paixão funesta pelo recebedor do correio. Todos a lastimavam, e admirava-se à sua habilidade em recortar papéis para caixas de doce.

Estava também a Sra. D. Josefa, a irmã do cônego Dias. Tinha a alcunha de *castanha pilada*. Era uma criaturinha mirrada, de linhas aduncas, pele engelhada e cor de cidra, voz sibilante; vivia num perpétuo estado de irritação, os olhinhos sempre assanhados, contrações nervosas de birra, toda saturada de fel. Era temida. O maligno Dr. Godinho chamava-lhe a *estação central* das intrigas de Leiria.

— Então passeou muito, senhor pároco! — perguntou ela logo empertigando-se.

— Fomos quase até lá ao fim da estrada de Marrazes — disse o cônego, sentando-se pesadamente por detrás da S. Joaneira.

— Não achou bonito, senhor pároco? — acudiu a Sra. D. Joaquina Gansoso.

— Muito bonito.

Falaram das lindas paisagens de Leiria, das boas vistas: a Sra. D. Josefa gostava muito do passeio ao pé do rio; até já ouvira dizer que nem em Lisboa havia coisa assim. D. Joaquina Gansoso preferia a Igreja da Encarnação, no alto.

— Desfruta-se muito dali.

Amélia disse sorrindo:

— Eu por mim gosto daquele bocado ao pé da ponte, debaixo dos chorões. — E partindo com os dentes o fio da costura: — É tão triste!

Amaro olhou para ela, pela primeira vez. Tinha um vestido azul muito justo ao seio bonito; o pescoço branco e cheio saía de um colarinho voltado; entre os beiços vermelhos e frescos o esmalte dos dentes brilhava; e pareceu ao pároco que um buçozinho lhe punha aos cantos da boca uma sombra sutil e doce.

Houve um pequeno silêncio — o cônego Dias com o beiço descaído ia já cerrando as pálpebras.

— Que será feito do Sr. padre Brito? — perguntou D. Joaquina Gansoso.

— Está talvez com a enxaqueca, pobre de Cristo! — lembrou piedosamente a Sra. D. Maria da Assunção.

Um rapaz que estava junto do aparador disse então:

— Eu vi-o hoje a cavalo, ia para os lados da Barrosa.

— Homem! — disse logo com azedume a irmã do cônego, a Sra. D. Josefa Dias — é milagre ter o senhor reparado!

— Por que, minha senhora? — disse ele erguendo-se e chegando-se ao grupo das velhas.

Era alto, todo vestido de preto; sobre o rosto de pele branca, regular, um pouco fatigado, destacava bem um bigode pequeno muito negro, caído aos cantos, que ele costumava mordiscar com os dentes.

— Ainda ele o pergunta! — exclamou a Sra. D. Josefa Dias. — O senhor, que nem lhe tira o chapéu!

— Eu!?

— Disse-mo ele — afirmou ela com uma voz cortante. E acrescentou: — Ai, senhor pároco, bem pode chamar o Sr. João Eduardo para o bom caminho! — E teve um risinho maligno.

— Mas eu parece-me que não ando no mau caminho — disse ele rindo, com as mãos nos bolsos. E a cada momento os seus olhos se voltavam para Amélia.

— É uma graça! — exclamou a Sra. D. Joaquina Gansoso. — Olhe, com o que o senhor disse hoje lá em casa, de tarde, da Santa da Arregassa, não há de ganhar o céu!

— Ora essa! — gritou a irmã do cônego voltando-se bruscamente para João Eduardo. — Então o que tem o senhor a dizer da Santa? Acha talvez que é uma impostora?

— Credo, Jesus! — disse a Sra. D. Maria da Assunção, apertando as mãos e fitando João Eduardo com um terror piedoso. — Pois ele havia de dizer isso? Cruzes!

— Não, o Sr. João Eduardo — afirmou gravemente o cônego, que espertara, desdobrando o seu lenço vermelho — não era capaz de dizer uma dessas.

Amaro perguntou então:

— Quem é a Santa da Arregassa?

— Credo! Pois não tem ouvido falar, senhor pároco? exclamou numa admiração a Sra. D. Maria da Assunção.

— Há de ter ouvido — afirmava a Sra. D. Josefa Dias com autoridade. — Diz que os jornais de Lisboa vêm cheios disso!

É com efeito uma coisa bem extraordinária — ponderou com um tom profundo o cônego.

A S. Joaneira interrompeu a meia, e tirando a luneta:

— Ai, não imagina, senhor pároco, é o milagre dos milagres!

— Se é! Se é! — disseram.

Houve um recolhimento devoto.

— Mas então?... — perguntou Amaro, todo curioso.

— Olhe, senhor pároco — começou a Sra. D. Joaquina Gansoso endireitando-se no xale, falando com solenidade: — a Santa é uma mulher que aqui há numa freguesia perto, que está há vinte anos na cama...

— Vinte e cinco — advertiu-lhe baixo D. Maria da Assunção, tocando-lhe com o leque no braço.

— Vinte e cinco? Pois olha, ao senhor chantre ouvi eu dizer vinte.

— Vinte e cinco, vinte e cinco — afirmou a S. Joaneira. E o cônego apoiou-a, oscilando gravemente a cabeça.

— Está entrevadinha de todo, senhor pároco! — rompeu a irmã do cônego, ávida de falar. — Parece uma alminha de Deus! Os bracinhos são isto! — E mostrava o dedo mínimo. — Para a gente a ouvir é necessário pôr-lhe a orelha ao pé da boca!

— Pois se ela se sustenta da graça de Deus! — disse lamentosamente a Sra. D. Maria da Assunção. — Coitadinha! Que até a gente lembrar-se...

Houve entre as velhas um silêncio comovido. João Eduardo, que por trás das velhas, de pé, com as mãos nos bolsos, sorria mordiscando o bigode, disse então:

— Olhe, senhor pároco, a coisa é o que os médicos dizem: é que aquilo é uma doença nervosa.

Aquela irreverência fez, entre as velhas devotas, um escândalo; a Sra. D. Maria da Assunção persignou-se logo "à cautela".

— Pelo amor de Deus! — gritou a Sra. D. Josefa Dias — o senhor diga isso diante de quem quiser, menos de mim! É uma afronta!

— É que até pode cair um raio — dizia para os lados, baixo, a Sra. D. Maria da Assunção, muito aterrada.

— Olhe, também lho digo — exclamou a Sra. D. Josefa Dias — o senhor é um homem sem religião e sem respeito pelas coisas santas. — E voltando-se para o lado de Amélia, muito azeda: — Olhe, filha minha é que eu lhe não dava!

Amélia corou; e João Eduardo, fazendo-se vermelho também, curvou-se sarcasticamente:

— Eu digo o que dizem os médicos. E de resto, acredite que não tenho pretensões a casar com pessoa da sua família! Nem mesmo consigo, Sra. D. Josefa!

O cônego deu uma risada muito pesada.

— Arreda! Cruzes! — gritou ela, furiosa.

— Mas que faz então a Santa? — perguntou o padre Amaro, para pacificar.

— Tudo, senhor pároco — disse a Sra. D. Joaquina Gansoso — está sempre de cama, sabe rezas para tudo; pessoa por quem ela peça tem a graça do Senhor, é a gente apegar-se com ela e cura-se de toda a moléstia. E depois, quando comunga, começa a erguer-se, e fica com o corpo todo no ar, com os olhos erguidos para o céu, que até chega a fazer terror.

Mas neste momento uma voz disse à porta da sala:

— Ora viva a sociedade! Isto hoje está de truz!

Era um rapaz extremamente alto, amarelo, com as faces cavadas, uma grenha riçada, um bigode a D. Quixote;

quando ria tinha uma sombra na boca, porque lhe faltavam quase todos os dentes de diante; e nos seus olhos encovados, de grandes olheiras, errava um sentimentalismo piegas. Trazia uma guitarra na mão.

— Então como vai isso hoje? — perguntaram-lhe logo.

— Mal — respondeu ele com voz triste, sentando-se. — Sempre as dores no peito, a tossezita...

— Então não se dava bem com o óleo de fígado de bacalhau?

— Qual! — fez ele desconsoladamente.

— Uma viagem à Madeira, isso é que era, isso é que era! — disse a Sra. D. Joaquina Gansoso com autoridade.

Ele riu, com uma jovialidade súbita:

— Uma viagem à Madeira! Não está má! A D. Joaquina Gansoso tem-nas boas! Um pobre amanuense de administração com dezoito vinténs por dia, mulher e quatro filhos... Para a Madeira!

— E como vai ela, a Joanita?

— Coitadita, lá vai! Tem saúde, graças a Deus! Gorda, sempre com bom apetite. Os pequenos, os dois mais velhos é que estão doentes; demais a mais agora a criada também caiu de cama! É o diacho! Paciência! Paciência! — E encolhia os ombros.

Mas voltando-se para a S. Joaneira, dando-lhe uma palmada no joelho:

— E como vai a nossa madre-abadessa?

Todos riram; e a Sra. D. Joaquina Gansoso informou o pároco que aquele rapaz, o Artur Couceiro, era muito engraçado e tinha uma bela voz. Era a melhor da cidade para modinhas.

A *Ruça* tinha então entrado com o chá; a S. Joaneira, enchendo as chávenas do alto, dizia:

— Cheguem-se, cheguem-se, filhas, que este é do bom! É da loja do Sousa...

E Artur oferecia açúcar com o seu antigo gracejo:

— Se está azedinho é carregar-lhe no sal!

As velhas sorviam a pequenos goles pelos pires, escolhiam cuidadosamente as torradas; sentia-se o mastigar ruminado dos queixos: e por causa dos pingos da manteiga e das nódoas do chá, estendiam prudentemente os lenços sobre o regaço.

— Vai um docinho, senhor pároco? — disse Amélia, apresentando-lhe o prato. — São da Encarnação, muito fresquinhos.

— Obrigado.

— Aquele ali. É o toucinho do céu.

— Oh! se é do céu... — disse ele todo risonho. E olhou para ela, tomando o bolo com a ponta dos dedos.

O Sr. Artur costumava cantar depois do chá. Sobre o piano uma vela alumiava o caderno de música; e Amélia, logo que a *Ruça* levou a bandeja, acomodou-se, correu os dedos sobre o teclado amarelo.

— Então hoje que há de ser? — perguntou Artur.

Os pedidos cruzaram-se:

— O *guerrilheiro!* O *noivado do sepulcro!* O *descrido!* O *nunca mais!*

O cônego Dias disse do seu canto pesadamente:

— Ó Couceiro, vá lá aquela do *Tio Cosme, meu brejeiro!*

As mulheres reprovaram:

— Credo! Por quem é, senhor cônego! Que lembrança!

E a Sra. D. Joaquina Gansoso resumiu:

— Nada; uma coisa de sentimento para o senhor pároco fazer ideia.

— Isso, isso! — disseram — uma coisa de sentimento, ó Artur, uma coisa de sentimento!

Artur pigarreou, cuspilhou; e dando subitamente à face uma expressão dolorosa, ergueu a voz, cantou lugubremente:

Adeus, meu anjo! Eu vou partir sem ti!

Era uma canção dos tempos românticos de 51, o *Adeus*! Dizia uma suprema despedida, num bosque, por uma tarde pálida de outono; depois, o homem solitário e precito, que inspirara um amor funesto, ia errar desgrenhado à beira do mar: havia uma sepultura esquecida num vale distante, brancas virgens vinham chorar à claridade do luar!

— Muito bonito, muito bonito! — murmuravam.

Artur cantava enternecido, o olhar vago; mas nos intervalos, durante o acompanhamento, sorria em redor — e na sua boca cheia de sombra viam-se os restos de dentes podres. O padre Amaro, ao pé da janela, fumando, contemplava Amélia, enlevado naquela melodia sentimental e mórbida; o seu perfil fino, de encontro à luz, tinha uma linha luminosa; destacava harmoniosamente a curva do seu peito; e ele seguia as suas pálpebras de grandes pestanas, que do teclado para a música se erguiam e se abaixavam com um movimento doce. João Eduardo, junto dela, voltava-lhe as folhas da música.

Mas Artur, com a mão sobre o peito, a outra erguida no ar, num gesto desolado e veemente, soltou a última estrofe:

E um dia, enfim, deste viver fatal,
Repousarei na escuridão da campa!

— Bravo! bravo! — exclamaram.

E o cônego Dias comentou baixo ao pároco:

— Ah! para coisas de sentimento não há outro. — E bocejando enormemente: — Pois menino, tenho tido toda a noite as lulas a conversar cá por dentro.

Mas chegara a hora do loto. Cada um escolhia os seus cartões habituais; e a Sra. D. Josefa Dias, com o seu olho de avara a luzir, chocalhava já vivamente o grosso saco dos números.

— Aqui tem um lugar, senhor pároco — disse Amélia.

Era junto dela. Ele hesitou; mas tinham aberto espaço, e veio sentar-se um pouco corado, ajeitando timidamente a *volta*.

Fez-se logo um grande silêncio; e, com a voz dormente, o cônego começou a tirar os números. A Sra. D. Ana Gansoso dormitava ao seu canto, ressonando ligeiramente.

Com o abajur as cabeças estavam na penumbra; e a luz crua, caindo sobre o xale escuro que cobria a mesa, fazia destacar os cartões enegrecidos do uso e as mãos secas das velhas, pousadas em atitudes aduncas, remexendo as marcas de vidro. Sobre o piano aberto a vela derretia-se com uma chama alta e direita.

O cônego rosnava os números com as pilhérias veneráveis da tradição: 1, cabeça de porco! — 3, figura de entremez!

— Precisa-se o vinte e um — dizia uma voz.

— Ternei — murmurava outra com gozo.

E a irmã do cônego, sôfrega:

— Chocalhe esses números, mano Plácido! Vá!

— E traga-me esse quarenta e sete ainda que seja de rastos — dizia o Artur Couceiro, com a cabeça entre os punhos.

Enfim o cônego *quinou*. E Amélia olhando em redor pela sala:

— Então não joga, Sr. João Eduardo? — disse ela. — Onde está?

João Eduardo saiu da sombra da janela, por trás da cortina.

— Tome lá este cartão, ande, jogue.

— E receba as entradas, já que está de pé — disse a S. Joaneira. — Seja o senhor recebedor!

João Eduardo foi em roda com o pires de porcelana. No fim faltavam dez réis.

— Eu já dei, eu já dei! — exclamavam todos, excitados.

Fora a irmã do cônego que não tocara no seu cobre acastelado. João Eduardo disse, curvando-se:

— Parece-me que a Dra. D. Josefa não entrou.

— Eu!? — gritou ela, furiosa. — Olha uma destas! Até fui a primeira! Credo! Duas moedas de cinco réis, por sinal! Que tal está o homem!

— Ah! bem — disse ele então — fui eu que me esqueci! Cá ponho. — E rosnou: beata e ladra!

E a irmã do cônego dizia no entanto baixo à Sra. D. Maria da Assunção:

— Queria ver se escapava, o melro! Falta de temor a Deus!

— Só quem não está feliz é o senhor pároco — observaram.

Amaro sorriu. Estava distraído, e fatigado; às vezes mesmo esquecia-se de marcar, e Amélia dizia-lhe, tocando-lhe no cotovelo:

— Olhe que não marcou, senhor pároco!

Tinham já apostado dois ternos; ela ganhara; depois faltou a ambos para *quinarem* o número trinta e seis.

Em roda repararam.

— Ora vamos a ver se *quinam* ambos — disse a Sra. D. Maria da Assunção, envolvendo-os no mesmo olhar baboso.

O cônego tirava os números com uma pachorra maliciosa.

— Vá! vá! Ande com isso, senhor cônego! — diziam-lhe.

Amélia, debruçada, os olhos vivos, murmurou:

— Dava tudo para que saísse o trinta e seis!

— Sim? Aí o tem... Trinta e seis! — disse o cônego.

— *Quinamos!* — gritou ela, triunfante; e tomando o cartão do pároco e o seu mostrava-os, para conferirem, orgulhosa, muito corada.

— Ora Deus os abençoe — disse o cônego jovial, entornando-lhes diante o pires cheio de moedas de dez réis.

— Parece milagre! — considerou a Sra. D. Maria da Assunção, piedosamente.

Mas tinham dado onze horas; e depois da *tumba* final as velhas começaram a agasalhar-se. Amélia sentou-se ao piano, tocando ao de leve uma polca. João Eduardo aproximou-se dela, e baixando a voz:

— Muitos parabéns por ter *quinado* com o senhor pároco. Que entusiasmo! — E como ela ia responder: — Boa-noite! — disse ele secamente, embrulhando-se no seu xale-manta com despeito.

A *Ruça* alumiava. As velhas, pela escada, empacotadas nos abafos, iam ganindo adeusinhos. O Sr. Artur harpejava a guitarra, cantarolando o *Descrido.*

Amaro foi para seu quarto, começou a rezar no Breviário; mas distraía-se; lembravam-lhe as figuras das velhas, os dentes podres de Artur, sobretudo o perfil de Amélia. Sentado à beira da cama, com o Breviário aberto, fitando a luz, via o seu penteado, as suas mãos pequenas com os dedos um pouco trigueiros picados da agulha, o seu buçozinho gracioso...

Sentia a cabeça pesada do jantar do cônego e da monotonia do *quino*, com uma grande sede além disso das lulas e do vinhito do Porto. Quis beber, mas não tinha água no quarto. Lembrou-se então que na sala de jantar havia uma bilha de Estremoz com água fresca, muito boa, da nascente do Morenal. Calçou as chinelas, tomou o castiçal, subiu devagarinho. Havia luz na sala, estava o reposteiro corrido, ergueu-o e recuou com um *ah!* Vira num relance Amélia, com saia branca, a desfazer o atacador do colete; estava junto do candeeiro e as mangas curtas, o decote da camisa deixavam ver seus braços brancos, o seio delicioso. Ela deu um pequeno grito, e correu para o quarto.

Amaro ficou imóvel, com um suor à raiz dos cabelos. Poderiam suspeitar uma ofensa! Palavras indignadas iam sair decerto através do reposteiro do quarto, que ainda se balouçava agitado!

Mas a voz de Amélia, serena, perguntou de dentro:

— Que queria, senhor pároco?

— Vinha buscar água... — balbuciou ele.

— Aquela *Ruça*! Aquela desleixada! Desculpe, senhor pároco, desculpe. Olhe aí ao pé da mesa, a bilha. Achou?

— Achei! Achei!

Desceu devagar com o copo cheio; a mão tremia-lhe, a água escorria-lhe pelos dedos.

Deitou-se sem rezar. Alta noite Amélia sentiu por baixo passos nervosos pisarem o soalho; era Amaro que, com o capote aos ombros e em chinelas, fumava, excitado, pelo quarto.

V

Ela, em cima, não dormia também. Sobre a cômoda, dentro de uma bacia, a lamparina extinguia-se, com um mau cheiro de morrão de azeite; brancuras de saias caídas no chão destacavam; e os olhos do gato, que não sossegava, reluziam pela escuridão do quarto com uma claridade fosfórica e verde.

Na casa vizinha uma criança chorava sem cessar. Amélia sentia a mãe embalar-lhe o berço, cantar-lhe baixo:

Dorme, dorme, meu menino,
Que a tua mãe foi à fonte!

Era a pobre Catarina engomadeira, que o Tenente Sousa deixara com um filho no berço, e grávida de outro — para ir casar a Estremoz! Tão bonita era, tão loura — e mirrada agora, tão chupada!

Dorme, dorme, meu menino,
Que a tua mãe foi à fonte!

Como ela conhecia aquela cantiga! Quando tinha sete anos sua mãe dizia-a, nas longas noites de inverno, ao irmãozinho que morrera!

Lembrava-se bem! Moravam então noutra casa, ao pé da estrada de Lisboa; à janela do seu quarto havia um limoeiro e a mãe punha, na sua ramagem luzidia, os cueiros do Joãozinho a secarem ao sol. Não conhecera o papá. Fora militar, morrera novo; e a mãe ainda suspirava ao falar da sua bela figura com uniforme de cavalaria. Aos oito anos ela foi para a mestra. Como se lembrava! A mestra era uma velhita roliça e branca, que fora tacho das freiras de Santa Joana de Aveiro; com os seus óculos redondos, junto à janela, empurrando a agulha, morria-se por contar histórias do convento: as perrices[1] da escrivã, sempre a escabichar[2] os dentes furados; a madre rodeira, preguiçosa e pacata, com uma pronúncia minhota; a mestra de cantochão, admiradora de Bocage e que se dizia descendente dos Távoras; e a legenda de uma freira que morrera de amor, e cuja alma ainda em certas noites percorria os corredores, soltando gemidos dolorosos e clamando: — Augusto! Augusto!

Amélia ouvia aquelas histórias, encantada. Gostava então de festas de igreja e da convivência dos santos, que desejava ser uma "freirinha, muito bonita, com um veuzinho muito branco". A mamã era muito visitada por padres. O chantre Carvalhosa, um homem velho e robusto, que soprava de asma ao subir a escada e tinha uma voz fanhosa, vinha todos os dias, como amigo da casa. Amélia chamava-lhe *padrinho*. Quando ela voltava da mestra, à tarde, encontrava-o sempre a palestrar com a mãe, na sala, de batina desabotoada, deixando ver o longo colete de veludo preto com raminhos bordados a amarelo. O senhor chantre perguntava-lhe pelas lições e fazia-a dizer a tabuada.

À noite havia reuniões: vinha o padre Valente; o cônego Cruz; e um velhito calvo, de perfil de pássaro, com óculos azuis, que fora frade franciscano e a quem chamavam frei André. Vinham as amigas da mãe, com

[1] Perrice: o mesmo que teimosia; obstinação.
[2] Escabichar: significa limpar os dentes; examinar minuciosamente.

as suas *meias*; e um Capitão Couceiro, de caçadores, que tinha os dedos negros do cigarro e trazia sempre a sua viola. Mas às nove horas mandavam-na deitar; pela frincha do quarto ela via a luz, ouvia as vozes; depois fazia-se um silêncio, e o capitão, repenicando a guitarra, cantava o *lundum da Figueira*.

Foi assim crescendo entre padres. Mas alguns eram-lhe antipáticos; sobretudo o padre Valente, tão gordo, tão suado, com umas mãos papudas e moles, de unhas pequenas! Gostava de a ter entre os joelhos, torcer-lhe devagarinho a orelha, e ela sentia o seu hálito impregnado de cebola e cigarro. O seu amiguinho era o cônego Cruz, magro, com o cabelo todo branco, a volta sempre asseada, as fivelas luzidias; entrava devagarinho, cumprimentando com uma mão sobre o peito e uma voz suave cheia de *ss*. Já então sabia o catecismo e a doutrina; na mestra, em casa, por qualquer "bagatela", falavam-lhe sempre dos castigos do céu; de tal sorte que Deus aparecia-lhe como um ser que só sabe dar o sofrimento e a morte e que é necessário abrandar, rezando e jejuando, ouvindo novenas, amimando os padres. Por isso, se às vezes ao deitar lhe esquecia uma salve-rainha, fazia penitência no outro dia, porque temia que Deus lhe mandasse sezões ou a fizesse cair na escada.

Mas o seu melhor tempo foi quando começou a tomar lições de música. A mãe tinha na sala de jantar, ao canto, um velho piano, coberto com um pano verde, tão desafinado, que servia de aparador! Amélia costumava cantarolar pela casa: a sua voz fina e fresca agradava ao senhor chantre, e as amigas da mãe diziam-lhe:

— Tu tens aí um piano; por que não mandas ensinar a rapariga? Sempre é uma prenda! Olha que lhe pode servir muito!

O chantre conhecia um bom mestre, antigo organista da Sé de Évora, extremamente infeliz; a filha única, muito linda, fugira-lhe com um alferes para Lisboa; e, passados dois anos, o Silvestre da Praça, que ia muito à capital, vira-a descer a rua do Norte, de *garibaldi* escarlate e alvaiade num olho, com um marinheiro inglês. O velho caíra em grande melancolia e grande miséria; e por piedade tinham-lhe dado um emprego no cartório da *Câmara Eclesiástica.* Era uma figura triste de romance picaresco. Muito magro, alto como um pinheiro, deixava crescer até aos ombros os seus cabelos brancos e finos; os olhos, cansados, lagrimejavam-lhe sempre; mas o seu sorriso resignado e bom enternecia; e parecia muito transido, no seu capote cor de vinho que só lhe chegava à cintura e que tinha uma gola de astracã. Chamavam-lhe o *tio Cegonha*, pela sua alta magreza e o seu ar solitário. Amélia um dia tinha-lhe chamado *tio Cegonha*; mas mordeu logo o beiço, toda envergonhada.

O velho pôs-se a sorrir:

— Ai, chame, minha rica menina, chame! *tio Cegonha*?... Ora, que tem? Cegonha sou eu, e bem cegonha!

Era então no inverno. As grandes chuvas com os sudoestes não cessavam; a áspera estação oprimia os pobres. Viam-se naquele ano famílias esfomeadas indo à Câmara pedir pão. O *tio Cegonha* vinha sempre ao meio-dia dar a lição; o seu guarda-chuva azul deixava um ribeiro na escada; tiritava; e quando se sentava escondia, na sua vergonha de velho, as botas encharcadas com a sola aberta. Queixava-se sobretudo do frio das mãos, que o impedia de ferir com justeza o teclado e não o deixava escrever no cartório.

— Prendem-se-me os dedos... — dizia tristemente.

Mas quando a S. Joaneira lhe pagou o primeiro mês das lições, o velho apareceu muito contente, com umas grossas luvas de lã.

— Ah, *tio Cegonha*, como vem quentinho! — disse-lhe Amélia.

— Foi o seu dinheiro, minha rica menina. Agora ando a juntar para umas meias de lã. Deus a abençoe, minha menina, Deus a abençoe!

E tinham-se-lhe arrasado os olhos de lágrimas. Amélia tornara-se a "sua rica amiguinha". Já lhe fazia confidências: contava-lhe as suas necessidades, as saudades da filha, as suas glórias na Sé de Évora, quando diante do Sr. arcebispo, vistoso na sua sobrepeliz escarlate, acompanhava o lausperene.

Amélia não se esqueceu das meias de lã do *tio Cegonha*. Pediu ao chantre que lhe desse umas meias de lã.

— Ora essa! Para quê? Para ti? — disse ele com o seu riso grosso.

— Para mim, sim senhor.

— Deixe falar, senhor chantre! — disse a S. Joaneira. Olha a ideia!

— Não deixe falar, não! Dê, sim?

Lançou-lhe os braços ao pescoço; fez-lhe olhinhos doces.

— Ah, sereia! — dizia o chantre rindo — que esperanças! Há de ser o diabo!... Pois sim, aí tens. — E deu-lhe dois pintos para umas meias de lã.

No dia seguinte tinha-os ela embrulhados num papel, que dizia por fora em letras garrafais: Ao *meu rico amigo tio Cegonha, a sua discípula.*

Uma manhã, depois, viu-o mais amarelo, mais chupado:

— Ó *tio Cegonha* — disse de repente — quanto lhe dão lá no cartório?

O velho sorriu-se:

— Ora, minha rica menina, quanto me hão de dar? Uma bagatela. Quatro vinténs por dia. Mas o senhor Neto faz-me algum bem...

— E chegam-lhe quatro vinténs?

— Ora! Como hão de chegar?

Sentiram-se os passos da mãe; e Amélia, retomando gravemente a atitude de lição, começou a solfejar alto, com um ar profundo.

E desde esse dia tanto pediu, tanto exclamou, que levou a mãe a dar de almoçar e de jantar ao *tio Cegonha* nos dias de lição. Assim se estabeleceu entre ela e o velho uma grande intimidade. E o pobre *tio Cegonha*, saindo do seu frio isolamento, acolhia-se àquela amizade inesperada, como a um conchego tépido. Encontrava nela o elemento feminino que amam os velhos, com as carícias, as suavidades de voz, as delicadezas de enfermeira; achava nela a única admiradora da sua música; e via-a sempre atenta às histórias do seu tempo, às recordações da velha Sé de Évora que ele amava tanto, e que lhe fazia dizer, quando se falava de procissões ou de festas de igreja:

— Para isso Évora! Em Évora é que é!

Amélia aplicava-se muito ao piano; era a coisa boa e delicada da sua vida; já tocava contradanças e antigas árias de velhos compositores; a Sra. D. Maria da Assunção estranhava que o mestre lhe não ensinasse o *Trovador*.

— Coisa mais linda! — dizia.

Mas o *tio Cegonha* só conhecia a música clássica, árias ingênuas e doces de Lully, motivos de minuetes, motetes floridos e piedosos dos doces tempos freiráticos.

Uma manhã o *tio Cegonha* encontrou Amélia muito amarela e triste. Desde a véspera queixava-se de "mal-estar". Era um dia nublado, muito frio. O velho queria ir-se embora.

— Não, não, *tio Cegonha* — disse ela — toque alguma coisa para eu me entreter.

Ele tirou o seu capote, sentou-se, tocou uma melodia simples, mas extremamente melancólica.

— Que lindo! Que lindo! — dizia Amélia, de pé junto ao piano.

E quando o velho deu as últimas notas:

— O que é? — perguntou ela.

O *tio Cegonha* contou-lhe que era o começo de uma *Meditação* feita por um frade seu amigo.

— Coitado — disse — teve bem o seu tormento!

Amélia quis logo saber a história; e sentando-se no mocho do piano, embrulhando-se no seu xale:

— Diga, *tio Cegonha*, diga!

Era um homem que tivera em novo uma grande paixão por uma freira; ela morrera no convento daquele amor infeliz; e ele, de dor e de saudade, fizera-se frade franciscano...

— Parece que o estou a ver... Era bonito?

— Se era! Um rapaz na flor da vida, rico... Um dia veio ter comigo ao órgão: "Olha o que eu fiz", disse-me ele. Era um papel de música. Abria em ré menor. Pôs-se a tocar, a tocar... Ai, minha rica menina, que música! Mas não me lembra o resto!

E o velho, comovido, repetiu no piano as notas plangentes da *Meditação* em ré menor.

Amélia todo o dia pensou naquela história. De noite veio-lhe uma grande febre, com sonhos espessos, em que dominava a figura do frade franciscano, na sombra do órgão da Sé de Évora. Via os seus olhos profundos reluzirem numa face encovada: e, longe, a freira pálida, nos seus hábitos brancos, encostada às grades negras do mosteiro, sacudida pelos prantos do amor! Depois, no longo claustro, a ala dos frades franciscanos caminhava para o coro; ele ia no fim de todos, curvado, com o capuz sobre o rosto, arrastando as sandálias, enquanto um grande sino, no ar nublado, tocava o dobre dos finados. Então o sonho mudava; era um vasto céu negro, onde duas almas enlaçadas e amantes, com hábitos de convento e um ruído inefável de beijos insaciáveis, giravam, levadas por um vento místico; mas desvaneciam-se como névoas, e na vasta escuridão ela via aparecer um grande coração em carne viva, todo trespassado de espadas — e as gotas de sangue que caíam dele enchiam o céu de uma chuva escarlate.

Ao outro dia a febre acalmou. O Dr. Gouveia tranquilizou a S. Joaneira com uma simples palavra:

— Nada de sustos, minha rica senhora, são os quinze anos de rapariga. Hão de lhe vir amanhã as vertigens e os enjoos... Depois acabou-se. Temo-la mulher.

A S. Joaneira compreendeu.

— Esta rapariga tem o sangue vivo e há de ter as paixões fortes! — acrescentou o velho prático, sorrindo e sorvendo a sua pitada.

Por esse tempo o senhor chantre, uma manhã, depois do seu almoço de açorda, caiu de repente morto com uma apoplexia. Que consternação inesperada para a S. Joaneira! Durante dois dias, esguedelhada, em saias brancas, chorou, gemeu pelos quartos. D. Maria da Assunção, as senhoras Gansosos vieram acalmar, amansar a sua dor; e a Sra. D. Josefa Dias resumiu as consolações de todas, dizendo:

— Deixa, filha, que te não há de faltar quem te ampare!

Era então no começo de setembro; a senhora D. Maria da Assunção, que tinha uma casa na praia da Vieira, propôs levar a S. Joaneira e Amélia para a estação dos banhos, para ela espalhar, nos bons ares saudáveis, em lugar diferente, aquela dor.

— É uma esmola que me fazes — dissera a S. Joaneira. — Sempre me lembra que era ali que ele punha o guarda-chuva... Ali que ele se sentava a ver-me costurar!

— Está bom, está bom, deixa-te disso. Come e bebe, toma os teus banhos, e o que lá vai lá vai. Olha que ele tinha bem os seus sessenta.

— Ah, minha rica! A gente é pela amizade que lhes ganha!

Amélia tinha então quinze anos, mas era já alta e de bonitas formas. Foi uma alegria para ela a estação na Vieira! Nunca vira o mar; e não se fartava de estar sentada na areia, fascinada pela vasta água azul, muito mansa, cheia de sol; às vezes no horizonte passava um fumo delgado de paquete; a monótona e gemente cadência da vaga adormentava-a; e em redor o areal faiscava, a perder de vista, sob o céu azul-ferrete.

Como se lembrava bem! Logo pela manhã estava a pé. Era a hora do banho; as barracas de lona alinhavam-se ao comprido da praia; as senhoras, sentadas em cadeirinhas de pau, de sombrinhas abertas, olhavam o mar, palrando; os homens, de sapatos brancos, estendidos em esteiras, chupavam o cigarro, riscavam emblemas na areia; enquanto o poeta Carlos Alcoforado, muito fatal, muito olhado, passeava só, soturno, junto da vaga, seguido do seu terra-nova. Ela saía então da barraca com o seu vestido de flanela azul, a toalha no braço, tiritando de susto e de frio; tinha-se persignado às escondidas e toda trêmula, agarrada à mão do banheiro, escorregando na areia, entrava na água, rompendo a custo a maresia esverdeada que fervia em redor. A onda vinha espumando, ela mergulhava, e ficava aos saltos, sufocada e nervosa, cuspindo a água salgada. Mas, quando saía do mar, como vinha satisfeita! Arfava, com a toalha pela cabeça, arrastando-se para a barraca, mal podendo com o peso do vestido encharcado, risonha, cheia de reação; e em redor vozes amigas perguntavam:

— Então que tal, que tal? Mais fresquinha, hem?

Depois, de tarde, eram os passeios à beira-mar, a apanhar conchinhas; o recolher das redes, onde a sardinha toda viva ferve aos milheiros, luzidia sobre a areia molhada; e que longas perspectivas de ocasos ricamente dourados, sobre a vastidão do mar triste, que escurece e geme!

D. Maria da Assunção tinha sido visitada, logo ao chegar, por um rapaz, filho do Sr. Brito de Alcobaça, seu parente. Chamava-se Agostinho, ia frequentar o quinto ano de direito na universidade. Era um moço delgado, de bigode castanho, pera, cabelo comprido deitado para trás, e luneta: recitava versos, sabia tocar guitarra, contava anedotas de calouros, fazia *partidas*, e era famoso na Vieira, entre os homens, "por saber conversar com senhoras".

— O Agostinho, patife! — diziam. — É chalaça a esta, chalaça àquela. Lá para sociedade não há outro!

Logo desde os primeiros dias Amélia reparou que os olhos do Sr. Agostinho Brito se fitavam constantemente nela, "pra namoro". Amélia corava muito, sentia o seio alargar-se-lhe dentro do vestido; e admirava-o, achava-o muito "dengueiro".

Um dia em casa da Sra. D. Maria da Assunção pediram a Agostinho para receitar.

— Oh, minhas senhoras, isto aqui não é forja de ferreiro! — exclamou ele, jovial.

— Ora vá! Não se faça rogado — disseram, insistindo.

— Bem, bem, por isso não nos havemos de zangar.

— A *Judia*, Brito — lembrou o recebedor de Alcobaça.

— Qual *Judia*! — disse ele — há de ser, mas há de ser a *Morena*! — E olhou para Amélia. — Foi uma poesia que fiz ontem.

— Valeu, valeu!

— E cá o rapaz acompanha — disse um sargento do 6 de caçadores, tomando logo a guitarra.

Fez-se um silêncio; o Sr. Agostinho deitou o cabelo para trás, fincou a luneta, apoiou as duas mãos às costas de uma cadeira, e fitando Amélia:

— À *Morena* de Leiria! — disse.

Nasceste nos verdes campos
Onde Leiria é famosa,
Tens a frescura da rosa,
E o teu nome sabe a mel...

— Perdão! — exclamou o recebedor — a Sra. D. Juliana não está boa...

Era a filha do escrivão de direito de Alcobaça; tinha-se feito muito pálida, e, lentamente, desmaiava na cadeira, com os braços pendentes, o queixo sobre o peito. Borrifaram-na de água, levaram-na para o quarto de Amélia; quando lhe desapertaram o vestido e lhe deram vinagre a respirar, ergueu-se sobre o cotovelo, olhou em redor, começaram a tremer-lhe os beiços e rompeu a chorar. Fora, os homens em grupo, comentavam:

— Foi o calor — diziam.

— O calor que ela tinha sei eu... — rosnou o sargento de caçadores.

O Sr. Agostinho torcia o bigode, contrariado. Algumas senhoras foram à casa acompanhar a Sra. D. Juliana. D. Maria da Assunção e a S. Joaneira, atabafadas nos seus xales, iam também. Havia vento, um criado levava um lampião, e todos caminhavam na areia, calados.

— Tudo isto é teu proveito — disse a Sra. D. Maria da Assunção baixo à S. Joaneira, demorando-se um pouco atrás.

— Meu!?

— Teu. Pois tu não percebeste? A Juliana, em Alcobaça, era namoro do Agostinho. Mas o rapaz aqui anda pelo beiço pela Amélia. A Juliana percebeu, viu-o recitar aqueles versos, olhar para ela, zás!

— Ora essa!... — disse a S. Joaneira.

— Deixa lá, o Agostinho tem um par de mil cruzados que lhe deixam as tias. É um partidão!

Ao outro dia, à hora do banho, a S. Joaneira vestia-se na sua barraca, e Amélia, sentada na areia, esperava, pasmada para o mar.

— Olá! sozinha? — disse uma voz por detrás.

Era Agostinho. Amélia, calada, começou a riscar a areia com a sombrinha. O Sr. Agostinho suspirou, alisou outro pedaço de areia com o pé, escreveu — Amélia. Ela, muito vermelha, quis apagar com a mão.

— Então! — disse ele. E debruçando-se, baixo: É o nome da *Morena*, bem vê. O *seu nome sabe a mel*!...

Ela sorriu:

— Ande, que fez ontem desmaiar aquela pobre Juliana — disse.

— Ora! Importa-me a mim bem com ela! Estou farto daquele estafermo! Então que quer? Eu cá sou assim. Tanto digo que me não importo com ela, como digo que há uma pessoa por quem dava tudo... Eu sei...

— Quem é? É a Sra. D. Bernarda?

Era uma velha hedionda, viúva de um coronel.

— É — disse ele rindo. — É justamente por quem eu ando apaixonado, é pela D. Bernarda.

—Ah! o senhor anda apaixonado! — disse ela devagar, com os olhos baixos, riscando a areia.

— Diga-me uma coisa, está a mangar comigo? — exclamou Agostinho puxando por uma cadeirinha, sentando-se junto dela.

Amélia pôs-se de pé.

— Não quer que eu me sente ao pé de si? — perguntou ele ofendido.

— Eu é que estava cansada de estar sentada.

Calaram-se um momento.

— Já tomou banho? — disse ela.

— Já.

— Estava frio hoje?

— Estava.

As palavras de Agostinho eram agora muito secas.

— Zangou-se? — disse ela docemente, pondo-lhe de leve a mão no ombro.

Agostinho ergueu os olhos, e vendo o bonito rosto trigueiro, todo risonho, exclamou com veemência:

— Estou mesmo doido por si!

— Chuta!... — disse ela.

A mãe de Amélia, levantando o pano da barraca, saía, muito abafada, de lenço amarrado na cabeça.

— Mais fresquinha, hem? — perguntou logo Agostinho, tirando o chapéu de palha.

— Estava por aqui?

— Vim dar uma vista de olhos. E agora toca ao almocinho, hem?

— Se é servido... — disse a S. Joaneira.

Agostinho, muito galante, ofereceu o braço à mamã. E desde então seguia sempre Amélia, de manhã no banho, de tarde à beira-mar; apanhava-lhe conchas; e tinha-lhe feito outros versos — o *Sonho*. Uma estrofe era violenta:

Senti-te contra o meu peito
Tremer, palpitar, ceder...

Ela murmurava-os com grande comoção, de noite, suspirando, abraçando o travesseiro.

Outubro findava; as férias tinham acabado. Uma noite o alegre rancho da Sra. D. Maria da Assunção e das amigas fora dar um passeio ao luar. À volta, porém, erguera-se vento; nuvens pesadas empastaram o céu: caíram gotas de água. Estavam então junto a um pequeno pinheiral, e as senhoras, aos gritinhos, quiseram abrigar-se. Agostinho, com Amélia pelo braço, rindo alto, foi penetrando longe dos outros na espessura; e então, sob o monótono e gemente rumor das ramas, disse-lhe baixo, cerrando os dentes:

— Estou doido por ti, filha!

— Creio lá nisso! — murmurou ela.

Mas Agostinho, tomando subitamente um tom grave:

— Sabes? Talvez eu tenha de me ir amanhã embora.

— Vai-se?

— Talvez: não sei ainda. Além de amanhã é a matrícula.

— Vai-se... — suspirou Amélia.

Ele então tomou-lhe a mão, apertou-lha com furor:

— Escreve-me! — disse.

— E a mim escreve-me? — disse ela.

Agostinho agarrou-a pelos ombros e machucou-lhe a boca de beijos vorazes.

— Deixe-me! Deixe-me! — dizia ela sufocada.

De repente teve um gemido doce como um arrulho de ave, e abandonava-se — quando a voz aguda de D. Joaquina Gansoso gritou:

— Há uma aberta. É andar! É andar!

E Amélia, desprendendo-se, atarantada, correu a agachar-se sob o guarda-chuva da mamã.

Ao outro dia, com efeito, o Sr. Agostinho partiu. Vieram as primeiras chuvas, e dentro em pouco também Amélia, a mãe, a Sra. D. Maria da Assunção voltaram para Leiria.

Passou o inverno.

E um dia, em casa da S. Joaneira, D. Maria da Assunção deu parte que o Agostinho Brito, segundo lhe escreviam de Alcobaça, tinha o casamento justo com a menina do Vimeiro.

— Cáspite! — exclamou D. Joaquina Gansoso — apanha nada menos que os seus trinta contos! Olha o meco!

E diante de todos Amélia rompeu a chorar.

Amava Agostinho; e não podia esquecer aqueles beijos de noite no pinheiral cerrado. Pareceu-lhe então que não tornaria a ter alegria! Ainda lembrada daquele moço da história do *tio Cegonha*, que por amor se escondera na solidão de um convento, começou a pensar em ser freira; deu-se a uma forte devoção, manifestação exagerada das tendências que desde pequenina as convivências de padres tinham lentamente criado na sua natureza sensível; lia todo o dia livros de rezas; encheu as paredes do quarto de litografias coloridas de santos: passava longas horas na igreja, acumulando salve-rainhas à Senhora da Encarnação. Ouvia todos os dias missa; quis comungar todas as semanas — e as amigas da mãe achavam-na "um modelo, de dar virtude a incrédulos!".

Foi por esse tempo que o cônego Dias e sua irmã, a Sra. D. Josefa Dias, começaram a frequentar a casa da S. Joaneira. Dentro em pouco o cônego tornou-se o "amigo da família". Depois do almoço era certo com a sua cadelinha, como outrora o chantre com o seu guarda-chuva.

— Tenho-lhe multa amizade, faz-me muito bem — dizia a S. Joaneira. — Mas o senhor chantre não há dia nenhum que me não lembre dele!

A irmã do cônego tinha então organizado com a S. Joaneira a *Associação das Servas da Senhora da Piedade*. A Sra. D. Maria da Assunção, as Gansosos "filiaram-se", e a casa da S. Joaneira tornou-se um centro eclesiástico. Foi esse o momento melhor da vida da S. Joaneira; "a Sé", como dizia com tédio o Carlos da botica, "era agora na rua da Misericórdia". Parte dos cônegos, o novo chantre, vinham todas as sextas-feiras. Havia imagens de santos na sala de jantar e na cozinha. As criadas, por escrúpulos, eram examinadas em doutrina antes de serem aceitas. Ali muito tempo fizeram-se as reputações; se se dizia de um homem — *não é temente a Deus*, havia o dever de o desacreditar santamente. As nomeações de sineiros, coveiros, serventes de sacristia arranjavam-se ali por intrigas sutis e palavras piedosas. Tinham tomado um certo vestuário entre o preto e o roxo; toda a casa cheirava a cera e a incenso; e a S. Joaneira, mesmo, monopolizara o comércio das hóstias.

Assim, passaram anos. Pouco a pouco, porém, o grupo devoto dispersou-se; a ligação do cônego Dias e da S. Joaneira, muito comentada, afastou os padres do cabido: o novo chantre morrera de apoplexia também —

como era de tradição naquela diocese, fatal aos chantres; e já não eram divertidos os quinos das sextas-feiras. Amélia mudara muito; crescera; fizera-se uma bela moça de vinte e dois anos, de olhar aveludado, beiços muito frescos — e achava a sua paixão pelo Agostinho uma "tontice de criança". A sua devoção subsistia, mas alterada; o que amava agora na religião e na igreja era o aparato, a festa — as belas missas cantadas ao órgão, as capas recamadas de ouro, reluzindo entre os tocheiros, o altar-mor na glória das flores cheirosas, o roçar das correntes dos incensadores de prata, os uníssonos que rompem briosamente no coro das aleluias. Tomava a Sé como a sua Ópera; Deus era o seu luxo. Nos domingos de missa gostava de se vestir, de se perfumar com água-de-colônia; de se ir aninhar sobre o tapete do altar-mor, sorrindo ao padre Brito ou ao cônego Saldanha. — Mas em certos dias, como dizia a mãe, "murchava": voltavam então os abatimentos de outrora, que a amarelavam, lhe punham duas rugas velhas ao canto dos lábios: tinha nessas ocasiões horas de uma vaga saudade parva e mórbida, em que só a consolava cantar pela casa o Santíssimo ou as notas lúgubres do toque da *Agonia*. Com a alegria voltava-lhe o gosto do culto alegre, — e lamentava então que a Sé fosse uma ampla estrutura de pedra de um estilo frio jesuítico; quereria uma igreja pequenina, muito dourada, tapetada, forrada de papel, iluminada a gás: e padres bonitos oficiando a um altar ornado como uma *étagère*.

Fizera vinte e três anos quando conheceu João Eduardo no dia da procissão de *Corpus Christi*, em casa do tabelião Nunes Ferral, onde ele era escrevente. Amélia, a mãe, a Sra. D. Josefa Dias tinham ido ver a procissão da bela varanda do tabelião, guarnecida de colchas de damasco amarelo. João Eduardo estava lá, modesto. sério, todo vestido de preto. Havia muito que Amélia o conhecia; mas naquela tarde, reparando na brancura da sua pele e na gravidade com que ajoelhava, pareceu-lhe "muito bom rapaz".

À noite, depois do chá, o gordalhufo Nunes, de colete branco. foi pela sala exclamando, entusiasmado, com a sua voz de grilo: — É tirar pares, é tirar pares! — enquanto a filha mais velha ao piano tocava com brio estridente uma mazurca francesa. João Eduardo aproximou-se de Amélia:

— Ai, eu não danço!... — disse ela logo com ar seco.

João Eduardo não dançou também; foi encostar-se a uma ombreira com a mão na abertura do colete, os olhos fitos em Amélia. Ela percebia, desviava o rosto, mas estava contente, e quando João Eduardo, vendo uma cadeira vazia, veio sentar-se ao pé dela, Amélia fez-lhe logo lugar acomodando os folhos de seda, agradada. O escrevente, embaraçado, torcia o bigode com a mão trêmula. Por fim Amélia voltando-se para ele:

— Então o senhor não dança também?

— E a Sra. D. Amélia? — disse ele baixo.

Ela inclinou-se para trás, e batendo nas pregas do vestido:

— Ai! Eu estou velha para estes divertimentos, sou uma pessoa séria.

— Nunca se ri? — perguntou ele, pondo na voz uma intenção fina.

— Às vezes rio quando há de que — disse ela olhando-o de lado.

— De mim, por exemplo.

— De si? Ora essa! Está a caçoar comigo? Por que me hei de eu rir do senhor? Boa!... Então o senhor que tem que faça rir? — E agitava o seu leque de seda preta.

Ele calou-se, procurando as ideias, as delicadezas.

— Então sério, sério, não dança?

— Já lhe disse que não. Ai, que é tão perguntador!

— É porque me interesso por si.

— Ora, deixe lá! — disse ela fazenda um indolente gesto de negativa.

— Palavra!

Mas a senhora D. Josefa Dias, que os vigiava, aproximou-se, de testa muito franzida — e João Eduardo levantou-se, intimidado.

À saída, quando Amélia no corredor punha os seus agasalhos, João Eduardo veio dizer-lhe, de chapéu na mão:

— Cubra-se bem, não apanhe frio!

— Então continua a interessar-se por mim? — disse ela apertando em redor do pescoço as pontas da sua manta de lã.

— O mais possível, creia.

Duas semanas depois veio a Leiria uma companhia ambulante de zarzuela. Falava-se muito da contralto, a *Gamacho*. A Sra. D. Maria da Assunção tinha um camarote, levou a S. Joaneira e Amélia — que duas noites antes estivera costurando, com uma pressa comovida, um vestido de cassa todo florido de laços de seda azul. João Eduardo na plateia — enquanto a *Gamacho*, empastada de pó de arroz sob a sua mantilha valenciana, vibrando com uma graça decrépita o leque de lentejoulas, garganteava malaguenhas agudas — não se fartou de contemplar, de desejar Amélia. À saída veio cumprimentá-la, oferecer-lhe o braço até a rua da Misericórdia; a S. Joaneira, a Sra. D. Maria da Assunção seguiam atrás com o tabelião Nunes.

— Então gostou da Gamacho, Sr. João Eduardo?

— A falar-lhe a verdade nem sequer reparei nela.

— Então que fez?

— Olhei para si — respondeu ele resolutamente.

Ela parou imediatamente; disse com a voz um pouco alterada:

— Onde vem a mamã?

— Deixe lá a mamã!?

E João Eduardo, então, falando-lhe junto do rosto, disse-lhe "a sua grande paixão". Tomou-lhe a mão; repetia todo perturbado:

— Gosto tanto de si! Gosto tanto de si!

Amélia estava nervosa da música do teatro; a noite quente de verão, com a sua vasta cintilação de estrelas, tornava-a toda lânguida. Abandonou a mão, suspirou baixinho.

— Gosta de mim, não é verdade? — perguntou ele.

— Sim — respondeu ela e apertou os dedos de João Eduardo, com paixão.

Mas, como ela pensou, "fora de certo um fogacho" — porque, dias depois, quando conheceu mais João Eduardo, quando pôde falar livremente com ele, reconheceu que "não tinha nenhuma inclinação pelo rapaz". Estimava-o, achava-o simpático, bom moço; poderia ser um bom marido; mas sentia dentro de si o coração adormecido.

O escrevente porém começou a ir à rua da Misericórdia quase todas as noites. A S. Joaneira estimava-o pelo seu "propósito" e pela sua honradez. Mas Amélia ia-se mostrando "fria"; esperava-o à janela pela manhã quando ele passava para o cartório; fazia-lhe doces à noite, — mas só para o não descontentar, para ter na sua existência desocupada um interessezinho amoroso.

João Eduardo um dia falou à mãe em casamento:

— Como a Amélia quiser, eu por mim... — disse a S. Joaneira.

E Amélia, consultada, respondeu ambiguamente.

— Mais tarde; por hora não me parece, veremos.

Enfim acordou-se tacitamente em esperar, até que ele obtivesse o lugar de amanuense do governo civil, rasgadamente prometido pelo Dr. Godinho — o temido Dr. Godinho!

Assim vivera Amélia até a chegada de Amaro; e durante a noite, estas recordações vinham-lhe por fragmentos, como pedaços de nuvens que o vento vai trazendo e desmanchando. Adormeceu tarde, acordou já o sol ia alto; e espreguiçava-se, quando ouviu dizer a *Ruça* na sala de jantar:

— É o senhor pároco que vai sair com o senhor cônego, vão até a Sé.

Amélia saltou da cama, correu à janela em camisa, ergueu uma pontinha da cortina de cassa, olhou. A manhã resplandecia; e o padre Amaro pelo meio da rua conversando com o cônego, assoava-se ao seu lenço branco, muito airoso na sua batina de pano fino.

VI

Logo desde os primeiros dias, envolvido suavemente em comodidades, Amaro sentiu-se feliz. A S. Joaneira, muito maternal, tomava um grande cuidado na sua roupa branca, preparava-lhe os petiscos, e o "quarto do senhor pároco andava que nem um brinco!". Amélia tinha com ele uma familiaridade picante de parenta bonita; "tinham calhado um para o outro", como dissera, encantada D. Maria da Assunção. Os dias iam assim passando para Amaro, fáceis, com boa mesa, colchões macios e a convivência meiga de mulheres. A estação ia tão linda que até as tílias floresceram no jardim do Paço: "quase milagre!", disse-se; o senhor chantre, contemplando-as todas as manhãs da janela do seu quarto, em *robe-de-chambre*, citava versos das *Éclogas*[1]. E depois das longas tristezas da casa do tio da Estrela, dos desconsolos do seminário e do áspero inverno na Gralheira — aquela vida em Leiria era para Amaro como uma casa seca e abrigada onde o alegre lume estala e a sopa cheirosa fumega, depois de uma noite de jornada na serra, sob trovões e chuveiros.

Ia cedo dizer a missa à Sé, bem embrulhado no seu grande capote, com luvas de casimira, meias de lã por baixo das botas de alto cano vermelho. As manhãs estavam frias; e àquela hora só algumas devotas, com o mantéu escuro pela cabeça rezavam aqui e além ao pé de um altar envernizado de branco.

---

[1] Écloga: diálogo pastoril, feito em versos.

Entrava logo na sacristia, revestia-se depressa batendo os pés no lajedo, enquanto o sacristão, pachorrento, contava "as novidades do dia".

Depois, com o cálice na mão, de olhos baixos, passava à igreja; e tendo dobrado o joelho rapidamente diante do Santíssimo Sacramento, subia devagar ao altar onde duas velas de cera esmoreciam com uma claridade pálida na larga luz da manhã, juntava as mãos, murmurava curvado:

— *Introibo ad altare Dei.*

— *Ad Deum qui laetificat juventutem meam* — resmungava, num latim silabado, o sacristão.

Amaro já não celebrava a missa como nos primeiros tempos, com uma devoção enternecida. "Estava agora habituado", dizia. E como não ceava, e àquela hora, em jejum, com a frescura cortante do ar, já sentia apetite, engrolava depressa, monotonamente, as santas leituras da Epístola e dos Evangelhos. Por trás o sacristão, com os braços cruzados, passava vagarosamente a mão pela sua espessa barba bem raspada, olhando de revés para a Casimira França, mulher do carpinteiro da Sé, muito devota, que ele "trazia de olho" desde a Páscoa. Largas réstias de sol caíam das janelas laterais. Um vago aroma de junquilhos secos adocicava o ar.

Amaro, depois de recitar rapidamente o ofertório, limpava o cálice com o purificador; o sacristão, um pouco vergado nos rins, ia buscar as galhetas, apresentava-as, curvado — e Amaro sentia o cheiro do óleo rançoso que lhe reluzia no cabelo. Naquela parte da missa, por um antigo hábito de emoção mística, Amaro tinha um recolhimento sentido; com os braços abertos, voltava-se para a igreja, clamava, com largueza, a exortação universal à oração — *Orate frates!* E as velhas encostadas aos pilares de pedra, com o aspecto idiota, a boca babosa, apertavam mais as mãos contra o peito, de onde pendiam grandes rosários negros. Então o sacristão ia ajoelhar-se por trás dele sustentando ligeiramente com uma das mãos a capa, erguendo na outra a sineta. Amaro consagrava o vinho, levantava a hóstia — *Hoc est enim corpus meum!* — elevando alto os braços para o Cristo cheio de chagas roxas sobre a sua cruz de pau preto; a campainha tocava devagar; as mãos batiam concavamente nos peitos; e no silêncio sentiam-se os carros de bois rolando, com solavancos, sobre o largo lajeado da Sé, à volta do mercado.

— *Ite, missa est!* — *dizia* Amaro enfim.

— *Deo gratias!* — *respondia* o sacristão respirando alto, com o alívio da obrigação finda.

E quando, depois de ter beijado o altar, Amaro vinha do alto dos degraus dar a bênção, era já pensando na alegria do almoço, na sala de jantar da S. Joaneira e nas boas torradas. Àquela hora já Amélia o esperava com o cabelo caído sobre o penteador, tendo na pele fresca um bom cheiro de amêndoas.

Pelo meio do dia ordinariamente Amaro subia à sala de jantar onde a S. Joaneira e Amélia costuravam. "Estava aborrecido embaixo; vinha um bocado para o cavaco", dizia. A S. Joaneira, numa cadeira pequena, ao pé da janela, com o gato aninhado na roda do vestido de merino, cosia de luneta na ponta do nariz. Amélia junto da mesa, trabalhava com o cesto da costura ao lado; a cabeça inclinada sobre o trabalho mostrava a sua risca fina, nítida, um pouco afogada na abundância do cabelo; os seus grandes brincos de ouro, em forma de pingos de cera, oscilavam, faziam tremer e crescer sobre a finura do pescoço uma pequenina sombra; as olheiras leves cor de bistre esbatiam-se delicadamente sobre a pele de um trigueiro mimoso, que um sangue forte aviventava; e o seu peito cheio respirava devagar. Às vezes, cravando a agulha na fazenda, espreguiçava-se devagarinho, sorria, cansada. Então Amaro gracejava:

— Ah! preguiçosa, preguiçosa! Olha que mulher de casa!

Ela ria; conversavam. A S. Joaneira sabia as coisas interessantes do dia: o major despedira a criada; ou havia quem oferecesse dez moedas pelo porco do Carlos do correio. De vez em quando a *Ruça* vinha ao armário buscar um prato ou uma colher; então falava-se do preço dos gêneros, do que havia para o jantar. A S. Joaneira tirava as lunetas, traçava a perna e, balançando o pé calçado numa chinela de ourelo, punha-se a dizer os pratos:

— Hoje temos grão-de-bico. Não sei se o senhor pároco gostará; foi para variar...

Mas Amaro gostava de tudo; e mesmo em certas comidas descobrira afinidade de gostos com Amélia.

Depois, animando-se, bulia-lhe no cesto da costura. Um dia encontrara uma carta; perguntou-lhe pelo *derriço*; ela respondeu, picando vivamente o posponto:

— Ai! A mim ninguém me quer, senhor pároco...

— Não é tanto assim — sacudiu ele. Mas suspendeu-se, muito vermelho, afetanto tossir.

Amélia às vezes fazia-se muito familiar; um dia mesmo pediu-lhe para sustentar nas mãos uma meadinha de retrós que ia dobar.

— Deixe falar, senhor pároco! — exclamou a S. Joaneira. Ora a tolice! Isto, em se lhe dando confiança!...

Mas Amaro prontificou-se, rindo, todo contente: ele estava ali para o que quisessem, até para dobadoura! Era mandarem, era mandarem! E as duas mulheres riam, de um riso cálido, enlevadas naquelas maneiras do senhor pároco, "que até tocavam o coração!". Às vezes Amélia pousava a costura e tomava o gato no colo; Amaro chegava-se, corria a mão pela espinha do Maltês que se arredondava, fazendo um ronrom de gozo.

— Gostas? — dizia ela ao gato, um pouco corada, com os olhos muito ternos.

E a voz de Amaro murmurava, perturbada:

— Bichaninho gato! Bichaninho gato!

Depois a S. Joaneira erguia-se para dar o remédio à idiota ou ir palrar à cozinha. Eles ficavam sós; não falavam, mas os seus olhos tinham um longo diálogo mudo, que os ia penetrando da mesma languidez dormente. Então Amélia cantarolava baixo o *Adeus* ou o *Descrente*; Amaro acendia o seu cigarro, e escutava bamboleando a perna.

— É tão bonito isso! — dizia.

Amélia cantava mais acentuadamente, cosendo depressa; e a espaços, erguendo o busto mirava o alinhavado ou o posponto, passando-lhe por cima, para o assentar, a sua unha polida e larga.

Amaro achava aquelas unhas admiráveis, porque tudo que era *ela* ou vinha *dela* lhe parecia perfeito; gostava da cor dos seus vestidos, do seu andar, do modo de passar os dedos pelos cabelos, e olhava até com ternura para as saias brancas que ela punha a secar à janela do seu quarto, enfiadas numa cana. Nunca estivera assim na intimidade de uma mulher. Quando percebia a porta do quarto dela entreaberta, ia resvalar para dentro olhares gulosos, como para perspectivas de um paraíso: um saiote pendurado, uma meia estendida, uma liga que ficara sobre o baú, eram revelações da sua nudez, que lhe faziam cerrar os dentes, todo pálido. E não se saciava de a ver falar, rir, andar com as saias muito engomadas que batiam as ombreiras das portas estreitas. Ao pé dela, muito fraco, muito langoroso, não lhe lembrava que era padre: o Sacerdócio, Deus, a Sé, o Pecado ficavam embaixo, longe; via-os muito esbatidos do alto do seu enlevo, como de um monte se veem as casas desaparecer no nevoeiro dos vales; e só pensava então na doçura infinita de lhe dar um beijo na brancura do pescoço, ou mordiscar-lhe a orelhinha.

Às vezes revoltava-se contra estes desfalecimentos, batia o pé:

— Que diabo, é necessário ter juízo! É necessário ser homem!

Descia, ia folhear o seu Breviário; mas a voz de Amélia falava em cima, o tique-tique das suas botinas batia o soalho... Adeus! A devoção caía como uma vela a que falta o vento; as boas resoluções fugiam, e lá voltavam as tentações em bando a apoderar-se do seu cérebro, frementes, arrulhando, roçando-se umas pelas outras como um bando de pombas que recolhem ao pombal. Ficava todo subjugado, sofria. E lamentava então a sua liberdade perdida; como desejaria não a ver, estar longe de Leiria, numa aldeia solitária, entre gente pacífica, com uma criada velha cheia de provérbios e de economia, e passear pela sua horta quando as alfaces verdejam e os galos cacarejam ao sol! Mas Amélia, de cima, chamava-o — e o encanto recomeçava, mais penetrante.

A hora do jantar, sobretudo, era a sua hora perigosa e feliz, a melhor do dia. A S. Joaneira trinchava, enquanto Amaro conversava cuspindo os caroços das azeitonas na palma da mão e enfileirando-os sobre a toalha. A *Ruça*, cada dia mais héctica, servia mal, sempre a tossir; Amélia às vezes erguia-se para ir buscar uma faca, um prato ao aparador. Amaro queria levantar-se logo, atencioso.

— Deixe-se estar, deixe-se estar, senhor pároco! — dizia ela. E punha-lhe a mão no ombro, e os seus olhos encontravam-se.

Amaro, com as pernas estendidas e o guardanapo sobre o estômago, sentia-se regalado, gozava muito no bom calor da sala; depois do segundo copo de Bairrada tornava-se expansivo, tinha gracinhas; às vezes mesmo, com um brilho terno no olho, tocava fugitivamente o pé de Amélia debaixo da mesa; ou, fazendo um ar sentido, dizia "que muito lhe pesava não ter uma irmãzinha assim".

Amélia gostava de ensopar o miolo do pão no molho do guisado; a mãe dizia-lhe sempre:

— Embirro que faças isso diante do senhor pároco.

E ele então rindo:

— Pois olhe, também eu gosto. Simpatia! Magnetismo!

E molhavam ambos o pão, e sem razão davam grandes risadas. Mas o crepúsculo crescia, a *Ruça* trazia o candeeiro. O brilho dos copos e das louças alegrava Amaro, enternecia-o mais; chamava à S. Joaneira *mamã*; Amélia sorria, de olhos baixos, trincando com a ponta dos dentes cascas de tangerina. Daí a pouco vinha o café e o padre Amaro ficava muito tempo partindo nozes com as costas da faca e quebrando a cinza do cigarro na borda do pires.

Àquela hora aparecia sempre o cônego Dias; sentiam-no subir pesadamente, dizendo da escada:

— Licença para dois!

Era ele e a cadela, a *Trigueira*.

— Ora Nosso Senhor nos dê muito boas noites! — dizia assomando à porta.

— Vai a gotinha de café, senhor cônego? — perguntava logo a S. Joaneira.

Ela sentava-se, exalando um profundo *ufa!* — Vá lá a gotinha do café! — E batendo no ombro do pároco, olhando para a S. Joaneira:

— Então como vai cá o seu menino?

Riam, vinham as histórias do dia. O cônego costumava trazer no bolso o *Diário Popular*; Amélia interessava-se pelo romance, a S. Joaneira pelas correspondências amorosas nos anúncios.

— Ora vejam que pouca vergonha!... — dizia ela, deliciando-se.

Amaro então falava de Lisboa, de escândalos que lhe contara a tia; dos fidalgos que conhecera "em casa do Sr. Conde de Ribamar". Amélia, enlevada, escutava-o com os cotovelos sobre a mesa, roendo vagarosamente a ponta do palito.

Depois do jantar iam visitar a entrevada. A lamparina esmorecia à cabeceira da cama; e a pobre velha, com uma medonha touca de rendas negras que tornava mais lívida a sua carinha engelhada como uma maçã raineta, fazendo debaixo da roupa uma saliência quase imperceptível, fixava em todos, com susto, os seus olhinhos côncavos e chorosos.

— É o senhor pároco, tia Gertrudes! — gritava-lhe Amélia ao ouvido. — Vem ver como está.

A velha fazia um esforço, e com uma voz gemida:

— Ah! é o menino!

— É o menino, é — diziam rindo.

E a velha ficava a murmurar, espantada:

— É o menino, é o menino!

— Pobre de Cristo! — dizia Amaro. — Pobre de Cristo! Deus lhe dê uma boa morte!

E voltavam para a sala de jantar onde o cônego Dias, todo enterrado na velha poltrona de chita verde, com as mãos cruzadas sobre o ventre, dizia logo:

— Ora vá um bocadinho de música, pequena!

Amélia ia sentar-se ao piano.

— Ó filha, toca o *Adeus!* — recomendava a S. Joaneira começando a sua meia.

E Amélia, ferindo o teclado:

Ai! adeus! acabaram-se os dias
Que ditoso vivi a teu lado...

A sua voz arrastava-se com melancolia; e Amaro, soprando o fumo do cigarro, sentia-se todo enleado num sentimentalismo agradável.

Quando descia para o seu quarto, à noite, ia sempre exaltado. Punha-se então a ler os *Cânticos a Jesus*, tradução do francês publicada pela sociedade das *Escravas de Jesus*. É uma obrazinha beata, escrita com um lirismo equívoco, quase torpe — que dá à oração a linguagem da luxúria: Jesus é invocado, reclamando com as sofreguidões balbuciantes de uma concupiscência alucinada: "Oh!, vem, amado do meu coração, corpo adorável, minha alma impaciente quer-te! Amo-te com paixão e desespero! Abrasa-me! Queima-me! Vem! Esmaga-me! Possui-me!". E um amor divino, ora grotesco pela intenção, ora obsceno pela materialidade, geme, ruge, declama assim em cem páginas inflamadas, onde as palavras *gozo*, *delícia*, *delírio*, *êxtase*, voltam a cada momento, com uma persistência histérica. E depois de monólogos frenéticos de onde se exala um bafo de cio místico, vêm então imbecilidades de sacristia, notazinhas beatas resolvendo casos difíceis de jejuns, e orações para as dores de parto! Um bispo aprovou aquele livrinho bem impresso; as educandas leem-no no convento. É beato e excitante; tem as eloquências do erotismo, todas as pieguices da devoção; encaderna-se em marroquim e dá-se às confessadas; é a cantárida canônica!

Amaro lia até tarde, um pouco perturbado por aqueles períodos sonoros, túmidos de desejo; e no silêncio, por vezes, sentia em cima ranger o leito de Amélia; o livro escorregava-lhe das mãos, encostava a cabeça às costas da poltrona, cerrava os olhos, e parecia-lhe vê-la em colete diante do toucador desfazendo as tranças; ou, curvada, desapertando as ligas, e o decote da sua camisa entreaberta descobria os dois seios muito brancos. Erguia-se, cerrando os dentes, com uma decisão brutal de a possuir.

Começara então a recomendar-lhe a leitura dos *Cânticos a Jesus*.

— Verá é muito bonito; de muita devoção! — disse ele, deixando-lhe o livrinho numa noite no cesto da costura.

Ao outro dia, ao almoço, Amélia estava pálida, com as olheiras até ao meio da face. Queixou-se de insônia, de palpitações.

— E então, gostou dos *Cânticos*?

— Muito. Orações lindas! — respondeu.

Durante todo esse dia não ergueu os olhos para Amaro. Parecia triste — e sem razão; às vezes, o rosto abrasava-se-lhe de sangue.

Os piores momentos para Amaro eram as segundas e quartas-feiras, quando João Eduardo vinha passar as noites "em família". Até as nove horas o pároco não saía do quarto; e quando subia para o chá desesperava-se de ver o escrevente embrulhado no seu xale-manta, sentado junto de Amélia.

— Ai o que estes dois têm para aí palrado, senhor pároco! — dizia a S. Joaneira.

Amaro tinha um sorriso lívido, partindo devagar a sua torrada, com os olhos fitos na chávena.

Amélia, na presença de João Eduardo, agora, não tinha com o pároco a mesma familiaridade alegre, mal levantava os olhos da costura; o escrevente, calado, chupava o cigarro; e havia grandes silêncios em que se sentia o vento uivar, encanado na rua.

— Olha quem anda agora nas águas do mar — dizia a S. Joaneira fazendo devagar a sua meia.

— Safa!... — acrescentava João Eduardo.

As suas palavras, os seus modos irritavam o padre Amaro; detestava-o pela sua pouca devoção, pelo seu bonito bigode preto. E diante dele sentia-se mais enleado no seu acanhamento de padre.

— Toca alguma coisa, filha — dizia a S. Joaneira.

— Estou tão cansada! — respondia Amélia apoiando-se nas costas da cadeira, com um suspirozinho de fadiga.

A S. Joaneira, então, que não gostava de "ver gente mona", propunha uma *bisca de três*; e, o padre Amaro, tomando o seu candeeiro de latão, descia para o quarto, muito infeliz.

Nessas noites quase detestava Amélia; achava-a *casmurra*. A intimidade do escrevente na casa parecia-lhe escandalosa; decidia mesmo falar à S. Joaneira, dizer-lhe "que aquele namoro de portas a dentro não podia ser agradável a Deus". Depois, mais razoável, resolvia esquecê-la; pensava em sair da casa, da paróquia. Representava-se então Amélia com a sua coroa de flores de laranjeira, e João Eduardo, muito vermelho, de casaca, voltando da Sé, casados... Via a cama de noivado com os seus lençóis de renda... E todas as provas, as certezas do amor dela pelo "idiota do escrevente" cravavam-se-lhe no peito como punhais...

— Pois que casem, e que os leve o diabo!...

Odiava-a então. Fechava violentamente a porta à chave como para impedir que lhe penetrasse no quarto o rumor da sua voz ou o *frou-frou* das suas saias. Mas daí a pouco, como todas as noites, escutava com o coração aos saltos, imóvel e ansioso, os ruídos que ela fazia em cima ao despir-se, palrando ainda com a mãe.

Um dia Amaro jantara em casa da Sra. D. Maria da Assunção; fora depois passear pela estrada de Marrazes, e à volta, ao fim da tarde, encontrou, ao entrar em casa, a porta da rua aberta; sobre o capacho, no patamar, estavam os chinelos de ourelo da *Ruça*.

— Tonta de rapariga! — pensou Amaro — foi à fonte e esqueceu-se de fechar a porta.

Lembrou-se que Amélia tinha ido passar a tarde com a Sra. D. Joaquina Gansoso, numa fazenda ao pé da Piedade, e que a S. Joaneira falara em ir à irmã do cônego. Fechou devagar a cancela, subiu à cozinha a acender o seu candeeiro; como as ruas estavam molhadas da chuva da manhã, trazia ainda galochas de borrachas; os seus passos não faziam rumor no soalho; ao passar diante da sala de jantar sentiu no quarto da S. Joaneira, através do reposteiro de chita, uma tosse grossa; surpreendido, afastou sutilmente um lado do reposteiro, e pela porta entreaberta espreitou. — Oh Deus de Misericórdia, a S. Joaneira, em saia branca, atacava o colete; e, sentado à beira da cama, em mangas de camisa, o cônego Dias resfolegava grosso!

Amaro desceu, colado ao corrimão, fechou muito devagarinho a porta, e foi ao acaso para os lados da Sé. O céu enevoara-se, leves gotas de chuva caíam.

— E esta! E esta! — dizia ele assombrado.

Nunca suspeitara um tal escândalo! A S. Joaneira, a pachorrenta S. Joaneira! O cônego, seu mestre de Moral! E era um velho, sem os ímpetos do sangue novo, já na paz que lhe deveriam ter dado a idade, a nutrição, as dignidades eclesiásticas! Que faria então um homem novo e forte, que sente uma vida abundante no fundo das suas veias reclamar e arder!... Era, pois, verdade o que se cochichava no seminário, o que lhe dizia o velho padre Sequeira, cinquenta anos pároco da Galheira: — "Todos são do mesmo barro!". Todos são do mesmo barro, — sobem em dignidades, entram nos cabidos, regem os seminários, dirigem as consciências envoltos em Deus como numa absolvição permanente, e têm no entanto, numa viela, uma mulher pacata e gorda, em casa de quem vão repousar das atitudes devotas e da austeridade do ofício, fumando cigarros de estanco e palpando uns braços rechonchudos!

Vinham-lhe então outras reflexões: que gente era aquela, a S. Joaneira e a filha, que viviam assim sustentadas pela lubricidade tardia de um velho cônego? A S. Joaneira fora decerto bonita, bem feita, desejável! — outrora! Por quantos braços teria passado até chegar, pelos declives da idade, àqueles amores senis e mal pagos? As duas mulherinhas, que diabo, não eram honestas! Recebiam hóspedes, viviam da concubinagem. Amélia ia sozinha à igreja, às compras, à fazenda; e com aqueles olhos tão negros, talvez já tivesse tido um amante! — Resumia, filiava certas recordações: um dia que ela lhe estivera mostrando na janela da cozinha um vaso de rainúnculos, tinham ficado sós, e ela, muito corada, pusera-lhe a mão sobre o ombro e os seus olhos reluziam e pediam; outra ocasião ela roçara-lhe o peito pelo braço! A noite caíra, com uma chuva fina. Amaro não a sentia, caminhando depressa, cheio de uma só ideia deliciosa que o fazia tremer: ser o amante da rapariga, como o cônego era o amante da mãe! Imaginava já a boa vida escandalosa e regalada: enquanto em cima a grossa S. Joaneira beijocasse o seu cônego cheio de dificuldades asmáticas, — Amélia desceria ao seu quarto, pé ante pé, apanhando as saias brancas, com um xale sobre os ombros nus... Com que frenesi a esperaria! E já não sentia por ela o mesmo amor sentimental, quase doloroso, agora a ideia muito magana dos dois padres e as duas concubinas, de panelinha, dava àquele homem amarrado pelos votos uma satisfação depravada! Ia aos pulinhos pela rua. — Que pechincha de casa!

A chuva caía, grossa. Quando entrou havia já luz na sala de jantar. Subiu.

— Ih, como vem frio! — disse-lhe Amélia sentindo, ao apertar-lhe a mão, a umidade da névoa.

Sentada à mesa, costurava com um xale-manta pelos ombros; João Eduardo, ao pé, jogava a bisca com a S. Joaneira.

Amaro sentou-se um pouco embaraçado; a presença do escrevente dera-lhe de repente, sem saber por que, o duro choque de uma realidade antipática; e todas as esperanças, que lhe tinham vindo a dançar uma sarabanda na imaginação, encolhiam-se uma a uma, murchavam — vendo ali Amélia ao pé do noivo, curvada sobre uma costura honesta, com o seu escuro vestido afogado, junto do candeeiro de família!

E tudo em redor lhe aparecia como mais recatado, as paredes com o seu papel de ramagens verdes, o armário cheio de louça luzidia da Vista Alegre, o simpático e bojudo pote de água, o velho piano mal firme nos seus três pés torneados; o paliteiro tão querido de todos —

um Cupido rechonchudo com um guarda-chuva aberto eriçado de palitos, e aquela tranquila bisca jogada com os dichotes clássicos. Tudo tão decente!

Afirmava-se então nas grossas roscas do pescoço da S. Joaneira, como para descobrir nelas as marcas das beijocas do cônego: ah! tu, não há dúvida, és "uma barregã de clérigo". Mas Amélia! Com aquelas longas pestanas descidas, o beiço tão fresco!... Ignorava decerto as libertinagens da mãe; ou, experiente, estava bem resolvida a estabelecer-se solidamente na segurança de um amor legal! — E Amaro, da sombra, examinava-a longamente como para se certificar, na placidez do seu rosto, da virgindade do seu passado.

— Cansadinho, senhor pároco, hem? — disse a S. Joaneira. E para João Eduardo: — Trunfo, faz favor, seu cabeça no ar?

O escrevente, namorado, distraía-se.

— É o senhor a jogar — dizia-lhe a S. Joaneira a cada momento.

Depois ele esquecia-se de *comprar cartas*.

— Ah menino, menino! — dizia ela com a sua voz pachorrenta — que lhe puxo essas orelhas!

Amélia ia cosendo, com a cabeça baixa; tinha um pequeno casabeque preto com botões de vidro, que lhe disfarçava a forma do seio.

E Amaro irritava-se daqueles olhos fixos na costura, daquele casaco amplo escondendo a beleza que mais apetecia nela! E nada a esperar. Nada dela lhe pertenceria, nem a luz daquelas pupilas, nem a brancura daqueles peitos! Queria casar — e guardava tudo para o outro, o idiota, que sorria baboso, jogando paus! Odiou-o então, de um ódio complicado de inveja ao seu bigode negro e ao seu direito de amar...

— Está incomodado, senhor pároco? — perguntou Amélia, vendo-o mexer-se bruscamente na cadeira.

— Não — disse ele secamente.

— Ah! — fez ela com um leve suspiro, picando rapidamente o posponto.

O escrevente, baralhando as cartas, começara a falar de uma casa que queria alugar; a conversa caiu sobre arranjos domésticos.

— Traze-me luz! — gritou Amaro à *Ruça*.

Desceu para o seu quarto, desesperado. Pôs a vela sobre a cômoda; o espelho estava defronte, e a sua imagem apareceu-lhe; sentiu-se feio, ridículo com a sua cara rapada, a volta hirta como uma coleira, e por trás a coroa hedionda. Comparou-se instintivamente com o outro que tinha um bigode, o seu cabelo todo, a sua liberdade! Para que hei de eu estar a ralar-me? — pensou. — O outro era um marido; podia dar-lhe o seu nome, uma casa, a maternidade; ele só poderia dar-lhe sensações criminosas, depois os terrores do pecado! Ela simpatizava talvez com ele, apesar de padre; mas antes de tudo, acima de tudo, queria casar; nada mais natural! Via-se pobre, bonita, só; cobiçava uma situação legítima e duradoura, o respeito das vizinhas, a consideração dos lojistas, todos os proveitos da honra!

Odiou-a então, e o seu vestido afogado, e a sua honestidade! A estúpida, que não percebia que ao pé dela, sob uma negra batina, uma paixão devota a espreitava, a seguia, tremia e morria de impaciência! Desejou que ela fosse como a mãe — ou pior, toda livre, com vestidos garridos, uma cuia impudente, traçando a perna e fitando os homens, uma fêmea fácil como uma porta aberta...

— Boa! Estou a desejar que a rapariga fosse uma desavergonhada! — pensou, recaindo em si um pouco envergonhado. — Está claro; não podemos pensar em mulheres decentes, temos que reclamar prostitutas! Bonito dogma!

Abafava. Abriu a janela. O céu estava tenebroso; a chuva cessara; o piar das corujas na Misericórdia cortava só o silêncio.

Enterneceu-se, então com aquela escuridão, aquela mudez de vila adormecida. E sentiu subir outra vez, das profundidades do seu ser, o amor que sentira a princípio por ela, muito puro, de um sentimentalismo devoto; via a sua linda cabeça, de uma beleza transfigurada e luminosa, destacar da negrura espessa do ar; e toda a sua alma foi para ela num desfalecimento de adoração, como no culto a Maria e na Saudação Angélica; pediu-lhe perdão ansiosamente de a ter ofendido; disse-lhe alto: És uma santa! Perdoa! — Foi um momento muito doce, de renunciamento carnal...

E, espantado quase daquelas delicadezas de sensibilidade que descobria subitamente em si, pôs-se a pensar com saudade — que se fosse um homem livre seria um marido tão bom! Amorável, dedicado, dengueiro, sempre de joelhos, todo de adorações! Como amaria o *seu* filho, muito pequerruchinho, a puxar-lhe as barbas! À ideia daquelas felicidades inacessíveis, os olhos arrasaram-se-lhe de lágrimas. Amaldiçoou, num desespero, "a pega da marquesa que o fizera padre", e o bispo que o confirmara!

— Perderam-me! Perderam-me! — dizia, um pouco desvairado.

Sentiu então os passos de João Eduardo que descia, e o rumor das saias de Amélia. Correu a espreitar pela fechadura, cravando os dentes no beiço, de ciúme. A cancela bateu, Amélia subiu cantarolando baixo. —

Mas a sensação de amor místico que o penetrara um momento, olhando a noite, passara; e deitou-se, com um desejo furioso dela e dos seus beijos.

VII

Dias depois o padre Amaro e o cônego Dias tinham ido jantar com o abade da Cortegaça. — Era um velho jovial, muito caridoso, que vivia há trinta anos naquela freguesia e passava por ser o melhor cozinheiro da diocese. Todo o clero das vizinhanças conhecia a sua famosa *cabidela de caça*. O abade fazia anos; havia outros convidados — o padre Natário e o padre Brito; o padre Natário era uma criaturinha biliosa, seca, com dois olhos encovados, muito malignos, a pele picada das bexigas e extremamente irritável. Chamavam-lhe o *Furão*. Era esperto e questionador; tinha fama de ser grande latinista, e ter uma lógica de ferro; e dizia-se dele: *é uma língua de víbora!* Vivia com duas sobrinhas órfãs, declarava ser extremoso por elas, gabava-lhes sempre a virtude, e costumava chamar-lhes as *duas rosas do seu canteiro*. O padre Brito era o padre mais estúpido e mais forte da diocese; tinha o aspecto, os modos, a forte vida de um robusto beirão que maneja bem o cajado, emborca um almude de vinho, pega alegremente à rabiça do arado, serve de trolha nos arranjos de um alpendre, e nas sestas quentes de junho atira brutalmente as raparigas para cima das medas de milho. O senhor chantre, sempre correto nas suas comparações mitológicas, chamava-lhe — o *leão de Nemeia*.

A sua cabeça era enorme, de cabelo lanígero que lhe descia até às sobrancelhas; a pele curtida tinha um tom azulado, do esforço da navalha de barba; e, nas suas risadas bestais, mostrava dentinhos muito miúdos e muito brancos do uso da broa.

Quando iam sentar-se à mesa chegou o Libaninho

todo azafamado, gingando muito, com a calva suada, exclamando logo em tons agudos:

— Ai, filhos! Desculpem-me; demorei-me mais um bocadinho. Passei pela Igreja de Nossa Senhora da Ermida, estava o padre Nunes a dizer uma missa de intenção. Ai, filhos! Papei-a logo, venho mesmo consoladinho!

A Gertrudes, a velha e possante ama do abade, entrou então com a vasta terrina do caldo de galinha; e o Libaninho, saltitando em roda dela, começou os seus gracejos:

— Ai, Gertrudinha! Quem tu fazias feliz bem eu sei!

A velha aldeã ria com o seu espesso riso bondoso, que lhe sacudia a massa do seio.

— Olha que arranjo me aparece agora pela tarde!...

— Ai, filha! As mulheres querem-se como as peras, maduras e de sete cotovelos. Então é que é chupá-las!

Os padres gargalharam; e, alegremente, acomodaram-se à mesa.

O jantar fora todo cozinhado pelo abade; logo à sopa as exclamações começaram:

— Sim, senhor, famoso! Disto nem no céu! Bela coisa!

O excelente abade estava escarlate de satisfação. Era, como dizia o senhor chantre, "um divino artista"! Lera todos os *Cozinheiros completos*; sabia inúmeras receitas; era inventivo — e, como ele afirmava dando marteladinhas no crânio "tinha-lhe saído muito petisco daquela cachimônia"! Vivia tão absorvido pela sua "arte" que lhe acontecia, nos sermões de domingo, dar aos fiéis ajoelhados para receberem a palavra de Deus, conselhos sobre o bacalhau guisado ou sobre os condimentos do sarrabulho. E ali vivia feliz, com sua velha Gertrudes, de muito bom paladar também, com o seu quintal de ricos legumes, sentindo uma só ambição na vida: ter um dia a jantar o bispo!

— Oh, senhor pároco! — dizia ele a Amaro — por quem é! Mais um bocadinho de cabidela, faça favor! Essas codeazinhas de pão ensopadas no molho! Isso! isso! Que tal, hem? — E com um aspecto modesto: não é lá por dizer, mas a cabidela hoje saiu-me boa!

Estava com efeito, como disse o cônego Dias, de tentar Santo Antão no deserto! Todos tinham tirado as capas, e, só com as batinas, as voltas alargadas, comiam devagar, falando pouco. Como no dia seguinte era a festa da Senhora da Alegria, os sinos na capela, ao lado, repicavam; e o bom sol do meio-dia dava tons muito alegres à louça, às bojudas canecas azuis com vinho da Bairrada, aos pires de pimentões escarlates, às frescas malgas de azeitonas pretas — enquanto o bom abade, de olho arregalado, mordendo o beiço, ia cortando com cuidado nacos brancos do peito do capão recheado.

As janelas abriam para o quintal. Viam-se dois largos pés de camélias vermelhas crescendo junto ao peitoril, e para além das copas das macieiras um pedaço muito vivo de céu azul-ferrete. Uma nora chiava ao longe; lavadeiras batiam a roupa.

Sobre a cômoda, entre in-fólios, na sua peanha, um Cristo perfilava tristemente contra a parede o seu corpo amarelo, coberto de chagas escarlates; e, aos lados, simpáticos santos sob redomas de vidro, lembravam legendas mais doces de religião amável; o bom gigante S. Cristóvão atravessando o rio com o divino pequerrucho que sorri, e faz saltar o mundo sobre a sua mãozinha como uma pela; o doce pastor S. Joãozinho coberto com uma pele de ovelha, e guardando os seus rebanhos, não com um cajado, mas com uma cruz; o bom porteiro S. Pedro, tendo na sua mão de barro as duas santas chaves que servem nas fechaduras do céu! Nas paredes, em litografias de coloridos cruéis, o patriarca S. José apoiava-se ao seu cajado onde florescem lírios brancos; o cavalo empinado do bravo S. Jorge pisava o ventre de um dragão surpreendido; e o bom Santo Antônio, à beira de um regato, sorria, falando a um tubarão. O tintlim dos copos, o ruído das facas animavam a velha sala de teto de carvalho defumado, de uma alegria desusada. E Libaninho devorava, dizendo pilhérias:

— Gertrudinhas, flor do caniço, passa-me as vagens. Não me olhes assim, magana, que me fazes revolver os intestinos!

— O diabo é o homem! — dizia a velha. — Olha pro que lhe deu! Falasse-me aqui há trinta anos seu perdido!

— Ai, filha! — exclamava revirando os olhos — nem me digas isso que sinto coisas pela espinha acima!

Os padres engasgavam-se de riso. Já duas canecas de vinho estavam vazias; e o padre Brito desabotoara a batina, deixando ver a sua grossa camisola de lã da Covilhã, onde a marca da fábrica, feita de linha azul, era uma cruz sobre um coração.

Um pobre então viera à porta rosnar lamentosamente padre-nossos; e enquanto Gertrudes lhe metia no alforje metade de uma broa, os padres falaram dos bandos de mendigos que agora percorriam as freguesias.

— Muita pobreza por aqui, muita pobreza! — dizia o bom abade. — Ó Dias, mais este bocadinho da asa!

— Muita pobreza, mas muita preguiça — considerou duramente o padre Natário. — Em muitas fazendas sabia ele que havia falta de jornaleiros, e viam-se marmanjos, rijos como pinheiros, a choramingar padre-nossos pelas portas. — Súcia de mariolas! — resumiu.

— Deixe lá, padre Natário, deixe lá! — disse o abade. — Olhe que há pobreza deveras. Por aqui há famílias, homem, mulher e cinco filhos, que dormem no chão como porcos e não comem senão ervas.

— Então que diabo querias tu que eles comessem? — exclamou o cônego Dias lambendo os dedos depois de ter esburgado a asa do capão. — Querias que comessem peru? Cada um como quem é!

O bom abade puxou, repoltreando-se, o guardanapo para o estômago, e disse com afeto:

— A pobreza agrada a Deus Nosso Senhor.

— Ai, filhos! — acudiu o Libaninho num tom choroso — se houvesse só pobrezinhos isto era o reininho dos céus!

O padre Amaro considerou com gravidade:

— É bom que haja quem tenha cabedais para legados pios, edificações de capelas...

— A propriedade devia estar na mão da Igreja — interrompeu Natário com autoridade.

O cônego Dias arrotou com estrondo e acrescentou:

— Para o esplendor do culto e propagação da fé.

Mas a grande causa da miséria — dizia Natário com uma voz pedante — era a grande imoralidade.

— Ah! lá isso não falemos! — exclamou o abade com desgosto. — Neste momento há só aqui na freguesia mais de doze raparigas solteiras grávidas! Pois senhores, se as chamo, se as repreendo, põem-se-me a fungar de riso!

— Lá nos meus sítios — disse o padre Brito — quando foi pela apanha da azeitona, como há falta de braços, vieram as *maltas* trabalhar. Pois agora o verás! Que desaforo! — Contou a história das *maltas*, trabalhadores errantes, homens e mulheres, que andam oferecendo os braços pelas fazendas, vivem na promiscuidade e morrem na miséria. — Era necessário andar sempre de cajado em cima deles!

— Ai! — disse o Libaninho para os lados apertando as mãos na cabeça. — Aí, o pecado que vai pelo mundo! Até se me estão a eriçar os cabelos!

Mas a freguesia de Santa Catarina era a pior! As mulheres casadas tinham perdido todo o escrúpulo.

— Piores que cabras — dizia o padre Natário alargando a fivela do colete.

E o padre Brito falou de um caso na freguesia de Amor; raparigas de dezesseis e dezoito anos que costumavam reunir-se num palheiro — o palheiro do Silvério — e passavam lá a noite com um bando de marmanjos!

Então o padre Natário, que já tinha os olhos luzidios, a língua solta, disse, repoltreando-se na cadeira e espaçando as palavras:

— Eu não sei o que se passa lá na tua freguesia, Brito; mas se há alguma coisa, o exemplo vem de alto... A mim têm-me dito que tu e a mulher do regedor...

— É mentira! — exclamou o Brito fazendo-se todo escarlate.

— Oh, Brito! Oh, Brito! — disseram em redor, repreendendo-o com bondade.

— É mentira! — berrou ele.

— E aqui para nós, meus ricos — disse o cônego Dias baixando a voz, com o olhinho aceso numa malícia confidencial — sempre digo que é uma mulher de mão cheia!

— É mentira! — clamou o Brito. E falando de um jato: — Quem anda a espalhar isso é o morgado da Cumiada, porque o regedor não votou com ele na eleição... Mas tão certo como eu estar aqui, quebro-lhe os ossos! — Tinha os olhos injetados, brandia o punho: — Quebro-lhe os ossos!

— O caso não é para tanto, homem — considerou Natário.

— Quebro-lhe os ossos! Não lhe deixo um inteiro!

— Ai, sossega, leãozinho! — disse o Libaninho com ternura. Não te percas, filhinho!

Mas recordando a influência do morgado da Cumiada, que era então oposição e que levava duzentos votos à urna, os padres falaram de eleições e dos seus episódios. Todos ali, a não ser o padre Amaro, sabiam, como disse Natário, "cozinhar um deputadozinho". Vieram anedotas; cada um celebrou as suas façanhas.

O padre Natário na última eleição tinha arranjado oitenta votos!

— Cáspite! — disseram.

— Imaginem vocês como? Com um milagre!

— Com um milagre!? — repetiram espantados.

— Sim, senhores.

Tinha-se entendido com um missionário, e na véspera da eleição receberam-se na freguesia cartas vindas do céu e assinadas pela Virgem Maria, pedindo, com promessas de salvação e ameaças do inferno, votos para o candidato do governo. De chupeta, hem?

— De mão cheia! — disseram todos.

Só Amaro parecia surpreendido.

— Homem! — disse o abade com ingenuidade — disso é que eu cá precisava. Eu então tenho de andar aí a estafar-me de porta em porta. — E sorrindo bondosamente: — Com o que se faz ainda alguma coisa é com o relaxe da côngrua!

— E com a confissão — disse o padre Natário. — A coisa então vai pelas mulheres, mas vai segura! Da confissão tira-se grande partido.

O padre Amaro, que estivera calado, disse gravemente:

— Mas enfim a confissão é um ato muito sério, e servir assim para eleições...

O padre Natário, que tinha duas rosetas escarlates na face e gestos excitados, soltou uma palavra imprudente:

— Pois o senhor toma a confissão a sério?

Houve uma grande surpresa.

— Se tomo a confissão a sério!? — gritou o padre Amaro recuando a cadeira, com os olhos arregalados.

— Ora essa! — exclamaram. — Oh, Natário! Oh, menino!

O padre Natário exaltado queria explicar, atenuar:

— Escutem, criaturas de Deus! Eu não quero dizer que a confissão seja uma brincadeira! Irra! Eu não sou pedreiro-livre! O que eu quero dizer é que é um meio de persuasão, de saber o que se passa, de dirigir o rebanho para aqui ou para ali... E quando é para o serviço de Deus, é uma arma. Aí está o que é — a absolvição é uma arma!

— Uma arma! — exclamaram.

O abade protestava, dizendo:

— Oh, Natário! oh, filho! isso não!

O Libaninho tinha-se benzido; e, dizia, "tinha já um tal terror que até lhe tremiam as pernas"!

Natário irritou-se:

— Então talvez me queriam dizer — gritou — que qualquer de nós, pelo fato de ser padre, porque o bispo lhe impôs, três vezes as mãos e porque lhe disse o *accipe*, tem missão direta de Deus, — é Deus mesmo para absolver?!

— Decerto! — exclamaram — decerto!

E o cônego Dias disse, meneando uma garfada de vagens:

— *Quorum remiseris peccata, remittuntur eis*. É a fórmula. A fórmula é tudo, menino...

— A confissão é a essência mesma do sacerdócio — soltou o padre Amaro com gestos escolares, fulminando Natário. — Leia Santo Inácio! Leia S. Tomás!

— Anda-me com ele! — gritava o Libaninho pulando na cadeira, apoiando Amaro. — Anda-me com ele, comigo, pároco! Salta-me no cachaço do ímpio!

— Oh, senhores! — berrou Natário furioso com a contradição — o que eu quero é que me respondam a isto. E voltando-se para Amaro: — O senhor, por exemplo, que acaba de almoçar, que comeu o seu pão torrado, tomou o seu café, fumou o seu cigarro, e que depois se vai sentar no confessionário, às vezes preocupado com negócios de família ou com faltas de dinheiro, ou com dores de cabeça ou com dores de barriga, imagina o senhor que está ali como um Deus para absolver?

O argumento surpreendeu.

O cônego Dias, pousando o talher, ergueu os braços, e com uma solenidade cômica exclamou:

— *Hereticus est!* É herege!

— *Hereticus est!* também eu digo — rosnou o padre Amaro. Mas a Gertrudes entrava com a larga travessa do arroz-doce.

— Não falemos nessas coisas, não falemos nessas coisas — disse logo prudentemente o abade. — Vamos ao arrozinho. Gertrudes, dá cá a garrafinha do Porto!

Natário, debruçado sobre a mesa, ainda arremessava argumentos a Amaro:

— Absolver é exercer a graça. A graça só é atributo de Deus; em nenhum autor encontra que a graça seja transmissível. Logo...

— Ponho duas objeções... gritou Amaro com o dedo em riste, em atitude de polêmica.

— Oh, filhos! oh, filhos! — acudiu o bom abade aflito. — Deixem a sabatina, que até nem lhes sabe o arrozinho!

Serviu o vinho do Porto, para os acalmar, enchendo os copos devagar, com as precauções clássicas:

— Mil oitocentos e quinze! — dizia. — Disto não se bebe todos os dias.

Para o saborear, depois de o fazer reluzir à luz na transparência dos copos, repoltreavam-se nas velhas cadeiras de couro; começaram as *saúdes!* A primeira foi ao abade, que murmurava:

— Muita honra... muita honra... Tinha os olhos chorosos de satisfação.

— A sua santidade Pio IX! — gritou então o Libaninho brandindo o cálice. — Ao mártir!

Todos beberam comovidos. Libaninho entoou em voz de falsete o hino de Pio IX; o abade, prudente, fê-lo calar por causa do hortelão que no quintal aparava o buxo.

A sobremesa foi longa, muito saboreada. Natário tornara-se terno, falava das suas sobrinhas, "as suas duas rosas", e citava Virgílio, molhando as castanhas em vinho. Amaro, todo deitado para trás na cadeira, as mãos nos bolsos, olhava maquinalmente as árvores do jardim, pensando vagamente em Amélia, nas suas formas; suspirou mesmo com um desejo dela — enquanto o padre Brito, rubro, queria convencer os republicanos a *marmeleiro.*

— Viva o marmeleiro do padre Brito! — gritou entusiasmado o Libaninho.

Mas Natário começara a discutir com o cônego história eclesiástica; e, muito questionador, voltou aos seus argumentos vagos sobre a doutrina da Graça; afirmava que um assassino, um parricida poderia ser canonizado — se se tivesse revelado o estado de Graça! Divagava, com frases de escola em que se lhe pegava a língua. Citou santos que tinham sido escandalosos; outros que pela sua profissão deviam ter conhecido, praticado, amado o vício. Exclamou com as mãos na cinta:

— Santo Inácio foi militar!

— Militar!? — gritou o Libaninho. — E erguendo-se, correndo a Natário, lançando-lhe um braço ao pescoço com uma ternura pueril e avinhada: — Militar!? E que era ele? Que era ele, o meu devoto Santo Inácio?

Natário repeliu-o:

— Deixa-me, homem! Era sargento de caçadores.

Houve uma enorme risada.

O Libaninho ficara extático.

— Sargento de caçadores! — dizia erguendo as mãos num ímpeto beato. — Meu rico Santo Inácio! Bendito e louvado seja ele por toda a eternidade!

E então o abade propôs que fossem tomar café para debaixo da parreira.

Eram três horas. Ao erguer-se todos cambaleavam um pouco, arrotando formidavelmente, com risadas espessas; só Amaro tinha a cabeça lúcida, as pernas firmes — e sentia-se muito terno.

— Pois agora, colegas — disse o abade sorvendo o último gole de café — o que está a calhar é um passeio à fazenda.

— Para esmoer — rosnou o cônego erguendo-se com dificuldade. — Vamos lá à fazenda do abade!

Foram pelo atalho da Barroca, um caminho estreito de carros. O dia estava muito azul, de um sol tépido. A vereda seguia entre valados eriçados de silvas; para além as terras lisas estendiam-se cobertas de rastolho;

a espaços as oliveiras destacavam, com grande nitidez, na sua folhagem fina; para o horizonte arredondavam-se colinas cobertas da rama verde-negra dos pinheiros; havia um grande silêncio; só às vezes, ao longe, num caminho, um carro chiava. E naquela serenidade da paisagem e da luz, os padres iam caminhando devagar, tropeçando um pouco, de olho aceso, estômago enfartado, chacoteando e achando a vida boa.

O cônego Dias e o abade, de braço dado, caturravam. O Brito, ao lado de Amaro, jurava que havia de beber o sangue ao morgado da Cumiada.

— Prudência, colega Brito, prudência — dizia Amaro chupando o cigarro.

E o Brito, com passadas de carretão, rosnava:

— Hei de comer-lhe os fígados!

O Libaninho atrás, só, cantarolava em falsete:

> *— Passarinho trigueiro,*
> *Salta cá fora...*

Adiante de todos ia o padre Natário; levava a capa no braço, arrastando pelo chão; a batina desabotoada por trás deixava ver o forro imundo do colete; e as suas pernas escanifradas, com as meias pretas de lã cheias de passagens, faziam bordos que o atiravam contra o silvado.

E no entanto Brito, com grandes bafos de vinho, roncava:

— Eu só me contentava em agarrar num cajado e correr tudo! Tudo! — E gesticulava com um gesto imenso que abrangia o mundo.

> *— Tem as asas quebradas,*
> *Não pode agora...*

Gania atrás o Libaninho.

Mas pararam de repente; Natário adiante gritava com uma voz furiosa:

— Seu burro, você não vê? Sua besta!

Era à volta do atalho. Tropeçara com um velho que conduzia uma ovelha; ia caindo; e ameaçava-o com o punho fechado numa raiva avinhada.

— Queira Vossa Senhoria perdoar — dizia humildemente o homem.

— Sua besta! — berrava Natário com os olhos chamejantes. Que o racho!

O homem balbuciava, tinha tirado o chapéu; viam-se os seus cabelos brancos; parecia ser um antigo criado de lavoura envelhecido no trabalho; era talvez avô — e curvado, vermelho de vergonha, encolhia-se com as sebes para deixar passar no estreito caminho de carros os senhores padres joviais e excitados da vinhaça!

Amaro não os quis acompanhar até à fazenda. Ao fim da aldeia, no cruzeiro, tomou pelo caminho de Sobros, voltou para Leiria.

— Olhe que é uma légua à cidade — dizia o abade. — Eu mando-lhe aparelhar a égua, colega.

— Qual história, abade, a perninha é rija! — E, traçando alegremente a capa, partiu cantarolando o *Adeus*.

Ao pé da Cortegaça o atalho de Sobros alarga-se, ao comprido de um muro de quinta coberto de musgos e eriçado no alto de luzidios fundos de garrafas. Quando Amaro chegou próximo ao portão de carros, baixo e pintado de vermelho, encontrou no meio do caminho, parada, uma grande vaca malhada; Amaro divertido espicaçou-a com o guarda-chuva; a vaca trotou balouçando a papeira — e Amaro ao voltar-se viu Amélia, ao portão, que saudava, dizendo toda risonha:

— Então está-me a espantar o gado, senhor pároco?

— É a menina! Que milagre é este?

Ela fez-se um pouco vermelha:

— Vim à quinta com a D. Maria da Assunção. Vim dar uma vista de olhos à fazenda.

Ao pé de Amélia uma rapariga acamava couves numa canastra.

— Então esta é que é a quinta da D. Maria?

E Amaro deu um passo para dentro do portão.

Uma rua larga de velhos sobreiros, dando uma sombra doce, estendia-se até a casa que se entrevia no fundo, branquejando ao sol.

— É. A nossa fazenda fica do outro lado, mas entra-se também por aqui. Vá, Joana, avia-te!

A rapariga pôs a canastra à cabeça, deu as boas tardes, meteu pelo caminho de Sobros, batendo muito os quadris.

— Sim, senhor! Sim, senhor! Parece uma boa propriedade... considerava o pároco.

— Venha ver a nossa fazenda! — disse Amélia. É uma migalhinha de terra, mas para fazer uma ideia. Vai-se por aqui mesmo... Olhe, vamos ter lá baixo com a D. Maria, quer?

— Valeu. Vamos lá a D. Maria — disse Amaro.

Foram subindo a rua dos sobreiros, calados. O chão estava cheio de folhas secas, e, entre os troncos espaçados, moitas de hortênsias pendiam abatidas, amareladas dos chuveiros; ao fundo a casa baixa, velha, de um andar só, assentava pesadamente. Ao longo da parede grandes abóboras amadureciam ao sol, e no telhado, todo negro do inverno, esvoaçavam pombos. Por trás o laranjal formava uma massa de folhagens verde-escuras; uma nora chiava monotonamente.

Um rapazito passou com um balde de lavagem.

— Para onde foi a senhora, João? — perguntou Amélia.

— Foi pro olival — disse o rapaz com a sua vozinha arrastada.

O olival era longe, no fundo da quinta; havia ainda grandes lamas, não se podia ir lá sem tamancos.

— Vai-se a gente sujar toda — disse Amélia. — Deixar lá a D. Maria, hem? Vamos nós ver a quinta... Por aqui, senhor pároco...

Estavam defronte de um velho muro onde cresciam clematites. Amélia abriu uma porta verde; e por três degraus de pedra desconjuntados desceram a uma rua toldada por uma larga parreira. Junto do muro cresciam rosas de todo o ano; do outro lado, por entre os pilares de pedra que sustentavam a latada e os pés torcidos das cepas, via-se, batido de luz, com tons amarelados, um grande campo de erva; os tetos baixos do curral coberto de colmo destacavam ao longe em escuro, e desse lado um fumozinho leve e branco perdia-se no ar muito azul.

Amélia a cada momento parava, explicava a quinta:

— Ali ia semear-se cevada; além havia de ver o cebolinho, estava muito bonito...

— Ah! a D. Maria da Assunção traz isto muito bem tratado!

Amaro ouvia-a falar, com a cabeça baixa, olhando-a de lado; a sua voz naquele silêncio dos campos parecia-lhe mais rica, mais doce; o grande ar dava-lhe uma cor mais picante às faces; o seu olhar rebrilhava. Para saltar umas lamas tinha apanhado o vestido; e a brancura da meia, que ele entreviu, perturbou-o como um começo da sua nudez.

Ao fundo da parreira atravessaram um campo ao comprido de um regueiro, Amélia riu muito do pároco, que tinha medo de sapos. Ele então exagerou os seus sustos. Ó menina Amélia, haveria víboras? E roçava-se por ela, afastando-se das ervas altas.

— Vê aquele valado? Pois para o lado de lá é a nossa fazenda. Entra-se pela cancela, vê? Mas veja lá se está cansado! Que o senhor parece-me que não é grande caminhador... Ai, um sapo!

Amaro deu um pulinho, tocou-lhe o ombro. Ela empurrou-o docemente, e com um riso cálido:

— Seu medroso! Seu medroso!

Estava toda contente, toda viva. Falava na sua *fazenda* com uma vaidadezinha, satisfeita de entender da lavoura, de ser proprietária.

— A cancela está fechada, parece — disse Amaro.

— Está? — fez cla. — Apanhou as saias, deu uma carreirinha. Estava fechada! Que pena! E abalava, impaciente, as grades estreitas, entre as duas fortes ombreiras de madeira encravadas na espessura do silvado.

— Foi o caseiro que levou a chave!

Agachou-se, gritou para o lado do campo, arrastando muito tempo a voz: — Antônio! Antônio!

Ninguém respondeu.

— Anda lá para o fundo da quinta! — disse ela. — Que seca! Se o senhor pároco quisesse, aqui adiante pode-se passar. Há uma abertura no valado, chamam-lhe o *salto da cabra*. Pode a gente saltar para o outro lado.

E caminhando rente ao silvado, chapinhando a lama, toda alegre:

— Quando eu era pequena nunca passava pela cancela, saltava sempre por ali. E cada trambolhão, quando o chão estava resvaladiço com a chuva! Era um vivo demônio, aqui onde me vê! Ninguém há de dizer, senhor pároco, hem? Ai! vou-me a fazer velha!

— E voltando-se para ele, com um risinho onde luzia o esmalte dos dentes: — Não é verdade? Estou-me a fazer velha, hem?

Ele sorria. Custava-lhe falar. O sol, batendo-lhe nas costas, depois do vinho do abade, amolecia-o; e a figura dela, os seus ombros, os seus encontros davam-lhe um desejo contínuo e intenso.

— Aqui está *o salto da cabra* — disse Amélia parando.

Era uma abertura estreita no valado; a terra do outro lado, mais baixa, estava toda lamacenta. Via-se dali a fazenda da S. Joaneira; o campo plano estendia-se até um olival, com a erva fina muito estrelada de pequenos malmequeres brancos; uma vaca preta, de grandes malhas, pastava; e para além viam-se tetos aguçados de casais, onde voavam revoadas de pardais.

— E agora? — perguntou Amaro.

— Agora saltar — disse ela rindo.

— Cá vai! — exclamou ele.

Traçou a capa, saltou, mas escorregou nas ervas úmidas — e imediatamente Amélia, debruçando-se, rindo muito, com grandes acenos de mãos:

— E agora adeus, senhor pároco, que eu vou ter com a D. Maria. Aí fica preso na fazenda. Para cima não pode o senhor pular, pela cancela não pode o senhor passar! É o senhor pároco que está preso...

— Ó menina Amélia! Ó menina Amélia!

Ela cantarolava-lhe, escarnecendo:

Fico sozinha à varanda.
Que o meu bem está na prisão!

Aquelas maneirinhas excitavam o padre — e com os braços erguidos, a voz cálida:

— Salte, salte!

Ela então fez voz de mimo:

— Aí, tenho medinho! Tenho medinho...

— Salte, menina!

— Lá vai! — gritou ela bruscamente.

Saltou, foi cair-lhe sobre o peito com um gritinho. Amaro resvalou, firmou-se — e, sentindo entre os braços o corpo dela, apertou-a brutalmente e beijou-a com furor no pescoço.

Amélia desprendeu-se, ficou diante dele, sufocada, com a face em brasa, compondo na cabeça e em roda do pescoço, com as mãos trêmulas, as pregas da manta de lã. Amaro disse-lhe:

— Ameliazinha!

Mas ela de repente apanhou os vestidos, correu ao comprido do valado. Amaro, com grandes passadas, seguiu-a atarantado. Quando chegou à cancela, Amélia falava ao caseiro, que aparecia com a chave.

Atravessaram o campo junto ao regueiro, depois a rua coberta com a parreira. Amélia adiante palrava com o caseiro: e atrás Amaro, de cabeça baixa, seguia muito murcho. Ao pé da casa Amélia parou, fazendo-se vermelha, compondo sempre a manta em redor do pescoço:

— Ó Antônio — disse — ensine o portão ao senhor pároco. Muito boas tardes, senhor pároco.

E através das terras úmidas correu para o fundo da quinta, para os lados do olival.

A Sra. D. Maria da Assunção ainda lá estava, sentada numa pedra, tagarelando com o tio Patrício; um bando de mulheres, com grandes varas, batiam em redor a ramagem das oliveiras.

— Que é isso, tonta? De onde vens tu a correr, rapariga? Credo, que doida!

— Vim a correr — disse ela toda vermelha, sufocada.

Sentou-se ao pé da velha; e ficou imóvel, com as mãos caídas no regaço, respirando fortemente, os beiços entreabertos, os olhos fixos numa abstração. Todo o seu ser se abismava numa só sensação:

— Gosta de mim! Gosta de mim!

Estava há muito namorada do padre Amaro — e às vezes, só, no seu quarto, desesperava-se por imaginar que ele não percebia nos seus olhos a confissão do seu amor! Desde os primeiros dias, apenas o ouvia pela manhã pedir debaixo o almoço, sentia uma alegria penetrar todo o seu ser sem razão, punha-se a cantarolar com uma volubilidade de pássaro. Depois via-o um pouco triste. Por quê? Não conhecia o seu passado; e, lembrada do frade de Évora, pensou que ele se fizera padre por um desgosto de amor. Idealizou-o então: supunha-lhe uma natureza muito terna, parecia-lhe que da sua pessoa airosa e pálida se desprendia uma fascinação. Desejou tê-lo por confessor; como seria bom estar ajoelhada aos pés dele, no confessionário, vendo de perto os seus olhos negros, sentindo a sua voz suave falar do paraíso! Gostava muito da frescura da sua boca; fazia-se pálida à ideia de o poder abraçar na sua longa batina preta! Quando Amaro saía, ia ao quarto dele, beijava a travesseirinha, guardava os cabelos curtos que tinham ficado nos dentes do pente. As faces abrasavam-se-lhe quando o ouvia tocar a campainha.

Se Amaro jantava fora com o cônego Dias, estava todo o dia impertinente, ralhava com a *Ruça*, às vezes mesmo dizia mal dele, "que era casmurro, que era tão novo que nem inspirava respeito". Quando ele falava de alguma nova confessada, amuava, com um ciúme pueril. A sua antiga devoção renascia, cheia de um fervor sentimental, sentia um vago amor físico pela Igreja; desejaria abraçar, com pequeninos beijos demorados, o altar, o órgão, o missal, os santos, o céu, porque não os distinguia bem de Amaro, e pareciam-lhe dependências da sua pessoa. Lia o seu livro de missa pensando nele como no seu Deus particular. E Amaro não sabia, quando passeava agitado pelo quarto, que ela em cima o escutava, regulando as palpitações do seu coração pelas passadas dele, abraçando o travesseiro, toda desfalecida de desejos, dando beijos no ar, onde se lhe representavam os lábios do pároco!

A tarde caía quando D. Maria e Amélia voltaram para a cidade. Amélia adiante, calada, chibatava a sua burrinha, enquanto D. Maria da Assunção vinha palrando com o moço da quinta, que segurava a arreata. Ao passarem junto à Sé tocou as ave-marias. E Amélia, rezando, não podia destacar os olhos das cantarias da igreja tão grandiosamente erguidas, decerto para que ele ali celebrasse! Lembravam-lhe então domingos em que o vira, ao repicar dos sinos, dar a bênção dos degraus do altar-mor; e todos se curvavam, mesmo as senhoras do morgado Carreiro, mesmo a Sra. Baronesa de Via-Clara e a mulher do governador civil, tão orgulhosa, com o seu nariz de cavalete! Dobravam-se sob os seus dedos erguidos, e achavam decerto também bonitos os seus olhos negros! E era ele que a tinha apertado nos braços, ao pé do valado! Sentia ainda no pescoço a pressão cálida dos seus beijos; uma paixão flamejou como uma chama por todo o seu ser; largou a arreatada burrinha, apertou as mãos contra o peito, e cerrando os olhos, lançando toda a sua alma numa devoção:

— Ó Nossa Senhora das Dores, minha madrinha, faze que ele goste de mim!

No adro lajeado cônegos passeavam, conversando. A botica defronte já tinha luz, os bocais reluziam; e por detrás da balança a figura do farmacêutico Carlos com o seu boné bordado a miçanga, movia-se majestosamente.

VIII

O padre Amaro voltara para casa aterrado.

— E agora? E agora? — dizia ele encostado ao canto da janela, sentindo o coração encolhido.

Devia sair imediatamente da casa da S. Joaneira! Não podia continuar ali, na mesma familiaridade, depois de ter tido "aquele atrevimento com a pequena".

Que ela não ficara muito indignada — apenas atordoada; contivera-a talvez o respeito eclesiástico, a delicadeza para com o hóspede, a atenção para com o amigo do cônego. Mas podia contar à mãe, ao escrevente... Que escândalo! E via já o senhor chantre, traçando a perna e fitando-o, — que era a sua atitude de repreensão — dizer-lhe com pompa: — "São esses desregramentos que desonram o sacerdócio. Não se comportaria de outro modo um sátiro no Monte Olimpo!". — Poderiam desterrá-lo outra vez para alguma freguesia da serra!... Que diria a Sra. Condessa de Ribamar?

E depois, se persistisse em vê-la na intimidade, ter constantemente presentes aqueles olhos negros, o sorriso cálido que lhe fazia uma covinha no queixo, a curva daquele peito — a sua paixão, crescendo surdamente, irritada a toda a hora, recalcada para dentro, torná-lo-ia doido, "podia fazer alguma asneira"!

Decidiu-se então a ir falar ao Cônego Dias; a sua natureza fraca necessitava sempre receber forças de uma razão, de uma experiência alheia; costumava consultar ordinariamente o cônego que, pelo hábito da disciplina eclesiástica, ele julgava mais inteligente por ser seu superior na hierarquia; e não perdera, desde o seminário, a sua dependência de discípulo. Depois, se quisesse arranjar uma casa e uma criada para ir viver só, necessitava o auxílio do cônego, que conhecia Leiria como se a tivesse edificado.

Encontrou-o na sala de jantar. O candeeiro de azeite esmorecia com um morrão avermelhado. Os tições da braseira, cobertos de uma pulverização de cinza, revermelhavam vagamente. E o cônego, sentado numa cadeira de braços, com o capote pelos ombros, os pés embrulhados num cobertor, amodorrado no calor do lume, com o Breviário sobre os joelhos, dormitava. Na dobra do cobertor, a *Trigueira* estirada dormitava como ele.

Aos passos de Amaro o cônego abriu muito devagar os olhos, rosnou:

— Ia adormecendo, hem!

— É cedo — disse o padre Amaro. — Ainda não tocou a recolher. Então que preguiça é essa?

— Ah! é você? — disse o cônego com um enorme bocejo. — Cheguei tarde de casa do abade, tomei uma gota de chá, veio o quebranto... Então que é feito?

— Vim por aqui.

— Pois o abade deu-nos um rico jantar. A cabidela estava de mão cheia! Eu carreguei-me um bocado — disse o cônego rufando com os dedos na capa do Breviário.

Amaro, sentado ao pé dele, remexia devagar o brasido:

— Sabe você, padre-mestre? — disse ele de repente. Ia acrescentar: — Aconteceu-me um caso! — Mas reteve-se, murmurou: — Estou hoje esquisito; tenho andado ultimamente fora dos eixos...

— Você com efeito anda amarelo — disse o cônego, considerando-o. — Purgue-se, homem!

Amaro esteve um momento calado, a olhar o lume.

— Sabe? Estou com ideia de mudar de casa.

O cônego ergueu a cabeça, arregalou os olhinhos sonolentos:

— Mudar de casa! Ora essa! Por quê?

O padre Amaro chegou a cadeira para ele, e falando baixo:

— Você percebe... Tenho estado a pensar, é assim esquisito estar em casa de duas mulheres, com uma rapariga...

— Ora, histórias! Que me vem você contar? Você é hóspede... Deixe-se disso, homem! É como quem está na hospedaria.

— Não, não, padre-mestre, eu cá me entendo...

E suspirou; desejava que o cônego o interrogasse, facilitasse as confidências.

— Então só hoje é que pensa nisso, Amaro?!

— É verdade, tenho estado a pensar hoje nisto. Tenho as minhas razões. — Ia a dizer: — Fiz uma tolice, — mas acanhou-se.

O cônego olhou para ele um momento:

— Homem, seja franco!

— Sou.

— Você acha aquilo caro?

— Não! — disse o outro com uma negação impaciente.

— Bem, então é outra coisa...

— É. Você que quer? — E num tom magano, com que julgou agradar ao cônego: — A gente também gosta do que é bom...

— Bem, bem — disse o cônego rindo — percebo. Você, como eu sou amigo da casa, quer-me dizer por bons modos que tem nojo de tudo aquilo!

— Tolice! — disse Amaro erguendo-se, irritado de tanta obtusidade.

— Oh, homem! — exclamou o cônego abrindo os braços. — Você quer sair da casa? Por alguma é! Ora a mim parece-me que melhor...

— É verdade, é verdade — dizia Amaro que dava agora grandes passadas pela sala. — Mas estou com esta ferrada! Veja você se me arranja uma casita barata com alguma mobília... Você entende melhor dessas coisas...

O cônego ficou calado, muito enterrado na poltrona, coçando devagar o queixo.

— Uma casita barata... — rosnou por fim. — Eu verei, eu verei... Talvez.

— Você compreende — acudiu vivamente Amaro, chegando-se ao cônego. — A casa da S. Joaneira...

Mas a porta rangeu, Dona Josefa Dias entrou; e depois de conversarem sobre o jantar do abade, o catarro da pobre D. Maria da Assunção, a doença de fígado que ia minando o engraçado cônego Sanches — Amaro saiu, quase contente agora de se não "ter desabotoado com o padre-mestre".

O cônego ficou ainda ao pé do lume, ruminando. Aquela resolução de Amaro de deixar a casa da S. Joaneira era bem-vinda; quando ele o trouxera de hóspede para a rua da Misericórdia, combinara com a S. Joaneira diminuir-lhe a mesada que havia anos lhe dava, regularmente, no dia 30. Mas arrependeu-se logo; a S. Joaneira, se não tinha hóspede, dormia só no primeiro andar; o cônego podia então saborear livremente os carinhos da sua velhota, — e Amélia, na sua alcova, em cima, era alheia a este "conchegozinho". Quando veio o padre Amaro, a S. Joaneira cedeu-lhe o quarto e dormia numa cama de ferro ao pé da filha; e o cônego então reconheceu, como ele disse, desconsolado — "que aquele arranjo tinha estragado tudo". Para gozar as doçuras da sesta com a sua S. Joaneira era necessário que Amélia jantasse fora, que a *Ruça* estivesse na fonte, outras combinações importunas, e ele, cônego do cabido, na egoísta velhice, quando precisava ter recato com a sua saúde, via-se obrigado a esperar, a espreitar, a ter nos seus prazeres regulares e higiênicos as dificuldades de um colegial que ama a senhora professora. Ora se Amaro saísse, a S. Joaneira descia ao seu quarto, no primeiro andar; vinham as antigas comodidades, as tranquilas sestas. É verdade que tinha de dar a antiga mesada... Daria a mesada!

— Que diabo! Ao menos está um homem a sua vontade — resumiu ele.

— Que está para aí o mano a falar só? — perguntou a Sra. D. Josefa despertando do quebranto em que ia caindo, ao pé do lume.

— Estava cá a malucar como hei de castigar a carne na quaresma... — disse o cônego com um riso grosso.

A essa hora a *Ruça* chamava o padre Amaro para o chá; e ele subia devagar, com o coração pequenino, receando encontrar a S. Joaneira muito carrancuda, já informada do insulto. Achou só Amélia — que tendo-lhe sentido os passos na escada tomara rapidamente a costura e, com a cabeça muito baixa, dava grandes agulhadas, vermelha como o lenço que abainhava para o cônego.

— Muito boa noite, menina Amélia.

— Muito boa noite, senhor pároco.

Amélia costumava a sempre ter um *olá!* ou um *ora viva!* muito amável; aquela secura aterrou-o; disse-lhe logo muito perturbado:

— Menina Amélia, eu peço-lhe que me perdoe... Foi um atrevimento... Eu nem soube o que fiz... Mas acredite... Estou resolvido a sair daqui. Até já pedi ao Sr. cônego Dias que me arranjasse casa...

Falava com o rosto baixo — e não via Amélia erguer os olhos para ele, surpreendida e toda desconsolada.

Neste momento a S. Joaneira entrou, e logo da porta, abrindo os braços:

— Viva! Então já sei, já sei! Disse-me o senhor padre Natário: grande jantar! Conte lá, conte lá!

Amaro teve de dizer os pratos, as pilhérias do Libaninho, a discussão teológica; depois falaram da fazenda; e Amaro desceu, sem se ter atrevido a dizer à S. Joaneira que ia deixar a casa, — o que era, coitada, para a pobre mulher, uma perda de seis tostões por dia!

Na manhã seguinte o cônego foi à casa de Amaro, pela manhã, antes de ir ao coro. O pároco fazia a barba à janela:

— Olá, padre-mestre! Que há de novo?

— Parece-me que se arranja a coisa! E foi por acaso, esta manhã... Há uma casita lá para os meus lados, que é um achado. Era do Major Nunes, que vai mudado para o 5.

Aquela precipitação desagradou a Amaro; perguntou, dando desconsoladamente o fio à navalha:

— Tem mobília?

— Tem mobília, tem louças, tem roupas, tem tudo.

— Então...

— Então é entrar e começar a gozar. E aqui para nós, Amaro, você tem razão. Estive a pensar no caso... É melhor para você viver só. De modo que vista-se, e vamos ver a casita.

Amaro, calado, rapava a cara com desespero.

A casa era na rua das Sousas, de um andar, muito velha, com madeira carunchosa; a mobília, como disse o cônego, "podia passar a veteranos"; algumas litografias desbotadas pendiam lugubremente de grandes pregos negros; e o imundo Major Nunes deixara os vidros quebrados, os soalhos todos escarrados, as paredes riscadas de fósforos, e até sobre um poial da janela duas peúgas quase negras.

Amaro aceitou a casa. E nessa mesma manhã o cônego ajustou-lhe uma criada, a Sra. Maria Vicência, pessoa muito devota, alta e magra como um pinheiro, antiga cozinheira do Dr. Godinho. E (como considerou o cônego Dias) era a própria irmã da famosa Dionísia!

A Dionísia fora outrora a *Dama das camélias*, a Ninon de Lenclos, a Manon de Leiria; gozara a honra de ser concubina de dois governadores civis e do terrível morgado da Sertejeira; e as paixões frenéticas que inspirara tinham sido para quase todas as mães de família de Leiria causa de lágrimas e de fanicos. Agora engomava para fora, encarregava-se de empenhar objetos, entendia muito de partos, protegia "o rico adulteriozinho" segundo a singular expressão do velho D. Luís da Barrosa cognominado o *infame*; fornecia lavradeirinhas aos senhores empregados públicos, sabia toda a história amorosa do distrito. E via-se sempre na rua a Dionísia com o seu xale de xadrez, traçado, o pesado seio tremendo dentro de um chambre sujo, o passinho discreto e os antigos sorrisos — mas a que faltavam já os dois dentes de diante.

O cônego logo nessa tarde deu parte à S. Joaneira da resolução de Amaro. Foi um grande espanto para a excelente senhora! Queixou-se, com amargura, da ingratidão do senhor pároco.

O cônego tossiu grosso e disse:

— Escute, senhora. Fui eu que arranjei a coisa. E eu lhe digo por que: é que este arranjo do quarto em cima, etc., está-me a arrasar a saúde.

Deu outras razões de prudência higiênica e acrescentou, passando-lhe com bondade os dedos pelo pescoço:

— E o que é perder a conveniência, não se aflija a senhora! Eu darei pra panela como dantes, e como a colheita foi boa porei mais meia moeda para os arrebiques da pequena. Ora venha de lá uma beijoca, Augustinha, sua brejeira! E ouça, hoje como-lhe cá as sopas.

Amaro no entanto embaixo ia emalando a sua roupa. Mas a cada momento parava, dava um ai triste, ficava a olhar em redor o quarto, a cama fofa, a mesa com a sua toalha branca, a larga cadeira forrada de chita onde ele lia o Breviário, ouvindo, por cima, cantarolar Amélia.

— Nunca mais! — pensava. — Nunca mais!

Adeus as boas manhãs passadas ao pé dela, vendo-a costurar! Adeus as alegres sobremesas, que se prolongavam à luz do candeeiro! Adeus os chás, ao pé da braseira, quando o vento uivava fora e cantavam as frias goteiras! Tudo tinha acabado!

A S. Joaneira e o cônego apareceram então à porta do quarto. O cônego resplandecia; e a S. Joaneira disse, muito obrigada:

— Já sei, já sei, seu ingrato!

— É verdade, minha senhora — fez Amaro encolhendo os ombros tristemente. — Mas há razões... Eu sinto...

— Olhe, senhor pároco — disse a S. Joaneira — não se ofenda com o que lhe vou dizer, mas eu já lhe queria como filho... E levou o lenço aos olhos.

— Tolices! — exclamou o cônego. Pois então ele não pode vir aqui em amizade, passar as noites para o cavaco, tomar o seu café?... O homem não vai para o Brasil, senhora!

— Pois sim, pois sim — dizia a pobre senhora desconsolada — mas sempre era tê-lo de portas a dentro!

Enfim, ela bem sabia que a gente na sua casa está muito melhor... Fez-lhe então grandes recomendações sobre a lavadeira, que mandasse buscar o que quisesse, louças, lençóis...

— E veja lá não lhe esqueça alguma coisa, senhor pároco!

— Muito obrigado, minha senhora, muito obrigado...

E, continuando a arrumar a sua roupa, o pároco desesperava-se agora contra a resolução que tomara. A pequena evidentemente não tinha aberto bico! Para que sairia então daquela casa tão barata, tão confortável, tão amiga? E odiava o cônego pelo seu zelo tão precipitado.

O jantar foi triste. Amélia, decerto para explicar a sua palidez, queixava-se de dores na cabeça. Ao café o cônego quis a sua "dose de música"; e Amélia, ou maquinalmente ou com intenção, disse a canção querida:

Ai! adeus! Acabaram-se os dias
Que ditoso vivi a teu lado!
Soa a hora, o momento fadado,
É forçoso deixar-te e partir!

Então, àquela chorosa melodia repassada das tristezas da separação, Amaro sentiu-se tão perturbado que teve de se erguer bruscamente, ir encostar o rosto à vidraça, esconder as duas lágrimas que irreprimivelmente lhe saltavam das pálpebras. Os dedos de Amélia embrulhavam-se também no teclado; até a mesma S. Joaneira disse:

— Oh filha, toca outra coisa, credo!

Mas o cônego, erguendo-se pesadamente:

— Pois senhores, vão sendo horas. Vamos lá, Amaro. Eu vou consigo até a rua das Sousas...

Amaro então quis dizer adeus à idiota; mas, depois de um forte acesso de tosse, a velha dormia, muito fraca.

— Deixa-a sossegada — disse Amaro. E apertando a mão à S. Joaneira: — Muito obrigado por tudo, minha senhora, acredite...

Calou-se, com um soluço na garganta.

A S. Joaneira tinha levado aos olhos a ponta do seu avental branco.

— Oh, senhora! — disse o cônego rindo-se — já há bocado lhe disse, o homem não vai pras Índias!

— A gente é pela amizade que lhes ganha... — choramingou a S. Joaneira.

Amaro tentou gracejar. Amélia, muito branca, mordia o beicinho.

Enfim Amaro desceu; e o João Ruço que na sua chegada a Leiria lhe trouxera o baú para a rua da Misericórdia, muito bêbedo, cantarolando o *Bendito*, — levava-lho agora para a rua das Sousas, bêbedo também, mas trauteando o *Rei chegou*.

Quando Amaro, nessa noite, se viu só naquela casa tristonha, sentiu uma melancolia tão pungente e um tédio tão negro da vida, que, com a sua natureza lassa, teve vontade de se encolher a um canto e ficar ali a morrer!

Parava no meio do quarto, punha-se a olhar em redor; a cama era de ferro, pequena, com um colchão duro e uma coberta vermelha; o espelho com o aço gasto luzia sobre a mesa; como não havia lavatório, a bacia e o jarro, com um bocadinho de sabonete, estavam sobre o poial da janela; tudo ali cheirava a mofo; e fora, na rua negra, caía sem cessar a chuva triste. Que existência! E seria sempre assim!...

Desesperou-se então contra Amélia; acusou-a, com o punho fechado, das comodidades que perdera, da falta de mobília, da despesa que ia ter, da solidão que o regelava! Se fosse mulher de coração devia ter vindo ao seu quarto e dizer-lhe: "Sr. padre Amaro, para que sai de casa? Eu não estou zangada!". Por que enfim quem irritara o seu desejo? Ela, com as suas maneirinhas ternas, os seus olhinhos adocicados! Mas não, deixara-o emalar a roupa, descer a escada, sem uma palavra amiga, indo tocar com estrondo a valsa do *Beijo*!

Jurou então não voltar à casa da S. Joaneira. E, a grandes passadas pelo quarto, pensava no que havia de fazer para humilhar Amélia. O quê? Desprezá-la como uma cadela! Ganhar influência na sociedade devota de Leiria, ser muito do senhor chantre; afastar da rua da Misericórdia o cônego e as Gansosos; intrigar com as senhoras da boa roda para que se afastassem dela, com secura, no altar-mor, à missa do domingo; dar a entender que a mãe era uma prostituta... Enterrá-la! Cobri-la de lama! E na Sé, ao sair da missa, regalar-se de a ver passar encolhida no seu mantelete preto, escorraçada de todos, enquanto ele, à porta, de propósito, conversaria com a mulher do senhor governador civil e seria galante com a Baronesa de Via-Clara!... Depois pregaria um grande sermão, na quaresma, e ela ouviria dizer, na arcada, nas lojas: "Grande homem, o padre Amaro!". Tornar-se-ia ambicioso, intrigaria e, protegido pela Sra. Condessa de Ribamar, subiria nas dignidades eclesiásticas; e o que pensaria ela quando o visse um dia bispo de Leiria, pálido e interessante na sua mitra toda dourada, passando seguido dos incensadores, ao longo da nave da Sé, entre um povo ajoelhado e penitente, sob os roucos cantos do órgão? E ela o que seria então? Uma magra criatura murcha, embrulhada num xale barato! E o Sr. João Eduardo, o escolhido de agora, o esposo? Seria um pobre amanuense mal pago, com uma quinzena coçada, os dedos queimados do cigarro, curvado sobre o seu papel almaço, imperceptível na terra, adulando alto e invejando baixo! E ele, bispo na vasta escadaria hierárquica que sobe até ao céu, estaria já muito para cima dos homens, na zona de luz que faz a face de Deus Padre! — E seria par do reino, e os padres da sua diocese tremeriam de o ver franzir a testa!

Na igreja, ao lado, bateram devagar dez horas.

Que faria ela àquela hora? Pensava. Costurava decerto, na sala de jantar: estava o escrevente; jogavam a bisca, riam — ela roçava-lhe talvez com o pé, no escuro, debaixo da mesa! Recordou o seu pé, o bocadinho da meia que vira quando ela saltava as lamas na quinta; e essa curiosidade inflamada subia pela curva da perna até o seio, percorrendo belezas que suspeitava... O quc ele gostava daquela maldita! E era impossível obtê-la! E todo o homem feio e estúpido podia ir a rua da Misericórdia pedi-la à mãe, vir à Sé dizer-lhe: "Senhor pároco, case-me com esta mulher", e beijar, sob a proteção da Igreja e do Estado, aqueles braços e aquele peito! Ele não. Era padre! Fora aquela infernal pega da marquesa de Alegros!...

Abominava então todo o mundo secular — por lhe ter perdido para sempre os privilégios; e, como o sacerdócio o excluía da participação nos prazeres humanos e sociais, refugiava-se, em compensação, na ideia da superioridade espiritual que ele lhe dava sobre os homens. Aquele miserável escrevente podia casar e possuir a rapariga; mas que era ele em comparação de um pároco a quem Deus conferira o poder supremo de distribuir o céu e o inferno?... — E repastava-se deste sentimento, enchendo o espírito de orgulhos sacerdotais. Mas vinha-lhe bem depressa a desconsoladora ideia que esse domínio só era válido na região abstrata das almas;

nunca o poderia manifestar, por atos triunfantes, em plena sociedade. Era um Deus dentro da Sé — mas, apenas saía para o largo, era apenas um plebeu obscuro. Um mundo irreligioso reduzira toda a ação sacerdotal a uma mesquinha influência sobre almas de beatas... E era isto que lamentava, esta diminuição social da Igreja, esta mutilação do poder eclesiástico, limitado ao espiritual, sem direito sobre o corpo, a vida e a riqueza dos homens... O que lhe faltava era a autoridade dos tempos em que a Igreja era a nação e o pároco dono temporal do rebanho. Que lhe importava, no seu caso, o direito místico de abrir ou fechar as portas do céu? O que ele queria era o velho direito de abrir ou fechar a porta das masmorras! Necessitava que os escreventes e as Amélias tremessem da sombra da sua batina... Desejaria ser um sacerdote da antiga Igreja, gozar das vantagens que dá a denúncia e dos terrores que inspira o carrasco, e ali naquela vila, sob a jurisdição da sua Sé, fazer estremecer, à ideia de castigos torturantes, aqueles que aspirassem a realizar felicidades — que lhe eram a ele interditas; e pensando em João Eduardo e em Amélia, lamentava não poder acender as fogueiras da Inquisição! — Assim aquele inofensivo moço tinha, durante horas, sob a excitação colérica de uma paixão contrariada, ambições grandiosas de tirania católica; porque todo o padre, o mais boçal, tem um momento em que é penetrado pelo espírito da Igreja ou nos seus lances de renunciamento místico ou nas suas ambições de dominação universal; todo o subdiácono se julga uma hora capaz de ser santo ou de ser papa; não há seminarista que não tenha, durante um instante, aspirado com ternura à caverna no deserto em que S. Jerônimo, olhando o céu estrelado, sentia descer-lhe sobre o peito a Graça, como um abundante rio de leite; e o abade pançudo que à tardinha, à varanda, palita o dente furado saboreando o seu café com um ar paterno, traz dentro em si os indistintos restos de um Torquemada.

A vida de Amaro tornou-se monótona. Março ia muito molhado, muito frio; e, depois do serviço na Sé, Amaro entrava em casa, tirava as botas enlameadas, ficava em chinelas a aborrecer-se. Às três horas jantava; e nunca levantava a tampa rachada da terrina sem se lembrar, com uma saudade pungente, do jantarzinho na rua da Misericórdia, quando Amélia, com o seu colar muito branco, lhe passava a sopa de grãos-de-bico, sorrindo, toda carinhosa. Ao lado a Vicência servia, tesa e enorme, com o seu corpo de soldado vestido de saias, sempre constipada; e de vez em quando, desviando a cabeça, assoava-se ao avental com ruído. Era muito suja; as facas tinham o cabo úmido da água gordurosa das lavagens. Amaro, desgostoso e indiferente, não se queixava; comia mal, à pressa; mandava vir o café, e ficava horas esquecidas sentado à mesa, quebrando a cinza do cigarro na borda do prato, perdido num tédio mudo, sentindo os pés e os joelhos frios do vento que entrava pelas frinchas da sala desabrigada.

Às vezes o coadjutor, que nunca o visitara na rua da Misericórdia, aparecia ao fim do jantar; sentava-se arredado da mesa, e ficava calado, com seu guarda-chuva entre os joelhos. Depois, julgando agradar ao pároco, repetia, invariavelmente:

— Vossa Senhoria aqui está melhor, sempre é estar em sua casa.

— Está claro... — rosnava Amaro.

Ao princípio, para consolar o seu despeito, dizia ligeiramente mal da S. Joaneira, provocando, animando o coadjutor (que era de Leiria) a contar os escândalos da rua da Misericórdia. O coadjutor, por servilismo, tinha sorrisos mudos, repassados de perfídia.

— Ali há podres, hem? — dizia o pároco.

O outro encolhia os ombros, com as mãos muito espalmadas ao pé das orelhas, numa expressão de malícia, mas não pronunciava um som, receando que as suas palavras, repetidas, escandalizassem o senhor cônego. Ficavam então soturnos, trocando, a espaços, frases moles; um batizado que havia; o que dissera o Cônego Campos; um frontal do altar que era necessário limpar. Aquela conversa enfastiava Amaro; sentia-se muito pouco padre, muito distante da panelinha eclesiástica; não o interessavam as intriguinhas do cabido, as parcialidades tão comentadas do senhor chantre, os roubos da Misericórdia, as turras da câmara eclesiástica com o governo civil; e achava-se sempre alheio, mal informado, nas palestras eclesiásticas em que tão femininamente se deleitam os padres, e que têm a puerilidade de uma caturrice e a tortuosidade de uma conspiração.

— O vento está sul? — perguntava ele enfim, bocejando.

— Sempre! — respondia o coadjutor.

Acendia-se a luz; o coadjutor erguia-se, sacudia o guarda-chuva, e saía com um olhar de revés à Vicência.

Era aquela a pior hora, a da noite, quando ficava só. Procurava ler, mas os livros enfastiavam-no; desabituado da leitura, não compreendia "o sentido". Ia olhar à vidraça; a noite estava tenebrosa, o lajedo reluzia vagamente. Quando acabaria aquela vida? Acendia o cigarro; e do lavatório para a janela recomeçava os seus passeios, com as mãos atrás das costas. Deitava-se sem rezar, às vezes; e não tinha escrúpulos; julgava que ter renunciado a Amélia era já uma penitência; não necessitava cansar-se a ler orações no livro; celebrara o "seu sacrifício"; sentia-se sagazmente quite com o céu!

E continuava a viver só; o cônego nunca vinha à rua das Sousas, "porque", dizia, "era casa que só o entrar nela até se lhe agoniava o estômago". E Amaro, cada dia mais amuado, não voltara a casa da S. Joaneira. Escandalizara-se muito que ela não lhe tivesse mandado pedir para ir às partidas da sexta-feira; atribuíra "a desfeita" à hostilidade de Amélia; e, mesmo para a não ver, trocara com o padre Silveira a missa do meio-dia, onde ela costumava ir, e dizia a das nove horas, furioso com aquele novo sacrifício!

Todas as noites Amélia, ao ouvir tocar a campainha, tinha uma palpitação tão forte no coração que ficava como sufocada um momento. Depois os botins de João Eduardo rangiam na escada, ou ela conhecia os passos fofos das galochas das Gansosos; apoiava-se então às costas da cadeira, cerrando os olhos, como na fadiga de uma desesperança repetida. Esperava o padre Amaro; e às vezes, pelas dez horas, quando já não era possível que ele viesse, a sua melancolia era tão pungente que se lhe entumecia a garganta de soluços, tinha de pousar a costura, dizer:

— Vou-me deitar; estou com umas dores de cabeça que não paro!

Atirava-se para a cama de bruços, murmurava numa agonia:

— Oh Senhora das Dores, minha madrinha! Por que não vem ele, por que não vem ele?

Nos primeiros dias, apenas ele se fora embora, toda a casa lhe pareceu desabitada e lúgubre! Quando vira no quarto dele os cabides sem a sua roupa, a cômoda sem os seus livros, rompeu a chorar. Foi beijar a travesseirinha onde ele dormia; apertou ao peito com delírio a última toalha a que ele limpara as mãos! Tinha constantemente o seu rosto presente; ele entrava sempre nos seus sonhos. E com a separação o seu amor ardia mais forte e mais alto, como uma fogueira que se isola.

Uma tarde, que fora visitar uma prima enfermeira no hospital, viu ao chegar à ponte gente parada, embasbacada com gozo para uma rapariga de cuia à banda e *garibaldi* escarlate, que, de punho no ar, já rouca, praguejava contra um soldado; o rapazola, um beirão de cara redonda e lorpa coberta de penugem loura, virava-lhe as costas, encolhendo os ombros, as mãos muito enterradas nos bolsos, rosnando:

— Não lhe fez mal, não lhe fez mal...

O Sr. Vasques, com loja de panos na Arcada, parara a olhar, descontente daquela "falta de ordem pública".

— Algum barulho? — perguntou-lhe Amélia.

— Olá, menina Amélia! Não, uma brincadeira do soldado. Atirou-lhe um rato morto à cara, e a mulher está a fazer aquele espalhafato. Bêbedas!

Mas a rapariga de *garibaldi* vermelho voltara-se — e Amélia aterrada reconheceu a Joaninha Gomes, sua amiga da mestra, que fora amante do padre Abílio! O padre fora suspenso, deixara-a; ela partira para Pombal, depois para o Porto; de miséria em miséria voltara a Leiria, e aí vivia nalguma viela ao pé do quartel, entisicando,[1] gasta por todo um regimento! — Que exemplo, Santo Deus, que exemplo!

E também ela gostava de um padre! Também ela, como outrora a Joaninha, chorava sobre a sua costura quando o Sr. padre Amaro não vinha! Onde levava aquela

---

[1] Entisicando: ação de ficar tísico, ou seja, magro, abatido.

paixão? À sorte da Joaninha! A ser a *amiga do pároco*! E via-se já apontada a dedo, na rua e na Arcada, mais tarde abandonada por ele, com um filho nas entranhas, sem um pedaço de pão!... E, como uma rajada de vento que limpa num momento um céu enevoado, o terror agudo que lhe dera o encontro de Joaninha varreu-lhe do espírito as névoas amorosas e mórbidas, em que ela se ia perdendo. Decidiu aproveitar a separação, esquecer Amaro; lembrou-se mesmo de apressar o seu casamento com João Eduardo, para se refugiar num dever dominante; durante alguns dias forçou-se a interessar-se por ele; começou mesmo a bordar-lhe umas chinelas...

Mas pouco a pouco a *ideia má* que, atacada, se encolhera e se fingira morta, — principiou lentamente a desenroscar-se, a subir, a invadi-la! De dia, de noite, costurando e rezando, a ideia do padre Amaro, os seus olhos, a sua voz apareciam-lhe, tentações teimosas, com um encanto crescente. Que faria ele? Por que não vinha? Gostava de outra? Tinha ciúmes indefinidos, mas mordentes, que a queimavam. E aquela paixão ia-a envolvendo como uma atmosfera de onde não podia sair; que a seguia se ela fugia, e que a fazia viver! As suas resoluções honestas ressequiam-se, morriam como débeis florinhas naquele fogo que a percorria. Se às vezes a lembrança de Joaninha ainda voltava, repelia-a com irritação; e acolhia alvoroçadamente todas as razões insensatas que lhe vinham de amar o padre Amaro! Tinha agora só uma ideia: atirar-lhe os braços ao pescoço e beijá-lo... oh! beijá-lo! Depois, se fosse necessário, morrer!

Começou então a impacientar-se com o amor de João Eduardo. Achava-o "palerma".

— Que maçada! — pensava quando lhe sentia os passos na escada, à noite.

Não o suportava com os seus olhos voltados sempre para ela, a sua quinzena preta, as suas monótonas conversas sobre o governo civil.

E idealizava Amaro! As suas noites eram sacudidas de sonhos lúbricos; de dia vivia numa inquietação de ciúmes, com melancolias lúgubres, que a tornavam, como dizia a mãe, "uma mona, que até enraivece"!

O gênio azedava-se-lhe.

— Credo, rapariga! Que tens tu? — exclamava a mãe.

— Não me sinto boa. Estou para ter alguma!

Andava, com efeito, amarela; perdera o apetite. E enfim uma manhã ficou de cama com febre. A mãe, assustada, chamou o Dr. Gouveia. O velho prático, depois de ver Amélia, veio à sala de jantar sorvendo com satisfação a sua pitada.

— Então, senhor doutor? — disse a S. Joaneira.

— Case-me esta rapariga, S. Joaneira, case-me esta rapariga. Tenho-lho dito tantas vezes, criatura!

— Mas, senhor doutor...

— Mas case-a por uma vez, S. Joaneira, case-a por uma vez! — repetia ele pelas escadas, arrastando um pouco a perna direita que um reumatismo teimoso encolhia.

Amélia enfim melhorou — com grande alegria de João Eduardo, que enquanto ela estivera doente vivera numa aflição, lamentando não poder ser seu enfermeiro, e derramando às vezes no cartório uma lágrima triste sobre os papéis selados do severo Nunes Ferral.

No domingo seguinte, à missa das nove horas na Sé, Amaro, ao subir para o altar, entre as devotas que se arredavam viu de relance Amélia ao pé da mãe, com o seu vestido de seda preta de largos folhos. Cerrou um momento os olhos; e mal podia sustentar o cálice com as mãos trêmulas.

Quando, depois de resmungar o Evangelho, Amaro fez uma cruz sobre o missal, se persignou e se voltou para a igreja dizendo *Dominus vobiscum* — a mulher do Carlos da botica disse baixo a Amélia "que o senhor pároco estava tão amarelo, que devia ter alguma dor". Amélia não respondeu, curvada sobre o livro, com todo o sangue nas faces. E durante a missa, sentada sobre os calcanhares, absorta, a face banhada num êxtase baboso, gozou a sua presença, as suas mãos magras erguendo a hóstia, a sua cabeça benfeita curando-se na adoração ritual; uma doçura corria-lhe na pele quando a voz dele, apressada, dizia mais alto algum latim; e quando Amaro, tendo a mão esquerda no peito e a direita estendida, disse para a igreja o *Benedicat vos*, ela, com os olhos muito abertos, arremessou toda a sua alma para o altar, como se ele fosse o próprio Deus a cuja bênção as cabeças se curvavam ao comprido da Sé, até ao fundo, onde os homens do campo com os seus varapaus pasmavam para os dourados do sacrário.

À saída da missa começara a chover; e Amélia e a mãe, à porta com outras senhoras, esperavam uma "aberta".

— Olá! por aqui!? — disse de repente Amaro, chegando-se, muito branco.

— Estamos à espera que passe a chuva, senhor pároco — disse a S. Joaneira voltando-se. E imediatamente, muito repressiva: — E por que não tem aparecido, senhor pároco? Realmente! Que lhe fizemos nós? Credo, até dá que falar...

— Muito ocupado, muito ocupado... — balbuciou o pároco.

— Mas, um bocadinho à noite. Olhe, pode crer, tem-me causado desgosto... E todos têm reparado. Não, lá isso, senhor pároco, tem sido ingratidão!

Amaro disse, corando:

— Pois acabou-se. Hoje à noite lá apareço, e estão as pazes feitas...

Amélia, muito vermelha, para encobrir a sua perturbação olhava para todos os pontos o céu carregado, como assustada do temporal.

Amaro então ofereceu-lhe o seu guarda-chuva. E enquanto a S. Joaneira o abria, apanhando com cuidado o vestido de seda, Amélia disse ao pároco:

— Até a noite, sim? — E mais baixo, olhando em redor, com medo: — Oh, vá! Tenho estado tão triste! Tenho estado como doida! Vá, peço-lho eu!

Amaro, voltando para casa, continha-se para não correr de batina pelas ruas. Entrou no quarto, sentou-se aos pés da cama, e ali ficou saturado de felicidade, como um pardal muito farto num raio de sol muito quente, recordava o rosto de Amélia, a redondeza dos seus ombros, a beleza dos encontros, as palavras que lhe dissera: — *Tenho estado como doida!* A certeza de que "a rapariga gostava dele" entrou-lhe então na alma com a violência de uma rajada, e ficou a sussurrar por todos os recantos do seu ser com um murmúrio melodioso de felicidades agitadas. E passeava pelo quarto com passadas de côvado, estendendo os braços, desejando a posse imediata do seu corpo; sentia um orgulho prodigioso; ia defronte do espelho altear a arca do peito, como se o mundo fosse um pedestal expresso que só o sustentasse a ele! Mal pôde jantar. Com que impaciência desejava a noite! A tarde clareara; a cada momento tirava o seu "cebolão" de prata, indo olhar à janela, com irritação, a claridade do dia que se arrastava devagar no horizonte. Engraxou ele mesmo os seus sapatos, lustrou o cabelo de banha. E antes de sair rezou cuidadosamente o seu

Breviário — porque, em presença daquele amor adquirido, viera-lhe um susto supersticioso que Deus ou os santos escandalizados o viessem perturbar; e não queria, com desleixos de devoção, *dar-lhes razão de queixa*.

Ao entrar na rua de Amélia o coração bateu-lhe tão forte que teve de parar, sufocado; apareceu-lhe melodioso o piar das corujas na velha Misericórdia, que há tantas semanas não ouvia.

Que admiração quando ele apareceu na sala de jantar!

— Ditosos olhos que o veem! Pensávamos que tinha morrido! Grande milagre!...

Estava a Sra. D. Maria da Assunção, as Gansosos. Arredaram as cadeiras com entusiasmo para lhe dar lugar, admirá-lo.

— Então que tem feito, que tem feito? E olhe que está mais magro!

O Libaninho, no meio da sala, imitava foguetes subindo ao ar. O Sr. Artur Couceiro improvisou-lhe um *fadinho* à viola:

Ora já cá temos o senhor pároco
Nos chás da S. Joaneira.
Isto já parece outra coisa,
Volta a bela cavaqueira!

Houve palmas. E a S. Joaneira, toda banhada de riso:

— Ai, tem sido uma ingratidão dele!

— Uma ingratidão, diz a senhora? — rosnou o cônego. — Uma casmurrice, digo eu!

Amélia não falava; com as faces abrasadas, os olhos úmidos pasmados para o padre Amaro — a quem tinham dado a poltrona do cônego, e que se repoltreava nela, túmido de gozo, fazendo rir as senhoras pelas pilhérias com que contava os desleixos da Vicência.

João Eduardo, isolado a um canto, ia folheando o velho álbum.

IX

Assim recomeçou a intimidade de Amaro na rua da Misericórdia. Jantar cedo, depois lia o seu Breviário; e apenas na igreja batiam as sete horas, embrulhava-se no seu capote e dava volta pela praça passando rente da botica, onde os frequentadores caturravam, com as mãos moles apoiadas ao cabo dos guarda-chuvas. Mal avistava a janela da sala de jantar, alumiada, todos os seus desejos se erguiam; mas ao toque agudo da campainha sentia às vezes um susto indefinido de achar a mãe já desconfiada ou Amélia mais fria!... Mesmo por superstição entrava sempre com o pé direito.

Encontrava já as Gansosos, a D. Josefa Dias; e o cônego, que jantava agora muito com a S. Joaneira e que àquela hora, estirado na poltrona, findava a sua soneca, dizia-lhe bocejando:

— Ora viva o menino bonito!

Amaro ia sentar-se ao pé de Amélia, que costurava à mesa; o olhar penetrante que se trocavam era todos os dias como o mútuo juramento mudo que o seu amor crescera desde a véspera; e às vezes mesmo, debaixo da mesa, roçavam os joelhos com furor. Começava então a "cavaqueira". Eram sempre os mesmos interessezinhos, as questões que iam na Misericórdia, o que dissera o senhor chantre, o cônego Campos que despedira a criada, o que se rosnava da mulher do Novais...

— Mais amor do próximo! — resmungava o cônego mexendo-se na poltrona. E com um arroto curto tornava a cerrar as pálpebras.

Então as botas de João Eduardo rangiam na escada, e Amélia imediatamente abria a mesinha para a partida de *manilha*; *os* parceiros eram a Gansoso, D. Josefa, o pároco; e como Amaro jogava mal, Amélia, que era *mestra*, sentava-se por detrás dele para o "guiar". Logo às primeiras vasas havia altercações. Então Amaro voltava o rosto para Amélia, tão perto que confundiam os seus hálitos.

— Esta? — perguntava, indicando a carta com olho lânguido.

— Não! Não! espere, deixe ver — dizia ela, vermelha. O seu braço roçava o ombro do pároco; Amaro sentia o cheiro da água-de-colônia que ela usava com exagero.

Defronte, ao pé de Joaquina Gansoso, João Eduardo, mordicando o bigode, contemplava-a com paixão; Amélia, para se desembaraçar daqueles dois olhos langorosos fitos nela, tinha-lhe dito, por fim "que até era indecente, diante do pároco que era de cerimônia, estar assim a cocá-la toda a noite".

Às vezes mesmo dizia-lhe, rindo:

— Ó Dr. João Eduardo, vá conversar com a mamã, se não temo-la aqui a dormir.

E João Eduardo ia sentar-se ao pé da S. Joaneira, que, de lunetas na ponta do nariz, fazia sonolentamente a sua meia.

Depois do chá Amélia sentava-se ao piano. Causava então entusiasmo em Leiria uma velha canção mexicana, a *Chiquita*. Amaro achava-a *de apetite*; e sorria de gozo, com os seus dentes muito brancos, apenas Amélia começava com muita languidez tropical:

Quando sali de la Habana,
Valgame Dios!...

Mas Amaro amava sobretudo a outra estrofe, quando Amélia, com os dedos frouxos no teclado, o busto deitado para trás, rolando os olhos ternos, em movimentos doces de cabeça, dizia, toda voluptuosa, silabando o espanhol:

Si a tu ventana llega
Una paloma,
Tratala com cariño
Que es mi persona.

E como a achava graciosa, crioula, quando ela gorjeava:

Ay chiquita que si,
Ay chiquita que no-o-o-o!

Mas as velhas reclamavam-no para continuar a *manilha*, e ele ia sentar-se, cantarolando as últimas notas, com o cigarro ao canto da boca, os olhos úmidos de felicidade.

Às sextas-feiras era a grande partida. A Sra. D. Maria da Assunção aparecia sempre com o seu belo vestido de seda preta; e como era rica e tinha parentela fidalga, davam-lhe com deferência o melhor lugar ao pé da mesa — que ela ia ocupar, meneando pretensiosamente os quadris, com ruge-ruges de seda. Antes do chá a S. Joaneira levava-a sempre ao seu quarto, onde guardava para ela uma garrafa de jeropiga velha; e ali as duas amigas tagarelavam muito tempo, sentadas em cadeirinhas baixas. Depois Artur Couceiro, cada dia mais chupado e mais tísico, cantava o *fado* novo que compusera, chamado o *Fado da confissão*; eram quadras feitas para regalar aquela piedosa reunião de saias e de batinas:

Na capelinha do amor,
No fundo da sacristia,

Ao Sr. padre Cupido
Confessei-me noutro dia...

Vinha depois a confissão de pecadinhos doces, um ato de contrição de amor, uma penitência terna:

Seis beijinhos de manhã,
De tarde um abraço só...
E pra acalmar doces chamas
Jejuar a pão de ló.

Aquela composição galante e devota fora muito apreciada na sociedade eclesiástica de Leiria. O senhor chantre pedira uma cópia, e perguntara, referindo-se ao poeta:

— Quem é o hábil Anacreonte?

E informado que era o escrevente da administração, falou dele com tanto apreço à esposa do senhor governador civil, que Artur obteve a gratificação de oito mil-réis, que havia anos implorava.

Àquelas reuniões nunca faltava o Libaninho. A sua última pilhéria era furtar beijos à Sra. D. Maria da Assunção; a velha escandalizava-se muito alto, e abanando-se com furor atirava-lhe de revés um olhar guloso. Depois o Libaninho desaparecia um momento, e entrava com uma saia de Amélia vestida, uma touca da S. Joaneira, fingindo uma chama lúbrica por João Eduardo — que, entre as risadas agudas das velhas, recuava, muito escarlate. Brito e Natário vinham às vezes; formava-se então um grande *quino*. Amaro e Amélia ficavam sempre juntos; e toda a noite, com os joelhos colados, ambos vermelhos, permaneciam vagamente entorpecidos no mesmo desejo intenso.

Amaro saía sempre de casa da S. Joaneira mais apaixonado por Amélia. Ia pela rua devagar, ruminando com gozo a sensação deliciosa que lhe dava aquele amor — uns certos olhares dela, o arfar desejoso do seu peito, os contatos lascivos dos joelhos e das mãos. Em casa despia-se depressa, porque gostava de pensar nela, às escuras, atabafado nos cobertores; e já percorrendo em imaginação, uma a uma, as provas sucessivas que ela lhe dera do seu amor, como quem vai aspirando uma e outra flor, até que ficava como embriagado de orgulho; era a rapariga mais bonita da cidade! E escolhera-o a ele, a ele padre, o eterno excluído dos sonhos femininos, o ser melancólico e neutro que ronda como um ser suspeito à beira do sentimento! À sua paixão misturava-se então um reconhecimento por ela; e com as pálpebras cerradas murmurava:

— Tão boa, coitadinha, tão boa!

Mas na sua paixão havia às vezes grandes impaciências. Quando tinha estado, durante três horas da noite, recebendo o seu olhar, absorvendo a voluptuosidade que se exalava de todos os seus movimentos, — ficava tão carregado de desejos que necessitava conter-se "para não fazer um disparate ali mesmo na sala, ao pé da mãe". Mas depois, em casa, só, torcia os braços de desespero, queria-a ali de repente, oferecendo-se ao seu desejo, fazia então combinações — escrever-lhe-ia; arranjariam uma casinha discreta para se amarem, planejariam um passeio a alguma quinta! Mas todos aqueles meios lhe pareciam incompletos e perigosos, ao recordar o olho finório da irmã do cônego, as Gansosos tão mexeriqueiras! E diante daquelas dificuldades que se erguiam como as muralhas sucessivas de uma cidadela, voltavam as antigas lamentações: não ser livre! Não poder entrar claramente naquela casa, pedi-la à mãe, possuí-la sem pecado, comodamente! Por que o tinham feito padre? Fora "a velha pega" da marquesa de Alegros! Ele não abdicara voluntariamente a virilidade do seu peito! Tinham-no impelido para o sacerdócio como um boi para o curral!

Então, passeando excitado pelo quarto, levava as suas acusações mais longe, contra o celibato e a Igreja; por que proibia ela aos seus sacerdotes, homens vivendo entre homens, a satisfação mais natural, que até têm os animais? Quem imagina que desde que um velho bispo diz — *serás casto* — a um homem novo e forte, o seu sangue vai subitamente esfriar-se? E que uma palavra latina — *accedo* — dita a tremer pelo seminarista assustado, será o bastante para conter para sempre a rebelião formidável do corpo? E quem inventou isso? Um concílio de bispos decrépitos, vindos do fundo dos seus claustros, da paz das suas escolas, mirrados como pergaminho, inúteis como eunucos! Que sabiam eles da Natureza e das suas tentações? Que viessem ali duas, três horas para o pé da Ameliazinha, e veriam, sob a sua capa de santidade, começar a revoltar-se-lhes o desejo! Tudo se ilude e se evita, menos o amor! E se ele é fatal, por que impediram então que o padre o sinta, o realize com pureza e com dignidade? É melhor talvez que o vá procurar pelas vielas obscenas! — Porque a carne é fraca!

A carne! Punha-se então a pensar nos três inimigos da alma — MUNDO, DIABO e CARNE. E apareciam à sua imaginação em três figuras vivas: uma mulher muito formosa; uma figura negra de olho de brasa e pé de cabra; e o *mundo*, coisa vaga e maravilhosa (riquezas, cavalos, palacetes) — de que lhe parecia uma personificação suficiente o Sr. conde de Ribamar! Mas que mal tinham eles feito à sua alma? O diabo nunca o vira; a mulher formosa amava-o e era a única consolação da sua existência; e do mundo, do senhor conde, só recebera proteção, benevolência, tocantes apertos de mão... E como poderia ele evitar as influências da Carne e do Mundo? A não ser que fugisse, como os santos doutrora, para os areais do deserto e para a companhia das feras! Mas não lhe diziam os seus mestres no seminário que ele pertencia a uma Igreja militante? O ascetismo era culpado, sendo a deserção de um serviço santo. — Não compreendia, não compreendia!

Procurava então justificar o seu amor com exemplos dos livros divinos. A *Bíblia* está cheia de núpcias! Rainhas amorosas adiantam-se nos seus vestidos recamados de pedras; o noivo vem-lhe ao encontro, com a cabeça coberta de faixas de linho puro, arrastando pelas pontas um cordeiro branco; os levitas batem em discos de prata, gritam o nome de Deus; abrem-se as portas de ferro da cidade para deixar passar a caravana que leva os bem esposados; e as arcas de sândalo onde os tesouros do dote rangem, amarradas com cordas de púrpura, sobre o dorso dos camelos! Os mártires no circo casam-se num beijo, sob o bafo dos leões, às aclamações da plebe! Jesus mesmo não vivera sempre na sua santidade inumana; era frio e abstrato nas ruas de Jerusalém, nos mercados do bairro de Davi; mas lá tinha o seu lugar de ternura e de abandono em Betânia, sob os sicômoros do Jardim de Lázaro; ali, enquanto os magros nazarenos seus amigos bebem o leite e conspiram à parte, ele olha defronte os tetos dourados do templo, os soldados romanos que jogam o disco ao pé da Porta de Ouro, os pares amorosos que passam sob os arvoredos de Getsêmani — e pousa a mão sobre os cabelos louros de Marta, que ama e fia a seus pés!

O seu amor era pois uma infração canônica, não um pecado da alma; podia desagradar ao senhor chantre, não a Deus; seria legítimo num sacerdócio de regra mais humana. Lembrava-se de se fazer protestante; mas onde, como? Parecia-lhe mais extraordinariamente impossível que transportar a velha Sé para cima do monte do Castelo.

Encolhia então os ombros, escarnecendo toda aquela vaga argumentação interior. —"Filosofia e palhada"! Estava doido pela rapariga, — era o positivo. Queria-lhe o amor, queria-lhe os beijos, queria-lhe a alma... E o senhor bispo se não fosse velho faria o mesmo; e o papa faria o mesmo!

Eram às vezes três horas da manhã, e ainda passeava no quarto, falando só.

Quantas vezes João Eduardo, passando alta noite pela rua das Sousas, tinha visto na janela do pároco uma luz amortecida. Porque ultimamente João Eduardo, como todos que têm um desgosto amoroso, tomara o hábito triste de andar até tarde pelas ruas.

O escrevente, logo desde os primeiros tempos, percebera a simpatia de Amélia pelo pároco. Mas conhecendo a sua educação e os hábitos devotos da casa, atribuía aquelas atenções quase humildes com Amaro ao respeito beato pela sua batina de padre, pelos seus privilégios de confessor.

Instintivamente porém começou a detestar Amaro. Sempre fora inimigo de padres! Achava-os um "perigo para a civilização e para a liberdade"; supunha-os intrigantes, com hábitos de luxúria, e conspirando sempre para restabelecer "as trevas da meia-idade"; odiava a confissão que julgava uma arma terrível contra a paz do lar; e tinha uma religião vaga — hostil ao culto, às rezas, aos jejuns, cheia de admiração pelo Jesus, poético, revolucionário, amigo dos pobres, e "pelo sublime espírito de Deus que enche todo o Universo". Só desde que amava Amélia é que ouvia missa, para agradar à S. Joaneira.

E desejaria sobretudo apressar o casamento para tirar Amélia daquela sociedade de beatas e padres, receando ter mais tarde uma mulher que tremesse do inferno, passasse horas a rezar estações na Sé, e se confessasse aos padres, "que arrancam às confessadas os segredos de alcova!".

Quando Amaro voltara a frequentar a rua da Misericórdia ficou contrariado. "Cá temos outra vez o marmanjo!", pensou. Mas que desgosto, quando reparou que Amélia tratava agora o pároco com uma familiaridade mais terna; que a presença dele lhe dava visivelmente uma animação singular, "e que havia uma espécie de namoro!". Como ela se fazia vermelha, mal ele entrava! Como o escutava, com uma admiração babosa! Como arranjava sempre a ficar ao pé dele nas partidas de *quino*!

Uma manhã, mais inquieto, veio à rua da Misericórdia, — e enquanto a S. Joaneira tagarelava na cozinha, disse bruscamente a Amélia:

— Menina Amélia, sabe? Está-me a dar um grande desgosto com essas maneiras com que trata o Sr. padre Amaro.

Ela ergueu os olhos muito espantados:

— Que maneiras?! Ora essa! Então como quer que o trate? É um amigo da casa; esteve aqui de hóspede...

— Pois sim, pois sim...

— Ah! mas sossegue. Se isso o quizila, verá. Não me torno a chegar ao pé do homem.

João Eduardo, tranquilizado, raciocinou — que "não havia nada". Aqueles modos eram excessos de beatério. Entusiasmo pela padraria!

Amélia decidiu então disfarçar o que lhe ia no coração; sempre considerara o escrevente um pouco tapado — e se ele percebera, que fariam as Gansosos tão finas, e a irmã do cônego que era curtida em malícia! Por isso mal sentia Amaro na escada, daí por diante, tomava uma atitude distraída, muito artificial; mas, ai! Apenas ele lhe falava com a sua voz suave ou voltava para ela aqueles olhos negros que lhe faziam correr estremeções nos nervos, — como uma ligeira camada de neve que se derrete a um sol muito forte a sua atitude fria desaparecia, e toda a sua pessoa era uma expressão contínua de paixão. Às vezes, absorvida no seu enlevo, esquecia que João Eduardo estava ali; e ficava toda surpreendida quando ouvia a um canto da sala a sua voz melancólica.

Ela sentia de resto que as amigas da mãe envolviam a sua "inclinação" pelo pároco numa aprovação muda e afável. Ele era, como dizia o cônego, o menino bonito; e das maneirinhas e dos olhares das velhas exalava-se uma admiração por ele que fazia ao desenvolvimento da paixão de Amélia uma atmosfera favorável. D. Maria da Assunção dizia-lhe às vezes ao ouvido:

— Olha para ele! É de inspirar fervor. É a honra do clero. Não há outro!...

E todas elas achavam em João Eduardo "um presta-pranada"! Amélia então já não disfarçava a sua indiferença por ele; as chinelas que lhe andava a bordar tinham há muito desaparecido do cesto do trabalho, e já não vinha à janela vê-lo passar para o cartório.

A certeza agora tinha-se estabelecido na alma de João Eduardo — na alma, que, como ele dizia, lhe andava mais negra que a noite.

— A rapariga gosta do padre — tinha ele concluído. E à dor da sua felicidade destruída juntava-se a aflição pela honra dela ameaçada.

Uma tarde, tendo-a visto sair da Sé, esperou-a adiante da botica, e muito decidido:

— Eu quero-lhe falar, menina Amélia... Isto não pode continuar assim... Eu não posso... A menina traz namoro com o pároco!

Ela mordeu o beiço, toda branca:

— O senhor está a insultar-me! — E queria seguir, indignada.

Ele reteve-a pela manga do casabeque:

— Ouça, menina Amélia. Eu não a quero insultar, mas é que não sabe... Tenho andado, que até se me parte o coração! — E perdeu a voz, de comovido.

— Não tem razão... Não tem razão.... — balbuciava ela.

— Jure-me então que não há nada com o padre!

— Pela minha salvação!... *Não há nada!*... Mas também lhe digo; se torna a falar em tal, ou a insultar-me, conto tudo à mamã, e o senhor escusa de nos voltar a casa.

— Oh, menina Amélia...

— Não podemos continuar aqui a falar... Está ali já a D. Micaela a cocar[1]...

Era uma velha, que levantara a cortina de casa numa janela baixa, e espreitava com olhinhos reluzentes e gulosos, a face toda ressequida encostada sofregamente à vidraça. Separaram-se então — e a velha desconsolada deixou cair a cortina.

Amélia nessa noite — enquanto as senhoras discutiam com algazarra os missionários que então pregavam na Barrosa — disse baixo a Amaro, picando vivamente a costura:

---

[1] A cocar: expressão que designa estar à espreita.

— Precisamos ter cautela... Não olhe tanto para mim nem esteja tão chegado... Já houve quem reparasse.

Amaro recuou logo a cadeira para junto de D. Maria da Assunção; e, apesar da recomendação de Amélia, os seus olhos não se despregavam dela, numa interrogação muda e ansiosa, já assustado que as desconfianças da mãe ou a malícia das velhas "andassem armando escândalo". Depois do chá, no rumor das cadeiras que se acomodavam ao *quino*, perguntou-lhe rapidamente:

— Quem reparou?

— Ninguém. Eu é que tenho medo. É preciso disfarçar.

Desde então cessaram as olhadelas doces, os lugares chegadinhos à mesa, os segredos; e sentiam um gozo picante em afetar maneiras frias, tendo a certeza vaidosa da paixão que os inflamava. Era para Amélia delicioso — enquanto o padre Amaro afastado tagarelava com as senhoras — adorar a sua presença, a sua voz, as suas graças, com os olhos castamente aplicados às chinelas de João Eduardo que muito astutamente recomeçara a bordar.

Todavia o escrevente vivia ainda inquieto; amargurava-o encontrar o pároco instalado ali todas as noites, com a face próspera, a perna traçada, gozando a veneração das velhas. "A Ameliazinha, sim, agora portava-se bem, e era-lhe fiel, era-lhe fiel...": mas ele sabia que o pároco a desejava, a "cocava"; e apesar do juramento dela pela sua salvação, da certeza *que não havia nada* — temia que ela fosse lentamente penetrada por aquela admiração caturra das velhas, para quem o senhor pároco *era um anjo*; *só* se contentaria em arrancar Amélia (já empregado no governo civil) àquela casa beata; mas essa felicidade tardava a chegar — e saía todas as noites da rua da Misericórdia mais apaixonado, com a vida estragada de ciúmes, odiando os padres, sem coragem para desistir. Era então que se punha a andar pelas ruas até tarde; às vezes voltava ainda ver as janelas fechadas da casa dela; ia depois à alameda, ao pé do rio, mas o frio ramalhar das árvores sobre a água negra entristecia-o mais; vinha então ao bilhar; olhava um momento os parceiros carambolando, o marcador, muito esguedelhado, que bocejava encostado ao *reste*. Um cheiro de mau petróleo sufocava. Saía; e dirigia-se, devagar, à redação da *Voz do Distrito*.

X

O redator da *Voz do Distrito*, o Agostinho Pinheiro, era ainda seu parente. Chamavam-lhe geralmente o *Raquítico*, por ter uma forte corcunda no ombro e uma figurinha enfezada de héctico. Era extremamente sujo; e à sua carita de fêmea, amarelada, de olhos depravados, revelava vícios antigos, muito torpes. Tinha feito (dizia-se em Leiria) toda a sorte de maroteira. E ouvira tantas vezes exclamar: "Se você não fosse um raquítico, quebrava-lhe os ossos" — que, vendo na sua corcunda uma proteção suficiente, ganhara um descaro sereno. Era de Lisboa, o que o tornava mais suspeito aos burgueses sérios; atribuía-se a sua voz rouca e acre "a fartar-lhe as campainhas"; e os seus dedos queimados terminavam em unhas muito compridas — porque tocava guitarra.

A *Voz do Distrito* fora criada por alguns homens, a quem chamavam em Leiria o *grupo da Maia*, particularmente hostis ao senhor governador civil. O Dr. Godinho, que era o chefe e o candidato do grupo, tinha encontrado em Agostinho, como ele dizia, o *homem que se precisa*; o que o *grupo* precisava era um patife com ortografia, sem escrúpulos, que redigisse em linguagem sonora os insultos, as calúnias, as alusões que eles traziam informemente à redação, em apontamentos. Agostinho era um estilista de vilezas. Davam-lhe quinze mil-réis por mês e casa de habitação na redação — um terceiro andar desmantelado numa viela ao pé da Praça.

Agostinho fazia o artigo de fundo, as locais, a *Correspondência* de Lisboa; e o bacharel Prudêncio escrevia o folhetim literário sob o título de *Palestras Leirienses*; era um moço muito honrado, a quem o Sr. Agostinho era repulsivo; mas tinha uma tal gula de publicidade, que se sujeitava a sentar-se todos os sábados fraternalmente à mesma banca, a rever as provas da sua prosa — prosa tão florida de imagens, que se murmurava na cidade, ao lê-la: "*Que opulência! Que opulência, Jesus!*

João Eduardo reconhecia também que o Agostinho era "um trastezito"; não se atreveria a passear com ele de dia nas ruas; mas gostava de ir para a redação, alta noite, fumar cigarros, ouvir o Agostinho falar de Lisboa, do tempo que lá vivera empregado na redação de dois jornais; no teatro da rua dos Condes; numa casa de penhores, e em outras instituições. Estas visitas eram *segredo*!

Àquela hora da noite a sala da tipografia no primeiro andar estava fechada (o jornal tirava-se aos sábados); e João Eduardo encontrava em cima Agostinho abancado, com uma velha jaqueta de peles cujos colchetes de prata tinham sido empenhados — ruminando curvado, à luz de um medonho candeeiro de petróleo, sobre longas tiras de papel; estava fazendo o jornal, e a sala escura em redor tinha o aspecto de uma caverna. João Eduardo estirava-se no canapé de palhinha, ou indo buscar a um canto a velha guitarra de Agostinho, repenicava o *fado corrido*. O jornalista, no entanto, com a testa apoiada a um punho, produzia laboriosamente: "a coisa não lhe saía catita"; e como nem o *fadinho* o inspirava, erguia-se, ia a um armário engolir um copinho de genebra que gargarejava nas fauces estanhadas, espreguiçava-se escancaradamente, acendia o cigarro, e aproveitando o acompanhamento cantarolava roucamente:

Ora foi o fado tirano
Que me levou à má vida,

E a guitarra: dir-lin, din, din, dir-lin, din, don.

Na vida do negro fado
Aí! Que me traz assim perdida...

Isto trazia-lhe sempre as recordações de Lisboa, porque terminava por dizer, com ódio:

— Que pocilga de terra esta!

Não se podia consolar de viver em Leiria; de não poder beber o seu quartilho na taberna do tio João, à Mouraria, com a Ana Alfaiata ou com o Bigodinho — ouvindo o João das Biscas de cigarro ao canto da boca, o olho choroso meio fechado pelo fumo do tabaco, fazer chorar a guitarra dizendo a morte da Sofia!

Depois, para se reconfortar com a certeza do seu talento, lia a João Eduardo os seus artigos, muito alto. E João interessava-se — porque essas "produções", sendo ultimamente sempre "desandas ao clero", correspondiam às suas preocupações.

Era por esse tempo que, em virtude da famosa questão da Misericórdia, o Dr. Godinho se tornara muito hostil ao cabido e "à padraria". Sempre detestara padres; tinha uma má doença de fígado, e como a Igreja o fazia pensar no cemitério, odiava a sotaina, porque lhe parecia uma ameaça da mortalha. E Agostinho, que tinha um profundo depósito de fel a derramar, instigado pelo Dr. Godinho, exagerava as suas verrinas; mas, como o seu fraco literário, cobria o vitupério de tão espessas camadas de retórica que, como dizia o cônego Dias, "aquilo era ladrar, não era morder"!

Uma dessas noites João Eduardo encontrou Agostinho todo entusiasmado com um artigo que compusera de tarde, e que lhe "saíra cheio de piadas à Victor Hugo!".

— Tu verás! Coisa de sensação!

Como sempre, era uma declamação contra o clero e o elogio do Dr. Godinho. Depois de celebrar as virtudes do doutor, "*esse tão respeitável chefe de família*" e a sua eloquência no tribunal que "*arrancara tantos desventurados ao cutelo da lei*", o artigo, tomando um tom roncante, apostrofava Cristo: — "Quem te diria a ti (bradava Agostinho), ó imortal Crucificado! Quem te diria, quando no alto do Gólgota expiravas exangue; quem te diria que um dia, em teu nome, à tua sombra, seria expulso de um estabelecimento de caridade o Dr. Godinho, — a alma mais pura, o talento mais robusto..." — E as virtudes do doutor Godinho voltavam, em passo de procissão solenes e sublimadas, arrastando caudas de adjetivos nobres.

Depois deixando por um momento de contemplar o Dr. Godinho, Agostinho dirigia-se diretamente a Roma: — "É no século XIX que vindes atirar à face de Leiria liberal os ditames do *Syllabus*? Pois bem. Quereis a guerra? Tê-la-eis!".

— Hem, João!? — dizia. — Está forte! Está filosófico!

E retomando a leitura: — "Quereis a guerra? Tê-la-eis! Levantaremos bem alto o nosso estandarte, que não é o da demagogia, compreendei-o bem! E arvorando-o, com braço firme, no mais alto baluarte das liberdades públicas, gritaremos à face de Leiria, à face da Europa: Filhos do século XIX, às armas! As armas, pelo progresso!".

— Hem? Está de os enterrar!

João Eduardo, que ficara um momento calado, disse então, levantando as suas expressões em harmonia com a prosa sonora do Agostinho:

— O clero quer-nos arrastar aos funestos tempos do obscurantismo!

Uma frase tão literária surpreendeu o jornalista; fitou João Eduardo, disse:

— Por que não escreves tu alguma coisa também?

O escrevente respondeu, sorrindo:

— E eu, Agostinho, eu é que te escrevia uma desanda aos padres... E eu tocava-lhes os podres. Eu é que os conheço!...

Agostinho instou logo com ele para que escrevesse a *desanda*.

— Vem a calhar, menino!

O Dr. Godinho ainda na véspera lhe recomendara: — "Em tudo que cheirar a padre, para baixo! Havendo escândalo, conta-se! Não havendo, inventa-se!".

E Agostinho acrescentou com benevolência:

— E não te dê cuidado o estilo que eu cá o florearei!

— Veremos, veremos — murmurou João Eduardo.

Mas daí por diante Agostinho perguntava-lhe sempre:

— E o artigo, homem. Traze-me o artigo.

Tinha avidez dele porque sabendo como João Eduardo vivia na intimidade da "panelinha canônica da S. Joaneira", supunha-o no segredo de infâmias especiais.

João Eduardo, porém, hesitava. Se se viesse a saber?...

— Qual! — afirmava Agostinho. — A coisa publica-se como minha. E artigo da redação. Quem diabo vai saber?

Sucedeu na noite seguinte que João Eduardo surpreendeu o padre Amaro resvalando sorrateiramente um segredinho a Amélia — e ao outro dia apareceu de tarde na redação com a palidez de uma noite velada, trazendo cinco largas tiras de papel, miudamente escritas numa letra de cartório. Era o artigo, e intitulava-se: *Os modernos fariseus!* — Depois de algumas considerações, cheias de flores sobre Jesus e o Gólgota, o artigo de João Eduardo era, sob alusões tão diáfanas como teias de aranha, um vingativo ataque ao cônego Dias, ao padre Brito, ao padre Amaro e ao padre Natário!... Todos tinham a sua *dose*, como exclamou cheio de júbilo o Agostinho.

— E quando sai? — perguntou João Eduardo.

O Agostinho esfregou as mãos, refletiu, disse:

— É que está forte, diabo! É como se tivesse os nomes próprios! Mas descansa, eu arranjarei.

Foi cautelosamente mostrar o artigo ao Dr. Godinho — que o achou "uma catilinária atroz". Entre o Dr. Godinho e a Igreja havia apenas um arrufo: ele reconhecia, em geral, a necessidade de religião entre as massas; sua esposa, a bela D. Cândida, era além disso de inclinações devotas, e começava a dizer que aquela guerra do jornal ao clero lhe causava grandes escrúpulos; e o Dr. Godinho não queria provocar ódios desnecessários entre os padres, prevendo que o seu amor da paz doméstica, os interesses da ordem e o seu dever de cristão o forçariam bem cedo a uma reconciliação — "muito contra as suas opiniões, mas..."

Disse por isso a Agostinho secamente:

— Isto não pode ir como artigo da redação, deve aparecer como comunicado. Cumpra estas ordens.

E Agostinho declarou ao escrevente — que a coisa publicava-se como um *Comunicado*, assinado: *Um liberal.* Somente João Eduardo terminava o artigo exclamando: — *Alerta, mães de família!* O Agostinho sugeriu que este final *alerta* podia dar lugar à réplica jocosa — *Alerta está!* E depois de largas combinações decidiram-se por este fecho: *Cuidado, sotainas negras!*

No domingo seguinte apareceu o comunicado assinado: *Um liberal.*

Durante toda essa manhã de domingo, o padre Amaro, à volta da Sé, estivera ocupado em compor laboriosamente uma carta a Amélia. Impaciente como ele dizia, "com aquelas relações que não andavam nem desandavam, que era olhar e apertos de mão e dali não passava" — tinha-lhe dado uma noite, à mesa do quino, um bilhetinho onde escrevera com boa letra, tinta azul: — *Desejo encontrá-la só, porque tenho muito que lhe falar. Onde pode ser sem inconveniente? Deus proteja o nosso afeto.* Ela não respondera: — E Amaro despeitado, descontente também por não a ter visto nessa manhã à missa das nove, resolveu "pôr tudo a claro numa carta de sentimento"; e preparava os períodos sentidos que lhe deviam ir revolver o coração, passeando pela casa, juncando o chão de pontas de cigarro, a cada momento curvado sobre o *Dicionário de sinônimos.*

> Ameliazinha do meu coração (escrevia ele), não posso atinar com as razões maiores que a não deixaram responder ao bilhetinho que lhe dei em casa da senhora sua mamã; pois que era pela muita necessidade que tinha de lhe falar a sós, e as minhas intenções eram puras, e na inocência desta alma que tanto lhe quer e que não medita o pecado.
>
> Deve ter compreendido que lhe voto um fervente afeto, e pela sua parte me parece (se não me enganam esses olhos que são os faróis da minha vida, e como a estrela do navegante) que também tu, minha Ameliazinha, tens inclinação por quem tanto te adora; pois que até outro dia, quando o Líbano quinou com os seis primeiros números, e que todos fizeram tanta algazarra, tu apertaste-me a mão por baixo da mesa com tanta ternura que até me pareceu que o céu se abrira e que

eu sentia os anjos entoarem o hosana! Por que não respondeste pois? Se pensas que o nosso afeto pode ser desagradável aos nossos anjos da guarda, então te direi que maior pecado cometes trazendo-me nesta incerteza e tortura, que até na celebração da missa estou sempre com o pensar em ti, e nem me deixa elevar a minha alma no divino sacrifício. Se eu visse que este mútuo afeto era obra do tentador, eu mesmo te diria: oh minha bem amada filha, façamos o sacrifício a Jesus para lhe pagar parte do sangue que derramou por nós! Mas eu tenho interrogado a minha alma e vejo nela a brancura dos lírios. E o teu amor também é puro como a tua alma, que um dia, se unirá à minha, entre os coros celestes, na bem-aventurança. Se tu soubesses como eu te quero, querida Ameliazinha, que até às vezes me parece que te podia comer aos bocadinhos! Responde pois, e dize se não te parece, que poderia arranjar-se a vermo-nos no Morenal, pela tarde. Pois eu anseio por te exprimir todo o fogo que me abrasa, bem como falar-te de coisas importantes, e sentir na minha mão a tua que eu desejo que me guie pelo caminho do amor, até os êxtases de uma felicidade celestial. Adeus, anjo feiticeiro, recebe a oferta do coração do teu amante e pai espiritual.

Depois de jantar copiou esta carta a tinta azul, e com ela bem dobrada no bolso da batina foi à rua da Misericórdia. Logo da escada sentiu em cima a voz aguda de Natário, discutindo.

— Quem está por cá? — perguntou à *Ruça*, que alumiava, encolhida no seu xale.

— As senhoras todas. Está o Sr. padre Brito.

— Olá! Bela sociedade!

Galgou os degraus, e à porta da sala, com o seu capote ainda pelos ombros, tirando alto o chapéu:

— Muito boas noites a todos, começando pelas senhoras.

Natário, imediatamente, plantou-se diante dele e exclamou:

— Então que lhe parece?

— O quê? — perguntou Amaro. E reparando no silêncio, nos olhos cravados nele: — O que é? Alguma coisa de novo?

— Pois não leu, senhor pároco!? — exclamaram. — Não leu o *Distrito*!?

Era papel em que ele não pusera os olhos, disse. Então as senhoras indignadas romperam:

— Ai! é um desaforo!

— Ai! é um escândalo, senhor pároco!

Natário, com as mãos enterradas nas algibeiras, contemplava o pároco com um sorrisinho sarcástico, soltando dentre os dentes:

— Não leu! Não leu! Então que fez?

Amaro reparava, já aterrado, na palidez de Amélia, nos seus olhos muito vermelhos. E enfim o cônego erguendo-se pesadamente:

— Amigo pároco, dão-nos uma desanda!...

— Ora essa! — exclamou Amaro.

— Tesa!

O senhor cônego, que trouxera o jornal, devia ler alto — lembraram.

— Leia, Dias. Leia — acudiu Natário. — Leia, para saborearmos!

A S. Joaneira deu mais luz ao candeeiro; o cônego Dias acomodou-se à mesa, desdobrou o jornal, pôs os óculos cuidadosamente, e, com o lenço do rapé nos joelhos, começou a leitura do *Comunicado* na sua voz pachorrenta.

O princípio não interessava; eram períodos enternecidos em que o *liberal* exprobrava aos fariseus a crucifixão de Jesus: — "Por que o matastes? (exclamava ele). Respondei!". E os fariseus respondiam: — "Matamo-lo porque ele era a liberdade, a emancipação, a aurora de uma nova era" etc. O *liberal* então esboçava, a largos traços, a noite do Calvário: — "Ei-lo pendente da Cruz, traspassado de lanças, a sua túnica jogada aos dados, a plebe infrene", etc. E, voltando a dirigir-se aos fariseus infelizes, o *liberal* gritava-lhes com ironia: — "Contemplai a vossa bela obra!". Depois, por uma gradação hábil, o *liberal* descia de Jerusalém a Leiria: — "Mas pensam os leitores que os fariseus morreram? Como se enganam! Vivem! Conhecemo-los nós; Leiria está cheia deles, e vamos apresentá-los aos leitores...".

— Agora é que elas começam — disse o cônego olhando para todos em redor, por cima dos óculos.

Com efeito "elas começavam"; era, numa forma brutal, uma galeria de fotografias eclesiásticas: a primeira era a do padre Brito: — "Vede-o (exclamava o *liberal*), grosso como um touro, montado na sua égua castanha...".

— Até a cor da égua! — murmurou com uma indignação piedosa a Sra. D. Maria da Assunção.

"... Estúpido como um melão, sem sequer saber latim..."

O padre Amaro, assombrado, fazia: Oh! oh! E o padre Brito, escarlate, mexia-se na cadeira, esfregando devagar os joelhos.

"... Espécie de caceteiro", continuava o cônego que lia aquelas frases cruéis com uma tranquilidade doce, "Desabrido de maneiras, mas que não desgosta de se dar à ternura, e, segundo dizem os bem informados, escolheu para Dulcineia a própria e legítima esposa do seu regedor...".

O padre Brito não se dominou:

— Eu racho-o de meio a meio! — exclamou erguendo-se e recaindo pesadamente na cadeira.

— Escute, homem! — disse Natário.

— Qual escute! O que é, é que o racho!

Mas se ele não sabia quem era *o liberal*!

— Qual *liberal*! Quem eu racho é o Dr. Godinho. O Dr. Godinho é que é o dono do jornal. O Dr. Godinho é que eu racho!

A sua voz tinha tons roucos; e atirava furioso grandes palmadas à coxa.

Lembraram-lhe o dever cristão de perdoar as injúrias. A S. Joaneira com unção citou a bofetada que Jesus Cristo suportou. Devia imitar Cristo.

— Qual Cristo, qual cabaça! — gritou Brito apoplético.

Aquela impiedade criou um terror.

— Credo, senhor padre Brito, credo — exclamou a irmã do cônego recuando a cadeira.

O Libaninho, com as mãos na cabeça, vergado sob o desastre, murmurava:

— Nossa Senhora das Dores, que até pode cair um raio!

E, vendo mesmo Amélia indignada, o padre Amaro disse gravemente:

— Brito, realmente você excedeu-se.

— Pois se estão a puxar por mim!...

— Homem, ninguém puxou por você — disse severamente Amaro. E com um tom pedagogo: — Apenas lhe lembrarei, como devo, que em tais casos, quando se diz a *blasfêmia má*, o reverendo padre Scomelli recomenda confissão geral e dois dias de recolhimento a pão e água.

O padre Brito resmungava.

— Bem, bem — resumiu Natário. O Brito cometeu uma grande falta, mas saberá pedir perdão a Deus, e a misericórdia de Deus é infinita!

Houve uma pausa comovida em que se ouviu a Sra. D. Maria da Assunção murmurar "que ficara sem pinga de sangue", e o cônego, que durante a catástrofe pousara os óculos sobre a mesa, retornou-os, e continuou serenamente a leitura:

"... Conheceis um outro com cara de furão?..."

Olhares de lado fixaram o padre Natário.

"... Desconfiai dele; se puder trair-vos, não hesita; se puder prejudicar-vos, folga; as suas intrigas trazem o cabido numa confusão porque é a víbora mais daninha da diocese, mas com tudo isso muito dado à jardinagem, porque cultiva com cuidado *duas rosas de seu canteiro*."

— Homem, essa! — exclamou Amaro.

— É para que você veja — disse Natário erguendo-se lívido. — Que lhe parece? Você sabe que eu, quando falo das minhas sobrinhas, costumo dizer *as duas rosas do meu canteiro*. É um gracejo. Pois senhores, até vem com isto! — E com um sorriso macilento, de fel: — Mas amanhã hei de saber quem é! Olaré! Eu hei de saber quem é!

— Deite ao desprezo, Sr. padre Natário, deite ao desprezo — disse a S. Joaneira pacificadora.

— Obrigado, minha senhora — acudiu Natário curvando-se com uma ironia rancorosa — obrigado! Cá recebi!

Mas a voz imperturbável do cônego retomara a leitura. Agora era o retrato dele, traçado com ódio:

"... cônego bojudo e glutão, antigo caceteiro do Sr. Dom Miguel, que foi expulso da freguesia de Ourém, outrora mestre de Moral num seminário e hoje mestre de imoralidade em Leiria..."

— Isso é infame! — exclamou Amaro exaltado.

O cônego pousou o jornal, e com a voz pachorrenta:

— Boa! Tenho que comer e que beber, graças a Deus! Deixar rosnar quem rosna!

— Não, mano — interrompeu a irmã — mas a gente sempre tem o seu bocadinho de brio!

— Ora, mana! — replicou o cônego Dias com um azedume de raiva concentrada. — Ora, mana! Ninguém lhe pede a sua opinião!

— Nem preciso que ma peçam! — gritou ela empertigando-se. — Sei-a dar muito bem quando quero e como quero. Se não tem vergonha, tenho-a eu!

— Então! então!... disseram em roda, acalmando-a.

— Menos língua, mana, menos língua! — disse o cônego fechando os seus óculos. — Olhe, não lhe caiam os dentes postiços!

— Seu malcriado!

Ia falar, mas sufocou-se; e começou subitamente a soltar *ais*.

Recearam logo que lhe desse o *flato*; a S. Joaneira e a D. Joaquina Gansoso levaram-na para o quarto, embaixo, amparando-a, com palavras brandas:

— Estás doida! Por quem és, filha! Olha que escândalo! Nossa Senhora te valha!

Amélia mandava buscar água de flor de laranja.

— Deixe-a lá — rosnou o cônego — deixe-a lá! Aquilo passa-lhe. São calores!

Amélia deu um olhar triste ao padre Amaro, e desceu ao quarto com a Sra. D. Maria da Assunção e a Gansoso surda, que iam também "sossegar a D. Josefa, coitadita!". Os padres agora estavam sós; e o cônego voltando-se para Amaro: — Ouça você, que é a sua vez — disse retomando o jornal.

— E verá que dose! — disse Natário.

O cônego escarrou, aproximou mais o candeeiro, e declamou:

"... Mas o perigo são certos padres novos e ajanotados, párocos por influências de condes da capital, vivendo na intimidade das famílias de bem onde há donzelas inexperientes, e aproveitando-se da influência do seu sagrado ministério para lançar na alma da inocente a semente de chamas criminosas!"

— Pouca vergonha! — murmurou Amaro lívido.

"... Dize, sacerdote de Cristo, onde queres arrastar a impoluta virgem? Queres arrastá-la aos lodaçais do vício? Que vens fazer aqui ao seio desta respeitável família? Por que rondas em volta da tua presa, como milhafre em torno da inocente pomba? Para trás, sacrílego! Murmuras-lhe sedutoras frases, para a desviares do caminho da honra; condenas à desgraça e à viuvez algum honrado moço que lhe queria oferecer sua mão trabalhadora; e vais-lhe preparando um horroroso futuro de lágrimas. E tudo para quê! Para saciares os torpes impulsos da tua criminosa lascívia!..."

— Que infame! — rosnou com os dentes cerrados o padre Amaro.

"... Mas acautela-te, presbítero perverso!" E a voz do cônego tinha tons cavos ao soltar aquelas apóstrofes. "Já o arcanjo levanta a espada da justiça. E sobre ti, e teus cúmplices, já a opinião da ilustrada Leiria fita seu olho imparcial. E nós cá estamos, nós, filhos do trabalho, para vos marcar na fronte o estigma da infâmia. Tremei, sectários do *Syllabus*! Cuidado, sotainas negras!"

— Descacha! — fez o cônego suado, dobrando a *Voz do Distrito*.

O padre Amaro tinha os olhos enevoados de duas lágrimas de raiva; passou devagar o lenço pela testa, soprou, disse com os beiços a tremer:

— Eu, colegas, nem sei o que hei de dizer! Pelo Deus que me ouve, isto é a calúnia das calúnias.

— Uma calúnia infame... — rosnaram.

— E a mim o que me parece — continuou Amaro — é que nos dirijamos à autoridade!

— É o que eu tinha dito — acudiu Natário — é necessário falar ao secretário-geral!...

— Um cacete é que é! — rugiu o padre Brito. — Autoridade! O que é, é rachá-lo! Eu bebia-lhe o sangue!...

O cônego, que meditava coçando o queixo, disse então:

— E você, Natário, é que deve ir ao secretário-geral. Você tem língua, tem lógica...

— Se os colegas decidem — disse Natário curvando-se — vou. E hei de lhas cantar, à autoridade!

Amaro ficara junto da mesa com a cabeça entre as mãos, aniquilado. E o Libaninho murmurava:

— Ai, filhos, não é nada comigo, mas só de ouvir todo esse aranzel, até se me estão a vergar as pernas. Ai, filhos, um desgosto assim...

Mas sentiram a voz da Sra. Joaquina Gansoso subindo a escada; e o cônego imediatamente com uma voz prudente:

— Colegas, o melhor, diante das senhoras, é não se falar mais nisto. Bem basta o que basta.

Daí a momentos, apenas Amélia entrou, Amaro ergueu-se, declarou que estava com uma forte dor de cabeça, e despediu-se das senhoras.

— E sem tomar chá? — acudiu a S. Joaneira.

— Sim, minha senhora — disse ele embrulhando-se no seu capote — não me estou a sentir bem. Boas noites... E você, Natário, apareça amanhã pela Sé à uma hora.

Apertou a mão de Amélia, que se lhe abandonou entre os dedos passiva e mole, — e saiu com os ombros vergados.

A S. Joaneira notou, desconsolada:

— O senhor pároco ia muito pálido...

O cônego levantou-se, e com um tom impaciente e quizilado:

— Se ia pálido, amanhã estará corado. E agora quero dizer uma coisa: esse aranzel do jornal é a calúnia das calúnias! Eu não sei quem o escreveu, nem para que o escreveu. Mas são tolices e são infâmias. É pateta e maroto, quem quer que seja. O que devemos fazer já o sabemos, e como já se tagarelou bastante sobre o caso, a senhora mande vir o chá. E o que lá vai, lá vai, não se fala mais na questão.

As faces em roda continuavam contristadas. — E então o cônego acrescentou:

— Ah! e quero dizer outra coisa: como não morreu ninguém, não há necessidade de estar aqui com cara de pêsames. E tu, pequena, senta-te ao instrumento e repenica-me essa *Chiquita*!

O secretário-geral, o Sr. Gouveia Ledesma, antigo jornalista, e, em anos mais expansivos, autor do livro sentimental *Devaneios de um sonhador*, estava então dirigindo o distrito na ausência do governador civil.

Era um moço bacharel que passava por ter talento. Representara de galã no teatro acadêmico, em Coimbra, com muito aplauso; e tomara a esse tempo o hábito de passear à tarde na Sofia, com o ar fatal com que no palco arrepelava os cabelos, ou levava, nos transes de amor, o lenço aos olhos. Depois em Lisboa arruinara um pequeno patrimônio com o amor de Lolas e de Cármens, ceias no Mata, muita calça no Xafredo e perniciosas convivências literárias; a trinta anos estava pobre, saturado de mercúrio e autor de vinte folhetins românticos na *Civilização*; mas tornara-se tão popular que era conhecido nos lupanares e nos cafés por um cognome carinhoso — era o *Bibi*. Julgando então que conhecia a fundo a existência, deixou crescer as suíças, começou a citar Bastiat, frequentou as câmaras e entrou na carreira administrativa; chamava agora à república que tanto exaltara em Coimbra *uma absurda quimera*; e Bibi era um pilar das instituições.

Detestava Leiria, onde passava por espirituoso e dizia às senhoras, nas *soirées* do deputado Novais, — "que estava cansado da vida". Rosnava-se que a esposa do bom Novais andava doida por ele; e em verdade Bibi escrevera a um amigo da capital: — "quanto a conquistas, pouco por ora; tenho apenas, no papo a Novaisitos".

Levantava-se tarde; e nessa manhã, de *robe-de-chambre* à mesa do almoço, partia os seus ovos quentes, lendo com saudade no jornal a narração apaixonada de uma pateada em S. Carlos, quando o criado, — um galego que trouxera de Lisboa — veio dizer que "estava ali um cura".

— Um cura! Que entre para aqui! — E murmurou para sua satisfação pessoal: — o Estado não deve fazer esperar a Igreja.

Ergueu-se, e estendeu as duas mãos ao padre Natário que entrava, muito composto, na sua longa batina de lustrina.

— Uma cadeira, Trindade! Toma uma chávena de chá, senhor cura? Soberba manhã, hem? Estava justamente pensando em V. Sª — isto é, estava pensando no clero em geral... Acabava de ler as peregrinações que se estão fazendo a Nossa Senhora de Lourdes... Grande exemplo! Milhares de pessoas da melhor roda... É realmente consolador ver renascer a fé... Ainda ontem eu disse em casa do Novais: "No fim de tudo a fé é a mola real da sociedade". Tome uma chávena de chá... Ah! é um grande bálsamo!...

— Não, obrigado, almocei já.

— Mas não! Quando digo um grande bálsamo refiro-me à fé, não ao chá! Ah! ah! É boa, não?

E prolongou a sua risadinha com complacência. Queria agradar a Natário, pelo princípio que repetia muito, com um sorriso astuto — "que quem está metido na política deve ter por si a padraria".

— E depois — acrescentou — como eu dizia ontem em casa do Novais, que vantagem para as localidades! Lourdes, por exemplo, era uma aldeola; pois com a afluência dos devotos está uma cidade... Grandes hotéis, *boulevards*, belas lojas... É por assim dizer o desenvolvimento econômico, correndo parelhas com o renascimento religioso.

E deu com satisfação um puxãozinho grave ao colarinho.

— Pois eu vinha aqui falar a V. Exª a respeito de um comunicado na *Voz do Distrito*.

— Ah! — interrompeu o secretário-geral — perfeitamente, li! Uma famosa verrina... Mas literariamente, como estilo e como imagens, que miséria!

— E que tenciona V. Exª fazer, senhor secretário-geral?

O Sr. Gouveia Ledesma apoiou-se nas costas da cadeira. Perguntou pasmado:

— Eu!?

Natário disse, destilando as palavras:

— A autoridade tem o dever de proteger a religião do Estado, e implicitamente os seus sacerdotes... Que tenha V. Exª em vista, eu não venho aqui em nome do clero...

E acrescentou com a mão sobre o peito:

— Sou apenas um pobre padre sem influência... Venho, como particular, perguntar ao senhor secretário-geral se se pode permitir que caracteres respeitáveis da Igreja diocesana sejam assim difamados...

— É certamente lamentável que um jornal...

Natário interrompeu, empertigando o busto com indignação:

— Jornal que já devia estar suspenso, senhor secretário-geral!

— Suspenso!? Por quem é, senhor cura! Mas V. Sª decerto não quer que eu volte aos tempos dos corregedores-mores! — Suspender o jornal! Mas a liberdade de imprensa é um princípio sagrado! Nem as leis de imprensa o permitem... Mesmo querelar pelo ministério público porque um periódico diz duas ou três pilhérias sobre o cabido, impossível! Tínhamos de querelar toda a imprensa de Portugal, com exceção da *Nação* e do *Bem Público*! Onde iria parar a liberdade de pensamento, trinta anos de progresso, a própria ideia governamental? Mas nós não somos os Cabrais, meu caro senhor! Nós queremos luz, muitíssima luz! Justamente o que nós queremos é luz!

Natário tossiu devagarinho, disse:

— Perfeitamente. Mas então quando, pelas eleições, a autoridade nos vier pedir o nosso auxílio, nós, vendo que não encontramos nela proteção, diremos simplesmente: *Non possumus!*

— E pensa o senhor cura, que por amor de alguns votos que dão os senhores abades, nós vamos trair a civilização?

E o antigo Bibi, tomando uma grande atitude, soltou esta frase:

— Somos filhos da liberdade, não renegaremos nossa mãe!

— Mas o Dr. Godinho, que é a alma do jornal, é oposição — observou então Natário; — proteger-lhe o jornal é implicitamente proteger-lhe as manobras...

O secretário-geral teve um sorriso:

— Meu caro senhor cura, V. Sª não está no segredo da política. Entre o Dr. Godinho e o governo civil não há inimizades; há apenas um arrufo... O Dr. Godinho é uma inteligência... Vai reconhecendo que o *grupo da Maia* não produz nada... O Dr. Godinho aprecia a política do governo, e o governo aprecia o Dr. Godinho.

E, rebuçando-se todo num mistério de Estado, acrescentou:

— Coisas de alta política, meu caro senhor.

Natário ergueu-se:

— De modo que...

— *Impossibilis est* — disse o secretário. — De resto acredite, senhor cura, que, como particular, revolto-me contra o *Comunicado*; mas como autoridade devo respeitar a expressão do pensamento... Mas creia, e pode dizê-lo a todo o clero diocesano, a Igreja católica não tem um filho mais fervente que eu, Gouveia Ledesma... Quero porém uma religião liberal, de harmonia com o progresso, com a ciência... Foram sempre as minhas ideias; preguei-as bem alto, na imprensa, na universidade e no grêmio... Assim, por exemplo, não acho que haja poesia maior que a poesia do cristianismo! E admiro Pio

IX, uma grande figura! Somente lamento que ele não arvore a bandeira da civilização! — E o antigo *Bibi*, contente da sua frase, repetia-a: — Sim, lamento que ele não arvore a bandeira da civilização... O *Syllabus* é impossível neste século de eletricidade, senhor cura! E a verdade é que nós não podemos querelar de um jornal, porque ele diz duas ou três pilhérias sobre o sacerdócio; nem nos convém, por altas razões de política, escandalizar o Dr. Godinho. Aqui tem o meu pensamento.

— Senhor secretário-geral... — disse Natário curvando-se.

— Um criado de V. Sª Sinto que não tome uma chávena de chá... E como vai o nosso chantre?

— S. Exª nestes últimos dias, segundo creio, tem tornado a sofrer de tonturas.

— Sinto. Uma inteligência também! Grande latinista... Tenha cuidado com o degrau...

Natário correu à Sé, com um passo nervoso, resmungando alto de cólera. Amaro passeava devagar no terraço, com as mãos atrás das costas; tinha as olheiras batidas e a face envelhecida.

— Então? — disse ele, indo rapidamente ao encontro de Natário.

— Nada!

Amaro mordeu o beiço; e enquanto Natário lhe contava, excitado, a conversação com o secretário-geral, "e como argumentara com ele, e como o homem tagarelara, tagarelara", — a face do pároco cobria-se de uma sombra desconsolada, e ia arrancando raivosamente, com a ponta do guarda-sol, a erva que crescia nas fendas do terraço.

— Um patarata! — resumiu o padre Natário com um grande gesto. — Pela autoridade não se faz nada, É escusado... Mas a questão agora é entre mim e o *liberal*, padre Amaro! Eu hei de saber quem é, padre Amaro! E quem o esmaga sou eu, padre Amaro, sou eu!...

No entanto João Eduardo desde o domingo triunfava: o artigo fizera escândalo; tinham-se vendido oitenta números avulsos do jornal, e o Agostinho afirmara-lhe que na botica da Praça a opinião era "que o *liberal* conhecia a padraria a fundo e tinha cabeça!".

— És um gênio, rapaz! — disse o Agostinho. — É trazer-me outro; é trazer-me outro!

João Eduardo gozava prodigiosamente "daquele falatório que ia pela cidade".

Relia então o artigo com uma deleitação paternal; se não receasse escandalizar a S. Joaneira, desejaria ir pelas lojas dizer bem alto — *fui eu, eu é que o escrevi!* — E já ruminava outro, mais terrível, que se deveria intitular: *O diabo feito eremita*, ou *O sacerdócio de Leiria perante o século XIX!*

O Dr. Godinho encontrara-o na Praça, e parara com condescendência, para lhe dizer:

— A coisa tem feito barulho. Você é o diabo! E a piada ao Brito é bem jogada. Que eu não sabia... E diz que é bonita, a mulher do regedor...

— V. Exª não sabia?

— Não sabia, e saboreei. Você é o diabo! Eu fui que disse ao Agostinho que publicasse a coisa como um comunicado. Você compreende... Eu não me convém ter turras demais com o clero... E depois lá minha esposa tem seus escrúpulos... Enfim é mulher, e é conveniente que as mulheres tenham religião... Mas no meu foro interior saboreei... Sobretudo a piada ao Brito. O patife fez-me uma guerra dos diabos na eleição passada... Ah! e outra coisa, o seu negócio arranja-se. Lá para o mês que vem tem você o seu emprego no governo civil.

— Oh, senhor doutor... V. Exª...

— Qual história! Você é um benemérito!

João Eduardo foi para o cartório, trêmulo de alegria. O Sr. Nunes Ferral saíra; o escrevente aparou devagar uma pena, começou a cópia de uma procuração — e de repente, agarrando o chapéu, correu à rua da Misericórdia.

A S. Joaneira costurava só, à janela; Amélia fora ao Morenal; e João Eduardo, logo da porta:

— Sabe, D. Augusta? Estive agora com o Dr. Godinho. Diz que lá para o mês que vem tenho o meu emprego...

A S. Joaneira, tirou a luneta, deixou cair as mãos no regaço:

— Que me diz?...

— É verdade, é verdade...

E o escrevente esfregava as palmas, com risinhos nervosos de júbilo.

— Que pechincha! — exclamou. — De modo que agora, se a Ameliazinha estiver de acordo...

— Ai, João Eduardo! — fez a S. Joaneira com um grande suspiro — que me tira um peso do coração... Que tenho estado... Olhe, nem tenho dormido!...

João Eduardo pressentiu que ela ia falar do *Comunicado*. Foi pôr o chapéu numa cadeira ao canto; e voltando à janela, com as mãos nos bolsos:

— Então por que, por quê?

— Aquela pouca vergonha no *Distrito*! Que diz você? Aquela calúnia! Ai! tenho-me feito velha!

João Eduardo escrevera o artigo sob as solicitações do ciúme, só para "enterrar" o padre Amaro; não previra o desgosto das duas senhoras; e vendo agora a S. Joaneira com duas lágrimas no branco dos olhos, sentia-se *quase arrependido*. Disse ambiguamente:

— Eu li, é o diabo...

Mas aproveitando o sentimento da S. Joaneira para servir a sua paixão, acrescentou sentando-se, chegando a cadeira para ao pé dela:

— Eu nunca lhe quis falar disso, D. Augusta, mas... olhe que a Ameliazinha tratava o pároco com muita familiaridade... E pelas Gansosos, pelo Libaninho, mesmo sem quererem, a coisa ia-se sabendo, ia-se rosnando... Eu bem sei que ela, coitada, não via o mal, mas... a D. Augusta sabe o que é Leiria. Que línguas, hem!

A S. Joaneira então declarou que lhe ia falar como a um filho; o artigo afligira-a, sobretudo por causa dele, João Eduardo. Porque enfim ele podia acreditar também, desfazer o casamento, e que desgosto! E ela podia dizer-lhe, como mulher de bem, como mãe, que não havia entre a pequena e o senhor pároco, nada, nada! Era a rapariga que tinha aquele gênio comunicativo! E o pároco tinha boas palavras, sempre muito delicado... Que ela sempre o dissera, o Sr. padre Amaro tinha maneiras que tocavam o coração...

— Decerto — disse João Eduardo mordendo o bigode, com a cabeça baixa.

A S. Joaneira então pôs a mão de leve sobre o joelho do escrevente, e fitando-o:

— E olhe, não sei se me fica mal dizer-lho, mas a rapariga quer-lhe deveras, João Eduardo.

O coração do escrevente teve uma palpitação comovida.

— E eu! — disse. — A D. Augusta sabe a paixão que eu tenho por ela... E lá do artigo que me importa a mim!

Então a S. Joaneira limpou os olhos ao avental branco. Ai! era uma alegria para ela! Ela sempre o dissera: como rapaz de bem, não havia outro na cidade de Leiria!

— Você sabe, quero-lhe como filho!

O escrevente enterneceu-se:

— Pois vamos a isso, e tapam-se as bocas do mundo...

E erguendo-se, com uma solenidade engraçada:

— Sra. D. Augusta! Tenho a honra de lhe pedir a mão...

Ela riu-se, — e na sua alegria João Eduardo beijou-a na testa, filialmente.

— E fale à noite à Ameliazinha — disse ao sair. — Eu venho amanhã, e felicidade não há de faltar...

— Louvado seja Nosso Senhor! — acrescentou a S. Joaneira retomando a sua costura, com um suspiro de muito alívio.

Apenas nessa tarde Amélia voltou do Morenal, a S. Joaneira que estava pondo a mesa, disse-lhe:

— Esteve aí o João Eduardo...

— Ah!...

— Aí esteve a falar, coitado...

Amélia calada, dobrava a sua manta de lã.

— Aí esteve a queixar-se... — continuou a mãe.

— Mas de quê? — perguntou ela muito vermelha.

— Ora de quê! Que se falava muito na cidade do artigo do *Distrito*; que se perguntava a quem aludia o periódico com as *donzelas inexperientes*, e que a resposta era: "Quem há de ser? A Amélia da S. Joaneira, da rua da Misericórdia!". O pobre João diz que tem andado tão desgostoso!... Não se atrevia, por delicadeza, a falar-te... Enfim...

— Mas que hei de eu fazer, minha mãe? — exclamou Amélia com os olhos subitamente cheios de lágrimas, àquelas palavras que caíam sobre os seus tormentos como gotas de vinagre sobre feridas.

— Eu digo-te isto para teu governo. Faze o que quiseres, filha. Eu bem sei que são calúnias! Mas tu sabes o que são línguas do mundo... O que te posso dizer é que o rapaz não acreditou no periódico. Que era isso que me dava cuidado!... Credo! tirou-me o sono... Mas não, diz que não lhe importa o artigo, que te quer da mesma maneira, e está a arder porque se faça o casamento... E eu por mim o que fazia, para calar toda essa gente, era casar-te já. Eu bem sei que tu não morres por ele, bem sei. Deixa lá! Isso vem depois. O João é bom rapaz, vai ter o emprego...

— Vai ter o emprego!?

— Pois foi o que ele me veio dizer também... Esteve com o Dr. Godinho; diz que lá para o fim do mês está empregado... Enfim tu fazes o que entenderes... Que olha que eu estou velha, filha, posso faltar-te de um momento para o outro...

Amélia não respondeu, olhando de frente no telhado voarem os pardais — menos desassossegados, naquele instante, que os seus pensamentos.

Desde domingo vivia atordoada. Sabia bem que a *donzela inexperiente* a que aludia o *Comunicado* era ela, Amélia, e torturava-a o vexame de ver assim o seu amor publicado no jornal. Depois (como ela pensava, mordendo o beiço numa raiva muda, com os olhos afogados de lágrimas), aquilo vinha estragar tudo! Na Praça, na Arcada já se diria com risinhos perversos: — "Então a Ameliazita da S. Joaneira metida com o pároco, hem?". Decerto o senhor chantre, tão severo em "coisas de mulheres", repreenderia o padre Amaro... E por alguns olhares, alguns apertos de mão, aí estava a sua reputação estragada, estragado o seu amor!

Na segunda-feira, ao ir ao Morenal, parecera-lhe sentir pelas costas risinhos a escarnecê-la; no aceno que lhe fez da porta da botica o respeitável Carlos julgou ver uma secura repreensível; à volta encontrara o Marques da loja de ferragens, que não lhe tirou o chapéu, e ao entrar em casa julgava-se desacreditada — esquecendo que o bom Marques era tão curto de vista que usava na loja duas lunetas sobrepostas.

— Que hei de eu fazer? Que hei de eu fazer? — murmurava, às vezes, com as mãos apertadas na cabeça. O seu cérebro de devota apenas lhe fornecia soluções devotas — entrar num recolhimento, fazer uma promessa a Nossa Senhora das Dores "para que a livrasse daquele apuro"; ir confessar-se ao padre Silvério... E terminava por se vir sentar resignadamente ao pé da mãe com a sua costura, considerando, muito enternecida, que desde pequena fora bem infeliz!

A mãe não lhe falara claramente sobre o *Comunicado*; tivera apenas palavras ambíguas:

— É uma pouca vergonha... É deitar ao desprezo... Quando a gente tem a sua consciência sossegada, o mais histórias...

Mas Amélia via-lhe bem o desgosto — na face envelhecida, nos tristes silêncios, nos suspiros repentinos quando fazia meia à janela com a luneta na ponta do nariz; e então mais se convencia que havia "grande falatório na cidade", de que a mãe, coitada, estava informada pelas Gansosos e pela D. Josefa Dias — cuja boca produzia o mexerico mais naturalmente que a saliva. Que vergonha, Jesus!

E então o seu amor pelo pároco, que até aí, naquela reunião de saias e batinas da rua da Misericórdia se lhe afigurara natural, agora, julgando-o reprovado pelas pessoas que desde pequena fora acostumada a respeitar — os Guedes, os Marques, os Vazes, aparecia-lhe já monstruoso; assim as cores de um retrato pintado à luz de azeite, e que à luz de azeite parecem justas, tomam tons falsos e disformes quando lhes cai em cima a luz do sol. E quase estimava que o padre Amaro não tivesse voltado à rua da Misericórdia.

No entanto, com que ansiedade esperava todas as noites o seu toque de campanhia! Mas ele não vinha; e aquela ausência, que a sua razão julgava prudente, dava ao seu coração o desespero de uma traição. Na quarta-feira à noite não se conteve, disse, corando sobre a sua costura:

— Que será feito do senhor pároco?

O cônego, que na sua poltrona parecia dormitar, tossiu grosso, mexeu-se, rosnou:

— Mais que fazer... E escusam de esperar por ele tão cedo!...

E Amélia, que ficara branca como a cal, teve imediatamente a certeza que o pároco, aterrado com o escândalo do jornal, aconselhado pelos padres timoratos, zelosos "do bom nome do clero", tratava de se descartar dela! Mas, cautelosa, diante das amigas da mãe, escondeu o seu desespero; foi mesmo sentar-se ao piano, e tocou mazurcas tão estrondosas — que o cônego, tornando a mexer-se na poltrona, grunhiu:

— Menos espalhafato e mais sentimento, rapariga!

Passou uma noite agoniada, e sem chorar. A sua paixão pelo pároco flamejava mais irritada; e todavia detestava-o pela sua cobardia. Mal uma alusão num jornal o picara, ficara a tremer na sua batina, apavorado, não se atrevendo sequer a visitá-la — sem se lembrar que também ela se via diminuída na sua reputação, sem ser satisfeita no seu amor! E fora ele que a tentara com suas palavrinhas doces, as suas denguices! Infame!... Desejava violentamente apertá-lo ao coração — esbofeteá-lo.

Teve a ideia insensata de ir ao outro dia à rua das Sousas, atirar-se-lhe aos braços, instalar-se-lhe no quarto, fazer um escândalo que o obrigasse a fugir da diocese... Por que não? Eram novos, eram robustos; poderiam viver, noutra cidade — e a sua imaginação começou a repastar-se logo histericamente nas perspectivas deliciosas dessa existência, em que figurava constantemente a dar-lhe beijos! Através da sua intensa excitação, aquele plano parecia-lhe muito prático, muito fácil; fugiriam para o Algarve; lá ele deixaria crescer o cabelo (que mais bonito seria então!) e ninguém saberia que era um padre; poderia ensinar latim; ela coseria para fora; e viveriam numa casinha — onde o que mais a atraía era o leito com as duas travesseirinhas chegadas... E a única dificuldade que via em todo este plano radiante, era fazer sair de casa, às escondidas da mãe, o baú com a sua roupa! Mas quando acordou, essas recordações mórbidas, à luz clara do dia, desfizeram-se como sombras; tudo aquilo lhe parecia agora tão impraticável e ele tão separado dela, como se entre a rua da Misericórdia e a rua das Sousas se erguessem inacessivelmente todas as montanhas da terra. Ai, o senhor pároco abandonara-a, era certo! Não queria perder os lucros da sua paróquia nem a estima de seus superiores!... Pobre dela! Considerou-se então para sempre infeliz e desinteressada da vida. Guardou, todavia, muito intenso, o desejo de se vingar do padre Amaro.

Foi então que refletiu, pela primeira vez, que João Eduardo desde a publicação do *Comunicado* não aparecera na rua da Misericórdia. Também me volta as costas — pensou com amargura. Mas que lhe importava! No meio da aflição que lhe dava o abandono do padre Amaro, a perda do amor do escrevente, piegas e pesado, que não trazia utilidade nem prazer, era uma contrariedade imperceptível: uma infelicidade viera que lhe arrebatava bruscamente todas as afeições — a que lhe enchia a alma e a que apenas lhe acariciava a vaidadezinha; e irritava-a, sim, não sentiria o amor do escrevente colado a suas saias, com a docilidade de um cão — mas todas as suas lágrimas eram para o senhor pároco, "que já não queria saber dela"! Só lamentava a deserção de João Eduardo, porque perdia assim um meio sempre pronto de fazer enraivecer o padre Amaro...

Por isso nessa tarde à janela, calada, olhando no telhado defronte voarem os pardais — depois de saber que João Eduardo, certo do emprego, viera falar enfim à mãe, — pensava com satisfação no desespero do pároco ao ver publicados na Sé os banhos do seu casamento. Depois as palavras muito práticas da S. Joaneira trabalhavam-lhe silenciosamente na alma; o emprego do governo civil rendia 25$000 réis mensais, casando, reentrava logo na sua respeitabilidade de senhora; e se a mãe morresse, com o ordenado do homem e com o rendimento do Morenal, podia viver com decência, ir mesmo no verão aos banhos... E via-se já na Vieira, muito cumprimentada pelos cavalheiros, conhecendo talvez a do governador civil.

— Que lhe parece, minha mãe? — perguntou bruscamente. Estava decidida pelas vantagens que entrevia; mas, com a sua natureza lassa, desejava ser persuadida e forçada.

— Eu ia pelo seguro, filha — foi a resposta da S. Joaneira.

— É sempre o melhor — murmurou Amélia entrando no quarto. E sentou-se muito triste aos pés da cama, porque a melancolia que lhe dava o crepúsculo tornava-lhe agora mais pungente a saudade "dos seus bons tempos com o senhor pároco".

Nessa noite choveu muito, as duas senhoras passaram sós. A S. Joaneira, repousada agora das suas inquietações, estava muito sonolenta, a cada momento cabeceava com a meia caída no regaço. Amélia então pousava a costura, e com o cotovelo sobre a mesa, fazendo girar o abajur verde do candeeiro, pensava no seu casamento; o João Eduardo era bom rapaz, coitado; realizava o tipo de marido tão estimado na pequena burguesia — não era feio e tinha um emprego; decerto o oferecimento da sua mão, apesar das infâmias do jornal, não lhe parecia, como a mãe dissera, "um rasgo de mão cheia"; mas a sua dedicação lisonjeava-a depois do abandono tão cobarde de Amaro; e havia dois anos que o pobre João gostava dela... Começou então laboriosamente a lembrar tudo o que nele lhe agradava — o seu ar sério, os seus dentes muito brancos, a sua roupa asseada.

Fora ventava forte, e a chuva, fustigando friamente as vidraças, dava-lhe apetites de confortos, um bom lume, o marido ao lado, o pequerrucho a dormir no berço — porque seria um rapaz; chamar-se-ia Carlos e teria os olhos negros do padre Amaro. O padre Amaro... Depois de casada, decerto, tornaria a encontrar o Sr. Padre Amaro... E então uma ideia atravessou todo o seu ser, fê-la erguer bruscamente, ir por instinto procurar a escuridão da janela para ocultar a vermelhidão do rosto. Oh! isso não, isso não!... Era horrível!... Mas a ideia implacavelmente apoderara-se dela como um braço muito forte que a sufocava e lhe dava uma agonia deliciosa. E então o antigo amor, que o despeito e a necessidade tinham recalcado no fundo da sua alma, rompeu, inundou-a; murmurou repetidamente, com paixão, torcendo as mãos, o nome de Amaro; desejou avidamente os seus beijos — oh! adorava-o! E tudo tinha acabado, tudo tinha acabado! E devia casar, pobre dela!... Então à janela, com a face contra a escuridão da noite, choramingou baixinho.

Ao chá a S. Joaneira disse-lhe, de repente:

— Pois a coisa a fazer-se, filha, devia ser já... Era começar o enxoval, e se fosse possível casar-te para o fim do mês.

Ela não respondeu — mas a sua imaginação alvoroçou-se àquelas palavras. Casada daí a um mês, ela! Apesar de João Eduardo lhe ser indiferente, a ideia daquele rapaz, novo e apaixonado, que ia viver com ela, dormir com ela, deu uma perturbação a todo o seu ser.

E quando a mãe ia descer ao quarto, disse-lhe:

— Que lhe parece, minha mãe? Eu está-me a custar entrar em explicações com o João Eduardo, dizer-lhe que sim. O melhor era escrever-lhe...

— Também acho, filha, escreve-lhe... A *Ruça* leva a carta pela manhã... Uma carta bonita, e que agrade ao rapaz.

Amélia ficou na sala de jantar até tarde fazendo o rascunho da carta. Dizia:

> Sr. João Eduardo.
>
> A mamã cá me pôs ao fato da conversação que teve consigo. E se a sua afeição é verdadeira, como creio e me tem dado muitas provas, eu estou pelo que se decidiu com muito boa vontade, pois conhece os meus sentimentos. E a respeito de enxoval e papéis, amanhã se falará, pois que o esperamos para o chá. A mamã está muito contente e eu desejo que tudo seja para nossa

felicidade, como espero há de ser, com a ajuda de Deus. A mamã recomenda-se e eu sou

a que muito lhe quer
Amélia Caminha.

Apenas fechou a carta, as folhas de papel branco espalhadas diante dela deram-lhe o desejo de escrever ao padre Amaro. Mas o quê? Confessar-lhe o seu amor, com a mesma pena, molhada na mesma tinta, com que aceitava por marido o outro?... Acusá-lo da sua cobardia, mostrar o seu desgosto — era humilhar-se! E, apesar de não ter motivo para lhe escrever, a sua mão ia traçando com gozo as primeiras palavras *"Meu adorado Amaro..."* Deteve-se, considerando que não tinha por quem mandar a carta. Ai! tinham de separar-se assim, em silêncio, para sempre!... Separarem-se por quê? — pensou. Depois de casada podia bem ver o Sr. padre Amaro. E a mesma ideia voltava, sutilmente, mas numa forma tão honesta agora, que a não repelia; decerto, o Sr. padre Amaro podia ser o seu confessor; era em toda a cristandade a pessoa que melhor guiaria a sua alma, a sua vontade, a sua consciência; haveria então entre eles uma troca deliciosa e constante de confidências, de doces admoestações; todos os sábados iria receber ao confessionário, na luz dos seus olhos e no som das suas palavras, uma provisão de felicidade; e aquilo seria casto, muito picante, e para glória de Deus.

Sentiu-se quase satisfeita com a impressão, que não definia bem, de uma existência em que a carne estaria legitimamente contente, e a sua alma gozaria os encantos de uma devoção amorosa. Tudo vinha a calhar bem, por fim... E daí a pouco dormia serenamente, sonhando que estava na *sua casa,* com o *seu* marido, e que jogava a manilha com as velhas amigas, no meio do contentamento de toda a Sé, sentada nos joelhos do senhor pároco.

Ao outro dia a *Ruça* levou a carta a João Eduardo, e toda a manhã as duas senhoras, costurando à janela, falaram do casamento. Amélia não se queria separar da mãe, e, como a casa tinha acomodações, os noivos viveriam no primeiro andar, e a S. Joaneira dormiria no quarto em cima; decerto o senhor cônego ajudaria para o enxoval; podiam ir passar a lua-de-mel para a fazenda da D. Maria. E Amélia àquelas perspectivas felizes fazia-se toda escarlate, sob o olhar da mãe que, de luneta na ponta do nariz, a admirava babosa.

Às ave-marias a S. Joaneira fechou-se embaixo no seu quarto a rezar a sua coroa, e deixou Amélia só "para se entender com o rapaz". — Daí a pouco, com efeito, João Eduardo bateu à campainha. Vinha muito nervoso, de luvas pretas, enfrascado em água-de-colônia. Quando chegou à porta da sala de jantar não havia luz, e a bonita forma de Amélia destacava de pé, junto à claridade da vidraça. Ele pôs o xale-manta a um canto como costumava, e vindo para ela que ficara imóvel, disse-lhe, esfregando muito as mãos:

— Lá recebi a cartinha, menina Amélia...

— Eu mandei-a pela *Ruça* logo pela manhã para o pilhar em casa — disse ela imediatamente com as faces a arder.

— Eu ia para o cartório, até já ia na escada... Haviam de ser nove horas...

— Haviam de ser... — disse ela.

Calaram-se, muito perturbados. Ele então tomou-lhe delicadamente os pulsos, e baixo:

— Então sempre quer?

— Quero — murmurou Amélia.

— E o mais depressa possível, hem?

— Pois sim...

Ele suspirou, muito feliz.

— Havemos de nos dar muito bem, havemos de nos dar muito bem! — dizia. E as suas mãos, com pressões ternas, iam-se apoderando dela, dos pulsos aos cotovelos.

— A mamã diz que podemos viver juntos — disse ela, esforçando-se por falar tranquilamente.

— Está claro, e eu vou mandar fazer lençóis — acudiu ele, todo alterado.

Atraiu-a então a si, subitamente, beijou-lhe os lábios; ela teve um soluçozinho, abandonou-se entre os braços, toda fraca, toda lânguida.

— Oh, filha! — murmurava o escrevente.

Mas os sapatos da mãe rangeram na escada, e Amélia foi vivamente para o aparador acender o candeeiro.

A S. Joaneira parou à porta; e para dar a sua primeira aprovação maternal, disse, com bonomia:

— Então vocês estão aqui às escuras, filhos?

Foi o cônego Dias que participou ao padre Amaro o casamento de Amélia, uma manhã, na Sé. Falou no "a propósito do enlace", e acrescentou:

— Eu estimo, porque é a contento da rapariga, e é um descanso para a pobre velha...

— Está claro, está claro... — murmurou Amaro que se fizera muito branco.

O cônego pigarreou grosso, e ajuntou:

— E você agora apareça por lá; agora está tudo na ordem... A patifaria do jornal isso pertence à história... O que lá vai, lá vai!

— Está claro, está claro... — rosnou Amaro. Traçou bruscamente a capa; saiu da igreja.

Ia indignado; e continha-se, para não praguejar alto, pelas ruas. À esquina da viela das Sousas quase esbarrou com Natário, que o agarrou logo pela manga, para lhe soprar ao ouvido:

— Ainda não sei nada!

— De quê?

— Do *Liberal*, do *Comunicado*. Mas trabalho, trabalho!

Amaro, que ansiava por desabafar, disse logo:

— Então ouviu a novidade? O casamento de Amélia... Que lhe parece?

— Disse-me o animal do Libaninho. Diz que o rapaz apanhou o emprego... Foi o Dr. Godinho... É outro que tal!... Veja você esta corja: o Dr. Godinho no jornal às bulhas com o governo civil, e o governo civil a atirar postas aos afilhados do Dr. Godinho... Vá lá entendê-los! Isto é um país de biltres!

— Diz que há grande alegrão na casa da S. Joaneira! — disse o pároco, com um azedume negro.

— Que se divirtam! Eu não tenho tempo de lá ir... Eu não tenho tempo para nada!... Eu cá ando no meu fito, saber quem é o *Liberal* e escachá-lo! Não posso ver esta gente que leva a chicotada, coça-se, e curva a orelha. Eu cá não! Eu guardo-as! — E, com uma contração de rancor que lhe curvou os dedos em garra e lhe encolheu o peito magro, disse por entre os dentes cerrados: — Eu, quando odeio, odeio bem!

Esteve um momento calado, gozando o sabor do seu fel.

— Você se for à rua da Misericórdia dê lá os parabéns a essa gente... — E acrescentou com os olhinhos em Amaro: — O palerma do escrevente leva a rapariga mais bonita da cidade! Vai encher o papo!

— Até à vista! — exclamou bruscamente Amaro, abalando pela rua furioso.

Depois daquele terrível domingo em que aparecera o *Comunicado*, o padre Amaro, a princípio muito egoisticamente, apenas se preocupara com as consequências — "consequências fatais, Santo Deus!" — que lhe podia trazer o escândalo. Hem! Se pela cidade se espalhasse que era ele o *padre ajanotado* que o *Liberal* apostrofava! Viveu dois dias aterrado, tremendo de ver aparecer o padre Saldanha, com a sua cara ameninada e voz melíflua, a dizer-lhe "que sua excelência o senhor chantre reclamava a sua presença"! Passava lá o tempo preparando explicações, respostas hábeis, lisonjas a sua excelência. — Mas quando viu que, apesar da violência do artigo, sua excelência parecia disposto "a fazer a vista grossa", ocupou-se então, mais tranquilo, dos interesses do seu amor tão violentamente perturbados. O medo tornava-o astucioso; e decidiu não voltar algum tempo à rua da Misericórdia.

— Deixar passar o aguaceiro — pensou.

Ao fim de quinze dias, três semanas, quando o artigo estivesse esquecido, apareceria de novo em casa da S. Joaneira; deixaria ver bem à rapariga que a adorava sempre, mas evitaria a antiga familiaridade, as conversazinhas baixas, os lugarzinhos chegados ao quino; depois, pela D. Maria da Assunção, pela D. Josefa Dias, obteria que Amélia deixasse o padre Silvério e se confessasse a ele; poderiam então entender-se, no segredo do confessionário; combinariam uma conduta discreta, encontros cautelosos aqui e além, cartinhas pela criada; e aquele amor assim conduzido, com prudenciazinha, não teria o perigo de aparecer uma manhã anunciado no periódico! E regozijava-se já da habilidade desta combinação, quando lhe vinha o grande choque — casava-se a rapariga!

Depois dos primeiros desesperos, desabafados em patadas no soalho e blasfêmias de que pedia logo perdão a Nosso Senhor Jesus Cristo, quis serenar, estabelecer a razão das coisas. Aonde o levava aquela paixão? Ao escândalo. E assim, casada ela, cada um entrava no seu destino legítimo e sensato — ela na sua família; ele na sua paróquia. Depois, quando se encontrassem, um cumprimento amável; e ele poderia passear a cidade com a sua cabeça bem direita, sem medo dos apartes da Arcada, das insinuações da gazeta, das severidades de sua excelência e das picadinhas da consciência! E a sua vida seria feliz. — Não, por Deus! A sua vida não poderia ser feliz sem ela! Tirado à sua existência aquele interesse das visitas à rua da Misericórdia, os apertozinhos de mão, a esperança de delícias melhores — que lhe restava a ele? Vegetar, como um dos tortulhos nos cantos úmidos do adro da Sé! E ela, ela que o entontecera com os seus olhinhos e as suas maneirinhas, voltava-lhe as costas mal lhe aparecia outro, bom para marido, com 25$000 réis por mês! Todos aqueles suspiros, aquelas mudanças de cor — chalaça! Mangara com o senhor pároco!...

O que a odiava! — menos que ao outro porém, o outro que triunfava porque era um homem, tinha a sua liberdade, o seu cabelo todo, o seu bigode, um braço livre para lhe dar na rua! Repastava então a imaginação rancorosamente nas visões de felicidade do escrevente; via-o trazendo-a da igreja triunfantemente; via-o beijando-lhe o pescoço e o peito... E a estas ideias dava patadas furiosas no soalho — que assustavam a Vicência na cozinha.

Depois procurava sossegar, retomar a direção das suas faculdades; aplicá-las todas a achar uma vingança, uma boa vingança! E voltava então o antigo desespero de não viver no tempo da inquisição, e com uma denúncia de irreligião ou de feitiçaria, mandá-los ambos para um cárcere. Ah! nesse tempo um padre gozava! Mas agora, com os senhores liberais, tinha de ver aquele miserável escrevente a seis vinténs por dia apoderar-se-lhe da rapariga — e ele, sacerdote instruído, que podia ser bispo, que podia ser papa, tinha de vergar os ombros e ruminar solitariamente o seu despeito! Ah! Se as maldições de Deus tinham algum valor — malditos fossem eles! Quereria vê-los cheios de filhos, sem pão na prateleira, com o último cobertor empenhado, ressequidos de fome, injuriando-se, — e ele a rir-se, ele a regalar-se!...

Na segunda-feira não se conteve; foi à rua da Misericórdia. A S. Joaneira estava embaixo na saleta com o cônego Dias. E apenas viu Amaro:

— Oh, senhor pároco! Bem aparecido! Estava a falar em V. Sª! Já estranhava não o vermos, agora que há alegria em casa.

— Já sei, já sei — murmurou Amaro pálido.

— Alguma vez havia de ser — disse o cônego jovialmente. Deus os faça felizes e lhes dê poucos filhos, que a carne está cara.

Amaro sorriu — escutando em cima o piano.

Era Amélia que tocava como outrora a valsa dos *Dois Mundos*; e João Eduardo, muito chegado a ela, voltava as folhas da música.

— Quem entrou, *Ruça*! — gritou ela sentindo os passos da rapariga nas escadas.

— O Sr. padre Amaro.

Um fluxo de sangue abrasou-lhe o rosto — e o coração batia-lhe tão forte, que ficou um momento com os dedos imóveis sobre o teclado.

— Não se precisava cá do Sr. padre Amaro — rosnou João Eduardo por entre dentes.

Amélia mordeu o beiço. Teve ódio ao escrevente; num instante repugnou-lhe a sua voz, os seus modos, a sua figura de pé junto dela; pensou com deleite como depois de casada (já que tinha de casar) se confessaria toda ao padre Amaro, e não deixaria de o amar! Não sentia naquele momento escrúpulos; e quase desejava que o escrevente lhe visse no rosto a paixão que a revolvia.

— Credo, criatura! — disse-lhe. — Chegue-se um pouco mais para lá, que nem me deixa os braços livres para tocar!

Terminou bruscamente a valsa dos *Dois mundos*, começou a cantar o *Adeus:*

Ai! adeus! Acabaram-se os dias
Que ditoso vivi a teu lado!

A sua voz elevava-se, com uma modulação ardente, — dirigindo o canto, através do soalho, ao coração do pároco, embaixo.

E o pároco, com a sua bengala entre os joelhos, sentado no canapé, devorava todos os tons da voz dela — enquanto a S. Joaneira tagarelava, contando as peças de algodão que comprara para lençóis, os arranjos que ia fazer no quarto dos noivos, e as vantagens de viverem juntos...

— Uma felicidade por aí além — interrompeu o cônego erguendo-se pesadamente. — E vamos lá para cima, que isto de noivos não se querem sós...

— Ah, lá isso — disse a S. Joaneira rindo — fio-me nele, que é homem de bem às direitas.

Amaro, ao subir a escada, tremia — e, mal entrou na sala, o rosto de Amélia, alumiado pelas luzes do plano, deu-lhe um deslumbramento, como se as vésperas do noivado a tivessem embelezado e a separação lha tornasse mais apetitosa. Foi dar-lhe gravemente um aperto de mão, outro ao escrevente, disse baixo, sem os olhar:

— Os meus parabéns... Os meus parabéns...

Voltou as costas, e foi conversar com o cônego que se enterrara na sua poltrona, queixando-se de enfastiamento e reclamando o chá.

Amélia ficara como abstrata, correndo inconscientemente os dedos pelo teclado. Aquele modo do padre Amaro confirmava a sua ideia; queria a todo o custo descartar-se dela, o ingrato! Fazia "como se nada tivesse havido", o vilão! Na sua cobardia de padre, com o terror do senhor chantre, do jornal, da Arcada, de tudo, — sacudia-a da sua imaginação, do seu coração, da sua vida, como se sacode um inseto que tem peçonha!... Então, para o enraivecer, começou a cochichar ternamente com o escrevente; roçava-lhe pelo ombro, rendida, com risinhos, segredinhos; tentaram, em alarido jovial, tocar uma peça a quatro mãos; depois ela beliscou-o; ele deu um gritinho exagerado. — E a S. Joaneira contemplava-os babosa, enquanto o cônego dormitava já, o padre Amaro, abandonado a um canto como outrora o escrevente, ia folheando o velho álbum.

Mas um brusco repique da campainha veio sobressaltá-los todos; passos rápidos galgaram a escada, pararam embaixo na saleta; e a *Ruça* apareceu dizendo "que era o Sr. padre Natário, que não desejava subir, e queria dar uma palavra ao senhor cônego".

— Fracas horas para embaixadas — rosnou o cônego, arrancando-se com custo ao fundo confortável da poltrona.

Amélia fechou logo o piano — e a S. Joaneira pousando a meia foi em bicos de pés escutar ao alto da escada; fora ventava forte, e para os lados da Praça afastava-se o toque de retreta.

Enfim a voz do cônego chamou, debaixo, da porta da saleta:

— Ó Amaro?

— Padre-mestre?

— Venha cá, homem. E diga à senhora que pode vir também.

A S. Joaneira desceu logo, muito assustada; Amaro imaginava que o padre Natário enfim descobria o *Liberal*!

A saleta parecia muito fria com a luz pequenina da vela sobre a mesa; e na parede, num velho painel muito escuro — que ultimamente o cônego dera à S. Joaneira — destacava uma face lívida de monge e um osso frontal de caveira.

O cônego Dias acomodara-se ao canto do canapé, sorvendo refletidamente a pitada; e Natário, que se agitava pela sala, exclamou logo:

— Boas noites, senhora! Olá, Amaro! Trago novidades!... Não quis subir porque imaginei que estaria o escrevente, e estas coisas são cá para nós. Estava a começar a dizer ao colega Dias... Tive lá em casa o padre Saldanha. Temo-las boas!

O padre Saldanha era o confidente do senhor chantre. E o padre Amaro, já inquieto, perguntou:

— Coisa que nos toca?

Natário começou com solenidade erguendo alto o braço:

— *Primo*: o colega Brito mudado da freguesia de Amor para ao pé de Alcobaça, para a serra, para o inferno...

— Que me diz!? — exclamou a S. Joaneira.

— Obras do *Liberal*, minha senhora! O nosso digno chantre levou-lhe tempo a meditar o *Comunicado* do

Distrito, mas por fim saiu-se! O pobre Brito lá vai esfogueteado!...

— Sempre é o que se dizia da mulher do regedor... — murmurou a boa senhora.

— Olá! — interrompeu severamente o cônego. — Então, senhora, então! Isto aqui não é casa de murmuração!... Siga com o seu recado, colega Natário.

— *Secundo* — continuou Natário: — é o que eu ia dizer ao colega Dias... O senhor chantre, em vista do *Comunicado* e de outros ataques da imprensa, está decidido a "reformar os costumes do clero diocesano", palavras do padre Saldanha. Que lhe desagradam sumamente os conciliábulos de eclesiásticos e de senhoras... Que quer saber o que é isso de sacerdotes ajanotados tentando meninas bonitas... Enfim, palavras textuais de sua excelência — *está decidido a limpar as cavalariças de Augias!...* — o que quer dizer em bom português, minha senhora, que vai andar tudo numa roda-viva.

Houve uma pausa consternada. E Natário, plantado no meio da saleta com as mãos enterradas nas algibeiras, exclamou:

— Que lhes parece esta à última hora, hem?

O cônego ergueu-se pachorrentamente:

— Olhe, colega, — disse — entre mortos e feridos há de escapar alguém... E a senhora não se fique aí com essa cara de *Mater dolorosa*, e mande servir o chá, que é importante.

— Eu lá disse ao padre Saldanha... — começou Natário perorando.

Mas o cônego interrompeu-o com força:

— O padre Saldanha é um patarata!... Vamos nós às torradinhas, e lá em cima, diante dos rapazes, caluda.

O chá foi silencioso. O cônego, a cada bocado de torrada, respirava afrontado, franzia muito o sobrolho;

a S. Joaneira, depois de falar da D. Maria da Assunção que estava mal do catarro, ficou toda murcha, com a testa sobre o punho; Natário, a grandes passadas, fazia uma ventania na sala com as abas do casacão.

— E quando vem essa boda? — exclamou ele, estacando subitamente diante de Amélia e do escrevente, que tomavam o chá sobre o piano.

— Um dia cedo — respondeu ela sorrindo.

Amaro então ergueu-se devagar, e tirando o seu *cebolão*:

— São horas de me ir chegando à Rua das Sousas, minhas senhoras — disse com uma voz desalentada.

Mas a S. Joaneira não consentiu. Credo, estavam todos monos como se estivessem de pêsames!... Que fizessem um quino para espairecer... — O cônego porém, saindo do seu torpor, disse com severidade:

— Está a senhora muito enganada, ninguém está mono. Não há razões senão para estar alegre. Pois não é verdade, senhor noivo?

João Eduardo mexeu-se, sorriu:

— Eu cá por mim, senhor cônego, não tenho razão senão para estar feliz.

— Pois está claro — disse o cônego. — E agora Deus lhes dê boas noites a todos, que eu vou *quinar* para vale de lençóis. E o Amaro também.

Amaro foi apertar silenciosamente a mão de Amélia, — e os três padres desceram calados.

Na saleta a vela ainda ardia com um morrão. O cônego entrou a buscar o seu guarda-chuva; e então, chamando os outros, cerrando devagarinho a porta, disse-lhes baixo:

— Eu, colegas, não quis assustar há pouco a pobre senhora, mas essas coisas do chantre, esses falatórios... É o diabo!

— É ter cautelinha, meninos! — aconselhou Natário, abafando a voz.

— É sério, é sério — murmurou lugubremente o padre Amaro.

Estavam de pé no meio da saleta. Fora o vento uivava; a luz da vela agitada fazia alternadamente destacar e reentrar na sombra do quadro o osso frontal da caveira; em cima Amélia cantarolava a *Chiquita.*

Amaro recordava outras noites felizes em que ele, triunfante e sem cuidados, fazia rir as senhoras, — e Amélia, gorjeando *Ai chiquita que si*, revirava-lhe olhares rendidos...

— Eu — disse o cônego — os colegas sabem, tenho que comer e beber, não me importa... Mas é necessário manter a honra da classe!

— E não carece dúvida — acrescentou Natário — que se há outro artigo e mais falatórios, estala com certeza o raio...

— Olha o padre Brito — murmurou Amaro — esfogueteado para a serra!...

Em cima decerto houve alguma graça, porque sentiram as risadas do escrevente.

Amaro rosnou com rancor:

— Grande galhofa, lá em cima!...

Desceram. Ao abrir a porta uma rajada de vento bateu a face de Natário de uma chuva miudinha.

— Olha que noite! — exclamou furioso.

Só o cônego tinha guarda-chuva; e abrindo-o devagar:

— Pois meninos, não há que ver, estamos em calças pardas...

Da janela de cima, alumiada, saíam os sons do piano, nos acompanhamentos da *Chiquita.* O cônego soprava, agarrando fortemente o guarda-chuva contra o vento; ao lado Natário, cheio de fel, rilhava os dentes, encolhido no seu casacão; Amaro caminhava de cabeça caída, num abatimento de derrota; e enquanto os três padres, assim agachados sob o guarda-chuva do cônego, iam chapinhando as poças pela rua tenebrosa, por trás a chuva penetrante e sonora ia-os ironicamente fustigando!

XI

Daí a dias, os frequentadores da botica, na Praça, viram com espanto o padre Natário e o Dr. Godinho conversando em harmonia, à porta da loja de ferragens do Guedes. O recebedor, — que era escutado com deferência em questões de política estrangeira — observou-os com atenção através da porta vidrada da farmácia e declarou com um tom profundo "que não se admiraria mais se visse Vítor Manuel e Pio IX passearem de braço dado!"

O cirurgião da câmara porém não estranhava aquele "comércio de amizade". — Segundo ele, o último artigo da *Voz do Distrito*, evidentemente escrito pelo Dr. Godinho (era o seu estilo incisivo, cheio de lógica, atulhado de erudição!) mostrava que a gente da Maia se queria ir aproximando da gente da Misericórdia. O Dr. Godinho (na expressão do cirurgião da câmara) fazia tagatés ao governo civil e ao clero diocesano; a última frase do artigo era significativa — "não seremos nós que regatearemos ao clero os meios de exercer proficuamente a sua divina missão!".

A verdade era (como observou um indivíduo obeso, o amigo Pimenta) que, se não havia ainda paz, já havia negociações porque na véspera ele vira, com aqueles seus olhos que a terra tinha de comer, o padre Natário saindo de manhã muito cedo da redação da *Voz do Distrito*!

— Oh, amigo Pimenta, essa é fabricada!

O amigo Pimenta ergueu-se com majestade, deu um puxão grave ao cós das calças, e ia indignar-se quando o recebedor acudiu:

— Não, não, o amigo Pimenta tem razão. A verdade é que eu noutro dia vi o patife do Agostinho fazer grande barretada ao padre Natário. E que o Natário traz intriga na mão, isso é seguro! Eu gosto de observar as pessoas... Pois senhores, o Natário, que nunca aparecia aqui na Arcada, agora vejo-o sempre aí com o nariz pelas lojas... Depois a grande amizade com o padre Silvério... Hão de reparar que são ambos certos aí na Praça às ave-marias... E é negócio com a gente do Dr. Godinho... O padre Silvério é o confessor da mulher do Godinho... Umas coisas pegam com as outras!

Era muito comentada, com efeito, a nova amizade do padre Natário com o padre Silvério. Havia cinco anos tinha ocorrido na sacristia da Sé, entre os dois eclesiásticos, uma questão escandalosa: Natário correra até de guarda-chuva erguido para o padre Silvério, quando o bom cônego Sarmento, banhado em lágrimas o reteve pela batina, gritando: — "Oh, colega, que é a perdição da religião!". Desde então Natário e Silvério não falavam — com desgosto de Silvério, um bonacheirão, de uma obesidade hidrópica, que, segundo diziam as suas confessadas, "era todo afeição e perdão". Mas Natário, seco e pequeno, tinha tenacidade no rancor. Quando o Sr. chantre Valadares começou a governar o bispado, chamou-os, e, depois de lhes lembrar com eloquência a necessidade "de manter a paz na Igreja", de lhes recordar o exemplo tocante de Castor e Pólux, empurrou Natário com uma brandura grave para os braços do padre Silvério — que o teve um momento sepultado na vastidão do peito e do estômago, murmurando todo comovido:

— Todos somos irmãos, todos somos irmãos!

Mas Natário, cuja natureza dura e grosseira nunca perdia, como o papelão, as dobras que tomava, conservou com o padre Silvério um tom amuado; na Sé ou na rua, resvalando junto dele com um jeito brusco do pescoço, rosnava apenas: *Senhor padre Silvério, às ordens!*

Havia porém duas semanas, uma tarde de chuva, Natário fizera repentinamente uma visita ao padre Silvério — sob pretexto que "o pilhara ali uma pancada de água, e que se vinha recolher um instante".

— E também — acrescentou — para lhe pedir a sua receita para a dor de ouvidos, que uma das minhas sobrinhas, coitada, está como doida, colega!

O bom Silvério, esquecendo decerto que ainda nessa manhã vira as duas sobrinhas de Natário sãs e satisfeitas como dois pardais, apressou-se a escrever a receita, todo feliz de utilizar os seus queridos estudos de medicina caseira, e murmurava, banhado de riso:

— Ora que alegria, colega, vê-lo aqui de novo nesta sua casa!

A reconciliação foi tão pública — que o cunhado do Sr. Barão de Via-Clara, bacharel de grandes dotes poéticos, lhe dedicou uma daquelas sátiras que ele intitulava Ferrões, que iam manuscritas de casa em casa, muito saboreadas e muito temidas; e chamara à composição, tendo presente decerto a figura dos dois sacerdotes: *Famosa reconciliação do Macaco e da Baleia!* Era com efeito frequente, agora, ver a pequena figura de Natário gesticulando e saltitando ao lado do vulto enorme e pachorrento do padre Silvério.

Uma manhã mesmo os empregados da administração (que era então no largo da Sé) gozaram muito, observando da sacada os dois padres que passeavam no terraço, ao tépido sol de maio. O senhor administrador, — que passava as horas da repartição namorando com um binóculo, por trás da vidraça do seu gabinete, a esposa do Teles alfaiate — começara subitamente a dar gargalhadas à janela; o escrivão Borges correu logo, de pena na mão, à varanda, a ver de que ria Sua Senhoria, e, muito divertido, a fungar, chamou à pressa o Artur Couceiro que estava copiando, para estudar à guitarra, uma canção da *Grinalda*; o amanuense Pires, severo e digno, aproximou-se, carregando para a orelha o seu barretinho de seda, com horror às correntes de ar; e em grupo, de olho arregalado, observavam os dois padres, que tinham parado à esquina da igreja. Natário parecia excitado; procurava decerto persuadir, abalar o padre Silvério; e em bicos de pés, plantado diante dele, agitava freneticamente as mãos muito magras. Depois, subitamente, apoderou-se-lhe do braço, arrastou-o ao comprido do terraço lajeado; ao fundo parou, recuou, fez um gesto largo e desolado, como atestando a perdição possível dele, da Sé ao lado, da cidade, do universo em redor; o bom Silvério, com os olhos muito abertos, parecia apavorado. E recomeçaram a passear. Mas Natário exaltava-se; dava recuões bruscos; atirava estocadas com um longo dedo ao vasto estômago de Silvério; batia patadas furiosas nas lajes polidas; e de repente, de braços pendentes, mostrava-se acabrunhado. Então o bom Silvério falou um momento com a mão espalmada sobre o peito; imediatamente, a face biliosa de Natário iluminou-se; pulou, bateu no ombro do colega palmadinhas de muito júbilo, — e os dois sacerdotes entraram na Sé, chegados e rindo baixinho.

— Que patuscos! — disse o escrivão Borges, que detestava sotainas.

— Aquilo tudo é a respeito do jornal — disse Artur Couceiro, vindo retomar o seu trabalho lírico. — O Natário não sossega enquanto não souber quem escreveu o *Comunicado*; disse-o ele em casa da S. Joaneira... E a coisa pelo Silvério vai bem, que é o confessor da mulher do Godinho.

— Corja! — rosnou o Borges com nojo. E continuou pachorrentamente o ofício que compunha, remetendo para Alcobaça um preso — que ao fundo da saleta, entre dois soldados, esperava sobre um banco, prostrado e embrutecido, com uma face de fome e as mãos em ferros.

Daí a dias tinha havido na Sé o Ofício de corpo presente pelo rico proprietário Morais, que morrera de um aneurisma, e a quem sua esposa (em penitência decerto dos desgostos que lhe dera com a sua afeição desordenada por tenentes de infantaria) estava fazendo, como se disse, "exéquias de pessoa real". — Amaro desvestira-se, e na sacristia, à luz de um velho candeeiro de latão, escrevia assentos atrasados, quando a porta de carvalho rangeu, e a voz agitada de Natário disse:

— Ó Amaro, você está aí?

— Que temos?

O padre Natário fechou a porta, e atirando os braços para o ar:

— Grande novidade, é o escrevente!

— Que escrevente?

— O João Eduardo! É ele! É o *Liberal*! Foi ele que escreveu o *Comunicado*!

— Que me diz você!? — fez Amaro atônito.

— Tenho provas, meu amigo! Vi o original, escrito pela letra dele. O que se chama *ver*! Cinco tiras de papel!

Amaro, com os olhos esgazeados, fitava Natário.

— Custou! — exclamou Natário. — Custou, mas soube-se tudo! Cinco tiras de papel! E quer escrever outro! O Sr. João Eduardo! O nosso rico amigo Sr. João Eduardo!

— Você está certo disso?

— Se estou certo!... Estou a dizer-lhe que vi, homem!

— E como soube você, Natário?

Natário dobrou-se; e com a cabeça enterrada nos ombros, arrastando as palavras:

— Ah, colega, lá isso... Os *comos* e os *porquês*... Você compreende... *Sigilus magnus*!

E com uma voz aguda de triunfo, a largos passos pela sacristia:

— Mas ainda isto não é nada! O Sr. Eduardo que nós víamos ali na casa da S. Joaneira, tão bom mocinho, é um patife antigo. E o íntimo do Agostinho, o bandido da *Voz do Distrito*. Está metido na redação até altas horas da noite... Uma orgia, vinhaça, mulheres... E gaba-se de ser ateu... Há seis anos que se não confessa... Chama-nos a *canalha canônica*... É republicano... Uma fera, meu caro senhor, uma fera!

Amaro, escutando Natário, arrumava atarantadamente, com as mãos trêmulas, papéis no gavetão da escrivaninha.

— E agora?... — perguntou.

— Agora? — exclamou Natário. — Agora é esmagá-lo!

Amaro fechou o gavetão, e muito nervoso, passando o lenço pelos lábios secos:

— Uma assim, uma assim! E a pobre rapariga, coitada... Casar agora com um homem desses... Um perdido!

Os dois padres, então, olharam-se fixamente. No silêncio, o velho relógio da sacristia punha o seu tique-taque plangente. Natário tirou da algibeira dos calções a caixa do rapé, e com os olhos ainda fixos em Amaro, a pitada nos dedos, disse sorrindo friamente:

— Desmanchar-lhe o casamentozinho, hem?

— Você acha? — perguntou sofregamente Amaro.

— Caro colega, é uma questão de consciência... Para mim era uma questão de dever! Não se pode deixar casar a pobre pequena com um brejeiro, um pedreiro-livre, um ateu...

— Com efeito! Com efeito! — murmurava Amaro.

— Vem a calhar, hem? — fez Natário; e sorveu com gozo a pitada.

Mas o sacristão entrou; eram as horas de fechar a igreja; vinha perguntar se Suas Senhorias se demoravam.

— Um instante, Sr. Domingos.

E, enquanto o sacristão corria os pesados ferrolhos da porta interior do pátio, os dois padres muito chegados falavam baixo.

— Você vai ter com a S. Joaneira — dizia Natário. — Não, escute, é melhor que lhe fale o Dias; o Dias é que deve falar à S. Joaneira. Vamos pelo seguro. Você fale à pequena e diga-lhe simplesmente que o ponha fora de casa! — E ao ouvido de Amaro: — Diga à rapariga que ele vive aí de casa e pucarinho com uma desavergonhada!

— Homem! — disse Amaro recuando — não sei se isso é verdade!

— Há de ser. Ele é capaz de tudo. E depois é um meio de levar a pequena...

E foram descendo a igreja atrás do sacristão, que fazia tilintar o seu molho de chaves, pigarreando grosso.

Nas capelas pendiam as armações de paninho negro agaloadas de prata; ao centro, entre quatro fortes tocheiras de grosso morrão, estava a essa, com o largo pano de veludilho cobrindo o caixão de Morais, recaindo em pregas franjadas; à cabeceira tinha uma larga coroa de perpétuas; e aos pés pendia, de um grande laço de fita escarlate, o seu hábito de cavaleiro de Cristo.

O padre Natário então parou; e tomando o braço de Amaro com satisfação:

— E depois, meu caro amigo, tenho outra preparada ao cavalheiro...

— O quê?

— Cortar-lhe os víveres!

— Cortar-lhe os víveres!?

— O pateta estava para ser empregado no governo civil, primeiro amanuense, hem? Pois vou-lhe desmanchar o arranjinho!... E o Nunes Ferral que é dos meus, homem de boas ideias, vai pô-lo fora do cartório... E que escreva então *Comunicados*!

Amaro teve horror àquela intriga rancorosa:

— Deus me perdoe, Natário, mas isso é perder o rapaz...

— Enquanto o não vir por essas ruas a pedir um bocado de pão, não o largo, padre Amaro, não largo!

— Oh, Natário! oh, colega! isso é de pouca caridade... Isso não é de cristão... E então aqui que Deus está a ouvi-lo...

— Não lhe dê isso cuidado, meu caro amigo... Deus serve-se assim, não é a resmungar padre-nossos. Para ímpios não há caridade! A inquisição atacava-os pelo fogo, não me parece mau atacá-los pela fome. Tudo é permitido a quem serve uma causa santa... Que se não metesse comigo!

Iam a sair; mas Natário deitou um olhar para o caixão do morto, e apontando com o guarda-chuva:

— Quem está ali?

— O Morais — disse Amaro.

— O gordo, picado das bexigas?

— Sim.

— Boa besta.

E depois de um silêncio:

— Foram os Ofícios do Morais... Eu nem dei por isso, ocupado cá na minha campanha... E a viúva fica rica. É generosa, é presenteadora... Quem a confessa é o Silvério, hem? Tem as melhores pechinchas de Leiria, aquele elefante!

Saíram. A botica do Carlos estava fechada, o céu muito escuro.

No largo, Natário parou:

— Resumindo: o Dias fala à S. Joaneira, e você fala à pequena. Eu por mim me entenderei com a gente do governo civil e com o Nunes Ferral. Encarreguem-se vocês do casamento, que eu me encarrego do emprego! — E batendo no ombro do pároco jovialmente: — É o que se pode dizer atacá-lo pelo coração e pelo estômago! E adeusinho, que as pequenas estão à espera para a ceia! Coitadita, a Rosa tem estado com um defluxo!... É fraquita, aquela rapariga, dá-me muito cuidado... Que eu em a vendo murcha até perco logo o sono. Que quer você? Quando se tem bom coração... Até amanhã, Amaro.

— Até amanhã, Natário.

E os dois padres separaram-se, quando davam nove horas na Sé.

Amaro entrou em casa ainda um pouco trêmulo, mas muito decidido, muito feliz; tinha um dever delicioso a cumprir! E dizia alto, com passos graves pela casa, para se compenetrar bem dessa responsabilidade estimada:

— É do meu dever! É do meu dever!

Como cristão, como pároco, como amigo da S. Joaneira, o *seu dever* era procurar Amélia, e, com simplicidade, sem paixão interessada, contar-lhe que fora João Eduardo, o seu noivo, que escrevera o *Comunicado*.

Foi ele! Difamou os íntimos da casa, sacerdotes de ciência e de posição; desacreditou-a a ela: passa as noites, em deboche na pocilga do Agostinho; insulta o clero, baixamente; gaba-se de irreligião; há seis anos que se não confessa! Como diz o colega Natário, é uma fera! Pobre menina! Não, não podia casar com um homem que lhe impediria a *vida perfeita*, lhe achincalharia as boas crenças! Não a deixaria rezar, nem jejuar, nem procurar no confessor a direção salutar, e, como diz o santo padre Crisóstomo, "amadureceria a sua alma para o inferno!". Ele não era seu pai, nem seu tutor; mas era pároco, era pastor: — e se a não subtraísse àquele destino herético pelos seus conselhos graves, pela influência da mãe e das amigas, — seria como aquele que tem a guarda de um rebanho numa herdade, e abre indignamente a cancela ao lobo! Não, a Ameliazinha não havia de casar com o *ateu*!

E o seu coração então batia forte sob a efusão daquela esperança. Não, o outro não a possuiria! Quando viesse a apoderar-se legalmente daquela cinta, daqueles peitos, daqueles olhos, daquela Ameliazinha, — ele, pároco, lá estava para dizer alto: *Para trás, seu canalha! Isto aqui é de Deus!*

E tomaria então bem cuidado em guiar a pequena à salvação! Agora o *Comunicado* estava esquecido, o senhor chantre tranquilizado: daí a dias poderia voltar sem susto à rua da Misericórdia, recomeçar os deliciosos serões — apoderar-se de novo daquela alma, formá-la para o paraíso... E aquilo, Jesus, não era uma intriga para a arrancar ao noivo; os seus motivos (e dizia-o alto, para se convencer melhor) eram muito retos, muito puros; aquilo era um trabalho santo para a arrancar ao inferno; ele não a queria para si, queria-a para Deus!... *Casualmente*, sim, os seus interesses de amante coincidiam com os seus deveres de sacerdote. Mas se ela fosse vesga e feia e tola, ele iria igualmente à rua da Misericórdia, em serviço do céu, desmascarar o Sr. João Eduardo, difamar o ateu!

E, sossegado por esta argumentação, deitou-se tranquilamente.

Mas toda a noite sonhou com Amélia. Tinha fugido com ela; e ia-a levando por uma estrada que conduzia ao céu! O diabo perseguia-o; ele via-o, com as feições de João Eduardo, soprando e rasgando com os *cornos* os delicados seios das nuvens. E ele escondia Amélia no seu capote de padre, devorando-a por baixo de beijos! Mas a estrada do céu não findava. — "Onde é a porta do paraíso?" perguntava ele a anjos de cabeleiras de ouro que passavam, num doce rumor de asas, levando almas nos braços. E todos lhe respondiam: — "Na rua da Misericórdia, na rua da Misericórdia número nove!". Amaro sentia-se perdido; um vasto éter cor de leite, penetrável e macio como uma penugem de ave, envolvia-o; e ele procurava debalde uma tabuleta de hospedaria! Por vezes resvalava junto dele um globo reluzente de onde saía o rumor de uma criação; ou um esquadrão de arcanjos, com couraças de diamantes, erguendo alto espadas de fogo, galopavam num ritmo nobre...

Amélia tinha fome, tinha frio. "Paciência, paciência, meu amor!" dizia-lhe ele. Caminhando, vieram a encontrar uma figura branca, que tinha na mão uma palma verde. "Onde está Deus, nosso pai?" perguntou-lhe Amaro, com Amélia conchegada ao peito. A figura disse: — "Eu fui um confessor, e sou um santo; os séculos passam, e imutavelmente, sempiternamente sustento na mão esta palma e banha-me um êxtase igual! Nenhuma tinta modifica esta luz para sempre branca; nenhuma sensação sacode o meu ser para sempre imaculado; e imobilizado na bem-aventurança, sinto a monotonia do céu pesar-me como uma capa de bronze. Oh! pudesse eu caminhar a passos largos nas torpezas diferentes da terra — ou bracejar, sob as variedades da dor, nas chamas do purgatório!".

Amaro murmurou: "Bem fazemos nós em pecar!". — Mas Amélia desfalecia fatigada. "Durmamos, meu amor!" E, deitados, viam estrelas flutuando numa poeirada como o joio sacudido vivamente do crivo. Então nuvens começaram a dispor-se em torno deles, em pregas de cortinados, dando um perfume de *sachets*; Amaro pousou a sua mão sobre o peito de Amélia; um enleio muito doce enervava-os; enlaçaram-se, os seus lábios pegavam-se úmidos e quentes: — "Oh, Ameliazinha!" murmurava ele. — "Amo-te, Amaro, amo-te!" suspirava ela. — Mas de repente as nuvens afastaram-se como os cortinados de um leito; e Amaro viu diante o diabo que os alcançara, e que, com as garras na cinta, esgaçava a boca numa risada muda. Com ele estava outro personagem: era velho como a substância; nos anéis dos seus cabelos vegetavam florestas; a sua pupila tinha a vastidão azul de um oceano; e nos dedos abertos, com que cofiava a barba infindável, caminhavam, como em estradas, filas de raças humanas. — "Aqui estão os dois sujeitos", dizia-lhe o diabo retorcendo a cauda. — E por trás Amaro via aglomerarem-se legiões de santos e de santas. Reconheceu S. Sebastião com as suas setas cravadas; Santa Cecília trazendo na mão o seu órgão; por entre eles sentia balarem os rebanhos de S. João; e no meio erguia-se o bom gigante S. Cristóvão apoiado ao seu pinheiro. Espreitavam, cochichavam! Amaro não se podia desenlaçar de Amélia, que chorava muito baixo; os seus corpos estavam sobrenaturalmente colados; e Amaro, aflito, via que as saias dela levantadas descobriam os seus joelhos brancos. — "Aqui estão os dois sujeitos", dizia o diabo ao velho personagem, "e repare o meu prezado amigo, porque todos aqui somos apreciadores, que a pequena tem bonitas pernas!" Santos vetustos alçaram-se sofregamente em bicos de pés, estendendo pescoços onde se viam cicatrizes de martírios; e as onze mil virgens bateram o voo como pombas espavoridas! Então o personagem, esfregando as mãos de onde se esfarelavam universos, disse grave: "Fico inteirado, meu caro amigo, fico inteirado! Com que, senhor pároco, vai-se à rua da Misericórdia; arruina-se a felicidade do Sr. João Eduardo (um cavalheiro), arranca-se a Ameliazinha à mamã, e vem-se saciar concupiscências reprimidas a um cantinho da Eternidade? Eu estou velho — está rouca esta voz que outrora tão sabiamente discursava pelos vales. Mas pensa que me assombra o Sr. Conde de Ribamar, seu protetor, apesar de ser um pilar da Igreja e uma coluna da Ordem? Faraó era um grande rei — e eu afoguei-o, e os seus príncipes cativos, os seus tesouros, os seus carros de guerra, e as manadas dos seus escravos! Eu cá sou assim! E se os senhores eclesiásticos continuarem a escandalizar Leiria — eu ainda sei queimar uma cidade como um papel inútil, e ainda me resta água para dilúvios!". E voltando-se para dois anjos armados de espadas e lanças, o personagem bradou: "Chumbem uma grilheta aos pés do padre, e levem-no ao abismo número sete!". E o diabo gania: "Aí estão as consequências, Sr. padre Amaro!". Ele sentiu-se arrebatado de sobre o seio de Amélia por mãos de brasa; e ia lutar, bradar contra o juiz que o julgava — quando um sol prodigioso que vinha nascendo do Oriente bateu no rosto do personagem, e Amaro, com um grito, reconheceu o Padre Eterno!

Acordou banhado em suor. Um raio de sol entrava pela janela.

Nessa noite João Eduardo, indo da Praça para casa da S. Joaneira, ficou assombrado, ao ver aparecer à outra boca da rua, do lado da Sé, o Santíssimo em procissão.

E vinha para casa das senhoras! Por entre as velhas de mantéu pela cabeça, as tochas faziam destacar opas de paninho escarlate; sob o pálio os dourados da estola do pároco reluziam; uma campainha tocava adiante, às vidraças apareciam luzes; — e na noite escura o sino da Sé repicava, sem descontinuar.

João Eduardo correu aterrado — e soube logo que era a extrema-unção à entrevada.

Tinham posto na escada um candeeiro de petróleo sobre uma cadeira. Os serventes encostaram à parede da rua os varais do pálio, e o pároco entrou. João Eduardo, muito nervoso, subiu também; ia pensando que a morte da entrevada, o luto retardariam o seu casamento; contrariava-o a presença do pároco e a influência que ele adquiria naquele momento; e foi quase quizilado que perguntou à *Ruça* na saleta:

— Então como foi isto?

— Foi a pobre de Cristo que esta tarde começou a esmorecer; o senhor doutor veio, diz que estava a acabar; e a senhora mandou pelos sacramentos.

João Eduardo, então, julgou delicado ir assistir "à cerimônia".

O quarto da velha era junto à cozinha, e tinha naquele momento uma solenidade lúgubre.

Sobre uma mesa coberta de toalha de folhos, estava um prato com cinco bolinhas de algodão entre duas velas de cera. A cabeça da entrevada, toda branca, a sua face cor de cera mal se distinguiam do linho do travesseiro;

tinha os olhos estupidamente dilatados; e ia apanhando incessantemente com um gesto lento a dobra do lençol bordado.

A S. Joaneira e Amélia rezavam ajoelhadas, à beira da cama; a Sra. D. Maria da Assunção (que casualmente entrara, ao voltar da fazenda) ficara à porta do quarto aterrada, agachada sobre os calcanhares, murmurando salve-rainhas. João Eduardo, sem ruído, dobrou o joelho junto dela.

O padre Amaro, curvado quase ao ouvido da entrevada, exortava-a a que se abandonasse à Misericórdia divina; mas, vendo que ela não compreendia, ajoelhou, recitou rapidamente o *Misereatur*; e no silêncio, a sua voz erguendo-se nas sílabas latinas mais agudas, dava uma sensação de enterro que enternecia, fazia soluçar as duas senhoras. Depois ergueu-se, molhou o dedo nos santos óleos; murmurando as expressões penitentes do ritual ungiu os olhos, o peito, a boca, as mãos — que há dez anos só se moviam para chegar a escarradeira, e as plantas dos pés que há dez anos só se aplicavam a buscar o calor da botija. E depois de queimar as bolinhas de algodão úmidas de óleo, ajoelhou-se, ficou imóvel, com os olhos postos no Breviário.

João Eduardo voltou em pontas de pés à sala, sentou-se no mocho do piano; agora decerto, durante quatro ou cinco semanas, Amélia não tornaria a tocar... E uma melancolia amoleceu-o, vendo no doce progresso do seu amor aquela brusca interrupção da morte e dos seus cerimoniais.

A Sra. D. Maria entrou então, toda transtornada daquela cena e seguida de Amélia que trazia os olhos muito vermelhos.

— Ah! ainda bem que aqui está, João Eduardo! — disse logo a velha. — Que quero que me faça um favor, que é acompanhar-me a casa... Estou toda a tremer... Estava desprevenida, e com perdão de Deus seja dito, não posso ver gente na agonia... Que ela, coitadinha, vai-se como um passarinho... E pecados não os tem... Olhe, vamos pela praça que é mais perto. E desculpe... Tu, filha, dispensa, mas não posso ficar... E que me dava a dor... Ai, que desgosto!... Que para ela até é melhor... Pois olhem, sinto-me a desfalecer...

Foi mesmo necessário que Amélia a levasse abaixo, ao quarto da S. Joaneira a reconfortá-la caridosamente com um cálice de jeropiga.

— Ameliazinha — disse então João Eduardo — se eu sou cá necessário para alguma coisa...

— Não, obrigada. Ela está por instantes, coitadinha...

— Não te esqueças, filha, — recomendou descendo a Sra. D. Maria da Assunção — põe-lhe as duas velas bentas à cabeceira... Alivia muito na agonia... E se tiver muitos arrancos, põe outras duas apagadas, em cruz... Boas noites... Ai, que nem me sinto!

À porta, mal viu o pálio, os homens com as tochas, apoderou-se do braço de João Eduardo, colou-se toda a ele com terror — um pouco também com o acesso de ternura que lhe dava sempre a jeropiga.

Amaro prometera voltar mais tarde, para "as acompanhar, como amigo, naquele transe". E o cônego (que chegara, quando a procissão com o pálio dobrava a esquina para o lado da Sé), informado desta delicadeza do senhor pároco, declarou logo que visto que o colega Amaro vinha fazer a noitada, ele ia descansar o corpo porque, Deus bem o sabia, aquelas comoções arrasavam-lhe a saúde.

— E a senhora não havia de querer que eu apanhasse alguma e me visse nos mesmos assados...

— Credo, senhor cônego! — exclamou a S. Joaneira — nem diga isso!... — E começou a choramingar, muito abalada.

— Pois então boas noites — disse o cônego — e nada de afligir. Olhe, a pobre criatura, alegria não a tinha; e como não tem pecados não lhe importa achar-se na presença de Deus. Tudo bem considerado, senhora, é uma pechincha! E adeusinho, que me não estou a sentir bem...

Também a S. Joaneira não se sentia bem. O choque, logo depois do jantar, dera-lhe ameaças de enxaqueca; e quando Amaro voltou, às onze, Amélia que fora abrir a porta, disse-lhe, ao subir à sala de jantar:

— O senhor pároco desculpe... A mamã veio-lhe a enxaqueca, coitada... Estava que nem via... Deitou-se, pôs água sedativa e adormeceu...

— Ah! Deixá-la dormir!

Entraram no quarto da entrevada. Tinha a cabeça virada para a parede; dos seus beiços abertos saía um gemido muito débil e contínuo. Sobre a mesa agora, uma grossa vela benta, de morrão negro, erguia uma luz triste; e ao canto, transida de medo, a *Ruça*, segundo as recomendações da S. Joaneira, ia rezando a coroa.

— O senhor doutor — disse Amélia baixo — diz que morre sem o sentir... Diz que há de gemer, gemer, e de repente acabar como um passarinho...

— Seja feita a vontade de Deus — murmurou gravemente o padre Amaro.

Voltaram à sala de jantar. Toda a casa estava silenciosa; fora ventava forte. Havia muitas semanas que não se encontravam assim sós. Muito embaraçado, Amaro aproximou-se da janela; Amélia encostou-se ao aparador.

— Vamos ter uma noite de água — disse o pároco.

— E está frio — disse ela, encolhendo-se no xale. — Eu tenho estado passada de medo...

— Nunca viu morrer ninguém?

— Nunca.

Calaram-se — ele imóvel ao pé da janela; ela encostada ao aparador, de olhos baixos.

— Pois está frio — disse Amaro, com a voz alterada da perturbação que lhe ia dando a presença dela àquela hora da noite.

— Na cozinha está a braseira acesa — disse Amélia. — É melhor irmos para lá.

— É melhor.

Foram. Amélia levou o candeeiro de latão; e Amaro, indo remexer com as tenazes o brasido vermelho, disse:

— Há que tempo que eu não entro aqui na cozinha!... Ainda tem os vasos com os raminhos fora da janela?

— Ainda, e um craveiro...

Sentaram-se em cadeirinhas baixas, ao lado da braseira. Amélia, inclinada para o lume, sentia os olhos do padre Amaro devorá-la silenciosamente. Ele ia falar-lhe, decerto! Tinha as mãos a tremer; não ousava mover-se, erguer as pálpebras, com medo que lhe rompessem as lágrimas; mas ansiava pelas suas palavras, ou amargas ou doces...

Elas vieram enfim, muito graves.

— Menina Amélia, — disse — eu não esperava poder assim falar-lhe a sós. Mas as coisas arranjaram-se... É decerto a vontade de Nosso Senhor! E depois, como as suas maneiras mudaram tanto...

Ela voltou-se bruscamente, toda escarlate, o beicinho trêmulo:

— Mas bem sabe por quê! — exclamou quase chorando.

— Sei. Se não fosse aquele infame *Comunicado*, e as calúnias... nada se tinha passado, e a nossa amizade seria a mesma, e tudo iria bem... É justamente a esse respeito que eu lhe quero falar.

Chegou a cadeira mais para junto dela, e muito suave, muito tranquilo:

— Lembra-se desse artigo em que todos os amigos da casa eram insultados? Em que eu era arrastado pela rua da amargura? Em que a menina mesma, a sua honra era ofendida?... Lembra-se hem? Sabe quem o escreveu?

— Quem? — perguntou Amélia toda surpreendida.

— O Sr. João Eduardo! — disse o pároco muito tranquilamente, cruzando os braços diante dela.

— Não pode ser!

Tinha-se erguido. Amaro puxou-lhe devagarinho pelas saias para a fazer sentar; e a sua voz continuou paciente e suave:

— Ouça. Sente-se. Foi ele que o escreveu. Soube ontem tudo. O Natário viu o original escrito pela letra dele. Foi ele que descobriu. Por meios dignos decerto... e porque era a vontade de Deus que a verdade aparecesse. Agora escute. A menina não conhece esse homem. — Então, baixo, contou-lhe o que sabia de João Eduardo, por Natário; as suas noitadas com o Agostinho, as suas injúrias contra os padres, a sua irreligião...

— Pergunte-lhe se ele se confessa há seis anos, e peça-lhe os bilhetes da confissão!

Ela murmurava, com as mãos caídas no regaço:

— Jesus... Jesus!...

— Eu então entendi que, como íntimo da casa, como pároco, como cristão, como seu amigo, menina Amélia... porque acredite que lhe quero... enfim, entendi que era o meu dever avisá-la! Se eu fosse seu irmão, dizia-lhe simplesmente: "Amélia, esse homem fora de casa!". Não o sou, infelizmente. Mas venho, com dedicação de alma, dizer-lhe: "O homem com quem quer casar surpreendeu a sua boa-fé e de sua mamã; vem aqui, sim senhor, com aparência de bom moço, e no fundo é...".

Ergueu-se, como ferido de uma indignação irreprimível:

— Menina Amélia, é o homem que escreveu esse *Comunicado*! Que fez ir o pobre Brito para a serra de Alcobaça! Que me chamou a mim *sedutor*! Que chamou devasso ao Sr. cônego Dias! *Devasso*! Que lançou veneno nas relações de sua mamã com o cônego! E que a acusou à menina, em bom português, de se deixar seduzir! Diga, quer casar com esse homem?

Ela não respondeu, com os olhos cravados no lume, duas lágrimas mudas sobre as faces.

Amaro deu passos irritados pela cozinha; e voltando ao pé dela, com a voz abrandada, gestos muito amigos:

— Mas suponhamos que não era ele o autor do *Comunicado*, que não tinha insultado em letra redonda a sua mamã, o senhor cônego, os seus amigos: resta ainda a sua impiedade! Veja que destino o seu se casasse com ele! Ou teria de condescender com as opiniões do homem, abandonar as suas devoções, romper com os amigos de sua mãe, não pôr os pés na igreja, dar escândalo a toda gente honesta, ou teria de se pôr em oposição com ele, e a sua casa seria um inferno! Por tudo uma questão! Por jejuar à sexta-feira, por ir à exposição do Santíssimo, por cumprir o domingo... Se se quisesse confessar, que desavenças! Um horror! E sujeitar-se a ouvi-lo escarnecer os mistérios da fé! Ainda me lembro, na primeira noite que aqui passei, com que desacato ele falou da santa da Arregaça!... E ainda me lembro uma noite que o padre Natário aqui falava dos sofrimentos do nosso santo padre Pio IX, que seria preso, se os liberais entrassem em Roma... Como ele tinha risinhos de escárnio, como disse que eram exagerações!... Como se não fosse perfeitamente certo que por vontade dos liberais veríamos o chefe da Igreja, o vigário de Cristo, dormir num calabouço em cima de umas poucas de palhas! São as opiniões dele, que ele apregoa por toda a parte! O padre Natário diz que ele e o Agostinho estavam no café ao pé do Terreiro a dizer que o batismo era um abuso, porque cada um devia escolher a religião que quisesse, e não ser forçado, de pequeno, a ser cristão! Hem, que lhe parece? Como seu amigo lho digo... Para bem da sua alma antes a queria ver morta do que ligada a esse homem! Case com ele, e perde para sempre a graça de Deus!

Amélia levou as mãos às fontes, e deixando-se cair para as costas da cadeira, murmurou, muito desgraçada:

— Oh, meu Deus, meu Deus!

Amaro então sentou-se ao pé dela, tocando-lhe quase o vestido com o joelho, pondo na voz uma bondade paternal:

— E depois, minha filha, pensa que um homem assim pode ter bom coração, apreciar a sua virtude, querer-lhe como um marido cristão? Quem não tem religião não tem moral. Quem não crê não ama, diz um dos nossos santos padres. Depois de lhe passar o fogacho da paixão, começaria a ser duro consigo, mal-humorado; voltaria a frequentar o Agostinho e as mulheres da vida, e maltratá-la-ia talvez... E que susto constante para si! Quem não respeita a religião não tem escrúpulos: mente, rouba, calunia... Veja o *Comunicado*. Vir aqui apertar a mão ao senhor cônego, e ir para o jornal chamar-lhe devasso! Que remorso não sentiria a menina, mais tarde, à hora da morte! É muito bom enquanto se tem saúde e se é nova; mas quando chegasse a sua última hora, quando se achasse, como aquela pobre criatura que está ali, nos últimos arrancos, que terror não sentiria de ter de aparecer diante de Jesus Cristo, depois de ter vivido em pecado ao lado desse homem! Quem sabe se ele não recusaria que lhe dessem a extrema-unção! Morrer sem sacramentos, morrer como um animal!...

— Pelo amor de Deus! Pelo amor de Deus, senhor pároco! — exclamou Amélia rompendo num choro nervoso.

— Não chore — disse ele tomando-lhe suavemente a mão entre as suas muito trêmulas. — Escute, abra-se comigo... Vá, esteja sossegada, tudo se remedeia. Não há banhos publicados... Diga-lhe que não quer casar, que sabe tudo, que odeia...

Esfregava, apertava devagarinho a mão de Amélia. E subitamente, com voz de um ardor brusco:

— Não se importa com ele, não é verdade?

Ela respondeu muito baixo, com a cabeça caída sobre o peito:

— Não.

— Então, aí tem! — fez excitado. — E diga-me, gosta de outro?

Ela não respondeu, com o peito a arfar fortemente, os olhos dilatados para o lume.

— Gosta? Diga, diga!

Passou-lhe o braço sobre o ombro, atraindo-a docemente. Ela tinha as mãos abandonadas no regaço; sem se mover voltou devagar para ele os olhos resplandecentes sob uma névoa de lágrimas, e entreabriu devagar os lábios, pálida, toda desfalecida. Ele estendeu os beiços a tremer — e ficaram imóveis, colados num só beijo, muito longo, profundo, os dentes contra os dentes.

— Minha senhora! minha senhora! — gritou de repente, num terror, a voz da *Ruça*, dentro.

Amaro ergueu-se de um salto, correu ao quarto da entrevada. Amélia estava tão trêmula, que precisou encostar-se à porta da cozinha um momento, com as pernas vergadas, a mão sobre o coração. Recuperou-se, desceu a acordar a mãe.

Quando entraram no quarto da idiota, Amaro ajoelhado, com a face quase sobre o leito, rezava; as duas senhoras rojaram-se no chão; uma respiração acelerada sacudia o peito, as ilhargas da velha; e à medida que o arquejo se tornava mais rouco, o pároco precipitava as suas orações. Subitamente o som agonizante cessou; ergueram-se; a velha estava imóvel, com os bugalhos dos olhos saídos e baços. Expirara.

O padre Amaro trouxe logo as senhoras para a sala; e aí a S. Joaneira, curada, pelo choque, da sua enxaqueca, desabafou, em acessos de choro, recordando o tempo em que a pobre mana era nova, e que bonita era! E que bom casamento estivera para fazer com o morgado da Vigareira!...

— E o gênio mais dado, senhor pároco! Uma santa! E quando a Amélia nasceu, e que eu estive tão mal, que não se tirou de ao pé de mim, noite e dia!... E alegre, não havia outra... Ai, Deus da minha alma. Deus da minha alma!

Amélia, encostada à vidraça na sombra da janela, olhava entorpecida a noite negra.

Bateram então à campainha. Amaro desceu, com uma vela. Era João Eduardo, que ao ver o pároco àquela hora na casa, ficou petrificado, junto da porta aberta; enfim balbuciou:

— Eu vinha saber se havia novidade...

— A pobre senhora expirou agora mesmo...

— Ah!

Os dois homens olharam-se um instante fixamente.

— Se eu sou preciso para alguma coisa... — disse João Eduardo.

— Não, obrigado. As senhoras vão-se deitar.

João Eduardo fez-se pálido da cólera que lhe davam aqueles modos de dono da casa. Esteve ainda um momento, hesitando — mas vendo o pároco abrigar a luz, com a mão, contra o vento da rua:

— Bem, boa-noite — disse.

— Boa-noite.

O padre Amaro subiu; e depois de deixar as duas senhoras no quarto da S. Joaneira (porque, cheias de terror, queriam dormir juntas), voltou ao quarto da morta, despertou a vela sobre a mesa, acomodou-se numa cadeira, e começou a ler o Breviário.

Mais tarde, quando toda a casa estava silenciosa, o pároco, sentindo o sono entorpecê-lo, veio à sala de jantar; reconfortou-se com um cálice de vinho do Porto que achara no aparador; e saboreava regaladamente o cigarro, quando ouviu na rua passos de botas fortes que iam, vinham, por baixo das janelas. Como a noite estava escura não pôde distinguir "o passeante". — Era João Eduardo que rondava a casa, furioso.

XII

Ao outro dia cedo, a Sra. D. Josefa Dias que entrara, havia pouco, da missa, ficou muito surpreendida, ouvindo a criada que lavava as escadas dizer debaixo:

— Está aqui o Sr. padre Amaro, Sra. D. Josefa!

O pároco ultimamente raras vezes vinha a casa do cônego; e D. Josefa gritou logo lisonjeada e já curiosa:

— Que suba para aqui, não é de cerimônia! É como de família. Que suba!

Estava na sala de jantar, arranjando numa travessa ladrilhos de marmelada, com um vestido de barege preto esgarçado na ilharga e arqueado em redor dos tornozelos por uma *crinoline* de um só arco; trazia nessa manhã óculos azuis; e foi logo ao patamar, arrastando os seus medonhos chinelos de ourelo, e preparando, por debaixo do lenço preto repuxado sobre a testa, um ar agradável para o senhor pároco.

— Ora ditosos olhos! — exclamou. — Eu entrei há bocadinho, e já cá tenho a primeira missinha. Fui hoje à capela de Nossa Senhora do Rosário... Disse-a o padre Vicente. Ai! e que virtude que me fez hoje, senhor pároco! Sente-se. Aí não, que lhe vem ar da porta... E então a pobre entrevada lá se foi... Conte lá, senhor pároco...

O pároco teve de descrever a agonia da entrevada, a dor da S. Joaneira; como depois de morta a face da velha parecera remoçar; o que as senhoras tinham decidido a respeito da mortalha...

— Aqui para nós, D. Josefa, é um grande alívio para a S. Joaneira... — E de repente, puxando-se para a beira da cadeira, assentando as mãos nos joelhos: — E que me diz à do Sr. João Eduardo? Já sabe? Foi ele que escreveu o artigo!

A velha exclamou, levando as mãos à cabeça:

— Ai! nem me fale nisso, senhor pároco! Nem me fale nisso, que até tenho estado doente!

— Ah, já sabe?

— E mais que sei, senhor pároco! O Sr. padre Natário, devo-lhe esse favor, esteve aqui ontem e contou-me tudo! Ai, que maroto! Ai, que alma perdida!

— E sabe que é o íntimo do Agostinho; que são bebedeiras na redação até de madrugada, que vai para o bilhar do Terreiro achincalhar a religião...

— Ai, por quem é, senhor pároco, nem me diga, nem me diga! Que ontem, quando o Sr. padre Natário esteve aí, até tive escrúpulos de ouvir tanto pecado... Que lhe devo esse favor, ao Sr. padre Natário; logo que soube veio-me contar... É de muito delicado... E olhe, senhor pároco, a mim sempre me quis parecer isso mesmo do homem. Eu nunca o disse, nunca o disse! Que lá isso, esta boquinha nunca se pôs em vidas alheias... Mas tinha cá dentro um palpite. Ele ia à missa, cumpria o jejum; mas eu cá tinha a desconfiança que aquilo era para enganar a S. Joaneira e a pequena. Agora se vê! Ele foi criatura que nunca me caiu em graça! Nunca, senhor pároco! — E de repente, com os olhinhos luzidios de uma alegria perversa: — E agora, já se sabe, o casamento desmancha-se?

O padre Amaro recostou-se na cadeira, e muito pausadamente:

— Ele, minha senhora, seria notório que uma rapariga de bons princípios fosse casar com um pedreiro-livre, que não se confessa há seis anos!

— Credo, senhor pároco! Antes vê-la morta! É necessário dizer tudo à rapariga.

O padre Amaro interrompeu, chegando rapidamente a cadeira para ao pé dela:

— Pois foi justamente para isso que eu a vim procurar, minha senhora. Eu ontem já falei com a pequena... Mas compreende; no meio daquele desgosto, com a pobre senhora a expirar ao lado, não pude insistir muito. Enfim, disse-lhe o que havia; aconselhei-a por bons modos, expus-lhe que ia perder a sua alma, ter uma vida desgraçada, etc. Fiz o que pude, minha senhora, como amigo e como pároco. E como era o meu dever (ainda que me custou, realmente custou-me), lembrei-lhe que, como cristã e como senhora, tinha obrigação de romper com o escrevente.

— E ela?

O padre Amaro fez uma visagem descontente:

— Não disse que *sim* nem que *não*. Pôs-se a fazer biquinho, a choramingar. É verdade que estava muito alterada com a morte em casa. Que a rapariga não morre por ele, isso é claro; mas quer casar, tem medo que a mãe morra, que se veja só... Enfim sabe o que são raparigas! Que as minhas palavras fizeram-lhe efeito; ficou muito indignada, etc... Mas enfim, eu pensei que o melhor era a senhora falar-lhe. A senhora é a amiga da casa, é madrinha, conheceu-a de pequena... Estou certo que no seu testamento havia de lhe deixar uma boa lembrança... Tudo isto são considerações...

— Ai, fica por minha conta, senhor pároco! — exclamou a velha — hei de lhas cantar!

— A rapariga o que precisa é quem a dirija. Aqui para nós, precisa quem a confesse! Ela confessa-se ao padre Silvério; mas, sem querer dizer mal, o padre Silvério, coitado, pouco vale. Muito caridoso, muita virtude; mas o que se chama *jeito* não tem. Para ele a confissão é a *desobriga*. Pergunta doutrina, depois faz o exame pelos mandamentos da lei de Deus... Veja a senhora!... Está claro que a rapariga não furta, nem mata, nem deseja a mulher do seu próximo. A confissão assim não lhe aproveita; o que ela precisa é um confessor *teso*, que lhe diga — *para ali*! e sem réplica. A rapariga é um espírito fraco; como a maior parte das mulheres não se sabe dirigir por si; necessita por isso um confessor que a governe com uma vara de ferro, a quem ela obedeça, a quem conte tudo, de quem tenha medo... É como deve ser um confessor.

— O senhor pároco é que lhe servia...

Amaro sorriu modestamente:

— Não digo que não. Havia de aconselhá-la bem; sou amigo da mãe; acho que ela é boa rapariga e digna da graça de Deus. Que eu, sempre que converso com ela, todos os conselhos que posso, em tudo, dou-lhos... Mas a senhora compreende; há coisas em que se não pode estar a falar na sala, com gente à volta... Só se está à vontade no confessionário. E é o que me falta, são as ocasiões de lhe falar só. Mas enfim eu não posso ir dizer-lhe: "a menina agora há de se confessar comigo!". Eu nisso sou muito escrupuloso...

— Mas digo-lho eu, senhor pároco! Ah, digo-lho eu!...

— Ora isso é que era um grande favor! Era um bem que fazia àquela alma! Porque se a rapariga me entrega a direção da sua alma, então podemos dizer que lhe acabaram as dificuldades, e temo-la no caminho da graça... E quando lhe vai falar, D. Josefa?

D. Josefa, "como julgava pecado adiar", estava decidida a falar-lhe essa mesma noite.

— Não me parece, D. Josefa. Hoje é noite de pêsames... O escrevente naturalmente está lá...

— Credo, senhor pároco! Pois eu e as outras pequenas havemos de passar a noite debaixo das mesmas telhas com o herege!?

— Tem de ser. Enfim, o rapaz por ora é considerado da família... Além disso, D. Josefa, a senhora, a D. Maria e as Gansosinhos são pessoas da maior virtude... Mas nós não devemos ter orgulho da nossa virtude. Arriscamo-nos a perder-lhe todos os frutos. E é um ato de humildade, que agrada muito a Deus, o misturar-nos às vezes com os maus; é como quando um grande fidalgo tem de estar lado a lado com um trabalhador de enxada... É como se disséssemos: "eu sou-te superior em virtude, mas comparado com o que devia ser para entrar na glória, quem sabe se não sou tão pecador como tu!...". E esta humilhação da alma é a melhor oferta que podemos fazer a Jesus.

D. Josefa escutava-o, babosa; e numa admiração:

— Ai, senhor pároco, que até dá virtude ouvi-lo!

Amaro curvou-se:

— Deus às vezes, na sua bondade, inspira-me justas palavras... Pois minha senhora, eu não quero maçar mais. Ficamos entendidos. A senhora fala à pequena amanhã; e se como é de crer, ela consentir em escutar os meus conselhos, traz-ma à Sé no sábado, às oito horas. E fale-lhe teso, D. Josefa!

— Deixe-a comigo, senhor pároco!... Então não quer provar da minha marmelada?

— Provarei — disse Amaro tomando um ladrilho em que cravou os dentes com dignidade.

— É dos marmelos da D. Maria. Saiu-me melhor que a das Gansosinhos...

— Pois adeus, D. Josefa... Ah, é verdade, que diz o nosso cônego deste caso do escrevente?

— O mano?...

Neste momento a campainha embaixo repicou com furor.

— Há de ser ele — disse logo D. Josefa. — E vem zangado!

Vinha, com efeito, da fazenda — furioso com o caseiro, o regedor, o Governo e a perversidade dos homens. Tinham-lhe roubado uma porção de cebolinho; e, abafado de cólera, aliviava-se repetindo com gozo o nome do Inimigo.

— Credo, mano, que até lhe fica mal! — exclamou D. Josefa tomada de escrúpulos.

— Ora, mana, deixemos essas pieguices para a quaresma! Digo *cos diabos!* e repito *cos diabos!* Mas eu lá disse ao caseiro, que se sentir gente na fazenda, carregue a espingarda e faça fogo!

— Há uma falta de respeito pela propriedade... — disse Amaro.

— Há uma falta de respeito por tudo! — exclamou o cônego. — Um cebolinho que dava saúde só olhar para ele! Pois senhores, lá vai! Isto é o que chamo um sacrilégio!... Um desaforado sacrilégio! — acrescentou convictamente; porque o roubo do seu cebolinho, o cebolinho de um cônego, parecia-lhe um ato tão negro de impiedade como se tivessem sido furtados os vasos santos da Sé.

— Falta de temor de Deus, falta de religião — observou D. Josefa.

— Qual falta de religião! — replicou o cônego exasperado. — Falta de cabos de polícia, é o que é! — E voltando-se para Amaro: — Hoje é o enterro da velha, hem? Inda mais essa! Vá, mana, mande-me lá dentro uma volta lavada e os sapatos de fivela!

O padre Amaro então, retomado pela sua preocupação:

— Estávamos cá a falar do caso do João Eduardo: o *Comunicado*!

— Isso é outra maroteira que tal! — fez logo o cônego. — Vejam essa, também! Que quadrilha vai pelo mundo, que quadrilha! — E ficou de braços cruzados, com os olhos arregalados, como contemplando uma legião de monstros, soltos pelo universo, e arremessando-se com impudência contra as reputações, os princípios da Igreja, a honra das famílias e o cebolinho do clero.

Ao sair, o padre Amaro renovou ainda as suas recomendações a D. Josefa, que o acompanhara ao patamar.

— Então hoje, noite de pêsames, não se faz nada. Amanhã fala à rapariga, e lá para o fim da semana leva-ma à Sé. Bem. E convença a rapariga, D. Josefa, trate de salvar aquela alma! Olhe que Deus tem os olhos em si. Fale-lhe teso, fale-lhe teso!... E o nosso cônego que se entenda com a S. Joaneira.

— Pode ir descansado, senhor pároco. Sou madrinha, e, quer ela queira quer não, hei de pô-la no caminho da salvação...

— Amém — disse o padre Amaro.

Nessa noite, com efeito, D. Josefa "não fez nada". Eram os pêsames na rua da Misericórdia. Estavam embaixo, na saleta, alumiada lugubremente por uma só vela com um abajur verde-escuro. A S. Joaneira e Amélia, de luto, ocupavam tristemente o canapé ao centro; e em redor, nas fileiras de cadeiras apoiadas à parede, as amigas, cobertas de negro pesado, conservavam-se funebremente imóveis, de faces contristadas, num torpor mudo; às vezes duas vozes ciciavam, ou de um canto, na sombra, saía um suspiro; depois o Libaninho, ou Artur Couceiro, ia em bicos de pés espevitar o morrão da vela; a Sra. D. Maria da Assunção expectorava o seu catarro com um som choroso; e no silêncio ouviam tamancos bater o lajedo da rua, ou os quartos de hora no relógio da Misericórdia.

A intervalos a *Ruça*, toda de negro, entrava com o tabuleiro de doces e copos de chazada; levantava-se então o abajur; e as velhas, que já iam cerrando as pálpebras, sentindo a sala mais clara, levavam logo os lenços aos olhos, e, com ais, serviam-se de bolinhos da Encarnação.

João Eduardo lá estava, a um canto, ignorado, ao pé da Gansoso surda que dormia com a boca aberta; toda a noite o seu olhar procurara debalde o olhar de Amélia, que não se movia, com o rosto sobre o peito, as mãos no regaço, torcendo e destorcendo o seu lenço de cambraieta. O padre Amaro e o cônego Dias vieram às nove horas; o pároco com passos graves foi dizer à S. Joaneira:

— Minha senhora, o golpe é grande. Mas consolemo-nos, pensando que sua excelentíssima mana está a esta hora gozando a companhia de Jesus Cristo.

Houve em redor uma murmuração de soluços, e como não restavam cadeiras, os dois eclesiásticos sentaram-se aos dois cantos do canapé, tendo no meio a S. Joaneira e Amélia em lágrimas. Eram assim reconhecidos pessoas de família; a Sra. D. Maria da Assunção notou baixinho a Dona Joaquina Gansoso:

— Ai, até dá gosto vê-los assim todos quatro!

E até às dez horas a noite de pêsames continuou soturna e sonolenta, perturbada apenas pela tosse constante de João Eduardo, que estava constipado e que — na opinião da senhora D. Josefa Dias, que o disse a todos, depois — "tossia só para fazer troça e para achincalhar o respeito aos mortos".

Daí a dois dias, às oito horas da manhã, a Sra. D. Josefa Dias e Amélia entraram na Sé — depois de terem falado no terraço à Amparo, mulher do boticário, que tinha uma criança com sarampo, e, apesar de não ser coisa de cuidado, "viera à cautela fazer uma promessa".

O dia estava enevoado: a igreja tinha uma luz parda. Amélia, pálida sob a sua mantilha de renda, parou defronte do altar de Nossa Senhora das Dores, deixou-se cair de joelhos, e ficou imóvel, com o rosto sobre o livro de missa. A Sra. D. Josefa Dias, com passos fofos, depois de se ter prostrado diante da capela do Santíssimo e do altar-mor, foi empurrar devagarinho a porta da sacristia; o padre Amaro lá passeava, com os ombros vergados, as mãos atrás das costas:

— Então? — perguntou logo, erguendo para D. Josefa a sua face muito barbeada, onde os olhos reluziam inquietos.

— Está ali — disse a velha baixinho, numa expressão de triunfo. — Fui eu mesmo buscá-la! Ai, falei-lhe teso, senhor pároco, não lhas poupei! Agora é consigo!

— Obrigado, obrigado, D. Josefa! — disse o padre, apertando-lhe as mãos ambas com força. — Deus há de lho levar em conta.

Olhou em redor, nervoso apalpou-se para sentir o lenço, a carteira dos papéis; e, cerrando devagarinho a porta da sacristia, desceu à igreja. Amélia ainda estava ajoelhada, fazendo um vulto negro imóvel contra o pilar branco.

— *Pst* — fez-lhe D. Josefa.

Ela ergueu-se devagar, muito escarlate, compondo tremulamente com as mãos as pregas da mantilha em roda do pescoço.

— Aqui lha deixo, senhor pároco — disse a velha. — Vou à Amparo da botica, e venho depois por ela... Ora vai, filha, vai, Deus te alumie essa alma!

E saiu com mesuras a todos os altares.

O Carlos da botica — que era inquilino do cônego e um pouco ronceiro na renda — desbarretou-se com espalhafato apenas D. Josefa apareceu à porta, e conduziu-a logo acima, à sala de cortinas de cassa, onde a Amparo costurava à janela.

— Ai, não se prenda, senhor Carlos — dizia-lhe a velha. — Não largue os seus afazeres. Eu deixei a afilhada na Sé, e venho aqui descansar um bocadinho.

— Então, se me dá licença... E como vai o nosso cônego!?

— Não tornou a ter a dor. Mas tem sofrido de tonturas.

— Começos da primavera — disse o Carlos que retomara o seu ar majestoso, de pé no meio da sala, com os dedos nas aberturas do colete. — Também eu me tenho sentido perturbado... Nós, as pessoas sanguíneas, sofremos sempre disto que se pode chamar o renascimento da seiva... Há uma abundância de humores no sangue, que, não sendo eliminados pelos canais próprios, vão, por assim dizer, abrir caminho, aqui e além, pelo corpo, sob a forma de furúnculo, espinha, nascida às vezes em lugares bem incômodos, e, ainda que em si insignificantes, acompanhados sempre, por assim dizer, de um cortejo... Perdão, sinto o praticante a palrar... Se me dá licença... Respeitos ao nosso cônego. Que use a magnésia de James!

D. Josefa então quis ver a menina com o sarampo. Mas não passou da porta do quarto, recomendando à pequena, que arregalava uns olhos de febre, muito abafada na roupa, "não se descuidasse das suas oraçõezinhas de manhã e à noite". Aconselhou à Amparo alguns remédios, que eram milagrosos no sarampo; mas se a promessa fora feita com fé, a menina podia-se considerar curada... Ai, todos os dias dava graças a Deus de se não ter casado! Que filhos eram só para dar trabalho e canseiras; e com as quizílias que traziam e o tempo que tomavam, eram até causa de uma mulher se descuidar das suas práticas e meter a alma no inferno.

— Tem razão, D. Josefa — disse a Amparo — é um castigo... E eu com cinco! Às vezes fazem-me tão doida, que me sento aqui na cadeirinha, e ponho-me a chorar só comigo...

Tinham voltado para junto da janela, e gozaram muito, espreitando o senhor administrador do conselho que, por trás da vidraça da repartição, namorava de binóculo a do Teles alfaiate. — Ai, era um escândalo! Que nunca houvera em Leiria autoridades assim! O secretário-geral era um desaforo com a Novais... Que se podia esperar de homens sem religião, educados em Lisboa, que, segundo D. Josefa, estava predestinada a perecer como Gomorra pelo fogo do céu! — A Amparo cosia com a cabeça baixa, envergonhada talvez diante daquela indignação piedosa, dos desejos culpados que a roíam de ver o Passeio Público e de ouvir os cantores em S. Carlos.

Mas bem depressa a Sra. D. Josefa começou a falar do escrevente. A Amparo não sabia nada; e a velha teve a satisfação de contar prolixamente, "tim-tim por tim--tim", a história do *Comunicado*, o desgosto na rua da Misericórdia, e a campanha de Natário para descobrir o *Liberal*. Alargou-se principalmente sobre o caráter de João Eduardo, a sua impiedade, as suas orgias... E, considerando um dever de cristã aniquilar o ateu, deu mesmo a entender que alguns roubos ultimamente cometidos em Leiria eram "obra de João Eduardo".

A Amparo declarou-se "banzada". O casamento então, com a Ameliazinha...

— Isso pertence à história — declarou com júbilo D. Josefa Dias. — Vão pô-lo fora de casa! E por muito feliz se deve o homem dar em não ir parar ao banco dos réus... Que a mim o deve, e à prudência do mano e do Sr. padre Amaro. Que havia motivos para o ferrar na cadeia!

— Mas a pequena gostava dele, ao que parece.

D. Josefa indignou-se. Credo, a Amélia era uma rapariga de juízo, de muita virtude! Apenas conheceu os desaforos, foi a primeira a dizer que não, e que não! Ai! detestava-o... — E D. Josefa, baixando a voz em confidência, contou "que era positivo que ele vivia com uma desgraçada para os lados do quartel".

— Disse-mo o Sr. padre Natário — afirmou. — E aquilo é homem que da sua boca nunca sai senão a verdade pura... Foi muito delicado comigo; devo-lhe esse favor. Apenas soube, veio-me logo dizer a casa, pedir-me conselhos... Enfim, muito atencioso.

Mas o Carlos apareceu de novo. Tinha a botica desembaraçada um momento (que não o tinham deixado respirar toda a manhã!) e vinha fazer companhia às senhoras.

— Então já sabe, Sr. Carlos — exclamou logo D. Josefa — o caso do *Comunicado* e do João Eduardo?

O farmacêutico arregalou os seus olhos redondos. Que relação havia entre um artigo tão indigno e esse mancebo que lhe parecia honesto?

— Honesto!? — ganiu a Sra. D. Josefa Dias. Foi ele que o escreveu, Sr. Carlos!

E vendo o Carlos morder o beiço de surpresa, Dona Josefa, entusiasmada, repetia a história da "maroleira".

— Que lhe parece, Sr. Carlos, que lhe parece!?

O farmacêutico deu a sua opinião, numa voz vagarosa, sobrecarregada da autoridade de um vasto entendimento:

— Nesse caso digo, e todas as pessoas de bem o dirão comigo: é uma vergonha para Leiria. Eu já tinha observado, quando li o *Comunicado*; a religião é a base da sociedade, e miná-la é, por assim dizer, querer aluir o edifício... É uma desgraça que haja na cidade desses sectários do materialismo e da república, que, como é sabido, querem destruir tudo o que existe; proclamam que os homens e as mulheres se devem unir com a promiscuidade de cães e cadelas... (Desculpem exprimir-me assim, mas a ciência é a ciência). Querem ter o direito de entrar em minha casa, levar-me as pratas e o suor do meu rosto; não admitem que haja autoridades, e se os deixassem seriam capazes de cuspir na sagrada hóstia...

D. Josefa encolheu-se com um gritinho, muito arrepiada.

— E ousa esta seita falar em liberdade! Eu também sou liberal... Que, francamente o digo, eu não sou fanático... Nem pelo fato de um homem pertencer ao sacerdócio, o julgo um santo, não... por exemplo, sempre embirrei com o pároco Miguéis... Era uma jiboia! Desculpe-me a senhora, mas era uma jiboia. Disse-lho na cara, porque a lei das rolhas já lá vai... Derramamos o nosso sangue nas trincheiras do Porto, justamente para não haver lei das rolhas... Disse-lho na cara: "Vossa Senhoria é uma jiboia!". Mas, enfim, quando um homem veste uma batina deve ser respeitado... E o *Comunicado*, repito, é uma vergonha para Leiria... E também lhe digo, com esses ateus, esses republicanos, não deve haver consideração!... Eu sou um homem pacífico; aqui a Amparozinho conhece-me bem; pois se eu tivesse de aviar uma receita para um republicano declarado, não tinha dúvida, em lugar de lhe dar uma dessas composições benéficas que são o orgulho da nossa ciência, de lhe mandar uma dose de ácido prússico... Não, não direi que lhe mandasse ácido prússico... mas se estivesse no banco dos jurados havia de lhe fazer cair em cima todo o peso da lei!

E balançou-se um momento sobre a ponta das chinelas, lançando um grande gesto em redor, como se esperasse os aplausos de um concelho de distrito ou de uma municipalidade em sessão.

Mas na Sé bateram então devagar as onze; e D. Josefa embrulhou-se à pressa no seu mantelete para ir buscar a pequena, coitada, que havia de estar farta de esperar.

O Carlos acompanhou-a, desbarretando-se, e dizendo-lhe (como um mimo que remetia ao seu senhorio):

— Repita ao nosso cônego quais são as minhas opiniões... Que nessa questão do *Comunicado* e de ataques ao clero, estou de alma e coração com Suas Senhorias... Criado seu, minha senhora... O tempo vai-se a embrulhar.

Quando D. Josefa entrou na igreja, Amélia estava ainda no confessionário. A velha tossiu alto, ajoelhou, e, com as mãos sobre a face, abismou-se numa devoção à senhora do Rosário. A igreja ficou numa imobilidade e num silêncio. Depois D. Josefa, voltando-se para o confessionário, espreitou por entre os dedos; Amélia conservava-se imóvel, com a mantilha muito puxada para o rosto, a roda do vestido negro espalhada em redor; e D. Josefa recaiu na sua reza. Uma chuva fina fustigava agora os vidros de uma janela ao lado. Enfim houve no confessionário um rangido de madeira, um *frou-frou* de vestidos nas lajes, — e D. Josefa, voltando-se, viu de pé diante dela Amélia com a face escarlate e o olhar reluzindo muito.

— Está há muito tempo à espera, madrinha?

— Um bocadinho. Estás prontinha, hem?

Ergueu-se, persignou-se e as duas senhoras saíram da Sé. Ainda caía uma chuva fina; mas o Sr. Artur Couceiro, que passava no largo com ofícios para o governo civil, foi levá-las à rua da Misericórdia debaixo do seu guarda-chuva.

XIII

João Eduardo, à noitinha, ia sair de casa para a rua da Misericórdia, levando debaixo do braço um rolo de amostras de papel de parede para Amélia escolher, quando à porta encontrou a *Ruça* que ia puxar a campainha.

— Que é, *Ruça*?

— As senhoras foram passar a noite fora de casa, e aqui está esta carta que manda a menina.

João Eduardo sentiu apertar-se-lhe o coração, e seguia com o olhar pasmado a *Ruça*, que descia a rua, batendo os tamancos. Foi ao pé do candeeiro, defronte, abriu a carta:

Senhor João Eduardo.

O que estava decidido a respeito do nosso casamento era na persuasão que era V. Sª uma pessoa de bem e que me poderia fazer feliz; mas como se sabe tudo, e que foi o senhor que escreveu o artigo do Distrito, e caluniou os amigos da casa e me insultou a mim, e como os seus costumes não me dão garantia de felicidade na vida de casada, deve desde hoje considerar tudo acabado entre nós, pois não há banhos publicados nem despesas feitas. E eu espero, bem como a mamã, que o senhor seja bastante delicado para não nos voltar a casa, nem perseguir-nos na rua. O que tudo lhe comunico por ordem da mamã, eu sou

criada de V.Sª
Amélia Caminha.

João Eduardo ficou a olhar estupidamente a parede defronte onde batia a claridade do candeeiro, imóvel como uma pedra, com o seu rolo de papéis pintados debaixo do braço. Maquinalmente voltou à casa. As mãos tremiam-lhe tanto, que mal podia acender o candeeiro. De pé, junto da mesa, releu a carta. Depois ficou ali, fatigando a vista contra a chama da torcida, com uma sensação arrefecedora de imobilidade e de silêncio, como se subitamente, sem choque, toda a vida universal tivesse emudecido e parado. Pensou onde teriam *elas* ido passar a noite. Lembranças de serões felizes na rua da Misericórdia atravessaram-lhe devagar na memória: Amélia trabalhava, com a cabeça baixa, e entre o cabelo muito preto e o colar muito branco o seu pescoço tinha uma palidez que a luz amaciava... Então a ideia de que a perdera para sempre varou-lhe o coração com um frio de punhalada. Apertou as fontes entre as mãos, tonto. Que havia de fazer? Que havia de fazer? Resoluções bruscas relampejavam-lhe um momento no espírito, esvaíam-se. Queria escrever-lhe! Tirá-la por justiça! Ir para o Brasil! Saber quem descobrira que ele era o autor do artigo! — E como isto era o mais praticável àquela hora, correu à redação da *Voz do Distrito.*

Agostinho, estirado no canapé, com a vela ao pé sobre uma cadeira, saboreava os jornais de Lisboa. A face descomposta de João Eduardo assustou-o.

— Que é?

— É que me perdeste, maroto!

E de um só fôlego acusou furiosamente o corcunda de o ter traído.

Agostinho erguera-se devagar, procurando imperturbável a bolsa do tabaco na algibeira da jaqueta.

— Homem — disse — nada de espalhafatos... Eu dou-te a minha palavra de honra que não disse a ninguém do *Comunicado*. É verdade que ninguém me perguntou...

— Mas quem foi, então? — gritou o escrevente.

Agostinho enterrou a cabeça nos ombros.

— Eu o que sei é que os padres andavam numa azáfama para saber quem era. O Natário esteve aí uma manhã, por causa do anúncio de uma viúva que recorre à caridade pública, mas do *Comunicado* não se disse nem palavra... O Dr. Godinho é que sabia, entende-te com ele! Mas então fizeram-te alguma?

— Mataram-me! — disse João Eduardo lugubremente.

Ficou um momento a fixar o soalho, aniquilado, e saiu arremessando a porta. Passeou na praça; foi ao acaso pelas ruas; depois, atraído pela obscuridade, à estrada de Marrazes. Abafava, sentindo uma intolerável palpitação surda latejar-lhe interiormente contra as fontes; apesar de ventar forte nos campos, parecia-lhe seguir num silêncio universal; por vezes a ideia da sua desgraça rasgava-lhe subitamente o coração, e então imaginava ver toda a paisagem oscilar, e o chão da estrada afigurava-se-lhe mole como um lamaçal. Voltou pela Sé quando batiam onze horas; e achou-se na rua da Misericórdia, com o olhar cravado para a janela da sala de jantar, onde havia ainda luz; a vidraça do quarto de Amélia alumiou-se também; ela ia deitar-se, decerto... Veio-lhe um desejo furioso da sua beleza, do seu corpo, dos seus beijos. Fugiu para casa; uma fadiga intolerável prostrou-o sobre a cama; depois uma saudade indefinida, profunda, foi-o amolecendo, e chorou muito tempo, enternecendo-se mais com o som dos seus próprios soluços, — até que ficou adormecido, de bruços, numa massa inerte.

Ao outro dia, cedo, Amélia vinha da rua da Misericórdia para a Praça, quando ao pé do Arco, João Eduardo lhe saiu de emboscada.

— Quero-lhe falar, menina Amélia.

Ela recuou assustada; disse a tremer:

— Não tem que me falar...

Mas ele plantara-se diante dela, muito decidido, com os olhos vermelhos como carvões:

— Quero-lhe dizer... Lá do artigo, é verdade, fui eu que o escrevi, foi uma desgraça; mas a menina tinha-me ralado de ciúmes... Mas o que a menina diz de maus costumes é uma calúnia. Eu sempre fui um homem de bem...

— O Sr. padre Amaro é que o conhece! Faz favor de me deixar passar...

Ao nome do pároco, João Eduardo fez-se lívido de raiva:

— Ah! é o Sr. padre Amaro! É o maroto do padre! Pois veremos! Ouça...

— Faz favor de me deixar passar! — disse ela irritada, tão alto, que um sujeito gordo de xale-manta parou olhando.

João Eduardo recuou, tirando o chapéu; e ela, imediatamente, refugiou-se na loja do Fernandes.

Então, num desespero, correu à casa do Dr. Godinho. Já na véspera, por entre os seus acessos de choro, sentindo-se tão abandonado, se lembrara do Dr. Godinho. Fora outrora seu escrevente; e como por pedido dele entrara no cartório do Nunes Ferral, e por sua influência ia ser acomodado no governo civil, julgava-o uma providência pródiga e inesgotável! Demais, desde que escrevera o *Comunicado* considerava-se da redação da *Voz do Distrito*, do grupo da Maia; agora, que era atacado pelos padres, devia claramente ir acolher-se à forte proteção do seu chefe, do Dr. Godinho, do inimigo da reação, o "Cavour de Leiria", como dizia, arregalando os olhos, o bacharel Azevedo, autor dos *Ferrões*. — E João Eduardo, dirigindo-se ao casarão amarelo, ao pé do Terreiro onde o doutor vivia, ia num alvoroço de esperanças, contente com se refugiar, como um cão escorraçado, entre as pernas daquele colosso.

O Dr. Godinho descera já ao escritório, e repoltreado na sua poltrona abacial de pregos amarelos, com os olhos no teto de carvalho escuro, acabava com beatitude o charuto do almoço. Recebeu com majestade os "bons dias" de João Eduardo.

— Então que temos, amigo?

As altas estantes de in-fólios graves, as resmas de autos, o aparatoso painel representando o Marquês de Pombal, de pé num terraço sobre o Tejo, expulsando com o dedo a esquadra inglesa — acanharam como sempre João Eduardo; e foi com voz embaraçada que disse vinha ali para que sua excelência lhe desse remédio numa desgraça que lhe sucedia.

— Desordens, bordoada?

— Não, senhor, negócios de família.

Contou então, prolixamente, a sua história desde a publicação do *Comunicado*; leu, muito comovido, a carta de Amélia; descreveu a cena ao pé do Arco... Ali estava agora, escorraçado da rua da Misericórdia por obras do senhor pároco! E parecia-lhe a ele, apesar de não ser formado em Coimbra, que contra um padre que se introduzia numa família, desinquietava uma menina simples, a levava por intrigas a romper com o noivo e ficava de portas a dentro senhor dela — devia haver leis!

— Eu não sei, senhor doutor, mas deve haver leis!

O Dr. Godinho parecia contrariado.

— Leis!? — exclamou traçando vivamente a perna. — Que leis quer você que haja? Quer querelar do pároco?... Por quê? Ele bateu-lhe? Roubou-lhe o relógio? Insultou-o pela imprensa? Não. Então!...

— Oh, senhor doutor, mas intrigou-me com as senhoras! Eu nunca fui homem de maus costumes; senhor doutor! Caluniou-me!

— Tem testemunhas?

— Não, senhor.

— Então?

E o Dr. Godinho, assentando os cotovelos sobre a banca, declarou que, como advogado, não tinha nada a fazer. Os tribunais não tomavam conhecimento dessas questões, desses dramas morais, por assim dizer, que se passavam nas alcovas domésticas... Como homem, como particular, como Alípio de Vasconcelos Godinho também não podia intervir, porque não conhecia o Sr. padre Amaro, nem essas senhoras da rua da Misericórdia... Lamentava o fato, porque enfim fora novo, sentira a poesia da mocidade, e sabia (infelizmente sabia!) o que eram esses transes do coração... E aí está tudo o que ele podia fazer — lamentar! Também para que tinha ele dado a sua afeição a uma beata?...

João Eduardo interrompeu-o:

— A culpa não é dela, senhor doutor! A culpa é do padre que a anda a desencaminhar! A culpa é dessa canalha do cabido!

O Dr. Godinho estendeu com severidade a mão, e aconselhou o Sr. João Eduardo que tivesse cuidado com semelhantes asserções! Nada provava que o senhor pároco possuísse nessa casa outra influência que não fosse a de um hábil diretor espiritual... E recomendava ao Sr. João Eduardo, com a autoridade que lhe davam os anos e a sua posição no país, que não fosse espalhar, por despeito, acusações que só serviam para destruir o prestígio do sacerdócio, indispensável numa sociedade bem constituída! — Sem ele, tudo seria anarquia e orgia!

E recostou-se pensando, satisfeito, que estava nessa manhã com "o dom de palavra".

Mas a face consternada do escrevente, que não se movia, de pé junto da banca, impacientava-o; e disse com secura, puxando para diante de si um volume de autos:

— Enfim, acabemos, que quer o amigo? Já vê, eu não lhe posso dar remédio.

João Eduardo replicou, com um movimento de coragem desesperada:

— Eu imaginei que o senhor doutor podia fazer alguma coisa por mim... Porque enfim eu fui uma vítima... Tudo isto vem de se saber que eu escrevi o *Comunicado*. E tinha-se combinado que havia de ser segredo. O Agostinho não o disse, só o senhor doutor o sabia...

O doutor pulou de indignação na sua cadeira abacial[1]:

— Que quer o senhor insinuar? Quer-me dar a entender que fui eu que o disse? Não disse. Isto é, disse; disse-o a minha mulher, porque numa família bem constituída não deve haver segredos entre esposo e esposa. Ela perguntou-me, disse-lho... Mas suponhamos que fui eu que o espalhei pelas ruas. De duas uma: ou o *Comunicado* era uma calúnia, e então sou eu que devo acusá-lo de ter poluído um jornal honrado com um acervo de difamações; ou era verdade, e então que homem é o senhor que se envergonha das verdades que

---

[1] Abacial: relativo ao abade; da abadia.

solta, e que não se atreve a manter à luz do dia as opiniões que redigiu na escuridão da noite?

Duas lágrimas enevoaram os olhos de João Eduardo. Então, diante daquela expressão esmorecida, satisfeito de o ter esmagado com uma argumentação tão lógica e tão poderosa, o doutor Godinho abrandou:

— Bem, não nos zanguemos — disse. — Não se fala mais em pontos de honra... O que pode acreditar é que lamento o seu desgosto.

Deu-lhe conselhos de uma solicitude paternal. Que não sucumbisse; havia mais meninas em Leiria e meninas de bons princípios que não viviam sob a direção da sotaina. Que fosse forte, e que se consolasse pensando que ele, Dr. Godinho — e era ele! — também tivera em moço desgostos do coração. Que evitasse o domínio das paixões que lhe seria prejudicial na carreira pública. E que se o não fizesse por seu interesse próprio, o fizesse ao menos em atenção a ele, Dr. Godinho!

João Eduardo saiu do escritório, indignado, julgando-se "traído" pelo doutor.

— Isto sucede-me a mim — resmungava — porque sou um pobre-diabo, não dou votos nas eleições, não vou às *soirées* do Novais, não subscrevo para o clube. Ah, que mundo! Se eu tivesse uma par de contos de réis!...

Veio-lhe então um desejo furioso de se vingar dos padres, dos ricos, e da religião que os justifica. Voltou muito decidido ao escritório, e entreabrindo a porta:

— Vossa Excelência ao menos agora dá licença que eu desabafe no jornal?... Queria contar esta maroteira, cascar nessa canalha...

Esta audácia do escrevente indignou o doutor. Endireitou-se com severidade na poltrona, e cruzando terrivelmente os braços:

— O Sr. João Eduardo está realmente a abusar! Pois o senhor vem-me pedir que transforme um jornal de ideias num jornal de difamações!? Vá, não se prenda! Peça-me que insulte os princípios da religião, que achincalhe o Redentor, que repita as baboseiras de Renan, que ataque as leis fundamentais do Estado, que injurie o rei, que vitupere a instituição da família! O senhor está ébrio!

— Oh, senhor doutor!

— O senhor está ébrio! Cuidado, meu caro amigo, cuidado, olhe que vai por um declive! É por esse caminho que se chega a perder o respeito da autoridade, da lei, das coisas santas e do lar. É por esse caminho que se vai ao crime! Escusa de arregalar os olhos... Ao crime, digo-lho eu! Tenho a experiência de vinte anos de foro. Homem, detenha-se! Refreie essas paixões! Safa! Que idade tem o senhor?

— Vinte e seis anos.

— Pois não há desculpa para um homem de vinte e seis anos ter essas ideias subversivas. Adeus, feche a porta. E escute: escusa de pensar em mandar outro *Comunicado* para outro qualquer jornal. Não lho consinto, eu que o tenho protegido sempre! Havia de querer fazer espalhafato... Escusa de negar, estou-lho a ler nos olhos. Pois não lho consinto! É para seu bem, para lhe poupar uma má ação social!

Tomou uma grande atitude na poltrona, repetiu com força:

— Uma péssima ação social! Aonde nos querem os senhores levar com os seus materialismos, os seus ateísmos?! Quando tiverem dado cabo da religião de nossos pais, que têm os senhores para a substituir?! Que têm?! Mostre lá!

A expressão embaraçada de João Eduardo (que não tinha ali, para a mostrar, uma religião que substituísse a de nossos pais) fez triunfar o doutor.

— Não têm nada! Têm lama, quando muito têm palavreado! Mas enquanto eu for vivo, pelo menos em Leiria há de ser respeitada a Fé e o princípio da Ordem! Podem pôr a Europa a fogo e sangue; em Leiria não hão de erguer a cabeça. Em Leiria estou eu alerta, e juro que lhes hei de ser funesto!

João Eduardo recebia de ombros vergados estas ameaças, sem as compreender. Como podia o seu *Comunicado* e as intrigas da rua da Misericórdia produzirem assim catástrofes sociais e revoluções religiosas! Tanta severidade aniquilava-o. Ia perder decerto a amizade do doutor, o emprego no governo civil... Quis abrandá-lo:

— Oh, senhor doutor, mas Vossa Excelência bem vê...

O doutor interrompeu-o com um grande gesto:

— Eu vejo perfeitamente. Vejo que as paixões, a vingança o vão levando por um caminho fatal... O que espero é que os meus conselhos o detenham. Bem, adeus. Feche a porta. Feche a porta, homem!

João Eduardo saiu acabrunhado. Que havia de fazer agora? O Dr. Godinho, aquele colosso, repelia-o com palavras tremendas! E que podia ele, pobre escrevente de cartório, contra o padre Amaro que tinha por si o clero, o chantre, o cabido, os bispos, o papa, classe solidária e compacta que lhe aparecia como uma medonha cidadela de bronze erguendo-se até ao céu?! Eram eles que tinham causado a resolução de Amélia, a sua carta, a dureza das suas palavras. Era uma intriga de párocos, cônegos e beatas. Se ele pudesse arrancá-la àquela influência, ela tornaria a ser bem depressa a sua Ameliazinha que lhe bordava chinelas, e que vinha toda corada vê-lo passar à janela! As suspeitas que outrora tivera tinham-se desvanecido naqueles serões felizes, depois de decidido o casamento, quando ela, costurando junto do candeeiro, falava da mobília que havia de comprar e dos arranjos da sua casinha. Ela amava-o, decerto... Mas quê! Tinham-lhe dito que ele era o autor do *Comunicado*; que era herege; que tinha costumes devassos; o pároco, na sua voz pedante, ameaçara-a com o inferno; o cônego, furioso, e todo-poderoso na rua da Misericórdia porque dava para a panela, falara teso — e a pobre menina, assustada, dominada, com aquele bando tenebroso de padres e de beatas a cochicharem-lhe ao ouvido, coitada, cedera! Estava talvez persuadida, de boa-fé, que ele era uma fera! E àquela hora, enquanto ele ali andava pelas ruas, escorraçado e desgraçado, o padre Amaro, na saleta da rua da Misericórdia, enterrado na poltrona, senhor da casa e senhor da rapariga, de perna traçada, palrava do alto! Canalha! E não havia leis que o vingassem! E não poder sequer "fazer escândalo", agora que a *Voz do Distrito* se lhe tornava inacessível!

Vinham-lhe então desejos furiosos de demolir o pároco aos murros, com a força do padre Brito. Mas o que o satisfaria mais seriam artigos tremendos num jornal, que revelassem as intrigas da Rua da Misericórdia, amotinassem a opinião, caíssem sobre o padre como catástrofes; o forçassem a ele, ao cônego e aos outros a desaparecerem corridos da casa da S. Joaneira! Ah! estava certo que a Ameliazinha, livre daqueles galfarros correria logo aos seus braços, com lágrimas de reconciliação...

Procurava assim à força convencer-se que a "a culpa não era dela"; recordava os meses de felicidade antes da chegada do pároco; arranjava explicações naturais para aquelas maneirinhas ternas que ela outrora tinha para o padre Amaro, e que lhe tinha dado ciúmes desesperados: era o desejo, coitada, de ser agradável ao hóspede, ao amigo do senhor cônego, de o reter para vantagem da mãe e da casa! E além disso, como ela andava contente depois de resolvido o casamento! A sua indignação contra o *Comunicado*, estava certo, não era natural dela — vinha-lhe soprada pelo pároco e pelas beatas.

E achava uma consolação nesta ideia que não era repelido como namorado, como marido — mas que era uma vítima das intrigas do torpe padre Amaro, que lhe desejava a noiva e que o odiava como liberal! Isto acumulava-lhe na alma um rancor desordenado contra o padre, descendo a rua procurava ansiosamente uma vingança, atirando a imaginação aqui e além — mas vinha-lhe sempre a mesma ideia, o artigo do jornal, a verrina, a imprensa! A certeza da sua fraqueza desprotegida revoltava-o. Ah, se tivesse por si um "figurão"!

Um homem do campo, amarelo como uma cidra que ia caminhando devagar, com o braço ao peito, deteve-o a perguntar-lhe onde morava o doutor Gouveia.

— Na primeira rua, à esquerda, o portão verde ao pé do lampião — disse João Eduardo.

E uma esperança imensa alumiou-lhe bruscamente a alma: o Dr. Gouveia é que o podia salvar! O doutor era seu amigo; tratava-o por *tu* desde que o curara havia três anos da pneumonia; aprovava muito o seu casamento com Amélia; havia ainda semanas perguntara-lhe ao pé da Praça: — "Então, quando se faz essa rapariga feliz?!". E que respeitado, que temido na rua da Misericórdia! Era médico de todas as amigas da casa que, apesar de se escandalizarem com a sua irreligião, dependiam humildemente da sua ciência para os achaques, os flatos, os xaropes. Além disso, o Dr. Gouveia, inimigo decidido da "padraria", decerto se ia indignar com aquela intriga beata; e João Eduardo via-se já entrando na rua da Misericórdia atrás do Dr. Gouveia, que repreendia a S. Joaneira, arrasava o padre Amaro, convencia as velhas, — e a sua felicidade recomeçava inabalável agora!

— O senhor doutor está? — perguntou ele quase alegre, à criada que no pátio estendia a roupa ao sol.

— Está na consulta, Sr. Joãozinho; faça favor de entrar.

Em dias de mercado os doentes do campo afluíam sempre. Mas àquela hora — quando os vizinhos das freguesias se reúnem nas tabernas — havia só um velho, uma mulher com uma criança ao colo e o homem do braço ao peito, esperando numa saleta baixa com bancos, dois manjericões na janela e uma grande gravura da coroação da rainha Vitória. Apesar do sol claro que entrava do pátio, e de uma fresca folhagem de tília que roçava o peitoril da janela, a saleta dava tristeza, como se as paredes, os bancos, os mesmos manjericões estivessem saturados da melancolia das doenças que ali tinham passado. João Eduardo entrou e sentou-se a um canto.

Tinha batido meio-dia, e a mulher estava-se queixando de ter esperado tanto; era de uma freguesia distante; deixara no mercado a irmã, e havia uma hora que o senhor doutor estava com duas senhoras! A cada momento a criança rabujava, ela sacudia-a nos braços; calavam-se depois; o velho arregaçava a calça, contemplava com satisfação uma chaga na canela envolta em trapos; e o outro homem dava bocejos desconsolados que tornavam mais lúgubre a sua longa face amarela. Aquela demora enervava, amolecia o escrevente; sentia perder gradualmente o ânimo de ocupar o Dr. Gouveia; preparava laboriosamente a sua história, mas ela parecia-lhe agora bem insuficiente para o interessar. Vinha-lhe então um desalento, que as faces insípidas dos doentes tornavam ainda mais intenso. Positivamente era uma coisa bem triste esta vida, cheia só de miséria, de sentimentos traídos, de aflições, de doenças! Erguia-se; e com as mãos atrás das costas ia olhar desconsoladamente a coroação da rainha Vitória.

De vez em quando a mulher entreabria a porta, a espreitar se as duas senhoras ainda lá estariam. Lá estavam; e através do batente de baeta verde, que fechava o gabinete do doutor, sentia-se as suas vozes pachorrentas palrarem.

— Em caindo aqui é dia perdido! — rosnava o velho.

Também ele deixara a cavalgadura à porta do Fumaça, e a rapariga na praça... E o que teria a esperar na botica, depois! Com três léguas ainda a fazer para voltar à freguesia!... Ser doente é bom, mas para quem é rico e tem vagares!

A ideia da doença, da solidão que ela traz, faziam agora parecer a João Eduardo mais amarga a perda de Amélia. Se adoecesse, teria de ir para o hospital. O malvado do padre tirara-lhe tudo — mulher, felicidade, confortos de família, doces companhias da vida!

Enfim, sentiram no corredor as duas senhoras que saíam. A mulher com a criança apanhou o seu cabaz, precipitou-se. E o velho, apoderando-se logo do banco junto da porta, disse com satisfação:

— Agora cá o patrão!

— Vossemecê tem muito que consultar? — Perguntou-lhe João Eduardo.

— Não senhor, é só receber a receita.

E imediatamente contou a história da sua chaga; fora uma trave que lhe caíra em cima; não fizera caso;

depois a ferida assanhara-se; e agora ali estava, manco e curtidinho de dores.

— E Vossa Senhoria, é coisa de cuidado? — perguntou ele.

— Eu não estou doente — disse o escrevente. — São negócios com o senhor doutor.

Os dois homens olharam-no com inveja.

Enfim foi a vez do velho; depois a do homem amarelo de braço ao peito. João Eduardo, só, passeava nervoso pela saleta. Parecia-lhe agora muito difícil ir assim, sem-cerimônia, pedir proteção ao doutor. Com que direito?... Lembrou-se de se queixar primeiro de dores do peito ou desarranjos de estômago, e depois, incidentalmente, contar os seus infortúnios...

Mas a porta abriu-se. O doutor estava diante dele, com a sua longa barba grisalha que lhe caía sobre a quinzena de veludo preto, o largo chapéu desabado na cabeça, calçando as luvas de fio de Escócia.

— Olá! és tu, rapaz! Há novidade na rua da Misericórdia?

João Eduardo corou.

— Não senhor, senhor doutor, queria-lhe falar em particular.

Seguiu-o ao gabinete — o conhecido gabinete do doutor Gouveia que, com o seu caos de livros, o seu tom poeirento, uma panóplia de flechas selvagens e duas cegonhas empalhadas, tinha na cidade a reputação de uma "cela de alquimista".

O doutor puxou o seu *cebolão.*

— Um quarto para as duas. Sê breve.

A face do escrevente exprimiu o embaraço de condensar uma narração tão complicada.

— Está bom, — disse o doutor — explica-te como puderes. Não há nada mais difícil que ser claro e breve; é necessário ter gênio. Que é?

João Eduardo então tartamudeou a sua história, insistindo sobretudo na perfídia do padre, exagerando a inocência de Amélia...

O doutor escutava-o, cofiando a barba.

— Vejo o que é. Tu e o padre — disse ele — quereis ambos a rapariga. Como ele é o mais esperto e o mais decidido, apanhou-a ele. É lei natural: o mais forte despoja, elimina o mais fraco; a fêmea e a presa pertencem-lhe.

Aquilo pareceu a João Eduardo um gracejo. Disse com a voz perturbada:

— Vossa Excelência está a caçoar, senhor doutor, mas a mim retalha-se o coração!

— Homem — acudiu o doutor com bondade — estou a filosofar, não estou a caçoar... Mas enfim, que queres tu que eu te faça?

Era o que o doutor Godinho lhe tinha dito, também com mais pompa!

— Eu tenho a certeza que se Vossa Excelência lhe falasse...

O doutor sorriu:

— Eu posso receitar à rapariga *este ou aquele xarope*, mas não lhe posso impor *este ou aquele homem*! Queres que lhe vá dizer: "A menina há de preferir aqui o Sr. João Eduardo?". Queres que vá dizer ao padre, um maganão que eu nunca vi: "O senhor faz favor de não seduzir esta menina?".

— Mas caluniaram-me, senhor doutor, apresentaram-me como um homem de maus costumes, um patife...

— Não, não te caluniaram. Sob o ponto de vista do padre e daquelas senhoras que jogam à noite o quino na rua da Misericórdia, tu és um patife; um cristão que nos periódicos vitupera abades, cônegos, curas, personagens tão importantes para se comunicar com Deus e para salvar a alma, é um patife. Não te caluniaram, amigo!

— Mas, senhor doutor...

— Escuta. E a rapariga, descartando-se de ti em obediência às instruções do senhor padre fulano ou sicrano, comporta-se como uma boa católica. É o que te digo. Toda a vida do bom católico, os seus pensamentos, as suas ideias, os seus sentimentos, as suas palavras, o emprego dos seus dias e das suas noites, as suas relações de família e de vizinhança, os pratos do seu jantar, o seu vestuário e os seus divertimentos — tudo isto é regulado pela autoridade eclesiástica (abade, bispo ou cônego), aprovado ou censurado pelo confessor, aconselhado e ordenado pelo *diretor da consciência*. O bom católico, como a tua pequena, não se pertence; não tem razão, nem vontade, nem arbítrio, nem sentir próprio; o seu cura pensa, quer, determina, sente por ela. O seu único trabalho neste mundo, que é ao mesmo tempo o seu único direito e o seu único dever, é aceitar esta direção; aceitá-la sem a discutir; obedecer-lhe, dê por onde der; se ela contraria as suas ideias, deve pensar que as suas ideias são falsas; se ela fere as suas afeições, deve pensar que as suas afeições são culpadas. Dado isto, se o padre disse à pequena que não devia nem casar, nem sequer falar contigo, a criatura prova, obedecendo-lhe, que é uma boa católica, uma devota consequente, e que segue na vida, logicamente, a regra moral que escolheu. Aqui está, e desculpa o sermão.

João Eduardo ouvia com respeito, com espanto estas frases, a que a face plácida, a bela barba grisalha do doutor davam uma autoridade maior. Parecia-lhe agora quase impossível recuperar Amélia, se ela pertencia assim tão absolutamente, alma e sentidos, ao padre que a confessava. Mas enfim, por que era ele considerado um marido prejudicial?

— Eu compreenderia — disse — se fosse um homem de maus costumes, senhor doutor. Mas eu porto-me bem; eu não faço senão trabalhar; eu não frequento tabernas nem troças; eu não bebo, eu não jogo; as minhas noites passo-as na rua da Misericórdia, ou em casa a fazer serão para o cartório...

— Meu rapaz, tu podes ter socialmente todas as virtudes; mas, segundo a religião de nossos pais, todas as virtudes que não são católicas são inúteis e perniciosas. Ser trabalhador, casto, honrado, justo, verdadeiro, são grandes virtudes; mas para os padres e para a Igreja não contam. Se tu fores um modelo de bondade mas não fores à missa, não jejuares, não te confessares, não te desbarretares para o senhor cura — és simplesmente um maroto. Outros personagens maiores que tu, cuja alma foi perfeita e cuja regra de vida foi impecável, têm sido julgados verdadeiros canalhas porque não foram batizados antes de terem sido perfeitos. Hás de ter ouvido falar de Sócrates, de um outro chamado Platão, de Catão, etc... Foram sujeitos famosos pelas suas virtudes. Pois um certo Bossuet, que é o grande chavão da doutrina, disse que das virtudes desses homens estava cheio o inferno... Isto prova que a moral católica é diferente da moral natural e da moral social... Mas são coisas que tu compreendes mal... Queres tu um exemplo? Eu sou, segundo a doutrina católica, um dos grandes desavergonhados que passeiam as ruas da cidade; e o meu vizinho Peixoto, que matou a mulher com pancadas e que vai dando cabo pelo mesmo processo de uma filhita de dez anos, é entre o clero um homem excelente porque cumpre os seus deveres de devoto e toca figle nas missas cantadas. Enfim, amigo, estas coisas são assim. E parece que são boas, porque há milhares de pessoas respeitáveis que as consideram boas; o Estado mantém-nas, gasta até um dinheiro para as manter; obriga-nos mesmo a respeitá-las e eu, que estou aqui a falar, pago todos os anos um quartinho para que elas continuem a ser assim. Tu naturalmente pagas menos...

— Pago sete vinténs, senhor doutor.

— Mas enfim vais às festas, ouves música, sermão, desforras-te dos teus sete vinténs. Eu, o meu quartinho perco-o; consolo-me apenas com a ideia de que vai ajudar a manter o esplendor da Igreja — da Igreja que em vida me considera um bandido, e que para depois de morto me tem preparado um inferno de primeira classe. Enfim, parece-me que temos cavaqueado bastante... Que queres mais?

João Eduardo estava acabrunhado. Agora que escutava o doutor, parecia-lhe, mais que nunca, que se um homem de palavras tão sábias, de tantas ideias, se interessasse por ele, toda a intriga seria facilmente desfeita e a sua felicidade, o seu lugar na rua da Misericórdia recobrados para sempre.

— Então Vossa Excelência não pode fazer nada por mim? — disse muito desconsolado.

— Eu posso talvez curar-te de outra pneumonia. Tens outra pneumonia a curar? Não? Então...

João Eduardo suspirou:

— Sou uma vítima, senhor doutor!

— Fazes mal. Não deve haver vítimas, quando não seja senão para impedir que haja tiranos — disse o doutor, pondo o seu largo chapéu desabado.

— Porque no fim de tudo — exclamou ainda João Eduardo que se prendia ao doutor com uma sofreguidão de afogado — no fim de tudo o que o patife do pároco quer, com todos os seus pretextos, é a rapariga! Se ela fosse um camafeu, bem se importava o maroto que eu fosse um ímpio ou não! O que ele quer é a rapariga!

O doutor encolheu os ombros.

— É natural, coitado — disse, já com a mão no fecho da porta. — Que queres tu? Ele tem para as mulheres, como homem, paixões e órgãos; como confessor, a importância de um Deus. É evidente que há de utilizar essa importância para satisfazer essas paixões; e que há de cobrir essa satisfação natural com as aparências e com os pretextos do serviço divino... É natural.

João Eduardo então, vendo-o abrir a porta, desvanecer-se a esperança que o trouxera ali, disse, furioso, vergastando o ar com o chapéu:

— Canalha de padres! Foi raça que sempre detestei! Queria-a ver varrida da face da terra, senhor doutor!

— Isso é outra tolice — disse o doutor, resignando-se a escutá-lo ainda, e parando à porta do quarto. Ouve lá. Tu crês em Deus? No Deus do céu, no Deus que lá está no alto do céu, e que é lá de cima o princípio de toda a justiça e de toda a verdade?

João Eduardo, surpreendido, disse:

— Eu creio, sim senhor.

— E no pecado original?

— Também...

— Na vida futura, na redenção etc.?

— Fui educado nessas crenças...

— Então para que queres varrer os padres da face da terra? Deves pelo contrário ainda achar que são poucos. És um liberal racionalista nos limites da Carta, ao que vejo... Mas se crês no Deus do céu, que nos dirige lá de cima, e no pecado original, e na vida futura, precisas de uma classe de sacerdotes que te expliquem a doutrina e a moral revelada de Deus, que te ajudem a purificar da mácula original e te preparem o teu lugar no paraíso! Tu necessitas dos padres. E parece-me mesmo uma terrível falta de lógica que os desacredites pela imprensa...

João Eduardo, atônito, balbuciou:

— Mas Vossa Excelência, senhor doutor... Desculpe-me Vossa Excelência, mas...

— Dize, homem. Eu quê?

— Vossa Excelência não precisa dos padres neste mundo...

— Nem no outro. Eu não preciso dos padres no mundo, porque não preciso do Deus do céu. Isto quer dizer, meu rapaz, que tenho o meu Deus dentro em mim, isto é, o princípio que dirige as minhas ações e os meus juízos. Vulgo Consciência... Talvez não compreendas bem... O fato é que estou aqui a expor doutrinas subversivas... E realmente são três horas...

E mostrou-lhe o *cebolão*.

À porta do pátio, João Eduardo disse-lhe ainda:

— Vossa Excelência então desculpe, senhor doutor...

— Não há de quê... Manda a rua da Misericórdia ao diabo!

João Eduardo interrompeu com calor:

— Isso é bom de dizer, senhor doutor, mas quando a paixão está a roer cá por dentro!...

— Ah! — fez o doutor — é uma bela e grande coisa a paixão! O amor é uma das grandes forças da civilização. Bem dirigida levanta um mundo e bastava para nos fazer a revolução moral... — E mudando de tom: — Mas escuta. Olha que isso às vezes não é paixão, não está no coração... O coração é ordinariamente um termo de que nos servimos, por decência, para designar outro órgão. É precisamente esse órgão o único que está interessado, a maior parte das vezes, em questões de sentimento. E nesses casos o desgosto não dura. Adeus, estimo que seja isso!

XIV

João Eduardo desceu a rua, embrulhando o cigarro. Sentia-se enervado, todo cansado da noite desesperada que passara, daquela manhã cheia de passos inúteis, das conversas do Dr. Godinho e do Dr. Gouveia.

— Acabou-se — pensava — não posso fazer mais nada! É aguentar.

Tinha a alma extenuada de tantos esforços de paixão, de esperança e de cólera. Desejaria ir estirar-se ao comprido, num sítio isolado, longe de advogados, de mulheres e de padres e dormir durante meses. Mas como já passava das três horas, apressava-se para o cartório do Nunes. Teria talvez ainda de ouvir um sermão por ter chegado tão tarde! Triste vida a sua!

Dobrara a esquina no Terreiro, quando ao pé da casa de pasto do Osório se encontrou com um moço de quinzena clara, debruada de uma fita negra muito larga, e com um bigodinho tão preto que parecia postiço sobre as suas feições extremamente pálidas.

— Olé! Que é feito, João Eduardo?

Era um Gustavo, tipógrafo da *Voz do Distrito*, que havia dois meses fora para Lisboa. Segundo dizia o Agostinho, era "rapaz de cabeça e instruidote, mas de ideias do diabo". Escrevia às vezes artigos de política estrangeira, onde introduzia frases poéticas e retumbantes, amaldiçoando Napoleão III, o czar e os opressores do povo, chorando a escravidão da Polônia e a miséria do proletário. A simpatia entre ele e João Eduardo proviera de conversas sobre religião, em que ambos exalavam o seu ódio ao clero e a sua admiração por Jesus Cristo. A revolução da Espanha entusiasmara-o tanto que aspirara a pertencer à Internacional; e o desejo de viver num centro operário, onde houvesse associações, discursos e fraternidade, levara-o a Lisboa. Encontrara lá bom trabalho e bons camaradas. Mas como sustentava a mãe, velha e doente, e como era mais econômico viverem juntos, voltara a Leiria. O *Distrito*, além disso, na perspectiva de eleições, prosperava a ponto de aumentar o salário aos três tipógrafos.

— De modo que lá estou outra vez com o raquítico...

Vinha jantar, e convidou logo João Eduardo a que lhe fizesse companhia. Não havia de acabar o mundo, que diabo, por ele faltar um dia ao cartório!

João Eduardo então lembrou-se que desde a véspera não tinha comido. Era talvez a debilidade que o trouxera assim estonteado, tão pronto a desanimar... Decidiu-se logo — contente, depois das emoções e das fadigas da manhã, de se estirar no banco da taberna, diante de um prato cheio, na intimidade com um camarada de ódios iguais aos seus. Demais, os repelões que sofrera davam-lhe uma necessidade, uma avidez de simpatia; e foi com calor que disse:

— Homem, valeu! Cais-me do céu! Este mundo é uma choldra. Se não fosse por alguma hora que se passa em amizade, caramba, não valia a pena andar por cá!

Este modo, tão novo no João Eduardo, no *Pacatinho*, espantou Gustavo.

— Por quê? As coisas não correm bem? Turras com a besta do Nunes, hem? — perguntou-lhe.

— Não, um bocado de *spleen*.

— Isso de *spleen* é de inglês! Oh menino, havias de ver o Taborda no *Amor londrino*!... Deixa lá *o spleen. É* deitar lastro para dentro e carregar no líquido!

Travou-lhe do braço, meteu-o pela porta da taberna.

— Viva o tio Osório! Saúde e fraternidade!

O dono da casa de pasto, o tio Osório, personagem obeso e contente da vida, com as mangas da camisa arregaçadas até aos ombros, os braços nus muito brancos apoiados sobre o balcão, a face balofa e finória, felicitou logo Gustavo de o ver de novo em Leiria. Achava-o mais magrito... Havia de ser das más águas de Lisboa e do muito *pau-campeche* nos vinhos... E que havia de ele servir aos cavalheiros?

Gustavo, plantando-se diante do contador, de chapéu para a nuca, apressou-se a soltar o gracejo, que tanto o entusiasmara em Lisboa:

— Tio Osório, sirva-nos fígado de rei, com rim grelhado de padre!

O tio Osório, pronto à réplica, disse logo dando um raspão de rodilha sobre o zinco do contador:

— Não temos cá disso, Sr. Gustavo. Isso é petisco da capital.

— Então estão vocês muito atrasados! Em Lisboa era todos os dias o meu almoço... Bem, acabou-se; dê-nos duas iscas com batatas... E bem saltadinho, isso!

— Hão de ser servidos como amigos.

Acomodaram-se à "mesa dos envergonhados", entre dois tabiques de pinho fechado por uma cortina de chita. O tio Osório, que apreciava Gustavo, "moço instruído e de pouca troça", veio ele mesmo trazer a garrafa do tinto e as azeitonas; e limpando os copos ao avental enxovalhado:

— Então que há de novo pela capital, Sr. Gustavo? Como vai por lá aquilo?

O tipógrafo deu imediatamente seriedade ao rosto; passou a mão pelos cabelos, e deixou cair algumas frases enigmáticas:

— Tremedito... Muito pouca vergonha em política... A classe operária começa a mexer-se... Falta de união, por ora... Está-se à espera de ver como as coisas correm em Espanha... Há de havê-las bonitas! Tudo depende da Espanha...

Mas o tio Osório, que juntara alguns vinténs e comprara uma fazenda, tinha horror a tumultos... O que se queria no país era paz... Sobretudo o que lhe desagradava era contar-se com espanhóis... De Espanha, deviam os cavalheiros sabê-lo, "nem bom vento nem bom casamento!"

— Os povos são todos irmãos! — exclamou Gustavo. — Quando se tratar de atirar abaixo Bourbons e imperadores, camarilhas e fidalguia, não há portugueses nem espanhóis, todos são irmãos! Tudo é fraternidade, tio Osório!

— Pois então é beber-lhe à saúde, e beber-lhe rijo, que isso é que faz andar o negócio — disse o tio Osório tranquilamente, rolando a sua obesidade para fora do cubículo.

— Elefante! — rosnou o tipógrafo, chocado com aquela indiferença pela Fraternidade dos Povos. Que se podia esperar, de resto, de um proprietário e de um agente de eleições?

Trauteou a *Marselhesa*, enchendo os copos do alto, e quis saber o que tinha feito o amigo João Eduardo... Já se não ia pelo *Distrito*? O raquítico dissera-lhe que não havia despegá-lo da rua da Misericórdia...

— E quando é esse casamento, por fim?

João Eduardo corou; disse vagamente:

— Nada decidido... Tem havido dificuldades. — E acrescentou com um sorriso desconsolado: — Temos tido arrufos.

— Pieguices! — soltou o tipógrafo, com um movimento de ombros, que exprime um desdém de revolucionário pelas frivolidades do sentimento.

— Pieguices... Não sei se são pieguices — disse João Eduardo. — O que sei é que dão desgostos... Arrasam um homem, Gustavo...

Calou-se, mordendo o beiço, para recalcar a emoção que o revolvia.

Mas o tipógrafo achava todas essas histórias de mulheres ridículas. O tempo não estava para amores... O homem do povo, o operário que se agarrava a uma saia para não despegar, era um inútil... era um vendido! Em que se devia pensar não era em namoros; era em dar a liberdade ao povo, livrar o trabalho das garras do capital, acabar com os monopólios, trabalhar para a república! Não se queria lamúria, queria-se ação. Queria-se a força! — E carregava furiosamente o *r* da palavra — a *força*! — agitando os seus pulsos magríssimos de tísico sobre o grande prato de iscas que o moço trouxera.

João Eduardo, escutando-o, lembrava-se do tempo em que o tipógrafo, doido pela Júlia padeira, aparecia sempre com os olhos vermelhos como carvões, e atroava a tipografia com suspiros medonhos. A cada ai os camaradas, troçando, davam uma tossezinha de garganta. Um dia mesmo, Gustavo e o Medeiros tinham-se esmurrado no pátio...

— Olha quem fala! — disse por fim. És como os outros... Estás aí a palrar, e quando te chega és como os outros.

O tipógrafo então — que, desde que em Lisboa frequentara um clube democrático de Alcântara e ajudara a redigir um manifesto aos irmãos cigarreiros em greve, considerava-se exclusivamente votado ao serviço do

Proletariado e da República — escandalizou-se. Ele? Ele como os outros? Perder o seu tempo com saias?...

— Está Vossa Senhoria muito enganado! — E recolheu-se a um silêncio, chocado, partindo com furor a sua isca.

João Eduardo receou tê-lo ofendido.

— Ó Gustavo sejamos razoáveis; um homem pode ter os seus princípios, trabalhar pela sua causa, mas casar, arranjar o seu conchego, ter uma família.

— Nunca! — exclamou o tipógrafo exaltado. — O homem que casa está perdido! Daí por diante é ganhar a papa, não se mexer do buraco, não ter um momento para os amigos, passear de noite os marmanjos quando eles berram com os dentes... É um inútil. É um vendido! As mulheres não entendem nada de política. Têm medo que o homem se meta em barulhos, tenha turras com a polícia... Está um patriota atado de pés e mãos! E quando há um segredo a guardar? O homem casado não pode guardar um segredo!... E aí está às vezes uma revolução comprometida... Sebo pra família! — Outra de azeitonas, tio Osório!

A pança do tio Osório apareceu entre os tabiques.

— Então que estão os senhores aqui a questionar, que parece que entraram os da *Maia* no conselho de distrito?

Gustavo atirou-se para o fundo do banco, de perna estirada, e interpelando-o do alto:

— O tio Osório é que vai dizer. Diga lá o amigo. Vossemecê era homem de mudar as suas opiniões políticas para fazer a vontade a sua patroa?

O tio Osório acariciou o cachaço e disse com um tom finório:

— Eu lhe respondo, Sr. Gustavo. Mulheres são mais espertas que nós... E em política, como em negócio, quem for com o que elas dizem vai pelo seguro... Eu sempre consulto a minha, e se quer que lhe diga, já vai em vinte anos e não me tenho achado mal.

Gustavo pulou no banco:

— Você é um vendido! — gritou.

O tio Osório, acostumado àquela expressão querida do tipógrafo, não se escandalizou; gracejou até, com o seu amor às boas réplicas:

— Vendido não direi, mas vendedor pro que quiser... Pois é o que lhe digo, Sr. Gustavo. O senhor casará, e depois mas contará.

— O que lhe hei de contar, é, quando houver uma revolução, entrar-lhe por aqui de espingarda ao ombro, e metê-lo em conselho de guerra, seu capitalista!

— Pois enquanto isso não chega, é beber-lhe e beber-lhe rijo — disse o tio Osório retirando-se com pachorra.

— Hipopótamo! — resmungou o tipógrafo.

E, como adorava discussões, recomeçou logo — sustentando que o homem, embeiçado por uma saia, não tem firmeza nas suas convicções políticas...

João Eduardo sorria tristemente, numa negação muda, pensando consigo que, apesar da sua paixão por Amélia, não se tinha confessado nos dois últimos anos!

— Tenho provas! — berrava Gustavo.

Citou um livre-pensador das suas relações que, para manter a paz doméstica, se sujeitava a jejuar às sextas-feiras, e palmilhar aos domingos o caminho da capela de ripanço debaixo do braço...

— E é o que te há de suceder!... Tu tens ideias menos más a respeito de religião, mas ainda te hei de ver de opa vermelha e círio na mão na procissão do Senhor dos Passos... Filosofia e ateísmo não custam nada quando se conversa no bilhar entre rapazes... Mas praticá-los em família, quando se tem uma mulher bonita e devota, é o diabo! É o que te há de suceder, se é que te não vai sucedendo já; hás de atirar as tuas convicções liberais para o caixão do cisco, e fazer barretadas ao confessor da casa!

João Eduardo fazia-se escarlate de indignação. Mesmo nos tempos da sua felicidade, quando tinha Amélia certa, aquela acusação (que o tipógrafo fazia só para questionar, para palrar) tê-lo-ia escandalizado. Mas hoje! Justamente quando ele perdera Amélia por ter dito de alto, num jornal, o seu horror a beatos! Hoje que se achava ali, com o coração partido, roubado de toda a alegria, exatamente pelas suas opiniões liberais!...

— Isso dito a mim tem graça! — disse com uma amargura sombria.

O tipógrafo galhofou:

— Homem, não me constou ainda que fosses um *mártir da liberdade*!

— Por quem és não me apoquentes, Gustavo — disse o escrevente muito chocado. — Tu não sabes o que se tem passado. Se soubesses não me dizias isso...

Contou-lhe então a história do *Comunicado* — calando todavia que o escrevera num fogo de ciúmes, e apresentando-o como uma pura afirmação de princípios... E que notasse esta circunstância; ia então casar com uma rapariga devota, numa casa que era mais frequentada por padres que a sacristia da Sé...

— E assinaste? — perguntou Gustavo, espantado da revelação.

— O doutor Godinho não quis — disse o escrevente corando um pouco.

— E deste-lhes uma desanda, hem?

— A todos, de rachar!

O tipógrafo, entusiasmado, berrou por "outra de tinto"!

Encheu os copos com transporte, bebeu uma grande saúde a João Eduardo.

— Caramba, quero ver isso! Quero mandá-lo à rapaziada em Lisboa!... E que efeito fez?

— Um escândalo mestre.

— E os padrecas?

— Em brasa!

— Mas como souberam que eras tu?

João Eduardo encolheu os ombros. O Agostinho não o dissera. Desconfiava da mulher do Godinho, que o sabia pelo marido, e que o fora meter no bico do padre Silvério, seu confessor, o padre Silvério da rua das Teresas...

— Um gordo, que parece hidrópico?

— Sim.

— Que besta! — rugiu o tipógrafo com rancor.

Olhava agora João Eduardo com respeito, aquele João Eduardo que se lhe revelava inesperadamente um paladino do livre-pensamento.

— Bebe, amigo, bebe! — dizia-lhe, enchendo-lhe o copo com afeto, como se aquele esforço heroico de liberalismo necessitasse ainda, depois de tantos dias, reconfortos excepcionais.

E que se tinha passado? Que tinha dito a gente da rua da Misericórdia?

Tanto interesse comoveu João Eduardo; e de um fôlego fez a sua confidência. Mostrou-lhe mesmo a carta de Amélia que ela decerto, coitada, fora levada a escrever num terror do inferno, sob a pressão dos padres furiosos...

— E aqui tens a vítima que eu sou, Gustavo!

Era-o com efeito; e o tipógrafo considerava-o com uma admiração crescente. Já não era o *Pacatinho*, o escrevente de Nunes, o chichisbéu da rua da Misericórdia — era uma *vítima das perseguições religiosas.* Era a primeira que o tipógrafo via; e, apesar de não lhe aparecer na atitude tradicional das estampas de propaganda, amarrado a um poste de fogueira ou fugindo com a família espavorida a soldados que galopam da sombra do último plano, achava-o interessante. Invejava-lhe secretamente aquela honra social. Que *chic* que lhe daria a ele entre a rapaziada de Alcântara! Famosa pechincha, ser uma vítima da reação, sem perder o conforto das iscas do tio Osório e os salários inteiros ao sábado! — Mas sobretudo o procedimento dos padres enfurecia-o! Para se vingarem de um liberal, intrigarem-no, tirarem-lhe a noiva! — Oh, que canalha!... E esquecendo os seus sarcasmos ao Casamento e à Família, trovejou do alto contra o clero, que é quem sempre destrói essa instituição social, perfeita, de origem divina!

— Isso precisa uma vingança medonha, menino! É necessário arrasá-los!

Uma vingança? João Eduardo desejava-a, vorazmente! Mas qual?

— Qual? Contar tudo no *Distrito*, num artigo tremendo!

João Eduardo citou-lhe as palavras do doutor Godinho; dali por diante o *Distrito* estava fechado aos senhores livres-pensadores!

— Cavalgadura! — rugiu o tipógrafo.

Mas tinha uma ideia, caramba! Publicar um folheto! Um folheto de vinte páginas, o que se chama no Brasil uma *mofina*, mas num estilo floreado (ele se encarregava disso), caindo sobre o clero com um desabamento de verdades mortais!

João Eduardo entusiasmou-se. E diante daquela simpatia ativa de Gustavo, vendo nele um irmão, soltou as últimas confidências, as mais dolorosas. O que havia no fundo da intriga era a paixão do padre Amaro pela pequena, e era para se apoderar dela que o escorraçava a ele... O inimigo, o malvado, o carrasco — era o pároco!

O tipógrafo apertou as mãos na cabeça; semelhante caso (que todavia era para ele trivial, nas locais que compunha) sucedido a um amigo seu que estava ali bebendo com ele, a um democrata, parecia-lhe monstruoso, alguma coisa semelhante aos furores de Tibério na velhice, violando, em banhos perfumados, as carnes delicadas de mancebos patrícios.

Não queria acreditar. João Eduardo acumulou as provas. E então Gustavo, que tinha molhado vastamente de tinto as iscas de fígado, ergueu os punhos fechados, e com a face entumecida, dente rilhado, berrou em rouco:

— Abaixo a religião!

Do outro lado do tabique uma voz trocista grasnou em réplica:

— Viva Pio Nono!

Gustavo ergueu-se para ir esbofetear o intrometido. Mas João Eduardo sossegou-o. E o tipógrafo, sentando-se tranquilamente, rechupou o fundo do copo.

Então, com os cotovelos sobre a mesa, a garrafa entre eles, conversavam baixo, de rosto a rosto, sobre o plano do folheto. A coisa era fácil: escreve-lo-iam ambos. João Eduardo queria-o em forma de romance, de enredo negro, dando ao personagem do pároco os vícios e as perversidades de Calígula e de Heliogábalo. O tipógrafo porém queria um livro filosófico, de estilo e de princípios, que demolisse de uma vez para sempre o Ultramontanismo! Ele mesmo se encarregava de imprimir a obra aos serões, *grátis*, já se sabe. — Mas aparece-lhes então, bruscamente, uma dificuldade.

— O papel? Como se há de arranjar o papel?

Era uma despesa de nove ou dez mil-réis; nenhum os tinha — nem um amigo que, por dedicação aos princípios, lhos adiantasse.

— Pede-os ao Nunes por conta do teu ordenado! — lembrou vivamente o tipógrafo.

João Eduardo coçou desconsoladamente a cabeça. Estava justamente pensando no Nunes e na sua indignação de devoto, de membro da junta de paróquia, de amigo do chantre, apenas lesse o panfleto! E se soubesse que era o seu escrevente que o compusera, com as penas do cartório, no papel almaço do cartório... Via-o já roxo de cólera, alçando sobre o bico dos sapatos brancos a sua pessoa gordalhufa, e gritando na voz de grilo: — "Fora daqui, pedreiro-livre, fora daqui!".

— Ficava eu bem arranjado — disse João Eduardo muito sério — nem mulher nem pão!

Isto fez lembrar também a Gustavo a cólera provável do Dr. Godinho, dono da tipografia. O Dr. Godinho, que depois da reconciliação com a gente da rua da Misericórdia, retomara publicamente a sua considerável posição de pilar da Igreja e esteio da Fé...

— É o diabo, pode-nos sair caro — disse ele.

— É impossível! — disse o escrevente.

Então praguejaram de raiva. Perder uma ocasião daquelas para pôr a calva à mostra ao clero!

O plano do folheto, como uma coluna tombada que parece maior, afigurava-se-lhes, agora que estava derrubado, de uma altura, de uma importância colossal. Não era já a demolição local de um pároco celerado; era a ruína ao longe e ao largo de todo o clero, dos jesuítas, do poder temporal, de outras coisas funestas... — Maldição! Se não fosse o Nunes, se não fosse o Godinho, se não fossem os nove mil-réis do papel...

Aquele perpétuo obstáculo do pobre, falta de dinheiro e dependência do patrão, que até para um folheto era estorvo, revoltou-os contra a sociedade.

— Positivamente, é necessário uma revolução! — afirmou o tipógrafo. — É necessário arrasar tudo, tudo! — E o seu largo gesto sobre a mesa indicava, num formidável nivelamento social, uma demolição de igrejas, palácios, bancos, quartéis e prédios de Godinhos! — Outra do tinto, tio Osório!...

Mas o tio Osório não aparecia. Gustavo martelou a mesa a toda a força com o cabo da faca. E enfim, furioso, saiu fora ao contador "para arrebentar a pança àquele vendido que fazia assim esperar um cidadão".

Encontrou-o desbarretado, radiante, conversando com o barão de Via-Clara, que, em vésperas de eleições, vinha pelas casas de pasto apertar a mão aos compadres. E ali na taberna, parecia magnífico o barão, com a sua luneta de ouro, os botins de verniz sobre o solo térreo, tossicando ao cheiro acre do azeite fervido e das emanações das borras de vinho.

Gustavo, avistando-o, recolheu discretamente ao cubículo.

— Está com o barão — disse numa surdina respeitosa.

Mas vendo João Eduardo aniquilado, com a cabeça entre os punhos, o tipógrafo exortou-o a não esmorecer. Que diabo! No fim, livrava-se de casar com uma beata...

— Não me poder vingar daquele maroto! — interrompeu João Eduardo com um repelão ao prato.

— Não te aflijas — prometeu o tipógrafo com solenidade que a vingança não vem longe!

Fez-lhe então, baixo, a confidência "das coisas que se preparavam em Lisboa". Tinham-lhe afiançado que havia um clube republicano a que até pertenciam figurões — o que era para ele uma garantia superior de triunfo. Além disso, a rapaziada do trabalho mexia-se... Ele mesmo — e murmurava quase contra a face de João Eduardo, estirado sobre a mesa — fora falado para pertencer a uma seção da Internacional, que devia organizar um espanhol de Madri; nunca vira o espanhol, que se disfarçava por causa da polícia; e a coisa falhara porque o comitê tinha falta de fundos... Mas era certo haver um homem, que possuía um talho, que prometera cem mil-réis... O exército, além disso, estava na coisa; tinha visto numa reunião um sujeito barrigudo que lhe tinham dito que era major, e que tinha cara de major... — De modo que, com todos estes elementos, a opinião dele, Gustavo, era que dentro de meses, governo, rei, fidalgos, capitalistas, bispos, todos esses monstros iam pelos ares!

— E então somos nós os reizinhos, menino! Godinho, Nunes, toda a cambada ferramo-la na enxovia de S. Francisco. Eu a quem me atiro é ao Godinho... Padres, derrubamo-los à pancada! E o povo respira, enfim!

— Mas daqui até lá! — suspirou João Eduardo, que pensava com amargura que, quando a revolução viesse, já seria tarde para recuperar a Ameliazinha...

O tio Osório então apareceu com a garrafa.

— Ora, até que enfim, "seu fidalgo!" — disse o tipógrafo a trasbordar de sarcasmo.

— Não se pertence à classe, mas é-se tratado por ela com consideração — replicou logo o tio Osório, a quem a satisfação fazia parecer mais pançudo.

— Por causa de meia dúzia de votos!

— Dezoito na freguesia, e esperanças de dezenove. E que se há de servir mais aos cavalheiros? Nada mais? Pois é pena. Então é beber-lhe, é beber-lhe!

E correu a cortina, deixando os dois amigos em frente da garrafa cheia, aspirarem a uma revolução que lhes permitisse — a um reaver a menina Amélia, a outro espancar o patrão Godinho.

Eram quase cinco horas quando saíram enfim do cubículo. O tio Osório, que se interessava por eles por serem rapazes de instrução, notou logo, examinando-os do canto do balcão onde saboreava o seu *Popular*, que "vinham tocaditos". João Eduardo, sobretudo, de chapéu carregado e beiço trombudo: "pessoa de mau vinho", pensou o tio Osório, que o conhecia pouco. Mas o Sr. Gustavo, como sempre, depois dos seus três litros, resplandecia de júbilo. Grande rapaz! Era ele que pagava a conta; e gingando para o balcão do alto com as suas duas placas:

— Encafua mais essa na burra, Osório pipa!

— O que é pena é que sejam só duas, Sr. Gustavo.

— Ah bandido! Imaginas que o suor do povo, o dinheiro do trabalho é para encher a pança dos filistinos? Mas não as perdes! Que no dia do ajuste de contas quem há de ter a honra de te furar esse bandulho há de ser cá o Bibi... E o Bibi sou eu... Eu é que sou o Bibi! Não é verdade, João, quem é o Bibi?

João Eduardo não o escutava; muito carrancudo, olhava com desconfiança um borracho, que na mesa do fundo, diante do seu litro vazio, com o queixo na palma da mão e o cachimbo nos dentes, embasbacara, maravilhado, para os dois amigos.

O tipógrafo puxou-o para o balcão:

— Dize aqui ao tio Osório quem é o Bibi! Quem é o Bibi?... Olhe pra isto, tio Osório! Rapaz de talento, e dos bons! Veja-me isto! Com duas penadas dá cabo do ultramontanismo! É cá dos meus! Também entre nós é pra vida e pra morte. Deixa lá a conta, Osório barrigudo, ouve o que te digo! Este é dos bons... E se ele aqui voltar e quiser dois litros a crédito, é dar-lhos... Cá o Bibi responde por tudo.

— Temos pois — começou o tio Osório — iscas a dois, salada a dois...

Mas o borracho arrancara-se com esforço ao seu banco; de cachimbo espetado, arrotando forte, veio plantar-se diante do tipógrafo, e, tremeleando nas pernas, estendeu-lhe a mão aberta.

Gustavo considerou-o do alto, com nojo:

— Que quer você? Aposto que foi você que berrou há pouco "Viva Pio Nono"? Seu vendido... Tire pra lá a pata!

O borracho, repelido, grunhiu; e, embicando contra João Eduardo, ofereceu-lhe a mão espalmada.

— Arrede pra lá, seu animal! — disse-lhe o escrevente desabrido.

— Tudo amizade... Tudo amizade... — resmungava o borracho.

E não se arredava, com os cinco dedos muito espetados, despedindo um hálito fétido.

João Eduardo, furioso, atirou-o de repelão contra o contador.

— Brincadeiras de mãos, não! — exclamou logo severamente o tio Osório. — Brutalidades, não!

— Que se não metesse comigo — rosnou o escrevente. — E a você faço-lhe o mesmo...

— Quem não tem decência vai pra rua — disse muito grave o tio Osório.

— Quem vai pra rua, quem vai pra rua? — rugiu o escrevente, empinando-se, de punho fechado. — Repita lá isto de ir pra rua! Com quem está você a falar?

O tio Osório não replicava, apoiado sobre as mãos ao balcão, patenteando os seus enormes braços que lhe faziam o estabelecimento respeitado.

Mas Gustavo, com autoridade, pôs-se entre os dois, e declarou que era necessário ser-se cavalheiro! Questões e más palavras, não! Podia-se chalacear e troçar os amigos, mas como cavalheiros! E ali só havia cavalheiros!

Arrastou para um canto o escrevente, que resmungava muito ressentido.

— Oh, João! oh, João! — dizia-lhe com grandes gestos — isso não é de um homem ilustrado!

Que diabo! Era necessário ter-se boas maneiras! Com repentes, com vinho desordeiro, não havia pândega, nem sociedade, nem fraternidade!

Voltou ao tio Osório, falando-lhe sobre o ombro, excitado:

— Eu respondo por ele, Osório! É um cavalheiro! Mas tem tido desgostos, e não está acostumado a um litro de mais. É o que é! Mas é dos bons... Você desculpe, tio Osório. Que eu respondo por ele...

Foi buscar o escrevente, persuadiu-o apertar a mão ao tio Osório. O taberneiro declarou com ênfase que não quisera insultar o cavalheiro. Os *shake-hands* então sucederam-se com veemência. Para consolidar a reconciliação, o tipógrafo pagou três "canas brancas". João Eduardo, por brio, ofereceu também um "giro" de conhaque. E com os copos em fila sobre o balcão trocavam boas palavras, tratavam-se de cavalheiros — enquanto o borracho, esquecido ao seu canto, derreado para cima da mesa, a cabeça sobre os punhos e o nariz sobre o litro, se babava silenciosamente, com o cachimbo cravado nos dentes.

— Disto é que eu gosto! — dizia o tipógrafo a quem a aguardente aumentara a ternura. — Harmonia! Cá o meu fraco é a harmonia! Harmonia entre a rapaziada e entre a humanidade... O que eu queria era ver uma grande mesa, e toda a humanidade sentada num banquete, e fogo preso, e chalaça, e decidirem-se as questões sociais! E o dia não vem longe em que você o há de ver, tio Osório!... Em Lisboa as coisas vão-se preparando pra isso. E o tio Osório é que há de fornecer o vinho... Hem, que negociozinho! Diga que não sou amigo!

— Obrigado, Sr. Gustavo, obrigado...

— Isto aqui entre nós, hem, que somos todos cavalheiros! E cá este — abraçava João Eduardo — é como se fosse irmão! Entre nós é pra vida e pra morte! E é mandar a tristeza ao diabo, rapaz! Toca a escrever o folheto... O Godinho, e o Nunes...

— O Nunes racho-o! — soltou com força o escrevente, que, depois das "saúdes" com cana, parecia mais sombrio.

Dois soldados entraram então na taberna — e Gustavo julgou que eram horas de ir para a tipografia. Se não, não se haviam de separar todo o dia, não se haviam de separar, toda a vida!... Mas o trabalho é dever, o trabalho é virtude!

Saíram, enfim, depois de mais *shake-hands com* o tio Osório. À porta, Gustavo jurou ainda ao escrevente uma lealdade de irmão; obrigou-o a aceitar a sua bolsa de tabaco, e desapareceu à esquina da rua, de chapéu para a nuca, trauteando o *Hino do trabalho*.

João Eduardo, só, abalou logo para a rua da Misericórdia. Ao chegar à porta da S. Joaneira, apagou com cuidado o cigarro na sola do sapato, e deu um puxão tremendo ao cordão da campainha.

A *Ruça* veio, correndo.

— A Ameliazinha? Quero-lhe falar!

— As senhoras saíram — disse a *Ruça* espantada do modo do senhor Joãozinho.

— Mente, sua bêbeda! — berrou o escrevente.

A rapariga, aterrada, fechou a porta de estalo.

João Eduardo foi-se encostar à parede defronte, e ficou ali, de braços cruzados, observando a casa; as janelas estavam fechadas, as cortinas de cassa corridas; dois lenços de rapé do cônego secavam, embaixo na varanda. Aproximou-se de novo e bateu devagarinho a aldrava. Depois repicou com furor a campainha. Ninguém apareceu; então, indignado, partiu para os lados da Sé.

Ao desembocar no largo, diante da fachada da igreja, parou, procurando em redor com o sobrolho carregado; mas o largo parecia deserto; à porta da farmácia do Carlos um rapazito, sentado no degrau, guardava pela arreata[1] um burro carregado de erva; aqui e além, galinhas iam picando o chão vorazmente; o portão da igreja estava fechado; e apenas se ouvia o ruído de marteladas numa casa ao pé em que havia obras.

E João Eduardo ia seguir para os lados da alameda, quando apareceram no terraço da igreja, da banda da sacristia, o padre Silvério e o padre Amaro, conversando, devagar.

Batia então um quarto na torre, e o padre Silvério parou a acertar o seu *cebolão*. Depois os dois padres observaram maliciosamente a janela da administração de vidraças abertas, onde se via, no escuro, o vulto do

---

[1] Arreata: é a corda ou correia em que se prendem as bestas.

senhor administrador de binóculo cravado para a casa do Teles alfaiate. E desceram enfim a escadaria da Sé, rindo de ombro a ombro, divertidos com aquela paixão que escandalizava Leiria.

Foi então que o pároco viu João Eduardo que estacara no meio do largo. Parou para voltar à Sé decerto, evitar o encontro; mas viu o portão fechado, e ia seguir de olhos baixos, ao lado do bom Silvério que tirava tranquilamente a sua caixa de rapé, quando João Eduardo, arremessando-se, sem uma palavra, atirou a toda a força um murro ao ombro de Amaro.

O pároco, aturdido, ergueu frouxamente o guarda-chuva.

— Acudam! — berrou logo o padre Silvério, recuando de braços no ar. — Acudam!

Da porta da administração um homem correu, agarrou furiosamente o escrevente pela gola:

— Está preso! — rugia. — Está preso!

— Acudam, acudam! — berrava Silvério a distância.

Janelas no largo abriam-se à pressa. A Amparo da botica, em saia branca, apareceu à varanda, espavorida; o Carlos precipitara-se do laboratório em chinelas; e o senhor administrador, debruçado na sacada, bracejava, com o binóculo na mão.

Enfim o escrivão da administração, o Domingos, compareceu, muito grave, de mangas de lustrina enfiadas; e com o cabo de polícia levou logo para a administração o escrevente, que não resistia, todo pálido...

O Carlos, esse, apressou-se a conduzir o senhor pároco para a botica; fez preparar, com estrépito, flor de laranja e éter; gritou pela esposa, para arranjar uma cama... Queria examinar o ombro de Sua Senhoria; haveria intumescência?

— Obrigado, não é nada — dizia o pároco muito branco. Não é nada. Foi um raspão. Basta-me uma gota de água...

Mas a Amparo achava melhor um cálice de vinho do Porto; e correu acima a buscar-lho, tropeçando nos pequenos que se lhe penduravam das saias, dando ais, explicando pela escada à criada que tinham querido matar o senhor pároco!

À porta da botica juntara-se gente, que embasbacava para dentro; um dos carpinteiros que trabalhavam nas obras afirmava que "fora uma facada"; e uma velha por trás debatia-se, de pescoço esticado, para ver o *sangue*. Enfim, a pedido do pároco, que receava escândalo, o Carlos veio majestosamente declarar que não queria motim à porta! O senhor pároco estava melhor. Fora apenas um soco, um raspão de mão... Ele respondia por Sua Senhoria.

E, como o burro ao lado começara a ornear, o farmacêutico voltando-se indignado para o rapazito que o segurava pela arreata:

— E tu não tens vergonha, no meio de um desgosto destes, um desgosto para toda a cidade, de ficar aqui com esse animal, que não faz senão zurrar? Para longe, insolente, para longe!

Aconselhou então os dois sacerdotes a que subissem para a sala, para evitar a "curiosidade da populaça". E a boa Amparo apareceu logo com dois cálices do Porto, um para o senhor pároco, outro para o senhor padre Silvério que se deixara cair a um canto do canapé, apavorado ainda, extenuado de emoção.

— Tenho cinquenta e cinco anos, — disse ele depois de ter chupado a última gota de Porto — e é a primeira vez que me vejo num barulho!

O padre Amaro, mais sossegado agora, afetando bravura, chasqueou o padre Silvério:

— Você tomou o caso muito ao trágico, colega... E lá ser a primeira, vamos lá... Todos sabem que o colega esteve pegado com o Natário...

— Ah, sim, — exclamou o Silvério — mas isso era entre sacerdotes, amigo!

Mas a Amparo, ainda muito trêmula, enchendo outro cálice ao senhor pároco, quis saber "os particulares, todos os particulares...".

— Não há particulares, minha senhora; eu vinha aqui com o colega... Vínhamos cavaqueando... O homem chegou-se a mim, e, como eu estava desprevenido, deu-me um raspão no ombro.

— Mas por quê? Por quê? — exclamou a boa senhora, apertando as mãos, num assombro.

O Carlos então deu a sua opinião. Ainda havia dias, ele dissera, diante da Amparozinho e de D. Josefa, a irmã do respeitável cônego Dias, que estas ideias de materialismo e ateísmo estavam levando a mocidade aos mais perniciosos excessos... E mal sabia ele então que estava profetizando!

— Vejam Vossas Senhorias este rapaz! Começa por esquecer todos os deveres de cristão (assim no-lo afirmou D. Josefa), associa-se com bandidos, achincalha os dogmas nos botequins... Depois (sigam Vossas Senhorias a progressão), não contente com estes extravios, publica nos periódicos ataques abjetos contra a religião... E enfim, possuído de uma vertigem de ateísmo, atira-se, diante mesmo da catedral, sobre um sacerdote exemplar (não é por Vossa Senhoria estar presente) e tenta assassiná-lo! Ora, pergunto eu: o que há no fundo de tudo isto? Ódio, puro ódio à religião de nossos pais!

— Infelizmente assim é — suspirou o padre Silvério.

Mas a Amparo, indiferente às causas filosóficas do delito, ardia na curiosidade de saber o que se passaria na administração; o que diria o escrevente; se o teriam posto a ferros... O Carlos prontificou-se logo a ir averiguar.

De resto — disse ele — era o seu dever, como homem de ciência, esclarecer a justiça sobre as consequências que podia ter trazido um murro, à força de braço, na região delicada da clavícula... (ainda que, louvado Deus, não havia fratura, nem inchaço), e sobretudo queria revelar à autoridade, para que ela tomasse as suas providências, que aquela tentativa de espancamento não provinha de vingança pessoal. Que podia ter feito o senhor pároco da Sé ao escrevente do Nunes? Provinha de uma vasta conspiração de ateus e republicanos contra o sacerdócio de Cristo!

— Apoiado, apoiado! — disseram os dois sacerdotes gravemente.

— E é o que eu vou provar cabalmente ao senhor administrador do conselho!

Na sua precipitação zelosa de conservador indignado, ia mesmo de chinelas e quinzena de laboratório; mas Amparo alcançou-o no corredor:

— Oh! filho, a sobrecasaca! Põe a sobrecasaca ao menos, que o administrador é de cerimônia!

Ela mesmo lha ajudou a enfiar, enquanto o Carlos, com a imaginação trabalhando viva (aquela desgraçada imaginação que, como ele dizia, até às vezes lhe dava dores de cabeça), ia preparando o seu depoimento, que faria ruído na cidade. Falaria de pé. Na saleta da administração seria um aparato judicial; à sua mesa, o senhor administrador, grave como a personificação da Ordem; em redor os amanuenses, ativos sobre o seu papel selado;

e o réu, defronte, na atitude tradicional dos criminosos políticos, os braços cruzados sobre o peito, a fronte alta desafiando a morte. Ele, Carlos, então, entraria e diria: *Senhor administrador, aqui venho espontaneamente pôr-me ao serviço da vindita social!*

— Hei de lhes mostrar, com uma lógica de ferro, que é tudo resultado de uma conspiração do racionalismo. Podes estar certa, Amparozinho, é uma conspiração do racionalismo! — disse, puxando, com um gemido de esforço, as presilhas dos botins de cano.

— E repara se ele fala da pequena, da S. Joaneira...

— Hei de tomar notas. Mas não se trata da S. Joaneira. Isto é um processo político!

Atravessou o largo majestosamente, certo que os vizinhos, pelas portas, murmuravam: *Lá vai o Carlos depor...* Ia depor, sim, mas não sobre o murro no ombro de Sua Senhoria. Que importava o murro? O grave era o que estava por trás do murro — uma conspiração contra a Ordem, a Igreja, a Carta e a Propriedade! É o que ele provaria do alto ao senhor administrador. Este murro, excelentíssimo senhor, é o primeiro excesso de uma grande revolução social!

E empurrando o batente de baeta que dava acesso para a administração do concelho de Leiria, ficou um momento com a mão no ferrolho, enchendo o vão da porta da pompa da sua pessoa. Não, não havia o aparato judicial que ele concebera. O réu lá estava, sim, pobre João Eduardo, mas sentado à beira do banco, com as orelhas em brasa, olhando estupidamente o soalho. Artur Couceiro, embaraçado com a presença daquele íntimo dos serões da S. Joaneira, ali no assento dos presos, para o não olhar fixaria o nariz sobre o imenso copiador de ofícios, onde desdobrara o *Popular* da véspera.

O amanuense Pires, de sobrancelhas muito erguidas e muito sérias, embebia-se na ponta da pena de pato que aparava sobre a unha. O escrivão Domingos, esse, sim, vibrava de atividade! O seu lápis rascunhava com furor; o processo estava-se decerto apressando; era tempo de trazer a sua ideia... E o Carlos então adiantando-se:

— Meus senhores! O senhor administrador?

Justamente a voz de sua excelência chamou de dentro do seu gabinete:

— Ó Sr. Domingos?

O escrivão perfilou-se puxando os óculos para a testa.

— Senhor administrador!

— O senhor tem fósforos?

O Domingos procurou ansiosamente pela algibeira, na gaveta, entre os papéis...

— Algum dos senhores tem fósforos?

Houve um rebuscar de mãos sobre a mesa... Não, não havia fósforos.

— Ó Sr. Carlos, o senhor tem fósforos?

— Não tenho, Sr. Domingos. Sinto.

O senhor administrador apareceu então, ajeitando as suas lunetas de tartaruga:

— Ninguém tem fósforos, hem? É extraordinário que não haja aqui nunca fósforos! Uma repartição destas sem um fósforo... Que fazem os senhores aos fósforos? Mande buscar por uma vez meia dúzia de caixas!

Os empregados olhavam-se consternados dessa falta flagrante no material do serviço administrativo. E o Carlos, apoderando-se logo da presença e da atenção de sua excelência:

— Senhor administrador, eu aqui venho... Aqui venho solícito e espontâneo, por assim dizer...

— Diga-me uma coisa, Sr. Carlos — interrompeu a autoridade. — O pároco e o outro ainda estão lá na botica?

— O senhor pároco e o senhor padre Silvério ficaram com minha esposa a repousar da comoção que...

— Tem a bondade de lhes ir dizer que são cá precisos...

— Eu estou à disposição da lei.

— Que venham quanto antes... São cinco horas e meia, queremo-nos ir embora! Vejam que maçada tem sido esta aqui, todo o dia! A repartição fecha-se às três!

E sua excelência, rodando sobre os tacões, foi debruçar-se à sacada do seu gabinete — aquela sacada de onde ele diariamente, das onze às três, retorcendo o bigode louro e entesando o plastrão azul, depravava a mulher do Teles.

O Carlos abria já o batente verde, quando um *pst* do Domingos o deteve.

— Ó amigo Carlos — e o sorrisinho do escrivão tinha uma suplicação tocante — desculpe, hem? Mas... Traz-me de lá uma caixita de fósforos?

Neste momento à porta aparecia o padre Amaro; e por trás a massa enorme do Silvério.

— Eu desejava falar ao senhor administrador em particular — disse Amaro.

Todos os empregados se ergueram; João Eduardo também, branco como a cal do muro. O pároco, com as suas passadas sutis de eclesiástico, atravessou a repartição, seguido do bom Silvério que ao passar diante do escrevente descreveu de esguelha um semicírculo cauteloso, com terror ao réu; o senhor administrador acudira a receber Suas Senhorias; e a porta do gabinete fechou-se discretamente.

— Temos composição — rosnou o experiente Domingos, piscando o olho aos colegas.

O Carlos sentara-se descontente. Viera ali para esclarecer a autoridade sobre os perigos sociais que ameaçavam Leiria, o Distrito e a Sociedade, para ter o seu papel naquele processo, que, segundo ele, era um processo político — e ali estava calado, esquecido, no mesmo banco ao lado do réu! Nem lhe tinham oferecido uma cadeira! Seria realmente intolerável que as coisas se arranjassem entre o pároco e o administrador sem o consultarem a ele! Ele, o único que percebera naquele murro dado no ombro do padre — não o punho do escrevente, mas a mão do Racionalismo! Aquele desdém pelas suas luzes parecia-lhe um erro funesto da administração do Estado. Positivamente o administrador não tinha a capacidade necessária para salvar Leiria dos perigos da revolução! Bem se dizia na Arcada — era uma bambocha!

A porta do gabinete entreabriu-se, e as lunetas do administrador reluziram.

— Ó senhor Domingos, faz favor, vem-nos falar? — disse sua excelência.

O escrivão apressou-se com importância; e a porta cerrou-se de novo, confidencialmente. Ah! aquela porta, fechada diante dele, deixando-o de fora, indignava o Carlos. Ali ficava, com o Pires, com o Artur, entre as inteligências subalternas, ele que prometera à Amparozinho falar do alto ao administrador! E quem era ouvido, e quem era chamado? Domingos, um animal notório, que começava satisfação com o cedilhado! Que se podia de resto esperar de uma autoridade que passava as manhãs de binóculo a desonrar uma família? Pobre Teles, seu vizinho, seu amigo!... Não, realmente devia falar ao Teles!

Mas a sua indignação cresceu quando viu o Artur Couceiro, um empregado da repartição, na ausência do seu chefe, erguer-se da sua escrivaninha, vir familiarmente junto do réu dizer-lhe com melancolia:

— Ah, João, que rapaziada, que rapaziada!.... Mas a coisa arranja-se, verás!

João tinha encolhido tristemente os ombros. Havia meia hora que ali estava, sentado à beira daquele banco, sem se mexer, sem despregar os olhos do soalho, sentindo-se interiormente tão vazio de ideias, como se lhe tivessem tirado os miolos. Todo o vinho, que na taberna do Osório e no largo da Sé lhe acendia na alma fogachos de cólera, lhe retesava os pulsos num desejo de desordem, parecia subitamente eliminado do seu organismo. Sentia-se agora tão inofensivo como quando no cartório aparava cautelosamente a sua pena de pato. Um grande cansaço entorpecia-o; e ali esperava, sobre o banco, numa inércia de todo o seu ser, pensando estupidamente que ia viver para uma enxovia em S. Francisco, dormir numa palhoça, comer da Misericórdia... Não tornaria a passear na alameda, não veria mais Amélia... A casita em que vivia seria alugada a outro... Quem tomaria conta do seu canário? Pobre animalzinho; ia morrer de fome, decerto... A não ser que a Eugênia, a vizinha, o recolhesse...

O Domingos de repente saiu do gabinete de sua excelência, e fechando vivamente a porta sobre si, em triunfo:

— Que lhes dizia eu? Composição! Arranjou-se tudo!

E para João Eduardo:

— Seu felizão! Parabéns! Parabéns!

O Carlos pensou que aquele era o maior escândalo administrativo desde o tempo dos Cabrais! E ia retirar-se enojado (como no quadro clássico o estoico que se afasta de uma orgia patrícia) quando o senhor administrador abriu a porta do seu gabinete. Todos se ergueram.

Sua excelência deu dois passos na repartição, e revestido de gravidade, destilando as palavras, com as lunetas cravadas no réu:

— O Sr. padre Amaro, que é um sacerdote todo caridade e bondade, veio-me expor... Enfim, veio-me suplicar que não desse mais andamento a este negócio... Sua Senhoria com razão não quer ver o seu nome arrastado nos tribunais. Além disso, como Sua Senhoria disse muito bem, a religião, de que ele é... de que ele é, posso dizê-lo, a honra e o modelo, impõe-lhe o perdão da ofensa... Sua Senhoria reconhece que o ataque foi brutal, mas frustrado... Além disso parece que o senhor estava bêbedo...

Todos os olhos se fixam em João Eduardo, que se fez escarlate. Aquilo pareceu-lhe nesse momento pior que a prisão.

— Enfim, — continuou o administrador — por altas considerações que eu pesei devidamente, tomo a responsabilidade de o soltar. Veja agora como se porta. A autoridade não o perde de olho... Bem, pode ir com Deus!

E sua excelência recolheu-se ao gabinete. João Eduardo ficou imóvel, como parvo.

— Posso ir, hem? — balbuciou.

— Pra China, pra onde quiser! *Liberus, libera, liberum!* — exclamou o Domingos que, interiormente detestando padres, jubilava com aquele final.

João Eduardo olhou um momento em redor os empregados, o carrancudo Carlos; duas lágrimas bailavam-lhe nas pálpebras; de repente agarrou o chapéu e abalou.

— Poupa-se um rico trabalhinho! — resumiu o Domingos, esfregando vivamente as mãos.

Imediatamente a papelada foi arrumada, aqui e além, à pressa. É que era tarde! O Pires recolhia as suas mangas de lustrina e a sua almofadinha de vento. O Artur enrolou os seus papéis de música. E no vão da janela, amuado, esperando, ainda, o Carlos olhava sombriamente o largo.

Enfim os dois padres saíram acompanhados até à porta pelo senhor administrador, que, terminados os deveres públicos, reaparecia homem de sociedade. — Então por que não tinha o amigo Silvério vindo a casa da baronesa de Via-Clara? Houvera um voltarete furibundo. O Peixoto levara dois codilhos. Tinha dito blasfêmias medonhas!... Criado de Suas Senhorias. Estimava bem que tudo se tivesse harmonizado. Cuidado com o degrau... Às ordens de Suas Senhorias...

Ao voltar porém ao seu gabinete dignou-se parar diante da mesa do Domingos, e retomando alguma solenidade:

— A coisa passou-se bem. É um bocado irregular, mas sensata! Bem basta já os ataques que há contra o clero nos jornais... A coisa podia fazer barulho. O rapaz era capaz de dizer que tinham sido ciúmes do padre, que queria desinquietar a rapariga, etc. É mais prudente abafar a coisa... Quanto mais que, segundo o pároco me provou, toda a influência que ele tem exercido na rua da Misericórdia ou onde diabo é, tem tido por fim livrar a rapariga de casar com aquele amigo, que, como se vê, é um bêbedo e uma fera!

O Carlos roía-se. Todas aquelas explicações eram dadas ao Domingos! A ele, nada! Ali ficava, esquecido no vão da janela!

Mas não! Sua excelência, de dentro do seu gabinete, chamou-o misteriosamente com o dedo.

Enfim! Precipitou-se, radiante, subitamente reconciliado com a autoridade.

— Eu estava para passar pela botica — disse-lhe o administrador baixo e sem transição, dando-lhe um papel dobrado — para que me mandasse isto a casa, hoje. É uma receita do Dr. Gouveia... Mas já que o amigo aqui está...

— Eu tinha vindo para me pôr à disposição da vindita...

— Isto está acabado! — interrompeu vivamente sua excelência. — Não se esqueça, mande-me isso antes das seis. É para tomar ainda esta noite. Adeus. Não se esqueça!

— Não faltarei — disse secamente o Carlos.

Ao entrar na botica, a sua cólera flamejava. Ou ele não se chamava Carlos, ou havia de mandar uma correspondência tremenda ao *Popular*!... Mas a Amparo, que lhe espreitava a volta da varanda, correu, atirando-lhe as perguntas:

— Então? Que se passou? O rapaz foi pra rua? Que disse ele? Como foi?

O Carlos fixava-a, com as pupilas chamejantes.

— Não foi culpa minha, mas triunfou o materialismo! Eles o pagarão!

— Mas tu que disseste?

Então, vendo os olhos da Amparo e os do praticante abertos para devorar a citação do seu depoimento — o Carlos, tendo de ressalvar a dignidade de esposo e a superioridade de patrão, disse laconicamente:

— Dei a minha opinião, com firmeza!

— E ele que disse, o administrador?

Foi então que o Carlos, recordando-se, leu a receita que amarrotara na mão. A indignação emudeceu-o —

vendo que era aquele todo o resultado da sua grande entrevista com a autoridade!

— Que é? — perguntou sofregamente a Amparo.

O que era? E no seu furor, desdenhando o segredo profissional e o bom renome da autoridade, o Carlos exclamou:

— É um frasco de xarope de Gilbert para o senhor administrador! Aí tem a receita, senhor Augusto.

A Amparo, que, com alguma prática de farmácia, conhecia os benefícios do mercúrio, fez-se tão escarlate como as fitas flamejantes que lhe enfeitavam a cuia.

Toda essa tarde se falou com excitação pela cidade da "tentativa de assassinato de que estivera para ser vítima o senhor pároco". Algumas pessoas censuravam o administrador por não ter procedido; os cavalheiros da oposição sobretudo, que viram a debilidade daquele funcionário uma prova incontestável de que o governo ia, com os seus desperdícios e as suas corrupções, levando o país a um abismo!

Mas o padre Amaro, esse, era admirado como um santo. Que piedade! Que mansidão! O senhor chantre mandou-o chamar à noitinha, recebeu-o paternalmente com um "viva o meu cordeiro pascal!". E depois de escutar a história do insulto, a generosa intervenção...

— Filho, — exclamou — isso é aliar a mocidade de Telêmaco à prudência de Mentor! Padre Amaro, você era digno de ser sacerdote de Minerva na cidade de Salento!

Quando Amaro entrou à noite em casa da S. Joaneira — foi como a aparição de um santo escapo às feras do circo ou à plebe de Diocleciano! Amélia, sem disfarçar a sua exaltação, apertou-lhe ambas as mãos, muito tempo, toda trêmula, com os olhos úmidos. Deram-lhe, como nos grandes dias, a poltrona verde do cônego. A Sra. D. Maria da Assunção quis mesmo que se lhe pusesse uma almofada para ele apoiar o ombro dorido. Depois teve de contar miudamente toda a cena, desde o momento em que, conversando com o colega Silvério (que se portara muito bem), avistara o escrevente no meio do largo, de bengalão alçado e ar de mata-mouros...

Aqueles detalhes indignavam as senhoras. O escrevente aparecia-lhes pior que Longuinhos e que Pilatos. Que malvado! O senhor pároco devia-o ter calcado aos pés! Ah! era de um santo, ter perdoado!

— Fiz o que me inspirou o coração — disse ele baixando os olhos. — Lembrei-me das palavras de Nosso Senhor Jesus Cristo; ele manda oferecer a face esquerda depois de ter sido esbofeteado na face direita...

O cônego, a isto, escarrou grosso e observou:

— Eu lhe digo. Eu, se me atirarem um bofetão à face direita... Enfim, são ordens de Nosso Senhor Jesus Cristo, ofereço a face esquerda. São ordens de cima!... Mas depois de ter cumprido esse dever de sacerdote, oh, senhoras, desanco o patife!

— E doeu-lhe muito, senhor pároco? — perguntou do canto uma vozinha expirante e desconhecida.

Acontecimento extraordinário! Era a Sra. D. Ana Gansoso que falara depois de dez longos anos de taciturnidade sonolenta! Aquele torpor que nada sacudira, nem festas nem lutos, tinha enfim, sob um impulso de simpatia pelo senhor pároco, uma vibração humana! — Todas as senhoras lhe sorriram, agradecidas, e Amaro, lisonjeado, respondeu com bondade:

— Quase nada, Sra. Dona Ana, quase nada, minha senhora... Que ele deu de rijo! Mas eu sou de boa carnadura.

— Ai, que monstro! — exclamou D. Josefa Dias, furiosa à ideia do punho do escrevente descarregado sobre aquele ombro santo. — Que monstro! Eu queria-o ver com uma grilheta a trabalhar na estrada! Que eu é que o conhecia! A mim nunca ele me enganou... Sempre lhe achei cara de assassino!

— Estava embriagado, homens com vinho... — arriscou timidamente a S. Joaneira.

Foi um clamor. Ai, que o não desculpasse! Parecia até o sacrilégio! Era uma fera, era uma fera!

E a exultação foi grande quando Artur Couceiro, aparecendo, deu logo da porta a novidade, a última: o Nunes mandara chamar o João Eduardo e dissera-lhe (palavras textuais): "Eu, bandidos e malfeitores não os quero no meu cartório. Rua!".

A S. Joaneira então comoveu-se:

— Pobre rapaz, fica sem ter que comer...

— Que beba! Que beba! — gritou a Sra. D. Maria da Assunção.

Todos riram. Só Amélia, curvada sobre a sua costura, se fizera muito pálida, aterrada àquela ideia que João Eduardo teria talvez fome...

— Pois olhem, não acho caso para rir! — disse a S. Joaneira.

— É até coisa que me vai tirar o sono... Pensar que o rapaz há de querer um bocado de pão e não o há de ter... Credo! Não, isso não! E o Sr. padre Amaro desculpe...

Mas Amaro também não desejava que o rapaz caísse em miséria! Não era homem de rancor, ele! E se o escrevente viesse à sua porta com necessidade, duas ou três placas (não era rico, não podia mais), mas três ou quatro placas dava-lhas... Dava-lhas de coração.

Tanta santidade fanatizou as velhas. Que anjo! Olhavam-no, babosas, com as mãos vagamente postas.

A sua presença, como a de um S. Vicente de Paula, exalando caridade, dava à sala uma suavidade de capela; e a Sra. Dona Maria da Assunção suspirou de gozo devoto.

Mas Natário apareceu, radiante. Deu grandes apertos de mãos em redor, rompeu em triunfo:

— Então já sabem? O patife, o assassino, escorraçado de toda a parte como um cão! Nunes expulsou-o do cartório. O Dr. Godinho disse-me agora que no governo civil não punha ele os pés. Enterrado, demolido! E um alívio pra gente de bem!

— E ao Sr. padre Natário se deve! — exclamou D. Josefa Dias.

Todos o reconheciam. Fora ele, com a sua habilidade, a sua lábia, que descobrira a perfídia de João Eduardo; salvara a Ameliazinha, Leiria, a Sociedade.

— E em tudo o que pretender, o maroto, há de me encontrar pela frente. Enquanto ele estiver em Leiria não o largo! Que lhes disse eu, minhas senhoras?... "Eu é que o esmago!" Pois aí o têm esmagado!

A sua face biliosa resplandecia. Estirou-se na poltrona, regaladamente, no repouso merecido de uma vitória difícil. E voltando-se para Amélia:

— E agora, o que lá vai, lá vai! Livrou-se de uma fera, é o que lhe posso dizer!

Então os louvores — que já lhe tinham repetido prolixamente desde que ela rompera com a fera — recomeçaram, mais vivos:

— Foi a coisa de mais virtude que tens feito em toda a tua vida!

— É a graça de Deus que te tocou!

— Estás em graça, filha!

— Enfim é Santa Amélia — disse o cônego erguendo-se, enfastiado daquelas glorificações. — Pois parece-me que temos falado bastante do patife... Mande agora a senhora vir o chá, hem?

Amélia permanecia calada, cosendo à pressa; erguia às vezes rapidamente para Amaro um olhar desassossegado; pensava em João Eduardo, nas ameaças de Natário; e imaginava o escrevente com as faces encovadas de fome, foragido, dormindo pelas portas dos casais... E enquanto as senhoras se acomodavam, palrando, à mesa do chá, ela pôde dizer baixo a Amaro:

— Não posso sossegar com a ideia que o rapaz sofra necessidades... Eu bem sei que é um malvado, mas... É como um espinho cá por dentro. Tira-me toda a alegria.

O padre Amaro disse-lhe então, com muita bondade, mostrando-se superior à injúria, num alto espírito de caridade cristã:

— Minha rica filha, são tolices... O homem não morre de fome. Ninguém morre de fome em Portugal. É novo, tem saúde, não é tolo, há de se arranjar... Não pense nisso... Aquilo é palavreado do padre Natário... O rapaz naturalmente sai de Leiria, não tornamos a ouvir falar dele... E em toda a parte há de ganhar a vida... Eu por mim perdoei-lhe, e Deus há de tomar isso em conta.

Estas palavras tão generosas, ditas baixo, com um olhar amante, tranquilizaram-na inteiramente. A clemência, a caridade do senhor pároco pareceram-lhe melhores que tudo o que ouvira ou lera de santos e de monges piedosos.

Depois do chá, ao quino, ficou junto dele. Uma alegria plena e suave penetrava-a deliciosamente. Tudo o que até aí a importunava e a assustara, João Eduardo, o casamento, os deveres, desaparecera enfim da sua vida; o rapaz iria para longe, empregar-se — e o senhor pároco ali estava, todo dela, todo apaixonado! Por vezes, por baixo da mesa, os seus joelhos tocavam-se, a tremer; num momento em que todos faziam um alarido indignado contra Artur Couceiro que pela terceira vez quinara e brandia o cartão triunfante, foram as mãos que se encontraram, se acariciaram; um pequeno suspiro simultâneo, perdido na gralhada das velhas, ergueu o peito de ambos; e até ao fim da noite foram marcando os seus cartões, muito calados, com as faces acesas, sob a pressão brutal do mesmo desejo.

Enquanto as senhoras se agasalhavam, Amélia aproximou-se do piano para correr uma escala, e Amaro pôde murmurar-lhe ao ouvido:

— Oh, filhinha, que te quero tanto! E não podermos estar sós...

Ela ia responder — quando a voz de Natário, que se embrulhava no seu capote ao pé do aparador, exclamou, muito severa:

— Então as senhoras deixam andar por aqui semelhante livro?

Todos se voltaram, na surpresa que dava aquela indignação, a olhar o largo volume encadernado que Natário indicava com a ponta do guarda-chuva, como um objeto abominável. D. Maria da Assunção aproximou-se logo de olho reluzente, imaginando que seria alguma dessas novelas, tão famosas, em que se passam coisas imorais. E Amélia chegando-se também, disse, admirada de tal reprovação:

— Mas é o *Panorama*... *É* um volume do *Panorama*...

— Que é o *Panorama* vejo eu — disse Natário com secura. — Mas também vejo isto. — Abriu o volume na primeira página branca, e leu alto — *"Pertence-me este volume a mim, João Eduardo Barbosa, e serve-me de recreio nos meus ócios"*. — Não compreendem, hem? Pois é muito simples... Parece incrível que as senhoras não saibam que esse homem, desde que pôs as mãos num sacerdote, está *ipso facto* excomungado, e excomungados todos os objetos que lhe pertencem!

Todas as senhoras, instintivamente, afastaram-se do aparador onde jazia aberto o *Panorama* fatal, arrebanhando-se, num arrepiamento de medo, àquela ideia da excomunhão que se lhes representava como um desabamento de catástrofes, um aguaceiro de raios despedidos das mãos do Deus Vingador; e ali ficaram mudas, num semicírculo apavorado, em torno de Natário, que, de capotão pelos ombros e braços cruzados, gozava o efeito da sua revelação.

Então a S. Joaneira, no seu assombro, arriscou-se a perguntar:

— O Sr. padre Natário está a falar sério?

Natário indignou-se:

— Se estou a falar sério!? Essa é forte! Pois eu havia de gracejar sobre um caso de excomunhão, minha senhora? Pergunte aí ao senhor cônego se eu estou a gracejar!

Todos os olhos se voltaram para o cônego, essa inesgotável fonte de saber eclesiástico.

Ele então, tomando logo o ar pedagógico que lhe voltava dos seus antigos hábitos do seminário sempre que se tratava de doutrina, declarou que o colega Natário tinha razão. Quem espanca um sacerdote, sabendo que é um sacerdote, está *ipso facto* excomungado. É doutrina assente. É o que se chama a excomunhão latente; não necessita a declaração do pontífice ou do bispo, nem o cerimonial, para ser válida, e para que todos os fiéis considerem o ofensor como excomungado. Devem-no tratar portanto como tal... Evitá-lo a ele, e ao que lhe pertence... E este caso de pôr mãos sacrílegas num sacerdote era tão especial, continuava o cônego num tom profundo, que a bula do papa Martinho V, limitando os casos de excomunhão tácita, conserva-a todavia para o que maltrata um sacerdote... — Citou ainda mais bulas, as constituições de Inocêncio IX e de Alexandre VII, a Constituição Apostólica, outras legislações temerosas; rosnou latins, aterrou as senhoras.

— Esta é a doutrina — concluiu dizendo; — mas a mim parece-me melhor não se fazer disso espalhafato...

D. Josefa Dias acudiu logo:

— Mas nós é que não podemos arriscar a nossa alma a encontrar, aqui por cima das mesas coisas excomungadas.

— É destruir! — exclamou D. Maria da Assunção. — É queimar! É queimar!

D. Joaquina Gansoso arrastara Amélia para o vão da janela, perguntando-lhe se tinha outros objetos pertencentes ao homem. Amélia, atarantada, confessou que tinha algures, não sabia onde, um lenço, uma luva desirmanada, e uma cigarreira de palhinha.

— É para o fogo, é para o fogo! — gritava a Gansoso excitada.

A sala vibrava agora com a gralhada das senhoras, arrebatadas num furor santo. D. Josefa Dias, D. Maria da Assunção falavam com gozo do *fogo*, enchendo a boca com a palavra, numa delícia inquisitorial de exterminação devota. Amélia e a Gansoso, no quarto, rebuscavam pelas gavetas, por entre a roupa branca, as fitas e as calcinhas, à caça dos "objetos excomungados". E a S. Joaneira assistia, atônita e assustada, aquele alarido de auto de fé que atravessava bruscamente a sua sala pacata, refugiada ao pé do cônego, que depois de ter rosnado algumas palavras sobre a "Inquisição em casas particulares", se enterrara comodamente na poltrona.

— É para lhes fazer sentir que se não perde impunemente o respeito à batina — dizia Natário baixo a Amaro.

O pároco assentiu, com um gesto mudo de cabeça, contente daquelas cóleras beatas que eram como a afirmação ruidosa do amor que lhe tinham as senhoras.

Mas D. Josefa impacientava-se. Agarrara já o *Panorama* com as pontas do xale, para evitar o contágio, e gritava para dentro, para o quarto, onde continuava pelos gavetões uma rebusca furiosa:

— Então apareceu?

— Cá está, cá está!

Era a Gansoso que entrava triunfante com a cigarreira, a velha luva e o lenço de algodão.

E as senhoras, em alarido, arremeteram para a cozinha. A mesma S. Joaneira as seguiu, como boa dona de casa, para fiscalizar a fogueira.

Os três padres então, sós, olharam-se — e riram.

— As mulheres têm o diabo no corpo — disse o cônego filosoficamente.

— Não senhor, padre-mestre, não senhor — acudiu logo Natário fazendo-se sério. — Eu rio porque a coisa, assim vista, parece patusca. Mas o sentimento é bom. Prova a verdadeira devoção ao sacerdócio, horror à impiedade... Enfim o sentimento é excelente.

— O sentimento é excelente — confirmou Amaro, também sério.

O cônego ergueu-se:

— E é que se pilhassem o homem eram capazes de o queimar... Não lho digo a brincar, que a mana tem fígados para isso... É um Torquemada de saias...

— Está na verdade, está na verdade — afirmou Natário.

— Eu não resisto a ir ver a execução! — exclamou o cônego. — Eu quero ver com os meus olhos!

E os três padres então foram até à porta da cozinha. As senhoras lá estavam, em pé diante da lareira, batidas da luz violenta da fogueira que fazia destacar estranhamente as mantas de agasalho de que já se tinham coberto. A *Ruça*, de joelhos, soprava esfalfada. Tinham cortado com o facão a encadernação do *Panorama*; e as folhas retorcidas e negras, com um faiscar de fagulhas, voavam pela chaminé nas línguas de fogo claro. Só a luva de pelica não se consumia. Debalde com as tenazes a punham no vivo da chama; tisnava, reduzida a um caroço engrolado; mas não ardia. E a sua resistência aterrava as senhoras:

— É que é da mão direita com que cometeu o desacato! — dizia furiosa D. Maria da Assunção.

— Bufa-lhe, rapariga, bufa-lhe! — aconselhava da porta o cônego muito divertido.

— O mano faz favor de não troçar com coisas sérias! — gritou D. Josefa.

— Oh, mana! A senhora quer saber melhor que um sacerdote como é que se queima um ímpio? A pretensão não está má! É bufar-lhe, é bufar-lhe!

Então, confiadas na ciência do senhor cônego, a Gansoso e D. Maria da Assunção, acocoradas, bufaram também. As outras olhavam, num sorriso mudo, o olhar brilhante e cruel, no gozo daquela exterminação grata a Nosso Senhor. O fogo estalava, pulando com uma força galharda, na glória da sua antiga função de purificador dos pecados. — E por fim sobre as achas em brasas, nada restou do *Panorama*, do lenço e da luva do ímpio.

A essa hora João Eduardo, o ímpio, no seu quarto, sentado aos pés da cama, soluçava, com face banhada em lágrimas, pensando em Amélia, nos bons serões da rua da Misericórdia, na cidade para onde iria, na roupa que empenharia e perguntando em vão a si mesmo por que o tratavam assim, ele que era tão trabalhador, que não queria mal a ninguém, e que a adorava tanto, a ela?

XV

No domingo seguinte havia missa cantada na Sé, e a S. Joaneira e Amélia atravessaram a Praça para ir buscar D. Maria da Assunção, que em dias de mercado e de "populacho" nunca saía só, receosa que lhe roubassem as joias ou lhe insultassem a castidade.

Nessa manhã, com efeito, a influência das freguesias enchia a Praça; os homens em grupo, atravancando a rua, muito sérios, muito barbeados, de jaqueta ao ombro; as mulheres aos pares, com uma fortuna de grilhões e de corações de ouro sobre peitos pejados nas lojas, os caixeiros azafamavam-se por trás dos balcões alastrados de lençaria e de chitas; nas tabernas apinhadas gralhava-se alto; pelo mercado, entre os sacos de farinha, os montões de louça, os cestos de broa, ia um regatear sem fim; havia multidão ao pé das tendas onde reluzem os espelhinhos redondos e transbordam os molhos de rosários; velhas faziam pregão por trás dos seus tabuleiros de cavacas; e os pobres, afreguesados à cidade, choramingavam padre-nossos pelas esquinas.

Já senhoras passavam para a missa, todas em sedas, de rostinho sisudo; e a Arcada estava cheia de cavalheiros, tesos nos seus fatos de casimira nova, fumando caro, gozando o domingo.

Amélia foi muito olhada; o filho do recebedor, um atrevido, disse mesmo alto de um grupo: *Ai, que me leva o coração!* E as duas senhoras, apressando-se, dobravam para a rua do Correio, quando lhes apareceu o Libaninho de luvas pretas e cravo ao peito. Não as tinha visto desde "o desacato do largo da Sé", e rompeu logo em exclamações. Ai, filhas, que desgosto aquele! O malvado do escrevente! Ele tinha tido tanto que fazer, que só nessa manhã é que pudera ir ao senhor pároco dar-lhe os sentimentos; o santinho recebera-o muito bem, estava-se a vestir; ele quis-lhe ver o braço e felizmente, louvores a Deus, nem uma pisadura... E se elas vissem, que carnadura tão delicada, que pele tão branca... Uma pelinha de arcanjo!

— Mas querem vocês saber, filhas? Encontrei-o numa grande aflição!

As duas senhoras assustaram-se. Por que, Libaninho?

A criada, a Vicência, que havia dias se queixava, tinha ido nessa madrugada para o hospital com um febrão...

— E ali está o pobre santo sem criada, sem nada! Vejam vocês! Para hoje bem, que vai jantar com o nosso cônego (também lá estive, ai, que santo!), mas amanhã, mas depois? Que ele já tem em casa a irmã da Vicência, a Dionísia... Mas, oh, filhas, a Dionísia! Foi o que, eu lhe disse: a Dionísia pode ser uma santa, mas que reputação!... E que não há pior em Leiria... Uma perdida que não põe os pés na igreja... Tenho a certeza que o senhor chantre até havia de reprovar!

As duas senhoras concordaram logo que a Dionísia (mulher que não cumpria os preceitos, que representava em teatros de curiosos) não convinha ao senhor pároco...

— Olha, S. Joaneira, — disse Libaninho — sabes o que lhe convinha? Eu lá lho disse, lá lhe fiz a proposta. É ferrar-se outra vez em tua casa. Que é onde está bem, com gente que o acarinha, que lhe trata da roupa, que lhe sabe os gostos, e onde tudo é virtude! Ele não disse que *não* nem que *sim*. Mas olha que se lhe podia ler na cara que está a morrer por isso... Tu é que lhe devias falar, S. Joaneira!

Amélia fizera-se tão escarlate como a sua gravata de seda da Índia. E a S. Joaneira disse ambiguamente:

— Falar-lhe não... Eu nessas coisas sou muito delicada... Bem compreendes...

— Era como teres um santo de portas a dentro, filha! — disse com calor o Libaninho. — Lembra-te disso! E era um gosto para todos... Tenho a certeza que até Nosso Senhor se havia de alegrar... E agora adeus, pequenas, que vou de fugida. Não vos demoreis, que está a missinha a cair.

As duas senhoras continuaram caladas até a casa de D. Maria da Assunção. Nenhuma queria arriscar primeiro uma palavra sobre aquela possibilidade tão inesperada, tão grave, do senhor pároco voltar para a rua da Misericórdia! Foi só quando pararam que a S. Joaneira disse, ao puxar a campainha:

— Ai, o senhor pároco realmente não pode ter a Dionísia de portas a dentro...

— Credo, até causa horror!

Foi também a expressão da Sra. D. Maria da Assunção quando lhe contaram, em cima, a doença da Vicência e a instalação da Dionísia: causava horror!

— Que eu não a conheço — disse a excelente senhora. — E tenho até vontade de a conhecer. Que me dizem que é dos pés à cabeça uma crosta de pecado!

A S. Joaneira então falou da "proposta do Libaninho". D. Maria da Assunção declarou logo com ardor que era uma inspiração de Nosso Senhor. Que nunca o senhor pároco devia ter saído da rua da Misericórdia! Até parece que mal ele se fora embora, Deus retirara a sua graça da casa... Não houvera senão desgostos — o *Comunicado*, a dor de estômago do cônego, a morte da entrevadinha, aquele desgraçado casamento (que estivera por um *triz*, que horror!), o escândalo do largo da Sé... A casa tinha parecido enguiçada!... E era até pecado deixar viver o santinho naquele desarranjo, com a suja da Vicência, que nem lhe sabia dar uma passagem nas meias!

— Em parte nenhuma pode estar melhor que em tua casa... Tem tudo o que necessita, de portas a dentro... E para ti é uma honra, é estar em graça. Olha, filha, se eu não fosse só, sempre o digo, quem o hospedava era eu! Que aqui é que ele estava bem... Que salinha para ele, hem?

Riam-se-lhe os olhos, contemplando em redor as suas preciosidades.

A sala com efeito era toda ela uma imensa armazenagem de santaria e de bricabraque devoto; sobre as duas cômodas de pau preto com fechaduras de cobre apinhavam-se, sobre redomas, em peanhas, as Nossas Senhoras vestidas de seda azul, os Meninos Jesus frisados com o ventrezinho gordo e a mão abençoadora, os Santo Antônios no seu burel, os S. Sebastiões bem frechados, os S. Josés barbudos. Havia santos exóticos, que eram o seu orgulho, que lhe fabricavam em Alcobaça — S. Pascoal Bailão, S. Didácio, S. Crisolo, S. Gorislano... Depois eram os bentinhos, os rosários de metal e de caroços de azeitonas, contas de cores, rendas amarelas de antigas alvas, corações de vidro escarlate, almofadinhas com J. M. entrelaçados a miçanga, ramos bentos, palmas de mártires, cartuchinhos de incenso. As paredes desapareciam forradas de estampas de Virgens de todas as devoções, — equilibradas sobre o orbe, enrodilhadas aos pés da cruz, trespassadas de espadas. Corações de onde gotejava sangue, corações de onde saía uma fogueira, corações de onde dardejavam raios; orações encaixilhadas para as festas particularmente amadas — o *Casamento de Nossa Senhora*, a *Invenção da Santa Cruz*, os *Estigmas de S. Francisco*, sobretudo o *Parto da Santa Virgem*, a mais devota, que vem pelas quatro têmporas. Sobre as mesas lamparinas acesas, para serem colocadas sem demora aos santos especiais, quando a boa senhora tivesse a sua ciática[1] ou que o catarro se assanhasse, ou lhe viessem as cãibras. Ela mesma, só ela, arrumava, espanejava, lustrava toda aquela santa população celeste, aquele arsenal beato, que era apenas suficiente para a salvação da sua alma e o alívio dos seus achaques. O seu grande cuidado era a colocação dos santos; alterava-a constantemente, porque às vezes, por exemplo, sentia que Santo Eleutério não gostava de estar ao pé de S. Justino, e ia então pendurá-lo a distância, numa companhia mais simpática ao santo. E distinguia-os (segundo os preceitos do ritual que o confessor lhe explicava), dando-lhes uma devoção graduada, e não tendo por S. José de segunda classe o respeito que sentia por S. José de primeira classe. Aquela riqueza era a inveja das amigas, a edificação dos curiosos, e, fazia sempre dizer ao Libaninho, quando a vinha visitar, abrangendo a sala num olhar langoroso: — Ai, filha, é o reininho dos céus!

— Não é verdade — continuava a excelente senhora radiante — que ele aqui é que estava bem, o santinho do pároco? É como ter o céu debaixo da mão!

As duas senhoras concordaram. Ela podia ter a sua casa arranjada com devoção, ela que era rica...

— Não o nego, tenho aqui empregadinhos alguns centos de mil-réis. Sem contar o que está no relicário...

Ah, o famoso relicário de sândalo forrado de cetim! Tinha lá uma lascazinha da verdadeira Cruz, um bocado quebrado do espinho da Coroa, um farrapinho do cueiro do Menino Jesus. E murmurava-se com azedume, entre

[1] Ciática: infecção muito dolorosa no nervo ciático.

as devotas, que coisas tão preciosas, de origem divina, deviam estar no sacrário da Sé. D. Maria da Assunção, temendo que o senhor chantre soubesse daquele tesouro seráfico, só o mostrava às íntimas, misteriosamente. E o santo sacerdote, que lho obtivera, fizera-a jurar sobre o Evangelho de não revelar a procedência "para evitar falatórios".

A S. Joaneira, como sempre, admirou sobretudo o farrapinho do cueiro.

— Que relíquia, que relíquia, que relíquia! — murmurava.

E D. Maria da Assunção muito baixo:

— Não há melhor. Trinta mil-réis me custou... Mas dava sessenta, mas dava cem! Mas dava tudo! — E babando-se toda, diante do trapinho precioso: — O cueirinho! — dizia a chorar. Meu rico Menino, o seu cueirinho...

Deu-lhe um beijo muito repenicado, e foi fechar o relicário no gavetão.

Mas o meio-dia ia bater — e as três senhoras apressaram-se para a Sé, para pilhar lugar no altar-mor.

Já no largo encontraram D. Josefa Dias, que se precipitava para a igreja, sôfrega da missa, com o mantelete descaído sobre o ombro e uma pluma do chapéu a despregar-se. Tinha estado toda a manhã num frenesi com a criada! Fora necessário fazer ela todos os preparos para o jantar... Ai, tinha medo que nem a missinha lhe desse virtude, de nervosa que estava...

— Que temos lá o senhor pároco hoje... Vocês sabem que adoeceu a criada... Ah, já me esquecia, o mano quer que tu lá vás jantar também, Amélia. Diz que é para haverem duas damas e dois cavalheiros...

Amélia riu de alegria.

— E tu vais depois buscá-la, S. Joaneira, à noitinha... Credo, vesti-me tanto à pressa, que até parece que me está a cair o saiote!

Quando as quatro senhoras entraram, a igreja estava já cheia. Era uma missa cantada ao Santíssimo. E apesar de contrário ao rigor do ritual, por um costume diocesano (que o bom Silvério, muito estrito na liturgia, nunca cessava de reprovar) havia, estando presente a Eucaristia, música de rebeca, violoncelo e flauta. O altar, muito ornado, com as relíquias expostas, destacava numa alvura festiva; dossel, frontal, paramentos dos missais eram brancos, com relevos de ouro desmaiado; nos vasos erguiam-se ramos piramidais de flores e folhagens brancas; os veludilhos decorativos, dispostos como velários, punham dos dois lados do tabernáculo a brancura de duas vastas asas desdobradas, lembrando a Pomba Espiritual; e os vinte castiçais erguiam as suas chamas amarelas em trono até ao sacrário aberto, que mostrava do alto, engastada num rebrilhar de ouros vivos, a hóstia redonda e baça. Por toda a igreja apinhada corria uma sussurração lenta; aqui e além um catarro expectorava, uma criança choramingava; o ar adensava-se já dos hálitos juntos e de um cheiro de incenso; e do coro, onde as figuras dos músicos se moviam por trás dos braços dos rabecões e das estantes, vinha a cada momento um afinar gemido de rebeca, ou um pio de flautim. As quatro amigas tinham-se apenas acomodado junto do altar-mor, quando os dois acólitos, um teso como um pinheiro, o outro gordalhufo e enxovalhado, entraram do lado da sacristia, sustentando alto e direito nas mãos os dois castiçais consagrados; atrás o Pimenta vesgo, com uma sobrepeliz muito vasta para ele, lançando os seus sapatões em passadas pomposas, trazia o incensador de prata; depois sucessivamente, durante o rumor do ajoelhar pela nave e do folhear dos livrinhos, apareceram os dois diáconos; e enfim, paramentado de branco, de olhos baixos e mãos postas, com aquele recolhimento humilde que pede o ritual e que exprime a mansidão de Jesus marchando ao Calvário, entrou o padre Amaro — ainda vermelho da questão furiosa que tivera na sacristia, antes de se revestir, por causa da lavagem das alvas.

E o coro imediatamente atacou o *Introito*.

Amélia passou a sua missa embevecida, pasmada para o pároco — que era, como dizia o cônego, "um grande artista para missas cantadas"; todo o cabido, todas as senhoras o reconheciam. Que dignidade, que cavalheirismo nas saudações cerimoniosas aos diáconos! Como se prostrava bem diante do altar, aniquilado e escravizado, sentindo-se cinza, sentindo-se pó diante de Deus, que assiste de perto, cercado da sua corte e da sua família celeste! Mas era sobretudo admirável nas bênçãos; passava devagar as mãos sobre o altar como para apanhar, recolher a graça que ali caía do Cristo presente, e atirava-a depois com um gesto largo de caridade por toda a nave, por sobre o estendal de lenços brancos de cabeça, até ao fundo onde os homens do campo muito apertados, de varapau na mão, pasmavam para a cintilação do sacrário! Era então que Amélia o amava mais, pensando que aquelas mãos abençoadoras lhas apertava ela com paixão por baixo da mesa do quino; aquela voz, com que ele lhe chamava *filhinha*, recitava agora as orações inefáveis, e parecia-lhe melhor que o gemer das rebecas, revolvia-a mais que os graves do órgão! Imaginava com orgulho que todas as senhoras decerto o admiravam também; mas só tinha ciúmes, um ciúme de devota que sente os encantos do céu, quando ele ficava diante do altar, na posição extática que manda o ritual, tão imóvel como se a sua alma se tivesse remontado longe, para as alturas, para o Eterno e para o Insensível. Preferia-o, por o sentir mais humano e mais acessível, quando, durante o *Kirie* ou a leitura da Epístola, ele se sentava com os diáconos no banco de damasco vermelho; ela queria então atrair-lhe um olhar, mas o senhor pároco permanecia de olhos baixos, numa compostura modesta.

Amélia, sentada sobre os calcanhares, com a face banhada num sorriso, admirava-lhe o perfil, a cabeça benfeita, os paramentos dourados — e lembrava-se quando o vira a primeira vez descendo a escada da rua da Misericórdia, com o seu cigarro na mão. Que romance se passara desde essa noite! Recordava o Morenal, o salto do valado, a cena da morte da titi, aquele beijo ao pé da lareira... Ai, como acabaria tudo aquilo? Queria então rezar; folheava o livro, mas vinha-lhe à ideia o que o Libaninho nessa manhã dissera: "o senhor pároco tinha uma pelezinha tão branca como um arcanjo...". Devia-a ter decerto muito delicada, muito tenra... Um desejo intenso queimava-a; imaginava que era uma tentadora visitação do demônio, — e para a repelir arregalava os olhos para o sacrário e para o trono que o padre Amaro, cercado dos diáconos, incensava em semicírculos significando a Eternidade dos Louvores, enquanto o coro berrava o *Ofertório*... Depois ele mesmo, de pé, no segundo degrau do altar, de mãos postas, foi incensado: o Pimenta vesgo fazia ranger galhardamente as correntes de prata do turífero; um perfume de incenso derramava-se, como uma anunciação celeste; enevoava-se o sacrário sob os rolos alvos de fumo; e o pároco aparecia a Amélia transfigurado, quase divinizado!... Oh, adorava-o então!

A igreja tremia ao clamor do órgão em pleno; de bocas abertas, os coristas solfejavam a toda a força; em cima, alçando-se entre os braços dos rabecões, o mestre da capela, no fogo da execução, brandia desesperadamente a sua batuta feita de um rolo de cantochão.

Amélia saiu da igreja muito fatigada, muito pálida.

Ao jantar, em casa do cônego, a Sra. D. Josefa censurou-a repetidamente de "não dar palavra".

Não falava, mas debaixo da mesa o seu pezinho não cessava de roçar, pisar o do padre Amaro. Como escurecera cedo tinham acendido as velas; o cônego abrira uma garrafa, não do seu famoso duque de 1815, mas do "1847", para acompanhar a travessa de aletria, que enchia o centro da mesa, com as iniciais do pároco desenhadas a canela; era, como explicara o cônego, "uma galanteria da mana ao convidado". Amaro fizera logo uma saúde com o 1847 "à digna dona da casa". Ela resplandecia, medonha no seu vestido de barege verde. O que sentia é que o jantar fosse tão mau... Que aquela Gertrudes estava-se a fazer uma desleixada... Ia-lhe deixando esturrar o pato com macarrão!

— Oh, minha senhora, estava delicioso! — protestou o pároco.

— São favores do senhor pároco. É porque eu lhe acudi a tempo... Mais uma colherzinha de aletria, senhor pároco.

— Nada mais, minha senhora, tenho a minha conta.

— Então para desgastar, vá mais esse copito do 47 — disse o cônego.

Ele mesmo bebeu pausadamente um bom gole, deu um *ar* de satisfação, e repoltreando-se:

— Boa gota! Assim pode-se viver!

Estava já rubro, e parecia mais obeso, com o seu grosso jaquetão de flanela e o guardanapo atado ao pescoço.

— Boa gota! — repetiu — deste não provou hoje você nas galhetas...

— Credo, mano! — exclamou D. Josefa com a boca cheia de fios de aletria, muito escandalizada da irreverência.

O cônego encolheu os ombros com desprezo.

— O credo é pra missa! Esta pretensão de se meter sempre em questões que não percebe! Pois fique sabendo que é de uma grande importância a questão da qualidade do vinho, na missa. É que é necessário que o vinho seja bom...

— Concorre para a dignidade do santo sacrifício — disse o pároco muito sério, fazendo uma carícia de joelho a Amélia.

— E não é só isso — disse o cônego tomando logo o tom pedagogo. — É que o vinho, quando não é bom e tem ingredientes, deixa um depósito nas galhetas; e, se o sacristão não é cuidadoso e não as limpa, as galhetas ganham um cheiro péssimo. E sabe a senhora o que acontece? Acontece que o sacerdote, quando vai a beber o sangue de Nosso Senhor Jesus Cristo, não está prevenido e faz-lhe uma careta. Ora, aí tem a senhora!

E deu um forte chupão ao cálice. Mas estava falador nessa noite, e depois de arrotar devagar, interpelou de novo D. Josefa, assombrada de tanta ciência.

— E diga-me lá então a senhora, já que é tão doutora: o vinho, no divino sacrifício, deve ser branco ou tinto?

D. Josefa parecia-lhe que devia ser tinto, para se parecer mais com o sangue de Nosso Senhor.

— Emende a menina — mugiu o cônego de dedo em riste para Amélia.

Ela recusou-se com um risinho. Como não era sacristão, não sabia...

— Emende o senhor pároco!

Amaro galhofou. Se era erro ser tinto, então devia ser branco.

— E por quê?

Amaro ouvira dizer que era o costume em Roma.

— E por quê? — continuava o cônego, pedante e roncão. Não sabia.

— Porque Nosso Senhor Jesus Cristo, quando pela primeira vez consagrou, fê-lo com vinho branco. E a razão é muito simples: é porque na Judeia nesse tempo, como é notório, não se fabricava vinho tinto... Repita-me a senhora a aletria, faça favor.

Então, a propósito do vinho e da limpeza das galhetas, o padre Amaro queixou-se do Bento sacristão. Nessa manhã antes de se paramentar — justamente quando entrara o senhor cônego na sacristia — acabava de lhe dar uma desanda a respeito das alvas. Em primeiro lugar dava-as a lavar a uma Antônia que vivia amancebada com um carpinteiro, em grande escândalo, e que era indigna de tocar os paramentos santos. Esta era a primeira. Depois, a mulher trazia-as tão enxovalhadas que era um desacato usá-las no divino sacrifício...

— Ai, mande-mas a mim, senhor pároco, mande-mas a mim — acudiu D. Josefa. — Dou-as à minha lavadeira, que é pessoa de muita virtude e traz a roupa escarolada. Ai, até era uma honra para mim! Eu mesmo as passava a ferro, e até se podia benzer o ferro...

Mas o cônego (que positivamente estava naquela noite de uma loquacidade copiosa) interrompeu-a, e voltando-se para o padre Amaro, fixando-o profundamente:

— Ora, a propósito de eu entrar na sacristia, sempre lhe quero dizer, amigo e colega, que cometeu hoje um erro de palmatória.

Amaro pareceu inquieto.

— Que erro, padre-mestre?

— Depois de se revestir, — continuou o cônego pausadamente — já com os diáconos ao lado, quando fez a cortesia à imagem da sacristia, em lugar de fazer a cortesia profunda, fez só a meia cortesia.

— Alto lá, padre-mestre! — exclamou o padre Amaro. É o texto da rubrica. *Facta reverentia cruci*, feita a reverência à cruz; isto é, a reverência simples, abaixar ligeiramente a cabeça...

E, para exemplificar, fez uma cortesia a D. Josefa que lhe sorriu toda, torcendo-se.

— Nego! — exclamou formidavelmente o cônego que em sua casa, à sua mesa, punha do alto as suas opiniões. — E nego com os meus autores. Eles aí vão! — E deixou-lhe cair em cima, como penedos de autoridade, os nomes venerados de Laboranti, Baldeschi, Merati, Turrino e Pavônio.

Amaro afastara a cadeira, pusera-se em atitude de controvérsia, contente de poder, diante de Amélia, "enterrar" o cônego, mestre de teologia moral e um colosso de liturgia prática.

— Sustento, — exclamou — sustento com Castaldus...

— Alto, ladrão, — bramiu o cônego. — Castaldus é meu!

— Castaldus é meu, padre-mestre!

E encarniçaram-se, puxando cada um para si o venerável Castaldus e a autoridade da sua facúndia. D. Josefa pulava de gozo na cadeira, murmurando para Amélia com a cara franzida de riso:

— Ai, que gostinho vê-los! Ai, que santos!

Amaro continuava, com o gesto alto:

— E além disso tenho por mim o bom senso, padre-mestre. *Primo*, a rubrica, como expus. *Secundo*, o sacerdote, tendo na sacristia o barrete na cabeça, não deve fazer cortesia inteira, porque lhe pode cair o barrete e temos desacato maior. *Tertio*, seguir-se-ia um absurdo, porque então a cortesia antes da missa à cruz da sacristia seria maior que a que se faz depois da missa à cruz do altar!

— Mas a cortesia à cruz do altar... — bradou o cônego.

— É meia cortesia. Leia a rubrica: *Caput inclinat*. Leia Gavantus, leia Garriffaldi. E nem podia deixar de ser assim! Sabe por quê? Porque depois da missa o sacerdote está no auge da dignidade, uma vez que tem dentro de si o corpo e sangue de Nosso Senhor Jesus Cristo. Logo, o ponto é meu!

E de pé, esfregou vivamente as mãos, triunfando.

O cônego abatera a papeira sobre as pregas do guardanapo. como um boi atordoado. E depois de um momento:

— Você não deixa de ter razão... Eu... foi para o ouvir... Faz-me honra cá o discípulo — acrescentou piscando o olho a Amélia. — Pois é beber, é beber! E depois salta o cafezinho bem quente, mana Josefa!

Mas um forte repique à campainha sobressaltou-os.

— É a S. Joaneira — disse D. Josefa.

A Gertrudes entrou com um xale e uma manta de lã:

— Aqui está isto que vem de casa da menina Amélia. A senhora manda muitos recados, que não pode vir, que se achou incomodada.

— Então com quem hei de eu ir? — disse logo Amélia, inquieta.

O cônego estendeu o braço sobre a mesa, e dando-lhe uma palmadinha na mão:

— Em último caso com este seu criado. E essa virtudezinha podia ir sossegada...

— Tem coisas, mano! — gritou a velha.

— Deixe lá, mana, o que passa pela boca de um santo, santo fica.

O pároco aprovou ruidosamente:

— Tem muita razão o senhor cônego Dias! O que passa pela boca de um santo, santo fica! Para que viva!

— À sua!

E tocaram os copos, com um olho gaiato, reconciliados da controvérsia.

Mas Amélia ficara assustada.

— Jesus, que terá a mamã! Que será?

— Ora que há de ser! Preguiça! — disse-lhe o pároco, rindo.

— Não te agonies, filha — disse D. Josefa. — Vou-te eu levar; vamos todos levar-te...

— Vai a menina em charola — rosnou o cônego descascando a sua pera.

Mas de repente pousou a faca, arregalou os olhos em redor, e passando a mão pelo estômago:

— Pois olhem — disse — não me estou também a sentir bem...

— Que é? Que é?

— Um ameaçozito da dor. Passou, não vale nada.

D. Josefa, já assustada, não queria que ele comesse a pera. Que a última vez que lhe dera fora por causa da fruta...

Mas ele, obstinado, cravou os dentes na pera.

— Passou, passou — rosnava.

— Foi simpatia com a mamã — disse o pároco baixo a Amélia.

De repente o cônego afastou a cadeira, e torcendo-se de lado:

— Não estou bem, não estou bem! Jesus! Oh, diabo! Oh, caramba! Ai! ai! morro!

Alvoroçaram-se em volta dele. D. Josefa amparou-o pelo braço até ao quarto, gritando à criada que fosse buscar o doutor. Amélia correu à cozinha a aquecer uma flanela para lhe pôr no estômago. Mas não aparecia flanela. Gertrudes topava contra as cadeiras, espavorida, à procura do seu xale para sair.

— Vá sem xale, sua estúpida! — gritou-lhe Amaro.

A rapariga abalou. Dentro o cônego dava urros.

Amaro então, realmente assustado, entrou-lhe no quarto. D. Josefa de joelhos diante da cômoda gemia orações a uma grande litografia de Nossa Senhora das Dores; e o pobre padre-mestre, estirado de barriga sobre a cama, rilhava o travesseiro.

— Mas, minha senhora — disse o pároco severamente — não se trata agora de rezar. É necessário fazer-lhe alguma coisa... Que se lhe costuma fazer?

— Ai, senhor pároco, não há nada, não há nada — choramingou a velha. — É uma dor que vem e vai num momento. Não dá tempo pra nada! Um chá de tília alivia-o às vezes... Mas por desgraça hoje nem tília tenho! Ai, Jesus!

Amaro correu a casa a buscar tília. E daí a pouco voltava esbaforido com a Dionísia, que vinha oferecer a sua atividade e a sua experiência.

Mas o senhor cônego, felizmente, sentira-se de repente aliviado!

— Muito agradecida, senhor pároco — dizia D. Josefa. — Rica tília! É de muita caridade. Ele agora naturalmente cai em sonolência. Vem-lhe sempre depois da dor ... Eu vou para ao pé dele, desculpem-me... Esta foi pior que as outras... São estas frutas mald... — Reteve a blasfêmia, aterrada. — São as frutas de Nosso Senhor. É a sua divina vontade... Desculpem-me, sim?

Amélia e o pároco ficaram sós na sala. Os seus olhares reluziram logo do desejo de se tocar, de se beijar, mas as portas estavam abertas; e sentiam no quarto, ao lado, as chinelas da velha. O padre Amaro disse então alto:

— Pobre padre-mestre! É uma dor horrível.

— Dá-lhe todos os três meses — disse Amélia. — A mamã já andava com o pressentimento. Ainda me tinha dito antes de ontem; é o tempo da dor do senhor cônego; estou com mais cuidado...

O pároco suspirou, e baixinho:

— Eu é que não tenho quem pense nas minhas dores...

Amélia pousou nele longamente os seus belos olhos umedecidos de ternura:

— Não diga isso...

As suas mãos iam apertar-se ardentemente por sobre a mesa; mas D. Josefa apareceu, encolhida no seu xale. O mano tinha adormecido. E ela estava que não se podia ter nas pernas. Ai, aqueles abalos arrasavam-lhe a saúde! Acendera duas velas a S. Joaquim e fizera uma promessa a Nossa Senhora da Saúde. Era a segunda aquele ano, por causa da dor do mano. E Nossa Senhora não lhe tinha faltado...

— Nunca falta a quem a implora com fé, minha senhora — disse com unção o padre Amaro.

O alto relógio de armário bateu então cavamente oito horas.

Amélia falou outra vez no cuidado em que estava pela mamã... Demais a mais ia-se fazer tão tarde...

— E é que, quando eu saí, estava a chuviscar — disse Amaro.

Amélia correu à janela, inquieta. O lajedo defronte, debaixo do candeeiro, reluzia muito molhado. O céu estava tenebroso.

— Jesus, vamos ter uma noite de água!

D. Josefa estava aflita com o contratempo; mas a Amélia bem via, ela agora não podia despegar de casa; a Gertrudes fora ao doutor; naturalmente não o encontrara; andava a procurá-lo de casa em casa; quem sabe quando viria...

O pároco então lembrou que a Dionísia (que viera com ele e esperava na cozinha) podia ir acompanhar a Sra. D. Amélia. Eram dois passos, não havia ninguém pelas ruas. Ele mesmo iria com elas até à esquina da Praça... Mas deviam apressar-se, que ia cair água!

D. Josefa foi logo buscar um guarda-chuva para Amélia. Recomendou-lhe muito que contasse à mamã o que tinha sucedido. Mas que não se afligisse ela, que o mano estava melhor...

— E olha! — gritou-lhe ainda de cima da escada — dize-lhe que se fez tudo o que se pôde, mas que a dor não deu tempo para nada!

— Sim, lá direi. Boa noite.

Ao abrirem a porta a chuva caía grossa. Amélia então quis esperar. Mas o pároco, apressado, puxou-a pelo braço:

— Não vale nada, não vale nada!

Desceram a rua deserta, aconchegados debaixo do guarda-chuva, com a Dionísia ao lado, muito calada, de xale pela cabeça. Todas as janelas estavam apagadas; no silêncio as goteiras cantavam de enxurrão.

— Jesus, que noite! — disse Amélia. — Vai-se-me a perder o vestido.

Estavam então na rua das Sousas.

— É que agora cai a cântaros — disse Amaro. — Realmente parece-me que o melhor é entrar no pátio de minha casa e esperar um bocado...

— Não, não! — acudiu Amélia.

— Tolices! — exclamou ele impaciente. — Vai-se-lhe estragar o vestido... E um instante, é um aguaceiro. Para àquele lado, vê, está a aliviar. Vai passar... É uma tolice... A mamã, se a visse aparecer debaixo de uma carga de água, zangava-se, e com razão.

— Não, não!

Mas Amaro parou, abriu rapidamente a porta, e empurrando Amélia de leve:

— É um instante, vai passar, entre...

E ali ficaram, calados, no pátio escuro, olhando as cordas de água que reluziam à luz do candeeiro defronte. Amélia estava toda atarantada. A negrura do pátio e o silêncio assustavam-na; mas parecia-lhe delicioso estar assim naquela escuridão, ao pé dele, ignorada de todos... Insensivelmente atraída, roçava-se-lhe pelo ombro; e recuava logo, inquieta de ouvir a sua respiração tão agitada, de o sentir tão junto das saias. Percebia por trás, sem a ver, a escada que levava ao quarto dele; e tinha um desejo imenso de lhe ir ver acima os seus móveis, os seus arranjos... A presença da Dionísia, encolhida contra a porta e muito calada, embaraçava-a; todavia a cada momento voltava os olhos para ela, receando que desaparecesse, se sumisse na negrura do pátio ou da noite...

Amaro então começou a bater com os pés no chão, a esfregar as mãos, arrepiado.

— Estamos aqui a apanhar alguma — dizia. — As lajes estão regeladas... Realmente era melhor esperar em cima, na sala de jantar...

— Não, não! — disse ela.

— Pieguices! Até a mamã se havia de zangar... Vá, Dionísia, acenda luz em cima.

A matrona imediatamente galgou os degraus.

Ele então, muito baixo, tomando o braço de Amélia:

— Por que não? Que pensas tu? É uma pieguice. É enquanto não passa o aguaceiro. Dize...

Ela não respondia, respirando muito forte. Amaro pousou-lhe a mão sobre o ombro, sobre o peito, apertando-lho, acariciando a seda. Toda ela estremeceu. E foi-o enfim seguindo pela escada, como tonta, com as orelhas a arder, tropeçando a cada degrau na roda do vestido.

— Entra praí; é o quarto — disse-lhe ele ao ouvido.

Correu à cozinha. Dionísia acendia a vela.

— Minha Dionísia, tu percebes... Eu fiquei de confessar aqui a menina Amélia. É um caso muito sério... Volta daqui a meia hora. Toma. — Meteu-lhe três placas na mão.

A Dionísia descalçou os sapatos, desceu em pontas de pés e fechou-se na loja do carvão.

Ele voltou ao quarto com a luz. Amélia lá estava, imóvel, toda pálida. O pároco fechou a porta — e foi para ela, calado, com os dentes cerrados, soprando como um touro.

Meia hora depois Dionísia tossiu na escada. Amélia desceu logo, muito embrulhada na manta; ao abrirem a porta do pátio passavam na rua dois borrachos galrando; Amélia recuou rapidamente para o escuro. Mas Dionísia daí a pouco espreitou; e vendo a rua deserta:

— Está a barra livre, minha rica menina...

Amélia embrulhou mais o rosto e apressaram o passo para a Rua da Misericórdia. Já não chovia; havia estrelas; e uma frialdade seca anunciava o norte e o bom tempo.

XVI

Ao outro dia Amaro, vendo no relógio que tinha à cabeceira que ia chegando a hora da missa, saltou alegremente da cama. E, enfiando o velho paletó que lhe servia de *robe-de-chambre*, pensava nessa outra manhã em Feirão em que acordara aterrado por ter na véspera, pela primeira vez depois de padre, pecado brutalmente sobre a palha da estrebaria da residência com a Joana Vaqueira. E não se atrevera a dizer missa com aquele crime na alma, que o abafava com um peso de penedo. Considerara-se contaminado, imundo, maduro para o inferno, segundo todos os santos padres e o seráfico Concílio de Trento. Três vezes chegara à porta da igreja, três vezes recuara assombrado. Tinha a certeza de que, se ousasse tocar na Eucaristia com aquelas mãos com que repanhara os saiotes da Vaqueira, a capela se aluiria sobre ele, ou ficaria paralisado vendo erguer-se diante do sacrário, de espada alta, a figura rutilante de S. Miguel Vingador! Montara a cavalo e trotara duas horas, pelos barreiros de D. João, para ir à Gralheira confessar-se ao bom abade Sequeira... Ah! Era no seus tempos de inocência, de exagerações piedosas e de terrores noviços! Agora tinha aberto os olhos em redor à realidade humana. Abades, cônegos, cardeais e monsenhores não pecavam sobre a palha da estrebaria, não — era em alcovas cômodas, com a ceia ao lado. E as igrejas não se aluíam, e S. Miguel Vingador não abandonava por tão pouco os confortos do céu!

Não era isso o que o inquietava — o que o inquietava era a Dionísia, que ele ouvia na cozinha, arrumando e tossicando, sem se atrever a pedir-lhe água para a barba.

Desagradava-lhe sentir aquela matrona introduzida, instalada no seu segredo. Não duvidava decerto da sua discrição, era o seu *ofício*; e algumas meias libras manteriam a sua felicidade. Mas repugnava ao seu pudor de padre saber que aquela velha concubina de autoridades civis e militares, que rolara a sua massa de gordura por todas as torpezas seculares da cidade, conhecia as suas fragilidades, as concupiscências que lhe ardiam sob a batina de pároco. Preferiria que fosse o Silvério ou Natário que o tivesse visto na véspera, todo inflamado; era entre os sacerdotes, ao menos!... E o que o incomodava era a ideia de ser observado por aqueles olhinhos cínicos, que não se impressionavam nem com a austeridade das batinas nem com a respeitabilidade dos uniformes, porque sabiam que por baixo estava igualmente a mesma miséria bestial da carne...

— Acabou-se, — pensou — dou-lhe uma libra e imponho-a.

Nós de dedos bateram discretamente à porta do quarto.

— Entre! — disse Amaro sentando-se logo, curvando-se vivamente sobre a mesa, como absorvido, abismado nos seus papéis.

A Dionísia entrou, pousou o púcaro da água sobre o lavatório, tossiu, e falando sobre as costas de Amaro:

— Ó senhor pároco, olhe que isto assim não tem jeito. Ontem iam vendo sair daqui a pequena. É muito sério, menino... Para bem de todos é necessário segredo!

Não, não a podia impor! A mulher estabelecia-se, à força, na sua confidência. Aquelas palavras mesmo, murmuradas com medo das paredes, revelando uma prudência de ofício, mostravam-lhe a vantagem de uma cumplicidade tão experiente.

Voltou-se na cadeira, muito vermelho.

— Iam vendo, hem?

— Iam vendo. Eram dois bêbedos... Mas podiam ser dois cavalheiros.

— É verdade.

— E na sua posição, senhor pároco, na posição da pequena!... Tudo se deve fazer pelo calado... Nem os móveis do quarto devem saber! Em coisas que eu projeto, exijo tanta cautela como se se tratasse de morte!

Amaro então decidiu-se bruscamente a aceitar a proteção da Dionísia.

Rebuscou num canto da gaveta, meteu-lhe meia libra na mão.

— Seja pelo amor de Deus, filho — murmurou ela.

— Bem; e agora, Dionísia, que lhe parece? — perguntou ele recostado na cadeira, esperando os conselhos da matrona.

Ela disse muito naturalmente, sem afetação de mistério ou de malícia:

— A mim parece-me que para ver a pequena não há como a casa do sineiro!

— A casa do sineiro!?

Ela recordou-lhe, muito tranquilamente, a excelente disposição do sítio. Um dos quartos ao pé da sacristia, como ele sabia, dava para o pátio onde se tinha feito um barracão no tempo das obras. Pois bem, justamente do outro lado eram as traseiras da casa do sineiro... A porta da cozinha do tio Esguelhas abria para o pátio; era sair da sacristia, atravessá-lo, e o senhor pároco estava no ninho!

— E ela?

— Ela entra pela porta do sineiro, pela porta da rua que dá para o adro. Não passa viva alma, é um ermo. E se alguém visse, nada mais natural; era a menina Amélia que ia dar um recado ao sineiro... Isto, já se vê, é ainda pelo alto; que o plano pode-se aperfeiçoar...

— Sim, compreendo, é um esboço — disse Amaro que passeava pelo quarto refletindo.

— Eu conheço bem o sítio, senhor pároco, e creia o que lhe digo: para um senhor eclesiástico que tem o seu arranjinho, não há melhor que a casa do sineiro!

Amaro parou diante dela, rindo, familiarizando-se:

— Ó tia Dionísia, diga lá com franqueza: não é a primeira vez que você aconselha a casa do sineiro, hem?

Ela então negou, muito decisivamente. Era homem que nem conhecia, o tio Esguelhas! Mas tinha-lhe vindo aquela ideia de noite, a malucar na cama. Pela manhã cedo fora examinar o sítio, e reconhecera que estava a calhar.

Tossiu, foi-se aproximando sem ruído da porta; e voltando-se ainda, com um último conselho:

— Tudo está em que Vossa Senhoria se entenda bem com o sineiro.

Era isso agora o que preocupava o padre Amaro.

O tio Esguelhas passava na Sé, entre os serventes e os sacristães, por um macambúzio. Tinha uma perna cortada e usava muletas; e alguns sacerdotes, que desejariam o emprego para os seus protegidos, sustentavam mesmo que aquele defeito o tornava, segundo a Regra, impróprio para o serviço da Igreja. Mas o antigo pároco José Migueis, em obediência ao senhor bispo, conservara-o na Sé, argumentando que o trambolhão desastroso que motivara a amputação, fora na torre, numa ocasião de festa, colaborando no culto: *ergo* estava claramente indicada a intenção de Nosso Senhor em não prescindir do tio Esguelhas. E quando Amaro tomara conta da paróquia, o coxo valera-se da influência da S. Joaneira e de Amélia para conservar, como ele dizia, a *corda do sino*. Era além disso (e fora a opinião da rua da Misericórdia) uma obra de caridade. O tio Esguelhas, viúvo, tinha uma filha de quinze anos paralítica, desde pequena, das pernas. "O diabo embirrou com as pernas da família", costumava dizer o tio Esguelhas. Era decerto esta desgraça que lhe dava uma tristeza taciturna. Contava-se que a rapariga (cujo nome era Antônia, e que o pai chamava Totó) o torturava com perrices, frenesis, caprichos abomináveis. O Dr. Gouveia declarara-a *histérica*; mas era uma certeza, para as pessoas de bons princípios, que, a Totó estava *possuída do Demônio*. Houvera mesmo o plano de a exorcismar; o senhor vigário-geral, porém, sempre assustado com a imprensa, hesitara em conceder a permissão ritual, e tinham-lhe feito apenas, sem resultado, as aspersões simples de água benta. De resto não se sabia a natureza do *endemoniamento* da paralítica; a Sra. D. Maria da Assunção ouvira dizer que consistia em uivar como um lobo; a Gansosinho, em outra versão, assegurava que a desgraçada se dilacerava com as unhas... O tio Esguelhas, esse quando lhe perguntavam pela rapariga, respondia secamente:

— Lá está.

Os intervalos do seu serviço da igreja passava-o todos com a filha no casebre. Só atravessava o largo para ir à botica por algum remédio, ou comprar bolos à confeitaria da Teresa. Todo o dia aquele recanto da Sé, o pátio, o barracão, o alto muro ao lado coberto de parietárias, a casa ao fundo com a sua janela de portada negra numa parede lazeirenta, permaneciam num silêncio, numa sombra úmida: e os meninos do coro, que às vezes se arriscavam a ir pé ante pé, pelo pátio, espreitar o tio

Esguelhas, viam-no invariavelmente curvado à lareira, com o cachimbo na mão, cuspilhando tristemente para as cinzas.

Costumava todos os dias respeitosamente ouvir a missa do senhor pároco. E Amaro, nessa manhã, ao revestir-se, sentindo-lhe nas lájeas do pátio a muleta, ia já ruminando a sua história — porque não podia pedir ao tio Esguelhas o uso do seu casebre sem explicar, de algum modo, que o desejava para um serviço religioso... E que serviço, a não ser preparar, em segredo e longe das oposições mundanas, alguma alma terna para o convento e para a santidade?

Ao vê-lo entrar na sacristia, deu-lhe logo uns "bons--dias" amáveis. Achou-lhe uma bela cara de saúde! Também não admirava — porque, segundo todos os santos padres, a frequentação dos sinos, pela virtude particular que lhes comunica a consagração, dão uma alegria e um bem-estar especiais. Contou então com bonomia ao tio Esguelhas e aos dois sacristães que, quando era pequeno, em casa da senhora marquesa de Alegros, o seu grande desejo era ser um dia sineiro...

Riram muito, extasiando-se com a pilhéria de Sua Senhoria.

— Não se riam, é verdade. E não me ficava mal... Noutros tempos eram clérigos de ordens menores que tocavam os sinos. Os nossos padres consideravam-nos um dos meios mais eficazes da piedade. Lá disse a glosa, pondo o verso na boca do sino:

Laudo deum, populum voco, congrego clerum,
Defunctum ploro, pestem fugo, festa decoro...

O que quer dizer, como sabem: *Louvo a Deus, chamo o povo, congrego o clero, choro os mortos, afugento as pestes, alegro as festas.*

Citava a glosa com respeito, já revestido de amieto e alva, no meio da sacristia; e o tio Esguelhas empertigava-se sobre a sua muleta àquelas palavras que lhe davam uma autoridade e uma importância imprevista.

O sacristão tinha-se aproximado com a casula roxa. Mas Amaro não terminara a glorificação dos sinos; — explicou ainda a sua grande virtude em dissipar as tempestades (apesar do que dizem alguns sábios presunçosos), não só porque comunicam ao ar a unção que recebem da bênção, mas porque dispersam os demônios que erram entre os vendavais e os trovões. O santo Concílio de Milão recomenda que se toquem os sinos sempre que haja tormenta...

— Em todo o caso, tio Esguelhas, — acrescentou sorrindo com solicitude pelo sineiro — aconselho-lhe que nesses casos é melhor não se arriscar. Sempre é estar no alto, e perto da trovoada... Vamos a isso, tio Matias.

E recebeu sobre os ombros a casula, murmurando com muita compostura:

— *Domine, quis dixisti jugum meum...* Aperte mais os cordões por trás, tio Matias. *Suave est, et onus meum leve...*

Fez uma cortesia à imagem e entrou na igreja, na atitude da rubrica, de olhos baixos e corpo direito; enquanto o Marias, depois de ter também saudado com um raspão de pé o Cristo da sacristia, se apressava com as galhetas tossindo forte para clarear a garganta.

Durante toda a missa, ao voltar-se para a nave, no *Ofertório* e ao *Orate fratres*, o padre Amaro dirigia-se sempre (por uma benevolência que o ritual permite) para o sineiro, como se o Sacrifício fosse por sua intenção particular; — e o tio Esguelhas, com a sua muleta pousada ao lado, abismava-se então numa devoção mais respeitosa. Mesmo ao *Benedicat*, depois de ter começado a bênção voltado para o altar para recolher do Deus vivo o depósito da Misericórdia, terminou-a, virando-se devagar para o tio Esguelhas especialmente, como para lhe dar a ele só as Graças e Dons de Nosso Senhor!

— E agora, tio Esguelhas, — disse-lhe baixo ao entrar na sacristia — vá-me esperar ao pátio que temos que conversar.

Não tardou a vir ter com ele, com uma face grave que impressionou o sineiro.

— Cubra-se, cubra-se, tio Esguelhas. Pois eu venho falar-lhe de um caso sério... Verdadeiramente pedir-lhe um favor...

— Oh, senhor pároco!

Não, não era um favor... Porque, quando se tratava do serviço de Deus, todos tinham o dever de concorrer na proporção das suas forças... Tratava-se de uma menina que se queria fazer freira. Enfim, para lhe provar a confiança que tinha nele, ia dizer o nome...

— É a Ameliazinha da S. Joaneira!

— Que me diz, senhor pároco?!

— Uma vocação, tio Esguelhas! Vê-se o dedo de Deus! É extraordinário...

Contou-lhe então uma história difusa que ia forjando laboriosamente, segundo as sensações que imaginava ver na face pasmada do sineiro. A rapariga desgostara-se da vida, com as desavenças que tivera com o noivo. Mas a mãe, que estava velha, que a necessitava para o governo da casa, não queria consentir, supondo que era uma veleidade... Mas não, era vocação... Ele sabia-o...

Infelizmente, quando havia oposição, a conduta do sacerdote era muito delicada... Todos os dias os jornais ímpios (e infelizmente era a maioria!) gritavam contra as influências do clero... As autoridades, mais ímpias que os jornais, punham obstáculos... Havia leis terríveis... Se soubessem que ele andava a instruir a menina para confessar, ferravam-no na cadeia! Que queria o tio Esguelhas?... Impiedade, ateísmo do tempo!

Ora, ele necessitava ter com a pequena muitas e muitas conferências; para a experimentar, para conhecer as suas disposições, ver bem se é para a Solidão que ela tem jeito, ou para a Penitência, ou para o serviço dos enfermos, ou para a Adoração Perpétua, ou para o ensino... Enfim, estudá-la por dentro e por fora.

— Mas onde? — exclamou, abrindo os braços como na desolação de um santo dever contrariado. — Onde? Em casa da mãe não pode ser; já andam desconfiados. Na igreja, impossível, era o mesmo que na rua. Em minha casa, já vê, menina nova...

— Está claro.

— De modo que, tio Esguelhas... E estou certo que você mo há de agradecer... pensei na sua casa...

— Oh, senhor pároco — acudiu o sineiro — eu, a casa, os trastes, está tudo às ordens!

— Bem vê, é no interesse daquela alma, é um regozijo para Nosso Senhor...

— E pra mim, senhor pároco, e pra mim!

O que o tio Esguelhas receava é que a casa não fosse decente e não tivesse as comodidades...

— Ora! — fez o padre sorrindo, num renunciamento de todos os confortos humanos. — Contanto que haja duas cadeiras e uma mesa para pôr o livro da oração...

De resto, por outro lado, dizia o sineiro, lá como sítio retirado e casa sossegada estava a preceito. Ficavam ali, ele e a menina, como os monges no deserto. Nos dias em que o senhor pároco viesse, ele saía a dar o seu giro. Na cozinha não poderiam acomodar-se, porque o quartito da pobre Totó era ao pé... Mas tinham o quarto dele, em cima.

O padre Amaro bateu com a mão na testa. Não se lembrava da paralítica!

— Isso estraga-nos o arranjinho, tio Esguelhas! — exclamou.

Mas o sineiro tranquilizou-o vivamente. Estava agora todo interessado naquela conquista de uma noiva para Nosso Senhor; queria por força que o seu telhado abrigasse a santa preparação da alma da menina... Talvez lhe atraísse a ele a piedade de Deus! Mostrou com calor as vantagens, as facilidades da casa. A Totó não embaraçava. Não se mexia da cama. O senhor pároco entrava pela cozinha do lado da sacristia, a menina vinha pela porta da rua: subiam, fechavam-se no quarto...

— E ela que faz, a Totó? — perguntou o padre Amaro, hesitando ainda.

Coitadinha, para ali estava... Tinha manias: ora fazia bonecas e apaixonava-se por elas a ponto de ter febre; outros dias passava-os num silêncio medonho com os olhos cravados na parede. Mas às vezes estava alegre, palrava, chalaceava... Uma desgraça!

— Devia-se entreter, devia ler — disse o padre Amaro para mostrar interesse.

O sineiro suspirou. Não sabia ler a pequena, nunca quisera aprender. Era o que ele lhe dizia — se pudesses ler, já te não pesava tanto a vida! Mas então? Tinha horror a aplicar-se... O Sr. padre Amaro devia ter a caridade de a persuadir, quando viesse a casa...

Mas o pároco não o escutava, todo abismado numa ideia que lhe alumiara a face de um sorriso. Achara subitamente a explicação natural a dar à S. Joaneira e às amigas das visitas de Amélia a casa do sineiro: era a ensinar a ler a paralítica! A educá-la! A abrir-lhe a alma às belezas dos livros santos, da história dos mártires e da oração!...

— Está decidido, tio Esguelhas — exclamou, esfregando as mãos de júbilo. — É em sua casa que se há de fazer da rapariga uma santa. E disto — e a sua voz deu um grave profundo — um segredo inviolável!

— Oh, senhor pároco! — fez o sineiro, quase ofendido.

— Conto consigo! — disse Amaro.

Veio logo à sacristia escrever um bilhete, que devia passar em segredo a Amélia, em que lhe explicava detalhadamente o "arranjinho que fizera para gozarem novas e divinas felicidades". Prevenia-se que o pretexto para ela vir todas as semanas à casa do sineiro devia ser a educação da paralítica: ele mesmo o proporia à noite, em casa da mamã. "Que nisto", dizia, "há alguma verdade, pois seria grato a Deus que se alumiasse com uma boa instrução religiosa as trevas daquela alma. E matamos assim, querido anjo, dois coelhos com uma só cacheirada!".

Depois entrou em casa. Como se sentou regaladamente à mesa do almoço, com um contentamento pleno de si, da vida e das doces facilidades que nela encontrava! Ciúmes, dúvidas, torturas do desejo, solidão da carne, tudo o que o consumira meses e meses, além na rua da Misericórdia e ali na rua das Sousas, passara. Estava enfim instalado à larga na felicidade! E recordava, abismado num gozo mudo, com o garfo esquecido na mão, toda aquela meia hora da véspera, prazer por prazer, ressaboreando-os mentalmente um a um, saturando-se da deliciosa certeza da posse — como o lavrador que percorre a leira de terra adquirida que os seus olhos invejaram muitos anos. Ah, não tornaria a olhar de lado, com azedume, os cavalheiros que passeavam na Alameda com as suas mulheres pelo braço! Também ele agora tinha uma, toda sua, alma e carne, linda, que o adorava, que usava boas roupas brancas, e trazia no peito um cheirinho de água-de-colônia! Era padre, é verdade... Mas para isso tinha o seu grande argumento: é que o comportamento do padre, logo que não dê escândalo entre os fiéis, em nada prejudica a eficácia, a utilidade, a grandeza da religião. Todos os teólogos ensinam que a ordem dos sacerdotes foi instituída para administrar os sacramentos; o essencial é que os homens recebam a santidade interior e sobrenatural que os sacramentos contêm; e contanto que eles sejam dispensados segundo as fórmulas consagradas, que importa que o sacerdote seja santo ou pecador? O sacramento comunica a mesma virtude. Não é pelos méritos do sacerdote que eles operam, mas pelos méritos de Jesus Cristo. O que é batizado ou ungido, ou seja por mãos puras ou por mãos torpes, fica igualmente bem lavado da mácula original, ou bem preparado para a vida eterna. Isto lê-se em todos os santos padres, estabeleceu-o o seráfico Concílio de Trento. Os fiéis nada perdem, na sua alma e na sua salvação, com a indignidade do pároco. E se o pároco se arrepende à hora extrema, também se lhe não fecham as portas do céu. Logo em definitivo tudo acaba bem, e em paz geral... — E o padre Amaro, raciocinando assim, sorvia com prazer o seu café.

A Dionísia, ao fim do almoço, veio saber muito risonha, se o senhor pároco falara ao tio Esguelhas...

— Falei por alto — disse ele ambiguamente. — Não há nada decidido... Roma não se construiu num dia.

— Ah! — fez ela.

E recolheu-se à cozinha, pensando que o senhor pároco mentia como um herege. Também, não se importava... Nunca gostara de arranjos com os senhores eclesiásticos; pagavam mal, e suspeitavam sempre...

E mesmo ouvindo Amaro que saía, correu à escada a dizer-lhe — que enfim, ela tinha a olhar pela sua casa, e quando o senhor pároco tivesse arranjado criada...

— A Sra. D. Josefa Dias anda-me a tratar disso, Dionísia. Espero ter alguém amanhã. Mas você apareça... Agora que somos amigos...

Quando o senhor pároco quiser é chamar-me da janela para o quintal — disse ela do alto da escada. — Para tudo o que precisar. De tudo sei um bocadinho; até de desarranjos e de partos... E neste ponto posso até dizer...

Mas o padre não a escutava; atirara com a porta de repelão, fugindo, indignado daquela atitude torpe assim brutalmente oferecida.

Foi daí que ele falou em casa da S. Joaneira da filha do sineiro.

Na véspera dera o bilhete a Amélia; e nessa noite, enquanto na sala se galrava alto, aproximara-se do piano, onde Amélia, com os dedos preguiçosos, corria escalas, e abaixando-se para acender o cigarro à vela, murmurava:

— Leu?

— Ótimo!

Amaro recolheu logo ao grupo das senhoras, onde a Gansoso estava contando uma catástrofe que lera num jornal, sucedida em Inglaterra; uma mina de carvão que desabara, sepultando cento e vinte trabalhadores. As velhas arrepiavam-se horrorizadas. A Gansoso então, gozando o efeito, acumulou loquazmente os detalhes:

a gente que estava fora esforçara-se por desatulhar os infelizes; ouviam-se-lhes embaixo os gemidos e os ais; era ao lusco-fusco; havia uma tormenta de neve...

— Desagradável! — rosnou o cônego, aconchegando-se na sua poltrona, gozando o calor da sala e a segurança dos tetos.

A Sra. D. Maria da Assunção declarou que todas essas minas, essas máquinas estrangeiras lhe causavam medo. Vira uma fábrica ao pé de Alcobaça, e parecera-lhe uma imagem do inferno. Estava certa que Nosso Senhor não as via com bons olhos...

— É como os caminhos de ferro — disse D. Josefa. — Tenho a certeza que foram inspirados pelo demônio! Não o digo a rir. Mas vejam aqueles uivos, aquele fogaracho, aquele fragor! Ai, arrepia!

O padre Amaro galhofou, — assegurando à Sra. D. Josefa que eram ricamente cômodos para andar depressa! Mas, tornando-se logo sério, acrescentou:

— Em todo o caso é incontestável, que há nessas invenções da ciência moderna muito do demônio. E é por isso que a nossa santa Igreja as abençoa, primeiro com orações e depois com água benta. Hão de saber que é o costume. Com água benta para lhes fazer o exorcismo, expulsar o espírito inimigo; e com orações para as resgatar do pecado original que não só existe no homem, mas nas coisas que ele constrói. É por isso que se benzem e se purificam as locomotivas... Para que o demônio não se possa servir delas para seu uso.

D. Maria da Assunção quis imediatamente uma explicação. Como era a maneira usual do Inimigo se servir dos caminhos de ferro?

O padre Amaro esclareceu-a, com bondade. O Inimigo tinha muitas maneiras, mas a habitual era esta:

fazia descarrilar um trem de modo que morressem passageiros, e como essas almas não estavam preparadas pela Extrema-Unção, o demônio ali mesmo, zás, apoderava-se delas!

— É de velhaco! — rosnou o cônego, com uma admiração secreta por aquela manha tão hábil do Inimigo.

Mas D. Maria da Assunção abanou-se langorosamente, com o rosto banhado num sorriso de beatitude:

— Ai, filhas! — dizia pausadamente para os lados — a nós é que não nos sucedia isso... Que não nos pilhava desprevenidas!

Era verdade, e todas gozaram um momento aquela certeza deliciosa de estarem preparadas, de poderem lograr a malícia, do Tentador!

O padre Amaro então tossiu como para preparar as vias, e apoiando as duas mãos sobre a mesa, num tom de prática:

— É necessário muita vigilância para conservar de longe o demônio. Ainda hoje eu estava a pensar nisso (foi mesmo a minha meditação) a respeito de um caso bem triste que tenho lá ao pé da Sé... É a filhita do sineiro.

As senhoras tinham chegado as cadeiras, bebendo-lhe as palavras, numa curiosidade subitamente excitada, esperando ouvir a história picante de alguma façanha de Satanás. E o pároco continuou com uma voz a que o silêncio em redor dava solenidade:

— Ali está aquela rapariga, todo o santo dia, pregada na cama! Não sabe ler, não tem devoções habituais, não tem o costume da meditação; é por consequência, para empregar a expressão de S. Clemente — *uma alma sem defesa.* O que sucede? Que o demônio, que ronda constantemente e não perde dentada, estabelece-se ali como em sua casa! Por isso, como me dizia hoje o pobre tio Esguelhas, são frenesis, desesperos, furores sem razão... Enfim o pobre homem tem a vida estragada.

— E a dois passos da igreja do Senhor! — exclamou D. Maria da Assunção, indignada daquela imprudência de Satanás, instalando-se num corpo, num leito, que apenas a estreiteza do pátio separava dos contrafortes da Sé.

Amaro acudiu:

— Tem a D. Maria razão. O escândalo é enorme. Mas então? Se a rapariga não sabe ler! Se não sabe uma oração; se não tem quem a instrua; quem lhe leve a palavra de Deus; quem a fortifique; quem lhe ensine o segredo de frustrar o Inimigo!...

Ergueu-se animado, deu alguns passos pela sala, de ombros vergados, numa mágoa de pastor a quem uma força desproporcional arrebata uma ovelha amada. E, exaltado pelas suas palavras, sentia com efeito, uma piedade que o invadia, uma compaixão verdadeira por aquela pobre criatura, a quem a falta de consolações devia tornar mais intensa a agonia da imobilidade...

As senhoras olhavam-se, magoadas com aquele caso triste de abandono de alma, — sobretudo pela dor que ele parecia trazer ao senhor pároco.

A Sra. D. Maria da Assunção, que percorria em imaginação o abundante arsenal da devoção, lembrara logo que se lhe pusessem alguns santos à cabeceira, como S. Vicente, Nossa Senhora das Sete Chagas... Mas o silêncio das amigas exprimiu bem a insuficiência daquela galeria devota.

— As senhoras dir-me-ão talvez — disse o padre Amaro sentando-se de novo — que se trata apenas da filha do sineiro. Mas é uma alma! É uma alma como as nossas!

— Todos têm direito à graça do Senhor — disse o cônego gravemente, num sentimento de imparcialidade, admitindo a igualdade das classes logo que não se tratava de bens materiais e apenas dos confortos do céu.

— Para Deus não há pobre nem rico — suspirou a S. Joaneira. Antes pobre, que dos pobres é o reino do céu.

— Não, antes rico — acudiu o cônego, estendendo a mão para deter aquela falsa interpretação da lei divina. — Que o céu também é para os ricos. A senhora não compreende o preceito. *Beati pauperes*, benditos os pobres, quer dizer que os pobres devem-se achar felizes na pobreza; não desejarem os bens dos ricos; não quererem mais que o bocado de pão que têm; não aspirarem a participar das riquezas dos outros, sob pena de não serem benditos. É por isso, saiba a senhora, que essa canalha que prega que os trabalhadores e as classes baixas devem viver melhor do que vivem, vai de encontro à expressa vontade da Igreja e de Nosso Senhor, e não merece senão chicote, como excomungados que são! Ufa!

E estirou-se extenuado de ter falado tanto. O padre Amaro, esse, permanecia calado, com o cotovelo sobre a mesa, esfregando devagar a testa. Ia lançar a sua ideia, como vinda de uma inspiração divina; propor que fosse Amélia levar uma educação devota à triste paralítica... E hesitava supersticiosamente diante do seu motivo todo carnal, todo de concupiscência. A filha do sineiro aparecia-lhe agora, exageradamente, abismada numa treva de agonia. Sentia toda a caridade que haveria em consolá-la, entretê-la, fazer-lhe os dias menos amargos... Esta ação redimiria decerto muitas culpas, encantaria Deus, se fosse feita num puro espírito de fraternidade cristã! Vinha-lhe uma compaixão sentimental de bom rapaz por aquele miserável corpo pregado numa cama, sem nunca ver o sol e nem a rua... E ali estava embaraçado, naquela piedade que o invadia, sem se decidir, coçando a nuca, arrependido quase de ter falado às senhoras da Totó...

Mas D. Joaquina Gansoso tivera uma ideia:

— Ó Sr. padre Amaro, se se lhe mandasse aquele livro com pinturas de vidas dos santos? Eram pinturas que edificavam. A mim tocavam-me a alma... Não és tu que o tens, Amélia?

— Não — disse ela, sem erguer os olhos da costura.

Amaro então olhou-a. Tinha-a quase esquecido. Estava agora do outro lado da mesa, abainhando um esfregão; a risca muito fina desaparecia na abundância espessa do cabelo, onde a luz do candeeiro ao lado punha um traço lustroso; as pestanas pareciam mais longas, mais negras sobre a pele da face, de um trigueiro cálido, que uma tinta rosada aquecia; o vestido justo, que se franzia numa prega sobre o ombro, elevava-se amplamente sobre a forma dos peitos, que ele via arfar no ritmo da respiração igual... Era aquela a beleza que mais apetecia nela; imaginava-os de uma cor de neve, redondos e cheios; tivera-a nos braços, sim, mas vestida, e as suas mãos sôfregas tinham encontrado só a seda fria... Mas na casa do sineiro seriam dele, sem obstáculo, sem vestidos, à disposição dos seus lábios. Por Deus! E nada impedia que ao mesmo tempo consolassem a alma da Totó! Não hesitou mais. E erguendo a voz, no meio do palratório das velhas que discutiam agora a desaparição da *Vida dos santos*:

— Não, minhas senhoras, não é com livros que se vale à rapariga... Sabem a ideia que me veio? Era um de nós, o que estiver menos ocupado, levar-lhe a palavra de Deus e educar aquela alma! — E acrescentou, sorrindo:

— E falar a verdade, a pessoa mais desocupada aqui de todos nós é a menina Amélia...

Então foi uma surpresa! Pareceu a mesma vontade de Nosso Senhor vinda numa revelação. Os olhos de todas acenderam-se numa excitação devota, a ideia daquela missão de caridade, que partia ali delas, da rua da Misericórdia... Extasiavam-se, no antegosto guloso dos elogios do senhor chantre e do cabido! Cada uma dava o seu conselho, numa assiduidade de participar da santa obra, de partilharem as recompensas que o Céu certamente prodigalizaria. D. Joaquina Gansoso declarou com calor que invejava Amélia; e chocou-se muito vendo-a de repente rir.

— Imaginas que não o faria com a mesma devoção? Já estás com orgulho da boa ação... Olha que assim não te aproveita!

Mas Amélia continuava de um riso nervoso, deitada para as costas da cadeira, sufocando-se para se conter.

Os olhinhos de D. Joaquina chamejavam.

— É indecente, é indecente! — gritava.

Calmaram-na; Amélia teve de lhe jurar sob os Santos Evangelhos que fora uma ideia extravagante que tivera, que era nervoso...

— Ai, — disse D. Maria da Assunção — ela tem razão em se orgulhar. Que é uma honra pra casa! Em se sabendo...

O pároco interrompeu com severidade:

— Mas não se deve saber, Sra. D. Maria da Assunção! De que serve, aos olhos do Senhor, uma boa obra de que se tire alarde e vanglória?

D. Maria vergou os ombros, humilhando-se à repreensão. E Amaro, com gravidade:

— Isto não deve sair daqui. É entre Deus e nós. Queremos salvar uma alma, consolar uma enferma, e não ter elogios nos periódicos. Pois não é assim, padre-mestre?

O cônego ergueu-se pesadamente:

— Você esta noite tem falado com a língua de ouro de S. Crisóstomo. Eu estou edificado e não se me dava agora de ver aparecer as torradas.

Foi então, enquanto a *Ruça* não trazia o chá, que se decidiu que Amélia, todas as semanas, uma ou duas vezes segundo fosse a sua devoção, iria em segredo, para que a ação fosse mais valiosa aos olhos de Deus, passar uma hora à cabeceira da paralítica, ler-lhe a *Vida dos santos*, ensinar-lhe rezas a insuflar-lhe a virtude.

— Enfim, — resumiu a Sra. D. Maria da Assunção voltando-se para Amélia — não te digo senão uma coisa: abichaste!

A *Ruça* entrou com o tabuleiro, no meio dos risos que provocara a "tolice de D. Maria", como disse Amélia, que se fizera escarlate. — E foi assim que ela e o padre Amaro se puderam ver livremente, para glória do Senhor e humilhação do Inimigo.

Encontravam-se todas as semanas, ora uma ora duas vezes, de modo que as suas visitas caridosas à paralítica perfizessem ao fim do mês o número simbólico de sete que devia corresponder, na ideia das devotas, às *Sete lições de Maria.* Na véspera o padre Amaro tinha prevenido o tio Esguelhas, que deixava a porta da rua apenas cerrada, depois de ter varrido toda a casa e preparado o quarto para a prática do senhor pároco. Amélia nesses dias erguia-se cedo; tinha sempre alguma saia branca a engomar, algum laçarote a compor; a mãe estranhava-lhe aqueles arrebiques, o desperdício de água-de-colônia de que ela se inundava; mas Amélia explicava que "era para inspirar à Totó ideias de asseio e de frescura". E depois de vestida sentava-se, esperando as onze horas, muito séria, respondendo distraidamente às conversas da mãe, com uma cor nas faces, os olhos cravados nos ponteiros do relógio; enfim a velha matraca gemia cavamente as onze horas, e ela, depois de uma olhadela ao espelho, saía, dando uma beijoca à mamã.[1]

Ia sempre receosa, numa inquietação de ser espreitada. Todas as manhãs pedia a Nossa Senhora da Boa Viagem que a livrasse de maus encontros; e se via um pobre dava-lhe invariavelmente esmola, para lisonjear os gostos de Nosso Senhor, amigo dos mendigos e vagabundos. O que a assustava era o largo da Sé, sobre o qual a Amparo da botica, costurando por trás da janela, exercia uma vigilância incessante. Fazia-se então pequenina no seu mantelete, e abaixando o guarda-sol sobre o rosto, entrava enfim na Sé, sempre com o pé direito.

Mas a mudez da igreja, deserta e adormecida numa luz fusca, amedrontava-a; parecia-lhe sentir, na taciturnidade dos santos e das cruzes, uma repreensão ao seu pecado; imaginava que os olhos de vidro das imagens, as pupilas pintadas dos painéis se fixavam nela, com uma insistência cruel, e percebiam o arfar que ao seu seio dava a esperança do prazer. Às vezes mesmo, atravessada de uma superstição, para dissipar o descontentamento dos santos, prometia dar-se nessa manhã toda à Totó, ocupar-se caridosamente só dela, e não se deixar tocar sequer no vestido pelo Sr. padre Amaro. Mas se ao entrar

---

[1] À mamã: em Portugal, no uso informal, é a designação usada pelos filhos para se referirem à mãe.

na casa do sineiro o não encontrava, ia logo, sem se deter ao pé da cama da Totó, postar-se à janela da cozinha, vigiando a porta maciça da sacristia, de que ela conhecia uma por uma as chapas negras de ferro.

Ele aparecia, enfim. Era então nos começos de março; já tinham chegado as andorinhas; ouviam-nas chilrear, naquele silêncio melancólico, esvoaçando entre os contrafortes da Sé. Aqui e além, plantas dos lugares úmidos cobriam os cantos de uma verdura escura. Amaro, às vezes muito galante, ia procurar uma florzinha. Amélia impacientava-se, rufava na vidraça da cozinha.

Ele apressava-se; ficavam um momento à porta, apertando-se as mãos, com olhos brilhantes que se devoravam; e iam enfim ver a Totó — e dar-lhe os bolos que o pároco lhe trazia no bolso da batina.

A cama da Totó era na alcova ao lado da cozinha; o seu corpinho de tísica quase não fazia saliência enterrado na cova da enxerga, sob os cobertores enxovalhados que ela se entretinha a esfiar. Nesses dias tinha vestido um chambre branco, os cabelos reluziam-lhe de óleo; porque ultimamente, desde as visitas de Amaro, viera-lhe "uma birra de parecer alguém", como dizia encantado o tio Esguelhas, a ponto de se não querer separar de um espelho e de um pente que escondia debaixo do travesseiro e obrigar o pai a encafuar sob a cama, entre a roupa suja, as bonecas que agora desprezava.

Amélia sentava-se um instante aos pés do catre, perguntando-lhe se estudara o A B C, obrigando-a a dizer aqui e além o nome de uma letra. Depois queria que ela repetisse sem a errar a oração que lhe andava ensinando; — enquanto o padre, sem passar da porta, esperava, com as mãos nos bolsos, enfastiado, embaraçado com os olhos reluzentes da paralítica que o não deixavam, penetrando-o, percorrendo-lhe o corpo com pasmo e com ardor, e que pareciam maiores e mais brilhantes no seu rosto trigueiro tão chupado que se lhe via a saliência das maxilas. Não sentia agora nem compaixão nem caridade pela Totó; detestava aquela demora; achava a rapariga selvagem e embirrenta. A Amélia também pesavam aqueles momentos em que, para não escandalizar muito Nosso Senhor, se resignava a falar à paralítica. A Totó parecia odiá-la; respondia-lhe muito carrancuda; outras vezes persistia num silêncio rancoroso, voltada para a parede; um dia despedaçara o alfabeto; e encolhia-se toda encruada se Amélia lhe queria compor o xale sobre os ombros ou conchegar-lhe a roupa...

Enfim Amaro, impaciente, fazia um sinal a Amélia; ela punha logo diante da Totó o livro com estampas da *Vida dos santos*.

— Vá, ficas agora a ver figuras... Olha, este é S. Mateus, esta Santa Virgínia... Adeus, eu vou lá em cima com o senhor pároco rezarmos para que Deus te dê saúde e te deixe ir passear... Não estragues o livro, que é pecado.

E subiam a escada, enquanto a paralítica, estendendo o pescoço sofregamente, os seguia, escutando o ranger dos degraus, com os olhos chamejantes que lágrimas de raiva enevoavam. O quarto, em cima, era muito baixo, sem forro, com um teto de vigas negras sobre que assentavam as telhas. Ao lado da cama pendia a candeia que pusera sobre a parede um penacho negro do fumo. E Amaro ria sempre dos preparativos que fizera o tio Esguelhas — a mesa ao canto com o Novo Testamento, uma caneca de água, e duas cadeiras dispostas ao lado...

— É pra nossa conferência, para te ensinar os deveres de freira — dizia ele, galhofando.

— Ensina, então! — murmurava ela de braços abertos, pondo-se diante do padre, com um sorriso cálido onde brilhava um branquinho dos dentes, num abandono que se oferecia.

Ele atirava-lhe beijos vorazes pelo pescoço, pelos cabelos; às vezes mordia-lhe a orelha; ela dava um gritinho; e ficavam então muito quedos, escutando, com medo da paralítica embaixo. O pároco depois fechava as portadas da janela e a porta muito perra que tinha de empurrar com o joelho. Amélia ia-se despindo devagar; e com as saias caídas aos pés ficava um momento imóvel, como uma forma branca na escuridão do quarto. Em redor o padre, preparando-se respirava forte. Ela então persignava-se depressa, e sempre ao subir para o leito dava um suspirozinho triste.

Amélia só podia demorar-se até ao meio-dia. O padre Amaro por isso pendurava o seu cebolão no prego da candeia. Mas quando não ouviam as badaladas da torre, Amélia conhecia a hora pelo cantar de um galo vizinho.

— Devo ir, filho — murmurava toda cansada.

— Deixa lá... Estás sempre com a pressa...

Ficavam ainda uns momentos calados, numa lassidão doce, muito chegados um ao outro. Pelas vigas separadas do telhado mal junto viam aqui e além feridas de luz: às vezes sentiam um gato, com as suas passadas fofas, vadiar, fazendo bulir alguma telha solta; ou um pássaro, pousando, chilreava e ouviam-lhe o frêmito das asas.

— Ai, são horas — dizia Amélia.

O padre queria detê-la; não se fartava de lhe beijar a orelhinha.

— Lambão! — murmurava ela. — Deixa-me!

Vestia-se a pressa no escuro do quarto; depois ia abrir a janela, vinha ainda abraçar o pescoço de Amaro, que ficara estatelado sobre o leito; e ia enfim arrastar a mesa e as cadeiras, para a paralítica sentir embaixo, saber que tinha acabado a conferência.

Amaro não findava ainda de a beijocar; ela então, para acabar, fugia-lhe, ia escancarar a porta do quarto; o padre descia, atravessava em duas passadas a cozinha sem olhar para a Totó, e entrava na sacristia.

Amélia, essa, antes de sair, vinha ver a paralítica, saber se gostara das estampas. Encontrava-a às vezes com a cabeça debaixo dos cobertores, que entalava e prendia com as mãos para se esconder, outras vezes, sentada na cama, examinava Amélia com olhos em que se acendia uma curiosidade viciosa; chegava o rosto para ela, com as narinas dilatadas que pareciam cheirá-la; Amélia recuava, inquieta, corando também; queixava-se então de ser tarde, recolhia a *Vida dos santos*, — e saía, amaldiçoando aquela criatura tão maliciosa na sua mudez.

Ao passar no largo, àquela hora, via sempre a Amparo à janela. Ultimamente mesmo julgara prudente contar-lhe em segredo a sua caridade com a Totó. A Amparo, mal a via, chamava-a; e debruçando-se toda na varanda:

— Então como vai a Totó?

— Lá vai.

— Já lê?

— Já soletra.

— E a oração a Nossa Senhora?

— Já a diz.

— Ai, que devoção a tua, filha!

Amélia baixava os olhos, modesta. E o Carlos, que estava também no segredo, deixava o balcão para vir à porta admirar Amélia.

— Vem da sua grande missão de caridade, hem? — dizia, de olho arregalado, balanceando-se na ponta das chinelas.

— Estive um bocado com a pequena, a entretê-la...

— Grandioso! — murmurava o Carlos. Um apostolado! Pois vá, minha santa menina, recados à mamã.

Voltava-se então para dentro, para o praticante:

— Veja o Sr. Augusto aquilo... Em lugar de passar o seu tempo, como as outras, em namoros, faz-se anjo da guarda! Passa a flor dos anos com uma entrevada! Veja o senhor se a filosofia, o materialismo, e essas porcarias são capazes de inspirar ações deste jaez... Só a religião, meu caro senhor! Eu queria que os Renans e essa cambada de filósofos vissem isto! Que eu, tenha o senhor em vista, admiro a filosofia, mas quando ela, por assim dizer, vai de mãos dadas com a religião... Sou homem de ciência e admiro um Newton, um Guizot... Mas (e grave o senhor estas palavras) se a filosofia se afasta da religião... (grave bem estas palavras) dentro de dez anos, Sr. Augusto, está a filosofia enterrada!

E continuava a mexer-se pela farmácia a passos lentos, de mãos atrás das costas, ruminando o fim da filosofia.

XVII

Foi aquele o período mais feliz da vida de Amaro. "Ando na graça de Deus", pensava ele às vezes à noite, ao despir-se, quando por um hábito eclesiástico, fazendo o exame dos seus dias, via que eles se seguiam fáceis, tão confortáveis, tão regularmente gozados. Não houvera, nos últimos dois meses, nem atritos nem dificuldades no serviço da paróquia; todo o mundo, como dizia o padre Saldanha, andava de um humor de santo. D. Josefa Dias arranjara-lhe muito barata uma cozinheira excelente, e que se chamava Escolástica. Na rua da Misericórdia tinha a sua corte admiradora e devota; cada semana, uma ou duas vezes, vinha aquela hora deliciosa e celeste na casa do tio Esguelhas; e para completar a harmonia até a estação ia tão linda, que já no Morenal começavam a abrir as rosas.

Mas o que o encantava era que nem as velhas, nem os padres, ninguém da sacristia suspeitava os seus *rendez-vouz* com Amélia. Aquelas visitas à Totó tinham entrado nos costumes da casa; chamavam-lhe "as devoções da pequena"; e não a interrogavam com particularidades, pelo princípio beato que as devoções são um segredo que se tem com Nosso Senhor. Só às vezes alguma das senhoras perguntava a Amélia — como ia a doente; ela assegurava que estava muito mudada, que começava a abrir os olhos à lei de Deus; então, muito discretamente, falavam de coisas diferentes. Havia apenas o plano vago de irem um dia, mais tarde, quando a Totó soubesse bem o seu catecismo e pela eficácia da oração se tivesse tornado boa, admirar em romaria a obra santa de Amélia e a humilhação do Inimigo.

Amélia mesmo, perante esta confiança tão larga na sua virtude, propusera um dia a Amaro, como muito hábil — dizer às amigas que o senhor pároco às vezes vinha assistir à prática piedosa que ela fazia a Totó...

— Assim, se alguém te surpreendesse a entrar para a casa do tio Esguelhas, já não havia suspeitas.

— Não me parece necessário — disse ele. — Deus está conosco, filha, é claro. Não queiramos intrometer-nos nos seus planos. Ele vê mais longe que nós...

Ela concordou logo — como em tudo que saía dos seus lábios. Desde a primeira manhã, na casa do tio Esguelhas, ela abandonara-se-lhe absolutamente, toda inteira, corpo, alma, vontade e sentimento; não havia na sua pele um cabelinho, não corria no seu cérebro uma ideia a mais pequenina, quc não pertencesse ao senhor pároco. Aquela possessão de todo o seu ser não a invadira gradualmente; fora completa, no momento que os seus fortes braços se tinham fechado sobre ela. Parecia que os beijos dele lhe tinham sorvido, esgotado a alma; agora era como uma dependência inerte da sua pessoa. E não lho ocultava; gozava em se humilhar, oferecer-se sempre, sentir-se toda dele, toda escrava; queria que ele pensasse por ela e vivesse por ela; descarregara-se nele, com satisfação, daquele fardo da responsabilidade que sempre lhe pesara na vida; os seus juízos agora vinham-lhe formados do cérebro do pároco, tão naturalmente como se saísse do coração dele o sangue que lhe corria nas veias. "O senhor pároco queria ou o senhor pároco dizia" era para ela uma razão toda suficiente e toda poderosa. Vivia com os olhos nele, numa obediência animal; tinha só a curvar-se quando ele falava, e quando vinha o momento a desapertar o vestido.

Amaro gozava prodigiosamente esta dominação; ela desforrava-o de todo um passado de dependências — a casa do tio, o seminário, a sala branca do senhor conde de Ribamar... A sua existência de padre era uma curvatura humilde que lhe fatigava a alma; vivia da obediência ao senhor bispo, à câmara eclesiástica, aos cânones, à Regra que nem lhe permitia ter uma vontade própria nas suas relações com o sacristão. E agora, enfim, tinha ali aos pés aquele corpo, aquela alma, aquele ser vivo sobre quem reinava com despotismo. Se passava os seus dias, por profissão, louvando, adorando e incensando Deus, — era ele também agora o Deus de uma criatura que o temia e lhe dava uma devoção pontual. Para ela ao menos, era belo, superior aos condes e aos duques, tão digno da mitra como os mais sábios. Ela mesmo, um dia, dissera-lhe, depois de ter estado um momento pensativa:

— Tu podias chegar a papa!

— Desta massa se fazem — respondeu ele com seriedade.

Ela acreditava-o — com um receio, todavia, que as altas dignidades o afastassem dela, o levassem para longe de Leiria. Aquela paixão, em que estava abismada e que a saturava, tornara-a estúpida e obtusa a tudo o que não respeitava ao senhor pároco ou ao seu amor. Amaro de resto não lhe consentia interesses, curiosidades alheias à sua pessoa. Proibia-lhe até que lesse romances e poesias. Para que se havia de fazer doutora? Que lhe importava o que ia no mundo! Um dia que ela falara, com algum apetite, de um baile que iam dar os Vias-Claras, ofendeu-se como de uma traição. Fez-lhe em casa do tio Esguelhas acusações tremendas; era uma vaidosa, uma perdida, uma filha de Satanás!...

— Mas mato-te! Percebes? Mato-te! — exclamou agarrando-lhe os pulsos, fulminando-a com o olhar aceso.

Tinha um medo, que o pungia, de a ver subtrair-se ao seu império, perder-lhe a adoração muda e absoluta. Pensava às vezes que ela se fatigaria, com o tempo, de um homem que não lhe satisfazia as vaidades e os gostos de mulher, sempre metido na sua batina negra, com a cara rapada e a coroa aberta. Imaginava que as gravatas de cores, os bigodes bem torcidos, um cavalo que trota, um uniforme de lanceiros exercem sobre as mulheres uma fascinação decisiva. E se a ouvia falar de algum oficial do destacamento, de algum cavalheiro da cidade, eram ciúmes desabridos...

— Gosta dele!? Hem? É pelos trapos, pelo bigode!?...

— Gosto dele! Oh, filho, eu nunca vi o homem!

Mas escusava de falar da criatura, então! Era ter curiosidade, pôr o pensamento noutro! Dessas faltas de vigilância sobre a alma e a vontade é que se aproveitava o demônio!...

Viera assim a ter um ódio a todo o mundo secular — que a poderia atrair, arrastar para fora da sombra da sua batina. Impedia-lhe, com pretextos complicados, toda a comunicação com a cidade. Convenceu mesmo a mãe que a não deixasse ir só à Arcada e às lojas. E não cessava de lhe representar os homens como monstros de impiedade, cobertos de pecados como de uma crosta, estúpidos e falsos, votados ao infemo! Contava-lhe horrores de quase todos os rapazes de Leiria. Ela perguntava-lhe aterrada, mas curiosa:

— Como sabes tu?

— Não te posso dizer — respondia com uma reticência, indicando que lhe fechava os lábios o segredo da confissão.

E ao mesmo tempo martelava-lhe os ouvidos com a glorificação do sacerdócio. Desenrolava-lhe com pompa a erudição dos seus antigos compêndios, fazendo-lhe o elogio das funções, da superioridade do padre. No Egito, grande nação da Antiguidade, o homem só podia ser rei se era sacerdote! Na Pérsia, na Etiópia, um simples padre tinha o privilégio de destronar os reis, dispor das coroas! Onde havia uma autoridade igual à sua? Nem mesmo na corte do céu. O padre era superior aos anjos e aos serafins — porque a eles não fora dado como ao padre o poder maravilhoso de perdoar os pecados! Mesmo a Virgem Maria, tinha ela um poder maior que ele, padre Amaro? Não: com todo o respeito devido à majestade de Nossa Senhora, ele podia dizer com S. Bernardino de Sena: "o sacerdote excede-te, ó mãe amada!" — porque, se a Virgem tinha encarnado Deus no seu castíssimo seio, fora só uma vez, e o padre, no santo sacrifício da missa, encarnava Deus todos os dias! E isto não era argúcia dele, todos os santos padres o admitiam...

— Hem, que te parece?

— Oh, filho! — murmurava ela pasmada, desfalecida de voluptuosidade.

Então deslumbrava-a com citações veneradas: S. Clemente, que chamou ao padre "o Deus da terra"; o eloquente S. Crisóstomo, que disse "que o padre é o embaixador que vem dar as ordens de Deus". E Santo Ambrósio que escreveu: "entre a dignidade do rei e a dignidade do padre há maior diferença que a que existe entre o chumbo e o ouro!".

— E o ouro é cá o menino — dizia Amaro com palmadinhas no peito. — Que te parece?

Ela atirava-se-lhe aos braços, com beijos vorazes, como para tocar, possuir nele o "ouro de Santo Ambrósio", o "embaixador de Deus", tudo o que na terra havia mais alto e mais nobre, o ser que excede em graça os arcanjos!

Era este poder divino do padre, esta familiaridade com Deus, tanto ou mais que a influência da sua voz — que a faziam crer na promessa que ele lhe repetia sempre: que ser amada por um padre chamaria sobre ela o interesse, a amizade de Deus; que depois de morta dois anjos viriam tomá-la pela mão para a acompanhar e desfazer todas as dúvidas que pudesse ter S. Pedro, chaveiro do céu; e que na sua sepultura, como sucedera em França a uma rapariga amada por um cura, nasceriam espontaneamente rosas brancas, como prova celeste de que a virgindade não se estraga nos braços santos de um padre...

Isto encantava-a. Àquela ideia da sua cova perfumada de rosas brancas, ficava toda pensativa, num antegosto de felicidades místicas com suspirinhos de gozo. Afirmava, fazendo beicinho, que queria morrer.

Amaro galhofava.

— A falar da morte, com essas carnezinhas...

Engordara com efeito. Estava agora de uma beleza ampla e toda igual. Perdera aquela expressão inquieta que lhe punha nos lábios uma secura e lhe afilava o nariz. Nos seus beiços havia um vermelho quente e úmido; o seu olhar tinha risos sob um fluido sereno; toda a sua pessoa uma aparência madura de fecundidade. Fizera-se preguiçosa: em casa, a cada momento suspendia o seu trabalho, ficava a olhar longamente com um sorriso mudo e fixo; e tudo parecia ficar adormecido um momento, a agulha, o pano que ela costurava, toda a sua pessoa... Estava revendo o quarto do sineiro, o catre, o senhor pároco em mangas de camisa.

Passava os seus dias esperando as oito horas, em que ele aparecia regularmente com o cônego. Mas os serões agora pesavam-lhe. Ele recomendara-lhe muita reserva;

ela exagerava-a, por um excesso de obediência, a ponto de nunca se sentar ao pé dele ao chá, e de nem mesmo lhe oferecer bolos. Odiava então a presença das velhas, a gralhada das vozes, as pachorras do quino; tudo lhe parecia intolerável no mundo, exceto estar só com ele... Mas depois, em casa do sineiro, que desforra! Aquele rosto todo alterado, aquelas sufocações de delírio, aqueles ais agonizantes, depois a imobilidade da morte, assustavam às vezes o padre. Erguia-se no cotovelo, inquieto:

— Estás incomodada?

Ela abria os olhos espantados, como ressurgindo de muito longe; e era realmente bela, cruzando os braços nus sobre o peito descoberto, dizendo lentamente com a cabeça que não...

XVIII

Uma circunstância inesperada veio estragar aquelas manhãs da casa do sineiro. Foi a extravagância da Totó. Como disse o padre Amaro, "a rapariga saía-lhes um monstro!".

Tinha agora por Amélia uma aversão desabrida. Apenas ela se aproximava da cama, atirava a cabeça para debaixo dos cobertores, torcendo-se com frenesi se lhe sentia a mão ou a voz. Amélia fugia, impressionada com a ideia de que o diabo que habitava a Totó, recebendo o cheiro que ela trazia da igreja nos vestidos, impregnados de incenso e salpicados de água benta, se espolinhava de terror dentro do corpo da rapariga...

Amaro quis repreender a Totó, fazer-lhe sentir, em palavras tremendas, a sua ingratidão demoníaca para com a menina Amélia que vinha entretê-la, ensiná-la a conversar com Nosso Senhor... Mas a paralítica rompeu num choro histérico; depois, de repente, ficou imóvel, hirta, esbugalhando os olhos em alvo, com uma escuma branca na boca. Foi um grande susto; inundaram-lhe a cama de água; Amaro, por prudência, recitou os exorcismos... E Amélia desde então resolveu "deixar a fera em paz". Não tentou mais ensinar-lhe o alfabeto, nem orações a Santana.

Mas, por escrúpulo, iam sempre ao entrar vê-la um instante. Não passavam da porta da alcova, perguntando-lhe do alto "como ia". Nunca respondia. E eles retiravam-se logo aterrados com aqueles olhos selvagens e brilhantes, que os devoravam, indo de um a outro, percorrendo-lhe o corpo, fixando-se com uma faiscação metálica nos vestidos de Amélia e na batina do padre, como para lhe adivinhar o que estava por baixo, numa curiosidade ávida que lhe dilatava desesperadamente as narinas e lhe arreganhava os beiços lívidos. Mas era a mudez, obstinada e rancorosa, que os incomodava sobretudo. Amaro, que não acreditava muito em possessos e endemoninhados, via ali, os sintomas de *loucura furiosa*. Os sustos de Amélia aumentaram. — Felizmente que as pernas inertes cravavam a Totó ali na enxerga! Se não, Jesus, era capaz de lhes entrar no quarto e mordê-los num acesso!

Declarou a Amaro que nem lhe sabia bem o prazer da manhã, "depois daquele espetáculo"; e decidiu então, daí por diante, subir para o quarto sem falar à Totó.

Foi pior. Quando a via atravessar da porta da rua para a escada, a Totó debruçava-se para fora do leito, agarrada às bordas da enxerga, num esforço ansioso para a seguir, para a ver, com a face toda descomposta do desespero da sua imobilidade. E Amélia ao entrar no quarto sentia vir debaixo uma risadinha seca, ou um *ui!* prolongado e uivado que a gelava...

Andava agora aterrada; viera-lhe a ideia que Deus estabelecera ali, ao lado do seu amor com o pároco, um demônio implacável para a escarnecer e apupar. Amaro, querendo-a tranquilizar, dizia-lhe que o nosso Santo Padre Pio IX, ultimamente, declarara pecado crer em *pessoas possessas*...

— Mas para que há rezas, então, e exorcismo?

— Isso é da religião velha. Agora vai-se mudar tudo isso... Enfim a ciência é a ciência...

Ela pressentia que Amaro a enganava — e a Totó estragava a sua felicidade. Enfim Amaro achou o meio de escaparem à "maldita rapariga": era entrarem ambos pela sacristia; tinham apenas a atravessar a cozinha para subir a escada, e a posição da cama da Totó, na alcova, não lhe permitia vê-los, quando eles cautelosamente passassem pé ante pé. Era fácil, de resto, porque à hora do *rendez-vouz*, entre onze e o meio-dia, nos dias da semana, a sacristia estava deserta.

Mas sucedia que, quando eles entravam em pontas de pés e mordendo a respiração, os seus passos, por mais sutis, faziam ranger os velhos degraus da escada. E então a voz da Totó saía da alcova, uma voz rouca e áspera, berrando:

— Passa fora, cão! passa fora, cão!

Amaro tinha um desejo furioso de estrangular a paralítica. Amélia tremia, toda branca.

E a criatura uivava de dentro:

— Lá vão os cães! Lá vão os cães!

Eles refugiavam-se no quarto, aferrolhando-se por dentro. Mas aquela voz de um desolamento lúgubre, que lhes parecia vir dos infernos, chegava-lhes ainda, perseguia-os:

— Estão a pegar-se os cães! Estão a pegar-se os cães!

Amélia caía sobre o catre, quase desmaiada de terror. Jurava não voltar àquela casa maldita...

— Mas que diabo queres tu? — dizia-lhe o padre furioso. — Onde nos havemos de ver então? Queres que nos deitemos nos bancos da sacristia?

— Mas que lhe fiz eu? Que lhe fiz eu? — exclamava Amélia, apertando as mãos.

— Nada! É doida... E o pobre tio Esguelhas tem tido um desgosto... Enfim, que queres que lhe faça?

Ela não respondia. Mas em casa, quando se ia aproximando o dia de *rendez-vous*, começava a tremer à ideia daquela voz que lhe atroava sempre nos ouvidos e que sentia em sonhos. E este terror ia-a despertando lentamente do adormecimento de todo o ser, em que caíra nos braços do pároco. Interrogava-se agora: não andaria cometendo um pecado irremissível? As afirmações de Amaro, assegurando-lhe o perdão do Senhor, já não a tranquilizavam. Ela bem via, quando a Totó uivava, uma palidez cobrir o rosto do pároco, como correr-lhe no corpo um calafrio do inferno entrevisto. E se Deus os desculpava — por que deixava assim o demônio atirar-lhes, pela voz da paralítica, a injúria e o escárnio?

Ajoelhava então aos pés da cama, arremessava orações sem fim para Nossa Senhora das Dores, pedindo-lhe que a alumiasse, que lhe dissesse o que era aquela perseguição da Totó, e se era sua intenção divina mandar-lhe assim um aviso medonho. Mas Nossa Senhora não lhe respondia. Não a sentia como outrora descer do céu às suas orações, entra-lhe na alma aquela tranquilidade suave como uma onda de leite que era uma visitação da Senhora. Ficava toda murcha, torcendo as mãos, abandonada da graça. Prometia então não voltar a casa do sineiro; — mas quando o dia chegava, à ideia de Amaro, do leito, daqueles beijos que lhe levavam a alma, daquele fogo que a penetrava, sentia-se toda fraca contra a tentação; vestia-se, jurando que era a última vez; e ao toque das onze partia, com as orelhas a arder, o coração tremendo da voz da Totó que ia ouvir, as entranhas abrasando-se no desejo do homem que a ia atirar para cima da enxerga.

Ao entrar na igreja não rezava, com medo dos santos.

Corria para a sacristia para se refugiar em Amaro, abrigar-se à autoridade sagrada da sua batina. Ele então, vendo-a chegar tão pálida e tão transtornada, galhofava para a tranquilizar. Não, era uma tolice, se iam agora estragar o regalozinho daquelas manhãs, porque havia uma doida na casa! Prometera-lhe de resto procurar outro sítio para se verem; e mesmo com o fim de a distrair, aproveitando a solidão da sacristia, mostrava-lhe às vezes os paramentos, os cálices, as vestimentas, procurando interessá-la, por um frontal novo ou por uma antiga renda de sobrepeliz provando-lhe, pela familiaridade com que tocava nas relíquias, que era ainda o senhor pároco e não perdera o seu crédito no céu.

Foi assim que uma manhã lhe fez ver uma capa de Nossa Senhora, que havia dias chegara de presente de uma devota rica de Ourém. Amélia admirou-a muito. Era de cetim azul, representando um firmamento, com estrelas bordadas, e um centro, de lavor rico, onde flamejava um coração de ouro cercado de rosas de ouro. Amaro desdobrara-a, fazendo cintilar junto da janela os bordados espessos.

— Rica obra, hem? Centos de mil-réis... Experimentamo-la ontem na imagem... Vai-lhe como um brinco. Um bocadito comprida, talvez... — E olhando Amélia, numa comparação da sua alta estatura com a figura atarracada da imagem da Senhora: — A ti é que te havia de ficar bem. Deixa ver...

Ela recuou:

— Não, credo, que pecado!

— Tolice! — disse ele adiantando-se com a capa aberta, mostrando o forro de cetim branco, de uma alvura de nuvem matutina. Não está benzida... É como se viesse da modista.

— Não, não — dizia ela frouxamente, com os olhos já luzidios de desejo.

Ele então zangou-se. Queria talvez saber melhor do que ele o que era pecado, não? Vinha agora a menina ensinar-lhe o respeito que se deve aos vestuários dos santos?

— Ora não seja tola. Deixe ver.

Pôs-lha nos ombros, apertou-lhe sobre o peito o fecho de prata lavrada. E afastou-se para a contemplar toda envolvida no manto, assustada e imóvel, com um sorriso cálido de gozo devoto.

— Oh filhinha, que linda que ficas!

Ela então, movendo-se com uma cautela solene, chegou-se ao espelho da sacristia — um antigo espelho de reflexo esverdeado, com um caixilho negro de carvalho lavrado, tendo no topo uma cruz. Mirou-se um momento, naquela seda azul-celeste que a envolvia toda, picada do brilho agudo das estrelas, com uma magnificência sideral. Sentia-lhe o peso rico. A santidade que o manto adquirira no contato com os ombros da imagem penetrava-a de uma voluptuosidade beata. Um fluido mais doce que o ar da terra envolvia-a, fazia-lhe passar no corpo a carícia do éter do paraíso. Parecia-lhe ser uma santa no andor, ou mais alto, no céu...

Amaro babava-se para ela:

— Oh filhinha, és mais linda que Nossa Senhora!

Ela deu uma olhadela viva ao espelho. Era, decerto, linda. Não tanto como Nossa Senhora... Mas com o seu rosto trigueiro, de lábios rubros, alumiado por aquele rebrilho dos olhos negros, se estivesse sobre o altar, com cantos ao órgão e um culto sussurrando em redor faria palpitar bem forte o coração dos fiéis...

Amaro então chegou-se por detrás dela, cruzou-lhe os braços sobre o seio, apertou-a toda — e estendendo os lábios por sobre os dela, deu-lhe um beijo mudo, muito longo... Os olhos de Amélia cerravam-se, a cabeça inclinava-se-lhe para trás, pesada de desejo. Os beiços do padre não se desprendiam, ávidos, sorvendo-lhe a alma. A respiração dela apressava-se, os joelhos tremiam-lhe;

e com um gemido desfaleceu sobre o ombro do padre, descorada e morta de gozo.

Mas endireitou-se de repente, fixou Amaro batendo as pálpebras como acordada de muito longe; uma onda de sangue escaldou-lhe o rosto:

— Oh Amaro, que horror, que pecado!....

— Tolice! — disse ele.

Mas ela desprendia-se do manto, toda aflita:

— Tira-mo, tira-mo! — gritava, como se a seda a queimasse.

Então Amaro fez-se muito sério. Realmente não se devia brincar com coisas sagradas...

— Mas não está benzida... Não tem dúvida...

Dobrou o manto cuidadosamente, envolveu-o no lençol branco, colocou-o no gavetão, sem uma palavra. Amélia olhava-o petrificada; e só os seus lábios pálidos se moviam numa oração.

Quando ele lhe disse, enfim, que eram horas de irem à casa do sineiro — recuou, como diante do demônio que a chamasse.

— Hoje não! — exclamou, implorando-o.

Ele insistiu. Era levar realmente muito longe a pieguice... Ela bem sabia que não era pecado, quando as coisas não estavam benzidas... Era ser muito pobre de espírito... Que demônio, só meia hora, ou um quarto de hora!

Ela, sem responder, ia-se aproximando da porta.

— Então não queres?

Ela voltou-se, e com uns olhos suplicantes:

— Hoje não!

Amaro encolheu os ombros. E Amélia atravessou rapidamente a igreja, de cabeça baixa e olhos nas lajes, como se passasse entre as ameaças cruzadas dos santos indignados.

No dia seguinte de manhã, a S. Joaneira, que estava na sala de jantar, sentindo o senhor cônego subir soprando forte, veio encontrá-lo à escada e fechou-se com ele na saleta.

Queria contar-lhe a aflição que tivera de madrugada. A Amélia acordara de repente aos gritos, que Nossa Senhora lhe estava a pousar o pé no pescoço! Que sufocava! Que a Totó a queimava por detrás! E que as labaredas do inferno subiam mais alto que as torres da Sé!... Enfim um horror!... Viera encontrá-la em camisa a correr pelo quarto, como doida. Daí a pouco caíra para o lado com um ataque de nervos. Toda a casa estivera em alvoroço... A pobre pequena lá estava de cama, e em toda a manhã apenas tocara numa colher de caldo.

— Pesadelos — disse o cônego. — Indigestão!

— Ai, senhor cônego, não! — exclamou a S. Joaneira, que parecia acabrunhada, sentada diante dele na borda de uma cadeira. É outra coisa; são aquelas desgraçadas visitas à filha do sineiro!

E então desabafou, com a efusão labial de quem abre os diques a um descontentamento acumulado. Nunca quisera dizer nada, porque enfim reconhecia que era uma grande obra de caridade. Mas, desde que aquilo começara, a rapariga parecia transtornada. Ultimamente, então, andava de todo. Ora alegrias sem razão, ora umas trombas de dar melancolia aos móveis. De noite sentia-a passear pela casa até tarde, abrir as janelas... Às vezes tinha até medo de lhe ver o olhar tão esquisito; quando vinha de casa do sineiro era sempre branca como a cal, a cair de fraqueza. Tinha de tomar logo um caldo... Enfim, dizia-se que a Totó tinha o demônio no corpo. E o senhor chantre, o outro que tinha morrido (Deus lhe fale na alma), costumava dizer que, neste mundo, as duas coisas que se pegavam mais às mulheres eram tísicas e demônio no corpo. Parecia-lhe pois, que não devia consentir que a pequena fosse a casa do sineiro, sem estar certa que aquilo nem lhe prejudicava a saúde nem lhe prejudicava a alma. Enfim, queria que uma pessoa de juízo, de experiência, fosse examinar a Totó...

— Numa palavra — disse o cônego, que escutara de olhos cerrados aquela verbosidade repassada de lamúria — o que a senhora quer é que eu vá ver a paralítica e saber à justa o que se passa...

— Era um alívio pra mim, riquinho!

Aquela palavra, que a S. Joaneira, na sua gravidade de matrona, reservava para a intimidade das sestas, enterneceu o cônego. Fez uma carícia ao pescoço gordo da sua velhota, prometeu com bondade ir estudar o caso...

— Amanhã, que a Totó está só — lembrou logo a S. Joaneira.

Mas o cônego preferia que Amélia estivesse presente. Podia assim ver como as duas se davam; se havia influência do espírito maligno...

— Que isto que eu faço é de agradecer... É por ser pra quem é... Que bem me bastam os meus achaques, sem me ocupar dos negócios de Satanás.

A S. Joaneira recompensou-o com uma beijoca sonora.

— Ah, sereias, sereias!... — murmurou o cônego filosoficamente.

No fundo aquele encargo desagradava-lhe; era uma perturbação nos seus hábitos, toda uma manhã desarranjada; ia decerto fatigar-se, tendo de excitar a sua sagacidade; além disso odiava o espetáculo de doenças e de todas as circunstâncias humanas relacionadas com a morte. Mas, enfim, fiel à sua promessa, daí a dias, na manhã em que fora prevenido que Amélia ia à Totó, arrastou-se contrariado para a botica do Carlos; e instalou-se, com um olho no *Popular* e outro na porta, à espera que a rapariga atravessasse para a Sé. O amigo Carlos estava ausente; o Sr. Augusto ocupava os seus vagares sentado à escrivaninha, de testa sobre o punho, relendo o seu Soares de Passos; fora, o sol já quente dos fins de abril fazia rebrilhar o lajeado do largo; não passava ninguém; e só quebravam o silêncio as marteladas nas obras do Dr. Pereira. Amélia tardava. E o cônego, depois de ter considerado longo tempo, com o *Popular* caído nos joelhos, o medonho sacrifício que fazia pela velhota, ia cerrando as pálpebras, já tomado da quebreira, naquele repouso calado do meio-dia próximo — quando entrou na botica um eclesiástico.

— Oh, abade Ferrão, você pela cidade, você pela cidade! — exclamou o cônego Dias despertando do seu quebranto.

— De fugida, colega, de fugida — disse o outro colocando cuidadosamente sobre uma cadeira dois grossos volumes que trazia, amarrados num barbante.

Depois voltou-se e tirou, com respeito, o seu chapéu ao praticante.

Tinha o cabelo todo branco; devia passar já dos sessenta anos; mas era robusto; uma alegria bailava sempre nos seus olhinhos vivos, e tinha dentes magníficos a que uma saúde de granito conservava o esmalte; o que o desfigurava era um nariz enorme.

Informou-se logo com bondade se o amigo Dias estava ali de visita ou infelizmente por motivo de doença.

— Não, estou aqui à espera... Uma embaixada de truz, amigo Ferrão!

— Ah! — fez o velho discretamente. — E enquanto tirava com método de uma carteira atulhada de papéis a receita para o praticante, deu ao cônego notícias da freguesia. Era lá, nos Poiais, que o cônego tinha a fazenda, a Ricoça. O abade Ferrão passara de manhã diante da casa e ficara surpreendido vendo que lhe andavam a pintar a fachada. O amigo Dias tinha algumas ideias de ir lá passar o verão?

Não, não tinha. Mas como trouxera obras dentro e a fachada estava uma vergonha, mandara-lhe dar uma mão de oca. Enfim, era necessário alguma aparência, sobretudo numa casa que estava à beira da estrada, onde passava todos os dias o morgadelho dos Poiais, um parlapatão que imaginava que só ele tinha um palacete decente em dez léguas à roda... Só para meter ferro àquele ateu! Pois não lhe parecia, amigo Ferrão?

O abade estava justamente lamentando consigo aquele sentimento de vaidade num sacerdote; mas, por caridade cristã, para não contrariar o colega, apressou-se a dizer:

— Está claro, está claro. A limpeza é a alegria das coisas...

O cônego então, vendo passar no largo uma saia e um mantelete, foi à porta afirmar-se se era Amélia. Não era. E voltando, retomado agora da sua preocupação, vendo que o praticante fora dentro ao laboratório, disse ao ouvido do Ferrão:

— Uma embaixada da fortuna! Vou ver uma endemoninhada!

— Ah! — fez o abade, todo sério à ideia daquela responsabilidade.

— Quer você vir comigo, abade? É aqui perto...

O abade desculpou-se polidamente. Viera falar ao senhor vigário-geral; fora depois ao Silvério para lhe pedir aqueles dois volumes; vinha ali aviar uma receita para um velho da freguesia, e tinha de estar de volta aos Poiais ao toque das duas horas.

O cônego insistiu; era um instante, e o caso parecia curioso...

O abade então confessou ao caro colega que eram coisas que não gostava de examinar. Aproximava-se sempre delas com um espírito rebelde à crença, com desconfianças e suspeitas que lhe diminuíam a imparcialidade.

— Mas enfim há prodígios! — disse o cônego. Apesar das suas próprias dúvidas, não gostava daquela hesitação do abade, a propósito de um fenômeno sobrenatural, em que ele, cônego Dias, estava interessado. Repetiu com secura: — Tenho alguma experiência, e sei que há prodígios.

— Decerto, decerto há prodígios — disse o abade. — Negar que Deus ou a Rainha do céu possa aparecer a uma criatura, é contra a doutrina da Igreja... Negar que o demônio possa habitar o corpo de um homem, seria estabelecer um erro funesto... Aconteceu a Jó, sem ir mais longe, e à família de Sara. Está claro, há prodígios. Mas que raríssimos que são, cônego Dias!

Calou-se um momento olhando o cônego, que tapava o nariz com rapé em silêncio — e continuou mais baixo, com o olho brilhante e fino:

— E depois não tem o colega notado que é uma coisa que só sucede às mulheres? E só a elas, cuja malícia é tão grande que o próprio Salomão não lhes pôde resistir, cujo temperamento é tão nervoso, tão contraditório, que os médicos não as compreendem. É só a elas que sucedem prodígios!... O colega já ouviu de ter aparecido a nossa Santa Virgem a um respeitável tabelião? Já ouviu de um digno juiz de direito possuído do espírito maligno? Não. Isto faz refletir... E eu concluo que é malícia nelas, ilusão, imaginação, doença, etc... Não lhe parece? A minha regra nesses casos é ver tudo isso do alto e com muita indiferença.

Mas o cônego, que vigiava a porta, brandiu subitamente o guarda-sol, fazendo para o largo:

— *Pst*, *pst*! Eh lá!

Era Amélia que passava. Parou logo, contrariada daquele encontro que a ia ainda retardar mais. E já o senhor pároco devia estar desesperado...

— De modo que — disse o cônego à porta abrindo o seu guarda-sol — você, abade, em lhe cheirando a prodígio...

— Suspeito logo escândalo.

O cônego contemplou-o um momento, com respeito:

— Você, Ferrão, é capaz de dar quinaus a Salomão em prudência!

— Oh, colega! oh, colega — exclamou o abade, ofendido com aquela injustiça feita à incomparável sabedoria de Salomão.

— Ao próprio Salomão! — afirmou ainda o cônego da rua.

Tinha preparado uma história hábil para justificar a sua visita à paralítica; mas durante a sua conversação com o abade ela escapara-lhe, como tudo o que deixava um momento nos reservatórios da memória; e foi sem transição que disse simplesmente a Amélia:

— Vamos lá, também quero ir ver essa Totó!

Amélia ficou petrificada. E o senhor pároco, naturalmente, já lá estava! Mas sua madrinha Nossa Senhora das Dores, que ela invocou logo naquela aflição, não a deixou enleada no embaraço. — E o cônego, que caminhava ao lado dela, ficou surpreendido ouvindo-lhe dizer com um risinho:

— Viva, hoje é o dia das visitas à Totó! O senhor pároco disse-me que também talvez hoje aparecesse por lá... Talvez lá esteja até.

— Ah! O amigo pároco também? Está bom, está bom. Faremos uma consulta à Totó!

Amélia então, contente da sua malícia, tagarelou sobre a Totó. O senhor cônego ia ver... Era uma criatura incompreensível... Ultimamente, ela não tinha querido contar em casa, mas a Totó tomara-lhe birra... E dizia coisas; tinha um modo de falar de cães e de animais, de arrepiar!... Aí, era um encargo que já lhe pesava... Que a rapariga não lhe escutava as lições, nem as orações, nem os conselhos... Era uma fera!

— O cheiro é desagradável! — rosnou o cônego entrando.

Que queria! A rapariga era uma porca, não havia tê-la arranjado. O pai, esse, um desleixado também...

— É aqui, senhor cônego — disse, abrindo a porta da alcova — que, agora, em obediência às ordens do senhor pároco, o tio Esguelhas deixava sempre fechada.

Encontraram a Totó meio erguida sobre a cama, com a face acesa numa curiosidade, àquela voz do cônego que não conhecia.

— Ora viva lá a Sra. Totó! — disse ele da porta, sem se aproximar.

— Vá, cumprimenta o senhor cônego — disse Amélia, começando logo, com uma caridade desacostumada, a compor a roupa da cama, a arrumar a alcova. — Dize-lhe como estás... Não te faças amuada!

Mas a Totó permaneceu tão muda como a imagem de S. Bento que tinha à cabeceira, examinando muito aquele sacerdote tão gordo, tão grisalho, tão diferente do senhor pároco... E os seus olhos, mais brilhantes todos os dias à medida que se lhe cavavam as faces, iam, como de costume, do homem para Amélia, numa ansiedade de perceber por que o trazia ela ali, àquele velho obeso, e se ia também subir com ele para o quarto.

Amélia agora tremia. Se o senhor pároco entrasse, e ali, diante do cônego, a Totó, tomada do seu frenesi, rompesse aos gritos, tratando-os de cães!... Com o pretexto de dar uma arrumadela, foi à cozinha vigiar o pátio. Faria um sinal da janela, apenas Amaro aparecesse.

E o cônego, só na alcova da Totó, preparando-se para começar as suas observações, ia perguntar-lhe quantas eram as pessoas da Santíssima Trindade, — quando ela, adiantando a face, disse-lhe numa voz sutil como um sopro:

— E o outro?

O cônego não compreendeu. Que falasse alto! Que era?

— O outro, o que vem com ela!

O cônego chegou-se com a orelha dilatada de curiosidade:

— Que outro?

— O bonito. O que vai com ela pro quarto. O que a belisca...

Mas Amélia entrava; e a paralítica calou-se logo, repousada, com os olhos cerrados e respirando regaladamente, como num alívio repentino de todo o seu sofrimento. O cônego, esse, imobilizado de assombro, permanecia na mesma postura, dobrado sobre a cama como para auscultar a Totó. Ergueu-se por fim, soprou como numa calma de agosto, sorveu de espaço uma pitada forte; e ficou com a caixa aberta entre os dedos, os olhos muito vermelhos cravados na colcha da Totó.

— Então, senhor cônego, que lhe parece cá a minha doente? — perguntou Amélia.

Ele respondeu, sem a olhar:

— Sim senhor, muito bem... Vai bem... É esquisita... Pois é andar, é andar... Adeus...

Saiu, resmungando que tinha negócios, — e voltou imediatamente à botica.

— Um copo de água! — exclamou, caindo em cheio sobre a cadeira.

O Carlos, que voltara, apressou-se, oferecendo flor de laranja, perguntando se sua excelência estava incomodado...

— Cansadote — disse.

Tomou o *Popular* de sobre a mesa, e ali ficou, sem se mexer, abismado nas colunas do periódico. O Carlos tentou falar da política do país, depois dos negócios da Espanha, depois dos perigos revolucionários que ameaçavam a Sociedade, depois da deficiência da administração do concelho de que era agora um adversário feroz... Debalde. Sua excelência grunhia apenas monossílabos soturnos. E o Carlos, enfim recolheu-se a um silêncio chocado, comparando, num desdém interior que lhe vincava de sarcasmo os cantos dos beiços, a obtusidade soturna daquele sacerdote à palavra inspirada de um Lacordaire e de um Malhão! Por isso o materialismo em Leiria, em todo o Portugal, erguia a sua cabeça de hidra...

Batia uma hora na torre quando o cônego, que vigiava a Praça pelo canto do olho, vendo passar Amélia, arremessou o jornal, saiu da botica sem dizer uma palavra e estugou o seu passo de obeso para a casa do tio Esguelhas. A Totó estremeceu de medo ao ver de novo aquela figura bojuda aparecer à porta da alcova. Mas o cônego riu-se para ela, chamou-lhe Totozinha, prometeu-lhe um pinto para bolos; e mesmo sentou-se aos pés da cama com um *ah!* regalado, dizendo:

— Ora vamos nós agora conversar, amiguinha... Esta é que é a pernita doente, hem? Coitadita! Deixa que te hás de curar... Hei de pedir a Deus... Fica por minha conta.

Ela fazia-se ora toda branca ou toda vermelha, olhando aqui e além, inquieta, na perturbação que lhe dava aquele homem a sós com ela tão perto que lhe sentia o hálito forte.

— Então, ouve cá — disse ele chegando-se mais para ela, fazendo ranger o catre com o seu peso. — Ouve cá, quem é o outro? Quem é que vem com a Amélia?

Ela respondeu logo, atirando as palavras de um fôlego:

— É o bonito, é o magro, vêm ambos, sobem pro quarto, fecham-se por dentro; são como cães!

Os olhos do cônego injetaram-se para fora das órbitas:

— Mas quem é ele, como se chama! O teu pai que te disse?

— É o outro, é o pároco, o Amaro! — fez ela impaciente.

— E vão pro quarto, hem? Lá pra cima? E tu que ouves, tu que ouves? Dize tudo, pequena, dize tudo!

A paralítica então contou, com um furor que dava tons sibilantes à sua voz de tísica, — como ambos entravam, e a vinham ver, e se roçavam um pelo outro, e abalavam para o quarto em cima, e estavam lá uma hora fechados...

Mas o cônego, com uma curiosidade lúbrica que lhe punha uma chama nos olhos mortiços, queria saber os detalhes torpes:

— E ouve lá, Totozinha, tu que ouves? Ouves ranger a cama?

Ela respondeu com a cabeça afirmativamente, toda pálida, os dentes cerrados.

— E olha, Totozinha, já os viste beijarem-se, abraçarem-se? Anda, dize, que te dou dois pintos.

Ela não descerrava os lábios; e a sua face transtornada parecia ao cônego selvagem.

— Tu embirras com ela, não é verdade?

Ela fez que sim numa afirmação feroz de cabeça.

— E viste-os beliscarem-se?

— São como cães! — soltou ela por entre os dentes.

O cônego então endireitou-se; bufou outra vez com o seu grande sopro de encalmado, e coçou vivamente a coroa.

— Bem — disse, erguendo-se. — Adeus, pequena... Agasalha-te. Não te constipes...

Saiu; e ao fechar com força a porta exclamou alto:

— Isto é a infâmia das infâmias! Eu mato-o! Eu perco-me!

Esteve um momento considerando, e partiu para a rua das Sousas, de guarda-sol em riste, apressando a sua obesidade, com a face apoplética de furor. No largo da Sé, porém, parou a refletir ainda; e rodando sobre os tacões, entrou na igreja. Ia tão levado que, esquecendo um hábito de quarenta anos, não dobrou o joelho ao Santíssimo. E arremessou-se para a sacristia — justamente quando o padre Amaro saía, calçando cuidadosamente as luvas pretas que usava agora sempre para agradar à Ameliazinha.

O aspecto decomposto do cônego assombrou-o.

— Que é isso, padre-mestre?

— O que é? — exclamou o cônego de golpe — é a maroteira das maroteiras! É a sua infâmia! É a sua infâmia!...

E emudeceu, sufocado de cólera.

Amaro, que se fizera muito pálido, balbuciou:

— Que está a dizer, padre-mestre?

O cônego tomara fôlego:

— Não há padre-mestre! O senhor desencaminhou a rapariga! Isto é que é uma canalhice mestra!

O padre Amaro então franziu a testa como descontente de um gracejo:

— Que rapariga!? O senhor está a brincar...

Sorriu mesmo, afetando segurança; e os seus beiços brancos tremiam.

— Homem, eu vi! — berrou o cônego.

O pároco, subitamente aterrado, recuou:

— Viu?

Imaginara num relance uma traição; o cônego escondido num recanto da casa do tio Esguelhas...

— Não vi, mas é como se visse! — continuou o cônego num tom tremendo. — Sei tudo. Venho de lá. Disse-mo a Totó. Fecham-se no quarto horas e horas! Até se ouve embaixo ranger a cama! É uma ignomínia!

O pároco, vendo-se pilhado, teve, como um animal acossado e entalado a um canto, uma resistência de desespero.

— Diga-me uma coisa. O que é que o senhor tem com isso?

O cônego pulou.

— O que tenho!? O que tenho!? Pois o senhor me fala nesse tom!? O que tenho é que vou daqui imediatamente dar parte de tudo ao senhor vigário-geral!

O padre Amaro, lívido, foi para ele com o punho fechado:

— Ah, seu maroto!

— Que é lá? Que é lá? — exclamou o cônego de guarda-sol erguido. — Você quer-me pôr as mãos?

O padre Amaro conteve-se; passou a mão sobre a testa em suor, com os olhos cerrados; e depois de um momento, falando com uma serenidade forçada:

— Ouça lá, Sr. cônego Dias. Olhe que eu vi-o ao senhor uma vez na cama com a S. Joaneira...

— Mente! — mugiu o cônego.

— Vi, vi, vi! — afirmou o outro com furor. — Uma noite ao entrar em casa... O senhor estava em mangas de camisa, ela tinha-se erguido, estava a apertar o colete. Até o senhor me perguntou "*quem está aí?*" Vi, como estou a vê-lo agora. O senhor a dizer uma palavra, e eu a provar-lhe que o senhor vive há dez anos amigado com a S. Joaneira, à face de todo o clero! Ora aí tem!

O cônego, já antes esfaldado dos excessos do seu furor, ficou agora, àquelas palavras, como um boi atordoado. Só pôde dizer daí a pouco, muito murcho:

— Que traste você me sai!

O padre Amaro então, quase tranquilo, certo do silêncio do cônego, disse com bonomia:

— Traste por quê? Diga-me lá! Traste por quê? Temos ambos culpas no cartório, eis aí está. E olhe que eu não fui perguntar, nem peitar a Totó... Foi muito naturalmente ao entrar em casa. E se me vem agora com coisas de moral, isso faz-me rir. A moral é para escola e para o sermão. Cá na vida eu faço isto, o senhor faz aquilo, os outros fazem o que podem. O padre-mestre que já tem idade agarra-se à velha, eu que sou novo arranjo-me com a pequena. É triste, mas que quer? É a natureza que manda. Somos homens. E como sacerdotes, para a honra da classe, o que temos é que fazer costas!

O cônego escutava-o, bamboleando a cabeça, na aceitação muda daquelas verdades. Tinha-se deixado cair numa cadeira, a descansar de tanta cólera inútil; e erguendo os olhos para Amaro:

— Mas você, homem, no começo da carreira!

— E você, padre-mestre, no fim da carreira!

Então riram ambos. Imediatamente cada um declarou retirar as palavras ofensivas que tinham dito; e apertaram-se gravemente a mão. Depois conversaram.

O cônego, o que o tinha enfurecido era ser lá com a pequena da casa. Se fosse com outra... até estimava! Mas Ameliazinha!... Se a pobre mãe viesse a saber estourava de desgosto.

— Mas a mãe escusa de saber! — exclamou Amaro. — Isto é entre nós, padre-mestre! Isto é segredo de morte! Nem a mãe sabe de nada, nem eu mesmo digo à pequena o que se passou hoje entre nós. As coisas ficam como estavam, e o mundo continua a rolar... Mas você, padre-mestre, tenha cuidado!... Nem uma palavra à S. Joaneira... Que não haja agora traição!

O cônego, com a mão sobre o peito, deu gravemente a sua palavra de honra de cavalheiro e de sacerdote que aquele segredo ficava para sempre sepultado no seu coração.

Então apertaram ainda uma outra vez afetuosamente a mão.

Mas a torre gemeu as três badaladas. Era a hora de jantar do cônego.

E ao sair, batendo nas costas de Amaro, fazendo luzir um olho de entendedor:

— Pois seu velhaco, tem dedo!

— Que quer você? Que diabo... Começa-se por brincadeira...

— Homem! — disse o cônego sentenciosamente — é o que a gente leva de melhor deste mundo.

— É verdade, padre-mestre, é verdade! É o que a gente leva de melhor deste mundo.

Desde esse dia Amaro gozou uma completa tranquilidade de alma. Até aí incomodava-o, por vezes, a ideia de que correspondera ingratamente à confiança, aos carinhos que lhe tinham prodigalizado na rua da Misericórdia. Mas a tácita aprovação do cônego viera tirar-lhe, como ele dizia, aquele espinho da consciência. Porque enfim, o chefe da família, o cavalheiro respeitável, o cabeça — era o cônego. A S. Joaneira era apenas uma concubina... E Amaro mesmo, às vezes agora, em tom de galhofa, tratava o Dias de seu *caro sogro*.

Outra circunstância viera alegrá-lo: a Totó adoecera de repente; o dia seguinte ao da visita do cônego, passara-o soltando golfadas de sangue; o doutor Cardoso, chamado à pressa, falara de tísica galopante, questão de semanas, caso decidido...

— É destas, meu caro amigo — tinha ele dito — que é trás... trás... — Era a sua maneira de pintar a morte, que, quando tem pressa, conclui o seu trabalho com uma forçada aqui, outra além.

As manhãs na casa do tio Esguelhas eram agora tranquilas. Amélia e o pároco já não entravam em pontas de pés, tentando esgueirar-se para o prazer, despercebidos da Totó. Batiam com as portas, palravam forte, certos que a Totó estava bem prostrada de febre, sob os lençóis úmidos dos suores constantes. Mas Amélia, por escrúpulo, não deixava de rezar todas as noites uma salve-rainha pelas melhoras da Totó. Às vezes mesmo ao despir-se, no quarto do sineiro, parava de repente, e fazendo um rostinho triste:

— Ai, filho! Até parece pecado, nós aqui a gozarmos, e a pobre pequena lá embaixo a lutar com a morte...

Amaro encolhia os ombros. Que lhe haviam eles de fazer, se era a vontade de Deus?...

E Amélia, resignando-se à vontade de Deus em tudo, ia deixando cair as saias.

Tinha agora daquelas pieguices frequentes que impacientavam o padre Amaro. Em certos dias aparecia muito murcha; trazia sempre algum sonho lúgubre a contar, que a torturara toda a noite, e em que ela pretendia descobrir avisos de desgraças...

Perguntava-lhe às vezes:

— Se eu morresse, tinhas muita pena?

Amaro enfurecia-se. Realmente era estúpido! Tinham apenas uma hora para se verem, e haviam de estar a estragá-la com lamúrias?

— É que não imaginas, — dizia ela — trago o coração negro como a noite.

Com efeito as amigas da mãe estranhavam-na. Às vezes durante serões inteiros não descerrava os lábios, pendida sobre a sua costura, picando molemente a agulha; ou então, muito cansada mesmo para trabalhar, ficava junto da mesa fazendo girar devagar o abajur verde do candeeiro, com o olhar vazio e a alma muito longe.

— Ó rapariga, deixa esse abajur em paz! — diziam-lhe as senhoras nervosas.

Ela sorria, dava um suspiro fatigado, e retomava muito lentamente a saia branca que havia semanas andava abainhando. A mãe, vendo-a sempre tão pálida, pensara em chamar o Dr. Gouveia.

— Não é nada, minha mãe, é nervoso, passa...

O que provava a todos que era nervoso, eram os sustos súbitos que a tomavam — a ponto de dar um grito, quase desmaiar, se de repente uma porta batia. Certas noites mesmo, exigia que a mãe viesse dormir ao pé dela, com medo de pesadelos e de visões.

— É o que diz sempre o senhor doutor Gouveia — observava a mãe ao cônego — é uma rapariga que necessita casar...

O cônego pigarreava grosso.

— Não lhe falta nada — resmungava. — Tem tudo o que precisa. Tem de mais, ao que parece...

Era com efeito a ideia do cônego, que a rapariga (como ele dizia só consigo) "andava-se a arrasar de felicidade". Nos dias em que sabia que ela fora ver a Totó, não se fartava de a estudar, cocando-a do fundo da poltrona com um olho pesado e lúbrico. Prodigalizava-lhe agora as familiaridades paternais. Nunca a encontrava na escada sem a deter, com coceguinhas aqui e ali, palmadinhas na face muito prolongadas. Queria-a em casa repetidas vezes pela manhã; e enquanto Amélia palrava com D. Josefa, o cônego não cessava de rondar em torno dela, arrastando as chinelas com um ar de velho galo. E eram entre Amélia e a mãe conversas sem fim sobre esta amizade do senhor cônego, que decerto lhe deixaria um bom dote.

— Seu maganão, tem dedo! — dizia sempre o cônego quando estava só com Amaro, arregalando os olhos redondos. — Aquilo é um bocado de rei!

Amaro entufava-se.

— Não é mau bocado, padre-mestre, é um bom-bocado.

Era este um dos grandes gozos de Amaro — ouvir gabar aos colegas a beleza de Amélia, que era chamada entre o clero "a flor das devotas". Todos lhe invejavam aquela confessada. Por isso insistia muito com ela em que se ajanotasse aos domingos, à missa; zangara-se mesmo ultimamente de a ver quase sempre entrouxada num vestido de merino escuro, que lhe dava um ar de velha penitente.

Mas Amélia, agora, já não tinha aquela necessidade amorosa de contentar em tudo o senhor pároco. Acordara quase inteiramente daquele adormecimento estúpido de alma e do corpo, em que a lançara o primeiro abraço de Amaro. Vinha-lhe aparecendo distintamente a consciência pungente da sua culpa. Naqueles negrumes de um espírito beato e escravo, fazia-se um amanhecimento de razão. — O que era ela no fim? A concubina do senhor pároco. E esta ideia, posta assim descarnadamente, parecia-lhe terrível. Não que lamentasse a sua virgindade, a sua honra, o seu bom nome perdido. Sacrificaria mais ainda por ele, pelos delírios que ele lhe dava. Mas havia alguma coisa pior a temer que as reprovações do mundo: eram as vinganças de Nosso Senhor. Era da perda possível do paraíso que ela gemia baixo; ou de mais medonho ainda, de algum castigo de Deus, não das punições transcendentes que acabrunham a alma além da tumba, mas dos tormentos que vêm durante a vida, que a feririam na sua saúde, no seu bem-estar e no seu corpo. Eram vagos medos de doenças, de lepras, de paralisias ou de pobrezas, de dias de fome — de todas essas penalidades de que ela supunha pródigo o Deus do seu catecismo. Como em pequena, nos dias em que se esquecia de pagar à Virgem o seu tributo regular de salve-rainha, temia que ela a fizesse cair na escada ou levar palmatoadas na mestra, arrefecia de medo agora, à ideia de que Deus, em castigo de ela se deitar na cama com um padre, lhe mandasse um mal que a desfigurasse ou a reduzisse a pedir esmola pelas vielas. Estas ideias não a deixavam, desde o dia em que na sacristia pecara de concupiscência dentro do manto de Nossa Senhora. Tinha a certeza que a Santa Virgem a odiava, e que não cessava de reclamar contra ela; debalde procurava abrandá-la, com um fluxo incessante de orações humilhadas; sentia bem Nossa Senhora, inacessível e desdenhosa, de costas voltadas. Nunca mais aquele divino rosto lhe sorria; nunca mais aquelas mãos se tinham aberto para receber com agrado as suas orações, como ramos congratulatórios. Era um silêncio seco, uma hostilidade gelada de divindade ofendida. Ela conhecia o crédito que Nossa Senhora tem nos concílios do céu; desde pequena lho tinham ensinado; tudo o que ela deseja o obtém, como uma recompensa devida aos seus prantos no Calvário; seu Filho sorri-lhe à sua direita, o Deus-Padre fala-lhe à esquerda... E compreendia bem que para ela não havia esperança — e que alguma coisa medonha se preparava lá em cima, no paraíso, que lhe cairia um dia sobre o corpo e sobre a alma, esmagando-a com um desabamento de catástrofe. Que seria?

Cessaria as suas relações com Amaro, se o ousasse; mas receava quase tanto a sua cólera como a de Deus. Que seria dela, se tivesse contra si Nossa Senhora e o senhor pároco? Além disso, amava-o. Nos seus braços, todo o terror do céu, a mesma ideia do céu desaparecia; refugiada ali, contra o seu peito, não tinha medo das iras divinas; o desejo, o furor da carne, como um vinho muito alcoólico, davam-lhe uma coragem colérica; era com um brutal desafio ao céu que se enroscava furiosamente ao seu corpo. — Os terrores vinham depois, só no seu quarto. Era esta luta que a empalidecia, lhe punha pregas de envelhecimento ao canto dos lábios secos e ardidos, lhe dava aquele ar murcho de fadiga que irritava o padre Amaro.

— Mas que tens tu, que parece te espremeram o suco? — perguntava-lhe ele quando aos primeiros beijos a sentia toda fria, toda inerte.

— Passei mal a noite... Nervoso.

— Maldito nervoso! — rosnava o padre Amaro impaciente.

Depois vinham perguntas singulares que o desesperavam, repetidas agora todos os dias. Se tinha dito a missa com fervor? Se tinha lido o Breviário? Se tinha feito a oração mental?...

— Sabes tu que mais? — disse ele furioso. — Sebo! E esta! Tu pensas que eu sou ainda seminarista, e que tu és o padre examinador, que verifica se cumpri a Regra? Ora a tolice!

— É que é necessário estar bem com Deus — murmurava ela.

Era com efeito a sua preocupação, agora, que Amaro *fosse um bom padre*. Contava, para se salvar e para se livrar da cólera de Nossa Senhora, com a influência do pároco na corte de Deus; e temia que ele por negligência de devoção a perdesse, e que, diminuindo o seu fervor, diminuíssem os seus méritos aos olhos do Senhor. Queria-o conservar santo e favorito do céu para colher os proveitos da sua proteção mística.

Amaro chamava a isto "caturrices de freira velha". Detestava-as por as achar frívolas — e porque tomavam um tempo precioso, naquelas manhãs da casa do sineiro...

— Nós não viemos aqui para lamúrias — dizia ele, muito secamente. — Fecha a porta, se queres.

Ela obedecia, — e então aos primeiros beijos na penumbra da janela cerrada, ele reconhecia enfim a sua Amélia, a Amélia dos primeiros dias, o delicioso corpo que lhe tremia todo nos braços, em espasmos de paixão.

E cada dia a desejava mais, de um desejo contínuo e tirânico, que aquelas horas escassas não satisfaziam. Ah!

positivamente, como mulher não havia outra!... Desafiava a que houvesse outra, mesmo em Lisboa, mesmo nas fidalgas!... Tinha pieguices, sim, era não as tomar a sério, e gozar enquanto era novo!

E gozava. A sua vida por todos os lados tinha confortos e doçuras — como uma destas salas onde tudo é acolchoado, não há móveis duros nem ângulos, e o corpo, onde quer que pouse, encontra a elasticidade mole de uma almofada.

Decerto, o melhor eram as suas manhãs em casa do tio Esguelhas. Mas tinha outros regalos. Comia bem; fumava caro numa boquilha de espuma; toda a sua roupa branca era nova e de linho; comprara alguma mobília; e não tinha, como outrora, embaraços de dinheiro, porque a Sra. D. Maria da Assunção, a sua melhor confessada, lá estava com a bolsa pronta. Sobretudo, ultimamente, tivera uma pechincha; uma noite em casa da S. Joaneira, a excelente senhora, a propósito de uma família de ingleses que vira passar num *char-à-banc* para ir visitar a Batalha, exprimira a opinião que os ingleses eram hereges.

— São batizados como nós — observara D. Joaquina Gansoso.

— Pois sim, filha, mas é um batismo para rir. Não é o nosso rico batismo; não lhes vale.

O cônego então, que gostava de a torturar, declarou pausadamente que a Sra. D. Maria dissera uma blasfêmia. O santo Concílio de Trento, no seu cânon IV, sessão VII, lá determinara "que aquele que disser que o batismo dado aos hereges, em nome do Padre, do Filho e do Espírito, não é o verdadeiro batismo, seja excomungado!". E a D. Maria, segundo o santo Concílio, estava desde esse momento excomungada!...

A excelente senhora teve um flato. Ao outro dia foi lançar-se aos pés de Amaro, que em penitência da sua injúria feita ao cânon IV, sessão VII do santo Concílio de Trento, lhe ordenou trezentas missas de intenção pelas almas do purgatório que D. Maria lhe estava pagando a cinco tostões cada uma.

Assim, ele podia às vezes entrar na casa do tio Esguelhas com um ar de satisfação misteriosa e um embrulhozinho na mão. Era algum presente para Amélia, um lenço de seda, uma gravatinha de cores, um par de luvas. Ela extasiava-se com aquelas provas da afeição do senhor pároco; e era então no quarto escuro um delírio de amor, enquanto embaixo a tísica, sobre a Totó, ia fazendo "trás... trás...".

XIX

O senhor cônego? Quero-lhe falar. Depressa! A criada dos Dias indicou ao padre Amaro o escritório, e correu acima a contar a D. Josefa que o senhor pároco viera procurar o senhor cônego, e com uma cara tão transtornada que decerto tinha sucedido alguma desgraça!

Amaro abrira, abruptamente a porta do escritório, fechou-a de repelão, e sem mesmo dar os bons dias ao colega, exclamou:

— A rapariga está grávida!

O cônego, que estava escrevendo, caiu como uma massa fulminada para as costas da cadeira:

— Que me diz você!?

— Grávida!

E no silêncio que se fez o soalho gemia sob os passeios furiosos do pároco da janela para a estante.

— Está você certo disso? — perguntou enfim o cônego com pavor.

— Certíssimo! A mulher já há dias andava desconfiada. Já não fazia senão chorar... Mas agora é certo... As mulheres conhecem, não se enganam. Há todas as provas... Que hei de eu fazer, padre-mestre?

— Olha que espiga! — ponderou o cônego atordoado.

— Imagine você o escândalo! A mãe, a vizinhança... E se suspeitam de mim?... Estou perdido... Eu não quero saber, eu fujo!

O cônego coçava estupidamente o cachaço, com o beiço caído como uma tromba. Representava-se-lhe já os gritos em casa, a noite do parto, a S. Joaneira eternamente em lágrimas, toda a sua tranquilidade extinta para sempre...

— Mas diga alguma coisa — gritou-lhe Amaro desesperado. — Que pensa você? Veja se tem alguma ideia... Eu não sei, eu estou idiota, estou de todo!

— Aí estão as consequências, meu caro colega.

— Vá pro inferno, homem! Não se trata de moral... Está claro que foi uma asneira... Adeus, está feita!

— Mas então que quer você? — disse o cônego. — Não quer decerto que se dê uma droga à rapariga, que a arrase...

Amaro encolheu os ombros, impaciente com aquela ideia insensata. O padre-mestre, positivamente, estava divagando...

— Mas então que quer você? — repetia o cônego num tom cavo, arrancando as palavras do abismo do tórax.

— Que quero!? Quero que não haja escândalo! Que hei de eu querer?

— De quantos meses está ela?

— De quantos meses? Está de agora, está de um mês...

— Então é casá-la! — exclamou o cônego com explosão. Então é casá-la com o escrevente!

O padre Amaro deu um pulo:

— Cos diabos, tem você razão! É de mestre!

O cônego afirmou gravemente com a cabeça que era "de mestre".

— Casá-la já! Enquanto é tempo! *Pater est quem nuptiae demonstrant*... Quem é marido é que é pai.

Mas a porta abriu-se, e apareceram os óculos azuis, a touca negra de D. Josefa. Não se pudera conter em cima, na cozinha, tomada de um frenesi agudo de curiosidade; descera na ponta das chinelas e colara o ouvido à fechadura do escritório; mas o grosso reposteiro de baetão estava cerrado por dentro; um ruído de lenha que se descarregava na rua abafava as vozes. A boa senhora então decidiu-se a entrar, "a dar os bons dias ao senhor pároco".

Mas debalde, por detrás dos vidros defumados, os seus olhinhos agudos esquadrinharam ansiosamente o carão espesso do mano e a face pálida de Amaro. Os dois sacerdotes estavam impenetráveis como duas janelas fechadas. O pároco mesmo falou ligeiramente do reumático do senhor chantre, da notícia que corria sobre o casamento do senhor secretário-geral... Ao fim de uma pausa ergueu-se, contou que tinha nesse dia uma famosa orelheira para o jantar — e a Sra. D. Josefa, roendo-se, viu-o abalar depois de ter dito já por detrás do reposteiro ao cônego:

— Então até à noite em casa da S. Joaneira, padre-mestre, hem?

— Até à noite.

E o cônego, muito grave, continuou a escrever. D. Josefa então não se conteve; e depois de arrastar um momento as chinelas em torno da banca do mano:

— Há novidade?

— Grande novidade, mana! — disse o cônego, sacudindo os bicos da pena. — Morreu o Sr. Dom João VI!

— Malcriado! — rugiu ela rodando sobre os sapatões, cruelmente perseguida por uma risadinha do mano.

Foi à noite, embaixo, na saleta da S. Joaneira, enquanto Amélia em cima, com a morte na alma, martelava a *Valsa dos dois mundos*, que os dois padres, muito chegados no canapé, de cigarro nos dentes, por debaixo do tenebroso painel onde a vaga mão do cenobita se estendia em garra sobre a caveira, cochicharam o seu plano: — antes de tudo era necessário achar João Eduardo, que desaparecera de Leiria; a Dionísia, mulher de faro, ia bater todos os recantos da cidade para descobrir a toca em que a fera se acoutava; depois, imediatamente, porque o tempo urgia, Amélia escrever-lhe-ia... Só quatro palavras simples: que soubera que ele fora vítima de uma intriga; que nunca perdera nada da amizade que lhe tinha; que lhe devia uma reparação; e que viesse vê-la... Se o rapaz hesitasse agora, o que não era provável (o cônego afirmava-o), fazia-se-lhe reluzir a esperança do emprego no governo civil, fácil de obter pelo Godinho, inteiramente governado pela mulher, que era uma escravazinha do padre Silvério...

— Mas o Natário — disse Amaro — o Natário que detesta o escrevente, que dirá ele a esta revolução?

— Homem, — exclamou o cônego com uma grande palmada na coxa — que me tinha esquecido! Pois você não sabe o que aconteceu ao pobre Natário?...

Amaro não sabia.

— Quebrou uma perna! Caiu da égua.

— Quando?

— Esta manhã. Eu soube-o agora à noitinha. Eu sempre lho disse: homem, esse animal ferra-lhe alguma! Pois senhores, ferrou-lha. E tesa! Tem pra peras... E eu que me tinha esquecido! Nem as senhoras lá em cima sabem nada.

Foi uma desolação, em cima, quando souberam. Amélia fechou o piano. Todos lembraram logo remédios que se lhe devia mandar; foi uma gralhada de oferecimentos — ligaduras, fios, um unguento das freiras de Alcobaça, meia garrafinha de um licor dos monges do deserto do pé de Córdova... Era necessário também assegurar a intervenção do céu: e cada uma se prontificou a usar do seu valimento com os santos da sua intimidade;

D. Maria da Assunção, que ultimamente praticava com Santo Eleutério, ofereceu a sua influência; D. Josefa Dias encarregava-se de interessar Nossa Senhora da Visitação; D. Joaquina Gansoso afiançou S. Joaquim.

— E lá a menina? — perguntou o cônego a Amélia.

— Eu?...

E fez-se pálida, numa tristeza de toda a sua alma, pensando que ela, com os seus pecados e os seus delírios, perdera a útil amizade de Nossa Senhora das Dores. — E não poder ela também concorrer com a sua influência no céu para restabelecer a perna de Natário, foi uma das amarguras maiores, talvez a punição mais viva que sentira desde que amava o padre Amaro.

Foi em casa do sineiro, daí a dias, que Amaro participou a Amélia o plano do padre-mestre. Preparou-a, revelando-lhe primeiro que o cônego sabia tudo...

— Sabe tudo em segredo de confissão — acrescentou para a sossegar. — Além disso ele e tua mãe têm culpas em cartório... Tudo fica em família...

Depois tomou-lhe a mão, e olhando-a com ternura, como compadecendo-se já das lágrimas aflitas que ela ia chorar:

— E agora escuta, filha. Não te aflijas com o que te vou dizer, mas é necessário, é a nossa salvação...

Às primeiras palavras, porém, do casamento com o escrevente, Amélia indignou-se com espalhafato.

— Nunca, antes morrer!

O quê? Ele punha-a naquele estado e agora queria descartar-se dela e passá-la a outro? Era ela porventura um trapo que se usa e que se atira a um pobre? Depois de ter posto fora de casa o homem, havia de humilhar-se, chamá-lo e cair-lhe nos braços?... Ah, não! Também ela tinha o seu brio! Os escravos trocavam-se, vendiam-se, mas era no Brasil!

Enterneceu-se então. Ah, ele já não a amava, estava farto dela! Ah, que desgraçada, que desgraçada que era! — Atirou-se de bruços para a cama e rompeu num choro estridente.

— Cala-te, mulher, que te podem ouvir na rua! — dizia Amaro desesperado, sacudindo-a pelo braço.

— Não me importa! Que ouçam! Pra rua vou eu gritar que estou neste estado, que foi o senhor padre Amaro, e que me quer agora deixar!...

Amaro fazia-se lívido de raiva, com um desejo furioso de lhe bater. Mas conteve-se; e com uma voz que tremia sob a sua serenidade:

— Tu estás fora de ti, filha... Dize lá, posso eu casar contigo? Não! Bem, então que queres? Se se percebe que estás assim, se tens o filho em casa vê o escândalo!... Por ti, estás perdida, perdida pra sempre! E eu, se se souber, que me sucede? Perdido também, suspenso, metido em processo talvez... De que queres tu que eu viva? Queres que morra de fome?

Enterneceu-se também àquela ideia das privações e das misérias do padre interdito. — Ah, era ela, era ela que o não amava, e que depois de ele ter sido tão carinhoso e tão dedicado, lhe queria pagar com o escândalo e com a desgraça...

— Não, não! — exclamou Amélia em soluços, lançando-se-lhe ao pescoço.

E ficaram abraçados, tremendo no mesmo enternecimento, ela molhando de pranto o ombro do pároco, ele mordendo o beiço com os olhos todos turvos de água.

Desprendeu-se brandamente, enfim, e limpando as lágrimas:

— Não, filha, é uma desgraça que nos sucede, mas tem de ser. Se tu sofres, imagina eu! Ver-te casada, a viver com outro... Nem falemos nisso... Mas então, é a fatalidade, é Deus que a manda!

Ela ficara aniquilada, à beira do leito, tomada ainda de grandes soluços. Tinha chegado enfim o castigo, a vingança de Nossa Senhora, que ela sentia preparar-se há tempos, no fundo dos céus, como uma tormenta complicada. Aí estava, agora, pior que os fogos do Purgatório! Tinha de se separar de Amaro que imaginava amar mais, e ir viver com o outro, com o excomungado! Como poderia ela nunca reentrar na graça de Deus, depois de ter dormido e vivido com um homem que os cânones, o papa, toda a terra, todo o céu consideravam maldito?... E devia ser esse seu marido, talvez o pai de outros filhos... Ah, Nossa Senhora vingava-se demais!

— E como posso eu casar com ele, Amaro, se o homem está excomungado?!

Amaro então apressou-se a tranquilizá-la, prodigalizando os argumentos. Era necessário não exagerar... O rapaz, verdadeiramente, excomungado não estava... Natário e o cônego tinham interpretado mal os cânones e as bulas... Bater num sacerdote que não estava revestido não era motivo de excomunhão *ipso facto*, segundo certos autores... Ele, Amaro, era dessa opinião... De mais a mais podiam levantar-lhe a excomunhão.

— Tu compreendes... Como disse o santo Concílio de Trento, e como sabes, *nós atamos e desatamos*. O moço foi excomungado?... Bem, levantamos-lhe a excomunhão... Fica tão limpo como dantes. Não, isso não te dê cuidado.

— Mas de que havemos de viver, se ele perdeu o emprego?

— Tu não me deixaste dizer... Arranja-se-lhe o emprego. Arranja-lho o padre-mestre. Está tudo combinadinho, filha!

Ela não respondeu, muito quebrada e muito triste, com duas lágrimas persistentes ao comprido das faces.

— Dize cá, tua mãe não desconfia de nada?

— Não, por ora não se percebe — respondeu ela com um grande ai.

Ficaram calados; ela limpando as lágrimas, serenando para sair; ele de cabeça baixa, trilhando lugubremente o soalho do quarto, pensando nas boas manhãs doutrora, quando só havia ali beijos e risadinhas abafadas; tudo mudara agora, até o tempo que estava todo nublado, um dia de fim de verão, ameaçando chuva.

— Percebe-se que estive a chorar? — perguntou ela, compondo ao espelho o cabelo.

— Não. Vais-te?

— A mamã está à minha espera...

Deram um beijo triste, e ela saiu.

No entanto a Dionísia farejava pela cidade na pista de João Eduardo. A sua atividade desenvolvera-se, sobretudo, mal soubera que o cônego Dias, o ricaço, estava interessado na "pesquisa". E todos os dias, à noitinha, esgueirava-se cautelosamente pelo portão de Amaro a dar-lhe as novidades: já sabia que o escrevente estivera a princípio em Alcobaça com um primo boticário; depois fora para Lisboa; aí, com uma carta de recomendação do Dr. Gouveia, empregara-se no cartório de um procurador; mas o procurador, passados dias, por uma fatalidade, morrera de apoplexia; e desde então o rasto de João Eduardo perdia-se no vago, no caos da capital. Havia, sim, uma pessoa que lhe devia saber a morada e os passos: era o tipógrafo, o Gustavo. Mas infelizmente o Gustavo, depois de uma questão com o Agostinho, deixara o *Distrito* e desaparecera. Ninguém sabia para onde fora; por desgraça, a mãe do tipógrafo não a podia informar — porque morrera também.

— Oh, senhores! — dizia o cônego quando o padre Amaro lhe ia levar estes fios de informação. — Oh, senhores! Mas então nessa história toda a gente morre! Isso é uma hecatombe!

— Você graceja, padre-mestre, mas é sério. Olhe que um homem em Lisboa é agulha em palheiro. É uma fatalidade!

Então, aflito já, vendo passar os dias, escreveu à tia, pedindo-lhe que esquadrinhasse por toda a Lisboa, a ver se por lá aparecera "um tal João Eduardo Barbosa...". Recebeu uma carta da tia em garatujas de três páginas, queixando-se do Joãozinho, do seu Joãozinho, que lhe fizera a vida um inferno, embebedando-se com genebra a ponto que não lhe paravam hóspedes em casa. Mas estava agora mais tranquila: o pobre Joãozinho havia dias jurara-lhe pela alma da mamã que daí por diante não beberia senão gasosa. Enquanto ao tal João Eduardo, perguntara na vizinhança e ao senhor Palma do Ministério das Obras Públicas, que conhecia toda a gente, mas nada averiguara. Havia, sim, um Joaquim Eduardo que tinha uma loja de quinquilharias no bairro... E se fosse o negócio com ele bem ia, que era um homem de bem...

— Lérias! Lérias! — interrompeu o cônego impaciente.

Resolveu-se ele então a escrever. E instado pelo padre Amaro (que não cessava de lhe representar o que a S. Joaneira e ele mesmo, cônego Dias, sofreriam com o escândalo) chegou a autorizar ao seu amigo da capital as despesas necessárias para empregar a polícia. A resposta demorou-se, mas veio enfim, prometedora e magnífica! O hábil polícia Mendes descobrira João Eduardo! Somente não lhe sabia ainda a morada, avistara-o apenas num café; mas em dois ou três dias o amigo Mendes prometia informações precisas.

O desespero dos dois sacerdotes, porém, foi grande quando, daí a dias, o amigo do cônego escreveu que o indivíduo, que o hábil polícia Mendes tomara por João Eduardo, num café da Baixa, sobre sinais incompletos, era um moço de Santo Tirso que estava na capital a fazer concurso para delegado... E havia três libras e dezessete tostões de despesa.

— Dezessete demônios! — rugiu o cônego, voltando-se para Amaro furioso. — E no fim de contas foi o senhor que gozou, que se refocilou, e sou eu que estou aqui a arrasar a minha saúde com estas andadas, e a fazer desembolsos desta ordem!

Amaro, dependente do padre-mestre, vergou os ombros à injúria.

Mas não estava nada perdido, graças a Deus. A Dionísia lá andava no faro!

Amélia recebia estas notícias com desconsolação. Depois das primeiras lágrimas, a irremediável necessidade impusera-se-lhe, muito forte. Por fim que lhe restava? Daí a dois ou três meses, com aquele seu desgraçado corpo de cinta fina e quadris estreitos não poderia esconder o seu estado. E que faria então? Fugir de casa, ir como a filha do tio Cegonha para Lisboa, ser espancada no Bairro Alto pelos marujos ingleses, ou como a Joaninha Gomes, que fora a amiga do padre Abílio, levar pela cara os ratos mortos que lhe atiravam os soldados? Não. Então, tinha de casar...

Depois vir-lhe-ia um menino ao fim dos sete meses (era tão frequente!), legitimado pelo sacramento, pela lei e por Deus Nosso Senhor... E o seu filho teria um papá, receberia uma educação, não seria um enjeitado...

Desde que o senhor pároco lhe afirmara, em juramento, que o escrevente *não estava realmente excomungado*; que com algumas orações se lhe levantaria a excomunhão, os seus escrúpulos devotos esmoreciam como brasas que se apagam. No fim, em todos os erros do escrevente, ela só podia descobrir a incitação do ciúme e do amor; fora num despeito de namorado que escrevera *o Comunicado*; fora num furor de paixão traída que espancara o senhor pároco... Ah! Não lhe perdoava esta brutalidade! Mas que castigado fora! Sem emprego, sem casa, sem mulher, tão perdido na miséria anônima de Lisboa que nem a polícia o achava! E tudo por ela. Pobre rapaz! No fim não era feio... Falavam da sua impiedade; mas vira-o sempre muito atento à missa; rezava todas as noites uma oração especial a S. João que ela lhe dera impressa num cartão bordado...

Com o emprego no governo civil podiam ter uma casinha e uma criada... Por que não seria feliz por fim? Ele não era rapaz de botequins, nem de vadiagem. Tinha a certeza de o dominar, de lhe impor os seus gostos e as suas devoções. E seria agradável sair aos domingos de manhã para a missa, arranjada, de marido ao lado, cumprimentada de todos, podendo, à face da cidade, passear o filho muito vistoso na sua touca de rendas e na sua grande capa franjada! Quem sabe se, então, pelos carinhos que desse ao pequerrucho e pelos confortos de que cercasse o homem, o céu e Nossa Senhora se não abrandariam! Ah! Para isso faria tudo, para ter outra vez no céu aquela amiga, a sua querida Nossa Senhora, amável e confidente, sempre pronta a curar-lhe as dores, a livrá-la de infortúnios, ocupada a preparar-lhe no paraíso um luminoso conchego!

Pensava assim horas inteiras, sobre a sua costura; pensava assim, mesmo no caminho para casa do sineiro; e depois de ter estado um momento com a Totó, muito quieta agora, extenuada da febre lenta, quando subia ao quarto, a primeira pergunta a Amaro era:

— Então, há alguma novidade?

Ele franzia a testa, rosnava:

— Dionísia lá anda... Por que, tens muita pressa?

— Tenho muita pressa, tenho — respondia ela muito séria — que a vergonha é para mim.

Ele calava-se; e havia tanto ódio como amor nos beijos que lhe dava — àquela mulher que se resignava assim tão facilmente a ir dormir com outro!

Tinha ciúmes dela — que lhe tinham vindo ultimamente desde que a vira conformar-se àquele casamento odioso! Agora, que ela já não chorava, começava a enfurecer-se da falta das suas lágrimas; e secretamente desesperava-se de ela não preferir a vergonha com ele à reabilitação com o outro. Não lhe custaria tanto se ela continuasse a barafustar, a fazer um alarido de prantos; isso seria uma prova séria de amor, em que a sua vaidade se banharia deliciosamente; mas aquela aceitação do escrevente, agora, sem repugnância e sem gestos de horror, indignava-o como uma traição. Viera a suspeitar que a ela no fundo não lhe *desagradava a mudança*. João Eduardo por fim era um homem; tinha a força dos vinte e seis anos, os atrativos de um belo bigode. Ela teria nos braços dele o mesmo delírio que tinha nos seus... Se o escrevente fosse um velho consumido de reumatismo, ela não mostraria a mesma resignação. Então, por vingança de padre, para "lhe desmanchar o arranjo" desejava que João Eduardo não aparecesse; e muitas vezes, quando a Dionísia lhe vinha dar contas dos passos, dizia-lhe com um mau sorriso:

— Não se canse. O homem não aparece. Deixe lá... Não vale a pena ganhar dor de peito...

Mas a Dionísia tinha o peito forte — e uma noite veio triunfante, dizer-lhe que estava na pista do homem! Vira enfim o Gustavo, o tipógrafo, entrar para a casa de pasto do tio Osório. Ao outro dia ia-lhe falar, e havia de se saber tudo...

Foi uma hora amargurada para Amaro. Aquele casamento, por que ansiara no primeiro momento de terror, agora, que o sentia seguro, parecia-lhe a catástrofe da sua vida.

Perdia Amélia para sempre!... Aquele homem que ele expulsara, que ele suprimira, ali lhe vinha, por uma destas peripécias malignas em que a Providência se compraz, levar-lhe a mulher legitimamente. E a ideia que ele ia tê-la nos braços; que ela lhe daria os beijos fogosos que lhe dava a ele; que balbuciaria *oh, João!* — como agora murmurava *oh, Amaro!* — enfurecia-o. E não podia evitar o casamento; todos o queriam, ela, o cônego, até a Dionísia com o seu zelo venal!

De que lhe servia ser um homem com sangue nas veias e as paixões fortes de um corpo são? Tinha de dizer adeus à rapariga, — vê-la partir de braço dado com o *outro*, com o marido; irem ambos para casa brincar com o filho, um filho que era seu! E ele assistiria à destruição da sua alegria de braços cruzados, esforçando-se por sorrir; voltaria a viver só, eternamente só, e a reler o Breviário!... Ah! se fosse no tempo em que se suprimia um homem com uma denúncia de heresia!... Que o mundo recuasse duzentos anos, e o Sr. João Eduardo havia de saber o que custa achincalhar um sacerdote e casar com a menina Amélia...

E esta ideia absurda, na exaltação da febre em que estava, apoderou-se tão fortemente da sua imaginação que toda a noite a sonhou — num sonho vívido, que muitas vezes depois contou rindo às senhoras. Era uma rua estreita batida de um sol ardente; entre as altas portas chapeadas, uma populaça apinhava-se; pelos balcões, fidalgos muito bordados retorciam o bigode cavalheiresco; olhos reluziam, entre as pregas das mantilhas, acesos num furor santo. E pela calçada, a procissão do auto de fé movia-se devagar, num vasto ruído, sob o tremendo dobre a finados de todos os sinos vizinhos. Adiante os flagelantes seminus, de capuz branco sobre o rosto, dilaceravam-se uivando o *Miserere*, com as costas empastadas de sangue; sobre um jumento ia João Eduardo, idiota de terror, com as pernas pendentes, a camisa alva sarapintada de diabos cor de fogo, tendo ao peito um rótulo em que estava escrito — POR HEREGE; por trás um medonho servente do Santo Ofício espicaçava furiosamente o jumento; e ao pé um padre, erguendo alto o crucifixo, berrava-lhe aos ouvidos os conselhos do arrependimento. E ele, Amaro, caminhava ao lado cantando *Réquiem*, de Breviário aberto numa mão, com a outra abençoando as velhas, as amigas da rua da Misericórdia que se agachavam para lhe beijar a alva. Às vezes voltava-se para gozar aquela pompa lúgubre, e via então a longa fila da confraria dos nobres: aqui era um personagem pançudo e apoplético; além uma face de místico com um bigode feroz e dois olhos chamejantes; cada um levava uma tocha acesa, e na outra mão sustentava o chapéu cuja pluma negra varria o chão. Os capacetes dos arcabuzeiros reluziam; uma cólera devota contorcia as faces esfomeadas do populacho; e o préstito ondeava nas tortuosidades da rua, entre o clamor do cantochão, os gritos dos fanáticos, o dobrar aterrador dos sinos, o tim-tim das armas, num terror que enchia toda a cidade, — aproximando-se da plataforma de tijolo onde já fumegavam as pilhas de lenha.

E o seu desengano foi grande, depois daquela glória eclesiástica do sonho, quando a criada o veio acordar cedo com água quente para a barba.

Era pois nesse dia que se ia saber do senhor João Eduardo, e escrever-se-lhe!... Devia encontrar-se com Amélia às onze horas; e foi a primeira coisa que lhe disse, atirando a porta do quarto com mau modo:

— O homem apareceu... Pelo menos apareceu o amigo íntimo, o tipógrafo, que sabe onde a besta para...

Amélia, que estava num dia de desalento e terror, exclamou:

— Ainda bem, que se acaba este tormento!

Amaro teve um risinho repassado de fel:

— Então agrada-te, hem?

— Se te parece, neste susto em que ando...

Amaro teve um gesto desesperado, de impaciência. Susto! Não estava má hipocrisia! Susto de quê? Com uma mãe que era uma babosa, que lhe consentia tudo... O que era, era que queria casar... Queria outro! Não lhe agradava aquele divertimento pela manhã, de fugida... Queria a coisa comodamente, em casa. Imaginava a menina que o iludia a ele, um homem de trinta anos e quatro anos de experiência de confissão? Via bem através dela... Era como as outras; queria mudar de homem.

Ela não respondia, muito pálida. E Amaro, furioso com o seu silêncio:

— Calas-te, está claro... Que hás de tu dizer? Se é a verdade pura!... Depois dos meus sacrifícios... Depois do que tenho sofrido por ti... Aparece-te o outro, larga para o outro!

Ela ergueu-se, e batendo o pé, desesperada:

— Foste tu que quiseste, Amaro!

— Pudera! Se imaginas que me havia de perder por tua causa! Está claro que quis!... — E olhando-a do alto fazendo-lhe sentir um desprezo de alma muito reta: — Mas nem vergonha tens de mostrar a alegria, o furor de ir para o homem!... És uma desavergonhada, é o que é...

Ela, sem uma palavra, branca como a cal, agarrou o mantelete para sair.

Amaro, exasperado, segurou-a violentamente pelo braço:

— Pra onde vais? Olha bem pra mim. És uma desavergonhada... Estou-te a dizer. Estás morta por dormir com o outro...

— Pois acabou-se, estou! — disse ela.

Amaro, perdido, atirou-lhe uma bofetada.

— Não me mates! — gritou ela. — É o teu filho!

Ele ficou diante dela, enleado e trêmulo: àquela palavra, àquela ideia do seu filho, uma piedade, um amor desesperado revolveu todo o seu ser; e arremessando-se sobre ela, num abraço que a esmagava, como querendo sepultá-la no peito, absorvê-la toda só para si, atirando-lhe beijos furiosos que a magoavam, pela face e pelos cabelos:

— Perdoa — murmurava — perdoa, minha Ameliazinha! Perdoa, que estou doido!

Ela soluçava, num pranto nervoso; — e toda a manhã foi no quarto do sineiro um delírio de amor a que aquele sentimento da maternidade, ligando-os como um sacramento, dava uma ternura maior, um renascimento incessante de desejo, que os lançava cada vez mais ávidos nos braços um do outro.

Esqueceram as horas; e Amélia só se decidiu a saltar do leito quando ouviram embaixo na cozinha a muleta do tio Esguelhas.

Enquanto ela se arranjava à pressa diante do bocado de espelho que ornava a parede, Amaro diante dela contemplava-a com melancolia, vendo-a a passar o pente nos cabelos — nos cabelos que ele dentro em breve não tornaria a ver pentear; deu um grande suspiro, disse-lhe enternecido:

— Estão a acabar os nossos bons dias, Amélia. És tu que queres... Hás de te lembrar algumas vezes destas boas manhãs...

— Não digas isso! — fez ela com os olhos arrasados de água.

E atirando-se-lhe de repente ao pescoço, com a antiga paixão dos tempos felizes, murmurou-lhe:

— Hei de ser sempre a mesma para ti... Mesmo depois de casada.

Amaro agarrou-lhe as mãos sofregamente:

— Juras?

— Juro.

— Pela hóstia sagrada?

— Juro pela hóstia sagrada, juro por Nossa Senhora!

— Sempre que tenhas ocasião?

— Sempre!

— Oh, Ameliazinha! oh, filha! não te trocava por uma rainha!

Ela desceu. O pároco, dando uma arranhadela ao leito, ouvia-a embaixo falar tranquilamente com o tio Esguelhas; e dizia consigo que era uma grande rapariga, capaz de enganar o diabo, e que havia de fazer andar numa roda viva o pateta do escrevente.

Aquele "pacto", como lhe chamava o padre Amaro, tornou-se entre eles tão irrevogável que já lhe discutiam tranquilamente os detalhes. O casamento com o escrevente consideravam-no como uma destas necessidades que a sociedade impõe e que sufoca as almas independentes, mas a que a natureza se subtrai pela menor fenda, como um gás irredutível. Diante de Nosso Senhor, o verdadeiro marido de Amélia era o senhor pároco; era o marido da alma, para quem seriam guardados os melhores beijos, a obediência íntima, a vontade; o outro teria quando muito o *cadáver*... Já às vezes mesmo tramavam o plano hábil das correspondências secretas, dos lugares ocultos de *rendez-vous*...

Amélia estava de novo, como nos primeiros tempos, em todo o fogo da paixão. Diante da certeza que em algumas semanas o casamento ia tornar "tudo branco como a neve", os seus transes tinham desaparecido, o mesmo terror da vingança do céu calmara-se. Depois, a bofetada que lhe dera Amaro fora como a chicotada que esperta um cavalo que preguiça e se atrasa; e a sua paixão, sacudindo-se e relinchando forte, ia-a de novo levando no ímpeto de uma carreira fogosa.

Amaro, esse regozijava-se. Ainda às vezes, decerto, a ideia daquele homem, de dia e de noite com ela, importunava-o... Mas, no fundo, que compensações! Todos os perigos desapareciam magicamente, e as sensações requintavam. Findavam para ele aquelas atrozes responsabilidades da sedução, e ficava-lhe a mulher mais apetitosa.

Instava agora com a Dionísia para que acabasse enfim aquela fastidiosa campanha. Mas a boa mulher, decerto para se fazer pagar melhor pela multiplicidade de esforço, não podia descobrir o tipógrafo — aquele famoso Gustavo que possuía, como os anões de romance de cavalaria, o segredo da torre maravilhosa onde vive o príncipe encantado.

— Oh, senhor! — dizia o cônego — isso até já cheira mal! Há quase dois meses à busca de um patife!.... Homem, escreventes não faltam. Arranje-se outro!

Mas enfim, uma noite em que ele entrara a descansar em casa do pároco, a Dionísia apareceu; e exclamou logo da porta da sala de jantar, onde os dois padres tomavam o seu café:

— Até que enfim!

— Então, Dionísia?

A mulher, porém, não se apressou; sentou-se mesmo, com licença dos senhores, porque vinha derreada... Não, o senhor cônego não imaginava os passos que se vira obrigada a dar... O maldito tipógrafo lembrava-lhe a história, que lhe contavam em pequena, de um veado que estava sempre à vista e que os caçadores a galope nunca alcançavam. Uma perseguição assim!... Mas, finalmente apanhara-o... E tocadito, por sinal.

— Acabe, mulher! — berrou o cônego.

— Pois aqui está — disse ela. — Nada!

Os dois sacerdotes olharam-na mistificados.

— Nada que, criatura?

— Nada. O homem foi pro Brasil!

O Gustavo recebera de João Eduardo duas cartas; na primeira, onde lhe dava a morada, para o lado do Poço do Borratém, anunciava-lhe a resolução de ir para o Brasil; na segunda dizia-lhe que mudara de casa, sem lhe indicar a nova *adresse,* e declarava que pelo próximo paquete embarcava para o Rio; não dizia nem com que dinheiro, nem com que esperanças. Tudo era vago e misterioso. Desde então, havia um mês, o rapaz não tornara a escrever, de onde o tipógrafo concluía que ia a essa hora nos altos mares... — "Mas havemos de vingá-lo!" — tinha ele dito a Dionísia.

O cônego remexia pausadamente o seu café, embatucado.

— E esta, padre-mestre? — exclamou Amaro, muito branco.

— Acho-a boa.

— Diabo levem as mulheres, e o inferno as confunda! — disse surdamente Amaro.

— Amém — respondeu gravemente o cônego.

XX

Que lágrimas quando Amélia soube a notícia! A sua honra, a da sua vida, tantas felicidades combinadas, tudo perdido e sumindo nas brumas do mar, a caminho para o Brasil!

Foram as semanas piores da sua vida. Ia para o pároco, banhada em lágrimas, perguntando-lhe todos os dias o que havia de fazer.

Amaro, sucumbido, sem ideia, ia para o padre-mestre.

— Fez-se tudo o que se pôde — dizia o cônego desolado. — É aguentar. Não se metesse nelas!

E Amaro voltava para Amélia com consolações muito murchas:

— Tudo se há de arranjar; é esperar em Deus!

Era bom o momento para contar com Deus, quando Ele, indignado, a acabrunhava de misérias! E aquela indecisão, num homem e num padre, que devia ter a habilidade e a força de a salvar, desesperavam-na; a sua ternura por ele sumia-se como a água que a areia absorve; e ficava um sentimento confuso em que sob o desejo persistente já transluzia o ódio.

Espaçava agora de semana a semana os encontros na casa do sineiro. Amaro não se queixava; aquelas boas manhãs do quarto do tio Esguelhas eram sempre estragadas com queixumes; cada beijo tinha um rastro de soluços; e aquilo enervava-o tanto, que lhe vinham desejos de se atirar também de bruços para a enxerga e chorar toda a sua amargura.

No fundo acusava-a de exagerar os seus embaraços, de lhe comunicar um terror desproporcionado. Outra mulher, de melhor senso, não faria semelhante espalhafato... Mas que, uma beata histérica, toda nervos, toda medo, toda exaltação!... Ah, não havia dúvida; fora "uma famosa asneira"!

Também Amélia pensava que fora "uma asneira". E não ter nunca imaginado que aquilo lhe poderia suceder! Qual! Como mulher, correra para o amor, toda tonta, certa que escaparia, ela, — e agora que sentia nas entranhas o filho, eram lágrimas e os espantos e as queixas! A sua vida era lúgubre; de dia tinha de se conter diante da mãe, aplicar-se à sua costura, conversar, afetar felicidade... Era de noite que a imaginação desencadeada a torturava com uma incessante fantasmagoria de castigo, deste e do outro mundo, misérias, abandonos, desprezo da gente honrada e chamas do purgatório...

Foi então que um acontecimento inesperado veio fazer diversão àquela ansiedade que se ia tornando um hábito mórbido do seu espírito. Uma noite a criada do cônego apareceu, esfalfada de correr, a dizer que a Sra. D. Josefa estava à morte.

Na véspera a excelente senhora sentira-se doente com uma pontada no lado, mas insistira em ir à Senhora da Encarnação rezar a sua coroa; voltou transida, com uma dor maior e uma ponta de febre; e nessa tarde, quando o Dr. Gouveia foi chamado, tinha-se declarado uma pneumonia aguda.

A S. Joaneira correu logo a instalar-se lá como enfermeira. E então, durante semanas, na tranquila casa do cônego, foi um alvoroço de dedicações aflitas: as amigas, quando se não espalhavam pelas igrejas a fazer promessas e a implorar os seus santos devotos, estavam lá em permanência, saindo e entrando no quarto da doente com passos de fantasmas; acendendo aqui e além lamparinas às imagens, torturando o Dr. Gouveia com perguntas piegas. À noite na sala, com o candeeiro a meia-luz, era pelos cantos um cochichar de vozes lúgubres; e ao chá, entre cada mastigadela de torrada, havia suspiros, lágrimas furtivamente limpadas...

O cônego lá estava a um canto, aniquilado, sucumbido com aquela brusca aparição da doença e do seu cenário melancólico — as garrafadas de botica enchendo as mesas; as entradas solenes do médico; as faces compungidas que vêm saber se há melhoras; o hálito febril espalhado em toda a casa; o timbre funerário que toma o relógio de parede no abafamento de todo o ruído; as toalhas sujas que ficam dias no lugar em que caíram, o anoitecer de cada dia com a sua ameaça de treva eterna... De resto, um pesar sincero prostrava-o; havia cinquenta anos que vivia com a mana e era animado por ela; o longo hábito tornara-lha cara; e as suas caturrices, as suas toucas negras, o seu espalhafato pela casa faziam como uma parte mesma do seu ser... Além disso, quem sabe se a morte, entrando-lhe em casa, para poupar passos, o não levaria também!

Para Amélia aquele tempo foi um alívio; ao menos ninguém pensava, ninguém reparava nela; nem a sua face triste e os vestígios de lágrimas pareceriam estranhos, naquele perigo em que estava a madrinha. Demais, os serviços de enfermaria ocupavam-na; como era a mais forte e a mais nova, agora que a S. Joaneira estava estafada de vigílias, era ela que passava as longas noites à beira de D. Josefa; e não havia então desvelos que não tivesse para abrandar Nossa Senhora e o céu com aquela caridade pela doente, para merecer igual piedade quando o seu dia viesse de estar também prostrada num leito... Vinha-lhe agora, sob a impressão fúnebre que se exalava da casa, o pressentimento repetido que morreria de parto; às vezes só, embrulhada no seu xale aos pés da doente, ouvindo-lhe o gemer monótono, enternecia-se sobre a sua própria morte que julgava certa, e molhavam-se-lhe os olhos de lágrimas, numa saudade vaga de si mesma, da sua mocidade e dos seus amores... Ia então ajoelhar-se junto da cômoda, onde uma lamparina bruxuleava diante de um Cristo projetando sobre o papel claro da parede a sua sombra disforme que se quebrava no teto; e ali ficava rezando, pedindo a Nossa Senhora que não lhe recusasse o paraíso... Mas a velha mexia-se com um ai doloroso; ia então aconchegar-lhe a roupa, falar-lhe baixo. Vinha depois à sala ver no relógio se era o momento do remédio; e estremecia às vezes, sentindo vir do quarto próximo um pio de flautim ou um som rouco de trombone; era o cônego a ressonar.

Enfim, uma manhã, o Dr. Gouveia declarou D. Josefa livre de perigo. Foi um vivo regozijo para as senhoras — certa, cada uma, que aquilo era devido à intervenção particular do seu santo devoto. E daí a duas semanas houve uma festa na casa, quando D. Josefa, pela primeira vez, amparada nos braços de todas as amigas, deu dois passos trêmulos no quarto. Pobre D. Josefa, o que dela fizera a doença! Aquela vozinha irritada, em que as palavras eram despedidas como setas envenenadas, assemelhava-se agora apenas a um som expirante, quando, num esforço ansioso da vontade, pedia a escarradeira ou o xarope. Aquele olhar sempre alerta, escrutador e maligno, estava hoje como refugiado no fundo das órbitas, assustado da luz, das sombras e dos contornos das coisas. E o seu corpo, tão teso outrora, de uma secura de ramo de sarmento, agora ao cair no fundo da poltrona, sob a trapalhada dos agasalhos, parecia um trapo também.

Mas enfim o Dr. Gouveia, apesar de anunciar uma convalescença longa e delicada, dissera rindo ao cônego, diante das amigas (depois de ter visto D. Josefa manifestar o seu primeiro desejo, o desejo de se chegar à janela) que, com muita cautela, tônicos, e as orações de todas aquelas boas senhoras — a mana estava ainda para amores...

— Ai, doutor — exclamou D. Maria — as nossas orações não lhe hão de faltar...

— E eu não lhe hei de faltar com os tônicos — disse o doutor. De modo que, o que resta é congratularmo-nos.

Aquela jovialidade do doutor era para todos como a certeza da saúde próxima.

E daí a dias, o cônego vendo aproximar-se o fim de agosto, falou de alugar casa na Vieira, como costumava um ano sim outro não, para ir tomar os seus banhos de mar. O ano passado não fora. Este era o ano de praia...

— E a mana lá, naqueles ares saudáveis da beira-mar, é que acaba de ganhar forças e carnes...

Mas o doutor Gouveia desaprovou a jornada. O ar muito picante e muito rico do mar não convinha à fraqueza de D. Josefa. Era preferível irem para a quinta da Ricoça, nos Poiais, lugar abrigado e muito temperado.

Foi um desgosto para o pobre cônego, que prodigalizou as lamúrias. O quê! Ir enterrar-se todo o verão, o melhor tempo do ano, na Ricoça! E os seus banhos, meu Deus, os seus banhos?

— Veja o senhor, — dizia ele a Amaro, uma noite no escritório, — veja o que eu tenho sofrido... Durante a doença, que desarranjo, que desordem na casa! Chá fora de horas, jantar esturrado! E os cuidados que tive, que me emagreceram... E agora, quando eu pensava poder ir refazer-me para a praia, não senhor, vai pra

Ricoça, dispensa os teus banhos... Isto é o que eu chamo sofrer! E no fim de tudo não fui eu que estive doente. Mas sou eu que as aguento... Perder dois anos a fio os meus banhos!...

Amaro, então, deu de repente uma punhada na mesa, e exclamou:

— Homem, veio-me uma boa ideia!

O cônego olhou-o com dúvida, como se não achasse possível a uma inteligência humana descobrir o fim dos seus males.

— Quando digo uma boa ideia, padre-mestre, devia dizer uma ideia sublime!

— Acabe, criatura...

— Escute. O senhor vai pra Vieira, e a S. Joaneira, está claro, vai também. Naturalmente alugam casa um ao pé do outro, como ela me disse que tinham feito há dois anos...

— Adiante...

— Bem. Aqui temos a S. Joaneira na Vieira. Agora, a senhora sua mana parte pra Ricoça.

— E então a criatura há de ir só?

— Não! — exclamou Amaro em triunfo. — Vai com a Amélia! A Amélia vai-lhe servir de enfermeira! Vão ambas sós! E lá na Ricoça, naquele buraco onde não vai viva alma, naquele casarão onde pode uma pessoa viver sem que ninguém em roda suspeite, lá é que a rapariga tem o filho! Hem, que lhe parece?

O cônego erguera-se com os olhos redondos de admiração.

— Homem, famosa ideia!

— É que concilia tudo! O senhor toma os seus banhos. A S. Joaneira, longe, não sabe o que se passa. Sua mana goza os ares... A Amélia tem um sítio escondido pra coisa... À Ricoça ninguém a vai ver... A D. Maria também vai pra Vieira. As Gansosos, idem. A rapariga deve ter o bom sucesso aí pelos princípios de novembro... Da Vieira, e isso fica por sua conta, não volta ninguém dos nossos até princípios de dezembro... E quando nos reunirmos de novo está a rapariga limpa e fresca.

— Pois senhores, por ser a primeira ideia que você tem nestes dois últimos anos, é uma grande ideia!

— Obrigado, padre-mestre.

Mas havia uma dificuldade feia; era o ir à D. Josefa, à rigorista D. Josefa, tão implacável às fraquezas do sentimento, à D. Josefa que pedia para as mulheres frágeis as antigas penalidades góticas — as letras marcadas na testa com ferro em brasa, os açoites nas praças públicas, os *in pace* tenebrosos — ir à D. Josefa e pedir-lhe para ser cúmplice de um parto!

— A mana vai dar urros! — disse o cônego.

— Nós veremos, padre-mestre — replicou Amaro repoltreando-se e balouçando a perna, muito certo do seu prestígio devoto. — Nós veremos... Hei de lhe eu falar... E quando lhe tiver contado umas lérias... Quando lhe tiver representado que é para ela um caso de consciência encobrir a pequena... Quando lhe lembrar que nas vésperas da morte é que se deve fazer alguma boa ação, para não se apresentar à porta do paraíso com as mãos vazias... Nós veremos!

— Talvez, talvez — disse o cônego. — A ocasião é boa, porque a pobre mana está fraquita do juízo e leva-se como uma criança.

Amaro ergueu-se, esfregando vivamente as mãos:

— Pois é mãos à obra! É mãos à obra!

— É necessário não perder tempo, porque o escândalo estala. Olhe que esta manhã, lá em casa, a besta do

Libaninho pôs-se a gracejar com a rapariga, a dizer-lhe que tinha a cinta grossa...

— Oh, que patife! — rugiu o pároco.

— Não, não seria por mal. Mas que a rapariga tem engrossado, é fato... Com esta atarantação da doença ninguém tem tido olhos para nada ... Mas agora pode-se reparar... É sério, amigo, é sério!

Por isso, logo na manhã seguinte, Amaro foi segundo a expressão do cônego, "dar a grande abordagem à mana".

Antes, porém, explicou embaixo no escritório ao padre-mestre o seu plano: primeiro, ia dizer a D. Josefa que o cônego estava na inteira ignorância do desastre da Ameliazinha, e que ele, Amaro, o sabia, não em segredo de confissão (nesse caso não o poderia revelar), mas pelas confidências secretas dos dois — de Amélia e do homem casado que a seduzira!... Do homem casado, sim!... Porque enfim era necessário provar à velha que havia a impossibilidade de uma reparação legítima...

O cônego coçava a cabeça descontente:

— Isso não vai bem arranjado — disse ele. — A mana sabe bem que não iam homens casados à rua da Misericórdia.

— E o Artur Couceiro? — exclamou Amaro, sem escrúpulo.

O cônego largou a rir, com gosto. O pobre Artur, sem dentes cheio de filhos, com os seus olhos de carneiro triste, acusado de perder virgens!... Não, essa era boa!

— Não pega, pároco amigo, não pega! Outra, outra...

Mas então subitamente partiu dos lábios de ambos o mesmo nome, — o Fernandes, o Fernandes da loja de panos! Belo homem, que Amélia admirava muito! Sempre que saía ia-lhe à loja: tinha mesmo havido indignação na rua da Misericórdia, havia dois anos, com a ousadia do Fernandes que acompanhara Amélia pela estrada de Marrazes até ao Morenal!

Já se sabe, não se dizia explicitamente à mana, — mas dava-se-lhe a entender que fora o Fernandes.

E Amaro subiu rapidamente para o quarto da velha, que era por cima do escritório. Esteve lá meia hora, uma longa, uma pesada meia hora para o cônego, que apenas podia ouvir em cima, ora rangerem as solas de Amaro, ora tosse cavernosa da velha... E no seu passeio habitual pelo escritório, da estante para a janela, com as mãos atrás das costas e a caixa do rapé nos dedos, ia considerando quantos incômodos, quantas despesas lhe traria ainda aquele "divertimento do senhor pároco"! Tinha de ter a rapariga na quinta cinco ou seis meses... Depois o médico, a parteira que era ele naturalmente que havia de pagar... Depois algum enxoval para o pequeno... E que se lhe havia de fazer, ao pequeno!? Na cidade, a Roda fora suprimida; em Ourém, como os recursos da Misericórdia eram escassos e a afluência dos enjeitados escandalosa; tinham posto um homem ao pé da sineta da Roda, para interrogar e pôr embaraços; havia indagações de paternidade, restituições de crianças; e a autoridade, finória, combatia o excesso dos enjeitamentos com o terror dos vexames...

Enfim, o pobre padre-mestre via diante de si todo um eriçamento de dificuldades para lhe sacudir a pachorra e estragar-lhe a digestão... — Mas o excelente cônego, no fundo, não se indignava; sempre tivera uma afeição de velho mestre pelo pároco; para Amélia sempre o inclinara um fraco meio paternal, meio lúbrico; e mesmo já sentia pelo "pequeno" uma vaga condescendência de avô.

A porta abriu-se, e o pároco apareceu triunfante.

— Tudo às mil maravilhas, padre-mestre! Que lhe dizia eu?

— Consentiu!?

— Em tudo. Não foi sem dificuldade... Ia-se abespinhando. Falei-lhe do homem casado... Que a rapariga estava com a cabeça perdida, queria se matar... Que se ela não consentisse em encobrir a coisa era responsável por uma desgraça... Lembre-se a senhora que está com os pés na cova, que Deus pode chamá-la de um momento a outro, e que se tiver na consciência este peso, não há padre que lhe dê a absolvição!... Lembre-se que morre pra aí como um cão!...

— Enfim — disse o cônego aprovando — falou-lhe com prudência...

— Disse-lhe a verdade. Agora trata-se de falar à S. Joaneira, e de a levar pra Vieira quanto antes...

— Outra coisa, amigo — interrompeu o cônego. — Tem você pensado no destino que se há de dar ao fruto?

O pároco coçou desconsoladamente a cabeça:

— Ah, padre-mestre... Isso é outra dificuldade... Tem-me apoquentado muito... Naturalmente dá-lo a criar a alguma mulher, longe, lá pra Alcobaça ou pra Pombal... A felicidade, padre-mestre, era que a criança nascesse morta!

— Era um anjinho mais... — rosnou o cônego sorvendo a sua pitada.

Logo nessa noite falou à S. Joaneira da ida para a Vieira, embaixo na saleta onde ela estava arranjando pires de marmelada que andavam a secar para a convalescença de D. Josefa. Começou por dizer que lhe alugara a casa do Ferreiro...

— Mas isso é um nicho! — exclamou ela logo. — Onde hei de eu meter a pequena?

— Ora aí é que está. É que justamente a Amélia desta vez não vai à Vieira.

— Não vai!?

Foi só então que o cônego lhe explicou que a mana não podia ir só para a Ricoça, e que ele tinha pensado em mandar com ela Amélia... Era uma ideia que lhe viera nessa manhã.

— Eu não posso ir; tenho de tomar os meus banhos, a senhora bem sabe... A pobre de Cristo não há de estar para lá só, com uma criada. Portanto...

A S. Joaneira teve um silenciozinho desconsolado:

— Isso é verdade. Mas olhe, para lhe dizer com franqueza, custa-me bem deixar a pequena... Se eu pudesse dispensar os banhos, ia eu.

— Qual ia! A senhora vem pra Vieira. Eu também não hei de estar lá só... Sua ingrata, sua ingrata!... — E tomando um tom muito sério: — A senhora veja bem. A Josefa está com os pés pra cova. Ela sabe que o que eu tenho para mim chega. Ela tem afeição da pequena, sempre é madrinha; se a vir agora a tratá-la na doença, a estar ali só com ela uns meses, fica pelo beiço. Olhe que a mana ainda vale um par de mil cruzados. A pequena pode apanhar um bom dote. Não lhe digo mais nada...

E a S. Joaneira concordou logo — uma vez que era vontade do senhor cônego.

Em cima, Amaro estava contando rapidamente a Amélia "o grande plano", a cena com a velha; que ela se prontificara logo, coitadinha, já cheia de caridade, desejando até ajudar para o enxoval do pequeno...

— Nela podes ter confiança, é uma santa... De modo que está tudo salvo, filha. É estar metida quatro ou cinco meses na Ricoça.

Era isso o que fazia choramingar Amélia; perder a estação da Vieira, o divertimento dos banhos!... Ir enterrar-se todo um verão naquele sinistro casarão da Ricoça! A única vez que lá fora já ao fim da tarde, ficara estarrecida de medo. Tudo tão escuro, de um eco tão côncavo... Tinha a certeza que ia lá morrer, naquele degredo.

— Tolice! — fez Amaro. — É dar graças ao Senhor de me ter inspirado esta ideia de salvação. Demais tens a D. Josefa, tens a Gertrudes, o pomar para passear... E eu vou-te lá ver todos os dias. Até hás de gostar, verás.

— Enfim que lhe hei de eu fazer? É aguentar. — E com duas grossas lágrimas nas pálpebras, amaldiçoava intimamente aquela paixão que só amarguras lhe dava, e que agora, quando toda a Leiria ia para a Vieira, a forçava a ela a ir fechar-se na solidão da Ricoça, ouvindo tossir a velha e os cães uivar na quinta... E a mamã, que diria a mamã?

— Que há de dizer? A D. Josefa não pode ir pra quinta só, sem uma enfermeira de confiança! Não te dê cuidado. O padre-mestre está lá embaixo a trabalhá-la... E eu vou ter com ela, que já aqui estou só há bocado contigo, e nestes últimos dias é necessário ter cautelinha...

Desceu. Justamente o cônego subia, e encontraram-se na escada.

— Então? — perguntou Amaro ao ouvido do padre--mestre.

— Tudo arranjado. E por lá?

— Idem.

E no escuro da escada os dois padres apertaram-se silenciosamente a mão.

Daí a dias, depois de uma cena de prantos, Amélia partiu com D. Josefa para a Ricoça num *char-à-banc*.

Tinha arranjado, com almofadas, um recanto cômodo para a convalescente. O cônego acompanhava-a, furioso com aquele incômodo. E a Gertrudes ia em cima na almofada, à sombra da montanha que faziam sobre o tope do carro os baús de couro, os cestos, as latas, as trouxas, os sacos de chita, o açafate onde miava o gato, e um fardo amarrado com corda contendo os painéis dos santos mais queridos de D. Josefa.

Depois, ao fim da semana, foi a jornada da S. Joaneira para a Vieira, de noite, por causa da calma. A rua da Misericórdia estava atravancada com o carro de bois, que conduzia as louças, os enxergões, o trem de cozinha; e no mesmo *char-à-banc* que fora à Cortegaça, ia agora a S. Joaneira e a *Ruça* que levava também no regaço um açafate com o gato.

O cônego fora na véspera; só Amaro assistia à partida da S. Joaneira. E depois de toda uma azáfama, de galgarem cem vezes de baixo a cima as escadas por um cestinho que esquecera ou um embrulho que desaparecia, quando a *Ruça* enfim fechou a porta a chave, a S. Joaneira, já no estribo do *char-à-banc*, rompeu a chorar.

— Então, minha senhora, então! — disse Amaro.

— Ai, senhor pároco, deixar a pequena!... Mal sabe o que me custa... Parece que a não torno a ver. Apareça pela Ricoça, faça-me essa esmola. Veja se ela está contente...

— Vá descansada, minha senhora.

— Adeus, senhor pároco. Muito obrigada por tudo. Ai os favores que lhe devo!

— Tolices, minha senhora... Boa jornada, dê notícias! Recados ao padre-mestre. Adeus, minha senhora! adeus, *Ruça*...

O char-à-banc partiu. E pelo mesmo caminho por onde ele ia rolando, Amaro foi andando devagar até à estrada da Figueira. Eram então nove horas; nascera já o luar de uma noite cálida e serena de agosto. Uma tênue névoa luminosa suavizava a paisagem calada. Aqui e além uma fachada saliente de casa rebrilhava, batida da lua, entre as sombras do arvoredo. Ao pé da ponte, parou a olhar melancolicamente o rio que corria sobre a areia com sussurração monótona; nos lugares em que as árvores se debruçavam, havia escuridões cerradas; e adiante uma claridade tremia sobre a água, como um tecido de filigrana faiscante. Ali esteve, naquele silêncio que o calmava, fumando cigarros e atirando as pontas para o rio, embebido numa tristeza vaga. Depois, ouvindo as onze, veio voltando para a cidade, passou pela rua da Misericórdia num enternecimento de recordações; a casa, com as janelas fechadas, sem as cortinas de cassa, parecia abandonada para sempre; os vasos de alecrim tinham ficado esquecidos, aos cantos da janela... Quantas vezes Amélia e ele se tinham encostado àquela varanda! Havia então um craveiro fresco, e conversando, ela cortava uma folha, trincava-a nos dentinhos. Tudo tinha acabado agora! — E na Misericórdia, ao lado, o piar das corujas no silêncio dava-lhe uma sensação de ruína, de solidão e de fim eterno.

Foi andando para casa, devagar, com os olhos arrasados de água.

A criada veio logo à escada dizer-lhe que o tio Esguelhas, numa aflição, viera procurá-lo duas vezes, haviam de ser nove horas. A Totó estava a morrer, e só queria receber os sacramentos da mão do senhor pároco.

Amaro, apesar da sua repugnância supersticiosa em voltar assim nessa noite, para um fim tão triste, ao meio das recordações felizes da sua paixão, foi para obsequiar o tio Esguelhas; mas impressionava-o aquela morte, coincidindo com a partida de Amélia, e como completando a súbita dispersão de quanto aí o interessara ou estivera misturado à sua vida.

A porta da casa do sineiro estava entreaberta, e na escuridão da entrada topou com duas mulheres que saíam suspirando. Foi logo direito à alcova da paralítica; duas grandes velas de cera, trazidas da igreja, ardiam sobre uma mesa, um lençol branco cobria o corpo da Totó, e o padre Silvério, que fora decerto chamado por estar de semana, lia o Breviário, com o lenço nos joelhos, os seus grandes óculos na ponta do nariz. Ergueu-se apenas viu Amaro:

— Ah, colega — disse muito baixo — andaram a procurá-lo por toda a parte... A pobre de Cristo queria-o a você... Eu, quando me foram buscar, ia fazer a partida a casa do Novais. É a partida do sábado... Que cena! Morreu na impenitência, como era dos livros. Quando me viu, e que você não vinha, que espetáculo! Até tive medo que me cuspisse no crucifixo...

Amaro, sem dar uma palavra, ergueu uma ponta do lençol, mas deixou-a logo recair sobre a face da morta. Depois subiu acima, ao quarto onde o sineiro, estirado sobre a cama, voltado para a parede. soluçava desesperadamente; estava com ele outra mulher, que se conservava a um canto, muda e imóvel, com os olhos no chão, no vago aborrecimento que lhe dava aquele pesado dever de vizinha. Amaro tocou no ombro do sineiro, falou-lhe:

— É necessário resignação, tio Esguelhas... São decretos do Senhor... Para ela é até uma felicidade.

O tio Esguelhas voltou-se; e reconhecendo o pároco, por entre o véu das lágrimas que lhe alagavam os olhos, tomou-lhe a mão, quis beijar-lha. Amaro recuou:

— Então, tio Esguelhas!... Deus há de ser misericordioso, há de lhe levar em conta a sua dor...

Ele não o escutava, sacudido de um pranto convulsivo, enquanto a mulher, muito tranquilamente, limpava ora um ora outro canto do olho.

Amaro desceu; e para aliviar o bom Silvério daquele serviço excepcional, tomou o seu lugar ao pé da vela, com o Breviário na mão.

Ali ficou até tarde. A vizinha ao sair veio dizer-lhe que o tio Esguelhas tinha pegado a dormir; e ela prometia voltar com a amortalhadeira, mal rompesse a manhã.

Toda a casa então ficou naquele silêncio, que a vizinhança do vasto edifício da Sé fazia parecer mais soturno; só às vezes um mocho piava debilmente nos contratrofes, ou o grosso bordão batia os quartos. E Amaro, tomado de um indefinido terror, mas preso ali por uma força superior da consciência sobressaltada, ia precipitando as orações... Às vezes o livro caía-lhe sobre os joelhos; e então, imóvel, sentindo por detrás a presença daquele cadáver coberto do lençol, recordava, num contraste amargo, outras horas em que o sol banhava o pátio, as andorinhas esvoaçavam, e ele e Amélia subiam rindo para aquele quarto onde agora, sobre a mesma cama, o tio Esguelhas dormitava com soluços mal acalmados...

XXI

O cônego Dias recomendara muito a Amaro que ao menos as primeiras semanas, para evitar as suspeitas da mana e da criada, não fosse à Ricoça. E a vida de Amaro tornou-se então mais triste, mais vazia que outrora, quando pela primeira vez deixando a casa da S. Joaneira viera para a rua das Sousas. Todos os seus conhecidos estavam fora de Leiria; D. Maria da Assunção na Vieira; as Gansozinhos ao pé de Alcobaça com a tia, a famosa tia que havia dez anos estava para morrer e para lhes deixar uma grande herdade. Depois do serviço da Sé, as horas, todo o longo dia, arrastavam-se pesadas como chumbo. Não estaria mais separado de toda a comunicação humana, se como Santo Antônio vivesse nos areais do deserto líbico. Só o coadjutor que, coisa singular, nunca lhe aparecia nos tempos felizes, voltara agora, como o companheiro fatídico das horas tristes, a visitá-lo uma, duas vezes por semana, ao fim do jantar, mais magro, mais chupado, mais soturno, com o seu eterno guarda-chuva na mão. Amaro odiava-o; às vezes, para o impor, fingia-se todo ocupado numa leitura; ou precipitando-se para a mesa, mal lhe sentia nos degraus as passadas lentas:

— Amigo coadjutor, desculpe, que estou aqui a rabiscar uma coisa.

Mas o homem instalava-se, com o odioso guarda-chuva entre os joelhos:

— Não se prenda, senhor pároco, não se prenda.

E Amaro, torturado por aquela figura lúgubre que não se mexia na cadeira, atirava a pena furioso, agarrava o chapéu:

— Não estou hoje pra coisa, vou espairecer.

E à primeira esquina descartava-se bruscamente do coadjutor.

Às vezes, farto de solidão, ia visitar Silvério. Mas a felicidade pachorrenta daquele ser obeso, ocupado em colecionar receitas de medicina caseira e em observar as perturbações fantásticas da sua digestão; os seus constantes louvores do Dr. Godinho, dos pequenos e da senhora; as chalaças obsoletas que ele repetia havia quarenta anos e a inocente hilaridade que elas lhe davam, impacientavam Amaro. Saía, enervado, pensando na sorte inimiga que o fizera tão diferente do Silvério. Aquilo era a felicidade por fim; por que não havia de ele ser também um bom padre caturra,[1] com uma pequenina mania tirânica, parasita regalado de uma família respeitável, tendo um destes sangues tranquilos que giram sob camadas de gordura, sem perigo de transbordar e de causar desgraças, como um riacho que corre por baixo de uma montanha?...

Outras vezes ia ao colega Natário, cuja fratura, mal tratada ao princípio, o retinha ainda na cama com o aparelho na perna. Mas aí, enjoava-o o aspecto do quarto — impregnado de um cheiro de arnica e de suor, com uma profusão de trapos ensopados em malgas vidradas, e esquadrões de garrafas sobre a cômoda entre fileiras de santos; Natário, mal o via aparecer, rompia em queixas: as cavalgaduras dos médicos! A sua má sorte habitual! As torturas a que o forçavam! O atraso em que estava a medicina neste maldito país!... E ia salpicando o soalho negro de expectorações e de pontas de cigarro. Desde

[1] Caturra: aquele que é obstinado, agarrado aos hábitos antigos; teimoso.

que estava doente, a saúde dos outros, sobretudo dos amigos, indignava-o como uma ofensa pessoal.

— E você sempre rijo, hem! Pudera! — murmurava com rancor.

E pensar que aquela besta do Brito nunca lhe doera a cabeça! E que o alarve do abade se gabava de nunca ter estado na cama depois das sete da manhã! Animais!

Amaro então dava-lhe as novidades: alguma carta que recebera do cônego, da Vieira, as melhoras da D. Josefa...

Mas Natário não se interessava pelas pessoas a quem apenas o unia a convivência e a amizade; interessavam-no só os seus amigos, com quem tinha ligações de ódio. Queria saber do escrevente, se já tinha estourado de fome...

— Esse ao menos pude-lhe ser bom antes de cair aqui nesta maldita cama!...

As sobrinhas apareciam então — duas criaturinhas sardentas, de olhos muito pisados. O seu grande desgosto era que o titi não mandasse vir a *benzedeira* pôr-lhe *virtude* na perna; era o que tinha curado o morgadinho da Barrosa, e o Pimentel de Ourém...

Natário, na presença das *duas rosas do seu canteiro*, calmava-se.

— Coitaditas, não é por falta de cuidados delas que eu ainda não arribei... Mas tenho sofrido, caramba!

E as duas rosas, com o mesmo movimento simultâneo, voltavam-se para o lado limpando os olhos aos lenços.

Amaro saía dali, mais enfastiado.

Para se fatigar tentava dar grandes passeios pela estrada de Lisboa. Mas apenas se afastava do movimento da cidade, a sua tristeza tornava-se mais intensa, concordando com aquela paisagem de colinas tristes e árvores enfezadas; e a sua vida aparecia-lhe como essa mesma estrada monótona e longa, sem um incidente que a alegrasse, estirando-se desoladamente até se perder nas brumas do crepúsculo. Às vezes, ao voltar, entrava no cemitério, ia passeando entre os renques de ciprestes, sentindo àquela hora do fim da tarde a emanação adocicada das moitas de goivos; lia os epitáfios; encostava-se à grade dourada do jazigo da família Gouveia, contemplando os emblemas em relevo, um chapéu armado e um espadim, seguindo as negras letras da famosa ode que lhe adornava a lápide:

Caminhante, detém-te a contemplar
Estes restos mortais;
E, se sentires a mágoa a trasbordar,
Detém teus ais.
Que João Cabral da Silva Maldonado
Mendonça de Gouveia,
Moço fidalgo, bacharel formado,
Filho da ilustre Ceia,
Ex-administrador deste concelho
Comendador de Cristo,
Foi de virtudes singular espelho.
Caminhante, crê nisto.

Depois era o rico mausoléu do Morais, onde sua esposa que, agora, rica e quarentona, vivia em concubinagem com o belo capitão Trigueiros, fizera gravar uma piedosa quadra:

Entre os anjos espera, ó esposo
A metade do teu coração

Que no mundo ficou, tão sozinha,
Toda entregue ao dever da oração!...

Algumas vezes, ao fundo do cemitério, junto ao muro, via um homem ajoelhado ao pé de uma cruz negra, que um chorão assombreava, ao lado da vala dos pobres. Era o tio Esguelhas, com sua muleta no chão, rezando sobre a sepultura da Totó. Ia falar-lhe, e mesmo, numa igualdade que aquele lugar justificava, passeavam familiarmente, ombro a ombro, conversando. Amaro, com bondade, consolava o velho: de que servia à desgraçada rapariga a vida a passar estirada numa cama?

— Sempre era viver, senhor pároco... E eu, veja agora isto, sozinho de dia e de noite!

— Todos têm as suas solidões, tio Esguelhas — dizia melancolicamente Amaro.

O sineiro então suspirava, perguntava pela Sra. D. Josefa, pela menina Amélia...

— Lá está na quinta.

— Coitadita, não está má estopada...

— Cruzes da vida, tio Esguelhas.

E continuavam calados por entre as ruas de buxo que fecham os canteiros cheios do negrejamento das cruzes e da brancura das lápides novas. Amaro, às vezes, reconhecia alguma sepultura que ele mesmo tinha aspergido e consagrado; onde estariam aquelas almas que ele recomendara a Deus em latim, distraído, engrolando à pressa as orações para ir ter com Amélia? Eram jazigos de gente da cidade; ele conhecia de vista as pessoas da família; vira-as então lavadas em lágrimas, e agora passeavam em rancho pela Alameda ou chalaceavam ao balcão das lojas...

Voltava para casa mais triste, — e a sua longa noite começava, infindável. Tentava ler; mas ao fim das dez primeiras linhas bocejava de tédio e de fadiga. Às vezes escrevia ao cônego. Às nove horas tomava chá; e depois era um passear sem fim pelo quarto, fumando maços de cigarros, parando à janela a olhar a negrura da noite, lendo aqui e além uma notícia ou um anúncio do *Popular*, e recomeçando a passear com bocejos tão cavos que a criada os ouvia na cozinha.

Para entreter estas noites melancólicas, e por um excesso de sensibilidade ociosa, tentara fazer versos, pondo o seu amor e a história dos dias felizes nas fórmulas conhecidas da saudade lírica:

Lembras-te desse tempo de delícias,
Ó anjo feiticeiro, Amélia amada,
Quando tudo eram risos e ventura
E a vida nos corria sossegada?

Lembras-te dessa noite de poesia
Em que a lua brilhava pelos céus,
E nós unindo as almas, ó Amélia,
Erguemos nossa prece para Deus?...

Mas a despeito de todos os esforços nunca passara destas duas quadras — apesar de as ter produzido com uma facilidade prometedora — como se o seu ser contivesse estas duas gotas isoladas de poesia, e, soltas elas à primeira pressão, nada mais restasse senão a seca prosa do temperamento carnal.

E esta existência vazia relaxara-lhe tão sutilmente todo o maquinismo da vontade e da ação, que qualquer trabalho que lhe pudesse encher a fastidiosa concavidade das horas infindáveis era-lhe odioso como o peso de um fardo injusto. Preferia ainda os tédios da ociosidade aos tédios da ocupação. A não serem os deveres estritos que ele não podia desleixar sem escândalo e sem censura — desembaraçara-se, pouco a pouco, de todas as práticas do zelo interior; nem a oração mental, nem as visitas regulares ao Santíssimo, nem as meditações espirituais, nem o rosário à Virgem, nem a leitura à noite do Breviário, nem o exame de consciência — todas estas obras da devoção, estes meios secretos de santificação progressiva substituía-os pelos infindáveis passeios pelo quarto, do lavatório à janela, e por maços de cigarros fumados até ao negro dos dedos. A missa, pela manhã, era rapidamente engrolada; o serviço da paróquia feito com surdas revoltas de impaciência; tornara-se consumadamente *o indignus sacerdos* dos ritualistas; e tinha na sua ampla totalidade os trinta e cinco defeitos e os sete meios defeitos que os teólogos atribuem ao *mau padre*.

Só lhe restava, através da sua sentimentalidade, um apetite tremendo. E como a cozinheira era excelente, e a Sra. D. Maria da Assunção, antes da sua partida para a Vieira, lhe deixara um fornecimento de cento e cinquenta missas a cruzado — banqueteava-se, tratando-se a galinha e a geleia, regalando-se de um vinho picante da Bairrada que o padre-mestre lhe escolhera. E ali ficava à mesa, horas esquecidas, de perna esticada, fumando sobre o café, e lamentando não ter à mão a sua Ameliazita...

— Que fará ela por lá, a pobre Ameliazita? — pensava, espreguiçando-se com tédio e com langor.

A pobre Ameliazita, na Ricoça, amaldiçoava a sua vida.

Logo durante a jornada no *char-à-banc*, D. Josefa lhe fizera tacitamente sentir que dela não tinha a esperar nem a antiga amizade, nem o perdão do escândalo...

E assim foi, quando se instalaram. A velha tornou-se intratável; era todo um modo cruel de abandonar o *tu*, de a tratar por *menina*; uma recusa ríspida se Amélia lhe queria arranjar a almofada ou aconchegá-la no xale; um silêncio repressivo quando ela lhe passava o serão no quarto, costurando; e a todo o momento alusões suspiradas ao triste encargo que Deus lhe mandava no fim dos seus dias...

Amélia, consigo, acusava o pároco: ele prometera-lhe que a madrinha seria toda caridade, toda cumplicidade; e entregava-a por fim a uma semelhante ferocidade de velha virgem devota!...

Quando se viu naquele casarão da Ricoça, num quarto regelado, pintado a cor canário, lugubremente mobilado com uma cama de dossel e duas cadeiras de couro, chorou toda a noite com a cabeça enterrada no travesseiro — torturada por um cão que debaixo das janelas, estranhando sem dúvida as luzes e o movimento na casa, uivou até de madrugada.

Ao outro dia desceu à quinta a ver os caseiros. Era talvez boa gente com quem podia distrair-se. Encontrou uma mulher, alta e lúgubre como um cipreste, carregada de luto, um grande lenço negro tingido, muito puxado para a testa, dava-lhe um ar de farricoco; e a sua voz gemebunda tinha uma tristeza de dobre a finados. O homem pareceu-lhe ainda pior, semelhante a um orangotango, com duas orelhas enormes muito despegadas do crânio, uma saliência bestial do queixo, as gengivas deslavadas, um corpo desengonçado de tísico, de peito metido para dentro. Abalou bem depressa, foi ver o pomar; andava maltratado, as ruazitas estavam invadidas por um ervaçal úmido; e a sombra das árvores muito juntas, num terreno baixo, cercado de altos muros, dava uma sensação doentia.

Era ainda preferível passar os seus dias metida no casarão; dias infindáveis em que as horas se iam movendo com o vagar fastidioso de um desfilar funerário.

O seu quarto era na frente; e pelas duas janelas recebia a impressão triste da paisagem que se estendia defronte; uma ondulação monótona de terras estéreis com alguma magra árvore aqui e além, um ar abafado em que parecia errar constantemente a exalação de pauis próximos e de baixas úmidas, e a que nem o sol de setembro dissipava o tom sezonático.

Logo pela manhã ia ajudar a levantar D. Josefa, acomodá-la no canapé; depois vinha costurar para ao pé dela — como outrora na rua da Misericórdia para ao pé da mãe; mas agora em lugar das boas "cavaqueiras" tinha só o silêncio intratável da velha e a sua ronqueira incessante. Pensara em fazer vir o seu piano da cidade; mas, apenas em tal falou, a velha exclamou com azedume:

— A menina está doida... Não tenho saúde para tocatas! Ora o despropósito!

A Gertrudes também não lhe fazia companhia; nas horas em que não estava ao pé da velha, ou na cozinha, desaparecia; era justamente daquela freguesia e passava o seu tempo pelos casais palrando com as antigas vizinhas.

A pior hora era ao anoitecer. Depois de rezar o seu rosário, ficava junto à janela olhando estupidamente as gradações da luz poente; todos os campos pouco a pouco se perdiam no mesmo tom pardo; um silêncio parecia descer, pousar sobre a terra; depois uma primeira estrelinha tremeluzia e brilhava; e diante dela era então só uma massa inerte de sombra muda até ao horizonte, aonde ainda ficava um momento uma delgada tira cor de laranja desbotada. O seu pensamento, sem nenhum tom de luz ou contorno de objeto em redor que o prendesse, ia muito saudoso para longe, para a Vieira; àquela hora a mãe e as amigas recolhiam do passeio na praia; já todas as redes estavam apanhadas; já pelos palheiros começavam a aparecer as luzes; é a hora do chá, dos quinos alegres, quando os rapazes da cidade vão em rancho pelas casas amigas, com uma viola e uma flauta, improvisando *soirées*. E ela ali, só!...

Era então necessário deitar a velha, rezar com ela e com Gertrudes o terço. Acendiam depois o candeeiro de latão, pondo-lhe diante uma velha chapeleira para dar sombra ao rosto da doente; e todo o serão, no silêncio lúgubre, apenas se ouvia o rumor do fuso da Gertrudes que fiava agachada a um canto.

Antes de se deitarem, iam trancar todas as portas, num medo constante de ladrões; e então começava para Amélia a hora dos terrores supersticiosos. Não podia adormecer, sentindo ao pé a negrura daquelas antigas salas desabitadas e em redor o tenebroso silêncio dos campos. Ouvia ruídos inexplicáveis; era o soalho do corredor que estalava, sob passadas multiplicadas; era a luz da vela que de repente se dobrava como sob um hálito invisível; ou a distância, para os lados da cozinha, o baque surdo de um corpo. Acumulava então as orações, encolhida debaixo da roupa; mas, se adormecia, as visões do pesadelo continuavam-lhe os terrores da vigília. Uma vez acordara de repente, a uma voz que dizia, gemendo por trás da alta barra da cama: — *Amélia, prepara-te, o teu fim chegou!* Espavorida, em camisa, atravessou correndo a casa, foi refugiar-se na cama da Gertrudes.

Mas na noite seguinte a voz sepulcral voltou quando ela ia adormecer: *Amélia, lembra-te dos teus pecados! Prepara-te Amélia!* Deu um grito, desmaiou. Felizmente a Gertrudes, que ainda se não deitara, correu àquele ai agudo que cortara o silêncio do casarão. Achou-a estirada ao través do leito, com os cabelos soltos da rede rojando no chão, as mãos geladas e como mortas. Desceu a acordar a mulher do caseiro, e até de madrugada foi uma azáfama para a chamar à vida. Desde esse dia a Gertrudes dormia ao pé dela — e a voz não tornou a ameaçá-la por trás da barra.

Mas, de noite e de dia, não a deixou mais a ideia da morte e o pavor do inferno. Por esse tempo, um vendedor ambulante de estampas passou pela Ricoça: e a senhora D. Josefa comprou-lhe duas litografias — a *Morte do Justo* e a *Morte do Pecador.*

— Que é bom que cada um tenha o exemplo vivo diante dos olhos — disse ela.

Amélia não duvidou ao princípio que a velha, que contava morrer no mesmo aparato de glória com que expirava o *Justo* da estampa, lhe quisera mostrar a ela, a *pecadora*, a cena pavorosa que a esperava. Odiou-a por aquela "picardia". Mas a sua imaginação aterrada não tardou a dar à compra da estampa outra explicação: era Nossa Senhora que ali mandara o vendedor de pinturas, para lhe mostrar ao vivo na litografia da *Morte do Pecador* o espetáculo da sua agonia e estava então certa que tudo seria assim por traço — o seu anjo da guarda fugindo aos soluços; Deus Padre desviando o rosto dela com repugnância; o esqueleto da morte rindo às gargalhadas; e demônios de cores rutilantes, com todo um arsenal de torturas, apoderando-se dela: uns pelas pernas, outros pelos cabelos, arrastando-a com uivos de júbilo para a caverna chamejante toda abalada da tormenta de rugidos que solta a Eterna Dor... E ela podia ver ainda, no fundo dos céus, a grande balança — com um dos pratos muito alto onde as suas orações não pesavam mais que uma pena de canário; e o outro prato caído, de cordas retesadas, sustentando a enxerga da cama do sineiro e as suas toneladas de pecado.

Caiu então numa melancolia histérica que a envelhecia; passava os dias suja e desarranjada, não querendo dar cuidados ao seu corpo pecador; todo o movimento, todo o esforço lhe repugnava; as mesmas orações lhe custavam, como se as julgasse inúteis; e tinha atirado para o fundo de uma arca o enxoval que andava a costurar para o filho — porque o odiava, aquele ser que ela sentia mexer-se-lhe já nas entranhas e que era a causa da sua perdição. Odiava-o — mas menos que o outro, o pároco que lho fizera, o padre malvado que a tentara, a estragara, a atirara às chamas do inferno! Que desespero quando pensava nele! Estava em Leiria sossegado, comendo bem, confessando outras, namorando-as talvez — e ela ali sozinha, com o ventre condenado e enfartado do pecado que ele lá depusera, ia-se afundando na perdição sempiterna!

Decerto esta excitação a teria matado — se não fosse o abade Ferrão que começara então a vir ver muito regularmente a irmã do amigo cônego.

Amélia ouvira falar muitas vezes nele na rua da Misericórdia; dizia-se lá que o Ferrão tinha "ideias esquisitas": mas não era possível recusar-lhe nem a virtude da vida nem a ciência de sacerdote. Havia muitos anos que era ali abade; os bispos tinham-se sucedido na diocese, e ele ali ficara esquecido naquela freguesia pobre, de côngrua atrasada, numa residência onde chovia pelos telhados. O último vigário-geral, que nunca dera um passo para o favorecer, dizia-lhe todavia, liberal de palavreado:

— Você é um dos bons teólogos do reino. Você está predestinado por Deus para um bispado. Você ainda apanha a mitra. Você há de ficar na história da Igreja portuguesa como um grande bispo, Ferrão!

— Bispo, senhor vigário-geral! Isso era bom! Mas era necessário que eu tivesse o arrojo de um Afonso de Albuquerque ou de um D. João de Castro, para aceitar aos olhos de Deus semelhante responsabilidade!

E ali ficara, entre gente pobre, numa aldeia de terra escassa, vivendo de dois pedaços de pão e uma chávena de leite, com uma batina limpa onde os remendos faziam um mapa, precipitando-se a uma meia légua por um temporal desfeito se um paroquiano tinha uma dor de dentes, passando uma hora a consolar uma velha a quem tinha morrido uma cabra... E sempre de bom humor, sempre com um cruzado no fundo do bolso dos calções para uma necessidade do seu vizinho, grande amigo de todos os rapazitos a quem fazia botes de cortiça, e não duvidando parar, se encontrava uma rapariga bonita, o que era raro na freguesia, e exclamar: "Linda moça, Deus a abençoe!".

E todavia em novo, a pureza dos seus costumes era tão célebre, que lhe chamavam a "donzela".

De resto, padre perfeito no zelo da Igreja; passando horas de estação aos pés do Santíssimo Sacramento; cumprindo com uma felicidade fervente as menores práticas da vida devota; purificando-se para os trabalhos do dia com uma profunda oração mental, uma meditação de fé, de onde a sua alma saía mais ágil, como de um banho fortificante; preparando-se para o sono com um destes longos e piedosos exames de consciência, tão úteis, que Santo Agostinho e S. Bernardo faziam do mesmo modo que Plutarco e Sêneca, e que são a correção laboriosa e sutil dos pequenos defeitos, o aperfeiçoamento meticuloso da virtude ativa, empreendido com um fervor de poeta que revê um poema querido... E todo o tempo que tinha vago, abismava-se num caos de livros.

Tinha só um defeito o abade Ferrão: gostava de caçar! Coibia-se, porque a caça tira muito tempo, e é sanguinário matar uma pobre ave que anda azafamada pelos campos nos seus negócios domésticos. Mas nas claras manhãs de inverno, quando ainda há orvalho nas giestas, se via passar um homem de espingarda ao ombro, o passo vivo, seguido do seu perdigueiro — iam-se-lhe os olhos nele... Às vezes, porém, a tentação vencia; agarrava furtivamente a espingarda, assobiava à *Janota*, e com as abas do casacão ao vento, lá ia o teólogo ilustre, o espelho de piedade, através de campos e vales... E daí a pouco — pum... pum! Uma codorniz, uma perdiz em terra! E lá voltava o santo homem com a espingarda debaixo do braço, os dois pássaros na algibeira, cosendo-se com os muros, rezando o seu rosário à Virgem, e respondendo aos *bons dias* da gente pelo caminho com os olhos baixos e o ar muito criminoso.

O abade Ferrão, apesar do seu aspecto "gebo" e do seu grande nariz, agradou a Amélia, logo desde a primeira visita à Ricoça; e a sua simpatia cresceu, quando viu que D. Josefa o recebia com pouco alvoroço, apesar do respeito que o mano cônego tinha pela ciência do abade.

A velha, com efeito, depois de ter estado só com ele numa prática de horas, condenara-o com uma única palavra, na sua autoridade de velha devota experiente.

— É relaxado!

Não se tinham realmente compreendido. O bom Ferrão, tendo vivido tantos anos naquela paróquia de quinhentas almas, as quais caíam todas, de mães a filhas, no mesmo molde de devoção simples a Nosso Senhor, Nossa Senhora e S. Vicente, patrono da freguesia, tendo pouca experiência de confissão, encontrava-se subitamente diante de uma alma complicada de devota da cidade, de um beatério caturra e atormentado; e ao ouvir aquela extraordinária lista de pecados mortais, murmurava espantado:

— É estranho, é estranho...

Percebera bem a princípio que tinha diante de si uma dessas degenerações mórbidas do sentimento religioso, que a teologia chama *Doença dos escrúpulos* — e de que na sua generalidade estão afetadas hoje todas as almas católicas; mas depois, a certas revelações da velha, receou estar realmente em presença de uma maníaca perigosa; e instintivamente, com o singular horror que os sacerdotes têm pelos doidos, recuou a cadeira.

Pobre D. Josefa! Logo na primeira noite em que chegara à Ricoça (contava ela), ao começar o rosário a Nossa Senhora, lembrara-lhe de repente que lhe esquecera o saiote de flanela escarlate, que era tão eficaz nas dores das pernas... Trinta e oito vezes de seguida recomeçara o rosário, e sempre o saiote escarlate se interpunha entre ela e Nossa Senhora!... Então desistira, de exausta, de esfalfada. E imediatamente sentira dores vivas nas pernas, e tivera como uma voz de dentro a dizer-lhe que era Nossa Senhora por vingança a espetar-lhe alfinetes nas pernas...

O abade pulou:

— Oh, minha senhora!...

— Ai, não é tudo, senhor abade!

Havia outro pecado que a torturava: quando rezava, às vezes, sentia vir a expectoração; e, tendo ainda o nome de Deus ou da Virgem na boca, tinha de escarrar; ultimamente engolia o escarro, mas estivera pensando que o nome de Deus ou da Virgem lhe descia de embrulhada para o estômago e se ia misturar com as fezes! Que havia de fazer?

O abade, de olhar esgazeado, limpava o suor da testa.

Mas isto não era o pior: o grave era, que na noite antecedente estava toda sossegada, toda em virtude, a rezar a S. Francisco Xavier — e de repente, nem ela soube como, põe-se a pensar como seria S. Francisco Xavier nu em pelo!

O bom Ferrão não se moveu, atordoado. Enfim, vendo-a olhar ansiosa para ele, à espera das suas palavras e dos seus conselhos, disse:

— E há muito que sente esses terrores, essas dúvidas...?

— Sempre, senhor abade, sempre!

— E tem convivido com pessoas que, como a senhora, são sujeitas a essas inquietações?

— Todas as pessoas que conheço, dúzias de amigas, todo o mundo... O inimigo não me escolheu só a mim... A todos se atira...

— E que remédio dava a essas ansiedades da alma...?

— Ai, senhor abade, aqueles santos da cidade, o senhor pároco, o Sr. Silvério, o Sr. Guedes, todos, todos nos tiravam sempre de embaraços... E com uma habilidade, com uma virtude...

O abade Ferrão ficou calado um momento; sentia-se triste, pensando que por todo o reino tantos centenares de sacerdotes trazem assim voluntariamente o rebanho naquelas trevas da alma, mantendo o mundo dos fiéis num terror abjeto do céu, representando Deus e os seus santos como uma corte que não é menos corrompida, nem melhor, que a de Calígula e dos seus libertos.

Quis então levar àquele noturno cérebro de devota, povoado de fantasmagorias, uma luz mais alta e mais larga. Disse-lhe que todas as suas inquietações vinham da imaginação torturada pelo terror de ofender a Deus... Que o Senhor não era um amo feroz e furioso, mas um pai indulgente e amigo... Que é por amor que é necessário servi-lo, não por medo... Que todos esses escrúpulos, Nossa Senhora a enterrar alfinetes, o nome de Deus a cair no estômago, eram perturbações da razão doente. Aconselhou-lhe confiança em Deus, bom regime para ganhar forças. Que não se cansasse em orações exageradas...

— E quando eu voltar — disse enfim erguendo-se e despedindo-se — continuaremos a conversar sobre isto, e haveremos de serenar essa alma.

— Obrigado, senhor abade — respondeu a velha secamente.

E apenas a Gertrudes daí a pouco entrou a trazer-lhe a botija para os pés, D. Josefa exclamou, toda indignada, quase choramingando:

— Ai, não presta pra nada, não presta pra nada!... Não me percebeu... É um tapado... É um pedreiro-livre, Gertrudes! Que vergonha num sacerdote do Senhor...

Desde esse dia não tornou a revelar ao abade os pecados medonhos que continuava a cometer; e quando ele, por dever, quis recomeçar a educação de sua alma, a velha declarou-lhe sem rodeio, que, como se confessava com o senhor padre Gusmão, não sabia se seria delicado receber de outro a direção moral.

O abade fez-se vermelho, respondeu:

— Tem razão, minha senhora, tem razão, deve-se ter muita delicadeza nessas coisas...

Saiu. E daí por diante, depois de ter entrado no quarto a saber-lhe da saúde, de ter falado do tempo da estação, das doenças que iam, de alguma festa na igreja, — apressava-se em se despedir e ir para o terraço conversar com Amélia.

Vendo-a sempre tão tristonha, interessara-se por ela; para Amélia, as visitas do abade eram uma distração, naquela solidão da Ricoça; e assim se iam familiarizando, a ponto que nos dias em que ele regularmente vinha, Amélia punha um mantelete e ia pelo caminho dos Poiais esperá-lo até junto à casa do ferrador. As conversas do abade, falador incansável, entretinham-na, tão diferentes dos mexericos da rua da Misericórdia, — como o espetáculo de um largo vale com árvores, plantações, águas, pomares, e rumor de lavouras recreia os olhos habituados às quatro paredes caiadas de uma trapeira da cidade. Tinha com efeito uma destas conversações semelhantes aos *jornais semanais de recreio*, o TESOURO DAS FAMÍLIAS ou as LEITURAS PARA SERÕES, em que há de tudo — doutrina moral, histórias de viagens, anedotas de grandes homens, dissertações sobre a lavoura, citação de uma boa chalaça, traços sublimes da vida de um santo, um verso aqui e além, e até receitas, como uma muito útil que deu a Amélia para lavar as flanelas sem encolherem. Só era monótono quando falava da sua família paroquiana, dos casamentos, batizados, doenças, questões, ou quando começava as suas histórias de caça.

— Uma vez, minha rica senhora, ia eu pelo Córrego das Tristes, quando uma revoada de perdizes...

Amélia sabia que, pelo menos uma hora, tudo seriam façanhas, da *Janota*, pontarias fabulosas contadas em mímica, com imitações de vozes de pássaros, e *pum, pum* de fuzilaria. Ou então eram descrições das caçadas selvagens que ele lera com gula — a caça ao tigre do Nepal, ao leão da Argélia e ao elefante, histórias ferozes que arrastavam a imaginação da rapariga para longe, para os países exóticos onde a erva é alta como os pinheiros, o sol queima como um ferro em brasa, e entre cada ramagem reluzem os olhos de uma fera... E depois, a propósito de tigres e de malaios, lembrava-lhe uma história curiosa de S. Francisco Xavier, e ei-lo lançado, o terrível palrador, na descrição dos feitos da Ásia, das armadas da Índia e das estocadas famosas do cerco de Dio!

Foi mesmo um desses dias, no pomar, em que o abade, tendo começado por enumerar as vantagens que o cônego tiraria de transformar o pomar em terra de lavoura, acabara por contar perigos e valores dos missionários da Índia e do Japão — que Amélia, então em toda a intensidade dos seus terrores noturnos, falou dos ruídos que ouvia na casa e dos sobressaltos que lhe davam.

— Oh, que vergonha! — disse o abade rindo; — uma senhora da sua idade ter medo de papões...

Ela então, atraída por aquela bondade do senhor abade, contou-lhe as vozes que ouvia de noite por detrás da barra da cama.

O abade pôs-se sério:

— Minha senhora, isso são imaginações que deve a todo o custo dominar... Decerto tem havido prodígios no mundo, mas Deus não se põe assim a falar a qualquer, por detrás das barras das camas, nem permite ao demônio que o faça... essas vozes, se as ouve, e se os seus pecados são grandes, não vêm de detrás da cama, vêm-lhe de si mesma, da sua consciência... E pode então fazer dormir ao pé de si a Gertrudes, e cem Gertrudes, e todo o batalhão de infantaria, que as há de continuar a ouvir... Havia de as ouvir, mesmo que fosse surda. O que é necessário é calmar a consciência que reclama penitência e purificação...

Tinham subido ao terraço, falando assim; e Amélia sentara-se fatigada num dos bancos de pedra que ali havia, e ficara a olhar a quinta ao longe, os tetos dos currais, a longa rua de loureiros, a eira, e à distância, os campos que se sucediam planos e avivados do tom úmido que lhes dera a chuva ligeira da manhã; agora a tarde estava de uma placidez clara, sem vento, com grandes nuvens paradas que o sol do poente tocava de vivo cor-de-rosa tenro... Pensava naquelas palavras tão sensatas do abade, no descanso que gozaria se cada pecado que lhe pesava na alma como um penedo se tornasse ligeiro e se dissipasse sob a ação da penitência. E vinham-lhe desejos de paz, de um repouso igual à quietação dos campos que se estendiam diante dela.

Um pássaro cantou, depois calou-se; e recomeçou daí a um momento com um trinado tão vibrante, tão alegre, que Amélia sorria, escutando-o.

— É um rouxinol...

— Os rouxinóis não cantam a esta hora — disse o abade. — É um melro... Aí está um que não tem medo de fantasmas, nem ouve vozes... Olha que entusiasmo, o maganão!

Era com efeito um gorjear triunfante, um delírio de melro feliz, que dera de repente a todo o pomar uma sonoridade festiva.

E Amélia, diante daquele chilrear glorioso de um pássaro contente, subitamente, sem razão, num destes abalos nervosos que vêm às mulheres histéricas, rompeu a chorar.

— Então, que é isso, que é isso? — fez o abade muito surpreendido.

Tomou-lhe a mão, com uma familiaridade de velho e de amigo, calmando-a.

— Que infeliz que sou!... — murmurou ela aos soluços.

E então muito paternal:

— Não tem razão para o ser... Sejam quais forem as aflições, as inquietações, uma alma cristã tem sempre a consolação à mão... Não há pecado que Deus não perdoe, nem dor que não calme, lembre-se disso... O que não deve é guardar em si o seu desgosto... É isso que a sufoca, que a faz chorar... Se eu lhe posso valer, sossegá-la, é procurar-me...

— Quando? — disse ela toda desejosa já de se refugiar na proteção daquele homem.

— Quando quiser — disse ele rindo. — Eu não tenho horas para consolar... A igreja está sempre aberta, Deus está sempre presente...

Ao outro dia cedo, antes da hora em que a velha se erguia, Amélia foi à residência; e durante duas horas esteve prostrada diante do pequeno confessionário de pinho — que o bom abade por suas mãos pintara de azul-escuro, com extraordinárias cabecinhas de anjos que em lugar de orelhas tinham asas, uma obra de alta arte de que ele falava com uma secreta vaidade.

XXII

O padre Amaro acabara de jantar, e fumava, com os olhos no teto, para não ver o carão chupado do coadjutor que havia meia hora ali estava, imóvel e espectral, fazendo cada dez minutos uma pergunta que caía no silêncio da sala como os quartos melancólicos que dá de noite um relógio de catedral.

— O senhor pároco já não é assinante da *Nação*?

— Não senhor, leio o *Popular*.

O coadjutor recaiu num silêncio, começando logo a coligir laboriosamente as palavras para uma nova pergunta. Soltou-a enfim, com lentidão:

— Não se tornou a saber daquele infame que escreveu o *Comunicado*?

— Não senhor, foi para o Brasil.

A criada entrou, neste momento, dizendo que "estava ali uma pessoa que queria falar ao senhor pároco". Era a sua maneira de anunciar a presença de Dionísia na cozinha.

Havia semanas que ela não aparecia — e Amaro, curioso, saiu logo da sala fechando a porta sobre si, e chamou a matrona ao patamar.

— Grande novidade, senhor pároco! E vim a correr, que é sério. Está cá o João Eduardo!

— Ora essa! — exclamou o pároco. — E eu justamente a falar dele! É extraordinário! Olha que coincidência...

— É verdade, vi-o hoje. Fiquei banzada... E já estou informada de tudo. O homem está mestre dos filhos do Morgadinho.

— Que Morgadinho?

— O Morgadinho dos Poiais... Se vive lá, ou se vai pela manhã e vem à noite, isso não sei. O que sei é que voltou... E janota, fato novo... Eu entendi que devia avisar, porque pode estar certo que, ele, mais dia menos dia, dá pela Ameliazinha lá na Ricoça... É no caminho pra casa do Morgado... Que lhe parece?...

— Forte besta! — rosnou Amaro com rancor. — Quando não serve é que aparece. Então por fim não foi para o Brasil?

— Pelos modos, não... Que a sombra dele não era, era ele mesmo em carne e osso... A sair da loja do Fernandes por sinal, e todo peralta... Sempre é bom avisar a rapariga, senhor pároco, que se não vá ela plantar de janela...

Amaro deu-lhe as duas placas que ela esperava — e daí a um quarto de hora, desembaraçado do coadjutor, ia no caminho da Ricoça.

Batia-lhe forte o coração quando avistou o casarão amarelo, pintado de novo, o largo terraço lateral em linha com o muro do pomar, ornado de espaço a espaço no parapeito de vasos nobres de pedra. Ia enfim, depois de tão longas semanas, ver a sua Ameliazinha! E já se alvoroçava à ideia das exclamações apaixonadas com que ela lhe cairia nos braços.

Ao rés do chão eram as cavalariças, do tempo da família morgada que outrora ali habitara, agora abandonadas às ratazanas e aos tortulhos, recebendo a luz por estreitas janelas gradeadas que quase desapareciam sob camadas de teias de aranha; entrava-se por um imenso pátio escuro, onde havia longos anos se acastelava a um canto toda uma montanha de pipas vazias; e o lance da escadaria nobre, que levava aos aposentos, era à direita, flanqueado de dois leõezinhos de pedra, benignos e sonolentos.

Amaro subiu até um salão de teto de carvalho apainelado, sem mobília, com a metade do soalho coberto de feijão seco.

E, embaraçado, bateu palmas.

Uma porta abriu-se. Amélia, apareceu um instante, toda despenteada e em saia branca; deu um gritinho, bateu com a porta — e o pároco sentiu-a fugir para o interior do casarão. Ficou muito desconsolado no meio do salão, com o seu guarda-sol debaixo do braço, pensando na boa familiaridade com que entrava na rua da Misericórdia — que até pareciam as portas abrir-se de si mesmo e o papel das paredes clarea-se de alegria.

Ia bater palmas outra vez, já quizilado, quando a Gertrudes apareceu.

— Oh, senhor pároco! Entre, senhor pároco! Ora até que enfim! Minha senhora, é o senhor pároco! — gritava, na alegria de ver enfim uma visita querida, um amigo da cidade, naquele desterro da Ricoça.

Levou-o logo para o quarto de D. Josefa, ao fundo da casa, um quarto enorme, onde, num pequeno canapé perdido a um canto, a velha passava os dias encolhida no seu xale, com os pés embrulhados num cobertor.

— Oh, D. Josefa! Como está? Como está?

Ela não pôde responder, tomada de um acesso de tosse que lhe dera a comoção da visita.

— Como vê, senhor pároco — murmurou enfim muito fraca. — Para aqui vou, arrastando esta velhice. E Vossa Senhoria? Por que não tem aparecido?

Amaro desculpou-se vagamente com os afazeres da Sé. E compreendia agora, ao ver aquela face amarela e cavada, com uma touca medonha de rendas negras, que tristes horas Amélia ali devia passar. Perguntou por ela; avistara-a de longe, mas ela deitara a fugir...

— É que não estava decente para aparecer — disse a velha. — Hoje foi dia de barrela.

Amaro quis então saber em que se entretinham, como passavam os dias naquela solidão...

— Eu para aqui estou. A pequena para aí anda.

Depois de cada palavra, parecia abater-se numa fadiga e a sua ronqueira crescia.

— Então não se tem dado bem com a mudança, minha senhora?

Ela disse que não, num movimento de cabeça.

— Deixe falar, senhor pároco — acudiu a Gertrudes que ficara de pé, ao lado do canapé, gozando a presença do senhor pároco. — Deixe falar... É que a senhora exagera também... Levanta-se todos os dias, dá o seu passeinho até a sala, come a sua asita de frango... Temo-la, aqui, temo-la arribada... É o que diz o senhor abade Ferrão, a saúde foge a toda a brida e para voltar vem a passo.

A porta abriu-se. Amélia apareceu, muito escarlate, com o seu antigo *robe-de-chambre* de merino roxo, o cabelo arranjado à pressa.

— Desculpe, senhor pároco — balbuciou — mas hoje tem sido um dia de balbúrdia...

Ele apertou-lhe a mão gravemente; e ficaram calados, como se estivessem separados pela distância de um deserto. Ela não tirava os olhos do chão, enrolando com a mão trêmula uma ponta da manta de lã que trazia solta pelos ombros. Amaro achava-a mudada, um pouco inchada das faces, com uma ruga de velhice aos cantos da boca. Para romper aquele silêncio estranho, perguntou-lhe também se se dava bem...

— Para aqui vou indo... É um pouco triste isto. É como diz o senhor abade Ferrão, é muito grande para a gente se sentir em família.

— Ninguém veio para aqui para se divertir — disse a velha sem descerrar as pálpebras, com uma voz seca que perdera toda a fadiga.

Amélia baixou a cabeça, fazendo-se pálida.

Amaro então, compreendendo num relance que a velha torturava a Amélia, disse com muita severidade:

— É verdade, não foi para se divertirem... Mas também não foi para se entristecerem de propósito... Pôr-se uma pessoa de mau humor e fazer aos outros a vida negra, é uma falta horrível de caridade; não há pecado pior aos olhos do Senhor... É indigno da graça de Deus quem tal pratica...

A velha rompeu a choramingar, muito excitada:

— Ai, o que Deus me guardou para os últimos anos da vida...

Gertrudes amimou-a. Então, senhora, que até lhe fazia pior estar a afligir-se assim... Ora o disparate! Tudo se havia de remediar com a ajuda de Deus. Saúde não havia de faltar, nem alegria...

Amélia chegara-se à janela, decerto para esconder também as lágrimas que lhe saltavam dos olhos. E o pároco, consternado com a cena, começou a dizer que D. Josefa não estava suportando com a verdadeira resignação de uma cristã aqueles dias de doença... Nada escandalizava mais Nosso Senhor que ver as criaturas revoltarem-se contra as dores ou os encargos que ele mandava... Era insultar a justiça dos seus decretos...

— Tem razão, senhor pároco, tem razão — murmurou a velha muito contrita. — Eu às vezes nem sei o que digo... São coisas da doença.

— Bem, bem, minha senhora, é resignar-se e tratar de ver tudo cor-de-rosa. É o sentimento que Deus mais aprecia. Eu compreendo que é duro, estar para aqui enterrada...

— É o que diz o senhor abade Ferrão — acudiu Amélia voltando da janela — a madrinha estranha... Assim arrancada aos hábitos de tantos anos...

Notando então a citação repetida das palavras do abade Ferrão, Amaro perguntou se ele costumava vir vê-las.

— Ai, tem-nos feito muita companhia — disse Amélia. — Vem quase todos os dias.

— É um santo! — exclamou a Gertrudes.

— Decerto, decerto — murmurou Amaro descontente de um entusiasmo tão vivo. — Pessoa de muita virtude...

— De muita virtude — suspirou a velha. — Mas... — Calou-se, não ousando decerto exprimir as suas reservas de devota. E exclamou numa súplica: — Ai, o senhor pároco é que devia vir por aqui, ajudar-me a levar esta cruz da doença...

— Hei de vir, minha senhora, hei de vir. É bom para a distrair, para lhe dar as notícias... E a propósito, tive ontem carta do nosso cônego.

Rebuscou na algibeira, leu alguns períodos da carta. O padre-mestre já tinha quinze banhos. A praia estava cheia de gente. A D. Maria passara doente com um furúnculo. O tempo famoso. Todas as tardes grandes passeatas a ver recolher as redes. A S. Joaneira, boa, mas falando sempre na filha...

— Pobre mamã... — choramingou Amélia.

Mas a velha não se interessava com as novidades, gemendo a sua ronqueira. Foi Amélia que perguntou pelos amigos de Leiria, pelo senhor padre Natário, pelo senhor padre Silvério...

Ia escurecendo já; a Gertrudes fora preparar o candeeiro. Amaro enfim ergueu-se:

— Pois, minha senhora, até outro dia. Esteja certa que hei de aparecer de vez em quando. E nada de afligir... Agasalho, boa dieta, e a misericórdia de Deus não a há de abandonar...

— Não nos falte, senhor pároco, não nos falte!...

Amélia estendera-lhe a mão, para se despedir ali no quarto; mas Amaro gracejando:

— Se não lhe causa incômodo, menina Amélia, sempre é bom vir mostrar-me o caminho, que eu perco-me neste casarão.

Saíram ambos. E apenas no salão, a que as três largas vidraças davam ainda uma claridade:

— A velha faz-te a vida negra, filha — disse Amaro parando.

— Que mereço eu mais? — respondeu ela baixando os olhos.

— Desavergonhada, eu lhas cantarei!... Minha Ameliazinha, se soubesses o que me tem custado...

E falando, ia abraçá-la pelo pescoço.

Mas ela recuou, toda perturbada.

— Que é isso? — fez Amaro assombrado.

— O quê?

— Esse modo! Tu não me queres dar um beijo, Amélia? Tu estás doida?

Ela ergueu as mãos para ele, numa suplicação ansiosa, falando toda trêmula:

— Não, senhor pároco, deixe-me! Isso acabou. Bem basta o que pecamos... Quero morrer na graça de Deus... Que nunca mais se fale em semelhante coisa!... Foi uma desgraça... Acabou-se... Agora o que quero é o sossego da minha alma...

— Tu estás tola? Quem te meteu isso na cabeça? Ouve cá...

Foi para ela outra vez, com os braços abertos.

— Não me toque, pelo amor de Deus, — e vivamente recuou até a porta.

Ele olhou-a um momento, numa cólera muda.

— Bem, como queira — disse por fim. — Em todo o caso, quero preveni-la que o João Eduardo voltou; que passa aqui todos os dias, e que é bom não se pôr de janela.

— Que me importa a mim o João Eduardo e os outros e tudo o que passou?...

Ele acudiu, transbordando de um sarcasmo amargo:

— Está claro, agora o grande homem é o senhor abade Ferrão!

— Devo-lhe muito, é o que sei...

A Gertrudes ncste momento entrava com o candeeiro aceso. E Amaro, sem se despedir de Amélia, abalou, de guarda-chuva em riste, rilhando os dentes de raiva.

Mas a longa caminhada até a cidade calmou-o. Aquilo na rapariga por fim era apenas um acesso de virtude e escrúpulos! Vira-se ali só naquele casarão, amargurada pela velha, impressionada pelos palavrões do moralista Ferrão, longe dele, e tinha-lhe vindo aquela reação de devota com os seus terrores do outro mundo e apetites de inocência... Chalaça! Se ele começasse a ir à Ricoça, uma semana reganhava todo o seu domínio... Ah, conhecia-a bem! Era só tocar-lhe, piscar-lhe o olho... Estava logo rendida.

Passou porém uma noite inquieta, desejando-a mais que nunca. E no outro dia à uma hora marchou para a Ricoça, levando-lhe um ramo de rosas.

A velha ficou toda contente ao vê-lo. É que lhe dava saúde a presença do senhor pároco! E se não fosse a distância, havia de lhe pedir a esmola de vir todas as manhãs. Até depois daquela visitinha rezava com mais fervor...

Amaro sorria, distraído, com os olhos cravados na porta.

— E a menina Amélia? — perguntou por fim.

— Saiu... Isso agora todas as manhãs é a passeata — disse a velha com azedume. — Vai à residência; é toda do abade...

— Ah! — fez Amaro com um sorriso lívido. — Nova devoção, hem?... É pessoa de muitos méritos, o abade.

— Ai, não presta, não presta! — exclamou D. Josefa. Não me percebe. Tem ideias muito esquisitas. Não dá virtude...

— Homem de livros... — disse Amaro.

Mas a velha erguera-se sobre o cotovelo, e baixando a voz, com o magro carão aceso em ódio:

— E aqui pra nós, a Amélia tem-se portado muito mal! Nunca lho hei de perdoar... Confessou-se ao abade... É uma indelicadeza, sendo a confessada do senhor pároco, não tendo recebido de Vossa Senhoria senão favores... É uma ingrata, é uma traiçoeira!...

Amaro fizera-se pálido.

— Que me diz a senhora?

— A verdade! Que ela não o nega. Até se orgulha! É uma perdida, é uma perdida! Depois do favor que lhe estamos a fazer...

Amaro disfarçou a indignação que o revolvia. Riu até. Era necessário não exagerar... Não havia ingratidão. Era uma questão de fé. Se a rapariga pensava que o abade a podia dirigir melhor, tinha razão em se abrir com ele... O que todos queriam é que ela salvasse a sua alma... Que fosse pela direção de fulano ou sicrano, isso não importava... E nas mãos do abade estava bem.

E chegando vivamente a cadeira para o leito da velha:

— Então agora, todas as manhãs vai à residência?

— Quase todas... Que ela não há de tardar; vai depois do almoço; volta sempre a esta hora.... Ai, tem-me causado isto um desgosto!...

Amaro deu um passeiozinho nervoso pelo quarto, e estendendo a mão à velha:

— Pois minha senhora, eu não me posso demorar, que vim de fugida... Até um dia cedo.

E sem escutar a velha, que lho pedia com ansiedade que ficasse para jantar — desceu os degraus como uma pedra que rola, meteu furioso pelo caminho da residência, ainda com o seu ramo na mão.

Esperava encontrar Amélia na estrada; e não tardou em a avistar quase ao pé da casa do ferreiro, agachada ao pé do valado, apanhando sentimentalmente florinhas silvestres.

— Que fazes tu aqui? — exclamou, chegando junto dela.

Ela ergueu-se, com um gritinho.

— Que fazes tu aqui? — repetiu.

Àquele *tu*, e àquela voz colérica, ela pôs rapidamente um dedo na boca, assustada. O senhor abade estava dentro da casa com o ferreiro...

— Ouve lá — disse Amaro com os olhos chamejantes, agarrando-lhe o braço — tu confessaste-te ao abade?...

— Pra que quer saber? Confessei... Não é vergonha nenhuma...

— Mas confessaste *tudo*, *tudo*? — perguntou ele com os dentes cerrados de raiva.

Ela perturbou-se, e tratando-o ainda por *tu*:

— Foste tu que me disseste muitas vezes... Que era o maior pecado neste mundo esconder alguma coisa ao confessar!

— Bêbeda! — rugiu Amaro.

Os seus olhos devoravam-na. E, através da névoa de cólera que lhe enchia o cérebro e lhe fazia latejar as veias na fronte, achava-a mais bonita, com umas redondezas em todo o corpo que ardia por abraçar, com uns lábios vermelhos avivados pelo largo ar do campo que ele queria morder até ao sangue.

— Que — disse cedendo a uma invasão brutal do desejo. — Ouve... Acabou-se, não me importa. Confessa-te ao diabo se te agrada... Mas hás de ser a mesma para mim!

— Não, não! — disse ela com força. Desprendendo-se, pronta a fugir para a casa do ferreiro.

— Tu mas pagarás, maldita! — rosnou o padre por entre dentes, voltando as costas, descendo o caminho com passadas de desesperado.

E não abrandou o passo até a cidade, levado de um impulso de indignação que sob aquela doce paz de um meio de outono lhe sugeria planos de vinganças ferozes. Chegou a casa esfalfado, ainda com o ramo na mão. Mas aí, na solidão do quarto, veio-lhe pouco a pouco o sentimento da sua impotência. Que lhe podia fazer por fim? Ir pela cidade dizer que ela estava grávida? Seria denunciar-se a si. Espalhar que estava amigada com o abade Ferrão? Era absurdo; um velho de quase setenta anos, de uma fealdade de caricatura, com todo um passado de virtude santa... Mas perdê-la, não tornar a ter nos braços aquele corpo de neve, não ouvir mais aquelas ternuras balbuciadas que lhe arrebatavam a alma para alguma coisa de melhor que o céu... Isso não!

E era possível que ela, em seis ou sete semanas, tivesse assim esquecido tudo? Naquelas longas noites na Ricoça, só na cama, não lhe viria uma recordação das manhãs no quarto do tio Esguelhas?... Decerto; ele sabia-o da experiência de tantas confessadas que lhe tinham revelado aflitas a tentação muda e teimosa que não deixa a carne que uma vez pecou...

Não; devia persegui-la, e por todos os modos soprar-lhe aquele desejo que agora ardia nele mais alto e mais ruidoso.

Passou a noite a escrever-lhe uma carta de seis páginas, absurda, cheia de implorações apaixonadas, de argúcias místicas, de pontos de exclamação e de ameaças de suicídio...

Mandou-a ao outro dia cedo, pela Dionísia. A resposta veio só à noite, por um rapazito da quinta. Com que sofreguidão rasgou o sobrescrito! Eram apenas estas palavras: "Peço-lhe que me deixe em paz com os meus pecados".

Não desistiu; ao outro dia lá estava na Ricoça a visitar a velha. Amélia achava-se no quarto de D. Josefa, quando ele apareceu. Fez-se muito pálida; mas os seus olhos não deixaram a costura — durante a meia hora que ele ali ficou, ora num silêncio sombrio acabrunhado para o fundo da poltrona ora respondendo distraidamente à tagarelice da velha, muito faladora essa manhã.

E na semana seguinte foi o mesmo; se o ouvia entrar fechava-se rapidamente no quarto; só vinha se a velha mandava a Gertrudes dizer-lhe "que estava ali o senhor pároco que a queria ver". Ia então, estendia-lhe a mão, que ele achava sempre a escaldar — e tomando a sua eterna costura junto da janela, ia picando o posponto com uma taciturnidade que desesperava o padre.

Tinha-lhe escrito outra carta. Ela não respondera.

Então jurava não voltar à Ricoça, desprezá-la, — mas depois de ter passado a noite, rolando-se pela cama sem poder dormir, com a mesma visão da nudez dela cravada intoleravelmente no cérebro, lá partia de manhã para a Ricoça, corando quando o apontador das obras na estrada, que o via passar todos os dias, lhe tirava o seu boné de oleado.

Numa tarde que chuviscava, ao entrar no casarão, dera com o Abade Ferrão que à porta abria o seu guarda-chuva.

— Olá, por aqui, senhor abade! — disse ele.

O abade respondeu naturalmente:

— Em Vossa Senhoria é que não há que estranhar, que vem por aqui todos os dias...

Amaro não se conteve; e tremendo de cólera:

— E que lhe importa ao senhor abade se eu venho ou não? A casa é sua?

Aquela brutalidade tão injustificável ofendeu o abade:

— Pois era melhor para todos que não viesse...

— E por que, senhor abade? E por quê? — gritou Amaro, perdido.

Então o bom homem estremeceu. Cometera, ali, a culpa mais grave do sacerdote católico: o que sabia de Amaro, dos seus amores, era em segredo de confissão; e era trair o mistério do sacramento, mostrar que desaprovava aquela insistência no pecado. Tirou muito baixo o seu chapéu e disse humildemente:

— Tem Vossa Senhoria razão. Peço perdão do que disse sem refletir. Muito boas tardes, senhor pároco.

— Muito boas tardes, senhor abade.

Amaro não entrou na Ricoça. Voltou para a cidade sob a chuva que batia forte agora. E, apenas em casa, escreveu uma longa carta a Amélia, em que lhe contava a cena com o abade, acabrunhando-o de acusações —

sobretudo de lhe trair indiretamente o segredo da confissão. Como das outras, desta carta não veio resposta da Ricoça.

Então Amaro começou a acreditar que tanta resistência não podia vir só do arrependimento e do terror do inferno... "Ali há homem", pensou. E devorado de um ciúme negro principiou a rondar de noite a Ricoça; mas não viu nada; o casarão permanecia adormecido e apagado. Uma ocasião, porém, ao aproximar-se do muro do pomar, sentiu adiante no caminho que desce dos Poiais uma voz cantarolar sentimentalmente a valsa dos *Dois mundos* e um ponto brilhante de charuto aceso adiantar-se na escuridão. Assustado, refugiou-se num casebre que desmantelava em ruínas do outro lado da estrada. A voz calou-se; e Amaro, espreitando, viu então um vulto que parecia embrulhado num xale-manta claro, parado, contemplando as janelas da Ricoça. Um furor de ciúme apossou-se dele, e ia saltar e atacar o homem — quando o viu seguir tranquilamente ao comprido da estrada, de charuto alto, trauteando:

Ouves ao longe retumbar na serra
O som do bronze que nos causa horror...

Pela voz, pelo xale-manta, pelo andar tinha reconhecido João Eduardo. Mas teve a certeza que se um homem falava de noite a Amélia ou entrava na quinta — não era decerto o escrevente. Todavia, receoso de ser descoberto, não tornou a rondar o casarão.

Era com efeito João Eduardo, que sempre que passava pela Ricoça, de dia ou de noite, parava um momento a olhar melancolicamente as paredes que *ela* habitava. Porque apesar de tantas desilusões, Amélia permanecera para o pobre rapaz a *ela*, a bem-amada, a coisa mais preciosa da terra. Nem em Ourém, nem em Alcobaça, nem pelas estalagens onde errara, nem em Lisboa onde chegara como vem à praia uma quilha de barco naufragado, deixara um momento de a ter presente na alma e de se enternecer com as saudades dela. Durante esses dias tão amargos de Lisboa, os piores da sua vida, em que fora fiel de feitos de um cartório obscuro, perdido naquela cidade que lhe parecia ter a vastidão de uma Roma ou de uma Babilônia e em que sentia o duro egoísmo das multidões azafamadas, esforçava-se mesmo por desenvolver mais esse amor que lhe dava como a doçura de uma companhia. Achava-se menos isolado, tendo sempre no espírito aquela imagem com quem travava diálogos imaginados, nos seus infindáveis passeios ao longo do cais do Sodré, acusando-a das tristezas que o envelheciam.

E esta paixão, sendo para ele como a indefinida justificação das suas misérias, tornava-o aos seus próprios olhos interessante. Era "um mártir de amor"; isto consolava-o, como o consolara nas suas primeiras desesperações considerar-se "uma vítima das perseguições religiosas". Não era um pobre-diabo banal a quem o acaso, a preguiça, a falta de amigos, a sorte e os remendos do casaco mantêm fatalmente nas privações da dependência; era um homem de grande coração, a quem uma catástrofe em parte amorosa e em parte política, um drama doméstico e social, forçara assim, depois de lutas heroicas, a viajar de um a outro cartório com um saco de lustrina cheio de autos. O destino tornara-o igual a tantos heróis que lera nas novelas sentimentais... E o seu paletó coçado, os seus jantares a quatro vinténs, os dias em que não tinha dinheiro para tabaco, tudo atribuía ao amor fatal de Amélia e à perseguição de uma classe poderosa, dando assim, por um instinto muito humano, uma origem grandiosa às suas misérias triviais... Quando via passar os que ele chamava *felizes* — indivíduos batendo tipoia, rapazes que encontrava com uma linda mulher pelo braço, gente bem atabafada que se dirigia aos teatros, sentia-se menos desgraçado pensando que também ele possuía um grande luxo interior que era aquele amor infeliz. E quando enfim por um acaso obteve a certeza de um emprego no Brasil, o dinheiro da passagem, idealizava a sua aventura banal de emigrante, repetindo-se durante todo o dia que ia passar os mares, exilado do seu país por uma tirania combinada de padres e autoridades e por ter amado uma mulher!

Quem lhe diria então, ao emalar o seu fato no baú de lata, que daí a semanas estaria outra vez a meia légua desses padres e dessas autoridades, contemplando de olho terno a janela de Amélia! Fora aquele singular morgadinho de Poiais, — que não era nem morgadinho nem de Poiais, e apenas um ricaço excêntrico de ao pé de Alcobaça que comprara aquela velha propriedade dos fidalgos de Poiais; e que, com a posse da terra, recebia do povo da freguesia a honra do título; fora esse santo cavalheiro que o livrara dos enjoos no paquete e dos acasos da emigração. Encontrara-o casualmente no cartório onde ele ainda trabalhava nas vésperas da viagem. O Morgadinho, cliente do velho Nunes, conhecia-lhe a história, a façanha do *Comunicado*, o escândalo no largo da Sé; e já de há muito concebera por ele uma simpatia ardente.

O Morgadinho tinha com efeito por padres um ódio maníaco, a ponto de não ler no jornal a notícia de um crime, sem decidir (ainda mesmo quando o culpado estava já sentenciado) que "no fundo devia de haver na história um sotaina". Dizia-se que este rancor provinha dos desgostos que lhe dera sua primeira mulher, devota célebre de Alcobaça. Apenas viu João Eduardo em Lisboa e soube da viagem próxima, teve imediatamente a ideia de o trazer para Leiria, instalá-lo nos Poiais, e entregar-lhe a educação das primeiras letras dos seus dois pequenos como um insulto estridente feito a todo o clero diocesano. Imaginava de resto João Eduardo um ímpio; e isto convinha ao seu plano filosófico de educar os rapazitos num "ateísmo desbragado". João Eduardo aceitou, com as lágrimas nos olhos; era um salário magnífico que lhe vinha, uma posição, uma família, uma reabilitação estrondosa...

— Oh, Sr. Morgado, nunca hei de esquecer o que faz por mim!...

— É pra meu gosto próprio!... É pra arreliar a canalha! E partimos amanhã!

Em Chão de Maçãs, apenas desceu do vagão, exclamou logo para o chefe da estação que não conhecia João Eduardo, nem a sua história.

— Cá o trago, cá o trago em triunfo! Vem pra quebrar a cara a toda padraria... E se houver custas a pagar, sou eu que as pago!

O chefe da estação não estranhou — porque o Morgadinho passava no distrito por maluco.

Foi aí, nos Poiais, logo ao outro dia da sua chegada, que João Eduardo soube que Amélia e D. Josefa estavam na Ricoça. Soube-o pelo bom abade Ferrão, o único sacerdote a quem o Morgado falava, e que recebia em casa, não como padre, mas como cavalheiro.

— Eu como cavalheiro estimo-o, senhor Ferrão — costumava ele dizer — mas como padre abomino-o!

E o bom Ferrão sorria, sabendo que, sob aquela ferocidade de ímpio obtuso, havia um santo coração, um pai de pobres na freguesia...

O Morgado era também grande amador de alfarrábios, questionador incansável; às vezes os dois tinham pelejas tremendas sobre história, botânica, sistemas de caça... Quando o abade, no fogo da controvérsia, punha do alto alguma opinião contrária:

— O senhor apresenta-me isso como padre ou como cavalheiro? — exclamava, empinando-se, o Morgado.

— Como cavalheiro, Sr. Morgado.

— Então aceito a objeção. É sensata. Mas se fosse como padre, quebrava-lhe os ossos.

Às vezes, pensando irritar o abade, mostrava-lhe João Eduardo, batendo do alto no ombro do rapaz, numa carícia de amador, como a um cavalo favorito:

— Veja-me isto! Já ia dando cabo de um. E ainda há de matar dois ou três... E se o prenderem hei de eu livrá-lo da forca!

— Isso não é difícil, Sr. Morgado — dizia o abade tomando tranquilamente a sua pitada. — Que já não há forca em Portugal...

Então era uma indignação do Morgado. Não havia forcas? E por que não? Porque tínhamos um governo livre e um rei constitucional! Que se se seguisse a vontade dos padres, havia uma forca em cada praça e uma fogueira em cada esquina!

— Diga-me uma coisa, Sr. Ferrão, o senhor vem defender aqui em minha casa a inquisição?

— Oh, Sr. Morgado, eu nem sequer falei da inquisição...

— Não falou por medo! Porque sabe perfeitamente que lhe enterrava uma faca no estômago!

E tudo isto aos gritos e aos pulos pela sala, fazendo um vendaval com as abas prodigiosas do seu *robe-de--chambre* amarelo.

— No fundo um anjo — dizia o abade a João Eduardo. — Capaz de dar a camisa mesmo a um padre, se o soubesse em necessidade... E você aqui está bem, João Eduardo... É não lhe reparar nas manias...

Tinha tomado afeição a João Eduardo, o abade Ferrão: e sabendo por Amélia a famosa legenda do *Comunicado* quisera, segundo a sua expressão querida, "folhear o homem aqui e além". Conversara com ele tardes inteiras na rua de loureiros da quinta, na residência onde João Eduardo se ia fornecer de livros; e sob o "exterminador de padres", como dizia o Morgado, encontrara um pobre moço sensível, com uma religião sentimental, ambições de paz doméstica, e prezando muito o trabalho. Então viera-lhe uma ideia que, sobretudo por lhe ter acudido um dia que saía das suas devoções ao Santíssimo, lhe pareceu descida de cima, da vontade do Senhor; era o casá-lo com Amélia. Não seria difícil levar aquele coração fraco e terno a perdoar o erro dela; e a pobre rapariga, depois de tantos transes, extinta aquela paixão que lhe entrara na alma como um sopro do Demônio, levando-lhe a vontade, a paz e o pudor de empurrão para o abismo, encontraria na companhia de João Eduardo todo um resto de vida calmo, e contente, um canto suave de interior, refúgio doce e purificação do passado. Não falou nem a um, nem a outro, nesta ideia que o enternecia. Não era o momento agora, que ela trazia nas entranhas o filho do *outro*. Mas ia preparando com amor aquele resultado, — sobretudo quando estava com Amélia. Contando-lhe as suas conversas com João Eduardo, algum dito muito sensato que ele tivera, os bons cuidados de preceptor que estava desenvolvendo na educação dos Morgaditos.

— É um bom rapaz — dizia. — Homem de família... Destes a quem uma mulher pode realmente confiar a sua vida e a sua felicidade. Se eu pertencesse ao mundo, se tivesse uma filha, dava-lha...

Amélia não respondia, corando.

Já não podia objetar àqueles elogios persuasivos a antiga, a grande objeção — o *Comunicado*, a impiedade! O abade Ferrão destruíra-lha um dia, com uma palavra:

— Eu li o artigo, minha senhora. O rapaz não escreveu contra os sacerdotes, escreveu contra os fariseus!

E para atenuar este julgamento severo, o menos caridoso que tivera havia muitos anos, acrescentou:

— Enfim, foi uma falta grave... Mas está muito arrependido. Pagou-o com lágrimas, e com fome.

E isto enternecia Amélia.

Fora também por esse tempo que o Dr. Gouveia começara a vir à Ricoça, porque D. Josefa tinha piorado com os dias mais frios do outono. Amélia, ao princípio, à hora das visitas, fechava-se no seu quarto, tremendo à ideia de ver o seu estado descoberto pelo velho Dr. Gouveia, o médico da casa, aquele homem de uma severidade legendária. Mas enfim fora necessário aparecer no quarto da velha, para receber as suas instruções de enfermeira sobre as horas dos remédios e as dietas. E um dia que acompanhara o doutor até a porta, ficou gelada, vendo-o parar, voltar-se para ela cofiando a sua grande barba branca que lhe caía sobre o jaquetão de veludo, e dizer-lhe sorrindo:

— Eu bem tinha dito a tua mãe que te casasse!

Duas lágrimas saltaram-lhe dos olhos.

— Bem, bem, pequena, não te quero mal por isso. Estás na verdade. A natureza manda conceber, não manda casar. O casamento é uma fórmula administrativa...

Amélia olhava-o, sem o compreender, com as duas lágrimas muito redondinhas a correrem-lhe devagar pela face. Ele bateu-lhe com os dedos no queixo, muito paternal:

— Quero dizer que, como naturalista, regozijo-me. Acho que te tornaste útil à ordem geral das coisas. Vamos ao que importa...

Deu-lhe então conselhos sobre a higiene que devia ter.

— E quando chegar a ocasião, se te vires atrapalhada, manda-me chamar...

Ia descer; Amélia deteve-o e com uma suplicação assustada:

— Mas o senhor doutor não vai dizer nada na cidade...

O Dr. Gouveia parou:

— Então não é estúpida?... Está bom, também to perdoo. Está na lógica do teu temperamento. Não, não digo nada, rapariga. Mas pra que diabo, então, não casaste tu com esse pobre João Eduardo? Fazia-te tão feliz como o outro, e já não tinhas de pedir segredo... Enfim, isso para mim é um detalhe secundário... O essencial é o que te disse. Manda-me chamar... Não te fies muito nos teus santos... Eu entendo mais disso que Santa Brígida ou lá quem é. Que tu és forte, e hás de dar um bom mocetão ao Estado.

Todas estas palavras que em parte não compreendera bem, mas em que sentia uma vaga justificação e uma bondade de avô indulgente, sobretudo aquela ciência que lhe prometia a saúde e a que as barbas grisalhas do doutor, umas barbas de Padre Eterno, davam um ar de infalibilidade, reconfortaram-na, aumentaram a serenidade que havia semanas gozava, desde a sua confissão desesperada na capela dos Poiais.

Ah, fora decerto Nossa Senhora, compadecida enfim dos seus tormentos, que lhe mandara do céu aquela inspiração de se ir entregar toda dorida aos cuidados do abade Ferrão! Parecia-lhe que deixara lá, no seu confessionário azul-ferrete, todas as amarguras, os terrores, a negra farrapagem de remorso que lhe abafava a alma. A cada uma das suas consolações tão persuasivas sentira desaparecer o negrume que lhe tapava o céu; agora via tudo azul; e quando rezava, já Nossa Senhora não desviava o rosto indignado. E que era tão diferente aquela maneira de confessar do abade! Os seus modos não eram os do representante rígido de um Deus carrancudo; havia nele alguma coisa de feminino e de maternal que passava na alma como uma carícia; em lugar de lhe erguer diante dos olhos o sinistro cenário das chamas do inferno, mostrara-lhe um vasto céu misericordioso com as portas largamente abertas, e os caminhos multiplicados que lá conduzem, tão fáceis e tão doces de trilhar que só a obstinação dos rebeldes se recusa a tentá-los. Deus aparecia, naquela suave interpretação da outra vida, como um bom bisavô risonho; Nossa Senhora era uma irmã de caridade; os santos, camaradas hospitaleiros! Era uma religião amável, toda banhada de graça, em que uma lágrima pura basta para remir uma existência de pecado. Que diferente da soturna doutrina que desde pequena a trazia aterrada e trêmula! Tão diferente — como aquela pequena capela de aldeia da vasta massa de cantaria da Sé. Lá, na velha Sé, muralhas da espessura de côvados separavam da vida humana e natural; tudo era escuridão, melancolia, penitência, faces severas de imagens; nada do que faz a alegria do mundo ali entrava, nem o alto azul, nem os pássaros, nem o ar largo dos prados, nem os risos dos lábios vivos; alguma flor que havia era artificial; o enxota-cães lá se postava ao portal para não deixar passar as criancinhas; até o sol estava exilado, e toda a luz que havia vinha dos lampadários fúnebres. E ali, na capelita dos Poiais, que familiaridade da natureza com o bom Deus. Pelas portas abertas penetrava a aragem perfumada das madressilvas; pequerruchos brincando faziam sonoras as paredes caladas; o altar era como um jardinete e um pomar, pardais atrevidos vinham chilrear até junto aos pedestais das cruzes; às vezes um boi grave metia o focinho pela porta com a antiga familiaridade do curral de Belém, ou uma ovelha tresmalhada vinha regozijar-se de ver um da sua raça, o Cordeiro Pascal, dormir regaladamente ao fundo do altar com a santa cruz entre as patas.

Além disso o bom abade, como ele lhe dissera, "não queria impossíveis". Sabia bem que ela não podia arrancar num momento aquele amor culpado, que ganhara raízes até as profundezas do seu ser. Queria apenas que, quando a assaltasse a ideia de Amaro, se abrigasse logo na ideia de Jesus. Com a força colossal de Satanás, que tem o poder de um Hércules, uma pobre rapariga não pode lutar braço a braço: pode somente refugiar-se na oração quando o sente, e deixá-lo fatigar-se de rugir e espumar em torno desse asilo impenetrável. Ele mesmo cada dia a ia ajudando naquela repurificação da alma, com uma solicitude de enfermeiro: fora ele que lhe marcara, como um ensaiador num teatro, a atitude que devia ter na primeira visita de Amaro à Ricoça; era ele que chegava, com alguma breve palavra reconfortante como um cordial, se a via vacilar naquela lenta reconquista da virtude; se a noite fora agitada das lembranças cálidas dos prazeres passados, era durante toda a manhã uma boa palestra, sem tom pedagógico, em que lhe mostrava familiarmente que o céu lhe daria alegrias maiores que o quarto enxovalhado do sineiro. Chegara, com uma sutileza de teólogo, a demonstrar-lhe que no amor do pároco não havia senão brutalidade e furor bestial; que, doce como era o amor do homem, o amor do padre só podia ser uma explosão momentânea do desejo comprimido; quando tinham começado as cartas do pároco, analisara-lhas frase a frase, revelando-lhe o que elas continham de hipocrisia, de egoísmo, de retórica, e de desejo torpe...

Ia-a assim lentamente desgostando do pároco, mas não a desgostava do amor legítimo, purificado pelo sacramento; conhecia bem que ela era toda de carne e de desejos e que lançá-la violentamente no misticismo seria apenas torcer-lhe um momento o instinto natural e não criar-lhe uma paz duradoura. Não tentava arrancá-la bruscamente à realidade humana; ele não a queria para freira; só desejava que aquela força amante que sentia nela servisse à alegria de um esposo e à útil harmonia de uma família, e não se gastasse erradamente em concubinagens casuais... No fundo, o bom Ferrão preferia decerto na sua alma de sacerdote que a rapariga se separasse absolutamente de todos os interesses egoístas do amor individual, e se desse, como irmã de caridade, como enfermeira de um recolhimento, no amor mais largo de toda a humanidade. Mas a pobre Ameliazita tinha a carne muito bonita e muito fraca, não seria prudente assustá-la com sacrifícios tão altos; era toda mulher — toda mulher devia ficar; limitar-lhe a ação era estragar-lhe a utilidade. Cristo não lhe bastava com os seus membros ideais pregados na cruz; era-lhe necessário um homem como todos, de bigode e chapéu alto. Paciência! Que ao menos ele fosse um esposo sob a legitimação sacramental...

Assim a ia curando daquela paixão mórbida com uma direção de todos os dias, uma destas persistências de missionários que só dá a fé sincera, pondo a sutileza de um casuísta ao serviço da moralidade de um filósofo, paternal e hábil — uma cura maravilhosa de que o bom abade em segredo tirava alguma vaidade.

E foi grande a sua alegria quando lhe pareceu que enfim a paixão por Amaro lá não era na alma dela um sentimento vivo; mas estava morto, embalsamado, arrumado no fundo da sua memória como num jazigo, escondido já sob a delicada florescência de uma virtude nova. Assim julgava pelo menos o bom Ferrão — vendo-a agora aludir ao passado com o olhar tranquilo, sem aqueles rubores que outrora lhe escaldavam a face ao simples nome de Amaro.

Ela, com efeito, já não pensava no senhor pároco com a comoção doutrora; o terror do pecado, a influência penetrante do abade, aquela brusca separação do meio devoto em que o seu amor se desenvolvera, o gozo que sentia numa serenidade maior, sem sustos noturnos e sem a inimizade de Nossa Senhora, tudo concorrera para que o fogo ruidoso daquele sentimento se fosse reduzindo a alguma brasa que ainda rebrilhava surdamente. O pároco estivera a princípio na sua alma com o prestígio de um ídolo coberto de ouro; mas tantas vezes desde a sua gravidez, sacudira, nas horas de terror religioso ou de arrependimento histérico, aquele ídolo, que todo o dourado lhe ficara nas mãos, e a forma trivial e escura que aparecia por baixo já não a deslumbrava; viu por isso o abade derrubar-lho inteiramente, sem chorar e sem lutar. Se ainda pensava em Amaro, é porque não podia deixar de pensar na casa do sineiro; mas o que a tentava ainda era o prazer e não o pároco.

E com a sua natureza de boa rapariga tinha um reconhecimento sincero pelo abade. Como dissera a

Amaro naquela tarde, "devia-lhe tudo". Era o que sentia agora também pelo Dr. Gouveia, que vinha regularmente ver a velha de dois em dois dias. Eram os seus bons amigos, como dois papás, que o céu lhe mandava — um que lhe prometia a saúde, outro a graça.

Refugiada naquelas duas proteções, gozou uma paz adorável nas últimas semanas de outubro. Os dias iam muito serenos e muito tépidos. Era bom estar no terraço, pelas tardes, naquela serenidade outonal dos campos. O Dr. Gouveia às vezes encontrava-se com o abade Ferrão; ambos se estimavam; depois da visita à velha, iam para o terraço, e começavam logo as suas eternas questões sobre Religião e sobre Moral.

Amélia, com a costura caída nos joelhos, sentindo os seus dois amigos ao pé, aqueles dois colossos de ciência e de santidade, abandonava-se ao encanto da hora suave, olhando a quinta onde as árvores já empalideciam. Pensava no futuro; ele aparecia-lhe agora fácil e seguro; era forte, e o parto, com a presença do doutor, seria apenas uma hora de dores; depois, livre daquela complicação, voltaria para a cidade e para a mamã... E então uma outra esperança, que nascera das conversas constantes do abade sobre João Eduardo, vinha bailar-lhe na imaginação. Por que não?... Se o pobre rapaz a amasse ainda, e perdoasse!... Ele nunca lhe repugnara como homem, e seria um casamento esplêndido agora que ele tinha a amizade do Morgado. Dizia-se que João Eduardo ia ser o administrador da casa... E entrevia-se vivendo nos Poiais, passeando na caleche do Morgado, chamada para jantar por uma campainha, servida por um escudeiro de libré... Ficava muito tempo imóvel, banhada na doçura desta perspectiva, enquanto o abade e o doutor ao fundo do terraço pelejavam sobre a doutrina da Graça e da Consciência, e monotonamente a água das regas murmurava no pomar.

Foi por esse tempo que D. Josefa, inquieta de não ver aparecer o senhor pároco, mandara expressamente o caseiro a Leiria, pedir a Sua Senhoria a esmola de uma visita. O homem voltara com a espantosa notícia de que o senhor pároco partira para a Vieira, e não viria senão daí a duas semanas. A velha choramingou de desgosto. E Amélia, nessa noite, no seu quarto, não pôde adormecer — na irritação que lhe dava aquela ideia do senhor pároco a divertir-se na Vieira, sem pensar nela decerto, chalaceando com as senhoras na praia, e andando de serão em serão...

Com a primeira semana de novembro vieram as chuvas. A Ricoça parecia agora mais lúgubre naqueles dias curtos, banhados de água, sob um céu de tempestade. O abade Ferrão, tolhido de reumatismo, já não aparecia na quinta. O Dr. Gouveia, depois da visita de meia hora, abalava no seu velho cabriolé. A única distração de Amélia era estar à janela por dentro dos vidros; três vezes vira passar João Eduardo na estrada; mas ele ao avistá-la baixava os olhos ou refugiava-se mais sob o guarda-chuva.

A Dionísia vinha também frequentemente: devia ser a parteira, apesar do Dr. Gouveia ter aconselhado a Micaela, matrona de uma experiência de trinta anos. Mas Amélia "não queria mais gente no segredo", e além disso Dionísia trazia-lhe as notícias de Amaro, que ela sabia pela cozinheira. O senhor pároco tinha-se achado tão bem na Vieira que se ia demorar até dezembro. Aquele "procedimento infame" indignava-a; não duvidava que o pároco queria estar longe quando chegassem os transes, os perigos do parto. Além disso era decidido de há muito que a criança havia de ser entregue a uma ama de ao pé de Ourém, que a criaria na aldeia: e agora o tempo chegava, e a ama não estava falada, e o senhor pároco apanhava conchinhas à beira-mar!...

— É indecente, Dionísia — exclamava Amélia furiosa.

— Ah! não me parece bem, não. Que eu podia falar à ama... Mas bem vê, são coisas muito sérias... O senhor pároco é que se encarregou de tudo...

— É infame!

Além disso ela descuidara-se do enxoval — e ali estava na véspera de ter a criança, sem um trapo para a cobrir, sem dinheiro para lho comprar! A Dionísia tinha-lhe mesmo oferecido algumas peças do enxoval, que uma mulher que ela tivera em casa lhe deixara empenhadas. Mas Amélia recusara-se a que o seu filho usasse cueiros alheios, trazendo-lhe talvez um contágio de doença ou uma sorte infeliz.

E por orgulho não queria escrever a Amaro.

Além disso as impertinências da velha tornavam-se odiosas. A pobre D. Josefa, privada dos auxílios devotos de um padre, um verdadeiro padre (não um abade Ferrão), sentia a sua velha alma indefesa exposta a todas as audácias de Satanás; a visão singular que tivera de S. Francisco Xavier nu, repetia-se agora com uma insistência pavorosa a respeito de todos os santos; era toda uma corte do céu, arrojando túnicas e hábitos, e bailando-lhe na imaginação sarabandas em pelo; e a velha estava morrendo da perseguição destes espetáculos dispostos pelo Demônio. Reclamara o padre Silvério, mas parecia que um reumatismo geral tolhia todo o clero diocesano; desde o princípio do inverno o Silvério estava também de cama. O abade da Cortegaça, chamado urgentemente, veio — mas para lhe comunicar a receita nova que descobrira de fazer bacalhau à biscainha... Esta falta de um padre virtuoso dava-lhe um humor feroz, que recaía sobre Amélia numa chuva de impertinências.

E a boa senhora estava pensando seriamente em mandar a Amor pelo padre Brito — quando uma tarde, ao fim do jantar, inesperadamente, o senhor pároco apareceu!

Vinha magnífico, trigueiro do sol e do ar do mar, de casaco novo e botins de verniz. E palrando longamente acerca de Vieira, dos conhecidos que estavam, da pesca que fizera, dos soberbos quinos, fazia passar naquele triste quarto de doente velha todo um sopro vivificante da vida divertida à beira-mar. D. Josefa tinha duas lágrimas nas pálpebras do gozo de ver o senhor pároco, de o ouvir.

— E a mamã passa bem — disse ele a Amélia. — Já tem seus trinta banhos. Ganhou outro dia quinze tostões a uma batotinha que se arranjou... E por cá que têm feito?

Então a velha rompeu em queixumes amargos: Uma solidão! Um tempo de chuva! Uma falta de amizade! Ai! ela estava ali a perder a sua alma naquela quinta fatal...

— Pois eu — disse o padre Amaro traçando a perna — dei-me tão bem que estou com ideias de voltar para a semana.

Amélia, sem se conter, exclamou:

— Ora essa! outra vez!

— Sim — disse ele. — Se o senhor chantre me der uma licença de um mês, vou lá passá-lo... Fazem-me uma cama na sala de jantar do padre-mestre, e tomo um par de banhos... Estava farto de Leiria, e daquele aborrecimento...

A velha parecia desolada. O que, voltar! Deixá-las ali a estarrecer de tristeza!

Ele galhofou:

— Ora, as senhoras não precisam cá de mim. Estão bem acompanhadas...

— Eu não sei — disse a velha com azedume — se os outros — e acentuou com rancor a palavra — se os *outros* não precisam do senhor pároco... Eu é que não estou bem *acompanhada*; estou aqui a perder a minha alma... Que as companhias que aí vêm não dão honra nem proveito.

Mas Amélia acudiu para contrariar a velha:

— E de mais a mais o senhor abade Ferrão tem estado doente... Está com reumatismo. Sem ele a casa parece uma prisão.

D. Josefa deu um risinho de escárnio. E o padre Amaro, erguendo-se para sair, lamentou o bom abade:

— Coitado! Santo homem... Hei de ir vê-lo em tendo vagar. Pois amanhã cá apareço, D. Josefa, e havemos de pôr essa alma em paz... Não se incomode Sra. D. Amélia, eu sei agora o caminho.

Mas ela insistiu em o acompanhar. Atravessaram o salão sem uma palavra. Amaro calçava as suas luvas novas de pelica preta. E no alto da escada, muito cerimoniosamente, tirando o chapéu:

— Minha senhora...

E Amélia ficou petrificada vendo-o descer muito tranquilo como se ela lhe fosse mais indiferente que os dois leões de pedra, que embaixo dormiam com o focinho nas patas.

Foi para o quarto chorar de bruços sobre a cama, de raiva e de humilhação. O infame! E nem uma palavra sobre o filho, sobre a ama, sobre o enxoval! Nem um olhar de interesse para o seu corpo desfigurado por aquela prenhez que ele lhe dera! Nem uma queixa irritada por todos os desprezos que ela lhe mostrara!... Nada! Calçava as luvas, com o chapéu ao lado. Que indigno!

Ao outro dia o padre voltou mais cedo. Esteve muito tempo fechado no quarto com a velha.

Amélia, impaciente, rondava no salão com os olhos como carvões. Ele apareceu enfim como a véspera, calçando as suas luvas com um ar próspero.

— Então já? — disse ela numa voz que tremia.

— Já, sim, minha senhora. Estive numa praticazinha com a D. Josefa.

Tirou o chapéu, cumprimentando muito profundamente:

— Minha senhora...

Amélia, lívida, murmurou:

— Infame!

Ele olhou-a, como assombrado:

— Minha senhora... — repetiu.

E, como na véspera, desceu vagarosamente a larga escadaria de pedra.

O primeiro pensamento de Amélia foi denunciá-lo ao vigário-geral. Depois passou a noite escrevendo-lhe uma carta — três páginas de acusações e de lástimas. Mas toda a resposta de Amaro, ao outro dia, mandada verbalmente pelo Joãozito da quinta, foi "que talvez aparecesse por lá na quinta-feira".

Teve outra noite de lágrimas — enquanto na rua das Sousas o padre Amaro esfregava as mãos, no regozijo do seu "famoso estratagema". E todavia não o concebera ele mesmo; tinha lhe sido sugerido na Vieira, onde fora para desabafar com o padre-mestre e espalhar a mágoa nos ares da praia; fora lá que ele o aprendera, o "famoso estratagema", numa *soirée*, ouvindo dissertar sobre o amor o brilhante Pinheiro, premiado em direito e glória de Alcobaça.

— Eu nisso, minhas senhoras — dizia o Pinheiro, passando a mão pela cabeleira de poeta, ao semicírculo de damas que pendiam dos seus lábios de ouro — eu nisso sou da opinião de Lamartine (era alternadamente da opinião de Lamartine ou de Pelletan). Digo como Lamartine: A mulher é igual à sombra: se correis atrás *dela*, foge-vos, se fugis *dela*, corre atrás de vós!

Houve um *muito bem*, exclamado com convicção; mas uma senhora de grandes proporções, mãe de quatro deliciosos anjos todos Marias (como dizia o Pinheiro), quis explicações, porque nunca tinha visto fugir uma sombra.

O Pinheiro deu-as, cientificamente:

— É muito fácil de observar, Sra. D. Catarina. Coloque-se Vossa Excelência na praia, quando o sol começa a declinar, com as costas para o astro. Se Vossa Excelência caminha em frente, perseguindo a sombra, ela vai-lhe adiante, fugindo...

— Física recreativa, muito interessante! — murmurou o escrivão de direito ao ouvido de Amaro.

Mas o pároco não o escutava; bailava-lhe já na imaginação "o famoso estratagema". Ah! mal voltasse a Leiria, havia de tratar Amélia como uma sombra e fugir-lhe para ser seguido... — E o resultado delicioso ali estava — três páginas de paixão, com manchas de lágrimas no papel.

Na quinta-feira apareceu, com efeito. Amélia esperava-o no terraço, de onde estivera desde manhã vigiando a estrada com um binóculo de teatro. Correu a abrir-lhe o portãozinho verde-escuro do pomar.

— Então, por aqui! — disse-lhe o pároco, subindo atrás dela ao terraço.

— É verdade, como estou sozinha...

— Sozinha?

— A madrinha está a dormir e a Gertrudes foi à cidade... Tenho estado toda a manhã aqui ao sol.

Amaro ia penetrando pela casa, sem responder; diante de uma porta aberta parou, vendo um grande leito de dossel, e em redor cadeiras de couro de convento.

— É o seu quarto aqui, hem?

— É.

Ele entrou familiarmente, com o chapéu na cabeça.

— Muito melhor que o da rua da Misericórdia. E boas vistas... São terras do Morgado, além...

Amélia cerrara a porta, e indo direta a ele, com os olhos chamejantes:

— Por que não respondeste à minha carta?

Ele riu:

— É boa! E por que não respondeste tu às minhas? Quem começou? Foste tu. Dizes que não queres pecar mais. Também eu não quero pecar mais. Acabou-se...

— Mas não é isso! — exclamou ela pálida de indignação. — É que há a pensar na criança, na ama, no enxoval... Não é abandonar-me por aqui!

Ele pôs-se sério, e com um tom ressentido:

— Peço perdão... Eu prezo-me de ser um cavalheiro. Tudo isso há de ficar arranjado antes de voltar para Vieira...

— Tu não voltas pra Vieira!

— Quem é que diz isso?

— Eu, que não quero que vás!

Pusera-lhe fortemente as mãos nos ombros, retendo-o, apoderando-se dele: e ali mesmo, sem reparar na porta apenas cerrada, abandonou-se-lhe como outrora.

Daí a dois dias o abade Ferrão apareceu restabelecido do seu ataque de reumatismo. Contou a Amélia a bondade do Morgado, que chegara a mandar-lhe todas as tardes, num aparelho de lata com água quente, uma galinha cozida em arroz. Mas era sobretudo a João Eduardo que devia a caridade melhor; todas as suas horas vagas as passava ao pé da cama, lendo-lhe alto, ajudando-o a voltar, ficando com ele até a uma hora da noite num zelo de enfermeiro. Que rapaz! Que rapaz!

E de repente, tomando as mãos ambas de Amélia, exclamou:

— Diga-me, dá licença que eu lhe conte tudo, que lhe explique?... Que arranje que ele perdoe, e esqueça... E que se faça este casamento, se faça esta felicidade?

Ela balbuciou espantada, toda escarlate:

— Assim de repente... Não sei... Hei de pensar...

— Pense. E Deus a alumie! — disse o velho com fervor.

Era nessa noite que Amaro devia entrar pelo portalzinho do pomar de que Amélia lhe dera a chave. Infelizmente tinham esquecido a matilha do caseiro. E apenas Amaro pôs o pé dentro do pomar, rompeu pelo silêncio da noite escura um tão desabrido ladrar de cães — que o senhor pároco abalou pela estrada, batendo o queixo de terror.

XXIII

Amaro nessa manhã mandou à pressa chamar a Dionísia, apenas recebeu o seu correio. Mas a matrona, que estava no mercado, veio tarde, quando ele à volta da missa acabava de almoçar.

Amaro queria saber ao *certo e imediatamente* para quando estava a *coisa*...

— O bom sucesso da pequena?... Entre quinze a vinte dias... Por que, há novidade?

Havia; e o pároco leu-lhe então em confidência uma carta que tinha ao lado.

Era do cônego, que escrevia da Vieira, dizendo "que a S. Joaneira tinha já trinta banhos e queria voltar! Eu (acrescentava) perco quase todas as semanas três, quatro banhos, de propósito para os espaçar e dar tempo, porque cá a minha mulher já sabe que eu sem os meus cinquenta não vai. Ora já tenho quarenta, veja lá você. Demais por aqui começa a fazer frio deveras. Já se tem retirado muita gente. Mande-me pois dizer pela volta do correio em que estado estão as coisas". E num *post-scriptum* dizia: "Tem você pensado que destino se há de dar ao *fruto*?".

— Mais vinte dias, menos vinte dias — repetiu a Dionísia.

E Amaro ali mesmo escreveu a resposta ao cônego, que a Dionísia devia levar ao correio: "A coisa pode estar pronta daqui a vinte dias. Suspenda por todo o modo a volta da mãe! Isso de modo nenhum! Diga-lhe que a pequena não escreve nem vai, porque a excelentíssima mana passa sempre adoentada".

E traçando a perna:

— E agora, Dionísia, como diz o nosso cônego, que destino se há de dar ao fruto?

A matrona arregalou os olhos de surpresa:

— Eu pensei que o senhor pároco tinha arranjado tudo... Que se ia dar a criança a criar fora da terra...

— Está claro, está claro — interrompeu o pároco com impaciência. — Se a criança nascer é evidente que se há de dar a criar, e que há de ser fora da terra... Mas aí é que está! Quem há de ser a ama? É isso que eu quero que você me arranje. Vai sendo tempo...

A Dionísia pareceu muito embaraçada. Nunca gostara de inculcar amas. Ela conhecia uma boa, mulher forte e de muito leite, pessoa de confiança; mas infelizmente entrara no hospital, doente... Sabia de outra também; tivera negócios com ela. Era uma Joana Carreira. Mas não convinha porque vivia justamente nos Poiais, ao pé da Ricoça.

— Qual não convém! — exclamou o pároco. — Que tem que viva na Ricoça?... Em a rapariga convalescendo as senhoras vêm pra cidade, e não se fala mais na Ricoça.

Mas a Dionísia procurava ainda, arranhando devagar o queixo. Também sabia de outra. Essa morava para o lado da Barrosa, a boa distância... Criava em casa, era o seu ofício... Mas nessa nem falar!

— Mulher fraca, doente?

A Dionísia chegou-se ao pároco, e baixando a voz:

— Ai, menino, eu não gosto de acusar ninguém. Mas, está provado, é uma tecedeira de anjos!

— Uma quê?

— Uma *tecedeira de anjos*!

— O que é isso? Que significa isso? — perguntou o pároco.

A Dionísia gaguejou-lhe uma explicação. Eram mulheres que recebiam crianças a criar em casa. E sem exceção as crianças morriam... Como tinha havido uma muito conhecida que era tecedeira, e as criancinhas iam para o céu... Daí é que vinha o nome.

— Então as crianças morrem sempre?

— Sem falhar.

O pároco passeava devagar pelo quarto, enrolando o seu cigarro.

— Diga lá tudo, Dionísia. As mulheres matam-nas?

Então a excelente matrona declarou que não queria acusar ninguém! Ela não fora espreitar. Não sabia o que se passava nas casas alheias. Mas as crianças morriam todas...

— Mas quem vai então entregar uma criança a uma mulher dessas?

A Dionísia sorriu, apiedada daquela inocência de homem.

— Entregam, sim senhor, às dúzias!

Houve um silêncio. O pároco continuava o seu passeio do lavatório para a janela, de cabeça baixa.

— Mas que proveito tira a mulher, se as crianças morrem? perguntou de repente. — Perde as soldadas...

— É que se lhe paga um ano de criação adiantado, senhor pároco. A dez tostões ao mês, ou quartinho, segundo as posses...

O pároco agora, encostado à janela, rufava devagar nos vidros.

— Mas que fazem as autoridades, Dionísia?

A boa Dionísia encolheu silenciosamente os ombros.

O pároco então sentou-se, bocejou, e estirando as pernas disse:

— Bem, Dionísia, vejo que a única coisa a fazer é falar à tal ama que vive ao pé da Ricoça, à Joana Carreira. Eu arranjarei tudo isso...

A Dionísia ainda falou das peças do enxoval que já tinha comprado por conta do pároco, de um berço muito barato em segunda mão que vira no Zé Carpinteiro — e ia sair com a carta para o correio, quando o pároco erguendo-se e galhofando:

— Ó tia Dionísia, essa coisa da *tecedeira de anjos* é uma história, hem?

Então a Dionísia escandalizou-se. O senhor pároco sabia que ela não era mulher de intrigas. Conhecia a *tecedeira de anjos* há mais de oito anos, de lhe falar e de a ver na cidade quase todas as semanas. Ainda no sábado passado a vira sair da taberna do Grego... O senhor pároco já tinha ido à Barrosa?

Esperou a resposta do pároco, e continuou:

— Pois bem, sabe o começo da freguesia. Há um muro caído. Depois é um caminho que desce. Ao fundo desse corregozito encontra um poço atulhado. Adiante, retirada, há uma casita que tem um alpendre. É lá que ela vive... Chama-se Carlota... Isto é para lhe mostrar que sei, amiguinho!

O pároco ficou toda a manhã em casa, passeando pelo quarto, alastrando o chão de pontas de cigarros. Ali estava agora diante daquele episódio fatal, que até aí fora apenas um cuidado distante — dispor do filho!

Era bem grave entregá-lo assim a uma ama desconhecida, na aldeia. A mãe, naturalmente, havia de querer ir a todo o momento vê-lo, a ama poderia falar aos vizinhos. O rapaz viria a ser, na freguesia, o filho *do pároco*... Algum invejoso, que lhe cobiçasse a paróquia, poderia denunciá-lo ao senhor vigário-geral. Escândalo, sermão, devassa; e, se não fosse suspenso, poderia como o pobre Brito ser mandado para longe, para a serra; outra vez para os pastores... Ah! se o *fruto* nascesse morto! Que solução natural e perpétua! E para a criança, uma felicidade! Que destino podia ele ter neste duro mundo?

Era o *enjeitado*, era o *filho do padre*. Ele era pobre, a mãe pobre... O rapaz cresceria na miséria, vadiando, apanhando o estrume das bestas, rameloso e tosco... De necessidade em necessidade iria conhecendo todas as formas do inferno humano; os dias sem pão, as noites regeladas, a brutalidade da taberna, a cadeia por fim. Uma enxerga na vida, a vala na morte... E se morresse — era um anjinho que Deus recolhia ao paraíso...

E continuava passeando tristemente pelo quarto. Realmente o nome era bem posto, *tecedeira de anjos*... Com razão, quem prepara uma criança para a vida com o leite do seu peito, prepara-a para os trabalhos e para as lágrimas... Mais vale torcer-lhe o pescoço, e mandá-la direita para a eternidade bem-aventurada! Olha ele! Que vida a sua, nesses trinta anos atrás! Uma infância melancólica, com aquela pega da marquesa de Alegros; depois a casa na Estrela, com o alarve do tio toucinheiro; e daí as clausuras do seminário, a neve constante de Feirão, e ali em Leiria tantos transes, tanta amargura... Se lhe tivessem esmagado o crânio ao nascer, estava agora com duas asas brancas, cantando nos coros eternos.

Mas enfim não havia que filosofar: era partir para Poiais e falar à ama, à Sra. Joana Carreira.

Saiu, dirigindo-se para a estrada, sem pressa. Ao pé da ponte veio-lhe porém de repente a ideia, a curiosidade de ir à Barrosa ver a *tecedeira*... Não lhe falaria: examinaria apenas a casa, a figura da mulher, os aspectos sinistros do sítio... Demais como pároco, como autoridade eclesiástica, devia observar aquele pecado organizado num recanto da estrada, impune e rendoso. Podia mesmo denunciá-lo ao senhor vigário-geral ou ao secretário do governo civil...

Tinha ainda tempo; eram apenas quatro horas. Por aquela tarde suave e lustrosa fazia-lhe bem um passeio a cavalo. Não hesitou, então; foi alugar uma égua à estalagem do Cruz; e daí a pouco, de espora no pé esquerdo, choutava a direito pelo caminho da Barrosa.

Ao chegar ao córrego, de que lhe falara a Dionísia, apeou, foi andando com a égua pela arreata. A tarde estava admirável; muito alto no azul, uma grande ave fazia semicírculos vagarosos.

Encontrou enfim o poço atulhado ao pé de dois castanheiros onde pássaros ainda chilreavam; adiante num terreno plano, muito isolado, lá estava a casa com o seu alpendre; o sol declinado batia-lhe na única janela do lado, acendendo-a num resplendor de ouro e brasa; e, muito delgado, elevava-se da chaminé um fumo claro no ar sereno.

Uma grande paz estendia-se em redor; no monte, escuro da rama dos pinheiros baixos, a capelinha da Barrosa punha a alvura alegre da sua parede muito caiada.

Amaro ia imaginando então a figura da *tecedeira*; sem saber por que, supunha-a muito alta, com um carão trigueiro onde dois olhos de bruxa refulgiam.

Defronte da casa prendeu a égua à cancela, e olhou pela porta aberta; era uma cozinha térrea, de grande lareira, com saída para o pátio estradado de mato onde dois bacorinhos fossavam. Na prateleira da chaminé rebrilhava a louça branca. Dos lados pendiam grandes caçarolas de cobre, de um lustro de casa rica. Num velho armário meio aberto branquejavam pilhas de roupa; e havia tanta ordem que uma claridade parecia sair do asseio e do arranjo das coisas.

Amaro então bateu forte as palmas. Uma rola pulou assustada, dentro de sua gaiola de vime pendurada da parede. Depois chamou alto:

— Senhora Carlota!

Imediatamente do lado do pátio uma mulher apareceu, com um crivo na mão. E Amaro, surpreendido, viu uma agradável criatura de quase quarenta anos, forte de peitos, ampla de encontros, muito branca no pescoço, com duas ricas arrecadas, e uns olhos negros que lhe lembraram os de Amélia ou antes o brilho mais repousado dos da S. Joaneira.

Assombrado, balbuciou:

— Creio que me enganei... Aqui é que mora a Sra. Carlota?

Não se enganara, era ela; mas com a ideia que a figura medonha "que tecia os anjos" devia estar algures, agachada num vão tenebroso da casa, perguntou ainda:

— Vossemecê vive aqui só?

A mulher olhou-o desconfiada:

— Não senhor — disse por fim — vivo com meu marido...

Justamente o marido saía do pátio, — medonho, esse, quase anão, com a cabeça embrulhada num lenço e muito enterrada nos ombros, a face de uma amarelidão de cera oleosa e lustrosa; no queixo anelavam-se os pelos raros de uma barba negra; e sob as arcadas fundas sem sobrancelhas, vermelhejavam dois olhos raiados de sangue, olhos de insônia e de bebedeira.

— Para o seu serviço, Vossa Senhoria quer alguma coisa? — disse, muito colado à saia da mulher.

Amaro foi entrando pela cozinha, e tartamudeando uma história que ia forjando laboriosamente. Era uma parente que ia ter o seu bom sucesso. O marido não pudera vir falar-lhes porque estava doente... Queria uma ama para lhes ir para casa, e tinham-lhe dito...

— Não, fora de casa, não. Cá em casa — disse o anão que não se despregava das saias da mulher, mirando o pároco de lado com o seu medonho olho injetado.

Ah, então tinham-no informado mal... Sentia; mas o que o parente queria era uma ama para casa.

Veio dirigindo-se para a égua, devagar; parou, e abotoando o casacão:

— Mas em casa recebem crianças para criação?... — perguntou ainda.

— Convindo o ajuste — disse o anão que o seguia.

Amaro arranjou a espora no pé, deu um puxão ao estribo, demorando-se, rodando em torno da cavalgadura:

— É necessário trazer-lha cá, já se sabe.

O anão voltou-se, trocou um olhar com a mulher que ficara à porta da cozinha.

— Também se lhe vai buscar — disse.

Amaro batia palmadas no pescoço da égua.

— Mas sendo a coisa de noite, agora com este frio, é matar a criança...

Então os dois, falando ao mesmo tempo, afirmaram que não lhe fazia mal. Havendo, já se sabe, carinho e agasalho...

Amaro cavalgou vivamente a égua, deu as boas tardes e trotou pelo córrego.

Amélia agora começava a andar assustada. De dia e de noite só se pensava naquelas horas, que se avizinhavam, em que devia sentir chegarem as dores. Sofria mais que durante os primeiros meses; tinha tonturas, perversões de gosto — que o Dr. Gouveia observava, franzindo a testa descontente. As noites eram más, uma turbação de pesadelos. Já não eram as alucinações religiosas; isso cessara numa súbita aplacação de todo o terror devoto; não sentiria menos temor de Deus, se já fosse uma santa canonizada. Eram outros medos, sonhos em que o parto se lhe representava de modos monstruosos; ora era um ser medonho que lhe saltava das entranhas, metade mulher e metade cabra; ora era uma cobra infindável que lhe saía de dentro, durante horas, como uma fita de léguas, enrolando-se no quarto em roscas sucessivas que ganhavam a altura do teto: e acordava em tremuras nervosas que a deixavam prostrada.

Mas ansiava por ter a criança. Estremecia à ideia de ver um dia inesperadamente a mãe aparecer na Ricoça. Ela escrevera-lhe, queixando-se do senhor cônego que a retinha na Viera; dos temporais que já reinavam, da solidão que se ia fazendo na praia. Além disso D. Maria da Assunção voltara; felizmente, uma noite providencialmente gelada dera-lhe durante a jornada uma inflamação dos brônquios — estava de cama para semanas, segundo dizia o Dr. Gouveia. O Libaninho, esse, também viera à Ricoça; e saíra lastimando-se de não ter visto a Amelinha "que tinha nesse dia enxaqueca".

— Se isto se demora mais quinze dias, vem-se a descobrir tudo — dizia ela choramingando a Amaro.

— Paciência, filha. Não se pode forçar a natureza...

— O que tu me tens feito sofrer! — suspirava ela — o que tu me tens feito sofrer!

Ele calava-se resignado — muito bom, muito terno agora com ela. Vinha-a ver quase todas as manhãs, porque não queria pelas tardes encontrar o abade Ferrão.

Tranquilizara-a a respeito da ama, dizendo-lhe que falara à mulher da Ricoça inculcada pela Dionísia. Era uma escolha rica a senhora Joana Carreira! Mulher forte como um carvalho, com barricas de leite, e dentes de marfim...

— Fica-me tão longe para vir ver depois a criança... suspirava ela.

Tomavam-na agora pela primeira vez entusiasmos de mãe. Desesperava-se em não poder ela mesmo costurar o resto do enxoval. Queria que o rapaz — porque havia de ser um rapaz! — se chamasse Carlos. Cismava-o já homem, e oficial da cavalaria. Enternecia-se com a esperança de o ver gatinhar...

— Ai, eu é que queria criar, se não fosse a vergonha!...

— Vai muito bem para onde vai — dizia Amaro.

Mas o que a torturava, a fazia chorar todos os dias era a ideia de ele ser um enjeitadinho!

Um dia veio ao abade com um plano extraordinário "que lhe inspirara Nossa Senhora": ela casaria já com João Eduardo, mas o rapaz devia por uma escritura adotar o Carlinhos! Que para que o anjinho não fosse um enjeitado, casava até com um calceteiro da estrada! E apertava as mãos do abade, numa suplicação loquaz. Que convencesse João Eduardo, que desse um papá ao Carlinhos! Queria ajoelhar-se aos pés dele, do senhor abade, que era o seu pai e o seu protetor.

— Oh, minha senhora, sossegue, sossegue. Esse é também o meu desejo, como lhe disse. E há de arranjar-se, mas mais tarde — disse o bom velho, atarantado daquela excitação.

Depois, daí a dias, foi outra exaltação: descobrira de repente, uma manhã, que não devia trair Amaro, "porque era o papá do seu Carlinhos". E disse-o ao abade; fez corar os sessenta anos do bom velho, palrando muito convencidamente dos seus deveres de esposa para com o pároco.

O abade, que ignorava as visitas do pároco todas as manhãs, assombrou-se.

— Minha senhora, que está a dizer? Que está a dizer? Caia em si... Que vergonha! Imaginei que lhe tinham passado essas loucuras.

— Mas é o pai do meu filho, senhor abade — disse ela, olhando-o muito séria.

Fatigou então Amaro toda a semana com uma ternura pueril. Lembrava-lhe cada meia hora que era o "papá de seu Carlinhos".

— Bem sei, filha, bem sei — dizia ele impaciente. — Obrigado. Não me gabo da honra...

Ela chorava, então, aninhada no sofá. Era necessária toda uma complicação de carícias para a calmar. Fazia-o sentar num banquinho junto dela; tinha-o ali como um boneco, contemplando-o, coçando-lhe devagarinho a coroa; queria que se tirasse a fotografia ao Carlinhos para a trazerem ambos numa medalha ao pescoço; e se ela morresse, ele havia de levar o Carlinhos à sepultura, ajoelhá-lo, pôr-lhe as mãozinhas, fazê-lo rezar pela mamã. Atirava-se então para a almofada, tapando o rosto com as mãos:

— Ai, pobre de mim, meu querido filho, pobre de mim!

— Cala-te, que vem gente! — dizia-lhe Amaro furioso.

Ah, aquelas manhãs na Ricoça! Eram para ele como uma penalidade injusta. Ao entrar tinha de ir à velha escutar-lhe as lamúrias. Depois, era aquela hora com Amélia, que o torturava com as pieguices de um sentimentalismo histérico, — estirada no sofá, grossa como um tonel, com a face entumecida, os olhos papudos...

Numa dessas manhãs, Amélia, que se queixava de cãibras, quis dar um passeio pelo quarto apoiada a Amaro; e ia-se arrastando, enorme no seu velho *robe-de-chambre*, quando se sentiram, embaixo no caminho, passos de cavalos; chegaram à janela — mas Amaro recuou vivamente, deixando Amélia que embasbacara com a face contra a vidraça. Na estrada, galhardamente montado numa égua baia, passava João Eduardo de paletó branco e chapéu alto; ao lado trotavam os dois Morgaditos: um num pônei, outro acorreado num burro; e atrás, a distância, num passo de respeito e de cortejo, um criado de farda, de bota de cano e esporões enormes, com uma libré muito larga que lhe fazia na ilharga rugas grotescas, e no chapéu a roseta de escarlate. Ela ficara assombrada, seguindo-os até que as costas do lacaio desapareceram à esquina da casa. Sem uma palavra, veio sentar-se no sofá. Amaro, que continuava passeando pelo quarto, teve então um risinho sarcástico:

— O idiota, de lacaio à retaguarda!

Ela não respondeu, muito escarlate. E Amaro, chocado, saiu atirando com a porta, foi para o quarto de D. Josefa contar-lhe a calvagada, e vituperar o Morgado.

— Um excomungado de criado de farda! — exclamava a boa senhora, com as mãos apertadas na cabeça. — Que vergonha, senhor pároco, que vergonha para a nobreza destes reinos!

Desde esse dia Amélia não tornou a choramingar, se pela manhã o senhor pároco não vinha. Quem esperava agora com impaciência era o senhor abade Ferrão, pela tarde. Apoderava-se dele, queria-o numa cadeira junto ao canapé: e depois de rodeios demorados de ave que tenteia a presa, caía sobre a pergunta fatal — se tinha visto o Sr. João Eduardo?

Queria saber o que ele dissera; se falara nela, se a avistara à janela. Torturava-o com curiosidade sobre a casa do Morgado, a mobília da sala, o número de lacaios e de cavalos, se o criado de farda servia à mesa...

E o bom abade respondia com paciência — contente de a ver esquecida do pároco, ocupada de João Eduardo; tinha agora a certeza que aquele casamento se faria; ela evitava, de resto, pronunciar sequer o nome de Amaro, e uma vez mesmo respondeu ao abade que lhe perguntava se o senhor pároco voltara à Ricoça:

— Aí, vem pela manhã ver a madrinha... Mas eu não lhe apareço, que nem estou decente...

Todo o tempo que podia estar de pé, passava-o agora à janela, muito arranjada da cintura para cima que era o que se podia ver da estrada — enxovalhada das saias para baixo. Estava esperando João Eduardo, os Morgados e o lacaio; e tinha de vez em quando, com efeito, o gozo de os ver passar, naquele passo bem lançado de cavalos de preço, sobretudo a égua baia de João Eduardo, que ele defronte a Ricoça fazia sempre ladear, de chicote atravessado e a perna à Marialva, como lhe ensinara o Morgado. Mas era o lacaio, sobretudo, que a encantava; e com o nariz nos vidros seguia-o num olhar guloso, até que à volta da estrada via desaparecer o pobre velho, de dorso corcovado, com a gola da farda até a nuca e as pernas bamboleantes.

E para João Eduardo, que delícia aqueles passeios com os Morgaditos, na égua baia! Nunca deixava de ir à cidade; fazia-lhe bater forte o coração o som das ferraduras sobre o lajedo; ia passar diante da Amparo da botica, diante do cartório do Nunes, que tinha a sua banca ao pé da janela, diante da Arcada, diante do senhor administrador que lá estava na varanda de binóculo para a Teles — e o seu desgosto era não poder entrar com a égua, os Morgaditos e o lacaio pelo cartório do doutor Godinho, que era no interior da casa.

Foi um dia, depois de um desses passeios triunfais que, voltando às duas horas da Barrosa, ao chegar ao Poço das Bentas e ao subir para o caminho de carros, viu de repente o senhor padre Amaro que descia montado num garrano. Imediatamente João Eduardo fez caracolar a égua. O caminho era tão estreito, que apesar de se chegarem às sebes quase roçaram os joelhos — e João Eduardo pôde então, do alto da sua égua de cinquenta moedas, agitando ameaçadoramente o chicote, esmagar com um olhar o padre Amaro que se encolhia muito pálido, com a barba por fazer, a face biliosa, esporeando ferozmente o garrano ronceiro. No alto do caminho João Eduardo ainda parou, voltou-se sobre a sela, e viu o pároco que apeava à porta do casebre isolado onde há pouco, ao passar, os Morgaditos tinham rido "do anão".

— Quem vive ali? — perguntou João Eduardo ao lacaio.

— Uma Carlota... Má gente, Senhor Joãozinho!

Ao passar na Ricoça, João Eduardo, como sempre, pôs a passo a égua baia. Mas não viu por trás dos vidros a costumada face pálida sob o lenço escarlate. As portadas da janela estavam meio cerradas; e ao portão, desatrelado com os varões em terra, o cabriolé do Dr. Gouveia.

É que tinha chegado enfim o dia! Nessa manhã viera da Ricoça um moço da quinta com um bilhete de Amélia quase ininteligível — *Dionísia depressa, a coisa chegou!* Trazia ordem também de ir chamar o Sr. Dr. Gouveia. Amaro foi ele mesmo avisar a Dionísia.

Dias antes, tinha-lhe dito que D. Josefa, a própria D. Josefa, lhe inculcara uma ama — que ela já ajustara, grande mulher, rija como castanheiro. E agora combinaram rapidamente que nessa noite Amaro se postaria com a ama à portinha do pomar, e Dionísia viria dar-lhe a criança bem atabafada.

— Às nove da noite, Dionísia. E não nos faça esperar! Recomendou-lhe ainda Amaro vendo-a abalar num espalhafato.

Depois voltou à casa e fechou-se no quarto, face a face com aquela dificuldade que ele sentia como uma coisa viva fixá-lo e interrogá-lo: — Que havia de fazer à criança? Tinha ainda tempo de ir aos Poiais ajustar a outra ama, a boa ama que a Dionísia conhecia; ou podia montar a cavalo e ir à Barrosa falar à Carlota... E ali estava, diante daqueles dois caminhos, hesitando numa agonia. Queria serenar, discutir aquele caso como se fosse um ponto de teologia, pesando-lhe os *prós* e os *contras*; mas tinha temerariamente diante de si, em lugar de dois argumentos, duas visões: — a criança a crescer e a viver nos Poiais, ou a criança esganada pela Carlota a um canto da estrada da Barrosa... — E, passeando pelo quarto, suava de angústia, quando no patamar a voz inesperada do Libaninho gritou:

— Abre, parocozinho, que sei que estás em casa!

Foi necessário abrir ao Libaninho, apertar-lhe a mão, oferecer-lhe uma cadeira. Mas o Libaninho, felizmente não se podia demorar. Passara na rua, e subira a saber se o amigo pároco tinha notícias daquelas santinhas da Ricoça.

— Vão bem, vão bem — disse Amaro que obrigava a face a sorrir, a prazentear.

— Eu não tenho podido ir lá, que tenho andado mais ocupado!... Estou de serviço no quartel... Não te rias, parocozinho, que estou fazendo muita virtude... Meto-me com os soldadinhos; falo-lhes das chagas de Cristo...

— Andas a converter o regimento — disse Amaro que mexia nos papéis da mesa, passeava, numa inquietação de animal preso.

— Não é para as minhas forças, pároco, que se eu pudesse!... Olha, agora vou eu levar a um sargento uns bentinhos... Foram benzidos pelo Saldanhinha; vão cheios de virtude. Ontem dei outros iguais a um anspeçada, perfeito rapaz, um amor de rapaz... Pus-lhos eu mesmo por baixo da camisola... Perfeito rapaz!

— Devias deixar esses cuidados pelo regimento ao coronel — disse Amaro abrindo a janela, abafando de impaciência.

— Credo, olha o ímpio! Se o deixassem desbatizava o regimento. Pois adeus, parocozinho. Estás amarelinho, filho... Precisas purga, eu sei o que isso é.

Ia a sair, mas à porta, parando:

— Ai, dize cá, parocozinho, dize cá: tu ouviste alguma coisa?

— De quê?

— Foi o padre Saldanha que mo disse. Diz que o nosso chantre declarara (palavra do Saldanhinha) que lhe constava que ia na cidade um escândalo com um senhor eclesiástico... Mas não disse *quem* nem o *quê*... O Saldanha qui-lo sondar, mas o chantre diz que recebera só uma denúncia vaga, sem nome... Tenho estado a pensar: quem será?

— Pataratas do Saldanha...

— Ai, filho! Deus queira que sejam. Que quem folga são os ímpios... Quando fores pela Ricoça dá recados àquelas santinhas...

E pulou pelos degraus a ir levar "a virtude" ao batalhão.

Amaro ficara aterrado. Era ele decerto; eram os seus amores com Amélia que já iam chegando ao vigário-geral em denúncias tortuosas! E ali vinha agora aquele filho, criado a meia légua da cidade, ficar como uma prova viva!... Parecia-lhe extraordinário, quase sobrenatural, ter o Libaninho, que em dois anos lhe viera a casa duas vezes, ter o Libaninho entrado com aquela nova terrível, quando ele estava ali numa batalha com a consciência. Era como a Providência, que sob a forma grotesca do Libaninho, vinha trazer-lhe o seu aviso, murmurar-lhe:

"Não deixes viver quem te pode trazer o escândalo! Olha que já se suspeita de ti!".

Era decerto Deus apiedado que não queria que houvesse na terra mais um enjeitado, mais um miserável, — e que *reclamava o seu anjo*!...

Não hesitou: partiu para a estalagem do Cruz, e daí a cavalo para a casa de Carlota.

Demorou-se lá até as quatro horas.

De volta à casa atirou o chapéu para cima da cama, e sentiu enfim um alívio de todo o seu ser. Estava acabado! Lá falara à Carlota e ao anão: lá lhe pagara um ano adiantado; agora era esperar pela noite!...

— Mas na solidão do quarto toda a sorte de imaginações mórbidas o assaltavam: via a Carlota a esganar a criancinha roxa; via os cabos de polícia mais tarde a desenterrar o cadáver; o Domingos da administração redigindo sobre um joelho o auto de corpo de delito, e ele, de batina, arrastado para a cadeia de S. Francisco, em ferros, ao lado do anão! Tinha quase vontade de montar a cavalo, voltar à Barrosa desfazer o ajuste. Mas uma inércia retinha-o. Depois, nada o forçava à noite a entregar a criança à Carlota... Podia levá-la bem agasalhada à Joana Carreira, a boa ama dos Poiais...

Para escapar àquelas ideias que lhe faziam sob o crânio um ruído de tormenta, saiu; foi ver Natário que já se erguia — e que lhe gritou imediatamente do fundo da poltrona:

— Então você viu, Amaro? O idiota, de lacaio atrás!

João Eduardo passara-lhe na rua, na égua baia, com os Morgadinhos; e Natário desde então rugia de impaciência de estar ali amarrado à cadeira e não poder recomeçar a campanha, expulsá-lo por uma boa intriga da casa do Morgado, arrancar-lhe a égua e o lacaio.

— Mas não as perde, em Deus me dando pernas...

— Deixe lá o homem, Natário — disse Amaro.

Deixá-lo! Quando tinha uma ideia prodigiosa — que era provar ao Morgado, com documentos, que o João Eduardo era um beato! Que lhe parecia, ao amigo Amaro?

Era engraçado, com efeito. O homem não deixava de o merecer, só pela maneira como olhava para a gente de bem, do alto da égua... — E Amaro fazia-se vermelho, ainda indignado do encontro, de manhã, no caminho de carros da Barrosa.

— Está claro! — exclamou Natário. — Para que somos nós sacerdotes de Cristo? Para exaltar os humildes e derrubar os soberbos.

Dali Amaro foi ver D. Maria da Assunção — que já se erguera também — que lhe fez a história da sua bronquite e a enumeração dos últimos pecados; o pior era que, para se distrair um bocado na convalescença, recostava-se por trás da vidraça, e um carpinteiro que morava defronte embasbacava para ela; e por influência do maligno, não tinha forças para se retirar para dentro, e vinham-lhe pensamentos maus...

— Mas Vossa Senhoria não está com atenção, senhor pároco.

— Ora essa, minha senhora!

E apressou-se a pacificar-lhe os escrúpulos — porque a salvação daquela velha alma idiota era para ele um emprego melhor que a mesma paróquia.

Já escurecia quando entrou em casa. A Escolástica queixou-se da demora que lhe esturrara o jantar. Mas Amaro tomou apenas um copo de vinho e uma garfada de arroz, que engoliu de pé, olhando com terror pela janela a noite que impassivelmente caía.

Entrava no quarto a ver se os candeeiros já estavam acesos, quando o coadjutor apareceu. Vinha falar-lhe sobre o batizado do filho do Guedes, que estava marcado para o dia seguinte às nove horas.

— Trago luz? — disse de dentro a criada sentindo a visita.

— Não! — gritou logo Amaro.

Temia que o coadjutor visse a alteração que sentia nas faces, ou que se instalasse para toda a noite.

— Diz que vem na *Nação* de anteontem um artigo muito bom — observou o coadjutor, grave.

— Ah! — fez Amaro.

Passeava no seu trilho costumado, do lavatório para a janela; parava às vezes a rufar nos vidros; já se tinham acendido os candeeiros.

Então o coadjutor, chocado com aquela treva do quarto e aquele passear de fera numa jaula, ergueu-se, e com dignidade:

— Estou a incomodar talvez...

— Não!

E o coadjutor satisfeito sentou-se, com o seu guarda-chuva entre os joelhos.

— Agora anoitece mais cedo — disse.

— Anoitece...

Enfim Amaro desesperado declarou-lhe que tinha uma enxaqueca odiosa, que se ia encostar; e o homem saiu, depois de lhe lembrar ainda o batizado do menino do seu amigo Guedes.

Amaro partiu logo para a Ricoça. Felizmente a noite estava tenebrosa e quente, anunciando chuva. Ia agora tomado de uma esperança que lhe fazia bater o coração: era que a criança nascesse morta! E era bem possível. A S. Joaneira em nova tivera duas crianças mortas; a ansiedade em que vivera Amélia devia ter perturbado a gestação. E se ela morresse também? Então, a esta ideia que nunca lhe acudira, invadiu-o bruscamente uma piedade, uma ternura por aquela boa rapariga que o amava tanto, e que agora, por obra dele, gritava dilacerada de dores. E todavia, se ambos morressem, ela e a criança, era o seu pecado e o seu erro que caíam para sempre nos escuros abismos da eternidade... Ele ficava, como antes da sua vinda a Leiria, um homem tranquilo, ocupado da sua igreja, de uma vida limpa e lavada como uma página branca!

Parou junto ao casebre em ruínas à beira da estrada, onde devia estar a pessoa que da Barrosa vinha buscar a criança; não se tinha decidido se seria o homem ou a Carlota; e Amaro receava encontrar o anão, para lhe levar o filho, com aqueles olhos raiados de um sangue mau. Falou para dentro, para as trevas do casebre:

— Olá!

Foi um alívio quando a clara voz de Carlota disse da negrura:

— Cá está!

— Bem, é esperar, Sra. Carlota.

Estava contente; parecia-lhe que não tinha nada a temer, se o filho partisse aninhado contra aquele robusto seio de quarentona fecunda, tão fresca e tão lavada.

Foi então rondar a casa. Estava apagada e muda, como um empastamento mais denso de sombra naquela lúgubre noite de dezembro. Nem uma fenda de luz saía das janelas do quarto de Amélia. No ar muito pesado nenhuma folhagem ramalhava. E a Dionísia não aparecia.

Aquela demora torturava-o. Podia passar gente e vê-lo rondar na estrada. Mas repugnava-lhe ir ocultar-se no casebre em ruínas ao pé de Carlota. Foi andando ao comprido do muro do pomar, voltou, — e viu então na porta envidraçada do terraço uma claridade de luz aparecer.

Correu para a portinha verde do pomar, que quase imediatamente se abriu; e a Dionísia, sem uma palavra, pôs-lhe nos braços um embrulho.

— Morta? — perguntou ele.

— Qual! Vivo! Um rapagão!

E fechou a porta devagarinho, quando os cães, farejando rumor, começavam a ladrar.

Então o contato do seu filho, contra o seu peito, desmanchou como um vendaval todas as ideias de Amaro. O quê! Ir dá-lo àquela mulher, à *tecedeira de anjos*, que na estrada o atiraria a algum valado, ou em casa o arremessaria à latrina? Ah! não, era o seu filho!

Mas que fazer, então? Não tinha tempo de correr aos Poiais e acordar a outra ama... A Dionísia não tinha leite... Não o podia levar para a cidade... Oh! que desejo furioso de bater àquela porta da quinta, precipitar-se para o quarto de Amélia, meter-lhe o pequerruchinho na cama, muito agasalhado, e todos três ficarem ali como no conchego de um céu! Mas, que era padre! Maldita fosse a religião que assim o esmagava!

De dentro do embrulho saiu um gemido. Correu então para o casebre — quase esbarrou com a Carlota, que se apoderou logo da criança.

— Aí está — disse ele. Mas ouça lá. Isto agora é sério. Agora é outra coisa. Olhe que o não quero morto... É para o tratar. O que se passou não vale... É para o criar! É para viver. Você tem a sua fortuna... Trate dele!...

— Não tem dúvida, não tem dúvida — dizia a mulher apressada.

— Escute... A criança não vai bem agasalhada. Ponha-lhe o meu capote.

— Vai bem, senhor, vai bem.

— Não vai, com mil diabos! É o meu filho! Há de levar o capote! Não quero que morra de frio!

Atirou-lho aos ombros com força, traçando-lho sobre o peito, agasalhando a criança; — e a mulher já enfastiada meteu rapidamente pela estrada.

Amaro ficou ali plantado no meio do caminho, vendo o vulto perder-se na negrura. Então todos os seus nervos, depois daquele choque, se relaxaram numa fraqueza de mulher sensível — e rompeu a chorar.

Muito tempo rondou a casa. Mas ela permanecia na mesma escuridão, naquele silêncio que o aterrava. Depois, triste e fatigado, veio voltando para a cidade, quando batiam as dez badaladas na Sé.

A essa hora, na sala de jantar da Ricoça, o Dr. Gouveia ceava tranquilamente o frango assado que lhe preparava a Gertrudes, para depois das canseiras do dia. O abade Ferrão, sentado junto da mesa, assistia-lhe à ceia; viera, munido dos sacramentos para o caso de haver perigo. Mas o doutor estava satisfeito; durante as oito horas de dores a rapariga mostrara-se corajosa; o parto fora feliz, de resto, e saíra um rapagão que fazia muita honra ao papá.

O bom abade Ferrão baixava castamente os olhos àqueles detalhes, no seu pudor de sacerdote.

— E agora, — dizia o doutor trinchando o peito do frango — agora que eu introduzi a criança no mundo, os senhores (e quando digo os senhores, quero dizer a Igreja) apoderam-se dele e não o largam até a morte. Por outro lado, ainda que menos sofregamente, o Estado não o perde de vista... E aí começa o desgraçado a sua jornada do berço à sepultura, entre um padre e um cabo de polícia!

O abade curvou-se, e tomou uma estrondosa pitada preparando-se para a controvérsia.

— A Igreja — continuava o doutor com serenidade — começa, quando a pobre criatura ainda nem tem sequer a consciência da vida, por lhe impor uma religião...

O abade interrompeu, meio sério, meio rindo:

— Ó doutor, ainda que não seja senão por caridade com a sua alma, devo adverti-lo que o sagrado Concílio de Trento, cânon décimo terceiro, comina a pena de excomunhão contra todo o que disser que o batismo é nulo, por ser imposto sem a aceitação da razão.

— Tomo nota, abade. Eu estou acostumado a essas amabilidades do Concílio de Trento para comigo, e outros colegas...

— Era uma assembleia respeitável! — acudiu o abade já escandalizado.

— Sublime, abade. Uma assembleia sublime. O Concílio de Trento e a Convenção foram as duas mais prodigiosas assembleias de homens que a terra tem presenciado...

O abade fez uma visagem de repugnância àquele cotejo irreverente entre os santos autores da doutrina e os assassinos do bom rei Luís XVI.

Mas o doutor prosseguiu:

— Depois, a Igreja deixa a criança em paz algum tempo enquanto ela faz a sua dentição e tem o seu ataque de lombrigas...

— Vá, vá, doutor! — murmurava o abade, escutando-o pacientemente, de olhos cerrados, como significando "anda, anda, enterra bem essa alma no abismo de fogo e pez!".

— Mas quando se manifestam no pequeno os primeiros sintomas de razão, — continuava o doutor — quando se torna necessário que ele tenha, para o distinguir dos animais, uma noção de si mesmo e do universo, então entra-lhe a Igreja em casa e explica-lhe tudo! Tudo! Tão completamente, que um gaiato de seis anos que não sabe ainda o bê-a-bá tem uma ciência mais vasta, mais certa, que as reais academias combinadas de Londres, Berlim e Paris! O velhaco não hesita um momento para dizer como se fez o universo e os sistemas planetários; como apareceu na terra a criação; como se sucederam as raças; como passaram as revoluções geológicas do globo; como se formaram as línguas; como se inventou a escrita... Sabe tudo; possui completa e imutável a regra para dirigir todas as ações e formar todos os juízos; tem mesmo a certeza de todos os mistérios; ainda que seja míope como uma toupeira, vê o que se passa na profundidade dos céus e no interior do globo; conhece, como se não tivesse feito senão assistir a esse espetáculo, o que lhe há de suceder depois de morrer... Não há problema que não decida... E quando a Igreja tem feito deste marmanjo uma tal maravilha de saber, manda-o então aprender a ler... O que eu pergunto é: para quê?

A indignação tinha emudecido ao abade.

— Diga lá, abade, para que os mandam os senhores ensinar a ler? Toda a ciência universal, o *res scibilis*, está no Catecismo: é meter-lho na memória, e o rapaz possui logo a ciência e consciência de tudo... Sabe tanto como Deus... De fato, é Deus mesmo.

O abade pulou.

— Isso não é discutir, — exclamou — isso não é discutir!... Isso são chalaças à Voltaire! Essas coisas devem-se tratar mais do alto...

— Como chalaças, abade? Tome um exemplo: a formação das línguas. Como se formaram? Foi Deus, que descontente com a Torre de Babel...

Mas a porta da sala abriu-se, e apareceu a Dionísia. Havia pouco o doutor tinha-lhe dado uma desanda no quarto de Amélia; e agora a matrona falava-lhe sempre encolhida de terror.

— Senhor doutor, — disse ela no silêncio que se fez — a menina acordou e diz que quer o filho.

— E então? A criança levaram-na, não?

— A criança levaram-na... — disse a Dionísia.

— Bem, acabou-se...

Dionísia ia fechar a porta, mas o doutor chamou-a.

— Ouça lá, diga-lhe que a criança vem amanhã... Que amanhã sem falta que lha trazem. Minta. Minta como um cão; aqui o senhor abade dá licença... Que durma, que sossegue.

A Dionísia retirou-se. Mas a controvérsia não recomeçou: diante daquela mãe que acordava depois de fadiga do parto e reclamava o seu filho, o filho que lhe tinham levado para longe e para sempre, os dois velhos esqueceram a Torre de Babel e a formação das línguas. O abade, sobretudo, parecia comovido. Mas o doutor não tardou, sem piedade, a lembrar-lhe que eram aquelas as consequências da situação do padre na sociedade...

O abade baixou os olhos, ocupado na sua pitada, sem responder, como ignorando que houvesse um padre naquela história infeliz.

O doutor então, seguindo a sua ideia, discursou contra a preparação e educação eclesiástica.

— Aí tem o abade uma educação dominada inteiramente pelo absurdo: resistência às mais justas solicitações da natureza, e resistência aos mais elevados movimentos da razão. Preparar um padre é criar um monstro que há de passar a sua desgraçada existência numa batalha desesperada contra os dois fatos irresistíveis do universo — a força da Matéria e a força da Razão!

— Que está o senhor a dizer? — exclamou assombrado o abade.

— Estou a dizer a verdade. Em que consiste a educação de um sacerdote? *Primo*: em o preparar para o celibato e para a virgindade; isto é, para a supressão violenta dos sentimentos mais naturais. *Secundo*: em evitar todo o conhecimento e toda a ideia que seja capaz de abalar a fé católica; isto é, a supressão forçada do espírito de indagação e de exame, portanto de toda a ciência real e humana...

O abade erguera-se ferido de uma piedosa indignação:

— Pois o senhor nega à Igreja a ciência?

— Jesus, meu caro abade — continuou tranquilamente o doutor — Jesus, os seus primeiros discípulos, o ilustre S. Paulo representaram em parábolas, em epístolas, num prodigioso fluxo labial, que as produções do espírito humano eram inúteis, pueris, e sobretudo perniciosas...

O abade passeava pela sala, indo contra um e outro móvel como um boi espicaçado, apertando as mãos na cabeça na desolação daquelas blasfêmias: não se conteve, gritou:

— O senhor não sabe o que diz!... Perdão, doutor, peço-lhe humildemente perdão... O senhor faz-me cair em pecado mortal... Mas isso não é discutir... Isso é falar com a leviandade de um jornalista...

Lançou-se então com calor numa dissertação sobre a sabedoria da Igreja, os seus altos estudos gregos e latinos, toda uma filosofia criada pelos santos padres...

— Leia S. Basílio! — exclamou. — Lá verá o que ele diz dos estudos dos autores profanos, que são a melhor preparação para os estudos sagrados! Leia a *História dos mosteiros na meia-idade*! Era lá que estava a ciência, a filosofia...

— Mas que filosofia, senhor, mas que ciência! Por filosofia meia dúzia de concepções de um espírito mitológico, em que o misticismo é posto em lugar dos instintos sociais... E que ciência! Ciência de comentadores, ciência de gramáticos... Mas vieram outros tempos, nasceram ciências novas que os antigos tinham ignorado, a que o ensino eclesiástico não oferecia nem base nem método, estabeleceu-se logo o antagonismo entre elas e a doutrina católica!... Nos primeiros tempos, a Igreja ainda tentou suprimi-las pela perseguição, a masmorra, o fogo! Escusa de se torcer, abade... O fogo, sim, o fogo e a masmorra. Mas agora não pode fazer e limita-se a vituperá-las em mau latim... E no entanto continua a dar nos seus seminários e nas suas escolas o ensino do passado, o ensino anterior a essas ciências, ignorando-as, e desprezando-as, refugiando-se na escolástica... Escusa de apertar as mãos na cabeça... Estranha ao espírito moderno, hostil nos seus princípios e nos seus métodos ao desenvolvimento espontâneo dos conhecimentos humanos... O senhor não é capaz de negar isto! Veja o *Syllabus* no seu cânon terceiro excomungando a Razão... No seu cânon décimo terceiro...

A porta abriu-se timidamente; era ainda a Dionísia:

— A pequena está a choramingar, diz que quer a criança.

— Mau, mau! — disse o doutor.

E depois de um momento:

— Que tal aspecto tem ela? Está corada? Está inquieta?

— Não senhor, está bem. Só a choramingar, a falar no pequeno... Diz que o quer hoje por força...

— Converse com ela, distraia-a... Veja se ela adormece...

A Dionísia retirou-se; e o abade, logo com cuidado:

— Ó doutor, supõe que lhe possa fazer mal o afligir-se?

— Pode-lhe fazer mal, abade, pode — disse o doutor que rebuscava na sua farmácia portátil. — Mas eu vou-a fazer dormir... Pois é verdade, a Igreja hoje é uma intrusa, abade!

O abade tornou a levar as mãos à cabeça.

— Escusa de ir mais longe, abade. Veja a Igreja em Portugal. É grato observar-lhe o estado de decadência...

Pintou-lho a largos traços, de pé, com o seu frasco na mão. A Igreja fora a Nação; hoje era uma minoria tolerada e protegida pelo Estado. Dominara nos tribunais, nos conselhos da coroa, na fazenda, na armada; fazia a guerra e a paz; hoje um deputado da maioria tinha mais poder que todo o clero do reino. Fora a ciência no país; hoje tudo o que sabia era algum latim macarrônico. Fora rica; tinha possuído no campo distritos inteiros e ruas inteiras na cidade; hoje dependia para o seu triste pão diário do ministro da Justiça, e pedia esmola à porta das capelas. Recrutara-se entre a nobreza, entre os melhores do reino; e hoje, para reunir um pessoal, via-se no embaraço e tinha de o ir buscar aos enjeitados da Misericórdia. Fora a depositária da tradição nacional, do ideal coletivo da pátria; e hoje, sem comunicação com o pensamento nacional (se é que o há), era uma estrangeira, uma cidadã de Roma, recebendo de lá a lei e o espírito...

— Pois se está assim tão prostrada, mais uma razão para a amar! — disse o abade, erguendo-se escarlate.

Mas a Dionísia tinha de novo aparecido à porta.

— Que temos mais?

— A menina está-se a queixar de um peso na cabeça. Diz que sente faíscas diante dos olhos...

O doutor então imediatamente, sem uma palavra, seguiu a Dionísia. O abade, só, passeava pela sala ruminando toda uma argumentação eriçada de textos, de nomes formidáveis de teólogos, que ia fazer desabar sobre o Dr. Gouveia. Mas, meia hora passou, a luz do candeeiro ia esmorecendo, e o doutor não voltou.

Então aquele silêncio da casa, onde só o som dos seus passos sobre o soalho da sala punha uma nota viva, começou a impressionar o velho. Abriu a porta devagarinho, escutou; mas o quarto de Amélia era muito afastado, ao fim da casa, ao pé do terraço; não vinha de lá nem rumor nem luz. Recomeçou o seu passeio solitário na sala, numa tristeza indefinida que o ia invadindo. Desejaria bem ir ver também a doente; mas o seu caráter, o pudor sacerdotal não lhe permitiam aproximar-se sequer de uma mulher no leito, em trabalho de parto, a não ser que o perigo reclamasse os sacramentos. Outra hora mais longa, mais fúnebre, passou. Então, em pontas de pés, corando na escuridão daquela audácia, foi até ao meio do corredor; agora, aterrado, sentia no quarto de Amélia um ruído confuso e surdo de pés movendo-se vivamente no soalho, como numa luta. Mas nem um ai, nem um grito. Recolheu à sala, e abrindo o seu Breviário começou a rezar. Sentiu os chinelos da Gertrudes passarem rapidamente, numa carreira. Ouviu uma porta a distância bater. Depois o arrastar no soalho de uma bacia de latão. E enfim o doutor apareceu.

A sua figura fez empalidecer o abade; vinha sem gravata, com o colarinho espedaçado; os botões do colete tinham saltado; e os punhos da camisa, voltados para trás, estavam todos manchados de sangue.

— Alguma coisa, doutor?

O doutor não respondeu, procurando rapidamente pela sala o seu estojo, com a face animada de um calor de batalha. Ia já sair com o estojo, mas lembrando-lhe a pergunta ansiosa do abade:

— Tem convulsões — disse.

O abade então deteve-o à porta, e muito grave, muito digno:

— Doutor, se há perigo, peço-lhe que se lembre... É uma alma cristã em agonia, e eu estou aqui.

— Certamente, certamente...

O abade tornou a ficar só, esperando. Tudo dormia na Ricoça: D. Josefa, os caseiros, a quinta, os campos em redor. Na sala, um relógio de parede, enorme e sinistro, que tinha no mostrador a carranca do sol e em cima sobre o caixilho a figura esculpida em pau de uma coruja pensativa, um móvel de castelo antigo. Bateu meia-noite, depois uma hora. O abade a cada momento ia até ao meio do corredor; era o mesmo rumor de pés numa luta; outras vezes um silêncio tenebroso. Voltava então para o seu Breviário. Meditava naquela pobre rapariga que, além no quarto, estava talvez no momento que ia decidir da sua eternidade; não tinha ao pé nem a mãe, nem as amigas; na memória apavorada devia passar-lhe a visão do pecado; diante dos olhos turvos aparecia-lhe a face triste do Senhor ofendido; as dores contorciam o seu corpo miserável; e na escuridão em que ia penetrando, sentia já o hálito ardente da aproximação de Satanás. Temeroso fim do tempo e da carne! — Então rezava fervorosamente por ela.

Mas depois pensava no outro que fora uma metade do seu pecado, e que agora na cidade, estirado na cama ressonava tranquilamente. E rezava então também por ele.

Tinha sobre o Breviário um pequeno crucifixo. E contemplava-o com amor; abismava-se enternecido na certeza da sua força, contra a qual era bem pouca a ciência do doutor e todas as vaidades da razão! Filosofias, ideias, glórias profanas, gerações e impérios passam; são como os suspiros efêmeros do esforço humano; só ela permanece e permanecerá, a cruz — esperança dos homens, confiança dos desesperados, amparo dos frágeis, asilo dos vencidos, força maior da humanidade: *crux triumphus adversus demonios, crux oppugnatorum murus...*

Então o doutor entrou, muito escarlate, vibrante daquela tremenda batalha que estava dando lá dentro à morte; vinha buscar outro frasco; mas abriu a janela, sem uma palavra, para respirar um momento uma golfada de ar fresco.

— Como vai ela? — perguntou o abade.

— Mal — disse o doutor, saindo.

O abade, então, ajoelhou, balbuciou a oração de S. Fulgêncio:

— Senhor, dá-lhe primeiro a paciência, dá-lhe depois a misericórdia...

E ali ficou, com a face nas mãos, apoiado à beira da mesa.

A um rumor de passos na sala ergueu a cabeça. Era a Dionísia, que suspirava, recolhendo todos os guardanapos que encontrava nas gavetas do aparador.

— Então, senhora, então? — perguntou-lhe o abade.

— Ai, senhor abade, está perdidinha... Depois das convulsões que foram de arrepiar, caiu naquele sono, que é o sono da morte...

E olhando para todos os cantos como para se assegurar da solidão, disse muito excitada:

— Eu não quis dizer nada... Que o senhor doutor tem um gênio!... Mas sangrar a rapariga naquele estado é querer matá-la... Que ela tinha perdido pouco sangue, é verdade... Mas nunca se sangra ninguém em semelhante momento. Nunca, nunca!

— O senhor doutor é homem de muita ciência...

— Pode ter a ciência que quiser... Eu também não sou nenhuma tola.. Tenho vinte anos de experiência... Nunca me morreu nenhuma nas mãos, senhor abade... Sangrar em convulsões! Até causa horror!...

Estava indignada! O senhor doutor tinha torturado a criaturinha. Até lhe quisera administrar clorofórmio...

Mas a voz do doutor Gouveia berrou por ela do fundo do corredor — e a matrona abalou, com o seu molho de guardanapos.

O medonho relógio, com a sua coruja pensativa, bateu as duas horas, depois as três... O abade, agora, cedia a espaços a uma fadiga de velho, cerrando um momento as pálpebras. Mas resistia bruscamente; ia respirar o ar pesado da noite, olhar aquela treva de toda a aldeia; e voltava a sentar-se, a murmurar, com a cabeça baixa, as mãos postas sobre o Breviário:

— Senhor, volta os teus olhos misericordiosos para aquele leito de agonia...

Foi então Gertrudes que apareceu comovida. O senhor doutor mandara-a abaixo acordar o moço para pôr a égua ao cabriolé.

— Ai senhor abade, pobre criaturinha! Ia tão bem, e de repente isto... Que foi por lhe tirarem o filho... Eu não sei quem é o pai, mas o que sei é que nisto tudo anda um pecado e um crime!...

O abade não respondeu, orando baixo pelo padre Amaro.

O doutor então entrou com o seu estojo na mão:

— Se quiser, abade, pode ir — disse.

Mas o abade não se apressava, olhando o doutor, com uma pergunta a bailar-lhe nos lábios entreabertos, e retendo-a por timidez; enfim, não se conteve, e num tom de medo:

— Fez-se tudo, não há remédio, doutor?

— Não.

— É que nós, doutor, não devemos aproximar-nos de uma mulher em parto ilegítimo senão num caso extremo...

— Está num caso extremo, senhor abade — disse o doutor, vestindo já o seu grande casacão.

O abade então recolheu o Breviário, a cruz — mas antes de sair, julgando do seu dever de sacerdote pôr diante do médico racionalista a certeza da eternidade mística que se desprende do momento da morte, murmurou ainda:

— É neste instante que se sente o terror de Deus, o vão do orgulho humano...

O doutor não respondeu, ocupado a afivelar o seu estojo.

O abade saiu — mas, já no meio do corredor, voltou ainda, e falando com inquietação:

— O doutor desculpe... Mas tem-se visto, depois dos socorros da religião, os moribundos voltarem a si de repente, por uma graça especial... A presença do médico então pode ser útil...

— Eu ainda não vou, ainda não vou — disse o doutor, sorrindo involuntariamente de ver a presença da Medicina reclamada para auxiliar a eficácia da Graça.

Desceu, a ver se estava pronto o cabriolé.

Quando voltou ao quarto de Amélia, a Dionísia e a Gertrudes, de rojos ao lado da cama, rezavam. O leito, todo o quarto estava revolvido como um campo de batalha. As duas velas consumidas extinguiam-se. Amélia estava imóvel, com os braços hirtos, as mãos crispadas de uma cor de púrpura escura — e a mesma cor mais arroxeada cobria-lhe a face rígida.

E debruçado sobre ela, com o crucifixo na mão, o abade dizia ainda, numa voz de angústia:

— *Jesu, Jesu, Jesu!* Lembra-te da graça de Deus! Tem fé na misericórdia divina! Arrepende-te no seio do Senhor! *Jesu, Jesu, Jesu!*

Por fim, sentindo-a morta, ajoelhou, murmurando o *Miserere*. O doutor que ficara à porta retirou-se devagarinho, atravessou em bicos de pés o corredor, e desceu à rua, onde o moço segurava a égua atrelada.

— Vamos ter água, senhor doutor — disse o rapaz bocejando de sono.

O Dr. Gouveia ergueu a gola do paletó, acomodou o seu estojo no assento — e daí a um momento o cabriolé rodava surdamente pela estrada, sob a primeira pancada de chuva, cortando a escuridão da noite com o clarão vermelho das suas duas lanternas.

XXIV

Ao outro dia desde as sete da manhã, o padre Amaro esperava a Dionísia em casa, postado à janela, com os olhos cravados na esquina da rua, sem reparar na chuva miudinha que lhe fustigava a face. Mas a Dionísia não aparecia; e ele teve de partir para a Sé, amargurado e doente, a batizar o filho do Guedes.

Foi uma pesada tortura para ele ver aquela gente alegre que punha na gravidade da Sé, mais sombria por esse escuro dia de dezembro, todo um rumor mal contido de regozijo doméstico e de festa paterna; o papá Guedes resplandecente de casaca e gravata branca; o padrinho compenetrado com uma grande camélia ao peito; as senhoras de gala, e sobretudo a parteira rechonchuda, passeando com pompa um montão de rendas engomadas e de laçarotes azuis, onde mal se percebiam duas bochechinhas trigueiras. Ao fundo da igreja, com o pensamento bem longe na Ricoça e na Barrosa, foi engrolando à pressa as cerimônias: soprando em cruz sobre a face do pequerrucho, para expulsar o Demônio que já habitava aquelas carninhas tenras; impondo-lhe o sal sobre a boca, para que ele se desgostasse para sempre do sabor amargo do pecado e tomasse gosto a nutrir-se só da verdade divina; tocando-o com saliva nas orelhas e nas narinas, para que ele não escutasse jamais as solicitações da carne e jamais respirasse os perfumes da terra. E em roda, com tochas na mão, os padrinhos, os convidados, na fadiga que davam tantos latins rosnados à pressa, só se ocupavam do pequeno, num receio que ele não respondesse com algum desacato impudente às tremendas exortações que lhe fazia a Igreja sua Mãe.

Amaro, então, pondo de leve o dedo sobre a touquinha branca, exigiu do pequerrucho que ele, ali em plena Sé, renunciasse para sempre a Satanás, às suas pompas e às suas obras. O sacristão Matias, que dava em latim as respostas rituais, renunciou por ele — enquanto o pobre pequerrucho abria a boquinha a procurar o bico da mamã. Enfim o pároco dirigiu-se à pia batismal seguido de toda a família, das velhas devotas que se tinham juntado, de gaiatos que esperavam uma distribuição de patacos. Mas foi toda uma atrapalhação para fazer as unções: a parteira comovida não atinava a desapertar os laçarotes do chambre, para pôr a nu os ombrozinhos, o peito do pequeno; a madrinha quis ajudá-la, mas deixou escorregar a tocha, alastrou de cera derretida o vestido de uma senhora, uma vizinha dos Guedes, que ficou embezerrada de raiva.

— *Franciscus, credis*? — perguntava Amaro.

O Matias apressou-se a afirmar, em nome de Francisco:

— *Credo*.

— *Franciscus vis baptizari*?

O Matias:

— *Volo*.

Então a água lustral caiu sobre a cabecinha redonda como um melão tenro; a criança agora perneava numa perrice.

— *Ego te baptizo, Franciscus, in nomine Patris... et Filiis... et Spiritus Sancti...*

Enfim, acabara! Amaro correu à sacristia a desvestir-se — enquanto a parteira grave, o papá Guedes, as senhoras enternecidas, as velhas devotas e os gaiatos saíam ao repique dos sinos; e agachados sob os guarda-chuvas, chapinhando a lama, lá iam levando em triunfo Francisco, o novo cristão.

Amaro galgou os degraus de casa com o pressentimento que ia encontrar a Dionísia.

Lá estava, com efeito, sentada no quarto, esperando-o, amarrotada, enxovalhada da luta da noite e da lama da estrada; e apenas o viu começou a choramingar.

— Que é, Dionísia?

Ela rompeu em soluços, sem responder.

— Morta! — exclamou Amaro.

— Ai, fez-se-lhe tudo, filho; fez-se-lhe tudo! — gritou enfim a matrona.

Amaro tombou para os pés da cama como morto também.

A Dionísia berrou pela criada. Inundaram-lhe a face de água, de vinagre. Ele recuperou-se um pouco, muito pálido; afastou-as com a mão, sem falar; e atirou-se de bruços para sobre o travesseiro, num choro desesperado, — enquanto as duas mulheres consternadas iam recolhendo à cozinha.

— Parece que tinha muita amizade à menina — começou a Escolástica, falando baixo como na casa de um moribundo.

— Costume de ir por lá. Foi hóspede tanto tempo... Ai, eram como irmãos... — disse a Dionísia, ainda chorosa.

Falaram então de doenças de coração — porque a Dionísia contara à Escolástica que a pobre menina tinha morrido de um aneurisma rebentado. A Escolástica também sofria do coração; mas nela eram flatos, dos maus tratos que lhe dera o marido... Ah, tinha sido bem infeliz também!

— Vossemecê toma uma gotinha de café, Sra. Dionísia?

— Olhe, a falar a verdade, Sra. Escolástica, tomava uma gotinha de jeropiga...

A Escolástica correu à taberna ao fim da rua, trouxe a jeropiga num copo de quartilho debaixo do avental; e ambas à mesa, uma molhando sopas no café, outra escorropichando o copo, concordavam, com suspiros, que neste mundo tudo eram sustos e lágrimas.

Deram onze horas; e a Escolástica pensava em levar um caldo ao senhor pároco, quando ele chamou de dentro. Estava de chapéu alto, com o casaco abotoado, os olhos vermelhos como carvões...

— Escolástica, vá a correr ao Cruz que me mande um cavalo... Mas depressa.

Chamou então a Dionísia; e sentado ao pé dela, quase contra os joelhos da mulher, com face rígida e lívida como um mármore, escutou em silêncio a história da noite — as convulsões de repente, tão fortes que ela, a Gertrudes e o senhor doutor mal a podiam segurar! O sangue, as prostrações em que caía! Depois a ansiedade da asfixia que a fazia tão roxa como a túnica de uma imagem...

Mas o moço do Cruz chegara com o cavalo. Amaro tirou de uma gaveta, de entre roupa branca, um pequeno crucifixo, deu-o à Dionísia que ia voltar à Ricoça para ajudar a amortalhar a menina.

— Que lhe ponham este crucifixo no peito, tinha-mo ela dado...

Desceu, montou; e apenas na estrada da Barrosa despediu a galope. Não chovia, agora; e entre as nuvens pardas algum raio fraco do sol de dezembro fazia brilhar a relva, as pedras molhadas.

Quando chegou ao pé do poço entulhado, de onde se avistava a casa de Carlota, teve de parar, para deixar passar um longo rebanho de ovelhas que tomavam o caminho; e o pastor, com uma pele de cabra ao ombro e a borracha a tiracolo, fez-lhe lembrar de repente Feirão, toda a vida passada, que lhe voltava por fragmentos bruscos — aquelas paisagens afogadas nos vapores pardacentos da serra; a Joana rindo estupidamente dependurada da corda do sino; as suas ceias de cabrito assado na Gralheira, com o abade, defronte da chaminé, onde a lenha verde estalava; os longos dias em que se desesperava na tristeza da residência, vendo fora sem cessar cair a neve... E veio-lhe um desejo ansioso dessas solidões da serra, dessa existência de lobo, longe dos homens e das cidades, sepultado lá com a sua paixão.

A porta da Carlota estava fechada. Bateu, foi de roda chamar, atirando a voz por cima do telhado dos currais, para o pátio, onde sentia cacarejar os galos. Ninguém respondeu. Seguiu então pelo caminho da aldeia, levando a égua pela arreata; parou na taberna, onde uma mulher obesa fazia meia sentada à porta. Dentro, no escuro da baiuca, dois homens com os seus quartilhos ao lado, batiam as cartas numa bisca renhida; e um rapazola de uma amarelidão de sezões, com um lenço amarrado na cabeça, olhava-lhes o jogo tristemente.

A mulher tinha justamente visto passar a senhora Carlota, que até parara a comprar um quartilho de azeite. Devia estar em casa da Micaela, ao adro. Chamou para dentro; uma rapariguita vesga apareceu detrás da sombra das pipas.

— Corre, vai à Micaela, dize à Sra. Carlota que está aqui um senhor da cidade.

Amaro voltou para a porta da Carlota, esperou sentado numa pedra, com o seu cavalo pela rédea. Mas aquela casa fechada e muda aterrava-o. Foi pôr o ouvido à fechadura, na esperança de ouvir um choro, uma rabugem de criança. Dentro pesava um silêncio de caverna abandonada. Mas tranquilizava-o a ideia que a Carlota teria levado a criança consigo, para a Micaela. Devia realmente ter perguntado à mulher na taberna se a Carlota trazia uma criança ao colo... E olhava a casa bem calada, com a sua janela em cima que tinha uma cortininha de cassa, um luxo tão raro naquelas freguesias pobres; recordava a boa ordem, o escarolado da louça da cozinha... Decerto, o pequerrucho devia ter também um berço asseado...

Ah, estava doido decerto na véspera, quando pusera ali, na mesa da cozinha, quatro libras em ouro, preço adiantado de um ano de criação, e dissera cruelmente ao anão — "conto consigo"! Pobre pequerruchinho!... Mas a Carlota compreendera bem, à noite na Ricoça, que ele agora queria-o vivo, o seu filho, e criado com mimo!... Todavia não o deixaria ali, não, sob o olho raiado de sangue do anão... Levá-lo-ia essa noite à Joana Carreira dos Poiais...

Que as sinistras histórias da Dionísia, a *tecedeira de anjos*, eram uma legenda insensata. A criança estava muito regalada em casa da Micaela, chupando aquele bom peito de quarentona sã... E vinha-lhe então o mesmo desejo de deixar Leiria, ir enterrar-se em Feirão, levar consigo a Escolástica, educar lá a criança como sobrinho, revivendo nele largamente todas as emoções daquele romance de dois anos; e ali passaria numa paz triste, na saudade de Amélia, até ir como o seu antecessor, o abade Gustavo que também criara um sobrinho em Ferrão, repousar para sempre no pequeno cemitério, de verão sob as flores silvestres, de inverno sob a neve branca.

Então a Carlota apareceu; e ficou atônita ao reconhecer Amaro, sem passar da cancela, com a testa franzida, a sua bela face muito grave.

— A criança? — exclamou Amaro.

Depois de um momento, ela respondeu, sem perturbação:

— Nem me fale nisso, que me tem dado um desgosto... Ontem mesmo, duas horas depois de ter chegado... O pobre anjinho começa a fazer-se roxo, e ali me morreu debaixo dos olhos...

— Mente! — gritou Amaro. — Quero ver.

— Entre senhor, se quer ver.

— Mas que lhe disse eu ontem, mulher?

— Que quer, senhor? Morreu. Veja...

Tinha aberto a porta, muito simplesmente, sem cólera nem receio. Amaro entreviu num relance, ao pé da chaminé, um berço coberto com um saiote escarlate.

Sem uma palavra voltou as costas, atirou-se para cima do cavalo. Mas a mulher, muito loquaz subitamente, rompeu a dizer que tinha ido justamente à aldeia para encomendar um caixãozinho decente... Como vira que era filho de pessoa de bem, não quisera enterrar embrulhado num trapo. Mas enfim, como o senhor ali estava, parecia-lhe razoável que desse algum dinheiro para a despesa... Uns dois mil-réis que fossem.

Amaro considerou-a um momento com um desejo brutal de a esganar; por fim meteu-lhe o dinheiro na mão. E ia trotando no carreiro, quando a sentiu ainda correndo, gritando *pst! pst!* A Carlota queria-lhe restituir o capote que ele emprestara na véspera; tinha feito muito bom serviço, que a criança chegara quente como um rojãozinho... Infelizmente...

Amaro já não escutava, esporeando furiosamente a ilharga da cavalgadura.

Na cidade, depois de apear à porta do Cruz, não entrou em casa. Foi direito ao paço do bispo. Tinha agora uma ideia só; era deixar aquela cidade maldita, não ver mais as faces das devotas, nem a fachada odiosa da Sé...

Foi só ao subir a larga escadaria de pedra do paço, que lhe lembrou com inquietação o que o Libaninho dissera na véspera da indignação do senhor vigário-geral, da denúncia obscura... Mas a afabilidade do padre Saldanha, o confidente do paço, que o introduziu logo na livraria de sua excelência, tranquilizou-o. O Sr. vigário-geral foi muito amável. Estranhou o ar pálido e perturbado do senhor pároco! ...

— É que tenho um grande desgosto, senhor vigário-geral. Minha irmã está a morrer em Lisboa. E venho pedir a Vossa Excelência para lá ir, por uns dias...

O Sr. vigário-geral consternou-se com bondade.

— Decerto, consinto... Ah! somos todos passageiros forçados da barca de Caronte.

Ipse ratem conto subigit, velisque ministrat
Et ferruginea subvectat corpora cymba.

— Ninguém lhe escapa... Sinto, sinto... Não me esquecerei de a recomendar nas minhas orações...

E muito metódico, sua excelência tomou uma nota a lápis.

Amaro, ao sair do paço, foi direito à Sé. Fechou-se na sacristia, a essa hora deserta; e depois de pensar muito tempo com a cabeça entre os punhos, escreveu ao cônego Dias:

Meu caro padre-mestre. — Treme-me a mão ao escrever estas linhas. A infeliz morreu. Eu não posso, bem vê, e vou-me embora, porque, se aqui ficasse, estalava-me o coração. Sua excelentíssima irmã lá estará tratando do enterro... Eu, como compreende, não posso. Muito lhe agradeço tudo... Até um dia, se Deus quiser que nos tornemos a ver. Por mim conto ir para longe, para alguma pobre paróquia de pastores, acabar meus dias nas lágrimas, na meditação e na penitência. Console como puder a desgraçada da mãe. Nunca me esquecerei do que lhe devo, enquanto tiver um sopro de vida. E adeus, que nem sei onde tenho a cabeça. Seu amigo do C. — Amaro Vieira.

P.S. A criança morreu também; já se enterrou.

Fechou a carta com uma obreia preta; e depois de arranjar os seus papéis, foi abrir o grande portão chapeado de ferro, olhar um momento o pátio, o barracão, a casa do sineiro... As névoas, as primeiras chuvas já davam àquele recanto de Sé o seu ar lúgubre de inverno. Adiantou-se devagar, sob o silêncio triste dos altos contrafortes; espreitou à vidraça da cozinha do tio Esguelhas; ele lá estava, sentado à chaminé, com o cachimbo na boca, cuspilhando tristemente para as cinzas. Amaro bateu de leve nos vidros — e quando o sineiro abriu a porta, aquele interior conhecido, rapidamente entrevisto, a cortina da alcova da Totó, a escada que ia para o quarto, agitaram o pároco de tantas recordações e de saudades tão bruscas, que não pôde falar um momento, com a garganta tomada de soluços.

— Venho-lhe dizer adeus, tio Esguelhas — murmurou por fim. — Vou a Lisboa, tenho minha irmã a morrer...

E acrescentou com os beiços trêmulos de um choro que ia romper:

— Todas as desgraças vêm juntas. Sabe, a pobre Ameliazinha lá morreu de repente...

O sineiro emudeceu, assombrado.

— Adeus, tio Esguelhas. Dê cá a mão, tio Esguelhas. Adeus...

— Adeus, senhor pároco, adeus! — disse o velho com os olhos arrasados de água.

Amaro fugiu para casa, contendo-se para não soluçar alto pelas ruas. Disse logo à Escolástica que ia partir nessa noite para Lisboa. O tio Cruz devia mandar-lhe um cavalo, para ir tomar o comboio a Chão de Maçãs.

— Eu não tenho senão o dinheiro que é necessário para a jornada. Mas o que aí me fica em lençóis e toalhas é para você...

A Escolástica, chorando de perder o senhor pároco, quis beijar-lhe a mão por tanta generosidade; ofereceu-se para fazer a mala...

— Eu mesmo a arranjo, Escolástica, não se incomode.

Fechou-se no quarto. A Escolástica, ainda choramingando, foi logo recolher, examinar as poucas roupas que estavam pelos armários. Mas Amaro daí a pouco gritou por ela; diante da janela uma harpa e uma rabeca, em desafinação, tocavam a valsa dos *Dois mundos*.

— Dê um tostão a esses homens — disse o padre furioso. — E diga-lhes que vão pro inferno... Que está aqui gente doente!

E até as cinco horas a Escolástica não tornou a sentir rumor no quarto.

Quando o moço do Cruz veio com o cavalo, pensando que o senhor pároco adormecera, ela foi-lhe bater devagarinho à porta do quarto, choramingando já da despedida próxima. Ele abriu logo. Estava de capote aos ombros; no meio do quarto, pronta e acorreada, a mala de lona que devia ir à garupa da égua. Deu-lhe um maço de cartas para ir entregar nessa noite, à Sra.

D. Maria da Assunção, ao padre Silvério e a Natário; e ia descer, entre os prantos da mulher, quando sentiu na escada um ruído conhecido de muleta, e o tio Esguelhas apareceu, muito comovido.

— Entre, tio Esguelhas, entre.

O sineiro cerrou a porta, e depois de hesitar um momento:

— Vossa Senhoria há de desculpar, mas... Tinha-me esquecido de todo, com os desgostos que tenho passado. Já há tempo que achei no quarto isto, e pensei que...

E meteu na mão de Amaro um brinco de ouro. Ele reconheceu-o logo; era de Amélia. Muito tempo ela o procurara debalde: soltara-se decerto nalguma manhã de amor, sobre a enxerga do sineiro. Amaro então, sufocado, abraçou o tio Esguelhas.

— Adeus! Adeus, Escolástica. Lembrem-se por cá de mim. Dê lembranças ao Matias, tio Esguelhas...

O moço afivelou a maleta ao selim e Amaro partiu, deixando a Escolástica e o tio Esguelhas, a chorar ambos à porta.

Mas depois de ter passado os açudes, ao pé de uma volta da estrada, teve de apear para compor o estribo; e ia montar, quando apareceram dobrando o muro o Dr. Godinho, o secretário-geral e o senhor administrador do concelho, muito amigos agora, e que vinham, depois do passeio, recolhendo para a cidade. Pararam logo a falar ao senhor pároco — admirando-se de o ver ali, de maleta na garupa, com ares de jornada...

— É verdade — disse — vou para Lisboa!

O antigo Bibi e o administrador suspiraram invejando-lhe a felicidade. — Mas quando o pároco falou da irmã moribunda, afligiram-se com polidez; e o senhor administrador disse:

— Deve estar muito sentido, compreendo... De mais a mais essa outra desgraça na casa daquelas senhoras suas amigas... A pobre Ameliazinha, morta assim de repente...

O antigo Bibi exclamou:

— O quê? A Ameliazinha, aquela bonita que morava na rua da Misericórdia? Morreu?

O Dr. Godinho também o ignorava, e pareceu consternado.

O senhor administrador soubera-o pela sua criada, que o ouvira da Dionísia. Dizia-se que fora um aneurisma.

— Pois senhor pároco, — exclamou Bibi — desculpe se aflijo as suas crenças respeitáveis, que são as minhas de resto... Mas Deus cometeu um verdadeiro crime... Levar-nos a rapariga mais bonita da cidade! Que olhos, senhores! E depois com aquele picantezinho da virtude...

Então, num tom de pêsames, todos lamentaram aquele golpe que devia ter afetado tanto o senhor pároco.

Ele disse muito grave:

— Senti-o deveras... Conhecia-a bem... E com as suas boas qualidades, devia fazer, sem dúvida, uma esposa modelo... Senti-o muito!

Apertou silenciosamente as mãos em redor — e enquanto os cavalheiros recolhiam à cidade, o padre Amaro foi trotando pela estrada, que já escurecia, para a estação de Chão de Maçãs.

Ao outro dia, pelas onze horas, o enterro de Amélia saiu da Ricoça. Era uma manhã áspera; o céu e os campos estavam afogados numa névoa pardacenta; e caía, muito miúda, uma chuva regelada. Era longe da quinta a capela dos Poiais. O menino do coro adiante, de cruz alçada, apressava-se, chapinhando a lama a grandes pernadas; o abade Ferrão, de estola negra, abrigava-se, murmurando o *Exultabunt Domino* sob o guarda-chuva que sustentava ao lado o sacristão com o hissope; quatro trabalhadores da quinta, abaixando a cabeça contra a chuva oblíqua, levavam numa padiola o esquife que tinha dentro o caixão de chumbo; e, sob o vasto guarda-chuva do caseiro, a Gertrudes de mantéu pela cabeça ia desfiando as suas contas. Ao lado do caminho o vale triste dos Poiais cavava-se, todo pardo na neblina, num grande silêncio; e a voz enorme do vigário, mugindo o *Miserere*, rolava pela quebrada úmida onde murmuravam os riachos muito cheios.

Mas às primeiras casas da aldeia os moços do caixão pararam derreados; e então um homem, que estava esperando debaixo de uma árvore sob o seu guarda-chuva, veio juntar-se silenciosamente ao enterro. Era João Eduardo, de luvas pretas, carregado de luto, com as olheiras cavadas em dois sulcos negros, grossas lágrimas a correrem-lhe nas faces. E imediatamente, por trás dele, vieram colocar-se dois criados de farda, com as calças muito arregaçadas e tochas na mão — dois lacaios que mandara o Morgado, para honrar o enterro de uma dessas senhoras da Ricoça, amigas do abade.

Então vendo estas duas librés que vinham afidalgar o préstito, o menino do coro rompeu logo, erguendo mais alto a cruz; os quatro homens, já sem fadiga, empertigaram-se às varas da padiola; o sacristão bramiu um *Requiem* tremendo. E pelas lamas do íngreme caminho da aldeia foi subindo o enterro, enquanto às portas as mulheres se ficavam persignando, olhando as sobrepelizes brancas e o caixão de galões de ouro, que iam afastando seguidos do grupo de guarda-chuvas abertos, sob a chuva triste.

A capela era no alto, num adro de carvalheiras; o sino dobrava; e o enterro sumiu-se para o interior da igreja escura, ao canto do *Subvenite sancti* que o sacristão entoou em ronco. — Mas os dois criados de farda não entraram porque o senhor Morgado assim o tinha ordenado.

Ficaram à porta, sob o guarda-chuva, escutando, batendo os pés regelados. Dentro seguia o cantochão; depois era um ciciar de orações que se amortecia; e de repente latins fúnebres lançados pela voz grossa do vigário.

Então os dois homens, enfastiados desceram do adro, entraram um momento na taberna do tio Serafim. Dois moços de gado da quinta do Morgado, que bebiam em silêncio o seu quartilho, ergueram-se logo vendo aparecer os dois criados de farda.

— À vontade, rapazes, é sentar e beber — disse o velho baixito que acompanhava João Eduardo a cavalo. — Nós lá estamos, na maçada do enterro... Boas tardes, Sr .Serafim.

Apertaram a mão ao Serafim, que lhes pediu duas aguardentes — e informou-se se a defunta era noiva do Sr. Joãozinho. Tinham-lhe dito que morrera de uma veia rebentada.

O baixito riu:

— Qual veia rebentada! Não lhe rebentou coisa nenhuma. O que lhe rebentou foi um rapagão pelo ventre...

— Obra do Sr. Joãozinho? — perguntou o Serafim, arregalando o olho brejeiro.

— Não me parece — disse o outro com importância. — O Sr. Joãozinho estava em Lisboa... Obra de algum cavalheiro da cidade... Sabe vossemecê de quem eu desconfio, Sr. Serafim?

Mas a Gertrudes, esbaforida, rompeu pela taberna gritando que o saimento já ia ao pé do cemitério, e que não faltavam senão "aqueles senhores"! Os lacaios abalaram logo, e alcançaram o enterro quando ia passando a pequena grade do cemitério, ao último versículo do *Miserere*. João Eduardo agora levava uma vela na mão; ia logo atrás do caixão de Amélia, tocando-o quase, com os olhos enevoados de lágrimas fitos no veludilho negro que o cobria. Sem cessar, o sino na capela dobrava desoladamente. A chuva caía mais miúda. E todos calados, no silêncio fusco do cemitério, com passos abafados pela terra mole, iam-se dirigindo para o canto do muro onde estava cavada de fresco a cova de Amélia, negra e profunda entre a relva úmida. O menino do coro cravou no chão a haste da cruz prateada, e o abade Ferrão, adiantando-se até a beira do buraco escuro, murmurou o *Deus cujus miseratione*... Então João Eduardo, muito pálido, vacilou de repente, e o guarda-chuva caiu-lhe das mãos; um dos criados de farda correu, segurou-o pela cinta; queriam-no levar, arrancá-lo de ao pé da cova; mas ele resistiu, e ali ficou, com os dentes cerrados, segurando-se desesperadamente à manga do criado, vendo o coveiro e os dois moços amarrarem as cordas no caixão, fazerem-no resvalar devagar entre a terra esfarelada que rolava, com um ranger de tábuas mal pregadas.

— *Requiem aeternam dona ei, Domine!*

— *Et lux perpetua luceat ei* — mugiu o sacristão.

O caixão bateu no fundo com uma pancada surda; o abade espalhou em cima uma pouca terra em forma de cruz; e sacudindo lentamente o hissope sobre o veludilho, a terra, a relva em redor:

— *Requiescat in pace.*

— Amém — responderam a voz cava do sacristão e a voz aguda do menino do coro.

— Amém — disseram todos num murmúrio, que ciciou, se perdeu entre os ciprestes, as ervas, os túmulos e as névoas frias daquele triste dia de dezembro.

XXV

Nos fins de maio de 1871 havia grande alvoroço na Casa Havanesa, ao Chiado, em Lisboa. Pessoas esbaforidas chegavam, rompiam pelos grupos que atulhavam a porta, e alçando-se em bicos de pés esticavam o pescoço, por entre a massa dos chapéus, para a grade do balcão, onde numa tabuleta suspensa se colavam os telegramas da *Agência Havas*; sujeitos de faces espantadas saíam consternados, exclamando logo para algum amigo mais pacato que os esperara fora:

— Tudo perdido! Tudo a arder!

Dentro, na multidão de grulhas que se apertava contra o balcão, questionava-se forte; e pelo passeio, no largo do Loreto, defronte ao pé do estanco, pelo Chiado até ao Magalhães, era, por aquele dia já quente do começo de verão, toda uma gralhada de vozes impressionadas onde as palavras — *Comunistas! Versalhes! Petroleiros! Thiers! Crime! Internacional!* voltavam a cada momento, lançadas com furor, entre o ruído das tipoias e os pregões dos garotos gritando *suplementos*.

Com efeito, a cada hora chegavam telegramas anunciando os episódios sucessivos da insurreição batalhando nas ruas de Paris: telegramas despedidos de Versalhes num terror, dizendo os palácios que ardiam, as ruas que se aluíam; fuzilamentos em massa nos pátios dos quartéis e entre os mausoléus dos cemitérios; a vingança que ia saciar-se até a escuridão dos esgotos; a fatal demência que desvairava as fardas e as blusas; e a resistência que tinha o furor de uma agonia com os métodos de uma ciência e fazia saltar uma velha sociedade pelo petróleo, pela dinamite e pela nitroglicerina! Uma convulsão, um fim do mundo — que vinte, trinta palavras de repente mostravam, num relance, a um clarão de fogueira.

O Chiado lamentava com indignação aquela ruína de Paris. Recordavam-se com exclamações os edifícios ardidos, o *Hôtel de Ville*, "tão bonito", a rua *Royale*, "aquela riqueza". Havia indivíduos tão furiosos com o incêndio das Tulherias como se fosse uma propriedade sua; os que tinham estado em Paris um ou dois meses abriam-se em invectivas, arrogando-se uma participação de parisiense na riqueza da cidade, escandalizados por a insurreição não ter respeitado os monumentos em que eles tinham posto os seus olhos.

— Vejam vocês! — exclamava um sujeito gordo. — O palácio da Legião de Honra destruído! Ainda não há um mês que eu lá estive com minha mulher... Que infâmia! Que patifaria!

Mas espalhara-se que o ministério recebera outro telegrama mais desolador: toda a linha do *boulevard* da Bastilha à Madalena ardia, e ainda a praça da Concórdia, e as avenidas dos Campos Elísios até ao Arco do Triunfo. E assim tinha a revolta arrasado, numa demência, todo aquele sistema de restaurantes, cafés-concerto, bailes públicos, casas de jogo e ninhos de prostitutas! Então houve por todo o largo do Loreto até ao Magalhães um estremecimento do furor. Tinham pois as chamas aniquilado aquela centralização tão cômoda da patuscada! Oh que infâmia! O mundo acabava! Onde se comeria melhor que em Paris? Onde se encontrariam mulheres mais experientes? Onde se tornaria a ver aquele desfilar prodigioso de uma volta do *Bois*, nos dias ásperos e secos de inverno, quando as vitórias das *cocottes* resplandeciam ao pé dos fáetons dos agentes da Bolsa? Que abominação! Esqueciam-se as bibliotecas e os museus; mas a saudade era sincera pela destruição dos cafés e pelo incêndio dos lupanares. Era o fim de Paris, era o fim da França!

Num grupo ao pé da Casa Havanesa os questionadores politicavam; pronunciava-se o nome de Proudhon que, por esse tempo, se começava a citar vagamente em Lisboa como um monstro sanguinolento; e as invectivas rompiam contra Proudhon. A maior parte imaginava que era ele que tinha incendiado. Mas o poeta estimado das *Flores* e *Ais* acudiu dizendo "que à parte das asneiras que Proudhon dizia, era ainda assim um estilista bastante ameno". Então o jogador França berrou:

— Qual estilo, qual cabaça! Se aqui o pilhasse no Chiado rachava-lhe os ossos!

E rachava. Depois do conhaque o França era uma fera.

Alguns moços porém, a quem o elemento dramático da catástrofe revolvia o instinto romântico, aplaudiam a heroicidade da Comuna — Vermorel abrindo os braços como o Crucificado e sob as balas que o trespassavam gritando: Viva a humanidade! O velho Delecluze, com um fanatismo de santo, ditando do seu leito de agonia as violências da resistência...

— São grandes homens! — exclamava um rapaz exaltado.

Em redor as pessoas graves rugiam. Outras afastavam-se pálidas, vendo já as suas casas na Baixa a escorrer de petróleo e a mesma Casa Havanesa presa de chamas socialistas. Então era em todos os grupos um furor de autoridade e repressão; era necessário que a sociedade, atacada pela Internacional, se refugiasse na força dos seus princípios conservadores e religiosos, cercando-os bem de baionetas! Burgueses com tendas de capelistas falavam da "canalha" com o desdém imponente de um La Tremouille ou de um Ossuna. Sujeitos, palitando os dentes, decretavam a vingança. Vadios pareciam furiosos "contra o operário que quer viver como príncipe". Falava-se com devoção na propriedade, no capital!

Doutro lado eram moços verbosos, localistas excitados que declamavam contra o velho mundo, a velha ideia, ameaçando-os do alto, propondo-se a derruí-los em artigos tremendos.

E assim uma burguesia entorpecida esperava deter, com alguns policiais, uma evolução social; e uma mocidade, envernizada de literatura, decidia destruir num folhetim uma sociedade de dezoito séculos. Mas ninguém se mostrava mais exaltado que um guarda-livros de hotel, que do alto do degrau da Casa Havanesa brandia a bengala, aconselhando à França a restauração dos Bourbons.

Então um homem vestido de preto, que saíra do estanco e atravessava por entre os grupos, parou, sentindo uma voz espantada que exclamava ao lado:

— Ó padre Amaro! Ó maganão!

Voltou-se: era o cônego Dias. Abraçaram-se com veemência, e para conversarem mais tranquilamente foram andando até ao largo de Camões, e ali pararam junto à estátua:

— Então você quando chegou, padre-mestre?

Tinha chegado na véspera. Trazia uma demanda com os Pimentas da Pojeira por causa de uma servidão na quinta; tinha apelado para a Relação, e vinha seguir de perto a questão na capital.

— E você, Amaro? Na última carta dizia-me que tinha vontade de sair de Santo Tirso.

Era verdade. A paróquia tinha vantagens; mas vagara Vila Franca, e ele, para estar mais perto da capital, viera falar com o senhor conde de Ribamar, o seu conde, que lá andava obtendo a transferência. Devia-lhe tudo, sobretudo à senhora condessa!

— E de Leiria? A S. Joaneira, vai melhor?

— Não, coitada... Você sabe; a princípio tivemos um susto dos diabos... Pensávamos que lhe ia suceder como à Amélia. Mas não, era hidropisia... E ali o que há é anasarca...

— Coitada, santa senhora! E o Natário?

— Avelhado! Tem tido os seus desgostos. Muita língua.

— Diga lá padre-mestre, o Libaninho?

— Eu escrevi-lhe a esse respeito — disse o cônego rindo.

O padre Amaro riu também; e durante um momento os dois sacerdotes pararam, apertando as ilhargas.

— Pois é verdade — disse o cônego. — A coisa tinha sido realmente escandalosa... Porque enfim repare o amigo que o pilharam com o sargento, de tal modo que não havia a duvidar... E às dez horas da noite, na alameda! Já é imprudência... Mas enfim a coisa esqueceu, e quando o Matias morreu, lá lhe demos o lugar de sacristão, o que é boa posta... Muito melhor que o que ele tinha no cartório... E há de cumprir com zelo!

— Há de cumprir com zelo — concordou muito sério o padre Amaro. — E a propósito, a D. Maria da Assunção?

— Homem, rosnam-se coisas... Criado novo... Um carpinteiro que morava defronte... O rapaz anda no trinque.

— Palavra?

— No trinque. Charuto, relógio, luva! Tem pilhéria, hem?

— É divino!

— As Gansosos na mesma — continuou o cônego. — Têm agora a sua criada, a Escolástica.

— E da besta do João Eduardo?

— Eu mandei-lhe dizer, não? Lá está ainda nos Poiais. O Morgado está mal do fígado! E o João Eduardo diz que está tísico... que eu não sei, nunca mais o vi... Quem mo disse foi o Ferrão.

— Como vai ele, o Ferrão?

— Bem. Sabe quem eu vi há dias? A Dionísia.

— E então?

O cônego disse uma palavra baixo ao ouvido do padre Amaro.

— Deveras, padre-mestre?

— Na rua das Sousas, a dois passos da sua antiga casa. O D. Luís da Barrosa é que lhe deu o dinheiro para montar o estabelecimento. Pois aqui estão as novidades. E você está mais forte, homem! Fez-lhe bem a mudança...

E pondo-se diante, galhofando:

— Ó Amaro, e você a escrever-me que queria retirar-se para a serra, ir para um convento, passar a vida em penitência...

O padre Amaro encolheu os ombros:

— Que quer você, padre-mestre?... Naqueles primeiros momentos... Olhe que me custou! Mas tudo passa...

— Tudo passa — disse o cônego. E depois de uma pausa: Ah! Mas Leiria já não é Leiria!

Passearam então um momento em silêncio, numa recordação que lhes vinha do passado, os quinos divertidos da S. Joaneira, as palestras ao chá, as passeatas ao Morenal, o *Adeus* e o *Descrido* cantados pelo Artur Couceiro e acompanhados pela pobre Amélia que, agora, lá dormia no cemitério dos Poiais, sob as flores silvestres...

— E que me diz você a estas coisas da França, Amaro? — exclamou de repente o cônego.

— Um horror, padre-mestre... O arcebispo, uma súcia de padres fuzilados!... Que brincadeira!

— Má brincadeira — rosnou o cônego.

E o padre Amaro:

— E cá pelo nosso canto parece que começam também essas ideias...

O cônego assim o ouvira. Então indignaram-se contra essa turba de maçons, de republicanos, de socialistas, gente que quer a destruição de tudo o que é respeitável — o clero, a instrução religiosa, a família, o exército e a riqueza... Ah! a sociedade estava ameaçada por monstros desencadeados! Eram necessárias as antigas repressões, a masmorra e a forca. Sobretudo inspirar aos homens a fé e o respeito pelo sacerdote.

— Aí é que está o mal, — disse Amaro — é que nos não respeitam! Não fazem senão desacreditar-nos... Destroem no povo a veneração pelo sacerdócio...

— Caluniam-nos infamemente — disse num tom profundo o cônego.

Então junto deles passaram duas senhoras, uma já de cabelos brancos, o ar muito nobre; a outra, uma criaturinha delgada e pálida, de olheiras batidas, os cotovelos agudos colados a uma cinta de esterilidade, *pouff* enorme no vestido, cuia forte, tacões de palmo.

— Cáspite! — disse o cônego baixo, tocando o cotovelo do colega. — Hem, seu padre Amaro?... Aquilo é que você queria confessar.

— Já lá vai o tempo, padre-mestre — disse o pároco rindo — já as não confesso senão casadas!

O cônego abandonou-se um momento a uma grande hilaridade; mas retomou o seu ar ponderoso de padre obeso, vendo Amaro tirar profundamente o chapéu a um cavalheiro de bigode grisalho e óculos de ouro, que entrava na praça, do lado do Loreto, com o charuto cravado nos dentes e o guarda-sol debaixo do braço.

Era o senhor conde de Ribamar. Adiantou-se com bonomia para os dois sacerdotes; e Amaro descoberto e perfilado, apresentou "o seu amigo, o senhor cônego Dias, da Sé de Leiria". Conversaram um momento da estação, que já ia quente. Depois o padre Amaro falou dos últimos telegramas.

— Que diz Vossa Excelência a estas coisas, de França, senhor conde?

O estadista agitou as mãos, numa desolação que lhe assombreava a face:

— Nem me fale nisso, senhor padre Amaro, nem me fale nisso... Ver meia dúzia de bandidos destruir Paris... O meu Paris!... Creiam Vossas Senhorias que tenho estado doente.

Os dois sacerdotes, com uma expressão consternada, uniram-se à dor do estadista.

E então o cônego:

— E qual pensa Vossa Excelência que será o resultado?

O senhor conde de Ribamar, com pausa, em palavras que saíam devagar, sobrecarregadas do peso das ideias disse:

— O resultado?... Não é difícil prevê-lo. Quando se tem alguma experiência da História e da Política, o resultado de tudo isto vê-se distintamente. Tão distintamente como os vejo a Vossas Senhorias.

Os dois sacerdotes pendiam dos lábios proféticos do homem de Governo.

— Sufocada a insurreição — continuou o senhor conde olhando a direito diante de si com o dedo no ar, como seguindo, apontando os futuros históricos que a sua pupila, ajudada pelos óculos de ouro, penetrava — sufocada a insurreição, dentro de três meses temos de novo o império... Se Vossas Senhorias tivessem visto como eu uma recepção nas Tulherias ou no *Hôtel de Ville*, nos tempos do império, haviam de dizer, como eu, que a França é profundamente imperialista e só imperialista... Temos pois Napoleão III: ou talvez ele abdique, e a imperatriz tome a regência na menoridade do príncipe imperial... Eu aconselharia antes, e já o fiz saber, que era esta talvez a solução mais prudente. Como consequência imediata temos o papa em Roma outra vez senhor do poder temporal... Eu, a falar a verdade, e já o fiz saber, não aprovo uma restauração papal. Mas eu não lhes estou aqui a dizer o que aprovo, ou o que reprovo. Felizmente não sou o dono da Europa... Seria um encargo superior à minha idade e às minhas enfermidades. Estou a dizer o que a minha experiência da Política e da História me aponta como certo... Dizia eu...? Ah! a imperatriz no trono de França, Pio Nono no trono de Roma, aí temos a democracia esmagada entre estas duas forças sublimes, e creiam Vossas Senhorias um homem que conhece a sua Europa e os elementos de que se compõe a sociedade moderna, creiam que depois deste exemplo da Comuna não se torna a ouvir falar de república, nem de questão social, nem de povo, nestes cem anos mais chegados!...

— Deus Nosso Senhor o ouça, senhor conde — fez com unção o cônego.

Mas Amaro, radiante de se achar ali, numa praça de Lisboa, em conversação íntima com um estadista ilustre, perguntou ainda, pondo nas palavras uma ansiedade de conservador assustado:

— E crê Vossa Excelência que essas ideias de república, de materialismo, se possam espalhar entre nós?

O conde riu; e dizia, caminhando entre os dois padres, até quase junto das grades que cercam a estátua de Luís de Camões:

— Não lhes dê isso cuidado, meus senhores, não lhes dê isso cuidado! É possível que haja aí um ou dois esturrados que se queixem, digam tolices sobre a decadência de Portugal, e que estamos num marasmo, e que vamos caindo no embrutecimento, e que isto assim não pode durar dez anos, etc., etc. Baboseiras!...

Tinha-se encostado quase às grades da estátua, e tomando uma atitude de confiança:

— A verdade, meus senhores, é que os estrangeiros invejam-nos... E o que vou a dizer não é para lisonjear a Vossas Senhorias: mas enquanto neste país houver sacerdotes respeitáveis como Vossas Senhorias, Portugal há de manter com dignidade o seu lugar na Europa! Porque a fé, meus senhores, é a base da ordem!

— Sem dúvida, senhor conde, sem dúvida — disseram com força os dois sacerdotes.

— Se não, vejam Vossas Senhorias isto! Que paz, que animação, que prosperidade!

E com um grande gesto mostrava-lhes o largo do Loreto, que àquela hora, num fim de tarde serena, concentrava a vida da cidade. Tipoias vazias rodavam devagar; pares de senhoras passavam, de cuia cheia e tacão alto, com os movimentos derreados, a palidez clorótica duma degeneração de raça; nalguma magra pileca, ia trotando algum moço de nome histórico, com a face ainda esverdeada da noitada de vinho; pelos bancos de praça gente estirava-se num torpor de vadiagem; um carro de bois, aos solavancos sobre as suas altas rodas, era como o símbolo de agriculturas atrasadas de séculos; fadistas jingavam, de cigarro nos dentes; algum burguês enfastiado lia nos cartazes o anúncio de operetas obsoletas; nas faces enfezadas de operários havia como a personificação das indústrias moribundas... E todo este mundo decrépito se movia lentamente, sob um céu lustroso de clima rico, entre garotos apregoando a loteria e a batota pública, e rapazitos de voz plangente oferecendo o *Jornal das Pequenas Novidades*; e iam num vagar madraço. Entre o largo onde se erguiam duas fachadas tristes de igreja, e o renque comprido das casarias da praça onde brilhavam três tabuletas de casas de penhores, negrejavam quatro entradas de taberna, e desembocavam, com um tom sujo de esgoto aberto, as vielas de todo um bairro de prostituição e de crime.

— Vejam — ia dizendo o conde: — vejam toda esta paz, esta prosperidade, este contentamento... Meus senhores, não admira realmente que sejamos a inveja da Europa!

E o homem de Estado, os dois homens de religião, todos três em linha, junto às grades do monumento, gozavam de cabeça alta esta certeza gloriosa da grandeza do seu país, — ali ao pé daquele pedestal, sob o frio olhar de bronze do velho poeta ereto e nobre, com os seus largos ombros de cavaleiro forte, a epopeia sobre o coração, a espada firme, cercado dos cronistas e dos poetas heroicos da antiga pátria — pátria para sempre passada, memória quase perdida!

Outubro 1878 — Outubro 1879.

Apêndice

Contextualização da obra

Realismo / naturalismo

Cristina Garófalo Porini[1]

Na segunda metade do século XIX, a Europa é palco para grandes mudanças, uma vez que a burguesia se estabelece, exercendo o poder econômico e político. Se, por um lado, vive-se com as grandes inovações desencadeadas pela Revolução Industrial, por outro, as classes sociais menos abastadas sofrem com o novo contexto urbano. É nesse clima que na França surgem três estilos literários praticamente simultâneos: o realismo (com a publicação de *Madame Bovary*, de Gustave Flaubert, no ano de 1857), o Naturalismo (a vertente científica, biológica do realismo, com a publicação de *Thérèse Raquin*, de Émile Zola, em 1867) e o parnasianismo (com a antologia *Parnasse contemporain*, em 1866). Em comum, as escolas são uma franca reação contra o ponto de vista extremamente subjetivo e a idealização do romantismo, estilo literário anterior.

É importante notar, porém, conforme ressalta Antonio Candido em seu *Presença da literatura brasileira*, que a palavra Realismo pode gerar dúvidas. Por estar relacionado àquilo que existe, o real sempre se faz presente na literatura; a diferença é que cada escola literária se

---

[1] Graduada em Letras pela Universidade de São Paulo e em Relações Públicas pela Faculdade de Comunicação Social Cásper Líbero, professora de ensino médio na rede particular de ensino e em cursos pré-vestibulares, redatora e revisora de textos.

apropria dele de uma maneira particular. O autor romântico, por exemplo, o descreve de forma idealizada, de acordo com o seu ponto de vista; já o realista busca tratá-lo com objetividade, muito próximo de como ele é.

De qualquer maneira, o fato é que, a partir desse momento, a literatura passa a exercer seu papel social, expondo o problemático contexto político e econômico vivido na Europa. A preocupação do autor realista é voltar-se com objetividade àquilo que é real, descrevendo-o com defeitos e raras qualidades, sem a aura da subjetiva e inexistente perfeição. Uma grande diferença percebida pelo leitor do final do século XIX está relacionada ao herói: o romântico, sempre apresentado em sua perfeição moral, sucumbe; ele se torna problemático — e a literatura ganha com personagens abordadas de maneira mais profunda, muitas vezes analisadas psicologicamente.

Tal enfoque racional na arte decorre do próprio contexto histórico: o desenvolvimento científico é o responsável por tantas e tão profundas transformações. A literatura passa a ser influenciada pelas correntes cientificistas, de modo que muitos romances se transformam em verdadeiras teses sobre o comportamento humano. Os autores têm predileção por temas relacionados tanto à patologia clínica quanto à patologia social: escrevem sobre a falência de estruturas como a família e o casamento, criticam a Igreja, revelam as relações mantidas por interesse financeiro e/ou social, assim como o adultério, a tara, a loucura. Mencionam também relações homossexuais, consideradas, na época, um grande desvio de conduta. O leitor burguês entra em choque com as descrições muitas vezes detalhistas do próprio cotidiano alienado, feitas por um narrador irônico e inevitavelmente pessimista.

Contexto histórico

Durante a segunda metade do século XIX, nações imperialistas da Europa, como Reino Unido, França, Alemanha e Bélgica, entre outras, alcançaram sua fase de êxito industrial, possibilitado pelo controle que a burguesia exercia sobre as esferas política e econômica. Não era, porém, essa a situação que ocorria em Portugal, com regiões ainda mantendo estruturas próprias ao modo de produção feudal.

Os centros urbanos portugueses, como Lisboa e Coimbra, no entanto, estavam em comunicação estreita com Paris, promovendo a alegria dos muitos estudantes dessas cidades. Por intermédios dos trens diários, lá chegava toda sorte de informação — e foi desta maneira que as novas teorias do pensamento alcançaram as terras lusitanas. Os jovens portugueses tomaram contato com a teoria positivista de Augusto Comte, buscando as leis científicas nas questões físicas, sociais e espirituais; conheceram o evolucionismo de Charles Darwin, e a importância de fatores biológicos, como o instinto, para melhor adaptação à sociedade; leram sobre o determinismo e a falta de livre-arbítrio proposta por Hyppolite Taine; sobre o socialismo utópico de Pierre-Joseph Proudhon, defendendo a organizações de núcleos de produtores em auxílio mútuo, assim como sobre o socialismo científico de Karl Marx e Friedrich Engels, propondo a luta de classes para o estabelecimento de uma sociedade igualitária. No campo da literatura, *Madame Bovary*, de Gustave Flaubert, foi a prova cabal de que o romantismo fora superado — ao menos para os demais países europeus...

Essa imensa quantidade de novas teorias deixou os estudantes da Universidade de Coimbra bastante interessados, com fôlego para propagá-las pelo país. Encontraram, porém, a oposição nos setores mais conservados da sociedade portuguesa, assim como em seus tradicionais rivais, os estudantes da Universidade de Lisboa. Exatamente a partir da discussão entre estes grupos, o Realismo simbolicamente foi iniciado em Portugal, batizada como Questão Coimbrã ou Polêmica do Bom Senso e do Bom Gosto, em 1865.

A desavença parecia algo banal. Antônio Feliciano de Castilho, um dos fundadores do romantismo em Portugal, era autoridade incontestável na Universidade de Lisboa; afirmava-se, inclusive, que uma obra literária só faria sucesso se passasse pelo crivo dele. Provavelmente por esse motivo, Tomás Ribeiro, poeta romântico, escolhera-o para redigir o prefácio de uma obra, *Dom Jaime ou a dominação de Castela*, um poema em nove cantos, de forte teor nacionalista. Em tal prefácio, Castilho comparou o autor a Luís Vaz de Camões, afirmando que a obra ultrarromântica poderia ser equiparada a *Os lusíadas*.

Os alunos de Coimbra, indignados, reagiram frente ao que consideraram desrespeito à obra máxima da literatura portuguesa. Em seguida, Antônio Feliciano de Castilho respondeu a eles: aproveitou o lançamento do *Poema da Mocidade*, de Pinheiro Chagas, elogiou com veemência o teor ultrarromântico de tal obra, e dirigiu-se aos jovens coimbrões, afirmando que eles não tinham bom senso ou bom gosto em relação à arte. A resposta foi escrita e publicada por Antero de Quental, um de seus antigos alunos, em dois de novembro de 1865: no folheto *Bom senso e bom gosto*, entre tantas ironias, Antero considerou seu antigo mestre como alguém fútil, afirmando que "V.Exa. precisa menos cinquenta anos de idade, ou então mais cinquenta de reflexão."[2] e despediu-se afirmando que não era "Nem admirador nem respeitador".[3]

Castilho não respondeu ao seu ex-aluno; quem o fez foi Ramalho Ortigão e, depois de aproximadamente 40 artigos — envolvendo diversas outras pessoas, dentre as quais inclusive Camilo Castelo Branco —, tal discussão foi considerada o início do realismo-naturalismo lusitano, apesar de a polêmica não se restringir ao campo artístico ou literário. A partir desse momento, as ideias que circulavam na França, na Alemanha e no Reino Unido, entre outros países, chegaram decisivamente a Portugal.

Em 1871, no entanto, o embate entre os conceitos considerados ultrapassados e as novas teorias do pensamento ainda persistiam entre os portugueses. Incentivados pelos acontecimentos franceses (fim do Segundo Império, com a queda de Napoleão III e da monarquia, e a consequente Comuna de Paris, primeiro governo operário da história), os intelectuais mais importantes daquele momento — futuramente chamados de Geração de 70, eram: Antero de Quental, Eça de Queirós, Guerra Junqueiro, Oliveira Martins, Teófilo Braga e Ramalho Ortigão — organizaram uma série de dez conferências a se realizar numa sala alugada do Cassino de Lisboa. A programação das "Conferências Democráticas do Cassino Lisboense" foi idealizada visando à alteração do contexto português nas áreas política, econômica

---

[2] QUENTAL, Anthero do. Bom Senso e bom gosto. Carta ao excelentíssimo senhor Antonio Feliciano de Castilho. http://www.gutenberg.org/dirs/3/0/0/7/30070/30070-h/30070-h.htm. Acessado em 09/03/2010.

[3] Idem.

e religiosa; dessa maneira, os participantes colocariam em discussão as mais diversas temáticas, desde causas da decadência da nação até os conceitos de República e de socialismo.

Antes que o governo reprimisse os encontros, cinco das conferências previstas foram realizadas. A primeira e a segunda foram apresentadas por Antero de Quental, uma sobre os objetivos do projeto e a outra sobre as causas da decadência portuguesa (segundo o autor, a religião católica, a política absolutista dos monarcas e o colonialismo); a terceira defendia a literatura nacional, proferida por Augusto Soromenho; a quarta, de Eça de Queirós, pregava a missão social da literatura realista, como meio transformador da sociedade; a quinta, de Adolfo Coelho, propunha que o ensino fosse desvinculado da religião, promovendo o ensino voltado para as ciências humanas e naturais.

Estes portugueses que, em 1865, eram alunos enfrentando o catedrático Antônio Feliciano de Castilho e, em 1871, eram recém-formados enfrentando o governo, resolveram se reunir mais uma vez. Em 1888, formaram o grupo Os Vencidos da Vida, reconhecendo que, apesar do sucesso alcançado como homens das letras, não conseguiram fazer com que Portugal superasse o atraso tecnológico, se transformasse em uma república ou se adequasse ao socialismo.

Esse período compreendido entre 1851 e 1910 foi chamado, em solo lusitano, de Regeneração. Após um golpe de Estado dado pelos militares, estabeleceu-se uma Monarquia Constitucionalista que pretendia harmonizar interesses díspares, como os pequenos agricultores e a alta burguesia. De fato, o governo português promoveu uma série de progressos tecnológicos, com investimentos nas áreas de comunicação e transportes, por exemplo; porém, a falta de matéria-prima, de mão-de-obra e a dependência do capital estrangeiro, entre outros problemas, impediram aquilo que os jovens de Coimbra expressavam: a superação do atraso em que Portugal se encontrava.

Influências

O realismo e o naturalismo trazem fontes de influências relacionadas às teorias científicas e filosóficas que surgiram na segunda metade do século XIX. As que se fizeram presentes na literatura realista, entre outras áreas do conhecimento, foram:

Criticismo e anticlericalismo: teorias de Joseph Ernest Renan, voltadas à análise crítica do tanto do papel de Jesus Cristo e da Igreja Católica, assim como a sua influência deles frente ao contexto social, político e econômico que os países enfrentam.

Determinismo: a teoria de Hyppolite Taine defende que o homem não tem livre-arbítrio; seu comportamento está, portanto, pré-determinado por três fatores: a raça (determinismo genético), o meio (determinismo mesológico) e o momento (determinismo histórico).

Evolucionismo: teoria de Charles Darwin; defende a seleção natural de todos os seres vivos e, portanto, o homem é influenciado por instintos animais. Para evoluir, a adaptação ao meio é indispensável: apenas os mais fortes, os que melhor se adaptam, sobrevivem.

Objetivismo: os autores têm compromisso em observar o que ocorre no cotidiano da sociedade para retratá-la com neutralidade, sendo um mero espectador.

Porém, é importante lembrar que se trata de um trabalho artístico, de modo que a criação é alterada pela visão do escritor, sem que se perca o vínculo com o que é observado. Uma das técnicas mais empregadas para executar essa tarefa é o descritivismo, ou seja, a descrição muitas vezes detalhista com a intenção de levar o leitor a visualizar o ambiente retratado.

Pessimismo: o pensamento de Arthur Schopenhauer prega que nada resta ao Homem além de sofrer até o fim de sua existência, uma vez que está sempre insatisfeito por guiar suas ações pelo desejo e pelo erro.

Positivismo: a teoria de Auguste Comte defende que só pode ser considerado verdadeiro aquilo que se comprova cientificamente por meio de experiências.

Socialismo científico: teoria de Karl Marx e Friedrich Engels; afirma que a vida social é condicionada pelo modo de produção vigente, assim como defende que a luta de classes é responsável pela evolução da sociedade para que se alcancem a justiça e a igualdade.

Socialismo utópico: teoria de Pierre-Joseph Proudhon; mostra-se contrária à luta de classes defendida pelo socialismo científico. Seu pensamento está relacionado à organização de pequenos aglomerados de produtores, vivendo à base do auxílio mútuo.

O naturalismo, além de manter as influências relacionadas ao realismo, ainda acrescenta outras influências:

Coletividade: nestas obras, é nítida a opressão da sociedade em relação às camadas mais baixas, em concordância com o socialismo científico.

Experimentalismo: a teoria de Claude Bernard relaciona-se ao campo da medicina: o que se afirma como verdade precisa ser comprovado por intermédio de exames laboratoriais. Os escritores naturalistas partem desse princípio e desenvolvem romances de tese: a narrativa deve, obrigatoriamente, comprovar a verdade de sua proposição por meio de exames minuciosos relacionados à sociedade, levando à tona toda problemática humana — tanto a patologia clínica (por meio de caricaturas, males como varíola, flatulências, dispepsias, tuberculose, entre tantos outros) quanto a patologia social (relações adúlteras ou com interesses financeiros, por exemplo).

Perspectiva biológica degradante: a animalização do Homem é uma consequência do evolucionismo, muitas vezes exaltando o sensualismo repulsivo.

O autor

José Maria Eça de Queirós nasceu em 25 de novembro de 1845, em Póvoa do Varzim, no distrito do Porto, Portugal. Seu pai, um carioca formado em Direito pela Universidade de Coimbra, registrou-o como filho de "mãe incógnita" (fato que comumente ocorria quando a mãe pertencia à classe social mais alta e não obtinha o consentimento familiar para o matrimônio); apenas quatro anos após o nascimento de Eça o casamento de seus pais ocorreu, cerca de uma semana depois da morte de sua avó. Por esse motivo, o autor viveu seus quatro primeiros anos sob os cuidados de uma ama; em seguida, foi enviado a um internato, de onde saiu aos 16 anos — quando se mudou para Coimbra, a fim de cursar Direito. Vale lembrar que nesse momento ele fez amizade com Antero de Quental, o estudante responsável pelo início da Questão Coimbrã — da qual Eça não participou ativamente.

Após se formar, Eça exerceu atividades ligadas ao direito e ao jornalismo em Lisboa. Nos primeiros anos de carreira, viajou para o Oriente, o que lhe possibilitou conhecer a Palestina e assistir à inauguração do Canal de Suez, no Egito — fonte para seu livro *A relíquia*. Ao retornar a Portugal, sua carreira política foi iniciada (momento em que *O crime do Padre* Amaro foi escrito); logo se tornou cônsul em Cuba, Inglaterra e França. Eça lia e escrevia avidamente e, mesmo distante fisicamente, colaborava para a imprensa portuguesa, assim como redigia seus grandes romances, como *O primo basílio*, *Os Maias* e *A ilustre casa de Ramires*.

Casou-se apenas aos 40 anos, já falido financeiramente e com problemas de saúde relacionados à vida boêmia de que sempre desfrutou. Teve quatro filhos, e, bastante debilitado, ainda escreveu *A cidade e as serras*, obra cuja revisão pelo próprio autor não passou das primeiras 120 páginas. "O Senhor das Palavras", título do mais importante escritor de ficção portuguesa, faleceu aos 54 anos, em Paris, após trocar incessantemente de médicos e cidades europeias, à procura da cura para os diversos males que lhe afligiam.

O realismo de Eça de Queirós

A carreira literária de Eça de Queirós é costumeiramente dividida pelos críticos em três fases: a primeira ainda demonstra traços românticos, como o gosto pelo grotesco, porém já adianta o estilo direto de escrita do autor; a segunda é a propriamente realista-naturalista, procurando retratar Portugal a fim de fazer com que a literatura desempenhe sua função social; por fim, a terceira traz o autor mais ameno, nacionalista, pretendendo que a elite portuguesa assuma o controle a respeito das necessárias mudanças quanto à modernização do país.

Logo no início da carreira, porém, por ocasião das Conferências Democráticas do Cassino realizadas em Lisboa, no ano de 1871, o escritor afirmou: "(...) O romantismo era a apoteose do sentimento; o realismo é a anatomia do caráter. É a crítica do homem. É a arte que nos pinta a nossos próprios olhos — para conhecermos, para que saibamos se somos verdadeiros ou falsos, para condenarmos o que houve de mau na sociedade."[4] Desta maneira, Eça de Queirós defendeu a nova estética literária que já tomava conta da Europa: uma reação aos preceitos românticos, sobretudo à subjetividade e à idealização presentes em tais obras.

Apesar de o autor viver bastante tempo longe de Portugal, a postura crítica que sempre defendeu em relação à sociedade não perdeu a força; aliás, justamente esse afastamento físico permitiu que sua visão se tornasse mais objetiva e ácida. Por meio desse olhar, hoje é possível conhecer uma galeria de tipos portugueses do século XIX, em um retrato social panorâmico a respeito daquele momento. Para tanto, as descrições são inúmeras, muitas vezes detalhistas e mesmo impressionistas — o que pode incomodar aquele que espera um ritmo mais veloz da narrativa ou meramente objetivo; estes traços de subjetividade, em um período de obras marcadas pela objetividade, são um diferencial do autor. Eça trabalhava minuciosamente seu texto, permitindo ao leitor conhecer os costumes, as ruas e, inclusive, o sotaque dos lisboenses, leirienses, evorenses, coimbrões, portuenses, sintrenses...

---

[4] Trecho do discurso proferido durante a 4ª Conferência do Cassino, realizada em Lisboa, em 1871.

Em uma carta para o amigo Teófilo Braga, em 1878, Eça declarou ter a ambição de mostrar os portugueses aos próprios portugueses — é a literatura de denúncia, com o firme propósito de alterar o comportamento da sociedade. Por essa razão, escreveu as obras que compuseram as "Cenas Portuguesas": *O crime do Padre Amaro* (1876, reelaborado em 1880), *O primo Basílio* (1878) e *Os Maias* (1888) — este último de grandeza literária comparada a Os Lusíadas, curiosamente o mesmo motivo da discussão que desencadeou o movimento realista em Portugal. A recepção desses romances não poderia ser diferente: considerados escandalosos pela Igreja Católica, pelo governo e pelos próprios leitores de então, sofreram com a censura. Não se podia, na verdade, aguardar outra reação, quando se levavam a público a crítica ao celibato clerical, à vida provinciana, à vida da pequena burguesia e dos aristocratas portugueses, assim como às relações adúlteras e incestuosas.

Percebe-se que a obra de Eça de Queirós é composta por diversos romances de tese, mas é importante ressaltar que seu estilo o distanciou dos demais autores contemporâneos a ele. Devido à maestria do autor, a ironia com que expôs a sociedade faz com que, ainda hoje, os leitores riam ou se indignem em diversas passagens de seus livros. A linguagem empregada por ele, direta e bastante próxima ao que se encontrava nas ruas, faz com que a leitura ganhe ritmo, mesmo quando a narrativa parece não avançar muito.

Quanto às personagens, segundo observações feitas por Machado de Assis em críticas sobre as obras de Eça, nem sempre o autor optava por abordá-las de forma psicológica e densa. Com essa escolha, imaginava-se que as obras perderiam em qualidade, o que não ocorreu.

Colocar em cena os variados tipos sociais caricaturais foi a estratégia empregada para que a sociedade portuguesa fosse representada como um todo, reforçando seus defeitos. Assim, é exercida a função social da literatura: a observação crítica das fúteis moças burguesas, dos dândis, dos beatos, dos padres, das vizinhas fofoqueiras, dos adúlteros...

Sobre *O crime do Padre Amaro*

Publicado em 1876, *O crime do Padre Amaro*, segundo o próprio autor, vinha sendo escrito desde 1871. Esta é a obra responsável por inaugurar a fase madura do autor.

Não há dúvidas de que sua recepção por parte do público e da crítica foi ruidosa — um narrador com pleno conhecimento das ações e dos pensamentos de todos os personagens desvenda a sociedade religiosa de Leiria. O subtítulo da obra, *Cenas da vida devota*, confirma: os párocos dessa localidade são homens como quaisquer outros, dados a toda espécie de fraquezas humanas; a diferença é que conhecem a liturgia católica além do que a maioria das pessoas e são considerados por estas como entes superiores.

Amaro é um jovem padre, desde criança direcionado à vida eclesiástica — vale lembrar, tema tantas vezes retratado pelos românticos. Desta vez, porém, por mais que mostre boas intenções no início da narrativa, o convívio com seu antigo mestre de seminário, assim como com outros religiosos, mostra-lhe que é permitido agir conforme seus instintos, desde que seja mantida sua autoridade religiosa. Nada poderia ser mais cômodo ao padre.

Ao chegar a Leiria, Amaro é hospedado na casa de S. Joaneira, mãe de Amélia, e esta é a mais bela jovem da cidade. É destinado a ele o quarto localizado exatamente abaixo dos cômodos da garota; à noite, ouvi-la se despindo ou arrastando as saias de um lado para o outro é um convite a toda forma de pensamento obsceno. Além disso, todas as noites, as beatas e os párocos se reúnem em tal residência para jantares fartos, jogos de cartas e mexericos a respeito da vizinhança — assim, Amaro familiariza-se tanto com o cenário que o ronda como com Amélia.

O noivo dela não é obstáculo para o padre, que arde em desejo pela garota. Usando sua influência religiosa, Amaro ganha a confiança da madrinha de Amélia, e consegue se tornar confessor da jovem. Assim, torna-se mais fácil convencê-la a manter um caso amoroso, empregando inclusive argumentos religiosos para tanto. Os encontros mantidos nas dependências da igreja tornam-se cada vez mais raros quando Amélia, após dois anos, engravida.

É nesse momento que o padre mostra à jovem seu verdadeiro interesse, fazendo com que Amélia, atordoada, conviva com as consequências de seu caso de amor impensado — até que Amaro comete seu crime.

Questionário*

1. No primeiro capítulo, é relatada a morte do pároco da Sé, José Miguéis, por apoplexia. Relacione a caracterização do padre com o Cientificismo que imperava na época.

2. O terceiro capítulo é um momento de flashback, para que a infância de Amaro seja conhecida. Relacione o comportamento de Amaro no seminário com a temática do livro em questão.

3. O quinto capítulo apresenta, após uma reunião na casa da Rua da Misericórdia, um novo flashback, porém retratando Amélia. O que pode ser verificado em relação ao comportamento dela?

4. Qual é a intenção de Amaro ao aconselhar Amélia a ler Cânticos a Jesus? Qual é a reação dela?

5. Qual é a reação de Amaro quando descobre que S. Joaneira é amante de cônego Dias?

6. Qual é a importância do Comunicado, manifesto escrito por João Eduardo?

7. Qual é o papel do abade Ferrão na obra?

---

* Para que o professor possa trabalhar o Guia de Leitura com os alunos em sala de aula, não publicamos, aqui, o gabarito das questões. No entanto, pode-se obtê-lo entrando em contato conosco pelo telefone: (11) 3672 8144. Disponibilizamos o gabarito apenas para professores.

8. Leia o trecho abaixo para responder as duas próximas questões:

"Ah, aquelas manhãs na Ricoça! Eram para ele como uma penalidade injusta. Ao entrar tinha de ir à velha escutar-lhe as lamúrias. Depois, era aquela hora com Aurélia, que o torturava com as pieguices dum sentimentalismo histérico, — estirada no sofá, grossa como um tonel, com a face intumescida, os olhos papudos..."

Comente a questão de tais manhãs serem "uma penalidade injusta" para o padre Amaro e o envolvimento deste no planejamento desta temporada em Ricoça.

9. A última cena do livro se passa em Lisboa, numa praça, sob a figura de Camões. Quais personagens conversam e o que simbolizam? Por que a figura de Camões se faz presente?

10. Qual foi o crime do padre Amaro?

Questões de vestibular

1. (UFRS) Assinale com V (verdadeiro) ou F (falso) as afirmações abaixo, relacionadas à obra *O Crime do Padre Amaro*, de Eça de Queirós.

( ) O filho de Amaro e de Amélia morre em circunstâncias obscuras nas mãos de Carlota, contratada por Amaro.

( ) Amélia, a exemplo de Luísa, de *O primo Basílio*, é, sob a ótica realista, uma vítima da sociedade.

( ) O romance, dentro dos princípios realistas, estuda a influência da burguesia na provinciana cidade de Leiria.

( ) Como a fé é a base da ordem, fica evidente que o clero, representado por Amaro e pelo Cônego Dias, é a única saída para um país decrépito e decadente.

( ) No final do romance, o Conde de Ribamar, sob a estátua de Camões, orgulha-se das instituições e do clero português e do fato de Portugal causar inveja à Europa.

A sequência correta de preenchimento dos parênteses, de cima para baixo, é

a) v - v - f - f - v.
b) v - f - v - f - f.
c) f - v - f - v - v.
d) f - f - v - f - f.
e) f - v - f - v - f.

2. (UFRS) Assinale a afirmação correta sobre a cena do enterro de Amélia, da obra *O Crime do Pàdre Amaro*, de Eça de Queirós.

a) Num dia de névoa e chuva, o enterro de Amélia saiu de Ricoça por determinação do Cônego Dias.

b) Levando o esquife numa padiola, o Padre Amaro, embora interiormente abatido, mostrava indiferença.

c) Os criados espalharam a notícia de que a moça havia morrido por causa de uma veia arrebentada.

d) O Sr. Serafim, dono da taberna, dizia que o pai do filho de Amélia era seu amigo João Eduardo.

e) João Eduardo sentiu-se mal, mas, apoiado pelos criados, permaneceu no enterro da amada.

3. (UFRS) Considere o enunciado a seguir e as três propostas para completá-lo.

O Crime do Padre Amaro, de Eça de Queirós, é um romance

1. em que a ironia queirosiana se volta para a burguesia lisboeta e suas mazelas.

2. no qual o autor denuncia a corrupção da Igreja, criticando, assim, a sociedade portuguesa, marcada por um falso catolicismo.

3. cujo painel social abrange todas as classes, denotando, dessa forma, o profundo envolvimento do autor com as tendências socialistas da época.

Quais propostas estão corretas?

a) Apenas 1.
b) Apenas 2.
c) Apenas 3.
d) Apenas 2 e 3.
e) 1, 2 e 3.

4. (UFRS) Considerando a obra *O Crime do Padre Amaro*, de Eça de Queirós, associe adequadamente cada uma das afirmações da coluna 2 ao respectivo personagem, que consta na coluna 1.

Coluna 1
1 – Amaro
2 – João Eduardo
3 – Cônego Dias
4 – Amélia
5 – Conde de Ribamar
6 – Carlota
7 – Ruça
8 – Dr. Godinho

Coluna 2
( ) Recebe o noivo de Amélia à porta da casa na Rua Misericórdia e entrega-lhe a carta de rompimento.
( ) É um livre-pensador que publica o "Comunicado" anônimo no jornal "Voz do Distrito".
( ) Seduzido, sente-se fraco, e, em seu intímo, o sacerdócio entra em conflito com a liberdade.
( ) Em suas mãos morre, em circunstâncias obscuras, o filho dos protagonistas.
( ) Afirma, sob a estátua de Camões, orgulhar-se das instituições e do clero português.

A sequência correta de preenchimento dos parênteses, de cima para baixo, é

a) 6 - 8 - 2 - 7 - 1.
b) 7 - 2 - 1 - 6 - 5.
c) 8 - 2 - 3 - 6 - 1.
d) 6 - 5 - 1 - 7 - 4.
e) 7 - 1 - 3 - 8 - 4.

5. (UEMS) Assinale a alternativa em que o discurso do narrador, no trecho transcrito de *O crime do Padre Amaro*, de Eça de Queirós, NÃO reflete o ponto de vista do personagem indicado entre colchetes.

a) "A ideia da doença, da solidão que ela traz, faziam agora parecer a João Eduardo mais amarga a perda de Amélia. Se adoecesse, teria de ir para o hospital. O malvado do padre tirara-lhe tudo — mulher, felicidade, confortos de família, doces companhias da vida!" [João Eduardo]

b) "Apenas fechou a carta, as folhas de papel branco espalhadas diante dela deram-lhe o desejo d'escrever ao padre Amaro. Mas o quê? Confessar-lhe o seu amor, com a mesma pena, molhada na mesma tinta, com que aceitava por marido o outro?... Acusá-lo de cobardia, mostrar o seu desgosto — era humilhar-se!" [Amélia]

c) "O cônego soprava, agarrando fortemente o guarda-chuva contra o vento; Natário, cheio de fel, rilhava os dentes, encolhido no seu casacão; Amaro caminhava de cabeça caída, num abatimento de derrota; e enquanto os três padres, assim agachados sob o guarda-chuva do cônego, iam chapinhando as poças pela rua tenebrosa, por trás a chuva penetrante e sonora ia-os ironicamente fustigando!" [O conêgo]

d) "Viera a suspeitar que a ela no fundo não lhe desagradava a mudança. João Eduardo por fim era um homem; tinha força dos vinte e seis anos, os atrativos de um belo bigode. Ela teria nos braços dele o mesmo delírio que tinha nos seus... Se o escrevente fosse um velho consumido de reumatismo, ela não mostraria a mesma resignação." [Padre Amaro]

6. (UEMS) Considerando-se os cenários, ou ambientes, em que se passam os acontecimentos narrados em *O crime do Padre Amaro*, é CORRETO afirmar que eles

a) parecem distorcidos, porque resultam da mistura de sonho com realidade.

b) importam apenas à medida que ressoam no interior das personagens.

c) representam alegoricamente o drama vivido pelos personagens Amaro e Amélia.

d) são objetivamente descritos e, neles, cada personagem desempenha seu papel.

7. (Unifei) (...) Por que o tinham feito padre? (...) Ele não abdicava voluntariamente a virilidade do seu peito! Tinham-no impelido para o sacerdócio como um boi para o curral!

Então passeando excitado pelo quarto, levava as suas acusações mais longe, contra o Celibato e a Igreja: por que proibia ela aos seus sacerdotes, homens vivendo entre homens, a satisfação mais natural, que até têm os animais? Quem imagina que desde que um velho bispo diz — serás casto — a um homem novo e forte, o seu sangue vai subitamente esfriar-se? E que uma palavra latina — accedo — dita a tremer pelo seminarista assustado, será o bastante para conter para sempre a rebelião formidável do corpo? E quem inventou isto? Um concílio de bispos decrépitos, vindos do fundo dos seus claustros, da paz das suas escolas, mirrados como pergaminhos, inúteis como eunucos! Que sabiam eles da Natureza e das suas tentações? Que viessem ali duas, três horas para o pé da Ameliazinha, e veriam, sob a sua capa de santidade, começar a revoltar-se-lhes o desejo! Tudo se ilude e se evita, menos o amor! E se ele é fatal, por que impediram então que o padre o sinta, o realize com pureza e com dignidade? É melhor talvez que o vá procurar pelas vielas obscenas! — Porque a carne é fraca!(...)

O seu amor era pois uma infração canônica, não um pecado da alma: podia desagradar ao senhor chantre, não a Deus; seria legítimo num sacerdócio de regra mais humana. Lembrava-se de se fazer protestante: mas onde, como? Parecia-lhe mais extraordinariamente impossível que transportar a velha Sé para cima do monte do Castelo.

Com relação ao excerto de *O crime do Padre Amaro*, está correto afirmar:

a) O trecho sublinhado no texto ("Um concílio de bispos decrépitos, vindos do fundo dos seus claustros, da paz das suas escolas, mirrados como pergaminhos, inúteis como eunucos! Que sabiam eles da Natureza e das suas tentações?") apresenta o uso do processo de subordinação por meio de um verbo no infinitivo.

b) Ainda no mesmo trecho, os adjetivos decrépitos, mirrados e inúteis estabelecem uma metáfora para a natureza humana.

c) Em "É melhor talvez que o vá procurar pelas vielas obscenas!" ocorre um substantivo no grau diminutivo.

d) Eça de Queiroz comete uma infração gramatical ao empregar um pronome pessoal do caso reto como objeto direto na passagem "...por que proibia ela aos seus sacerdotes...?".

8. (Unifei) Não era isso que o inquietava — o que o inquietava era a Dionísia, que ele ouvia na cozinha, arrumando e tossicando, sem se atrever a pedir-lhe água para a barba. Desagradava-lhe sentir aquela matrona introduzida, instalada no seu segredo. Não duvidava decerto de sua discrição, era o seu ofício; e algumas meias libras manteriam a sua fidelidade. Mas repugnava ao seu pudor de padre saber que aquela velha concubina de autoridades civis e militares, que rolara a sua massa de gordura por todas as torpezas seculares da cidade, conhecia as suas fragilidades, as concupiscências que lhe ardiam sob a batina de pároco. Preferiria que fosse o Silvério ou o Natário que o tivesse visto na véspera, todo inflamado; era entre sacerdotes, ao menos!... E o que o incomodava era a ideia de ser observado por aqueles olhinhos cínicos, que não se impressionavam nem com a austeridade das batinas nem com a respeitabilidade dos uniformes, porque sabiam que por baixo estava igualmente a mesma miséria bestial da carne... (O crime do Padre Amaro)

O trecho citado reproduz pensamentos do padre Amaro. É incorreto afirmar:

a) Na última frase, evidenciam-se as razões pelas quais o romance é filiado ao Naturalismo.

b) A expressão "aqueles olhinhos cínicos" constitui uma metonímia ou sinédoque.

c) O tempo verbal "rolara" indica que o ofício de Dionísia não era mais, em função de sua idade, o de "concubina de autoridades civis e militares".

d) O "pudor de padre" é o sentimento predominante a guiar os atos de Amaro desde o princípio do romance.

Texto para as próximas questões:

— A verdade, meus senhores, é que os estrangeiros invejam-nos. E o que vou a dizer não é para lisonjear a Vossas Senhorias: mas enquanto neste país houver sacerdotes respeitáveis como Vossas Senhorias, Portugal há de manter com dignidade o seu lugar na Europa! Porque a fé, meus senhores, é a base da ordem!

— Sem dúvida, senhor conde, sem dúvida — disseram com força os dois sacerdotes.

— Se não, vejam Vossas Senhorias isto! Que paz, que animação, que prosperidade!

E com um grande gesto mostrava-lhes o Largo do Loreto, que àquela hora, num fim de tarde serena, concentrava a vida da cidadc. Tipoias vazias rodavam devagar; pares de senhoras passavam, com os movimentos derreados, a palidez clorótica duma degeneração de raça, nalguma magra pileca, ia trotando algum moço de nome histórico, com a face ainda esverdeada da noitada de vinho; pelos bancos de praça gente estirava-se num torpor de vadiagem; um carro de bois, aos solavancos sobre suas altas rodas, era como o símbolo de agriculturas atrasadas de séculos.

Obs.: derreados — cansados, desanimados
clorótica — desbotada
pileca — cavalo sem valor

9. (Mackenzie) Assinale a afirmativa correta.

a) A descrição minuciosa do Largo do Loreto, feita pelo conde, é argumento para comprovar sua tese sobre a prosperidade de Portugal.

b) O conde, os sacerdotes e o narrador, apesar de pertencerem a classes sociais distintas, adotam o mesmo ponto de vista com relação ao progresso da cidade.

c) Ao descrever o Largo do Loreto, o narrador evita apresentar juízos de valor, adotando, assim, perspectiva imparcial.

d) A descrição do Largo do Loreto feita pelo narrador é, no contexto, estratégia para ridicularizar as ideias do conde e dos sacerdotes.

e) O conde e os sacerdotes valorizam as virtudes da nação; o narrador, por sua vez, descreve apenas o comportamento indolente da classe operária.

10. (Mackenzie) Assinale a alternativa correta.

a) Palavras como devagar, derreados, degeneração e vadiagem (último parágrafo) confirmam as opiniões do conde.

b) A dignidade de Portugal, segundo o conde, estaria garantida pela ação dos religiosos, que assegurariam a ordem social.

c) A inveja dos estrangeiros seria motivada pelo fato de Portugal representar a vanguarda da prosperidade industrial europeia.

d) A forma Vossas Senhorias, usada pelo conde, explicita a informalidade de tratamento dispensado aos sacerdotes.

e) Em disseram com força os dois sacerdotes, com força disfarça a contrariedade dos sacerdotes com relação às palavras do conde.

Gabarito

1) a
2) e
3) b
4) b
5) c
6) d
7) c
8) d
9) d
10) b

DIREÇÃO
Martin Claret

PRODUÇÃO EDITORIAL
Carolina Marani Lima
Mayara Zucheli

DIREÇÃO DE ARTE E CAPA
José Duarte T. de Castro

DIAGRAMAÇÃO
Giovana Quadrotti

REVISÃO
Pedro Baraldi / Waldir Moares

IMPRESSÃO E ACABAMENTO
Bartira Gráfica

Este livro segue o novo Acordo Ortográfico da Língua Portuguesa.

Dados Internacionais de Catalogação na Publicação (CIP)
(Câmara Brasileira do Livro, SP, Brasil)

Queirós, Eça de, 1845-1900.
O crime do padre Amaro / Eça de Queirós. — São Paulo:
Martin Claret, 2023.

I. Romance português I. Título

ISBN 978-65-5910-271-6

23-183174 CDD-869.3

Índices para catálogo sistemático:

1. Romances: Literatura portuguesa 869.3
Cibele Maria Dias – Bibliotecária – CRB-8/9427

EDITORA MARTIN CLARET LTDA.
Rua Alegrete, 62 – Bairro Sumaré – CEP: 01254-010 – São Paulo, SP
Tel.: (11) 3672-8144 – www.martinclaret.com.br
Impresso – 2024